Knaur.

W0252152

Knaur.

*Im Knaur Taschenbuch Verlag sind bereits folgende Bücher der Autorin erschienen:*
Sisi
Maria Theresia

*Über die Autorin:*
Marie Cristen lebt mit ihrer Familie in der Nähe von München. Sie ist die Autorin zweier erfolgreicher Romanbiographien über die berühmtesten Kaiserinnen der Habsburger: »Sisi – Ein Traum von Liebe« und »Maria Theresia – Zwischen Thron und Liebe« (beide Knaur).

Marie Cristen

# Beginenfeuer

Roman

Knaur Taschenbuch Verlag

**Besuchen Sie uns im Internet:**
**www.knaur.de**

Vollständige Taschenbuchausgabe Februar 2007
Knaur Taschenbuch.
Ein Unternehmen der Droemerschen Verlagsanstalt
Th. Knaur Nachf. GmbH & Co. KG, München

Lektorat: Barbara Kiesebrink
Umschlaggestaltung: ZERO Werbeagentur, München
Umschlagabbildung: Bridgeman Art Library / Corbis
Satz: Ventura Publisher im Verlag
Druck und Bindung: Clausen & Bosse, Leck
Printed in Germany
ISBN 978-3-426-63469-1

2 4 5 3 1

*Für Gerd,*
*weil er immer daran geglaubt hat,*
*dass dieses Buch geschrieben wird.*

# Inhalt

VIENNE



EPILOG

# Prolog

## Burgund

*Im August 1299*

Das Kind war ein Knabe. Es kam mit den Füßen voraus, und das bedeutungsvolle Geschlecht entlockte Berthe einen Laut der Überraschung. Erst das Seufzen der Gebärenden lenkte ihre Aufmerksamkeit auf den Besorgnis erregenden Umstand, dass die Geburt stockte. Durfte sie es wagen, den Vorgang zu beschleunigen? Wieso ging es nicht weiter? Sie war keine Wehfrau, aber die Herrin schien am Ende ihrer Kräfte. Sie quälte sich seit den frühen Morgenstunden. Das Haar haftete schweißfeucht an ihren Schläfen, und die ohnehin blasse Haut wurde zunehmend fahler.

Berthe murmelte ein Stoßgebet, bekreuzigte sich hastig und umfasste die zerbrechlichen Beine des Kindes, um ihm auf die Welt zu helfen. Sie spürte anfänglich Widerstand, dann ging alles so unerwartet schnell, dass der kleine Körper fast aus ihren Händen glitt. Die unmittelbare Erleichterung, der sie sich hingab, nachdem das Kind den Mutterleib verlassen hatte, währte jedoch nur, bis sie begriff, dass jede Hilfe für den Erben von Courtenay zu spät kam. Stumm starrte sie auf den leblosen Körper.

Die jähe Stille beunruhigte die beiden Mädchen. Eng aneinander geschmiegt und so reglos, als könnten sie auf diese Weise das Unheil hinter den Vorhängen des Alkovens ausschließen, kauerten sie in der Fensternische. Ihre Blicke hingen an der Wand aus Stoff, hinter der Dienerin und Herrin keinen Laut von sich gaben.

»Was ist es, Berthe? So sag doch …«

»Ein Knabe, Herrin.«

Ein toter Knabe. Trug sie die Schuld – hatte ihre Unbeholfenheit das traurige Ende dieser Geburt bewirkt? Hatte sie den Tod des Erben von Courtenay zu verantworten?, fragte sich Berthe.

Margarete von Courtenay, seit acht Jahren Gemahlin des Lehnsherrn, wusste nach fünf Kindbetten, die ihr eine einzige Tochter gelassen hatten, Blick und Schweigen zu deuten.

»Er lebt nicht?«

»Ein entsetzliches Unglück, Herrin. Ein Erbe, der keinen Atemzug tut. Was wird der Seigneur nur dazu sagen? Der Himmel sei uns gnädig.«

»Der Himmel *ist* uns gnädig, Berthe.«

»Wie könnt Ihr das sagen, liebe Dame? Das Unglück verwirrt Euch die Sinne.«

Berthe schlug den toten Säugling eilig in ein Tuch. Am liebsten hätte sie auch ihre Ängste und Zweifel in das Leinen gehüllt.

»Das arme Seelchen. Man muss es taufen, damit es trotz allem in geweihter Erde liegen kann. Lauf, Ysée, hol den Priester!«

»Nein!« Margarete von Courtenay legte alle Kraft in ihre Stimme, um das Mädchen, das bereits den ersten Schritt zur Tür getan hatte, zurückzuhalten. »Der Priester wird auf den Wällen sein, das ist kein Ort für ein Kind.«

Seit die Bewohner von Courtenay im Morgengrauen des Laurentiustages vom Waffenlärm geweckt worden waren, tobte der Kampf. Niemand hatte mit diesem Überfall der Andrieus gerechnet, obwohl seit acht Jahren erbitterte Feindschaft zwischen den Familien Courtenay und Andrieu herrschte. Cour-

tenay hatte sich nach dem Tode des Grafen von Andrieu sogar vollends in Sicherheit geglaubt, doch seine Erben bewiesen ihm, dass er einer Illusion erlegen war. Sie mochten halbe Kinder sein, aber sie hatten ein Heer vor die Mauern von Courtenay geführt, das über Rammböcke, Sturmleitern, Katapulte und erfahrene Kämpfer verfügte.
Die Angst, die in den vergangenen Stunden in den Hintergrund gerückt war, erreichte die abgeschlossene Welt des Herrengemaches von Neuem.
»Gib mir meinen Sohn.«
Berthe bekreuzigte sich, ehe sie ihrer Herrin das tote Kind in den Arm legte. Hinter den Bogenfenstern, vom steinernen Maßwerk der Mauern gerahmt, verdunkelte Rauch Blick und Himmel. Die Ställe standen in Flammen. Das grässliche Gebrüll von Pferden, Kühen und Schweinen, die bei lebendigem Leibe verbrannten, gellte über das Dröhnen der Rammböcke und die Schreie der Kämpfer. Der Lärm schien immer näher zu kommen.
»Heilige Mutter Gottes steh uns bei.« Die Magd suchte Zuflucht bei einer himmlischen Macht.
»Damit rechne besser nicht«, sagte Margarete von Courtenay nüchtern. Sie schlug das Leinen zurück und betrachtete ihren Sohn, ehe sie seine Wangen küsste, die ebenso blutleer wie seine Haut waren.
Berthe sah sie entsetzt an. Sie verstand weder, was hinter der bleichen Stirn ihrer Herrin vorging, noch, warum sie solche Dinge sagte. Sie kannte sie nicht besser als vor acht Jahren, als Thomas von Courtenay seine junge Gemahlin nach Hause gebracht hatte. Eine eingeschüchterte schöne Flämin, anstelle der einzigen Tochter des Grafen von Andrieu, der Thomas von Courtenay die Ehe versprochen hatte.
Niemand wusste Genaues darüber, was sich in Dôle ereignet und weshalb der Ritter eine Fremde zur Frau genommen hatte. Eines wurde jedoch schnell klar, er hasste Margarete, und er

verabscheute die Tochter, die sie ihm sieben Monate nach der Eheschließung geboren hatte. Sein Verlangen nach einem Sohn und Erben hatte seine Frau dennoch regelmäßig ins Kindbett gebracht. Nur die achtjährige Violante hatte die Kraft besessen, über das erste gefährliche Säuglingsjahr hinaus am Leben zu bleiben.

Die Herrin liebte ihr einziges Kind ebenso sehr, wie sie ihren jähzornigen Gemahl fürchtete. Thomas von Courtenay würde außer sich sein und ihnen allen die Schuld am Tode seines Sohnes geben, das wusste auch Berthe. Beim Gedanken an diesen Zorn erschauerte sie, nicht einmal ihre eigene Tochter Ysée würde mit seiner Nachsicht rechnen können. Was kümmerte es den Herrn von Courtenay, dass er der Vater auch dieses Mädchens war. Die Tochter einer Magd bedeutete ihm noch weniger als Violante. Frauen, egal welchen Alters, bereiteten ihm nur Verdruss.

Courtenay war eine Burg der Männer. Ritter, Bewaffnete, Wehrknechte, Jäger, Handwerker und Burggesinde summierten sich zu einer stattlichen Gefolgschaft. Bis auf die Herrin und die wenigen Mägde in Küche und Badehaus gab es jedoch keine Frauen in ihren Mauern. So verwunderte es auch niemanden, dass sich die beiden Kinder des Herrn über alle Standesgrenzen hinweg einander angeschlossen hatten. Die kleine Magd und das Edelfräulein waren zwei einsame Mädchen, die ihrem Vater nach besten Kräften aus dem Wege gingen, weil sie seine Wutanfälle fürchteten.

Margarete von Courtenay fühlte ihre zunehmende Schwäche. Sosehr sie sich danach sehnte, die Augen zu schließen, eine Aufgabe wartete noch. Violante. Sie durfte nicht zulassen, dass die Tochter für die Torheit der Mutter büßte.

»Berthe, du musst mir helfen.«

»Uns kann niemand mehr helfen. Heiliger Vater im Himmel, beschütze uns. Ich will nicht sterben.«

»Du wirst nicht sterben.« Margarete von Courtenay, fast so

aschfahl wie ihr tot geborener Sohn, legte ihre ganze Überzeugungskraft in diese Worte.

»Wie wollt Ihr das verhindern? Wenn die jungen Herren von Andrieu siegen, werden sie uns töten, und wenn der Seigneur uns erfolgreich verteidigt, zieht er mich für den Tod seines Sohnes zur Rechenschaft.«

»Keiner wird dir ein Haar krümmen. Du musst dich mit Violante und Ysée in Sicherheit bringen.«

Die Magd starrte ihre Herrin mit offenem Mund an. Sprach sie im Fieber?

»Ich will, dass du mit den Kindern nach Brügge gehst.« Margarete von Courtenay winkte die Magd näher, denn ihre Stimme wurde zunehmend schwächer. »Mein Vater lebt in Flandern. Piet Cornelis, merk dir den Namen. Er handelt mit Wolle und Tuch, jedermann kennt ihn in Brügge. Es wird dein Schaden nicht sein, wenn du ihm seine Enkelin zuführst.«

»Aber …«

»Nein, lass mich sprechen. Ich hab nicht mehr viel Zeit.«

Die Herrin spürte, dass ihr Ende nahte. Wäre da nicht Violante gewesen, sie hätte es freudig begrüßt. Violante, das unschuldige Andenken an einen schlimmen Fehler. Noch heute wusste sie nicht, weshalb sie den hochfahrenden Ritter damals in Dôle angelächelt hatte. Vielleicht, weil er sich in seinem glänzenden Harnisch so gewaltig von den jungen Händlern und Färbern unterschied, die ihr in Brügge den Hof machten? Wie hatte sie denn ahnen können, dass er dieses Lächeln für eine Aufforderung hielt? Dass er Stadtfrieden und Gastfreundschaft missachten und sie aus der Herberge ihres Vaters einfach entführen würde? Damals hatte der Albtraum begonnen.

Thomas von Courtenay war sich der Reichweite seines Fehltrittes ebenfalls nicht bewusst gewesen. Meister Cornelis und seine schöne Tochter standen unter dem Schutz des Pfalzgrafen von Burgund. Gewinn bringende Geschäfte verbanden den burgundischen Hof und das Handelshaus in Brügge. Nachdem

Pfalzgraf Ottenin von der Entehrung der Jungfer Cornelis erfahren hatte, befahl er Courtenay, sein Opfer zu heiraten. Nur die Ehe mit dem Edelmann konnte in den Augen des entrüsteten Vaters die Schande tilgen, die seiner Tochter angetan worden war. Dass der Bräutigam Mabelle von Andrieu sein Wort gegeben hatte, berücksichtigte der Pfalzgraf dabei ebenso wenig wie den empfindlichen Stolz des Grafen von Andrieu. Damals war der Grundstock für die Fehde gelegt worden, die mit dem heutigen Überfall ihren Höhepunkt fand.
»Nach Brügge?« Berthe lachte freudlos auf und unterbrach die Erinnerungen ihrer Herrin. »Wie stellt Ihr Euch das vor? So wie es aussieht, können wir nicht einmal die Burg verlassen.«
»Es gibt einen Weg.«
Es dauerte eine Weile, bis Berthes schwerfälliger Geist diese ungeheuerliche Nachricht verarbeitet hatte. »Einen Weg aus dieser Burg?«
»Schwöre, dass ihr euch nach Brügge rettet. Schwör es mir bei deiner Seligkeit, dann sage ich dir, wo du den Geheimgang zur alten Mühle findest.«
Die ungleichen Frauen maßen einander mit misstrauischen Blicken. Berthe entdeckte in den bläulichen Schatten unter den tief eingesunkenen Augen ihrer Herrin die ersten Anzeichen des Todes. Margarete von Courtenay sah eine Frau, die ihre Jugend und ihre Träume hinter sich hatte. Ihre Augen waren glanzlos, dennoch glomm in der Ergebenheit ihres Blickes ein Funke Hoffnung auf.
»Ein Geheimgang?« Berthe runzelte die Stirn. »Wo soll der sein?«
»Violante wird dich führen. Deinen Schwur, Berthe.«
»Ich würd es ja gern tun, aber wie sollen wir nach Brügge kommen?« Berthe wusste kaum, wovor sie mehr Angst hatte, vor dem Tod in der brennenden Burg oder vor einem solchen Abenteuer.
»Es ist Sommer, du brauchst nur den Handelsstraßen zu fol-

gen.« Margarete von Courtenay streckte ihr eine zitternde Hand entgegen. »Hinter der Pforte des Geheimgangs ist eine Nische, dort habe ich für diesen Fall einen Beutel mit Kleidern und Münzen versteckt. Es ist nicht viel, aber es wird euch helfen. Dein Wort darauf, dass du es tust, Berthe.«
Etwas im Blick ihrer Herrin zwang Berthe, die Hand zu ergreifen und stumm zu nicken. Dann löste sie die Verbindung so hastig, als habe sie sich daran verbrannt.
»Der Himmel wird es dir danken«, flüsterte die Sterbende und hob die Stimme. »Violante, Ysée, kommt näher.«
Die Kinder sahen vorsichtig aus ihrem Versteck am Fenster. Zögernd kamen sie heraus und traten gemeinsam an das Kopfende des Bettes, die Finger miteinander verschränkt. Es schien, als gäbe ihnen die Berührung Kraft, all die verstörenden Ereignisse dieses Tages zu erdulden. Violantes Lippen bebten, Tränen standen in ihren weit aufgerissenen Augen.
»Was ist mit meinem Bruder?«
»Gott wird sich um ihn kümmern, mein Kind. Du musst jetzt tapfer und klug sein. Du musst mit Berthe und Ysée gehen.« Margarete von Courtenay sammelte die letzten Atemzüge für diesen Abschied. Für Erklärungen war keine Zeit, nur das Nötigste konnte sie noch sagen. »Zeig Berthe den Geheimgang hinter der Wandtafel der Mutter Gottes. Du weißt, welchen Stein du drehen musst, um ihn zu öffnen. Und nun geh, der Himmel behüte dich, meine geliebte Tochter.«
»Ich will bei dir bleiben, Mutter …« Violante, sonst ein Muster an Gehorsam und Fügsamkeit, erwachte unerwartet zu trotzigem Widerspruch.
»Das ist nicht möglich, mein Herz. Geht, sonst ist es zu spät.«
Berthe packte Violantes Arm und zerrte das Mädchen gewaltsam aus der Kammer. Da Violante ihrerseits Ysée nicht freigab, musste sie ihre ganze Kraft aufbieten, die widerstrebenden Freundinnen von der Sterbenden zu trennen. Sie warf noch einen letzten Blick auf ihre Herrin und sah voll Erstaunen, dass

ein Lächeln um ihren Mund spielte. Das farblose Antlitz trug einen Abglanz jener Schönheit, die in Dôle das Begehren Thomas von Courtenays geweckt hatte. Margarete sah dem Tod ins Auge, und sie tat es glücklich.
»Still, keinen Laut!« Berthes Angst übertrug sich auf die Mädchen. Ysée legte beschützend den Arm um die jüngere Violante und nickte für beide.
Die Magd huschte mit den Kindern zur Treppe und von dort in die große Halle hinab. Wo es sonst nach Küchendünsten, Hunden, Bier und Waffenfett gerochen hatte, lag jetzt ein Übelkeit erregender Gestank in der Luft. Der metallisch ätzende Geruch von geronnenem Blut mischte sich mit dem von siedendem Öl und menschlichen Ausscheidungen. Anfangs hatte man die Verwundeten von den Wällen noch in die große Halle gebracht. Inzwischen fand niemand mehr Zeit, sich um die Männer zu kümmern, die stöhnend und schreiend auf dem Stroh lagen, das die Steinquadrate des Bodens bedeckte. Berthe spürte Ysées und Violantes Entsetzen, aber sie zog sie mit aller Kraft in Richtung Küche weiter.
In dem Gewölbe mit der mächtigen Feuerstelle, das sonst vor Menschen und Leben nur so wimmelte, trafen sie lediglich auf eine Katze, die sich an dem Gerstenbrei gütlich tat, der von der Morgenmahlzeit des Gesindes noch auf dem Tisch stand. Ein Kessel mit Öl blubberte vergessen über dem Feuer. Berthes Magen knurrte, aber ihre Furcht besiegte den Hunger. Sie lief mit den Kindern zur Seitenpforte, von dort waren es nur wenige Schritte zum großen Ziehbrunnen im Innenhof. Ob es möglich sein würde, die Burgkapelle, die sich nahe dem Torturm, unterhalb der Wehrgänge, befand, zu erreichen, würde sich erst dort zeigen.
Rauchschwaden trieben ihnen entgegen, und die Mädchen begannen zu husten. Die hölzernen Wehrgänge, die Ställe und der Heuschober brannten, aus dem Zwinger gellte das panische Kläffen der Jagdmeute. Der Lärm des Kampfes klang beun-

ruhigend nahe, und Berthe hastete mit den Kindern durch Qualm und Hitze. Sie hatten eben die Pforte der schützenden Kapelle erreicht, als brüllende Männer in den Innenhof drängten.
Würden sie das Gotteshaus respektieren? Sie zog eilends die Tür hinter sich zu und packte Violante an der Schulter. Sie wies mit dem Kinn zum Altar. »Dort ist die Wandtafel. Welchen Stein muss man bewegen?«
Violante schluchzte in harten, abgehackten Stößen und gab keine Antwort. Sie machte Anstalten, wieder hinauszulaufen. »Wo ist Pucelle? Wir müssen ihn suchen.«
Ysée teilte ihr Entsetzen. »Violante kann doch nicht ohne ihren Hund fortgehen, Mutter!«
»Süßer Jesus, was ist das für ein Unsinn?« Berthe wagte nicht, Violante mit einem kräftigen Schlag zur Vernunft zu bringen, wie sie es bei Ysée getan hätte. Sie umfasste die Kinderschulter lediglich fester. »Die Tafel. Vorwärts.«
Violante stemmte sich eigensinnig gegen den Griff und riss sich mit einem Ruck los. Sie rannte zur Tür, und Ysée folgte ihr augenblicklich. Sie wusste, dass Violante nichts auf Erden so liebte wie den kleinen Welpen Pucelle. Er war das einzige Hündchen, das die Kinder gerettet hatten, als ihr Vater den Wurf einer Jagdhündin ertränkt hatte, weil die Meute zu groß wurde.
»Ysée!« Berthe fasste eben noch ein Stück des groben Wollkittels, den Ysée über einem Untergewand aus schlichtem Leinen trug. Der mürbe, oft gewaschene Stoff riss unter ihren Fingern. Ysée stürmte ihrer Gefährtin nach. Berthe stieß einen unterdrückten Fluch aus und eilte den Kindern hinterher. Draußen herrschte bereits ein solches Getümmel, dass sie entsetzt unter dem Türstock der Kapelle verharrte.
»Courtenaaay!«
Ein Ritter im schwarzen Harnisch, das Helmvisier der besseren Sicht wegen weit geöffnet, bahnte sich mit einem schwer

bewaffneten Kriegertrupp seinen Weg durch den Hof. Vor Berthes Augen fielen die Männer von Courtenay unter ihren Schwertern. Sie hörte das metallische Dröhnen der Waffen, das Klirren der Rüstungen und die Schreie der verwundeten Männer, dann erspähte sie den Schimmer hellen Leinens zwischen Beinschienen und Reiterstiefeln.

Violante kauerte weinend an der Mauer des Ziehbrunnens. Berthe verbot sich, sie zu rufen. Solange sie sich nicht rührte, war sie vielleicht in Sicherheit.

»Stell dich, Courtenay«, brüllte der Ritter mit dem offenen Visier. Die Magd musste hilflos mit ansehen, wie die Kämpfenden für Thomas von Courtenay eine Gasse bildeten, bis sich die beiden Widersacher genau in Höhe des Ziehbrunnens gegenüberstanden.

Der Herausforderer war jung. Kaum ein erwachsener Mann und kein Gegner für einen erfahrenen Ritter wie Thomas von Courtenay. Er spielte mit dem Jüngling, lockte ihn und trieb ihn dann mit mächtigen Hieben immer weiter auf den Brunnenrand zu. Schon rann Blut aus einem Riss im Kettenhemd seines Herausforderers, und der Brustpanzer hing zerbeult an den letzten Lederschlaufen.

Erst jetzt entdeckte Berthe ihr einziges Kind. Unter Missachtung aller Gefahr versuchte Ysée zwischen den Männern, welche das tödliche Duell abschirmten, hindurchzuschlüpfen. In ihrem Übereifer rutschte sie jedoch im Schlamm vor dem Brunnen aus und prallte gegen einen der Ritter. Der erkannte, dass es sich nur um ein Kind handelte, und stieß Ysée mit einem mächtigen Fausthieb seiner eisenbewehrten Hand aus dem Weg. Der Schlag schleuderte sie gleich einer Lumpenpuppe exakt in die Bahn des Schwertes, das Thomas von Courtenay eben auf seinen strauchelnden Gegner niedersausen lassen wollte. Die Waffe traf Ysée statt des Jungen. Ihr Blut strömte über seine Beinschienen, als er sich zur Seite warf.

Ein anderer Ritter nahm augenblicklich seinen Platz ein. Er

nutzte im Bruchteil eines Herzschlages seine Chance, denn Thomas von Courtenay starrte abgelenkt auf die Bastardtochter, die zu seinen Füßen starb.
»Für Andrieu und unseren Vater!«, brüllte er mit heller Knabenstimme.
Ein Schwert blitzte auf und durchschnitt den gepolsterten Halsschutz des Ritters genau an der kritischen Stelle zwischen Helmkante und Brustwehr. Thomas von Courtenay war bereits tot, als er neben Ysée in die Knie sank. Das Blut von Vater und Tochter vermischte sich zu einem Rinnsal und versickerte in der Erde. Der Jubelschrei des Siegers schrillte in Berthes Ohren, das Entsetzen raubte ihr den Atem.
Zu spät, schoss es ihr durch den Kopf, ehe die Beine unter ihr nachgaben, für meinesgleichen gibt es eben doch keine Hoffnung.
»He du, steh auf. Kannst du dich um das Kind kümmern?«
Ein Tritt in ihre Rippen brachte Berthe in die Wirklichkeit zurück.
»Bist du verletzt?« Der Ritter klang ungeduldig. Berthe schüttelte stumm den Kopf.
»Gut. Sieh nach dem Kind. Dort. Es ist nicht bei sich. Ich begreife nicht, warum Gott so etwas zulässt.«
Hoch aufgeschossen, mit bartlosem Jünglingsgesicht, blickte er aus brennenden Augen auf sie herab. Ein zorniger Engel mit Schwert.
»Habt Erbarmen«, murmelte Berthe voller Panik und wich vor der blutbesudelten Waffe zurück.
»Es ist wahrhaftig genügend getötet worden.« Er ließ das Schwert sinken und deutete auf eine kleine Gestalt, aus deren Kleidersäumen das Blut tropfte. »Kümmere dich um das Kind. Es ist unverletzt. Es ist nur so blutbefleckt, weil es seine Spielgefährtin nicht loslassen wollte. Der Himmel wird uns dafür strafen, dass wir Kinder töten.«

# Brügge

# Erstes Kapitel

# Missionen

## Im Auftrag Seiner Majestät

*Paris im Oktober 1309*

Er roch die Stadt, aber er konnte sie nicht sehen. Die nächtlichen Regenwolken hüllten Paris in Dunkelheit. Dennoch starrte er über den Fluss hinüber, der die Insel der Cité mit seinen beiden Läufen umarmte, schützte und vom restlichen Paris trennte.

Welchen Dienst würde König Philipp von ihm fordern? Er konnte nicht ausschließen, dass ihm eine heikle Mission bevorstand. Die Tatsache, dass er so lange warten musste, weil sich Guillaume von Nogaret beim König befand, mahnte zur Vorsicht. Er hielt den Siegelbewahrer für die treibende Kraft im Konflikt zwischen Krone und Kirche. Ein diplomatisches Schlachtfeld, das Mathieu gerne gemieden hätte.

Die Machtprobe zwischen dem Heiligen Stuhl und dem Königreich Frankreich dauerte nun schon vier Jahre, aber ein Ende war nicht abzusehen.

Bertrand von Got, vor fast sechzig Jahren in Vilandraut an der Gironde geboren und zuletzt Erzbischof von Bordeaux, versuchte sich als Papst Clemens V. zunehmend dem Einfluss seines Monarchen zu entziehen. Im vergangenen März hatte er Poitiers verlassen und die päpstliche Residenz in den Süden, in

das Kloster der Dominikaner von Avignon, verlegt. Damit hatte er die italienischen Kardinäle tief enttäuscht, die eine Rückkehr nach Rom wünschten.
Bonifaz VIII. hatte mit der Bulle *unum sanctum* den Machtkampf ausgelöst. Er hatte mit diesem Edikt festgelegt, dass sich die weltliche Macht der Kirche zu unterwerfen hatte und gegebenenfalls dem Papst sogar das Recht zustand, den König zu verurteilen.
Philipp IV. dachte nicht daran, diese Bulle zu akzeptieren. Der Papst reagierte darauf mit der Exkommunikation des Königs. Bonifaz' plötzlicher Tod verhinderte weitere Eskalationen.
Der König nutzte die Gunst der Stunde und zwang die Kardinäle zur Wahl eines französischen Papstes. Clemens V. erfüllte die in ihn gesetzten Erwartungen und hob die Bulle umgehend auf. Damit allein gab sich der französische Herrscher aber nicht zufrieden. Es war ihm wichtig, dem Klerus seine absolute Macht zu demonstrieren.
In den Beratungen mit Nogaret kam diesem die Idee, sich dafür der Templer zu bedienen. Die Vernichtung dieses Ordens erfüllte dem König viele Wünsche auf einmal. Er konnte sich ihres sagenhaften Schatzes bemächtigen, eine Wunde heilen, die die Templer vor Jahren seinem Stolz zugefügt hatten, und die Kirche in ihre Schranken verweisen.
Es war weniger ein Laut als ein Gefühl, das den Wartenden veranlasste, der unsichtbaren Stadt den Rücken zu kehren. Guillaume von Nogaret stand unter der Tür. Obwohl schmucklos gekleidet und von wenig beeindruckender Gestalt, umgab den engsten Ratgeber Seiner Majestät eine Aura von kalter, gefährlicher Effektivität. Er kannte keine Skrupel, wenn es um die Interessen seines Königs ging.
Mathieu, Graf von Andrieu und Ritter Seiner Majestät des Königs von Frankreich, zählte zu den wenigen Menschen, die ihn nicht fürchteten. Nogaret konnte ihn weder bedrohen noch einschüchtern. Die Pariser hingegen nannten den Siegel-

bewahrer hinter vorgehaltener Hand *le terrible*, den Schrecklichen. Andrieu deutete einen stummen Gruß an und wartete darauf, dass Nogaret das Wort ergriff.
Der spitzfindige Doktor der Rechte aus Montpellier registrierte seine Gelassenheit mit einem kaum angedeuteten Heben der Brauen, ehe er endlich »Seine Majestät erwartet Euch, Graf« sagte.
Mit jedem anderen hätte Andrieu ein paar Sätze gewechselt, aber nicht mit Nogaret. Bei diesem unbeugsamen, oft brutalen Mann musste man die Worte zu sorgsam bedenken. Daher beschränkte er sich auf eine schweigende Verbeugung und stellte sich innerlich auf die Begegnung mit dem König ein.
Mathieu von Andrieu diente dem König von Frankreich in absoluter Treue und unerschütterlicher Loyalität, aber er ließ nicht zu, dass Gefühle sein Handeln bestimmten. Die Jahre hatten ihn zu einem Mann gemacht, der auf seinen Verstand und nicht auf sein Herz hörte.
»Mathieu«, empfing ihn der König mit jenem seltenen Lächeln, das ihm schon in jungen Jahren den Beinamen *le bel*, der Schöne, eingetragen hatte.
Inzwischen hatte der Monarch sein viertes Lebensjahrzehnt erreicht, und in den kinnlangen, braunen Locken zeigten sich die ersten grauen Haare. Zwei tiefe Falten zogen sich von den Nasenflügeln abwärts zu den Mundwinkeln, und seine Gestalt verriet, dass er gerne trank und tafelte. Insgesamt jedoch waren die Jahre ihm wohlgesinnt gewesen. Sie hatten dem 17-jährigen Prinzen, der im Jahre 1285 seinem Vater Philipp dem Kühnen auf dem Thron gefolgt war, Würde und Autorität geschenkt.
»Mein König«, erwiderte der Graf und beugte das Knie vor seinem Souverän.
»Ihr fragt Euch sicher, warum ich Euch in dieser Kammer so lange warten ließ«, begann der König und wandte sich dem großen Tisch zu. Auf der Platte befand sich ein solches Durcheinander von Dokumenten, Tintenfässern und den Resten

einer späten Mahlzeit, dass man nur ahnen konnte, wie kunstvoll das eingelegte Elfenbeinmuster im schwarzen Ebenholz wirkte.

»Ich glaube, Ihr habt einen Auftrag für mich, den Ihr erst noch mit Eurem Siegelbewahrer besprechen wolltet.«

»In der Tat«, nickte der König zufrieden. »Da es schon spät ist, werde ich es kurz machen. Ihr müsst für mich nach Flandern reisen. Seid meine Augen und Ohren in Brügge.«

»Um was zu hören und zu sehen, Sire?«

Der König lachte kurz auf. Das war es, was er an Mathieu von Andrieu so schätzte. Die Fähigkeit, sofort zur Sache zu kommen und überflüssige Worte zu meiden.

»Ihr sollt mir Klarheit über die weltlichen Verstrickungen verschaffen, die dem Beginenhof vom Weingarten immer häufiger zur Last gelegt werden. Magistrat, Kaufleute und Zünfte von Brügge führen in seltener Einigkeit Klage gegen die Gemeinschaft.«

»Seit wann erregen Nächstenliebe und Frömmigkeit dermaßen Anstoß?«

»Es geht weniger um diese löblichen Eigenschaften als um die Geschäftstüchtigkeit der Beginen. Sie färben ihre Wolle selbst, sie spinnen, weben und walken Tuche, die zum Besten gehören, was Brügge in den Handel bringt. Man wiegt ihre Waren in Gold auf«, erwiderte der König.

»Das trifft nahezu auf alle Handelsgüter zu, die aus Flandern kommen. Die Pfeffersäcke wissen, was ihre Dienste wert sind.«

»Mit dem feinen Unterschied, dass diese Herren für ihre Geschäfte Steuern an die Krone abführen müssen. Die Beginen hingegen genießen seit vielen Jahren das Privileg der Steuerfreiheit.«

Die Verärgerung darüber war der Stimme des Königs anzumerken, obwohl er selbst diese Vergünstigung in der Vergangenheit gewährt hatte. Nicht ahnend, dass er in seiner Großzügigkeit auf eine sprudelnde Geldquelle verzichtete. Dabei hatte er seit seinem Regierungsantritt ein dichtes Netz von Steuern, Zöllen und Abgaben geschaffen, das auch auf Flandern ausgedehnt worden war. Die Sporenschlacht von Kortrijk mochten die Ritter Seiner Majestät verloren haben, der königliche Rechnungshof gewann seine Scharmützel zwischen Gent und Brügge. Er hatte die reichen Städte in festem Würgegriff und den Handel unter Kontrolle. Ein jedes Fuhrwerk, das Straßen, Brücken, Städte und Märkte passierte, musste Zoll entrichten, und bis zur *gabelle*, der Salzsteuer, rann ein steter Strom des Goldes in die unersättliche königliche Schatulle.

»Man fragt sich in Brügge verständlicherweise, ob es rechtens ist, dass die Krone die Geschäftigkeit der Beginen so großzügig unterstützt«, fügte der König eine Spur säuerlich hinzu.

»Wollt Ihr es bei einer Untersuchung belassen, Sire?«

»Vorerst schon. Die Beginen vom Weingarten unterstehen seit dem Jahre 1299 der Gerichtsbarkeit der französischen Krone. Weder der Magistrat von Brügge noch die geistlichen Herren der Stadt können sie zur Rechenschaft ziehen oder ihnen Handwerk und Handelsgeschäfte verbieten. Diese Tatsache macht es freilich nötig, dass ein Mann meines Vertrauens die Angelegenheiten in Brügge für mich prüft, ehe ich Entscheidungen treffe.«

Wunderbar, schoss es dem Grafen durch den Kopf. Das heißt, ich darf auf glühenden Kohlen zwischen Zünften, Magistrat und Kirche tanzen. Was habe ich mit frommen Frauen zu schaffen?

»Wem gilt Euer besonderes Augenmerk, Sire?«, erkundigte er sich bedächtig. »Der Zunft der Wollhändler? Dem Magistrat von Brügge? Oder den frommen Frauen im Weingarten?«

»Ihr habt in Eurer Aufzählung Seine Heiligkeit vergessen, Andrieu«, erwiderte der König knapp. »Wie man aus seiner Umgebung vernimmt, begegnet die Kirche den Beginen mit steigendem Misstrauen. Der Franziskanerpater Simon von Tournai hat bereits anlässlich des Konzils von Lyon im Jahre 1274 von der

Gefahr einer Irrlehre gesprochen. Es missfällt den frommen Männern, dass die Beginen nach eigenen Regeln leben. Ihre Selbstständigkeit ist den Kirchenfürsten ein immer größerer Dorn im Auge. Man hätte sie gerne gehorsamer und abhängiger. Die Tatsache, dass so viele von ihnen des Lesens und Schreibens mächtig sind und dieses Wissen auch noch an andere Weibsleute weitergeben, rückt sie gar in die Nähe der Ketzerei. Ganz davon zu schweigen, dass sie mit ihrem Fleiß Summen erwirtschaften, die Seine Heiligkeit zu gerne in die kirchlichen Truhen fließen lassen würde.«

Andrieu versuchte aus dieser reinen Information die persönliche Einstellung des Königs herauszuhören. Wenn es um Geld ging, war das Verhältnis zwischen Papst und Krone noch vertrackter als sonst.

Ersterer verdankte dem Einfluss des Königs seine Wahl in das höchste Amt der Christenheit. Frankreich hatte sich erfolgreich gegen die weltlichen Ambitionen der Kurie behauptet und an Macht gewonnen. Es garantierte dem Heiligen Stuhl innerhalb seiner Grenzen zudem eine Sicherheit, die er in Rom oder Perugia, im unmittelbaren Einflussbereich der mächtigen Colonnas, vergeblich gesucht hätte. Allerdings musste Seine Heiligkeit teuer dafür bezahlen. So durfte die Krone den Klerus fünf Jahre lang besteuern. Ob sie dieses Recht nach der Frist so einfach dahingeben würde, bezweifelte der Heilige Vater sicher selbst. Als Papst von Philipps Gnaden war er in den letzten Jahren in zunehmende Abhängigkeit geraten. Seine Reise, wenn nicht gar seine Flucht nach Avignon, bestätigte, dass er inzwischen offen gegen diese Fesseln aufbegehrte.

In einer solchen Situation galt es mit besonderer Vorsicht zu handeln. Die Abgaben an die Krone rissen ein großes Loch in die Kirchenkassen. Sicher suchte der Papst nach Quellen, dieses Loch zu stopfen. Vielleicht zog er in Betracht, die wohlhabenden Beginenkonvente unter Kirchengewalt zu stellen und die Ordensregeln zu ändern? Wenn er den Beginen ihre

Unabhängigkeit nahm, erhielt er Zugriff auf ihr Vermögen. Obwohl die frommen Frauen in geistlichen Belangen einem Bischof, einer Pfarre oder einem Orden unterstanden, besagten ihre Statuten, dass sie für ihr eigenes Auskommen zu sorgen hatten und der Kirche nicht zur Last fallen durften. Dass sie durch Fleiß und geschicktes Wirtschaften nun gar Reichtum schafften und mehrten, erregte allerseits Neid.

»Auch als Abgesandter meines Königs bin ich ein Mann und habe keinen Zutritt zu einem Beginenhof«, erinnerte der Graf an eine weitere Beginenregel.

»In der Tat.« Der König wandte sich zum Tisch. »Aber Robert von Bethune, der Graf von Flandern, ist erst in diesem Sommer aus Paris wieder in seine Residenz nach Brügge zurückgekehrt. Er ist mehr als froh, dass ich der Stadt endlich offiziell verziehen und ihn und seine Familie wieder unter meinen königlichen Schutz genommen habe. Er wird Euch in allen Ehren im Prinzenhof willkommen heißen. Ladet die Magistra der Beginen zum Gespräch dorthin und hört Euch an, was sie von den Vorwürfen hält.«

»Und wenn die Dame einen Rat von mir möchte?«

»Wird sie ihn von *mir* bekommen, sobald ich mich mit den Umständen vertraut gemacht habe, die Ihr mir berichten werdet. Dies …«, Philipp griff nach einem versiegelten Pergament, »… ist Eure Legitimation für die Ratsherren von Brügge und die Beginen.«

Der Graf nahm das Dokument entgegen und beugte gehorsam den Nacken. »Das sind alle Eure Befehle, Sire?«

Zu gerne hätte er auch gefragt, welchen Grund der König hatte, ausgerechnet ihn nach Brügge zu senden. Irgendwie war ihm nicht ganz wohl bei diesem Auftrag. Aber er wusste auch, dass er auf eine solche Frage keine Antwort erhalten hätte. Er musste sich mit einem knappen Gruß begnügen.

»Das sind sie. Geht mit Gott.«

# Im Auftrag Seiner Heiligkeit

*Avignon im Oktober 1309*

Die bescheidene Kutte des Zisterziensermönchs schob sich wie eine graue Wolke durch das Rot und Violett der Soutanen. Sie streifte florentinische Brokate, pelzgefütterte Umhänge und Schleierstoffe aus den Ländern der Ungläubigen. Das Dominikanerkloster von Avignon war mit dem Einzug des Papstes von einer Welle des Luxus und der Verschwendung überschwemmt worden. Kirchliche Würdenträger, Edelmänner und deren Gefolge, Künstler, Handwerker, Büßer und vor allen Dingen Frauen strömten nach Avignon, um den Segen des Heiligen Vaters zu erhalten und bei dieser Gelegenheit ein paar Worte in eigener Sache mit ihm zu wechseln.

Bruder Simon hatte die Hände in den Ärmeln seiner Kutte verschränkt und die Kapuze des Habits über den Kopf gezogen. Die Augen zu Boden gesenkt, eilte er durch die Menge. Wie alle anderen wusste er, dass Seine Heiligkeit sich für Avignon entschieden hatte, weil die Stadt nicht dem König von Frankreich, sondern seinem Bruder Karl von Valois gehörte. Karl, Graf der Provence und durch seine Heirat mit Margarete von Anjou und Sizilien auch König von Sizilien, war in dieser letzten Eigenschaft ein Vasall des Heiligen Stuhles. Ein kleiner, aber feiner Unterschied, den der Heilige Vater schätzte. Die Erlebnisse seines Vorgängers Bonifaz, der im Zuge des Zwistes mit der französischen Krone 1303 in Anagni, vor den Toren Roms, von Guillaume de Nogaret gefangen gesetzt und von den Truppen der Colonnas bedroht worden war, mahnten ihn zur Vorsicht.

Clemens V. gedachte sich am Ufer der Rhône für längere Zeit einzurichten, aber er hatte es abgelehnt, im Palast des Bischofs von Avignon Wohnung zu nehmen. Das Dominikanerkloster schien ihm für seine Bedürfnisse besser geeignet. Er hatte es binnen kurzer Zeit in eine Mischung aus Residenz, Baustelle und ständig wachsender Machtzentrale verwandelt.

Den Mönch erinnerte dieser Zufluchtsort mittlerweile an den biblischen Tempel von Jerusalem. Überall wurden wichtige Aufträge vergeben und Gewinn bringende Ämter verkauft. Die Anwärter auf beides drängten sich in Gängen und Vorzimmern wie Bienen in ihrem Stock. An manchen Tagen hatte er das Bedürfnis, all die Händler, Schacherer und Blender hinauszuwerfen. Dann bereute er es, den Frieden des Klosters von Fontenay in seinem versteckten Tal aufgegeben zu haben, um einer der Sekretäre Seiner Heiligkeit zu werden. Er war nur einer von vielen. Emsig, aber bedeutungslos.

Die Gebete, das Schweigen und die Besinnung, die den Tag eines Zisterziensermönchs ausfüllten, hatten ihn nicht auf den weltlichen Trubel im Haushalt des obersten Kirchenhirten vorbereitet. Seit sie im August des vergangenen Jahres Poitiers verlassen hatten, entsann er sich zahlloser Städte, Klöster und Burgen. Lusignan und St-Émilion waren darunter, Saint-Macaire, Toulouse, Comminges, Montpellier und Orange. Überall hatten sie Wohnung genommen, Hochämter gefeiert und Empfänge gegeben. Als sie am 9. März 1309 endlich in Avignon eingetroffen waren, hatte er gehofft, es würde Ruhe einkehren. Das Gegenteil war der Fall gewesen.

Auch heute herrschte ein babylonisches Sprachengewirr aus Latein, Französisch und Italienisch, sogar die melodiösen Laute des Provenzalischen, die er kaum verstand, waren darunter. Den Stoßseufzer des italienischen Kardinals neben ihm konnte er sowohl begreifen wie nachfühlen. »Ich hoffe nur, wir bleiben nicht so lange in Avignon wie die Kinder Israels während ihrer siebzigjährigen Gefangenschaft in Babylon. Seine Heiligkeit hat bei seiner Weihe in Lyon versprochen, dass wir nach Rom zurückkehren werden. Avignon mag einem seiner Vasallen gehören, aber der Einfluss des Königs reicht sehr wohl bis in den Süden.«

»Rechnet nicht damit, dass er tatsächlich nach Rom geht«, erwiderte sein Gesprächspartner. »Er mag der Heilige Vater sein, aber er ist in erster Linie Franzose. Wenn Ihr einen Beweis dafür wollt, dann betrachtet die schöne Brunissende von Périgord. Glaubt Ihr, Rom würde die Französin tolerieren, nur weil sie die Mätresse des Papstes ist?«

Bruder Simon beschleunigte seinen Schritt. Er wollte keine Silbe dieses bösartigen Getuschels glauben. Der Himmel würde die Lästermäuler für ihre Respektlosigkeit strafen. Dennoch fiel es ihm in Avignon schwerer als in Fontenay, der göttlichen Gerechtigkeit das Handeln zu überlassen. Es hatte eine Zeit gegeben, da hatte auch er gehandelt und nicht gebetet. Er hatte getötet! Eine schreckliche Erinnerung und die langen Jahre der Reue und Buße schenkten keinem Toten, den er auf dem Gewissen hatte, das Leben zurück.

»Da seid Ihr ja.«

Kardinal Arnaud von Pellegrue, Erzdiakon der Diözese Chartres und Neffe Seiner Heiligkeit, trat Bruder Simon in den Weg. Er winkte ihn zum Ärger der Wartenden aus der Menge im Vorzimmer des Papstes und gab ihm mit einer ungeduldigen Handbewegung zu verstehen, dass er keine weitere Zeit verlieren solle.

»Tretet ein, der Heilige Vater bedarf Eurer Dienste.«

Seine Heiligkeit Papst Clemens V. thronte im prächtig möblierten Studienzimmer des Abtes in einem Stuhl mit hoher geschnitzter Lehne, auf Lagen von Kissen. Das Ebenholzkreuz an der Stirnwand des Raumes stellte zwischen Wandbehängen, Schauschränken und Kunstgegenständen die einzige Mahnung zu Buße und Einkehr dar. Bruder Simon trat vor, strich die Kapuze vom Kopf und sank barhäuptig auf ein Knie, ehe er den Rubinring an der ausgestreckten Hand des Heiligen Vaters küsste.

Er blickte auf den Goldsaum des päpstlichen Ornates und verharrte mit gesenktem Haupt. Geduldig wartete er darauf, dass

Seine Heiligkeit das Wort an ihn richtete. Mit der ganzen Kraft seines Willens versuchte er seinen Geist zum Schweigen zu zwingen, der sich von Äußerlichkeiten viel zu leicht zu Kritik verleiten ließ. Die Prachtentfaltung um ihn herum mochte weltlich und übersteigert sein, aber der Mann, der diese Art von Luxus liebte, war der Stellvertreter Gottes auf Erden. Er schuldete ihm Demut und Ergebenheit:
»Steht auf, mein Sohn«, brach der Papst das Schweigen. »Ich sehe dem Menschen gerne ins Gesicht, wenn ich mit ihm rede.«
Bruder Simon folgte der Anweisung. Er begegnete seinem Oberhirten zum ersten Male von Auge zu Auge. Seine Berufung in den Haushalt des Heiligen Vaters war über den Erzdiakon erfolgt, und bislang hatte er seine Befehle nur von ihm erhalten. Aus unmittelbarer Nähe betrachtet, blieben Person und Würde des Amtes jede Ausstrahlung schuldig. Die zeremoniellen Gewänder bedeckten einen Mann, dessen Gestalt längst aus den Fugen geraten war und der die Blüte seiner Jahre überschritten hatte. Wohl genährt, kurzatmig und mit hängenden Schultern, verbreitete er eher gereizte Ungeduld denn fromme Güte.
Bruder Simon erschrak augenblicklich über seine Betrachtungen. Woher nahm er das Recht, den Heiligen Vater mit solch kleinlichen Maßstäben zu messen? Er hatte Gehorsam und Hingabe geschworen, als er den Ritterstand aufgab und das Kloster wählte. Wo blieb sein guter Wille? Sein ehrliches Bemühen, jeden Hochmut für immer fahren zu lassen und nur noch zu dienen?
Papst Clemens V. hingegen blickte in das Antlitz eines jungen Mannes von sechsundzwanzig Jahren. Das Gesicht eines Erzengels, hager, von Askese gezeichnet, in dem Augen von so dunklem Blau standen, dass sie auf den ersten Blick schwarz erschienen. Die Brauen und das Haar, bis auf die Tonsur, waren tatsächlich schwarz. Düstere Bartschatten lagen auf Wangen und Kinn. Ein Büßer. Seine Heiligkeit kannte die Zeichen

leidenschaftlicher Frömmigkeit und wusste sie für seine Zwecke zu nutzen.
Pellegrue hatte Recht gehabt. Dies war der richtige Mann. Tief gläubig, gehorsam und unbekannt genug, um nicht auf Anhieb mit den Plänen des Heiligen Stuhles in Verbindung gebracht zu werden. Auf seinen Neffen konnte er sich verlassen.
»Man hat Euch für eine Mission von höchster Verschwiegenheit empfohlen, mein Sohn«, brach der Papst nun die Stille. Er legte die molligen, weißen Hände mit den Fingerspitzen gegeneinander und machte eine bedeutungsvolle Pause.
Bruder Simon versagte sich die Frage, die so erkennbar provoziert wurde. Der Heilige Vater gab einen undefinierbaren Laut von sich, der ebenso Anerkennung wie Überdruss bedeuten konnte. Er verzichtete auf weitere Schmeicheleien und kam sogleich zum Kern der Sache.
»In den letzten Monaten haben sich die Beschwerden über die Gemeinschaften der Beginen gehäuft. Die heilige Kirche sieht sich zum Handeln gezwungen. Es geht nicht an, dass diese Frauen denken, sie könnten sich dem ordnenden Einfluss unserer Bischöfe entziehen. Es ist sündig, dass sie für weltliche Geschäfte ihre Gebete vernachlässigen und sich anmaßen, eigene Entscheidungen treffen zu wollen. Ehe Wir indes zu einer endgültigen Verurteilung ihrer Lebensweise kommen, benötigen Wir genaues Wissen über die Art ihrer einzelnen Verfehlungen.«
Bruder Simon hatte als päpstlicher Schreiber auf viele dieser Beschwerden geantwortet. Er begriff sehr wohl, was Seiner Heiligkeit an den religiösen Frauenvereinigungen missfiel, deren Mitglieder meist allein stehende Frauen und Witwen waren. Sie verpflichteten sich zwar zu einem religiösen Leben, aber sie waren keine Ordensgemeinschaft. Sie pflegten Kranke und nahmen sich der Armen an, doch sie arbeiteten auch für ihren Lebensunterhalt, indem sie Tuche, Bänder, Spitzen, Kerzen, Seife und vieles andere fertigten und verkauften. Jede

Frau, die sich einem Beginenkonvent anschloss, brachte ihr persönliches Vermögen in die Gemeinschaft ein, wo es unter anderem dazu diente, ihren Lebensunterhalt und die Kosten für ihre Wohnstatt zu bestreiten sowie die Rohstoffe für die Handwerkerinnen anzuschaffen. Verließ sie die Beginen, um wieder ein bürgerliches Leben zu führen oder gar zu heiraten, konnte sie dieses Vermögen nach genauer Aufrechnung wieder mit sich nehmen. In den meisten Fällen hatte es sich vermehrt, denn die Geschäftstüchtigkeit der Beginen erregte mittlerweile sogar den Neid von Handwerkern und Händlern.

»Ihr werdet nach Brügge reisen, um Euch für Uns ein Bild von der dortigen Lage der Beginen zu machen. Der prinzliche Beginenhof vom Weingarten ist der passende Ort, ein Exempel zu statuieren. Er untersteht in weltlichen Fragen Seiner Majestät dem König von Frankreich, in geistlichen Dingen dem Bischof von Cambrai.« Seine Heiligkeit hielt kurz inne und gab Bruder Simon Zeit, sich daran zu erinnern, dass der Bischof von Cambrai niemand anderer als der Bruder von Enguerran de Marigny war, einem der engsten Ratgeber Philipps des Schönen. Kein Wunder, dass der Papst die Loyalität Seiner Eminenz nicht auf die Probe stellen wollte.

»Uns sind zudem Anschuldigungen zu Ohren gekommen, dass die Beginen das Wort Gottes predigen und häretische Schriften verbreiten«, sprach er jetzt weiter. »Wir vertrauen auf Euch, Bruder, dass Ihr in Verschwiegenheit und Klugheit die nötigen Beweise sammelt, damit Wir das leidige Beginenproblem im Sinne der heiligen Mutter Kirche lösen können. Je eher sich diese Frauen einer gestrengen Ordensregel unterwerfen, umso besser ist es für ihr Seelenheil. Ihr seid ab sofort ein Wanderprediger. Ein frommer Mann auf der Suche nach der göttlichen Wahrheit. Seht es als Pilgerfahrt an.«

Im Sinne der heiligen Mutter Kirche hieß vermutlich, dass die Beginen ein Ordensgelübde ablegen sollten, damit ihre Höfe und Konvente in Kirchenbesitz übergingen. Alles in Bruder

Simon sträubte sich dagegen, der Handlanger eines solchen Planes zu sein. Es sah zu sehr danach aus, als würde das Seelenheil der Beginen nur vorgeschoben, damit die Kurie freie Hand über ihr Vermögen erhielt.
»Verzeiht, Heiliger Vater, aber selbst wenn ich in Brügge Beweise für solche Anschuldigungen finde, bedeutet das doch nicht, dass in allen beginischen Gemeinschaften gesündigt wird.«
»Das soll nicht Eure Sorge sein, mein Sohn. Gehorcht und geht nach Flandern. Der Erzdiakon hält Euch für klug. Der Brügger Beginenhof ist ein eigener Pfarrbezirk, und der dortige Priester wird einem wandernden Prediger mit Sicherheit Herberge bieten. Wir erwarten Euren Bericht. Ihr geht mit dem Segen Eures himmlischen Vaters.«
Eine unmissverständliche Verabschiedung. Bruder Simon musste sich ehrerbietig verneigen und das Gemach verlassen. Weitere Einsprüche waren nicht erwünscht. Wie komme ich zu diesem unerfreulichen Auftrag?, fragte er sich verblüfft und erhielt die Antwort von Kardinal Pellegrue:
»Seht Ihr vielleicht Bruder Étienne nach Flandern reiten? Er fiele schon auf der Brücke über die Rhône vom Pferd, und das Gleiche lässt sich von ein paar anderen sagen, die in Frage kämen. Für eine solche Mission seid Ihr als Ritter erzogen worden, mein Freund. Ihr könnt ein Pferd reiten, Euch notfalls verteidigen, und Eure Ergebenheit für den Heiligen Vater ist ohne Tadel. Betrachtet es als Auszeichnung. Wenn Ihr diesen Auftrag zu seiner Zufriedenheit ausführt, werdet Ihr sicher nicht unter die namenlosen Brüder in die Schreibstube Seiner Heiligkeit zurückkehren.«
Im Kloster hatte Simon von Andrieu gelernt, wann er schweigen musste, auch wenn alles in ihm danach drängte, zu protestieren. Er würde weder Seiner Heiligkeit noch dem Kardinal begreiflich machen können, dass er nicht den Aufstieg in der heiligen Mutter Kirche anstrebte, sondern Frieden für die

eigene Seele suchte. Absolution für Hochmut und Mord. Bei dieser Mission würde er weder das eine noch das andere finden. Tatsache war, die Kurie benötigte dringend Geld. Fernab von Rom war man in erster Linie auf die Einkünfte aus kirchlichen Pfründen in Frankreich angewiesen und Darlehen, wie sie beispielsweise der Orden der Templer großzügig gewährt hatte. König Philipp hatte mit seinem überraschenden Vorgehen gegen die Tempelritter diese Quelle zum Versiegen gebracht und die Reichtümer des Ordens kurzerhand im Namen der Krone beschlagnahmt. Es war nicht abzusehen, ob und wann er sich bereit fand, die Güter zurückzugeben, die Clemens V. im Namen der Kirche von ihm forderte.

Offiziell prüfte augenblicklich eine päpstliche Kommission die Vorwürfe gegen den Orden als Ganzes und eine bischöfliche Kommission jene gegen die einzelnen Tempelritter, aber bis zum Abschluss dieser Untersuchungen blieben die Templer im Verlies. Ihr Vermögen stand unter königlicher Verwaltung, was schlicht bedeutete, dass Seine Majestät sich munter davon bediente. Dass die Kirche dies im umgekehrten Fall ebenfalls getan hätte, änderte nichts daran, dass Papst und Kardinäle voller Empörung und Selbstgerechtigkeit von Diebstahl sprachen.

Bruder Simon schmeckten weder sein Auftrag noch die Schlüsse, die sich ihm aufdrängten. Es ging nicht um Glauben, sondern allein um Macht und Geld. Willst du dich für solche Winkelzüge hergeben?, fragte er sich entsetzt. Allein, blieb ihm eine Wahl? Er hatte Gott als Buße für seine Sünden Gehorsam und Demut geschworen. Seine Heiligkeit war der Vertreter Gottes auf Erden.

*Gehorche!* Das war genau jene Ordensregel, die ihm am häufigsten Schwierigkeiten bereitete. Es bereitete ihm weder Probleme zu schweigen noch zu fasten, zu beten oder seinen Körper zu kasteien. Aber seit er zum Haushalt des Heiligen Vaters gehörte, fiel es ihm von Tag zu Tag schwerer zu gehorchen. Bei allem Respekt für seinen Oberhirten blieb ihm nicht verborgen, dass Clemens V. dem französischen König nicht mit jenem Nachdruck begegnete, den Zeit und Situation erfordert hätten. Die Templer, die in ihren Kerkern bislang vergeblich darauf warteten, dass er sich energischer für sie einsetzte, waren der traurige Beweis dafür. Würden die Beginen das nächste Opfer werden, weil der Heilige Vater wenigstens auf ihrem Rücken geistliche Macht demonstrieren wollte?

## Im Auftrag der Magistra

*Brügge am 28. Oktober 1309*

»Ysée? Ysée, wo steckst du?«

Die Backsteinmauer sah kalt und schmutzig aus, dennoch presste Ysée die Stirn mit aller Macht dagegen. Die Berührung hinterließ Spuren auf dem hellen Leinen der Haube und ihrer Haut. Sie verschwendete keinen Gedanken daran. Kälte, Schmutz und Härte zeigten ihr, dass sie lebendig war. Sie konnte atmen, spüren, zittern und, wenn sie wollte, sogar zornig mit den Fäusten gegen die rote Wand schlagen.

Die Mauer musste es stumm dulden. Sie sagte weder »bezähme deine Launen« noch »sei gehorsam« oder »tu deine Arbeit«, »lass die törichten Gedanken«, »geh fort«. Solche Belehrungen kamen nur von dummen Gänsen wie Schwester Josepha oder Eigennützigen wie ihrer Mutter oder von Herzlosen wie der zweiten Meisterin Alaina. Sie alle behandelten Ysée wie einen nützlichen Gegenstand. Wie ein Ding, das zu tun hatte, was sie ihm sagten, und dem sie keine Gefühle erlaubten.

Der kühle Gegendruck milderte nach und nach den Schmerz hinter Ysées Schläfen. Langsam drang der Morgen in ihr Bewusstsein. Der Tag begann feucht und windig. Stürmische Böen fuhren durch die Baumwipfel am Reieufer und rauschten in die Stille des Beginenhofes vom Weingarten hinein. Nun, da das Hämmern ihres Herzens nachließ, drangen die Geräusche vom Kai des nahen Minnewaterhafens in ihr Bewusstsein. Das Quietschen der großen, hölzernen Kräne, die schwere Lasten von den Schiffen hoben, die dort ankerten. Das Poltern der Fässer und Kisten, die Flüche der Männer, die sie schleppten. Masten und Tauwerk ächzten im Wind, und darüber wurde das Kreischen der Möwen verweht. Vertraute Töne, die sie seit langem begleiteten.

Hinter der Mauer lag Brügge, das dem Zwin Reichtum und Bedeutung verdankte. Dieser Meeresarm, kaum breiter als ein Fluss, von der großen Sturmflut des Jahres 1134 als Bresche tief ins Landesinnere geschlagen, machte die Stadt zusammen mit der gemächlich dahinfließenden Reie zum bedeutenden Hafen. Beide speisten das verzweigte System der Kanäle und Grachten, die es wie lichte Bänder durchzogen. Tausende von Bürgern hatten ihre Häuser entlang dieser Wasserstraßen gebaut, deren Ufer man ganz allgemein ebenfalls *Reie* nannte, und sie nutzten sie ebenso für ihre Geschäfte wie zum schnellen Vorwärtskommen. Ysée wünschte sich brennend, all dies nicht nur zu hören, sondern auch zu sehen. Seit sie vor vielen Jahren in den Beginenhof gekommen war, hatte sie ihn kein einziges Mal mehr verlassen.

»Warum antwortest du nicht, Ysée?«

Seraphinas Stimme klang schrill vor Aufregung. Sicher war sie zu behäbig, ihre Suche bis zu den Wollschuppen an der Mauer auszudehnen. Dennoch straffte Ysée die Schultern und nahm die Stirn von den Steinen. Gerade noch rechtzeitig, denn dieses Mal stand Seraphina tatsächlich hinter ihr.

»Ysée, du Nichtsnutz, was treibst du hier? Ich habe dich bei den Spannrahmen gesucht. Du solltest dort bei Mariana sein. Warum lässt du sie deine Arbeit tun?«

Ysée wischte sich die Hände an ihrem Rock ab. Sie gab keine Antwort. Es hörte ohnehin niemand zu, wenn sie etwas sagte.
»Du hast Schmutz an der Stirn.« Seraphina schüttelte den Kopf über so viel Nachlässigkeit. »Und das ausgerechnet jetzt. Die oberste Meisterin möchte dich sehen. Es gehört sich nicht, die Magistra warten zu lassen. Wenn du an deinem Platz gewesen wärest, hättest du noch Zeit gehabt, dich zu säubern. Jetzt wirst du eben ihren Tadel ertragen müssen. Husch, eil dich und komm mit.«
Seraphina hastete voraus. Trockene Gräser raschelten unter ihren Schritten, und der dunkelblaue Beginenumhang wehte die Blätter vom Weg, die über Nacht gefallen waren. Ysée lief hinterher und lauschte der Tirade, die Seraphina trotz ihrer Atemlosigkeit keinen Herzschlag lang unterbrach.
»Dein Müßiggang wird dich noch einmal in Teufels Küche bringen, Schwester. Du weißt, dass ich deinen Ungehorsam der Meisterin melden muss. Warum träumst du, statt wie alle anderen zu arbeiten?«
Ysée verzog stumm den Mund. Sie tat wahrhaftig ihren Teil der Pflichten für die Gemeinschaft, aber niemand wollte es wahrhaben. Nicht einmal ihre Mutter, deren Aufgaben sie ebenfalls erledigte.
Die oberste Meisterin der Beginen vom Weingarten, Dame Methildis van Ennen, wohnte im Kapitelhaus am Rande des großen Kirchenplatzes. Sie war seit vielen Wochen krank, und ihr Leiden verschlimmerte sich mit jedem Tag. Es schien, als verzehre sie ein böser Dämon, und keine Arznei linderte ihre Schmerzen. Weshalb sie trotz ihres schweren Leidens das Gespräch mit einer Magd suchte, hätte nicht nur Seraphina gerne gewusst. Auch Ysée fragte sich, was ihr zur Last gelegt wurde.
»Hinein mit dir«, kommandierte Seraphina, als sie ihr Ziel erreichten, und gab Ysée zur Sicherheit einen energischen Schubs zwischen die Schulterblätter. »Man wartet schon viel zu lange auf dich.«

Ysée trat befangen über die Schwelle in einen Vorraum, der mit schwarz-weißen Steinquadraten ausgelegt war. Genau gegenüber führte eine polierte Holztreppe nach oben, und linker Hand trat eben die zweite Magistra Alaina aus der Küche des Kapitelhauses. Sie trug ein Tablett mit einem dampfenden Krug und glänzenden Zinnbechern, dem der frische Geruch nach pfeffriger Minze und Rosmarin nachwehte.
Bei Ysées Anblick hob sie tadelnd die Brauen. »Du kommst spät«, rügte sie. »Und wie siehst du aus? Deine Haube ist schmutzig, deine Stirn beschmiert. Wahrhaftig, aus dir wird nie eine ordentliche Schwester.«
»Soll ich etwa gehen, die Haube wechseln? Dann muss die Magistra noch länger auf mich warten.« Ysée reagierte an diesem Morgen besonders empfindlich auf Vorwürfe, obwohl ihr das Herz bis in den Hals hinaufschlug. Sie mochte Schwester Alaina nicht, und sie hatte das sichere Gefühl, dass die zweite Meisterin diese Abneigung erwiderte.
»Du bist aufsässig«, zischte die Ältere mit einem Mund so schmal wie ein Strich.
»Verzeiht.« Ysée brachte die erwartete Entschuldigung mit so viel unterschwelligem Groll vor, dass sie nur noch mehr Ärger erntete.
»Hinauf mit dir!« Alaina wies mit ausgestreckter Hand auf die Treppe, die zum Schlafgemach der obersten Begine führte. »Und keinen Ungehorsam der ehrwürdigen Mutter gegenüber. Sonst wirst du die nächsten Wochen ausschließlich beim Wollewaschen verbringen.«
Ysée nahm die Drohung ernst und senkte schweigend den Blick. Alaina wusste, dass sie diese Arbeit hasste, und sie würde nicht zögern, eine solche Strafe auszusprechen. Alles daran war ihr schrecklich. Die Eintönigkeit der sich wiederholenden Handgriffe, der ranzige Gestank des Wollfettes und die Feuchtigkeit, die am Ende auch in Kleidern und Haaren hing. Beim Wollewaschen half es nicht einmal, von schönen Dingen zu

träumen. Das Säubern und Brühen der angelieferten Schafschur war eine der schwersten und hässlichsten Arbeiten, die es im Beginenhof zu tun gab.
Ehe sie die Kammer im ersten Stock betrat, versuchte Ysée mit aller Kraft die seltsame Stimmung dieses Tages zu überwinden. Es widerstrebte ihr, Methildis von Ennen zu begegnen, wenn sie vor Aufbegehren kochte und am liebsten etwas Ungeheuerliches getan hätte, um etwas zu erreichen, das sie nicht einmal beim Namen nennen konnte. Die Magistra war die Seele des Beginenhofes, gütig, gerecht und warmherzig. Alle Schwestern liebten sie, und Ysée hätte freudig ihre Seligkeit dafür hingegeben, dass sie wieder gesund wurde.
»Komm näher, Kind, und steh nicht in der Tür, als würdest du am liebsten gleich wieder davonstürmen.« Methildis van Ennen lag, von mehreren Kissen gestützt, in ihrem Alkoven, als Ysée endlich eintrat. Sie unterdrückte ein Hüsteln und winkte sie mit einer Geste näher.
»Ihr habt nach mir rufen lassen, ehrwürdige Mutter und Maestra«, begrüßte das junge Mädchen die Kranke respektvoll.
Sie gebrauchte wie viele der anderen Schwestern den alten Titel für die Meisterin, den die Vorsteherinnen des Beginenhofes trugen, seit die Gemeinschaft im Jahre 1245 zur eigenständigen Pfarrgemeinde der Stadt Brügge geworden war. Gräfin Margareta von Flandern war dies zu verdanken. Sie hatte sich damals der Vermittlung des Bischofs von Tournai bedient. Seine Eminenz hatte unter einer Bedingung zugestimmt: Die Beginen mussten ein eigenes Gotteshaus besitzen.
Methildis van Ennen hatte Ysée vor vielen Jahren erzählt, wie die Gemeinschaft der Beginen dieser Forderung entsprochen hatte. Noch heute konnte sie nicht an der Beginenkirche vorbeigehen, ohne sich daran zu erinnern. Im Zentrum der Stadt hatte zu Gräfin Margaretas Zeit ein kleines Kirchlein gestanden, das nach dem Bau eines großen Gotteshauses nicht mehr benötigt wurde. Die Beginen hatten jeden einzelnen Stein

dieser Kapelle aus den Mauern gelöst und in den Weingarten geschleppt. Es hatte fast ein halbes Jahr gedauert, die Kirche dort wieder aufzubauen, aber im Januar 1245 war das Werk vollbracht. Der Heiligen Mutter geweiht, bildete die Pfarrkirche bis zum heutigen Tag den Mittelpunkt der frommen Gemeinde vom Weingarten. Pater Felix, der Priester, der ihr im Augenblick vorstand, lebte in einem Steinhaus draußen vor der Mauer, am anderen Ende der Brücke zum Weingartenplatz.

»Lass dich anschauen«, sagte die Magistra jetzt. »Dreh den Kopf zum Fenster, ja so … gütiger Himmel, wie ähnlich du ihr siehst.«

Ysée schwieg. Was konnte die Meisterin wohl meinen? Sie hatte sich nie Gedanken darüber gemacht, wem sie ähnlich sah. Nur eines war kaum zu leugnen, zwischen ihr und Berthe gab es keine äußerliche Verwandtschaft. Sie wusste, warum, Berthe war gar nicht ihre Mutter. Kannte die oberste Begine dieses streng gehütete Geheimnis ebenfalls?

»Es ist an der Zeit, dass wir über deine Zukunft sprechen, Kind«, fuhr sie zu Ysées Verblüffung fort. »Es geht nicht an, dass du weiter deine Tage als Magd vertust. Nachdem deine Mutter keinen Versuch unternommen hat, eine Ehe für dich zu arrangieren, musst du nach den Regeln des Weingartens als selbstständige Begine aufgenommen werden. Das bedeutet, du bist Novizin, bis dich der Rat der Schwestern billigt und willkommen heißt. Da du keine Mitgift einbringst und kein eigenes Vermögen besitzt, kannst du der Gemeinschaft nur mit deinem Fleiß und deiner Frömmigkeit dienen.«

Sie hob abwehrend die Hand, als das Mädchen den Mund öffnete. »Lass mich zu Ende kommen. Ich denke, dass du unter den Schwestern, die im Hospital der Beginen ihren Dienst tun, deine Aufgabe finden solltest. Das nötige Wissen vermittelt dir eine ältere Schwester, deren Helferin und Schülerin du ab heute bist. Wenn sie mit dir zufrieden ist, wird sie im Rat der Schwestern für dich sprechen und deine Aufnahme empfehlen. Bis dahin musst du lernen, dich zu zügeln und deine Zunge besser zu hüten.«

Nie wieder Wolle waschen, spinnen, walken oder spannen! Ohne dass es ihr bewusst wurde, breitete sich ein solches Strahlen auf Ysées Gesicht aus, dass die Magistra mit einem Seufzer den Kopf schüttelte. Wahrhaftig, es fiel schwer, dem besonderen Liebreiz dieses Kindes zu widerstehen. Aber sie war nicht umsonst seit mehr als einem Jahrzehnt die oberste Dame der Beginengemeinde. Sie verstand es, persönliche Gefühle zu verbergen. Ganz besonders vor einem Mädchen, dessen Schicksal sie so sehr berührte.

»Wie soll ich Euch nur danken, ehrwürdige Mutter?«, murmelte Ysée schließlich befangen. Ob die Meisterin ahnte, wie sehr sie sich danach sehnte, anerkannt und geachtet zu werden? Geschätzt und geliebt?

»Ach Kind …«

Die Kranke hustete, und Ysée reichte ihr den bereitstehenden Becher mit Honigwasser. Sie musste sie beim Trinken stützen, denn die Maestra war mittlerweile so schwach, dass sie für jede körperliche Bewegung Hilfe benötigte. Ysée wusste, dass sich die Gebete der Beginen für ihre Gesundheit bereits mit dem Getuschel über ihre mögliche Nachfolgerin abwechselten.

»Ihr dürft Euch nicht anstrengen«, riet sie ihr besorgt und glättete die Decke des Bettes, obwohl keine Falten zu sehen waren. »Ich weiß, dass ich noch viel zu lernen habe. Auch, dass es mir beklagenswert an Selbstbeherrschung fehlt, aber ich werde mich bessern. Ich verspreche es Euch.«

Die Magistra lächelte über so viel Eifer. Sie griff nach Ysées Hand. »Ich weiß, dass du ein gutes Herz hast und dass du mich nicht enttäuschen wirst. Ich muss dir dennoch sagen, dass …«

Ein leises Kratzen an der Tür unterbrach sie, und Alaina trat nach der Aufforderung der obersten Begine ein. Sie neigte gemessen den Kopf mit der großen, weißen Leinenhaube der Beginen, die nicht nur den Scheitel bedeckte, sondern auch die

Schultern. Ysée hatte ihre Haare nicht unter der *Faille* versteckt, wie man die kompliziert plissierte Haube wegen ihrer vielen Falten nannte, sondern unter einem einfachen Kopftuch, wie es den Mägden zustand. Sie sehnte sich seit Jahren danach, diesen einzigen und elegantesten Schmuck der Beginen zu tragen – hatte sie nun das Recht dazu?

»Am Tor ist eine Magd aus dem Hause Cornelis«, begründete Alaina währenddessen die unwillkommene Unterbrechung. »Die Gemahlin des Tuchhändlers hat vor der Zeit eine Totgeburt gehabt. Man fürchtet, dass sie die kommende Nacht nicht überleben wird. Sie schickt nach Euch, ehrwürdige Mutter, und wünscht in ihrer schweren Stunde den Trost der Beginen.«

Die Meisterin bekreuzigte sich erschrocken. »Arme Mareike. Es war ihr so sehr daran gelegen, Meister Cornelis endlich den ersehnten Erben zu schenken.«

»Wer soll an Eurer Stelle zu Mareike Cornelis gehen, ehrwürdige Mutter?«

Die oberste Dame der Beginen seufzte bedrückt. »Wie gerne würde ich meiner Nichte auf diesem letzten Weg beistehen. Bitte vertretet mich bei ihr, Schwester Alaina. Nehmt Ysée mit. Je eher sie ihre Ausbildung an Eurer Seite beginnt, umso besser ist es. Es kommt mir vor, als gäbe uns der Himmel ein Zeichen.«

Ysées Augen weiteten sich vor Schreck. Ein erstickter Laut drang aus ihrer Kehle. Mit jeder anderen Schwester, stand in ihrem Gesicht, nur nicht mit Alaina!

»Hast du mir nicht eben versprochen, dich zu bessern? Sei gehorsam, Ysée.« Die Magistra rügte ihren wortlosen Widerspruch. »Du wirst künftig Alainas Gehilfin und Schülerin sein. Ich erwarte, dass du dir Mühe gibst und ihr in allen Dingen folgst.«

Die hinfällige Gestalt im Alkoven verschwamm vor Ysées Augen. In ihrer ersten Freude hatte sie sich keine Gedanken darüber gemacht, wer ihre Lehrerin sein würde. Unter den kühl beobachtenden Augen Schwester Alainas erlosch ihre Freude jedoch wie eine Kerze im Zugwind. Sie hatte die zweite Meisterin noch nie zufrieden stellen können. Warum, dachte sie, warum ausgerechnet Alaina?

Alaina verbarg ihre Genugtuung hinter einer ausdruckslosen Miene. Die Meisterin sandte ein stummes Gebet zum Himmel. Sie wusste, was sie tat. Es war an der Zeit, dass Ysée sich zu behaupten lernte, und wenn sie all jene Fähigkeiten besaß, die sie in ihr vermutete, dann würde es ihr auch gelingen.

»Geht«, sagte sie schroffer, als es sonst ihre Art war. »Tut eure Pflichten, wie es frommen Frauen geziemt. Der Herr behüte euch.«

Nur Methildis van Ennen wusste, dass sie ihrer Nichte auch eine lebendige Mahnung ins Haus schickte. Vielleicht würden jetzt endlich die Fragen beantwortet werden, die sie vor zehn Jahren zu stellen versäumt hatte. Die Entscheidung lag bei Mareike Cornelis.

»Gelobt sei Jesus Christus«, hauchte Ysée und huschte hinter Alaina nach draußen. Sie musste nicht lange auf die erste Zurechtweisung warten.

»Du wirst dich augenblicklich säubern und eine geziemende Haube aufsetzen. Zur Terz erwarte ich dich pünktlich an der Pforte.«

Zur Terz um neun Uhr! Die kurze Spanne Zeit bis dahin genügte kaum, die kleine Behausung zu erreichen, die sie mit ihrer Mutter bewohnte. Nur besonders angesehene und einflussreiche Beginen lebten in den weißen Fachwerkhäusern rund um den mit Bäumen bestandenen Platz vor der Kirche oder in den größeren Konventsgebäuden. Das Privileg war jenen vorbehalten, die ihr zum Teil beträchtliches Vermögen mit in den Weingarten gebracht hatten. Mittellose Schwestern, wie Ysée und ihre Mutter, wohnten bescheidener.

Weil die Armenquartiere neben dem Beginenhospital stets bis zur letzten Kammer belegt waren, hatte man vor ein paar Jahren kleine Holzhäuser in der Nähe der Brachwiesen errichtet.

In ihrer unmittelbaren Nachbarschaft befand sich alles, was in der Nähe des Kirchplatzes zu laut, zu geruchsintensiv und zu schmutzig war. Schuppen voller Rohwolle und frisch gefärbter Stoffe, die Spannrahmen zum Trocknen der Wolle, klappernde Webstühle und nicht zuletzt die Ställe für Geflügel, Schweine und Ziegen sowie die Unratgruben.

Der Weg dorthin war weit. Ysée raffte den Saum ihres Gewandes und rannte so eilig davon, dass ihr keine Zeit blieb, über das Wechselbad der Gefühle nachzudenken, in das sie die Entscheidung der Meisterin am Tage des heiligen Simon gestürzt hatte.

Wie üblich traf sie ihre Mutter beim Spinnen an, aber das Rad drehte sich nicht. Vermutlich hatte sie ein Schläfchen gehalten. Berthe erschrak bei ihrem stürmischen Eintritt dermaßen, dass ihr die Spindel aus der Hand rutschte und der Faden riss.

»Bei allen Heiligen, was ist das für ein Benehmen?«, beschwerte sie sich entrüstet. »Was hast du hier zu suchen? Es läutet gleich zur Terz, und du siehst aus, als hättest du dich im Schweinetrog gewälzt.«

Berthe neigte dazu, alles schlimmer zu machen, als es war, aber Ysée ließ sich nicht aufhalten. Sie riss sich das Tuch von den straff geflochtenen Haaren und beugte sich über die Truhe, die neben der offenen Feuerstelle am Kamin stand.

»Ich zieh mich ja schon um, Mutter«, sagte sie atemlos. »Ich soll Alaina begleiten. Man hat sie zu einer Sterbenden in die Stadt gerufen. Ich muss mich beeilen, ich bin jetzt ihre Schülerin.«

»Du gehst in die Stadt? Das darfst du nicht!«

Berthe hatte ihre Körperfülle in Bewegung gebracht, um die Spindel aufzuheben. Jetzt hielt sie inne und fixierte Ysée streng. Der oberflächliche Eindruck von Behäbigkeit und Wärme täuschte, das Mädchen wusste es nur zu gut. Die Frau, die alle für ihre Mutter hielten, war schnell mit Ohrfeigen zur Hand, und ihre Zunge traf wie eine Peitsche.

»Das müsst Ihr der Meisterin sagen, sie hat es mir befohlen.«

Ysée steckte die Enden ihrer neuen Kopfbedeckung fest und

griff nach einer sauberen Schürze. Mehr konnte sie an ihrer Erscheinung unmöglich zum Besseren wenden, denn andere Kleidungsstücke besaß sie nicht.
»Aber genau sie war es doch, die mir versprochen hat, dass du nie …«
Den Rest des Satzes verhallte ungehört. Ysée lief, ihren Umhang dabei schließend, eilig in Richtung Pforte. Im spitzen Holzturm der Kirche schlug die Glocke mahnend zur Terz. Sie sah die Schwestern hintereinander mit fromm gefalteten Händen zur Kirche schreiten. Die weißen Hauben wippten im Wind, und der feierliche Gänsemarsch der einheitlich dunkelblau gekleideten Frauen entlockte ihr trotz aller Dringlichkeit ein Lächeln.
Hastig bekreuzigte sie sich und traf beim allerletzten Glockenschlag unter der Wölbung des Brückentores ein, wo Alaina eben nach einem Henkelkorb greifen wollte. Ein jähes Glücksgefühl überkam Ysée. Wie oft hatte sie sehnsüchtig über die Brücke hinüber zum Tränkbrunnen der Pferde geschaut, wenn tagsüber die Torflügel offen standen. Dass sie nun tatsächlich die magische Grenze zur Außenwelt überschreiten durfte, schien ihr der reinste Traum.
»Schlag die Augen nieder«, wies Alaina sie zurecht. »Es gehört sich nicht, dass du herumgaffst und deinen Schwestern Schande machst.«
Ysée dankte dem Himmel, dass sie wenigstens nur an ihrem Blick etwas auszusetzen hatte. Sie nahm den Korb mit den Kräutern, Salben und Binden, während die zweite Meisterin sich zum Gehen wandte. Sie versuchte sich dem Schritttempo Alainas anzupassen und sich weder Neugier noch Aufregung anmerken zu lassen. Dennoch flogen ihre Augen unter halb gesenkten Lidern weiter von einer Seite zur anderen, während sie die Weingartenstraße entlangschritten, die vom Weingartenplatz in die Stadt, zur Burg führte. Sicher lebte ein so angesehener Kaufmann wie Meister Cornelis am großen Markt, in der

Nähe der Residenz der Grafen von Flandern und der Kathedrale vom Heiligen Blut.
Sie hatte gehört, dass es dort Häuser geben solle, größer als die Kirche der Beginen und das Kapitelhaus der Meisterin. Häuser ganz aus Stein und nicht aus Holz, Lehm und verputztem Fachwerk. Gebäude mit mehr als drei Stockwerken. Aber schon die bescheidenen Behausungen der städtischen Handwerker rund um die Liebfrauenkirche kamen ihr riesig vor. Und erst die Garküchen, die Weinschänken, die Läden und Werkstätten … Es war schwierig, den Kopf gesenkt zu halten.
Die Bürger von Brügge schenkten den beiden Beginen wenig Aufmerksamkeit. Für sie waren die frommen Frauen mit den weißen Hauben und den dunklen Umhängen ein gewohnter Anblick. Dennoch kam es Ysée vor, als entdecke sie auch das eine oder andere feindliche Signal. Besonders bei Männern, deren blaue Hände sie als Färber auswiesen, und aus Häusern, die vom Geklapper der Webstühle widerhallten. In ihrem Nacken begann es zu kribbeln, und sie bemühte sich, im Vorbeigehen alles zu hören, wenn sie schon nicht alles betrachten durfte.
»Die frommen Frauen des Königs …« Gelächter drang zu ihr herüber. »Die Motten, die er zwischen unsere Wolle gesetzt hat und im prinzlichen Beginenhof mästet.«
Ysée runzelte die Stirn und wäre um ein Haar über eines der Schweine gestolpert, die im Straßenschmutz wühlten und dafür sorgten, dass die Abfälle auf Brügges Straßen sich in Grenzen hielten.
Natürlich hatte Alaina ihre Ungeschicklichkeit bemerkt. Sie reagierte mit einem strafenden Blick über die Schulter, und Ysée ahnte, dass sie bei ihrer Rückkehr Schwierigkeiten bekommen würde. Nur jetzt – jetzt wollte sie ihre Freiheit genießen.

# Zweites Kapitel
# Zweifel

## Mathieu von Andrieu

*Kortrijk in Flandern im Oktober 1309*

»Wir könnten Brügge bis zum Allerseelentag erreichen.«
»Wozu diese Eile?« Der Ritter mit dem wettergegerbten Gesicht und den schütteren, braunen Haaren setzte den Bierkrug heftiger auf den Tisch, als es nötig gewesen wäre. »Es gefällt mir nicht in dieser Stadt.«
Mathieu von Andrieu verzog den Mund. Er teilte die Gefühle seines Waffenmeisters Jean Vernier, der ihn auf dieser Reise begleitete. Kein Ritter des Königs von Frankreich mochte Kortrijk, schließlich erinnerte der Ort an eine verheerende Niederlage. Weit mehr als tausend Ritter und achtundsechzig Edelmänner aus den ersten Familien des Königreiches hatten dort, 1302, in der Schlacht der goldenen Sporen ihr Leben gelassen. Er hatte gemeinsam mit ihnen gekämpft, und die wulstige Narbe eines Lanzenstiches an seinem Oberschenkel sorgte dafür, dass er dies nie vergaß.
Man erzählte sich, dass die Flamen siebenhundert goldene Sporen auf dem Schlachtfeld eingesammelt hatten. Ein jedes Paar stand für einen getöteten französischen Ritter, und man verwahrte die makabren Andenken bis heute in der Kirche *Unserer Lieben Frau zu Kortrijk*. Die nächste Schlacht, nahe

Mons-en-Pévèle, am 18. August 1304, endete zwar zugunsten des Königs von Frankreich, aber der Stolz des französischen Rittertums hatte von Kortrijk ebenfalls eine hässliche Narbe zurückbehalten.

Es kostete den Herrn der Grafschaft Flandern, Robert von Bethune, dennoch Jahre, seine rebellischen Städte dazu zu bewegen, den Frieden zu akzeptieren, den er mit König Philipp 1305 geschlossen hatte. Mit der Unterschrift auf dem Dokument hatte er sich die Freiheit erkauft, aber seiner Grafschaft drückende Lasten auferlegt. So sollten unter anderem Gent, Brügge, Ypern, Lille und Douai ihre Mauern schleifen, und falls sich Graf Robert jemals wieder mit einem Feind Frankreichs verbünden würde, fiele seine Grafschaft an Philipp IV. zurück.

Die Verhandlungen zwischen der französischen Krone, den flandrischen Städten und dem Grafen waren erst im Mai dieses Jahres abgeschlossen worden. Philipp konnte es sich mittlerweile leisten, großzügig zu sein. Er verzieh Brügge und halbierte die Geldstrafe, die Flandern auferlegt worden war. Von den fünf Städten musste lediglich Brügge seine Festungswerke schleifen, und der Graf kehrte nach Hause zurück. Dort warfen ihm seine Untertanen allerdings mangelnde Vaterlandsliebe vor, sodass er sich in erster Linie mit *Leliaerts* umgab, wie die Flamen in Anspielung auf die königliche Lilie jene Edelmänner und Königstreuen nannten, die Frankreich dienten.

Dass er nun mitten in diesem Wespennest den Beginen vom Weingarten nachspionieren sollte, gefiel Mathieu keineswegs. Er sah allerdings auch keinen Sinn darin, diesen Umstand groß zu diskutieren.

»Unsere Pferde brauchen die Rast, egal, ob es dir hier gefällt oder nicht, Jean«, sagte er schließlich.

Der Angesprochene sah sich mürrisch in der Wirtsstube des Gasthofes *Zum Weißen Lamm* um, der nur wenige Schritte von der Kirche entfernt lag. Bei ihrer Ankunft hatten sie kaum

Platz gefunden. Unter der niedrigen Balkendecke debattierten Männer der verschiedensten Stände. Die meisten von ihnen waren freilich *Blaunägel*, wie man die Arbeiter nannte, die aus der importierten englischen Wolle jene Tuche webten, färbten und walkten, die von flämischen Händlern in alle Welt verkauft wurden. Kräftige Burschen mit breiten Schultern, die die fremden Ritter nicht aus den Augen ließen.
»Siehst du, wie sie uns anstarren? Als hätten wir zwei Köpfe auf den Schultern«, knurrte Jean noch immer gereizt.
»Zum Henker, bezähm dich!«
Jean Vernier liebte den Kampf und ging trotz seiner fünf Lebensjahrzehnte keiner Auseinandersetzung aus dem Weg. Der unwirsche Ton seines Herrn riss ihn aus dem verlockenden Traum von einer hübschen kleinen Prügelei, die es ihm ermöglicht hätte, seine schlechte Laune an ein paar flämischen Holzköpfen auszulassen. Widerwillig konzentrierte er seine Aufmerksamkeit stattdessen auf die dralle Magd, die sich zwischen den Webern und Färbern bis zum Ecktisch der beiden Männer hindurchzwängte.
»Eine Mahlzeit für die Herren?«, erkundigte sie sich geschäftig und wischte mit ihrer Schürze über die Bierflecken auf der Tischplatte. »Es gibt Kohlsuppe, gesottenen Hammel und frische Bratwürste. Besseres werdet Ihr nicht einmal in Brügge bekommen.«
Das Lächeln und die Verbeugung, die ein prall gefülltes Mieder zeigte, galten ausschließlich Mathieu. Trotz des schlichten Lederwamses erkannte sie in Haltung und Aussehen den französischen Edelmann.
»Bier und Hammel für uns beide«, antwortete jedoch Jean anstelle des Bewunderten und fügte leutselig hinzu: »Woher weißt du, dass wir nach Brügge unterwegs sind?«
»Wer aus Richtung Tournai oder Lille kommt, reist immer nach Brügge«, erwiderte das Mädchen keck. »Man könnte meinen, Flandern besteht nur noch aus Brügge. Bleibt in Kortrijk,

und Ihr werdet sehen, dass auch wir eine gastfreundliche Stadt sind.«
Ein viel sagender Blick landete bei den letzten Worten wieder auf Mathieu. Als keine Antwort erfolgte, zuckte sie mit den Schultern und schlenderte mit provozierendem Hüftschwung davon.
»Sie sieht sauber und gesund aus, warum nimmst du dir nicht, was sich dir bietet, Jungchen?«
Nur Jean durfte es wagen, Mathieu in diesem Tone Jungchen zu nennen und solche Dinge zu fragen. Die Tatsache, dass er den Brüdern Andrieu die ersten Lektionen mit Schwert und Lanze erteilt hatte und dem Ältesten in die Verbannung gefolgt war, machte ihn zu einem väterlichen Freund, dessen Rat Mathieu gemeinhin achtete. Allerdings nicht in diesem Fall.
»Kein Bedarf.«
»Was ist mit dir los? Du lehnst auch sonst jede Frau ab.«
»Zum Donner, Jean! Was geht's dich an?«
»Viel, Jungchen. Ich habe den Andrieus gedient, seit ich denken kann. Es gefällt mir gar nicht, dass du keine Anstalten machst, für den nächsten Erben zu sorgen. Es wird langsam Zeit dafür.«
Mathieu knirschte mit den Zähnen. Der Lärm in der Wirtsstube übertönte es, aber sein Begleiter sah die Bewegung der Kinnmuskeln.
»Dein Bruder Simon hat Enthaltsamkeit geschworen, nicht du. Die Königin hat dir schon zu ihren Lebzeiten eine Jungfrau mit einem ertragreichen Lehen in der Champagne angeboten.«
»Ich will beides nicht.«
»Heißt das nicht den Stolz übertreiben?«
»Stolz ist das Einzige, was mir geblieben ist.«
Die Magd kam zurück und stellte Holzbretter sowie volle Tonkrüge zwischen den schweigenden Männern ab. Saftige Scheiben Hammelbraten lagen auf von Soße triefendem Brot, und das Bier schwappte über den Rand. Sie hielt die offene

Hand hin, um ihre Bezahlung einzufordern. Andrieu gab ihr französische Silberpfennige, worauf sie blitzartig verschwand, ohne das Wechselgeld herauszugeben.
Jean löste das Messer von seinem Gürtel und machte sich über den Braten her. Nach einer ganzen Weile griff er das Thema wieder auf. »Du weißt, dass Pfalzgraf Ottenin seine Tochter mit Philipps zweitältestem Sohn verheiratet und ihr die Freigrafenschaft von Burgund zur Mitgift gegeben hat. Im Grunde hat er Tochter und Gebiet aus Geldmangel verkauft. Er war schon immer mehr an seinen Geschäften und an seinem guten Leben interessiert als an seinen Untertanen.«
»Du bist nicht müde geworden, es wieder und wieder zu erwähnen.« In Mathieus Stimme schwang gutmütiger Spott.
»Warum wohl?« Jean fuchtelte mit dem Messer, als könne er auf diese Weise auch seine Argumente schärfen. »Der junge Philipp und Johanna von Burgund regieren das Herzogtum. Sie herrschen über ein Gebiet, das nun bis zu den helvetischen Bergen reicht, und die Grafschaft Andrieu liegt mitten drin. Du kennst den Prinzen. Es kostet dich nur ein Wort, damit er die Verbannung aufhebt. Du könntest nach Andrieu gehen und endlich dein Erbe beanspruchen.«
Er erhielt keine Antwort. Mathieu schwieg. Er war nicht bereit, dem Alten seine Gründe zu erklären.
Andrieu war gleichbedeutend mit Mabelle. Die Älteste der drei Kinder des verstorbenen Grafen herrschte dort mit ihrem zweiten Gemahl. Ihr gekränkter Stolz hatte die ganze Familie ins Unglück gestürzt. Mathieu wollte nicht an Mabelle denken. Wenn er sich seiner Schwester entsann, dann begann es mit Zorn auf die eigene Dummheit und endete mit Verachtung für ihre Eigensucht. Unwichtige Gefühle, die nur Kraft kosteten und nichts bewirkten.
Um ihrer Ehre willen hatte Hugo von Andrieu das Gottesurteil gefordert. Ihretwegen hatte sein Vater sich dem verhängnisvollen Zweikampf mit Thomas von Courtenay gestellt. Der

fünfundzwanzig Jahre Jüngere hatte das Duell für sich entschieden. Nach dem Tode seines Vaters hatte Pfalzgraf Ottenin die gekränkte Tochter der Andrieus in aller Eile mit Gaspard von Rochepot verheiratet und die vaterlosen, minderjährigen Brüder bis zu ihrer Mannbarkeit unter die Vormundschaft dieses Mannes gestellt.
Seine Schwester und seine Mutter hatten nur ein Ziel gekannt: den Vater und Ehemann zu rächen. Courtenay musste fallen, damit Graf Hugos Tod gesühnt wurde. Noch auf dem Sterbebett hatte die Gräfin ihren Söhnen den Schwur abgefordert, Courtenay zu vernichten. Er war achtzehn Jahre alt gewesen und sein Bruder Simon sechzehn, als sie sich stark genug fühlten, für die Familienehre in den Krieg zu ziehen.
Angeführt von Mabelles Gemahl Gaspard, hatten sie eine Streitmacht in Bewegung gesetzt, um den Tod des Vaters zu vergelten. Keine Seele mit dem Namen Courtenay hatte das Massaker überlebt. Auch diese Bilder wollte Mathieu nicht von neuem heraufbeschwören, denn sie hatten nicht nur die Burg von Courtenay in Schutt und Asche gelegt, sondern auch ihr eigenes Leben zerstört. Gaspard von Rochepot war im Kampf tödlich verwundet worden. Simon hatte nach dem Gemetzel für immer das Schwert niedergelegt und war ins Kloster gegangen. Er selbst hatte die ganze Härte des fürstlichen Unwillens zu spüren bekommen. Pfalzgraf Ottenin hatte ihn aus Burgund verbannt und ihm sein Erbe genommen.
Mabelle hingegen war es gelungen, Ottenin eine erfolgreiche Komödie der Ahnungslosigkeit vorzuspielen. Er hatte ihr geglaubt, dass sie weder von den Plänen des Gemahls noch von jenen ihrer Brüder gewusst hatte, und die weinende Witwe kurzerhand mit einem seiner Gefolgsleute verheiratet, dem er die Grafschaft Andrieu übertrug. Mathieu verspürte kein Bedürfnis, die einzige und unerfreuliche Begegnung zu wiederholen, die ihm danach mit der Schwester gewährt worden war.

»Du hast mehr Anrecht auf Andrieu als dieser Emporkömmling aus Savoyen, der sich mit Ottenins Hilfe dort eingenistet und Mabelle zum Weib genommen hat«, unterbrach Jean nun wieder seine Grübeleien.
»Ich will's nicht«, beschied ihn Mathieu knapp. »Soll Mabelle damit glücklich werden, wenn sie es kann.«
»Kann es sein, dass du dich selbst für das bestrafst, was damals geschehen ist? Du tust auf deine Art ebenso Buße wie Simon. Aber er hat im Schoße der Kirche Aufnahme gefunden, während du vergeblich nach einer Heimat suchst.«
Mathieu schwieg. Seine einzige Reaktion war, das Messer so heftig durch Braten und Brot zu stoßen, dass es im Holz des Essbrettes stecken blieb.

## Ysée

*Brügge am 29. Oktober 1309*

»Die Beginen sind in meinem Haus? Seid ihr noch bei Trost? Wer hat sie gerufen?«
Meister Cornelis, Handelsherr und Schöffe der Stadt Brügge, betrachtete grimmig die Magd seiner Gemahlin. Katelin wäre am liebsten in eine Ritze zwischen die polierten Steinplatten der Eingangshalle geschlüpft, um diesem Blick zu entkommen. Alles an Piet Cornelis wirkte zu groß, obwohl er die Dienerin kaum um eine Handbreit überragte. Kopf, Leib, Hände, Füße schienen, jedes für sich, für einen stattlicheren Mann gedacht zu sein, sodass seine Gegenwart allein durch die Masse seiner Person einschüchterte. Er betrachtete die Welt aus wasserhellen Augen, mit einem Misstrauen, das von den Menschen nur das Schlechteste erwartete.

Schon am Morgen des Tages hatte er sich in die *Waterhalle* begeben, die an der Ostseite des großen Marktes am Ufer der Reie stand. Dort legten die Kanalboote und Galeeren an. Die Kapitäne manövrierten diese Schiffe bis in das Herz der Stadt, denn ihre Frachten waren keine so alltäglichen Dinge wie Rohwolle, Weinfässer, Wachs oder Getreide, sondern begehrte und seltene Luxusgüter aus fernen Ländern.
In der Waterhalle wurden Gewürze, Pelze, Seidenstoffe und allerlei Zierrat aus Gold und Silber entladen und unter strengster Bewachung in den Handel gebracht. Jetzt, so kurz vor Winterbeginn und ehe die großen Stürme auf dem Meer einsetzten, kamen nicht mehr viele Schiffe bis nach Brügge, weshalb es galt, den Warenvorrat für die nächsten Monate sorgsam zu kalkulieren. Cornelis hatte seine Geschäfte zufrieden stellend getätigt, aber seine Heimkehr erinnerte ihn auf demütigende Weise daran, dass es keineswegs um alle seine Pläne so gut bestellt war.
Das Haus Cornelis war wohlhabend und einflussreich, aber es hatte keinen Erben! Die jüngste Fehlgeburt seiner Gemahlin hatte alle seine Hoffnungen zunichte gemacht. Aber dass dieses Unglück auch die Gesundheit von Frau Mareike ernsthaft in Gefahr gebracht hatte, wollte der Handelsherr nicht wahrhaben.
»Nun?«, mahnte er die Magd gereizt.
Katelin zupfte an ihrer Schürze herum und hielt die Augen hartnäckig gesenkt. »Die Herrin hat befohlen, die Beginen zu rufen. Die Wehfrau und der Medicus sagten, wir sollen ihr den Gefallen tun. Der Trost der frommen Frauen würde ihr den Weg leichter machen.«
Die Pflege der Sterbenden und die anschließende Totenwache zählten zu den wichtigsten Pflichten der Beginen von Brügge. War es wahrhaftig so weit mit Mareike?
»Was können die Klageweiber vom Weingarten schon für sie tun?«

»Für sie beten, Herr. Wollt Ihr nicht hinaufgehen? Sie wartet, sie hat nach Euch gefragt.«
Zuschauen, wie Mareike starb? Nur das nicht. Piet Cornelis stapfte wortlos davon, um sich hinter seinen Rechnungsbüchern zu verschanzen. Er schämte sich für seine Feigheit und verbarg es hinter noch barscherem Ton als üblich, als er sich an der Tür zum Warenkontor noch einmal umwandte.
»Sag ihr, ich komme, wenn ich meine Arbeit getan habe. Ich bin keine Betschwester, die ihre Zeit mit Jammern vertun kann.«
»Katelin? Würdet Ihr bitte zum Pfarrhaus an der Beginenbrücke schicken? Frau Mareike wünscht die Beichte abzulegen, und sie will es nur bei Pater Felix tun.«
Ysées Stimme wehte hell und sanft von der Treppe herab, und Meister Cornelis trat verwirrt in die Halle zurück. Er sah eine Jungfer mit weißem Kopftuch und grauer Schürze auf halber Höhe. Sie hatte die Rechte auf das Geländer gelegt und den Kopf in einer Weise leicht zur Seite geneigt, die ihn jäh beunruhigte. Der rötliche Schein des letzten Tageslichtes fiel durch die bleigefassten Rauten der Glasfenster hinter ihr und malte leuchtende Konturen um die schmale Gestalt. Magisch von ihr angezogen kam er zurück, bis sein Fuß gegen die erste Stufe stieß.
Das straff gezogene Tuch umrahmte ein ovales Gesicht, dessen reine Züge keinen Makel aufwiesen. Ein zutiefst vertrautes Antlitz, das den Kaufmann so schmerzlich berührte, dass er unwillkürlich die rechte Hand auf das Samtwams über seinem Herzen presste. Er hatte das Gefühl, es musste im nächsten Augenblick zerspringen. Träumte er? Erblickte er ein Gespenst? Gaukelte ihm sein Kummer bereits Bilder vor, die außerhalb menschlichen Begreifens lagen?
»Wer ...« Seine Stimme versagte, und er musste sich räuspern, ehe er die Frage über die Lippen brachte. »Gütiger Himmel, wer seid Ihr?«

Ysée wich verunsichert eine Stufe zurück. Dass sie es mit Piet Cornelis zu tun hatte, sagten ihr die reich verzierte Kleidung und der taubeneigroße Rubin in den Falten seiner Kappe. Aber weshalb blickte er sie so seltsam an?
Katelin wunderte sich ebenfalls. »Das ist eine der Beginen, die bei der Herrin beten, Meister. Ist es Euch recht, wenn ich Jan schicke, den Priester zu holen?«
»Tu, was nötig ist«, winkte der Tuchhändler unwirsch ab, ohne die Augen von Ysée zu lassen. »Wie heißt du? Wo kommst du her? Warum bist du bei den Beginen? So rede doch, Mädchen!«
Ysée wusste mit dem Verhör nichts anzufangen. Die schroffen Fragen weckten freilich Angst und tief vergrabene Erinnerungen. Plötzlich verspürte sie wieder das helle Entsetzen eines kleinen Mädchens, das um sein Leben fürchtete. Sie hörte die eindringlichen Worte von Berthe, die sie inzwischen ihre Mutter nannte: »Beantworte keine Fragen. Niemals. Sag, du weißt es nicht. Du musst das Geheimnis wahren, um jeden Preis. Wenn du uns verrätst, werden wir sterben.«
Sosehr sie sich danach gesehnt hatte, den Beginenhof zu verlassen, in diesem Augenblick wäre sie gerne wieder in der vertrauten Sicherheit seiner Mauern gewesen.
»Verzeiht, Herr. Man wartet auf mich.« Sie raffte ihr Gewand und floh so schnell die Treppe hinauf, dass sie völlig außer Atem geriet, bis sie in das Gemach der Hausherrin trat. Inzwischen hatte sie die Wandbehänge mit den Szenen aus dem Leben der Heiligen Familie, die geschnitzten Möbel und die Silbergerätschaften im Schauschrank lange genug bestaunt. Jetzt galt ihre Aufmerksamkeit allein der Frau im Alkoven. Was nutzte ihr all der Reichtum? Sie konnte damit weder das Leben ihres Kindes erkaufen noch das eigene.
Ysée spürte Alainas kritischen Blick. Die Begine kniete im komfortabel gepolsterten Betstuhl der Hausherrin und überließ es ihrer Schülerin, der Kranken den Schweiß von der Stirn zu wischen, Mareike zu stützen, wenn sie trinken wollte, und

ihre unruhigen Hände zu halten, wenn sie im Fieber nach dem Kind tastete, das keine Kraft zum Leben gehabt hatte. Ein Kind wie Ysées kleiner Bruder, den die Mutter an ihrem Herzen geborgen hatte, als sie von ihr Abschied nehmen musste.
Lieber Gott, ich will nicht daran denken. Es tut zu weh. Ich muss es vergessen. Der Mann und seine Fragen haben die Bilder zurückgebracht. Ich will sie nicht. Ysée biss sich auf die Unterlippe. Der Schmerz war Wirklichkeit. So wie der Tuchhändler, der eben in die Kammer trat und der Sterbenden ein geisterhaftes Lächeln entlockte.
»Piet.«
Sie streckte ihm flehend die Hand entgegen. Doch Cornelis hatte nur Augen für Ysée auf der anderen Seite des Bettes. Ein bitterer Zug erschien auf dem Gesicht der Sterbenden. Sie wusste, warum die Tante ihr ausgerechnet dieses Mädchen ins Haus geschickt hatte. Es war eine Mahnung. Eine unmissverständliche Aufforderung, ihren Frieden mit Gott und den Menschen zu machen, solange ihr Zeit dafür blieb.
»Wann kommt der Priester, Piet?«
»Wie …?« Sichtlich verwirrt kämpfte Piet Cornelis um Haltung. »Wozu brauchst du einen Priester, Frau? Du wirst wieder gesunden.«
»Dieses Mal nicht, Piet.«
»Was redest du?« Jetzt galt die Aufmerksamkeit des Hausherrn endlich ausschließlich der Kranken. »Wo bleibt dein Vertrauen in unseren Herrgott? Diese Frauen beten schließlich für dich.«
Mareike empfand unerwartetes Mitleid für ihren Mann. Sie erinnerte sich gut an seine verstorbene Tochter aus erster Ehe. Margarete Cornelis war das schönste Mädchen von Brügge gewesen. Mit Augen so grün wie die Frühlingsweiden am Ufer der Reie und einem Lachen wie Vogelzwitschern. Sie hatte die Wahl unter den besten Partien der Stadt gehabt, aber sie war von der Reise, auf die sie ihren Vater begleitet hatte, nicht mehr

nach Hause gekommen. Angeblich hatte sie im Burgundischen einen Ritter geheiratet.
Als die Nachricht von ihrem Tod in Brügge eintraf, war Mareike bereits seit einem Jahr Cornelis' Frau. Ihr Gemahl hatte seiner Trauer um die verlorene Tochter in unzähligen Seelenmessen und frommen Stiftungen für die Liebfrauenkirche Ausdruck verliehen. Dennoch hatte ihm der Himmel weder Vergessen noch einen Erben geschenkt.
Es musste ihm vorkommen, als sei Margarete in diesem Mädchen von den Toten auferstanden. Ein Wunder, dass er sich nicht erklären konnte, weil er nicht wusste, dass er sein eigenes Enkelkind vor Augen hatte. Heilige Mutter Gottes, wo blieb nur der Priester, damit sie ihr Gewissen endlich erleichtern konnte? Die Zeit verrann viel zu schnell.
Was will dieser Mann von mir, fragte sich Ysée indessen mit zunehmender Panik. Ihre Hände bebten, während sie ein Tuch in die Schüssel mit dem Lavendelwasser tauchte und wieder auswrang. Dabei konnte sie ihm wenigstens den Rücken zuwenden.
Das Geplätscher irritierte Alaina im Gebet. Sie hob den Kopf und bedachte Ysée mit einem strafenden Blick. Sie fürchtete, dass das Mädchen mit seiner Ungeschicklichkeit den Hausherrn erzürnte. Wusste Ysée denn nicht, dass Piet Cornelis zu den Brügger Handelsleuten gehörte, die den Beginen den Woll- und Tuchhandel verbieten wollten? Man musste ihm beweisen, dass die Beginen für das Gemeinwesen der Stadt unverzichtbare Dienste leisteten. Dies war eine einmalige Gelegenheit, ihn zu Dank zu verpflichten. Stattdessen planschte das dumme Ding mit dem Lavendelwasser herum, als wolle es den Boden damit aufwischen.
»Lauf in die Küche und hol frisches Wasser«, befahl sie seufzend. »Und tu von der getrockneten Bachminze hinein, die im Korb ist. Nun mach schon.«
Zum ersten Male folgte Ysée einem Befehl Alainas mit Freuden.

Jeder Grund war ihr recht, das Gemach zu verlassen. Sie griff nach der Schüssel und schlüpfte so geschickt an Meister Cornelis vorbei, dass die Hand ins Leere fasste, mit der er sie halten wollte. Als sie jedoch mit dem kühlen Minzewasser zurückkam, verstellte er ihr auf der Treppe den Weg.
»Sag mir deinen Namen«, forderte er knapp.
»Ysée.«
»Seit wann bist du bei den Beginen?«
»Seit ich denken kann, Herr«, sagte sie leise.
»Wie heißt deine Mutter?«
»Berthe.«
»Woher kommt sie?«
»Könnt Ihr mich bitte vorbeilassen? Alaina wird mich schelten, wenn ich so lange mit dem Wasser brauche.«
Ebenso gut hätte sie eine Wand bitten können, beiseite zu treten. Piet Cornelis verdankte seinen geschäftlichen Erfolg angeborener Hartnäckigkeit.
»Bist du ein Bastardkind? Stammt dein Vater aus Brügge? Hat er den Beginen eine Stiftung gemacht, damit sie deine Mutter und dich aufnehmen?«
»Ich weiß es nicht, Herr«, wiederholte Ysée und trat von einem Fuß auf den anderen.
»Wer ist dein Vater?«
Berthe hatte sie vor Fragen nach ihrer Mutter gewarnt, aber sie hatte ihr nicht gesagt, was sie über ihren Vater sagen sollte. Sie entschied sich für einen Teil der Wahrheit. »Mein Vater ist tot, Herr.«
Der Handelsherr studierte ihre Züge mit solch fieberhafter Konzentration, dass ihm kaum einer ihrer Gedanken entging. Sie hatte Angst, und sie log. Aber wenn er sie weiter bedrängte, würde sie ihn noch mehr fürchten, und das wollte er nicht. Sie sollte ihn achten.
Seine Begabung, andere Menschen richtig einzuschätzen, riet Cornelis zur Zurückhaltung, auch wenn sie ihm schwerfiel.

Nur einmal hatte er gegen diese innere Stimme gehandelt und es bitter bereut. Als er seine blutjunge Tochter Margarete dem burgundischen Ritter zur Frau gab, um ihren Ruf und ihre Ehre zu schützen.

Er hatte Margarete schon am Tage jener unheilvollen Hochzeit, mit der der Pfalzgraf die Wogen des Skandals zu glätten versuchte, verloren.

Die Botschaft, dass sie mit ihrer Familie bei einem heimtückischen Überfall auf die Burg von Courtenay getötet worden war, erreichte ihn viele Jahre später und setzte lediglich einen tragischen Schlusspunkt hinter seine Trauer um das vergeudete Leben der geliebten Tochter.

Und nun würde ihn auch Mareike verlassen. Nur zu Beginn ihrer Ehe hatte sie ein Kind empfangen und kurz darauf wieder verloren. Seitdem versuchte sie mit Hilfe von Medizin und Aberglauben, mit Wallfahrten und Bittgottesdiensten das Schicksal zu überlisten. Inzwischen war sie über die beste Zeit hinaus, in der eine Frau Kinder austrug, aber sie hatte hartnäckig darauf bestanden, dass er ihr so lange beiwohnte, bis sie erneut schwanger wurde. Sie hatte ihr eigenes Todesurteil gesprochen.

War es da nicht ein Zeichen des Himmels, dass ausgerechnet jetzt eine Jungfer in sein Haus schneite, die die Erinnerung an seine erste Frau und an die geliebte Tochter so aufwühlend in ihm wachrief? Tief in Gedanken hob er die Hand, um die Wange der Begine zu berühren.

Ysée wich hastig zurück. Wasser spritzte über seine weichen Lederschuhe, und ein Duft nach Minze stieg zwischen ihnen auf. Man sah ihr an, dass sie gerade noch einen Schrei unterdrückte.

»Geh!« Beunruhigt von den eigenen Wünschen schickte Cornelis sie davon. »Geh und tu deine Pflicht.«

»Verzeiht«, sagte Ysée und huschte davon.

Cornelis blickte ihr nach und stieß den angehaltenen Atem mit einem tiefen Seufzer aus. Die schlanke Gestalt in dem schlichten Gewand aus naturbelassener Wolle entzückte sein Auge. Eine Begine!

## Bruder Simon

*Brügge am 29. Oktober 1309*

Das Wasser reflektierte im Sonnenuntergang die rotgoldene Farbenpracht der Bäume wie ein Spiegel. Nur dort, wo die Zweige einer alten Weide von der Mauer des Beginenhofes bis auf den Fluss hinunterreichten, kräuselte sich das Bild, weil immer wieder ein Windstoß zwischen die Blätter fuhr. Soweit das Auge reichte, zog sich diese Mauer den Fluss entlang. Bruder Simon hatte nicht geahnt, dass der Beginenhof vom Weingarten so groß war. Pater Felix hatte ihm gesagt, dass die Zahl der Beginen ständig stiege und inzwischen schon über tausend Frauen dort lebten. Eine wahrhaft große Gemeinde für einen einzigen Geistlichen. Kein Wunder, dass er schon den ganzen Nachmittag dort drüben war, um seinen Pflichten als Beichtvater nachzukommen.
»Pater Fe... Oh, verzeiht, Ihr seid es gar nicht. Ich suche den Priester!«
Ein Hausknecht in den grün-goldenen Farben des Hauses Cornelis knetete respektvoll seine Kappe zwischen den Fingern. Er hatte die Gestalt in der grauen Kutte, die sinnend mitten auf der Brücke zum Beginenhof stand, verwechselt.
»Könnt Ihr mir sagen, wo ich Pater Felix finde?«
Bruder Simon sprach zwar kein Flämisch, aber die Frage war kaum misszuverstehen.
»Er ist im Beginenhof«, entgegnete er auf Französisch, in der

Hoffnung, dass der Bursche diese Sprache beherrschte. »Kann ich dir helfen?«
Da Flandern seit Jahren französischen Vasallenstatus besaß und Jan in einem Handelshaus diente, in dem Gäste aus aller Herren Länder ein und aus gingen, hatte er Glück.
»Seid Ihr ein geweihter Priester?«, fragte der Knecht respektvoll. »Unsere Herrin wünscht geistlichen Beistand auf ihrem letzten schweren Weg. Die Beginen sind seit Stunden bei ihr, und sie schicken um einen Diener Gottes für die Letzte Ölung.«
Bruder Simon kam der Zufall wie gerufen. Seit er im Pfarrhaus an der Beginenbrücke nach seiner anstrengenden Reise gastfreundliche Unterkunft gefunden hatte, fragte er sich, wie er seinen Auftrag erfüllen sollte. Pater Felix, dem die Pfarrgemeinde der Beginen unterstand, hatte den angeblichen Wanderprediger zwar ohne große Umstände in sein Haus gebeten, aber bisher keine Anstalten gemacht, einen Teil seiner Aufgaben auf ihn zu übertragen.
Der Mönch traf eine schnelle Entscheidung. »Wenn du mir einen Augenblick Zeit gibst, das heilige Sakrament zu holen, begleite ich dich gerne zu deiner Herrin. Ich bin geweihter Priester des Zisterzienserordens.«
»Seid bedankt«, stieß der Mann sichtlich erleichtert hervor. »Aber beeilt Euch, es steht schlecht um die gute Dame.«
Wenig später eilten die beiden Männer an der lärmenden Baustelle der Liebfrauenkirche vorbei auf den großen Markt zu. Bruder Simon hatte die Kapuze seiner Kutte tief in die Stirn gezogen. Seiner Aufgabe eingedenk wollte er keinen Verdacht erwecken, versuchte aber gleichzeitig, seinen Begleiter ein wenig auszuhorchen. Dass ausgerechnet die Gattin eines reichen Tuchhändlers die Beginen um Beistand bat, kam ihm seltsam vor. Waren es nicht in erster Linie die Tuchhändler und Weber, deren Beschwerden über die Geschäftstüchtigkeit der frommen Frauen bis nach Avignon drangen?

»Die oberste Magistra des Beginenhofes ist die Tante unserer Herrin«, verriet der Mann vertrauensvoll. »Aber Meister Cornelis lehnt die frommen Frauen ab. Das liegt vermutlich auch daran, dass seine Frau den Beginen ein Grundstück gestiftet hat, das die Stadt zur Vergrößerung des Minnewaterhafens haben wollte. Der Herr hat getobt, als er von der Schenkung erfuhr. Doch er konnte nichts dagegen ausrichten, denn die Herrin hat das fromme Werk getan, um den Himmel gnädig zu stimmen, damit sie endlich den ersehnten Erben zur Welt bringt.«

Das prächtige Anwesen des Herrn Cornelis in einer Seitengasse der Wollestraat bewies, dass er trotz dieser ärgerlichen Stiftung keine Not leiden musste. Bruder Simons Blicke registrierten einen drei Stockwerke hohen Backsteinbau, ein schiefergedecktes Dach, weiße Blendarkaden und zierliches Maßwerk aus hellem Sandstein. In den Fenstern blinkte Glas, und die spitzen Giebel der Hauptfassade stiegen treppenförmig in den blauen Herbsthimmel. Kein Haus, sondern ein Handelskontor, das von umsichtiger Geschäftstüchtigkeit zeugte.

»Tretet ein.«

Jan hielt Bruder Simon eine geschnitzte Pforte am Fuße eines Eckturmes auf. Es war die Tür für das Gesinde. Gäste, Kunden und Freunde stiegen über die breiten Steinstufen zum Doppelflügeltor des Haupteinganges hinauf. Von dort bot sich ihnen der beste Blick in die imponierende Eingangshalle, mit der Piet Cornelis selbstbewusst seinen Reichtum und seine Macht zur Schau stellte.

Dabei ließ der Seiteneingang gleichfalls keinen Zweifel daran, dass der Mönch ein wohlhabendes Haus betrat. Im Dämmerschein des späten Nachmittags glänzte das Holz der geschnitzten Türstöcke, und eine steinerne Wendeltreppe wand sich nach oben.

Im ersten Stock wurden sie von einer Magd abgepasst, die bei Bruder Simons Anblick ihre Stirn runzelte.

»Du solltest Pater Felix holen«, wandte sie sich an Jan.
»Er war nicht da, und du hast gesagt, es eilt.« Jan zuckte mit den Schultern. »Er wird ihn ersetzen. Ist das nicht das Wichtigste?«
Katelin musterte den unbekannten Priester mit einem schnellen Blick. »Ich hab Euch noch nie gesehen, ehrwürdiger Vater. Wer seid Ihr?«
»Bruder Simon von den Zisterziensern aus Fontenay. Ich bin Gast von Pater Felix. Ich bringe deiner Herrin das heilige Sakrament und den Trost der Kirche. Willst du sie noch länger darauf warten lassen?«
Eingeschüchtert knickste Katelin und öffnete die Tür zu Frau Mareikes Kammer.
Ysée hörte das Klicken des Schlosses und senkte den Kopf tiefer über die Wasserschüssel. Erst als sie aus den Augenwinkeln den grauen Habit eines Mönches und nicht das elegante Wams des Hausherrn sah, wagte sie es, sich zu ihrer normalen Größe aufzurichten.
»Der Herr sei mit dir, meine Tochter«, begrüßte der Ordensbruder die Kranke, ohne die Beginen zu beachten.
Der Priester gebrauchte das Französisch eines gebildeten Mannes aus noblem Hause. Ysée lauschte der Stimme und ihrer Melodie, ohne zu begreifen, was sie so sehr daran fesselte. Seit vielen Jahren sprach und hörte sie das raue Flämisch der Bürger von Brügge. Dass es ihre Muttersprache war, die sie da vernahm und verstand, wurde ihr erst später klar.
»Seid gegrüßt, ehrwürdiger Vater.« Mareike Cornelis starrte den fremden Mönch verwirrt an. »Ihr seid nicht aus Brügge.«
»Aber ich bin ein Diener Gottes«, entgegnete der Mönch gelassen. »Du hast so dringlich nach einem Priester verlangt, dass nicht mehr die Zeit blieb, zu warten, bis Pater Felix aus dem Beichtstuhl kommt. Ich bringe dir an seiner Stelle den Trost der Sakramente.«
Frau Mareike küsste dankbar das Kreuz, das er ihr hinhielt.

Einem Fremden ihre Sünden zu gestehen würde ihr vielleicht sogar leichter fallen.
»Nehmt mir die Beichte ab, Pater«, flüsterte sie tonlos. »Ich habe viel zu bereuen, ehe ich diese Welt verlasse und vor meinen Schöpfer trete.«
»Dann lass uns beten.«
Bruder Simon wandte sich um und winkte den Beginen, den Raum zu verlassen.
Ysée fiel das Tuch aus tauben Fingern in die Wasserschüssel zurück. Sie sah dem Mönch direkt in die Augen.
Bruder Simon blinzelte irritiert. Frauen hatten der Sitte gemäß den Blick zu senken. Aber im strengen Rahmen der Tuchfalten leuchteten ihm die Augen der Begine wie grüne Lichter entgegen. Sie schien jung zu sein, kaum zwanzig. Immerhin alt genug, um zu wissen, wie sich eine fromme Jungfer verhalten sollte. Ihre Begleiterin war ihr doch ein perfektes Beispiel.
»Gott sei mit euch«, sagte er betont.
»Und mit Euch, Vater.« Alaina neigte hoheitsvoll den Kopf mit der Haube, ehe sie zur Tür ging.
Ysée zögerte, ihr zu folgen. Der Mönch hatte sich der Fiebernden im Alkoven zugewandt. Seine Stimme verlieh mit den ersten Worten des Paternosters bewegenden Trost. Sie hätte ihr gerne länger gelauscht, aber Alaina zupfte an ihrem Gewand, sodass sie die Tür schließen musste. Als sie sich umwandte, kniete die zweite Meisterin bereits auf den kalten Steinquadraten des Ganges und betete.
Ysée fragte sich, wen sie mit so viel Frömmigkeit beeindrucken wollte? Keiner konnte sie sehen. Dennoch folgte sie ihrem Beispiel und fiel in die gemurmelte Litanei ein. Allen guten Vorsätzen zum Trotz schlugen ihre Gedanken jedoch nach kurzer Zeit andere Pfade ein.
Was konnte eine wohlhabende Bürgerin wie Mareike Cornelis an schlimmen Sünden auf ihr Haupt geladen haben? Geiz? Neid? Notlügen? Welche Fehltritte beging man, wenn man

alles hatte? Die des Hochmuts, der Eitelkeit? Des falschen Zeugnisses?

Bruder Simon hatte sich Ähnliches gefragt, und nun betrachtete er die Frau auf den Kissen, als traue er weder seinen Augen noch seinen Ohren. Die Verfehlung, die ihm die Sterbende in stockenden Sätzen gestand, hatte nichts mit den üblichen Weibersünden zu tun. Sie waren so ungeheuerlich, dass er sie in seine eigenen Worte fassen musste, um ihr volles Ausmaß zu begreifen.

»Du hast deinen Gemahl um sein Enkelkind betrogen? Warum, bei allen Heiligen?«

»Weil ich zu dieser Zeit ein eigenes Kind erwartet habe, ehrwürdiger Vater. Ich hoffte auf einen Sohn. Er sollte das Haus Cornelis erben, und niemand durfte ihm dabei im Wege stehen.«

»Aber wie hast du die Magd dazu gebracht, diesen ungeheuerlichen Betrug zu dulden? Sie sollte ihm das Mädchen anvertrauen. Weshalb hat sie sich nicht gleich an deinen Gemahl gewandt?«

»Piet war zu dieser Zeit auf Reisen. Ich führte in seiner Abwesenheit das Haus«, flüsterte Mareike Cornelis stockend. »Anfangs verstand ich das Französisch der Frau kaum. Erst nach langem Hin und Her wurde mir klar, dass das Kind, von dem sie ständig sprach, Piets Enkeltochter aus dem Burgundischen sein musste. Margarete hatte sie unter der Obhut dieser Magd nach Brügge gesandt.«

»Wie konntest du dem unschuldigen Kind in die Augen schauen und es fortschicken?«

»Ich hab es gar nicht zu Gesicht bekommen, ehrwürdiger Vater. Die Frau hatte es der Wirtin einer Schänke anvertraut, ehe sie zu mir kam. Sie sagte, das Mädchen sei nach all dem Schrecklichen nicht mehr ganz richtig im Kopf. Es habe Angst vor fremden Menschen und spreche kaum ein Wort. Was sollte mein Gemahl mit einem solchen Geschöpf anfangen? Die Kleine hätte nur seinen Kummer um die verlorene Tochter

verstärkt. Auch hätte sie meinem Kinde den Rang streitig gemacht.«
»Deswegen hast du eine solch gottlose Entscheidung getroffen?«
»Sie ist nicht so eigensüchtig, wie Ihr denkt, Pater. Meine Tante war damals gerade zur Magistra der Beginen vom Weingarten gewählt worden, und so schlug ich der Magd ein Geschäft vor. Ich würde ihr einen Platz bei den Beginen verschaffen, wenn sie dafür das Mädchen mit sich nahm und es als ihre eigene Tochter ausgab. Das war schließlich mehr als genug Belohnung für eine einfache Frau, die kaum das Flämische sprach und davon träumte, wieder irgendwo zu Hause zu sein.«
»Sie hat sich darauf eingelassen?« Bruder Simon schüttelte fassungslos den Kopf. Wieso überraschte es ihn, dass eine Frau so selbstsüchtig sein konnte?
»Natürlich!«, erwiderte die Kranke nach einer Spanne des Schweigens. »Es brachte für alle nur Vorteile.«
»Wie hast du die Magistra für dieses schlimme Spiel gewinnen können?«
»Sie hat nie erfahren, dass das Mädchen in Wirklichkeit nicht die Tochter der Magd ist. Ich habe ihr irgendeine Geschichte erzählt. Sie hat erst Verdacht geschöpft, als das Kind heranwuchs. Es ist seiner Mutter wie aus dem Gesicht geschnitten.« Mareike richtete sich erregt auf und packte die Hand des Priesters. »Sie ist hier, ehrwürdiger Vater!«
»Beruhige dich, meine Tochter. Wer ist hier?«
»Die junge Begine im grauen Kleid ist die Enkelin meines Gemahls, Pater. Sie heißt nicht Ysée, sie heißt Violante von Courtenay. Die Ähnlichkeit mit ihrer Mutter Margarete verrät sie. Mein Gemahl starrt sie ein jedes Mal an, als sähe er die Wiedergeburt eines Wunders vor sich.«
»Heiliger Vater, erbarme dich«, murmelte Bruder Simon erschüttert und bekreuzigte sich.
Die Kranke zog ihn noch näher, denn ihre Stimme wurde

zunehmend schwächer. »Die Magistra hat sie absichtlich in dieses Haus geschickt. Sie will, dass ich meinen Frieden mit dem Herrgott mache.«

»Du musst unseren Gott und Herrn wahrhaftig und aus vollem Herzen um Vergebung bitten für das Leid, das du diesen Menschen angetan hast«, erwiderte Bruder Simon und versuchte sich aus ihrer fieberhaften Umklammerung zu befreien.

»Ich habe niemandem geschadet«, verteidigte Mareike ihre unglaubliche Entscheidung sogar noch auf dem Sterbebett. »Bei den Beginen hat das Kind Frömmigkeit, Gehorsam und Demut gelernt. Ich habe dem Mädchen ein Schicksal wie das meine erspart.«

»Wer gibt dir das Recht, über fremde Schicksale zu entscheiden? Du hast schwere Schuld auf dich geladen.«

»Ich weiß.« Frau Mareike sank hilflos zurück. »Die Sünde liegt mir in dieser Stunde schwer auf dem Herzen. Wird mir im Himmel verziehen werden?«

»Jesus Christus ist für all unsere Sünden am Kreuz gestorben, meine Tochter.«

Pater Simon versuchte zu verbergen, wie sehr ihn dieses unerwartete Geständnis aufwühlte. Schleusen der Erinnerung öffneten sich auch in ihm.

»Was soll ich tun, ehrwürdiger Vater?«

»Lege deinen Geist vertrauensvoll in die Hände des Allmächtigen«, riet der Mönch. Er fühlte sich überfordert, ihre Frage ad hoc zu beantworten. Er nahm Zuflucht zu den vertrauten Riten der Kirche, die in diesem schweren Augenblick nicht nur der armen Sünderin, sondern auch ihm selbst Trost und Stärke schenkten. Mareike Cornelis' Lebenslicht verlosch unaufhaltsam.

»Jesus, der von den Toten auferstanden ist …«

Das Gemurmel Alainas summte durch den Raum. Sie betete den Rosenkranz für die Verstorbene, während Ysée und Katelin den Leichnam wuschen und für die Aufbahrung vorbereiteten. Erst wenn die Entseelte in ihren Feststaat gekleidet, mit fromm gefalteten Händen, von Kerzen umstellt, auf dem Totenbett lag, durften Gemahl und Gesinde, Verwandte und Freunde ihr die letzte Ehre erweisen.

Ysée begriff schaudernd, warum man den Trauernden den Anblick des leblosen Körpers in seiner nackten Erbärmlichkeit ersparte.

Sie schwankte zwischen Entsetzen und Mitleid. Sie musste für ihre Arbeit allen Mut und alles Mitgefühl aufbieten. Als die letzten Samtschlaufen des prächtigen Gewandes geschlossen waren, ließ sie einen prüfenden Blick über die Tote gleiten. Mit dem Ebenholzkreuz auf der Brust und dem Rosenkranz in den gefalteten Händen hatte sich Mareike Cornelis von der armen, bloßen Sünderin wieder in die wohlhabende Bürgerin verwandelt.

Ysée strich über die reichen Falten des Oberkleides und berührte bewundernd die goldbestickten Borten an den Ärmelkanten. Sie würde ihr Leben lang ungefärbte Wolle tragen und als Höhepunkt vielleicht den blauen Umhang der Beginen.

»Was ist mit dem Kind, für das sie gestorben ist«, fragte sie leise. »Wird man es mit ihr begraben?«

»Aber nein.« Alaina schnaubte vor Entrüstung über eine solche Idee. »Es ist weit vor der Zeit zur Welt gekommen. Es hat keinen Atemzug getan und konnte deswegen auch nicht getauft werden. Es ist kein Christenmensch.«

Ysée schluckte. Vor ihrem inneren Auge tauchte ein kleines Geschöpfchen auf, leblos in Leinen gehüllt, aber von einem schützenden Mutterarm gehalten.

Was war wohl mit ihrem Bruder geschehen? Ob sie ihn mit Margarete zusammen begraben hatten? Oder waren alle im Feuer verbrannt? Warum hatte sie die Mutter fortgeschickt in ein Leben, das sie nicht wollte?

»Träum nicht!« Alaina erkannte, dass Ysée mit ihren Gedan-

ken meilenweit entfernt war. »Knie nieder, Schwester. Wir sind zur Totenwache und zum Gebet hier.«
Ysée unterdrückte einen Seufzer. Die Magistra hatte ihr an der Seite der selbstherrlichen Begine eine harte Lehrzeit verordnet. Hatte sie durchschaut, dass nicht reine Frömmigkeit, sondern purer Eigennutz ihre Handlungen bestimmte? Dass sie sich nicht nach der ewigen Seligkeit, sondern nach der Anerkennung der Lebenden sehnte? Dass sie diese Seligkeit für eine Umarmung, ein freundliches Wort oder eine liebende Geste gern hingegeben hätte? Warum musste Frömmigkeit so streng, so kalt, so niederschmetternd einsam sein?
Ysée murmelte gemeinsam mit Alaina einen der zahllosen Rosenkränze, als Katelin die Tür für den Herrn des Hauses und den Priester öffnete. Mit der durch die Beichte der Verstorbenen geschärften Wahrnehmung registrierte Bruder Simon, dass der erste Blick des Witwers nicht der Verstorbenen galt, sondern der jungen Begine.
Cornelis nahm den Tod seiner Gemahlin ohne jedes Aufbegehren hin. Ja, er hatte ganz offensichtlich bereits ein neues Objekt seiner Zuneigung entdeckt. Bruder Simon beherrschte seinen Zorn nur mit Mühe.
Er durfte kein Wort über die Beichte der armen Seele verlieren, obwohl alles in ihm forderte, die Wahrheit herauszuschreien. Was würde Piet Cornelis tun, wenn er vom Schicksal des Mädchens erfuhr? Violante von Courtenay aus dem Beginenhof holen und ihr Brügge zu Füßen legen? Den Betrug seiner verstorbenen Gemahlin dem Beginenhof zur Last legen? Genau dies würde jede gerechte Bewertung der Beginen vom Weingarten verhindern und in Avignon jene Partei stärken, die ohnehin daran interessiert war, die Selbstständigkeit der frommen Frauen zu beenden. Welch ein Dilemma! Was sollte er tun?
Es war ihm klar, dass die Frage von Violantes Erbe in Brügge und in Burgund geklärt werden musste. Als einzige Überle-

bende der Courtenays hatte sie Ansprüche an den Herzog von Burgund. Die elterliche Burg mochte zerstört sein, das Lehen und die Ländereien waren es nicht. Ebenso war sie die rechtmäßige Erbin des Handelshauses Cornelis. Was das bedeutete, erklärte schon allein ein Blick in dieses kostbar möblierte Sterbegemach.

Ysée spürte, dass sie beobachtet wurde. Sie versuchte das unangenehme Gefühl zwischen ihren Schulterblättern nicht zur Kenntnis zu nehmen. Es war sicher nur all das Neue und Ungewohnte, das sie so empfindlich machte. Wäre sie doch nur schon wieder in den schützenden Mauern des Weingartens!

Die wohlklingende Stimme Bruder Simons, der die Sterbegebete für die Tote sprach, veranlasste sie, den Blick zu heben und den frommen Mann zu betrachten. Pater Felix, der den Beginen die Messe las, sprach weder so flüssiges Latein, noch war er eine beeindruckende Erscheinung. Körpergröße, Schulterbreite und Bewegungen des jungen Mönchs verrieten Kraft und Stärke. Am faszinierendsten fand Ysée jedoch das strenge Antlitz mit den flammenden Augen, die ihr jetzt nicht mehr schwarz, sondern dunkelblau erschienen. Tiefblau wie der Mitternachtshimmel, wenn er von Sternen erleuchtet wurde.

Als sich ihre Blicke erneut trafen, hatte sie das Gefühl, als lege sich eine Fessel um ihr Herz. Ein Band, so unverhofft geschlungen, dass ihr die Hitze in die Wangen stieg und ihr Atem sich beschleunigte. Die Wärme verflog wieder, doch ein höchst eigenartiges Gefühl blieb zurück. Die Gewissheit, dass sie auf rätselhafte Weise mit diesem Mann verbunden war, der aussah wie ein Erzengel. Es fehlte ihm nur das Flammenschwert. Aber es bereitete ihrer Phantasie keine Schwierigkeiten, ihn statt des Mönchsgewandes in Rüstung und Schwert vor sich zu sehen. Irgendwie glaubte sie diesen Anblick schon einmal gehabt zu haben.

Sie errötete, weil sie sich nicht entsinnen konnte, seit wann sie ihn schon anstarrte. Auf jeden Fall viel zu lange, denn jetzt

vernahm sie seine Stimme mit einem Unterton von Ungeduld und Verärgerung.
»Wollt Ihr nicht die Beginen nach Hause schicken? Sie haben ihre Pflicht getan, und es verwundert mich ohnehin, sie ausgerechnet unter Eurem Dache zu finden.«
»Ja nun.« Der Kaufmann verschränkte die Arme vor seiner mächtigen Brust und schüttelte den Kopf wie ein störrischer Zugochse. »Es ist gute Sitte in Brügge, nach ihnen zu rufen, wenn jemand stirbt. Sie lesen die Fürbitten und begleiten die arme Verstorbene zum Begräbnis. Sie lassen am siebten und am dreißigsten Tag nach dem Tod die Messe lesen und erinnern uns an den Todestag im nächsten Jahr. Man braucht sie für all diese Dinge.«
In deinen Briefen an Seine Heiligkeit warst du nicht so voll des Lobes über die frommen Frauen, mein Freund, dachte Bruder Simon entrüstet über so viel Heuchelei.
»Es ist Sache eines Priesters, die Fürbitten zu lesen. Es geht nicht an, dass Frauen das Wort Gottes verbreiten und sich gar anmaßen, es verstehen zu wollen. Dafür sind sie nicht geboren«, wies er Cornelis ganz im Sinne seiner Kirche zurecht.
Er entdeckte den offenen Widerspruch im Blick des Mädchens und begegnete ihm mit aller gebotenen Strenge. Allein, sie senkte auch dieses Mal nicht die Lider. Sie schaute aus unverwechselbaren grünen Augen zurück, und er fühlte sich um zehn Jahre zurückversetzt. Damals war sie ein Kind gewesen. Ein verzweifeltes kleines Mädchen, das nicht wusste, was mit ihm geschah. So wie es aussah, wusste sie es immer noch nicht. Hatte nicht die Verstorbene erwähnt, dass ihr Geist Schaden gelitten habe?
»Sag deiner Schwester, dass sie den Anstand verletzt.« Schroff erinnerte er die ältere Begine an ihre Aufsichtspflicht. »Es gehört sich nicht, dass sie einen Mann direkt ansieht. Kann sie das begreifen?«
»Natürlich, ehrwürdiger Vater.« In Alainas Stimme schwang

Verblüffung. Ysée mochte eigensinnig sein, aber ihr Verstand war eher zu wendig als zu träge. »Verzeiht, das Mädchen tut zum ersten Mal seine Pflicht in einem Todesfall. Es ist noch in der Ausbildung.«
Ysée vernahm erstaunt, dass sie von Alaina verteidigt wurde. Sie ahnte nicht, dass die zweite Meisterin für die gesamte Beginengemeinschaft stritt und nicht für ein einzelnes, unwichtiges Mitglied. Etwas an der Haltung dieses fremden Mönchs sagte der erfahrenen Frau, dass im Umgang mit ihm Vorsicht geboten war. Je weniger sich die Beginen mit der Autorität der Kirchenmänner anlegten, umso unbehelligter blieb ihre Gemeinschaft.
»Bete!«, zischte sie und sah erleichtert, dass Ysée mit blassen Wangen dem Befehl gehorchte.
Die Zeit verrann mit dem Wachs der Stundenkerze, und Ysée beneidete die friedliche Tote. Mareike Cornelis schlief fern von allen menschlichen Gefühlen einen ewigen Schlaf und musste sich nicht vor einer strengen Lehrerin verantworten.

## Drittes Kapitel

# Pflichten

### Gehorsam

*Beginenhof vom Weingarten*
*am Allerseelentag 1309*

Beginen sollen beständig und treu sein in der Arbeit, denn durch Arbeit gewinnen sie ihr Brot und tun Buße; dank ihr widerstehen sie der Versuchung und der Krankheit des Leibes, durch die die Seele zerstört wird; durch Arbeit erlangen sie hier auf Erden die Gnade Gottes und den ewigen Ruhm im Himmel. Je eher du dir das merkst, Mädchen, umso besser wird es für dich sein.«

Ysée versuchte unterwürfig zu erscheinen. Wenn sie widersprach, würde Berthes Freundin, Schwester Josepha, dies als erneuten Verstoß gegen die Regeln des Beginenhofes werten. Manchmal fühlte sie sich, als würde sie in Stücke gerissen. Sie konnte weder Alaina etwas recht machen noch Berthe, die sie ständig herumkommandierte, oder Josepha, die nur zu gerne auf sie einhackte, um Berthe zu gefallen. Warum lassen sie mich nicht alle in Frieden?

»Du wirst ewig Schülerin und Novizin bleiben«, sagte Josepha, als hätte sie den stummen Ausruf gehört, aber sie sah dabei Berthe an, die ihrem Vortrag mit erkennbarer Bewunderung lauschte.

Beide Frauen gaben einander etwas, das Ysée mit Neid und Wut zugleich erfüllte. Josepha benötigte Berthes Bewunderung und schenkte ihr im Gegenzug jene Zuneigung, nach der Ysée sich vergeblich sehnte. Man musste die beiden nur ansehen, wie sie gemütlich vor dem Feuer saßen, schwatzten und den vollen Wollkorb ebenso vernachlässigten wie die schmutzigen Schalen und Töpfe auf dem Tisch. Beide verstanden es vortrefflich, sich vor ihrem Teil der Arbeit zu drücken.
Das tägliche Säubern des kleinen Häuschens, das Wasserholen, Kochen und Waschen war Ysées Aufgabe, seit sie den hölzernen Wassereimer zum Brunnen schleppen und die schweren Laken zum Bleichen auslegen konnte. Die vornehmeren Beginen, die rund um den Kirchplatz lebten und die ihre Häuser mit eigenen Mitteln gekauft und eingerichtet hatten, beschäftigten eine Hausmagd. Berthe hatte nur Ysée, also tat sie die Arbeit der Magd. Die meisten anderen Schwestern versorgten ihren kleinen Haushalt mit eigenen Händen. Alle gemeinsam legten sie besonderen Wert auf peinliche Sauberkeit und Ordnung.
Ysée bemühte sich ehrlich, diese Anforderungen zu erfüllen. Da sie jedoch in den vergangenen Tagen den größten Teil ihrer Zeit an Alainas Seite verbracht hatte, entsprach das winzige Häuschen weniger denn je dem Ideal beginischer Lebensweise. Berthe hatte wie üblich keinen Besen angefasst, und im Wassereimer bedeckte ein schaler Rest den Holzboden.
Es ist die Pflicht einer braven Tochter, ihrer Mutter zu helfen und für sie zu sorgen, Ysée. Wenn du es nicht tust, werden sie Verdacht schöpfen, dass du nicht mein Kind bist. Dann droht uns beiden Schlimmeres als der Tod. Willst du das? Die ständig wiederholte Drohung hallte in Ysées Kopf nach. Sie war müde und erschöpft von einem Tag voller neuer Aufgaben und dem schwierigen Versuch, der zweiten Meisterin alles recht zu machen, aber das kümmerte weder Berthe noch Josepha. Sie unterdrückte einen Seufzer und machte sich als Erstes daran, den Tisch abzuräumen und zu scheuern.

»Nun erzähl schon, wie sieht es aus im Haus von Cornelis?«, fragte Josepha unerwartet, während Ysée die Essensreste aus den Holztellern kratzte und die Töpfe einweichte. »Stimmt es, dass er die Böden mit fremdartigen Teppichen bedeckt und nicht mit Binsen und Kräutern bestreut? In welchem Gewand tritt seine Frau vor ihren Schöpfer?«
Berthe gab einen erstickten Laut von sich und schnappte angestrengt nach Luft.
»Heilige Mutter Gottes, was ist mit dir, Schwester?« Josepha klopfte ihr kräftig auf den Rücken. »Etwas zu trinken, Mädchen, schnell. Deiner Mutter geht es nicht gut.«
Der Schlag löste Berthes Erstarrung. Sie fuhr so hastig herum, dass Ysée erschrak und einen Teil des Weines vergoss, den sie ihr mit Wasser verdünnt in einem Holzbecher reichte.
»Kannst du nicht aufpassen?«, schimpfte Josepha. »Ich möchte wetten, dass Alaina nicht lange Geduld mit dir haben wird. Spätestens zu Mariä Empfängnis schickt sie dich zum Wollewaschen zurück.«
»Du hast die Totenwache bei Cornelis' Frau gehalten?« Berthe kämpfte mit jeder einzelnen Silbe.
»Das wisst Ihr doch, Mutter.«
»Nichts weiß ich. Du hast … ach, was soll's.« Sie winkte unwirsch ab, nahm ihr den Becher aus der Hand, trank, runzelte die Stirn und begann von neuem. »Ausgerechnet Cornelis, da hat wahrlich der Teufel persönlich die Hand im Spiel.«
Ysée begriff ihre Aufregung nicht, aber Josepha glaubte zu wissen, weshalb sich Berthe so erregte. »Auch wenn er in seiner Eigenschaft als Tuchhändler die Beginen am liebsten zur Stadt hinausjagen würde, so muss er doch akzeptieren, dass sie für die Sterbenden und Toten ihr Bestes tun. Du machst dir umsonst Sorgen, Schwester.« Sie kniff die ohnehin kleinen Augen zu noch schmaleren Schlitzen zusammen und bedachte Ysée mit einem prüfenden Blick. »Oder hast du Cornelis etwa durch deine üblichen Ungeschicklichkeiten verärgert?«

Ysée antwortete nicht. Wenn sie den beiden von den seltsamen Fragen des Mannes berichtete, würden sie sich nur noch mehr erregen, also schwieg sie lieber. Josepha hielt es für ein Nein. »Siehst du.« Sie wandte sich zufrieden wieder an Berthe. »Es ist einer der wenigen Vorzüge deiner Tochter, dass sie nicht viel redet. Für Cornelis sind alle Beginen ein Ärgernis, weil er das Gefühl hat, dass sie ihm das Geschäft verderben. Ganz zu schweigen von der Sache mit dem Grundstück für den Hafen. Du hast keinen Anlass, um deine Tochter zu fürchten, nur weil sie sein Haus betreten hat.«

»Der Mutter Gottes sei gedankt, wenn du Recht hast«, schnaufte Berthe. Vielleicht spielte ihr die Erinnerung ja einen Streich, und Ysée glich ihrer verstorbenen Herrin gar nicht so auffallend, wie sie es immer fürchtete. Das lag alles schon so weit zurück, und ihre Erinnerungen verblassten zunehmend. »Bring mir noch einen Becher Wein, Kind. Aber ohne Wasser. Ich bin völlig erschöpft. Mein armes Herz ist mir vor Schreck fast stehen geblieben.«

Ysée wandte sich ab und holte den Weinkrug. Seit sie im Hause Cornelis gewesen war, hatte sie kaum geschlafen. Ihr Kopf und ihr Körper schmerzten vor Müdigkeit und Anstrengung. Berthe hingegen hockte gleich einer fetten Glucke am Feuer und verlangte wie üblich, bedient und umsorgt zu werden.

»Ich bin sicher, dass unser Herrgott entschieden hat, Piet Cornelis für seine Sünden zu strafen«, erklärte Josepha jetzt selbstgefällig und faltete die Hände im Schoß. »Der Tod seines Weibes und seines Kindes sind eine Mahnung, nicht länger gegen unsere fromme Gemeinschaft zu wettern.«

Ysée reichte Berthe den Wein und behielt ihre Empörung über so viel Selbstgerechtigkeit und Heuchelei für sich. Sie hoffte inständig, dass es nicht Gottes Wille war, unschuldige Frauen und Kinder aus solchen Gründen sterben zu lassen.

Danach machte sie sich eilig wieder an die Arbeit. Sie hatte nicht viel Zeit bis zur Vesper bei Sonnenuntergang, und neben allem

anderen musste auch noch die Wolle gründlich gekämmt werden, ehe sie zu Garn versponnen werden konnte. Sie verdiente auf diese Weise den Lebensunterhalt für sich und Berthe. Sie besaßen kein Vermögen, von dem sie zehren konnten, und die Frau, die sich als ihre Mutter ausgab, weigerte sich, ihren Teil zu diesem Bemühen beizutragen. Sie ließ Ysée in dem Glauben, dass sie nur ihretwegen in den Beginenhof gegangen war und dass sie ihr täglich für diese neue Heimat danken musste.
Josepha bestärkte sie in dieser Haltung. Sie war die Witwe eines Färbers aus Sluis. Mit dem kleinen Erbe ihres Mannes hatte sie sich einen Platz in einem der Konvente des Beginenhofes gesichert. In solchen Häusern besaß eine Begine ein oder zwei private Zimmer und teilte sich mit den anderen Frauen Küche, Herd und Arbeitsräume. Josepha war freilich öfter bei Berthe als in ihrer eigenen Behausung. Vielleicht, weil sie von ihren Mitschwestern nicht so viel bedingungslose Verehrung erfuhr.
»Vermutlich wär's besser für uns gewesen, Cornelis läge unter der Erde und nicht seine Frau«, hörte sie Berthe rüde zu ihrer vertrauten Seelengefährtin sagen. »Männer sind ohnehin zu nichts nutze.«
Josephas dummes Gerede trieb Ysée aus dem Haus zum Brunnen. Piet Cornelis hatte sie erschreckt, aber sie fand es dennoch abscheulich, wie die beiden Frauen über ihn herzogen. Berthe verlor nie ein gutes Wort über Männer, und wenn Ysée in den Tiefen ihrer Erinnerung grub, glaubte sie den Grund dafür zu kennen. In Courtenay hatten sie nur Gewalt und Schmerz von Männern erfahren.
Der Ziehbrunnen lag im Schatten der Dämmerung. Die Webstühle schwiegen, und die Bottiche der Färberinnen waren für den nächsten Tag abgedeckt worden. Bei Sonnenuntergang wurde das Tor vor der Brücke geschlossen und die Seitenpforten bis zum nächsten Morgen verriegelt. Ysée stellte ihren Kübel ab und griff nach dem Seil, um den Brunneneimer hinabzulassen.

Für einen Augenblick verharrte sie in der Bewegung und strich sich über die Stirn, als könne sie damit Ordnung in ihre verworrenen Gedanken bringen. Weshalb hatte Piet Cornelis sie mit seinen Fragen behelligt? Wenn er die Beginen wirklich so ablehnte, wie Josepha das behauptete, warum hatte er all diese Dinge von ihr wissen wollen? Um den frommen Frauen zu schaden? Wieso hatte sie das merkwürdige Empfinden, dass er ihr zu nahe kam, zu viel von ihr wollte?
Obendrein war da noch Pater Simon, dessen Bild ihr nicht aus dem Kopf gehen wollte. Ob Berthe von ihm auch sagen würde, dass er zu nichts nutze sei? Es hatte ihr gefallen, ihn zu betrachten. Wie er wohl aussah, wenn er lächelte?
Hör auf zu träumen, schalt sich Ysée. Er ist ein Ordensbruder. Wenn er jemals eine Frau anlächelt, dann höchstens die Mutter Gottes und keine närrische Novizin, die ihn mit aufdringlichen Blicken verärgert.
Vorsichtig ließ sie das raue Seil durch die Hände gleiten und stemmte sich dagegen, als der Eimer tief unten in das Wasser tauchte. Dann zog sie ihn langsam wieder hoch und füllte ihren Kübel. Der gedrehte Hanfstrick schnitt ihr tief in die Handflächen.
Was ist das für eine Plackerei? Ich bin müde! Ich habe Hunger, und ich möchte schlafen. Warum gönnt mir niemand Ruhe? Fragen, auf die Berthe stets ein und dieselbe Antwort gab: Sei froh, dass du am Leben bist. Erinnere dich, ihr wart zu zweit. Du bist schuld, dass die andere sterben musste. Du hast ihren Tod auf dem Gewissen, nimm die Strafe dafür hin.
Die Erinnerung sagte ihr, dass Berthe Recht hatte, deswegen schwieg sie und tat ihre Pflicht. Deshalb würde sie am Spinnrad sitzen, bis ihre Augen im Licht der Unschlittkerze nichts mehr erkennen konnten, und sie würde bei Sonnenaufgang ihr Lager verlassen, um Alaina in der *Infirmerie* zu helfen, wie das Hospital der Beginen genannt wurde.
Berthe und Josepha schenkten ihr keinen Blick, als sie das Was-

ser heranschleppte. Inzwischen drehte sich ihr Gespräch allem Anschein nach um die Einzelheiten des Vermögens, das Piet Cornelis im Laufe vieler Jahre angesammelt hatte.
»Er besitzt keinen Erben.« Josepha hatte den Klatsch von Sluis gegen jenen von Brügge ausgetauscht.
Berthe wirkte zerstreut, als sie antwortete: »Nun ja, den Beginen wird er wohl keine Schenkung machen …«

## Hingabe

*Pfarrhaus an der Weingartenbrücke*
*zu Allerseelen 1309*

Die schwerfälligen Boote glitten wie Schatten über das dunkle Wasser des Kanals. Hätte Bruder Simon nicht zufällig aus dem offenen Fenster des Pfarrhauses gestarrt, ihm wäre die Bewegung kaum aufgefallen. Jetzt sah er allerdings, wie das erste Boot an der westlichen Mauer des Beginenhofes langsamer wurde. Inzwischen war es schon so finster, dass er keine Einzelheiten erkennen konnte.
»Was tun die Boote dort am Weingarten?«, wandte er sich an Pater Felix, der hinter ihm das bescheidene Nachtmahl auftrug.
»Ach, das ist vermutlich die Wolle«, winkte er ab.
»Welche Wolle?«
»Ballen geschorener Schafwolle. Was glaubt Ihr, woher die Beginen das Garn haben, das sie spinnen, färben und zu Tuch verweben?«
»Ich dachte, zwischen Sonnenuntergang und Sonnenaufgang darf kein Mann in den Mauern des Beginenhofes sein?«
»Ist er auch nicht. Die Boote löschen ihre Ladung vor den

Mauern, damit die Schwestern sie auf dem kürzesten Weg in die Lagerschuppen bringen können.«

»Bei Nacht?«

Die fassungslose Frage zeigte Pater Felix, dass sein Gast keine Ahnung von den Verhältnissen in Brügge hatte. »Nun, die frommen Frauen haben gelernt, dass es nicht gut ist, allzu viel Aufmerksamkeit auf ihren Fleiß zu lenken. Eines der letzten Kanalboote wurde beim Ausladen von einem anderen Schiff so unglücklich gerammt, dass die Hälfte der Ladung im Wasser versank. Ein schlimmer Verlust.«

»Ein Unfall?«

Der Priester senkte den Kopf, sodass Simon nur noch den spärlichen Haarkranz sah, der das kahle Haupt umrundete. »Ihr werdet in ganz Brügge niemanden finden, der dies denkt. Die Stoffe der Beginen sind von höchster Feinheit und erzielen beim Verkauf hohe Gewinne. Die Gilden der Stadt sind zornig über diese Konkurrenz. Egal, ob Färber, Walker, Weber oder Händler, sie sind alle in gleichem Maße betroffen. Da die Beginen keine Steuern an den König von Frankreich abführen müssen, können sie ihre Waren unter den üblichen Preisen anbieten.«

»Also wurde die Wolle absichtlich versenkt?«

»Seht es so, Bruder. Alle Zünfte sind daran interessiert, dass die Beginen möglichst wenig Tuch auf den Markt bringen. Seit dem Unfall lassen sie ihre Wolle im Schutz der Nacht entladen ...«

»Ist das nicht ein Verstoß, sowohl gegen die Hafen- wie die Zunftregeln?«

»Nur wenn sie dabei erwischt werden.«

Bruder Simon hob die Brauen. »Das heißt, Ihr werdet diesen Verstoß nicht zur Meldung bringen?«

»Ich kann mir Klügeres denken, als mich in diesen Streit zu mischen. Einer wird sich am Ende immer betrogen fühlen. Der König, der Magistrat oder die Beginen.«

»Ihr vergesst die heilige Kirche«, erinnerte der Mönch. »Sie sieht es nicht gerne, dass mehr von der Geschäftstüchtigkeit der Frauen als von ihrer Frömmigkeit geredet wird.«

»Gott bewahre mich davor, dass ich unseren Herrn Bischof vergesse. Aber der Beginenhof ist kein Nonnenkloster. Die Frauen leben zwar zurückgezogen hinter Mauern und haben gelobt, ihr Leben dem Gebet und der inneren Einkehr zu widmen, doch sie müssen auch für ihr tägliches Auskommen sorgen. Ihr könnt versichert sein, dass ihr Fleiß nur diesem Ziel dient.«

»Sie haben einen eifrigen Fürsprecher in Euch.«

Pater Felix überging die Bemerkung. »Kommt zu Tisch und hört auf, aus dem Fenster zu starren. Je weniger wir von den nächtlichen Aktivitäten dort auf dem Kanal wissen, umso besser ist es für alle.«

»Die Schiffer gehen ein Risiko ein, wenn sie bei Dunkelheit und ohne Laternen arbeiten«, gab Bruder Simon zu bedenken, aber er erhielt keine Antwort mehr.

Er nahm auf der Bank am Tisch Platz und faltete wie sein Gastgeber die Hände zum Gebet. Danach herrschte Schweigen, während Pater Felix Brot, Käse und ein verlockend geräuchertes Schinkenstück in gleiche Portionen teilte. Simon aß lediglich eine Scheibe Brot und ein kleines Stück Käse.

»Ihr fastet?«, wunderte sich der Pater.

»Ich meide jede Völlerei«, erwiderte Simon knapp. »Nahrung für die Seele ist mir wichtiger als jene für den Körper.«

»Aber die Seele bleibt nicht lange in einem Körper, der sich ständig kasteit.«

Bruder Simons Blicke flogen über die Rundungen des anderen Gottesmannes. Auch im Haushalt des Heiligen Vaters gab es Priester wie Felix. Gutmütige, ein wenig phlegmatische Männer, die sich in ihrem Glauben eingerichtet hatten wie eine Seidenraupe in ihrem schützenden Kokon. Kritische Fragen und Probleme gefielen ihnen ebenso wenig wie Änderungen und

Aufregung. Sie hatten die wahre Hingabe an ihren christlichen Auftrag längst verloren.

»Lasst meine Seele nur meine Sorge sein«, entgegnete er mit einem Seufzer. »Verratet mir lieber, warum Ihr vor diesen Heimlichkeiten dort draußen die Augen verschließt.«

Pater Felix kaute bedächtig und ließ sich Zeit mit einer Antwort. »Was wäre gewonnen, wenn ich Lärm schlage?«

»Die Ordnung der Dinge.«

»Es lässt sich trefflich darüber debattieren, wie diese Ordnung aussehen sollte.«

Bruder Simon war sich nicht sicher, ob er eine Spur von Sarkasmus aus diesen Worten heraushörte. »Ihr macht einen Fehler«, warnte er. »Die Bewegung der Beginen hat nicht nur Freunde in unserer heiligen Mutter Kirche.«

»Was wirft man ihnen vor? Dass sie Gutes tun, ein Hospital unterhalten und sich um die Sterbenden kümmern?«

»Es wird nicht gerne gesehen, dass sie Frauen und Mädchen das Lesen und Schreiben lehren. Manche von ihnen maßen sich gar an, die Worte unserer Heiligen Schrift erklären zu wollen. Habt Ihr nichts von dieser rebellischen Begine gehört, die sich gar erdreistet hat, ihre konfusen Gedanken niederzuschreiben? Obwohl man dieses Machwerk schon 1300 auf dem Hauptplatz von Valenciennes öffentlich verbrannt hat, wurde sie dabei ertappt, dass sie es wiederum verbreitete und gar Predigten darüber hielt.«

»Brügge ist nicht Valenciennes.« Pater Felix verging der Appetit, und er legte das Messer nieder. »In dieser Stadt geht es nicht um den Glauben, sondern in erster Linie um das Geschäft, Bruder. Ihr werdet es noch herausfinden, wenn Ihr lange genug bleibt. Ich bin gerne bereit, Euch einen Teil meiner Aufgaben im Beginenhof zu übertragen. Bildet Euch Euer eigenes Urteil über die Magistra und ihre frommen Schwestern. Es sind brave Frauen. Ihr werdet es sehen, wenn Ihr ihnen die Beichte abnehmt. Man tut ihnen unrecht, mit all dem Gerede über

Häresie. Man spielt damit nur den Zünften in die Hände. Sie wollen allen Handel in der Stadt ausschließlich unter ihrer Kontrolle haben, damit sie die Preise nach eigener Willkür festlegen können.«

»In der Heiligen Schrift steht, die Frau soll gehorchen und schweigen, und nicht, sie soll handeln und lehren«, hielt ihm der junge Ordensbruder entgegen.

Pater Felix schmunzelte. »Ich werde noch eifriger dafür beten, dass die oberste Magistra der Beginen wieder gesundet. Dann werde ich mit Vergnügen lauschen, wie sie Eure Worte aus derselben Bibel widerlegt.«

»Seht Ihr, Bruder. Genau das ist es.« Simon fühlte sich bestätigt. »Eben aus solchem Grunde ist die erwähnte Begine seit zwei Jahren in Paris eingekerkert. Die Auslegung der Bibel ist allein die Sache des Heiligen Vaters und seiner Kirchenfürsten.«

Pater Felix bedachte seinen Gast mit einem Blick, der in krassem Widerspruch zu seinem gutmütigen Aussehen stand. »Ihr habt mich missverstanden. Die Magistra ist eine kluge, fromme Frau. Nichts liegt mir ferner, als ihr Ketzerei oder Ungehorsam nachzusagen. Ich bin der Seelsorger des Beginenhofes vom Weingarten. Ihr könnt versichert sein, dass es in diesen Mauern nur rechtgläubige Seelen gibt.«

Simon schwieg und bemühte sich, die heftigen Regungen seines Gemütes unter Kontrolle zu bekommen. Seltsamerweise tauchte ausgerechnet in diesem Moment ein Gesicht mit fragenden grünen Augen vor ihm auf. Augen, die ihn angesehen hatten, als würden sie ihn kennen. Sie hatte ihn beobachtet, wie er ihren Vater tötete. Erinnerte sein Anblick sie daran? Was war er für sie? Ein Mörder? Ein Sünder? Ein Büßer?

»Esst, Bruder.«

Pater Felix schob das Brett mit dem Schinken näher. Sein Gast war so zerstreut, dass er sich nun doch eine Scheibe davon absäbelte, während ihn der Priester nachdenklich musterte.

# Demut

*Beginenhof vom Weingarten*
*am Martinstag 1309*

»Gott lässt nämlich zuweilen Übles geschehen, wegen des größeren Guten, das nachher daraus entstehen kann.« Ysée ließ das Buch sinken, aus dem sie der Magistra vorgelesen hatte, und suchte den Blick der Kranken. »Welch seltsame Dinge diese Schwester doch sagt. Meint Ihr, dass sie Recht hat?«

Die Magistra betrachtete das Mädchen auf dem Hocker. Ysée trug nicht die *faille*, sondern eine einfache Flügelhaube, die einen perfekten Rahmen für ihr anziehendes Gesicht bildete. Ihr Gewand war so oft gewaschen, dass der natürliche Braunton zu Beige verblasst war, aber es war fleckenlos rein. Sie gab sich erkennbar mehr Mühe mit ihrer Erscheinung als je zuvor. Methildis van Ennen führte das auf Schwester Alainas Einfluss zurück. Es war an der Zeit gewesen, Ysée der nachlässigen Hand ihrer Mutter zu entziehen. Wenn Berthe überhaupt ihre Mutter war, was die oberste Meisterin mehr denn je bezweifelte, obwohl Mareike ihr Geheimnis mit ins Grab genommen hatte.

Sie vermied es, mit Ysée über die Stunden im Hause Cornelis zu sprechen, wenngleich sie sehen konnte, dass die Totenwache bei dem Mädchen eine augenfällige Veränderung bewirkt hatte. Die Begegnung mit dem Tod hatte Ysée reifer und noch stiller gemacht, als sie es ohnehin schon war. So wie die Dinge lagen, würde sie nun bei den Beginen bleiben, und das war sicher nicht das Schlechteste, das einer jungen Frau ohne Namen und ohne den Schutz einer Familie zustoßen konnte.

Ihre Ähnlichkeit mit der ersten Frau von Piet Cornelis mochte zwar verblüffend sein, aber sie stellte keinen Beweis für die abenteuerlichen Vermutungen dar, die der Magistra durch den Kopf gegangen waren. Nur Mareike Cornelis hätte Licht in das

Dunkel bringen können. Dass sie es am Ende nicht getan hatte, musste sie mit ihrem Schöpfer ausmachen.

»Unsere Schwester Margarete weiß sehr wohl, wovon sie schreibt«, beantwortete Methildis van Ennen endlich Ysées Frage, als das Mädchen schon längst nicht mehr damit gerechnet hatte. »Sie sagt dir, dass jede Seele ihren eigenen Weg zur göttlichen Vollkommenheit finden kann. Sie vergleicht die Anstrengungen dorthin mit jenen, die ein Mensch hinter sich bringen muss, wenn er einen hohen Berg ersteigt. Hat er schließlich den Gipfel erklommen, wird er der Liebe unseres Herrn teilhaftig.«

»Und warum sollte er sich dort hinaufplagen?« Ysée kam die Frage vernünftig vor, aber die oberste Meisterin schaute sie streng an.

»Weil es seine Pflicht ist, Gott nach besten Kräften zu dienen, gerade wenn er sich dafür abmühen muss«, entgegnete sie. »Nimm dir zu Herzen, was die Schwester geschrieben hat, und lies weiter.«

Ysée nickte gehorsam. Ihr gefielen die stillen Stunden am Bett der Magistra, die sowohl Alaina wie auch Berthe missbilligten. Alaina, weil sie den gewohnten Arbeitsablauf unterbrachen, und Berthe, weil sie in dieser Zeit nicht bedient wurde. Glücklicherweise hatte keine von ihnen die Macht, die Anordnungen der Maestra zu übergehen. Es war jedoch nicht nur die Erholung, die Ysée die Stunden so angenehm machte, auch das Buch, aus dem sie der Todkranken vorlesen musste, faszinierte sie mit jeder Seite mehr.

Eine Begine mit dem Namen Margarete Porète hatte die fromme Schrift »Spiegel der einfachen vernichteten Seelen, die nur im Wunsch und in der Sehnsucht nach Liebe verharren« verfasst. Ysée hatte anfangs kaum glauben können, dass eine Frau dies vollbracht haben sollte. Je mehr sie indes davon las, umso mehr fühlte sich auch ihr Geist von seinem Inhalt angesprochen. Sie konnte es nachvollziehen, dass die eigene Seele erst durch das »Tal der Demut« wandern musste, wie die Begine es nannte, ehe sie über viele weitere Stufen am Ende das Licht göttlicher Liebe und Vollkommenheit erreichen würde. Auch Ysée befand sich in diesem Tal und sehnte sich unendlich nach uneingeschränkter Liebe.

Als sie mit den Fingerspitzen achtsam das nächste Blatt wendete, bemerkte sie indes, dass die Magistra mit geschlossenen Augen vor ihr lag und ohne Mühe atmete. Sie schlief. Ysée bedauerte es und empfand sogleich Reue über so viel Eigennutz. Sie gönnte der Kranken diese Atempause inmitten ihres Leidens von Herzen, aber für sie bedeutete es, dass sie zu Alaina zurückkehren musste. Gerade als sie sich abwenden wollte, schrak die Magistra wieder auf und griff nach ihrer Hand.

»Unser Herr im Himmel behüte dich, Kind. Sei gehorsam und übe dich in Demut.« Die Worte klangen heiser und angestrengt. »Ich wünschte … Ach, es ist zu spät. Nimm das Buch an dich. Ich fürchte, du wirst es ohne mich fertig lesen müssen.«

»Aber …«

»Versteck es unter deinem Gewand, damit es Schwester Alaina nicht sieht. Sie würde weder verstehen, was darin steht, noch, weshalb ich es ausgerechnet dir schenke. Sie ist eine gute Meisterin, aber sie kümmert sich mehr darum, dass wir alle zu essen haben, denn um die mystisch theologischen Fragen unserer Gemeinschaft.«

»Ein Buch, für mich?«

Ysée blieb vor Erstaunen der Mund offen. Die Magistra hatte sie Schreiben und Lesen gelehrt, aber bislang hatte sie ihre Fähigkeiten viel zu selten üben können. Bücher waren teuer und kostbar. Nur die wenigsten Beginen besaßen einen solchen Schatz. Alaina hütete sogar die Rechnungsbücher des Beginenhofes in einer eigens dafür angefertigten Truhe, damit sowohl das Leder, in das sie gebunden waren, wie das kostbare Pergament geschont wurden.

»Hüte es gut und zeige es keiner Menschenseele«, mahnte die Magistra eindringlich. »Beug dich zu mir, Kind.«
Ysée folgte der Bitte und spürte, dass die Meisterin mit zitternden Fingern ein Kreuz auf ihre Stirn malte. Fast wäre sie zurückgewichen. Es kam so gut wie nie vor, dass sie liebevoll berührt wurde. Ihre Erinnerungen an Umarmungen, Küsse, zärtliche Gesten lagen so weit in der Vergangenheit, dass sie inzwischen nicht mehr wusste, ob sie einmal Wirklichkeit gewesen waren.
»Auch für dich wird Gutes aus dem Schlechten entstehen, wenn du gehorsam bist und deine Pflicht tust. Gott schütze dich, Ysée.« Die Kranke erlitt einen neuerlichen Hustenanfall und verstummte.
Ysée stand erstarrt und reglos. Nahm die Meisterin etwa Abschied von ihr? Das durfte nicht sein! In wildem Protest umspannte sie das Buch so heftig, dass ihre Fingerknöchel weiß hervortraten und ihre Arme bebten.
»Lass mich allein, Kind. Geh!«
Die Magistra schickte sie fort. Die Zurückweisung weckte schlimme Erinnerungen, aber sie gab ihr gleichzeitig die Kraft zu gehorchen.
Im letzten Moment dachte Ysée noch daran, das Buch wie befohlen unter ihrem Obergewand zu verstecken, ehe sie das Gemach verließ. Die steile Holztreppe verschwamm vor ihren Augen. Es gelang ihr nicht, ein Schluchzen zu unterdrücken. Sie lief blindlings aus dem Haus, über den Platz und zur Kirche hinüber. Vor der bunten Statue der *Lieben Frau vom Weingarten* sank sie zu Boden.
Die bemalte Holzfigur der gekrönten Mutter Gottes mit dem Kind wurde so genannt, weil sie in der freien rechten Hand eine Weintraube hielt. Das liebevolle Lächeln, mit dem die Madonna ihr Kind betrachtete, hatte Ysée schon immer an das Lächeln ihrer Mutter erinnert. An das Lächeln ihrer richtigen Mutter, deren Antlitz ein jedes Mal hinter Flammen und

Strömen von Blut verschwunden war, wenn sie ihre Erinnerungen heraufbeschworen hatte. Irgendwann hatte sie es aufgegeben, diese schrecklichen Bilder zu rufen, und stattdessen die Mutter Gottes an ihre Stelle gesetzt.
Wie kannst du das zulassen?, warf sie ihr jetzt vor. Wenn die Magistra sterben muss, gibt es niemanden mehr, der auch nur ein gutes Wort für mich übrig hat.
Bruder Simon erhob sich vor dem Altar von den Knien und sah sich nach der Begine um, die so gegen jede Sitte in die Kirche gestürmt war und nun in erstarrtem Schmerz vor der Mutter Gottes verharrte. Als er näher trat, sah er die Tränen auf ihren Wangen. In den grünen Augen kämpften Zorn und Trauer um die Vorherrschaft.
»Was ist geschehen? Warum stürzt du in die Kirche, als wären alle Dämonen der Hölle auf deinen Fersen, Schwester?«, rügte er sie.
Ysée fuhr herum, erkannte den Mönch und kam schwankend auf die Füße.
»Ihr?« Sie biss sich auf die Unterlippe und kämpfte um Fassung. Sie hatte so oft an ihn gedacht, dass sie im ersten Moment zu träumen glaubte.
»Du vergisst schon wieder die Augen niederzuschlagen.«
»Wenn ich das tue, sehe ich Euch nicht.« Ysée sprach, ohne nachzudenken. Sie sagte einfach die Wahrheit.
»Aber du verstößt gegen die guten Sitten.«
Bruder Simon verfolgte den Widerstreit der Empfindungen auf ihrem reinen Antlitz. Trotz, gefolgt von Schmerz und Einsamkeit. Was wusste sie von den Ereignissen der Vergangenheit? Was ging hinter dieser makellosen Stirn vor? Sah sie ihn so an, weil sie sich an sein Gesicht erinnerte? War das verstörte Kind von Courtenay alt genug gewesen, sich zu erinnern?
»Bist du gerne bei den Beginen, Ysée?«
»Ich kenne kein anderes Leben, ehrwürdiger Vater.« Sie wunderte sich, dass er ihren Namen wusste.

Der Mönch stutzte. War dies die Antwort auf seine Frage? »Gefällt dir dieses Leben?«
Sie zögerte, strich über ihr Gewand und spürte den Umriss des kostbaren Buches darunter. Es war Sünde zu lügen, aber die Wahrheit würde sie nur in Schwierigkeiten bringen.
»Ich kenne kein anderes«, wiederholte sie deswegen mit einer Spur von Auflehnung.
Ihre Blicke trafen sich und hielten einander fest. Ysées Pupillen weiteten sich, und ihre Lippen formten eine stumme Frage. Bruder Simon konnte sie nicht beantworten, er fühlte sich ebenso in die Enge getrieben wie die junge Begine. Erst als Ysée mit einem leisen Laut herumwirbelte und kopflos aus dem Gotteshaus floh, kam er wieder zu sich.
Ein tiefer Atemzug weitete seine Brust, und er hatte Mühe, einen Fluch zu unterdrücken. Piet Cornelis würde keine Schwierigkeiten haben, seine Enkeltochter aus der Gemeinschaft herauszuholen, wenn er von ihrer Existenz erfuhr. Sie war nicht geschaffen für ein Leben des Gebets, der Entsagung und der Armut. Es fehlte ihr sowohl an Demut wie an Gehorsam. Vermutlich sehnte sie sich nach hübschen Gewändern und Juwelen, nach Unterhaltung und Bewunderung, so wie seine Schwester Mabelle. Selbst ihre Brüder hatte sie dafür verraten. Frauen waren gefährlich, man durfte sich nicht von ihrer vermeintlichen Zartheit täuschen lassen.
War es für Ysées Seelenheil nicht besser, wenn sie im Schutze des Beginenhofes blieb? Wenn sie Gott diente, statt den Reichtum ihres Erbes zu verschwenden?
Herr, hilf mir, ich weiß nicht, was ich tun soll!
Der Mönch ging zum Altar zurück und versuchte die Antworten auf seine Fragen im Gebet zu finden.

# Viertes Kapitel
# Fragen

## Mathieu von Andrieu

*Brügge, 12. November 1309*

»Der Turm der Tuchhalle überragt in dieser Stadt sogar die Kirchen und die Burg des Grafen. Da muss unsereins nicht fragen, wer hier die Macht in den Händen hält.«
Jean Vernier spuckte zielgenau am Ohr seines Reitpferdes vorbei, zwischen die Räder eines voranrumpelnden Holzfuhrwerkes. Sie warteten in der Vlaming Straat, bis sich Zugochsen und Lenker auf eine Richtung geeinigt hatten. Der große Markt im Herzen von Brügge, den sie über das Hindernis hinweg betrachten konnten, war an diesem Vormittag dermaßen mit Händlern, Bürgern, Handwerkern und Müßiggängern überlaufen, dass die beiden Reisenden kaum die fest gestampfte Erde zwischen all diesen Menschen erkennen konnten.
Viele der Lagerhallen, die den rechteckigen Platz umstanden, waren aus Stein errichtet worden und verfügten über geschützte Laubengänge, die Verkaufsstände und Läden beherbergten. Seit dem Ende des vergangenen Jahrhunderts hatte Brügge begonnen, sich planmäßig zu vergrößern. Der zweite Grachtenring um die Stadt, der nun auch die Klöster mit einbezog, war ebenso ein Zeichen dafür wie die neuen Bürger- und Zunfthäuser.

Mathieu von Andrieu stützte die Hände auf den hohen, mit spanischem Leder überzogenen Holm seines Sattels und prüfte den Belfried, wie das kritisierte Bauwerk in Brügge genannt wurde. Seine Glocken bestimmten das Leben der Stadt. Die atemberaubende Holzkonstruktion des hohen Zunftturmes erhob sich über den zwei rechtwinkligen Steingeschossen der riesigen Tuchhalle. Mathieu wusste, dass dort die große Truhe aufbewahrt wurde, in der die wichtigsten Urkunden der Stadt Brügge lagerten. Zumindest jene, die den Brand des ersten Turmes im Jahre 1280 überstanden hatten, bei dem sogar die große Glocke herabgestürzt war, die jetzt wieder hoch über der Stadt ihren Ruf erschallen ließ.
Der Belfried war ein Symbol für Bürgermacht und Handwerkstradition. Seine Glocke verkündete die Stunden und befahl die Bürger zusammen. Von seinem Balkon über dem Eingang wurden neue Verordnungen und Gesetze verkündet, und er rief im schlimmsten Fall zu Aufruhr und Krieg. Der letzte Alarm, die *Brügger Mette*, lag gerade einmal sieben Jahre zurück. Am 17. Mai 1302 hatten die wütenden Bürger die *Leliaerts,* die Lilienmänner, niedergemetzelt und damit das Signal zu einem Aufstand gegeben, der in der Schlacht von Kortrijk seinen Höhepunkt gefunden hatte. Kein Wunder, dass Jean ein Gesicht machte, als säße er nicht im Sattel, sondern auf einem Ameisenhaufen.
Straßenlärm, Geschrei und das ständige Quietschen der Kräne an den Kanalufern machten es fast unmöglich, sich zu verständigen. Mathieu deutete mit einer Kopfbewegung über den Markt hinaus, auf eine Reihe von Zinnen und Dächern, die zwar nicht so hoch aufragten wie der Belfried, aber dennoch alle anderen Häuser dominierten. Das war unzweifelhaft der Prinzenhof, die Residenz der Grafen von Flandern. Der Geleitbrief des Königs sicherte ihnen dort Quartier und alle Unterstützung, die Mathieu für seinen Auftrag benötigte.
Seit auf Befehl Balduins von Flandern vor mehr als vierhundert

Jahren die ersten Mauern dieser Burg errichtet worden waren, hatte sich aus der bescheidenen Anlegestelle Bryggia eine der größten Handelsstädte des Abendlandes entwickelt. Auch eine der einträglichsten Steuerquellen Philipps des Schönen, fügte Mathieu im Geheimen hinzu.

Jean Vernier atmete sichtbar auf, als sie den Vorhof des Schlosses erreichten. Mathieu warf ihm einen amüsierten Blick zu. »Brügge rebelliert nicht mehr, Alter. Brügge kauft und verkauft. Damit ist es so beschäftigt, dass ihm keine Zeit für Aufruhr bleibt.«

»Wolle Gott, dass du Recht hast«, knurrte der Waffenmeister und stemmte sich aus dem Sattel. Er übergab die Zügel seines Pferdes einem herbeieilenden Stallknecht, wobei ihm ein leises Ächzen entfuhr. »Ich werde langsam zu alt für ganze Tage im Sattel.«

Mathieu glitt mit der Unbeschwertheit eines Mannes zu Boden, der das Gewicht des leichten Kettenhemdes kaum spürte, das er unter seinem Waffenrock trug. Er wies seinen Gefährten nicht darauf hin, dass es sein eigener Wunsch gewesen war, ihn nach Brügge zu begleiten. Jeans gelegentliche Anfälle von Missmut wogen wenig im Vergleich zu seiner unerschütterlichen Treue.

Die königliche Mission verschaffte ihnen nicht nur gastliche Aufnahme im Hause des Grafen, sie rief auch das mit Respekt vermischte Misstrauen hervor, das die Flamen allen Boten aus Paris entgegenbrachten. Vermutlich verbreitete sich aus diesem Grunde die Neuigkeit von ihrer Ankunft so schnell durch die Stadt, dass die Glocken dieses Tages noch nicht einmal zum Schließen der Tore geläutet hatten, als sich schon der erste Besucher einfand.

»Piet Cornelis, Schöffe der Stadt Brügge, Handelsherr und ehrenwertes Mitglied der Zunft der Wollhändler«, meldete ein steifer Lakai in den Farben des Grafen von Flandern.

Der Haushofmeister des Prinzenhofes hatte den Gästen Räume und Gesinde zur Verfügung gestellt. Der Graf selbst befand sich in Gent. Ein Umstand, der Mathieu gut zupasse kam, denn er ersparte ihm den Austausch von nichts sagenden Höflichkeiten. Aus demselben Grunde verspürte er auch keine große Lust, den Wollhändler zu sprechen, aber der Angekündigte folgte dem Diener auf den Fersen. Ein eiliger Mann, mit einem großen Bewusstsein für die eigene Wichtigkeit, das war nicht zu verkennen.

Betont langsam erhob sich Andrieu von einem Stuhl, dessen Lehne der Löwe von Flandern zierte. Die Holzschnitzerei war so lebensecht ausgeführt, dass Jean es zuvor abgelehnt hatte, der Bestie mit seinem Rücken zu nahe zu kommen. Der Ritter blieb neben dem Kamin stehen. Zum einen, weil das Feuer an diesem Novemberabend angenehme Wärme verbreitete, zum anderen, weil er seinen Gast auf Distanz halten wollte. Die Kaufmannsgilden verschwendeten keine Zeit, ihre Interessen anzumelden. Wusste Cornelis von seiner Mission, oder galt der Besuch dem Gesandten des Königs an sich? Wollte er ihn aushorchen?

Mit der Besonnenheit, die sein König an ihm schätzte, erwiderte er die Reverenz des stämmigen Handelsmannes. In seinem Willkommen schwang eine wohl dosierte Spur von Erstaunen. Gerade so viel, dass klar wurde, dass er sich über die unangekündigte Visite wunderte, aber auch so beiläufig, dass sich der Besucher nicht gekränkt fühlen konnte.

Piet Cornelis vernahm die stumme Botschaft. Er betrachtete den jungen Ritter mit dem Argwohn eines Mannes, der sowohl als Vater wie auch als Kaufmann gelernt hatte, hochfahrenden Edelmännern zu misstrauen. Der König hatte einen Kämpfer und keinen Politiker nach Brügge geschickt. Breite Schultern kündeten von regelmäßigen Waffenübungen, das nüchterne Gewand verriet, dass sein Träger keinen Wert auf Äußerlichkeiten legte. Er trug das schwarze Haar für den Helm kinnlang gekürzt und blickte aus ruhigen grauen Augen auf seinen Gast.

Das gebräunte Antlitz blieb eher durch seine kantigen Züge und die leicht gekrümmte Nase im Gedächtnis denn durch Schönheit oder Ebenmaß.
»Es ist mir ein Anliegen, Euch im Namen des Schöffenrates von Brügge in unserer Stadt willkommen zu heißen.« Cornelis garnierte seine Worte mit dem Lächeln, das er für besonders knauserige Galeerenkapitäne reserviert hatte. »Wenn wir Seiner Majestät und Euch in irgendeiner Weise zu Diensten sein können, Seigneur, sagt es frei heraus.«
»Ihr tut mir zu viel Ehre an, Herr Cornelis.« Andrieu verschränkte die Arme vor der Brust. »Es sind bescheidene Aufträge der Krone, die mich nach Brügge führen. Nichts, was Euch berühren und Eure freundlichen Dienste erfordern würde.«
Cornelis, den Umgang mit schwierigen Schöffen und widerwilligen Zunftbrüdern gewohnt, schenkte ihm trotz der Abfuhr leutseliges Wohlwollen. »Dann macht mir wenigstens die Freude und speist dieser Tage mit mir, Herr Ritter. Wir sind fern vom Hof und süchtig nach Neuigkeiten. Verratet mir, was man in Paris zu dem bösen Gerücht sagt, dass Seine Heiligkeit der Papst die Gräfin von Périgord nicht nur zur Beichte empfängt. Man will kaum glauben, was man alles aus Avignon erfährt.«
Andrieu verabscheute Klatsch dieser Art, aber er nahm die Einladung mit der gebotenen Höflichkeit an. »Natürlich nur, wenn Ihr auch Zeit für mich habt«, schränkte er die Zusage ein. »Brügge und seine Bürger scheinen mir dermaßen geschäftig zu sein, dass ich es kaum wage, Euren Tagesablauf zu stören.«
»Da sorgt Euch nicht.« Der Kaufmann winkte gönnerhaft ab. »Vor wenigen Tagen wurden die letzten Kauffahrer entladen, und der nahende Winter bringt alle Geschäfte außerhalb Brügges zum Erliegen. Die nächsten Monate gehören allein der Fabrikation unserer Handelswaren. Spinnen, Weben, Walken, Rauen, Scheren, Bleichen und Färben müssen getan werden,

damit wir im Frühling genügend Tuchballen haben, über die verhandelt werden kann. Ihr werdet das Klappern der Webstühle von einem Ende der Stadt zum anderen vernehmen.«
»Auch hinter den Mauern des Beginenhofes vom Weingarten?« Mathieu fragte es ganz beiläufig, um Cornelis aus der Reserve zu locken. Er beugte sich zum Kamin, um ein Holzscheit nachzulegen. »Ich habe gehört, dass die frommen Frauen Tuch von besonderer Qualität fertigen.«
Piet Cornelis gab ein Schnauben von sich. »Nicht besser und nicht schlechter als das übrige Brügger Tuch, Herr Ritter. Lediglich billiger, weil die frommen Frauen unter der weltlichen Obhut Seiner Majestät des Königs stehen und ihm keine Steuern bezahlen müssen. Das ist nicht gerecht, wenn Ihr mich fragt.«
Der Kaufmann wartete vergeblich auf eine Antwort des Ritters, der ganz mit dem Feuer beschäftigt zu sein schien. Als er sich endlich wieder aufrichtete und nachlässig den Holzstaub von den Fingern wischte, machte er gar den Eindruck, als habe er ganz vergessen, wovon sie eben gesprochen hatten. Irritiert suchte Cornelis nach einer Möglichkeit, das Gespräch fortzusetzen, das sich so unverhofft auf ein Thema konzentriert hatte, das ihm ganz besonders am Herzen lag.
»Ihr werdet feststellen, dass es einige Unruhe wegen dieser Steuerfreiheit gibt«, sagte er deutlich gereizter als zuvor. »Die Zunft der Tuchhändler hat sich die Freiheit genommen, bei Seiner Majestät deswegen vorstellig zu werden.«
Die frisch gesäuberten Hände hoben sich zu einer Geste flüchtigen Bedauerns. »Unruhe?«
Dieses Mal war Mathieu auf das Schnauben vorbereitet, mit dem Piet Cornelis ohne Worte sein Missfallen ausdrückte. Der Kaufmann nahm nicht zu Unrecht an, dass er längst Bescheid wusste. Dennoch nahm er die Mühe einer Erklärung auf sich.
»Die Gilden der Handwerker von Brügge können sich des Eindrucks nicht erwehren, dass im Beginenhof mehr Wolle

verarbeitet wird als gebetet. Die Gemeinschaft der Beginen verkauft von Jahr zu Jahr mehr Stoff, während die Händler dieser Stadt auf ihren Vorräten sitzen bleiben, weil sie unter dem Druck der königlichen Steuern höhere Preise verlangen müssen.«

Piet Cornelis war während dieser Rede unruhig hin und her gestapft, jetzt blieb er vor dem königlichen Gesandten stehen und hakte die Daumen in den juwelenbesetzten Gürtel seines Wamses.

»Findet Ihr das statthaft? Diese Frauen geben vor, ein Leben des Gebets und der Einkehr zu führen. In Wirklichkeit sind sie freilich emsig damit beschäftigt, Geschäfte zu treiben und ehrbare Männer um die Früchte ihrer Arbeit zu bringen. Der König muss einschreiten.«

»Das klingt in meinen Ohren, als ginge die zitierte Unruhe von Euch aus und nicht von den Beginen«, stellte Andrieu zum erkennbaren Ärger seines Besuchers fest.

»Es ist meine Pflicht als Schöffe und als Gildemitglied, für unsere Bürger und Handwerker zu sprechen«, entgegnete der Kaufmann entrüstet. »Die Stadt lebt vom Fleiß dieser Männer und nicht von den Gebeten der Witwen und übrig gebliebenen Jungfern.«

»Mir scheint, Ihr seid kein Freund der Beginen.«

Die nüchterne Feststellung hatte eine höchst eigenartige Wirkung auf Piet Cornelis. Sein ohnehin gerötetes Gesicht wurde noch eine Spur dunkler, und seine Stimme klang rau. »Da täuscht Ihr Euch, Seigneur. Sie tun Gutes, sowohl in ihrem Hospiz wie auch als Seelfrauen. Würden sie es dabei bewenden lassen, wäre alles in bester Ordnung.«

»Dies scheint ein Fall für den Rat der Stadt zu sein.«

»Auch da geht Ihr fehl, Seigneur. Der Magistrat hat im Weingarten keine Verfügungsgewalt. In weltlichen Dingen unterstehen die Beginen allein Seiner Majestät dem König. Kann es sein, dass Ihr dies nicht wisst?«

»Die Beginen werden wohl kaum auf den Ruin der Stadt hinarbeiten, die ihnen Heimat und Schutz bietet.« Andrieu überging die letzte Frage. »Wer steht der Gemeinschaft vor?«
»Methildis van Ennen, aber sie ist alt und seit geraumer Zeit schwer krank. Man erzählt sich, dass sie das Fest von Christi Geburt kaum noch erleben wird.«
»Vielleicht ist ihre Nachfolgerin Eurem Problem gegenüber aufgeschlossener?«
»Das erwartet nicht.« Piet Cornelis gab sich keine Mühe mehr, Freundlichkeit vorzutäuschen. »Die meisten der Frauen im Weingarten sind Töchter und Witwen von Färbern, Webern, Tuchmachern und Händlern. Das Handwerk und das Handeln liegen ihnen im Blut. Hinzu kommt, dass Frauen, die ohne die regelnde Aufsicht eines Mannes tun dürfen, was ihnen in den Sinn kommt, eine Gefahr für jedes Gemeinwohl darstellen. Man muss ihnen unverzüglich Einhalt gebieten. Krone. Kirche. Wer auch immer.«
»Ich verstehe Euer Problem«, sagte Mathieu distanziert. »Aber ich bin nicht der Mann, der Euch eine Lösung anbieten kann.«
Piet Cornelis erfasste die Botschaft. Auch dass ihm bei seinem Besuch weder Stuhl noch Trunk angeboten worden waren, sprach für sich. Der königliche Gesandte wusste seine Zunge und seine Geheimnisse zu wahren.
»Verzeiht, wenn ich mit meinen harschen Worten ein wenig über das Ziel hinausgeschossen bin«, entschuldigte er sich und wechselte geschickt die Taktik. »Es geht mit mir durch, wenn von den Geschäften der Beginen die Rede ist. Hört Euch auf dem großen Markt um, und Ihr werdet keinen Bürger finden, der sich nicht darüber erregt. Berichtet dem König davon, und Ihr erweist Brügge einen guten Dienst.«
Mathieu erwiderte die gemessene Reverenz zum Abschied, ohne diesen erwünschten Dienst zu versprechen. Er mochte es nicht, manipuliert zu werden. Die bitteren Erfahrungen seiner Jugend warnten ihn davor, sich jemals wieder zum Werkzeug

der Wünsche und Interessen anderer machen zu lassen. Sogar den Befehlen des Königs beugte er sich nur, soweit sie ihm sinnvoll und vertretbar erschienen, wenngleich er diese Tatsache wie so vieles andere für sich behielt.
Wieder allein trat er an eines der Spitzbogenfenster des Gemachs und blickte hinaus. Inzwischen war es so dunkel, dass er nicht einmal mehr die Masten der Schiffe vor der Waterhalle gegen den Himmel unterscheiden konnte. Von den Kanälen stieg feuchter Nebel auf und erstickte die wenigen Lichter, die sich in ihren Wassern spiegelten. Brügge hüllte sich in die Schleier der hereinbrechenden Nacht.

## Ysée

*Infirmerie des Beginenhofes, 14. November 1309*

»Wart Ihr schon bei der Beichte, Schwester Clementia? Was haltet Ihr von dem jungen Mitbruder unseres guten Paters, der sich neuerdings unserer Sünden annimmt?«
Schwester Josephas *faille* nickte raschelnd im Takt ihrer Kopfbewegungen, während sie auf eine hagere Mitschwester einredete, die einer kranken Greisin geduldig Suppe einflößte. Josepha hätte Clementia bei dieser Aufgabe helfen sollen, aber sie stand nur daneben und schwatzte.
Ysée bewunderte Schwester Clementia sowohl für die Geduld, mit der sie ihre Arbeit tat, wie für den Gleichmut, mit dem sie Josepha ertrug. Der große Krankensaal der *Infirmerie* beherbergte sechs lange Doppelreihen mit je zehn Schrankbetten. Jedes Einzelne stand zur schweren dunklen Balkendecke offen und besaß eine weitere Öffnung entlang der Längsseite, damit

die Schwestern ihre Patienten pflegen konnten. Die zweite Längsseite bestand ebenso wie Kopf- und Fußteil aus einer schmucklosen Holzwand, die es von den anderen Betten trennte. Alle waren belegt, aber kein Kranker musste zurzeit seinen Strohsack mit einem Leidensgenossen teilen.
Zum Ende des Winters, wenn für viele der ärmeren Handwerkerfamilien die Vorräte knapp wurden und die bittere Kälte durch Türen und Fenster drang, sah es anders aus. Dann mussten sogar Notbetten in den Gängen aufgestellt werden, und jeder Alkoven war doppelt, wenn nicht gar dreifach mit Patienten belegt. Dann nahm jeder unmittelbar am Leiden des anderen teil, sofern ihm die eigene Krankheit noch Kraft dafür ließ. Heute hörte man nur vereinzeltes Stöhnen und Seufzen, betende Stimmen und plaudernde Besucher, so wie Ysée wohl oder übel Josepha vernahm, die nur drei Schritte weiter ihre Pflicht versäumte und tratschte.
Sie versuchte, das Gerede zu ignorieren und sich auf die eigene Arbeit zu konzentrieren. Alaina hatte ihr die Pflege einer Patientin aufgetragen, deren Beine mit eiternden Geschwüren bedeckt waren. Sie musste die alten Verbände vorsichtig lösen, ehe sie die Beine wie befohlen mit Wermutwasser säubern konnte. Die zweite Meisterin hatte sich erst entfernt, als sie sich mit eigenen Augen davon überzeugt hatte, dass ihre Schülerin jeden Handgriff wie befohlen tat. Ysée sah sie an der Stirnwand der Bettreihe mit der Schwester Apothekerin verhandeln. Wie immer behielt sie alles im Blick und schien überall zu sein, wo Hilfe gebraucht wurde. Soeben prüfte sie einen Kräuterabsud, der noch dampfend vor Hitze aus der Küche der *Infirmerie* kam. Ihre Tüchtigkeit verdiente Bewunderung, aber Ysée konnte sie nur anerkennen, wenn sie die zweite Meisterin von Weitem sah und nicht gerade das Opfer von Alainas gnadenloser Strenge wurde.
»Was soll ich von dem Pater halten?« Vorne hustete die Greisin, und Clementia hielt den Holzlöffel achtsam zurück, bis die

Frau wieder zu Atem kam. Sie hatte Zeit, Josephas Frage zu beantworten. »Er ist ein Diener Gottes.«
»Ein höchst wohl geratener, findet Ihr nicht auch?«
Josephas Stimme besaß einen lauernden Unterton, der Ysée verärgerte, ohne dass sie genau begründen konnte, weshalb. Auch Schwester Clementia reagierte gereizt. »Ich habe aufgehört, die Männer mit solchen Augen zu sehen, als ich zu den Beginen kam. Auch Ihr solltet das tun, Schwester.«
»Dass ich Begine bin, heißt nicht, dass ich blind bin«, erwiderte Josepha ungerührt. »Pater oder nicht, er ist ein gefälliges Mannsbild. Was ich indes sagen wollte, ist, dass man sich von seiner angenehmen Erscheinung nicht täuschen lassen sollte. Er gehört dem Orden der Zisterzienser an, und er kennt keine Nachsicht, auch wenn es um lässliche Sünden geht. Er hat Schwester Berthe fünfzig Ave-Marias beten lassen, nur weil sie am Freitag ein Stück Dörrfleisch vom Vortag aufgegessen hat.«
»Schwester Berthe sollte langsam wissen, dass wir Beginen am Freitag fasten und kein Fleisch zu uns nehmen«, hörte Ysée Clementia leise antworten. »Sie wird noch ihr Gewand sprengen, wenn sie sich beim Essen nicht mäßigt. Es hat ihr sicher nicht geschadet, zur Mutter Gottes zu beten, statt sich wie eine Mastgans voll zu stopfen.«
»Ei, das ist üble Nachrede gegen eine Mitschwester, und die müsst Ihr ebenfalls bei unserem gestrengen Pater beichten, meine Liebe.« Josepha behielt schadenfroh das letzte Wort.
Ysée verzog das Gesicht. Josepha führte stets die Regeln der Beginen im Mund, sie selbst hielt sich indes wenig daran. Dabei schrieb genau diese Satzung vor, dass eine jegliche Schwester die andere herzlich lieben und weder in Worten noch in Taten beleidigen sollte. Ysée bezweifelte, dass Josepha Liebe empfinden konnte. Sogar ihre Freundschaft mit Berthe war eher von Eigennutz denn von Zuneigung geprägt. Heimlich verglich Ysée die Begine mit einem der Blutegel, die die Schwester Apothekerin ansetzte, wenn es galt, das Gift aus einer Wunde zu

saugen oder zu großen Blutandrang zum Herzen zu verhindern. Josepha trank jedes Quäntchen Zuneigung, das Berthe besaß. Da blieb nichts für eine Ziehtochter, die ohnehin bloß Unglück über sie gebracht hatte.
Ysée unterdrückte ein Seufzen, während sie in einer zweiten Schüssel Wundsekret und Eiterreste aus ihrem Waschleinen wrang, ehe sie es wieder mit Wermutwasser befeuchtete. Wie durfte sie über Josepha richten, wenn sie doch auch Probleme hatte, alle Schwestern gleichermaßen zu lieben? Alaina beispielsweise fürchtete sie im besten Falle.
»Oh mein Gott …«
Die Kranke brachte Ysée in die Wirklichkeit zurück.
»Verzeiht, habe ich Euch wehgetan?«
»Nein, Schwester. Ihr habt Hände wie ein Engel, aber dieses Brennen ist unerträglich.« Die Frau umklammerte Ysées Arm. Schweißtropfen standen auf ihrer Stirn.
»Ihr müsst Geduld haben«, sagte Ysée sanft. »Mit Gottes Hilfe und dem Balsam unserer Apothekerin werden Eure Beine wieder heilen. Habt Vertrauen.«
Sie bemühte sich noch mehr als zuvor, der Kranken keine Schmerzen zu bereiten. Die Frau durfte sich ohnehin glücklich schätzen, dass ihr Mann sie zu den Beginen und nicht in das Aussätzigenhospiz vor der Stadtmauer gebracht hatte. Die panische Angst vor dem Aussatz führte häufig dazu, dass viele Menschen dort aus Furcht und Ahnungslosigkeit der Gefahr ausgesetzt wurden, sich viel Schlimmeres als normale Krätze zu holen.
»Träum nicht. Eine jede Arbeit ist dazu da, dass sie zügig und ohne Zeitverschwendung getan wird.«
Schwester Alaina tauchte so unverhofft neben ihr auf, dass Ysée zusammenzuckte. Da sie inzwischen gelernt hatte, dass es sinnlos war, auf jeden Vorwurf zu antworten, ließ sie sich in ihrer Tätigkeit nicht unterbrechen. Trotz aller Schmerzen beneidete sie die Pflegebedürftigen in den Kastenbetten manch-

mal um ihr Schicksal. Sie erfuhren wenigstens Sorge und christliche Nächstenliebe.
Was ihr selbst im Falle einer schlimmen Krankheit widerfahren würde, wollte Ysée gar nicht wissen. Vermutlich würde sie in der Siechenhalle landen, wo die Ärmsten der Armen auf einfachen Strohsäcken lagen und von der Mildtätigkeit der Beginen zehrten. Die Alkoven blieben den wohlhabenden Bürgern von Brügge vorbehalten. Familien, die es sich leisten konnten, die Schwestern dafür zu bezahlen, dass einer der Ihren gepflegt und versorgt wurde, bis er genesen war oder in die ewige Seligkeit einging.
»Den frischen Verband legt eine erfahrene Pflegerin an«, befahl Alaina. »Du begleitest mich in die Kräuterkammer.«
Ysée beeilte sich mit zusammengebissenen Zähnen. Die Arbeit im Hospital war ihr in wenigen Tagen so wichtig geworden, dass sie sich aufrichtige Mühe gab, die hohen Anforderungen ihrer Lehrmeisterin zu erfüllen. Unter ihren scharfen Augen zitterten ihre Hände zwar ein wenig, aber ein weiterer Tadel blieb ihr erspart. Vermutlich auch, weil Alaina von Josepha abgelenkt wurde.
»Wie geht es unserer geliebten Dame Methildis heute?«, erkundigte sie sich übertrieben besorgt.
»Pater Felix hat ihr die heilige Kommunion ans Krankenlager gebracht. Er betet mit unserer geliebten Mutter«, entgegnete Alaina knapp.
Ysée entdeckte, dass sie gleichzeitig auf den Zehenballen wippte. Das Schwingen des Rocksaumes strafte die gemessene Ruhe ihrer Antwort Lügen, und das Mädchen fragte sich, ob ihre Spannung von Josephas Frage verursacht wurde oder davon, dass sie es nicht erwarten konnte, bis die Magistra ... Nein! Sicher tat sie ihr unrecht. Nicht einmal Alaina konnte so herzlos sein, dieses schlimme Ereignis herbeizusehnen.
»Wir beten ebenfalls für unsere geliebte Mutter.« Josepha gab sich katzenfreundlich.

»Beten kann gewiss nicht schaden«, antwortete die zweite Meisterin und umfasste das schlichte dunkle Holzkreuz, das sie über ihrem Gewand trug. »Leider vermögen die innigsten Gebete nichts daran zu ändern, dass unsere Magistra alt ist. Wir müssen in Demut hinnehmen, was der Schöpfer für sie beschließt.«

Ysée hastete, ihre Wasserschüsseln zu leeren und die Hände zu reinigen, während sich Josepha nach besten Kräften bei Alaina beliebt zu machen versuchte. Sie war wie viele andere der Meinung, dass der Rat der Schwestern sie zur Nachfolgerin der Magistra wählen würde.

Alaina besaß schon jetzt großen Einfluss im Beginenhof. Sie verwaltete die Einnahmen, bestimmte über die Ausgaben und gab dem Rat der Schwestern Rechenschaft darüber. Kein Dach wurde gedeckt und kein neues Kräuterbeet angelegt, ohne dass sie zuvor ihr Einverständnis bekundete. Marie von Vyvern, die dritte Meisterin, trat außer im Rat der Schwestern kaum in Erscheinung. Sie war eine sanfte, fromme Edeldame, die im Gegensatz zu der energischen Bürgerin, die Alaina Groeningsvelde einmal gewesen war, nicht viel von Tuchherstellung oder vom Handel verstand.

»Nun, Schwester Müßiggang, wenn du genügend geträumt hast, können wir unsere Arbeit in der Kräuterkammer beginnen.«

Ysée fuhr zusammen und errötete. Sie hatte nicht bemerkt, dass sich Alainas Aufmerksamkeit wieder auf sie konzentrierte. Schwester Müßiggang! Alaina beherrschte wahrhaftig die Kunst, mit wenigen Worten tief zu kränken. Sie sah Josephas schadenfrohes Lachen und Clementias mitfühlenden Blick. Beides war ihr gleich unangenehm.

Zu allem Überfluss entdeckte sie jetzt auch noch Bruder Simon, der auf der anderen Seite des Ganges soeben eine Kranke segnete. Hatte er den scharfen Tadel gehört? Für einen Herzschlag trafen sich ihre Blicke, und Ysée stolperte über die

unregelmäßige Fuge der nächsten Steinplatte. Was war es nur, das sie ein jedes Mal so durcheinander brachte, wenn sie ihm begegnete?
Alaina drehte den Kopf, um das Missgeschick zu tadeln. Sie hielt jedoch abrupt inne, als sie den Gesichtsausdruck des Paters sah, der einen Schritt vortrat, um Ysée zu helfen. Las sie da wirklich Sorge, Anteilnahme, ja Bewunderung auf seinen jugendlichen Zügen?
Ehe sie sich vergewissern konnte, hatte der Mönch den Kopf wieder gesenkt und wandte sich dem nächsten Kranken zu, um ihm Trost zu spenden. Spürte er ihre Aufmerksamkeit? Oder bildete sie sich dies alles nur ein, weil ihr Ysée ohnehin nicht ganz geheuer war? Es missfiel ihr, dass die todkranke Meisterin das Mädchen bevorzugte. Weshalb nur? Ließ sie sich von einem lieblichen Antlitz und einer sanften Stimme um die Vernunft bringen? Oder gab es da etwas, das nur sie wusste? Sie hatte Ysée persönlich Lesen und Schreiben beigebracht, hielt sie an, in kostbaren Büchern zu studieren, und bestand darauf, dass Alaina sie zu einer Begine ausbildete, die einmal ihre Mitschwestern führen konnte. Als sie die Meisterin darauf hingewiesen hatte, dass das Mädchen ein Bastardkind von höchst ungewisser Herkunft sei, hatte sie keine Antwort erhalten. Ein Umstand, der jeder vernünftigen Frau zu denken geben musste.
Alaina gab ein unwilliges Schnauben von sich, das Ysée auf ihr Straucheln bezog. Sie bemühte sich, jene lautlosen, raumgreifenden Schritte zu machen, die Alaina so schnell von einem Ort zum andern brachten. Da sie jedoch keine geschnürten Lederschuhe trug, sondern grobe Holzpantinen, gelang es ihr lediglich, den Lärm ihrer Schritte zu dämpfen.
In der Kräuterkammer, die Alainas liebster Aufenthaltsort war, schenkte sie ihr wieder ungeteilte Aufmerksamkeit. Umgeben von zahllosen Kräuterbündeln, die nach Sorten geordnet an den Trockenbalken hingen, von Körben voller Minze,

Lindenblüten, Lavendel, Kamille und Rosmarin sowie zahllosen anderen Gefäßen, Töpfen, Säcken und Steingutkrügen, die in Regalen und auf Tischen standen, stemmte sie die Arme in die Hüften und musterte Ysée schweigend.
Das junge Mädchen hielt dem Blick stand. Ysée wusste selbst nicht, woher sie die Kraft dafür nahm. Sie sog den intensiven Lavendelduft ein, der alle anderen Kräuteraromen überlagerte, weil die letzten Blüten erst in den vergangenen Tagen geerntet worden waren. Lavendel bewirkte wahre Wunder gegen Aufregung und Herzrasen, wahrscheinlich half er auch ihr.
Selbst Alaina konnte sich der beruhigenden Wirkung der stillen Kräuterkammer nicht entziehen. Was hatte es schon für einen Sinn, das Mädchen für einen Blick zu rügen, der möglicherweise nur ihr aufgefallen war? Sie nahm sich vor, Pater Simon im Auge zu behalten. Bei Ysée würde sie schon dafür sorgen, dass sie gar keine Zeit hatte, auf dumme Gedanken zu kommen.
»Zerstoß ein Bündel Schafgarbe und dieselbe Menge getrockneten Dill im Mörser. Die Schwester Apothekerin braucht das Pulver so schnell wie möglich«, beendete sie das unheilvolle Schweigen.
Ysée nickte stumm und begab sich augenblicklich an den großen Arbeitstisch, wo die Mörser, Schalen, Becher und Krüge standen, die zur Weiterverarbeitung der getrockneten Kräuter benötigt wurden. Alle Gerätschaften waren nach ihrer Größe geordnet und blitzten vor Sauberkeit. Unterdessen seihte Alaina die vor drei Tagen angesetzte Arnikatinktur durch ein feines Leinen ab und zählte die Anzahl der Töpfe mit Hirschtalg und Bärenfett nach, die als Basis für viele Salben benötigt wurden.
Bis das Pulver fertig war, tat ihr der Arm weh, und sie war froh, als sie den Auftrag bekam, es ins Hospital zu bringen. Auf dem Rückweg verharrte sie bei den Kräuterbeeten, die geschützt an der Außenmauer lagen. Jetzt im November waren sie zum

größten Teil abgeerntet. Die Lavendel- und Rosmarinbüsche trugen ein Winterkleid aus wärmenden Zweigen und trockenen Blättern. Die Luft roch nicht mehr nach Kräutern, sondern nach dem Meer, das der Westwind bis nach Brügge hineintrug.
Ysée hielt die Nase in diesen Wind und sog die Luft mit geschlossenen Augen tief ein. Dankbar für die kurze Spanne Zeit, die allein ihr und ihren Gedanken gehörte.
»Man wird dich wieder rügen, wenn du nicht deiner Arbeit nachgehst.«
Mit einem leisen Aufschrei fuhr Ysée herum und wäre fast mit Bruder Simon zusammengestoßen. Er stand unmittelbar hinter ihr. Und er hatte offensichtlich jedes demütigende Wort im Hospital gehört.
»Man rügt mich ohnehin«, erwiderte sie leise.
»Ich bin dir gefolgt.« Er beantwortete die Frage, ehe Ysée sie stellen konnte.
»Um mir ebenfalls zu sagen, dass ich meine Pflicht versäume?«
»Um mit dir zu sprechen.«
Ysée erlag einmal mehr dem Bann der faszinierenden Augen Bruder Simons. Sie wurde so aufgewühlt, dass das Glühen auch ihre Wangen erreichte. Ihr Herz pochte, sie fürchtete, man könnte es sogar durch das Gewand sehen. Es kam ihr vor, als würde sie zerspringen.
Simon hingegen bemerkte die Anspannung in ihrem Gesicht und tiefe Schatten unter den Augen. Er sah ihr die Erschöpfung und den Schlafmangel an. »Warum lädt man dir Pflichten auf, die dich fast zusammenbrechen lassen?«
»Ich arbeite für mein tägliches Brot.«
Es lag so viel angeborene Würde in ihrer Feststellung, dass Simon einen Seufzer unterdrückte. Sie war nicht nur zu lieblich, sie war auch zu stolz. »Seit der Herr Adam und Eva aus dem Paradies vertrieben hat, müssen wir uns alle im Schweiße unseres Angesichtes dafür anstrengen.«
»Dann lasst mich gehen. Schwester Alaina wartet in der Kräu-

terkammer auf meine Rückkehr. Sie wird ungeduldig, wenn ich zu lange ausbleibe.«

»Hat sie keine Augen im Kopf? Du siehst aus, als würde dich der nächste Sturm umwehen.«

»Ich bin stärker, als Ihr meint.«

»Dickköpfiger möglicherweise ...«

Ysée warf ihm einen Blick zu. Sie sah nur sein eindrucksvolles Profil vor dem Hintergrund der Kapuze. Sie wandte hastig die Augen ab. Sein Anblick entfachte in ihr eine Mischung aus Sehnsucht und Schmerz.

»Die zweite Meisterin ist eine strenge Lehrmeisterin, nicht wahr?«

Was sollte diese Frage? Wollte er ihren Gehorsam ausforschen? Sie dazu verleiten, dass sie Böses über Alaina sagte? Ysée presste stumm die Lippen aufeinander und wich einen Schritt zurück.

»Warum arbeitest du im Hospital und nicht bei der Tuchherstellung? Ich dachte, die Herstellung und der Verkauf des Tuches sind die wichtigsten Einkommensquellen der Beginen.«

»Ich leiste auch da meinen Teil. Ich spinne Wolle«, erwiderte Ysée erleichtert. Auf solche Fragen wusste sie wenigstens eine Antwort. »Körbeweise. Außerdem tu ich, was man mir befiehlt, und ich bemühe mich, es so zu machen, dass die Schwestern mit mir zufrieden sind.«

»Und deine Mutter?«

»Die ist nie mit mir zufrieden.«

Frage und Antwort folgten so schnell aufeinander, dass Ysée erst im Nachhinein stutzte. Sie wusste, dass sie vorwurfsvoll geklungen hatte. Sie gewahrte, dass sich die steile Falte in der Mitte von Pater Simons Stirn vertieft hatte. Warf er ihr vor, dass sie ihre Mutter tadelte? Sie hatte die Wahrheit gesagt, alles andere wäre eine Lüge gewesen.

»Gott hat den Müttern die schwere Pflicht auferlegt, ihre Kinder zu aufrechten Christenmenschen zu erziehen.«

»Hat er ihnen nicht auch geboten, ihre Kinder zu lieben?«
»Es genügt, Gott zu lieben«, sagte Pater Simon. An der Art, wie sich das Grün ihrer Augen eintrübte, sah er, dass ihr seine Antwort nicht gefiel.
»Ich liebe Gott«, erwiderte sie schlicht. »Aber es würde mein Leben auf Erden leichter machen, bekäme ich ebenfalls ab und zu ein freundliches Wort und nicht immer nur Rügen und Strafen.«
Simon versteinerte. Es war seine Schuld, dass diese junge Frau ein Leben führte, das weder ihrer Geburt noch ihrem Wesen angemessen war. Seine Sünde und die seines Bruders.
Ysée beobachtete ihn durch den Schleier ihrer Wimpern. Sie fühlte seine Betroffenheit, aber sie begriff nicht, was sie hervorgerufen hatte. Sie zweifelte keinen Augenblick daran, dass sein Unmut mit ihr zu tun hatte. Niemand war mit dem zufrieden, was sie tat oder sagte.
»Ich verlange zu viel, ich weiß«, sagte sie kleinlaut.
Ihre Hoffnungslosigkeit traf ihn mehr als jeder Widerspruch. Die schmale Gestalt vor dem Hintergrund des herbstlich kahlen Gartens, das blasse Antlitz und die traurigen Augen weckten den Wunsch in ihm, sie in die Arme zu nehmen und vor allem Bösen zu beschützen. War es ihm vom Schicksal bestimmt gewesen, sie ausgerechnet hier wieder zu finden? Trieb es ihn aus diesem Grund so unwiderstehlich dazu, ihre Nähe zu suchen und mit ihr zu sprechen?
»Und wenn du nun die Wahl hättest? Was würdest du gerne tun?«
Ysée dachte gründlich über diese erstaunliche Frage nach, ehe sie den Mund öffnete. Sie hatte vergeblich versucht, alle Hoffnungen und Träume aus ihrem Bewusstsein zu verdrängen. Es war ihr lediglich gelungen, sie tief in ihrem Herzen zu vergraben. Jetzt zögerte sie, die Tür zu öffnen, hinter der sie sich verbargen. Eines gab es, das sie sagen konnte, ohne gegen die Regeln der Beginen zu verstoßen.

»Ich würde gerne all die Bücher lesen, die in der Truhe der Magistra liegen. Auch würde es mir gefallen, den Schwestern zu helfen, die die Mädchen unterrichten, deren Eltern sie in den Beginenhof schicken, damit sie bei uns Lesen, Schreiben und Rechnen lernen.«
Simon ließ sich gleichermaßen Zeit mit seiner Antwort. Er wusste nicht, was er erwartet hatte. Vielleicht die üblichen Weiberwünsche nach schönen Kleidern, einem bequemeren Leben, Bewunderung und Luxus. Aber beileibe keine Sehnsucht nach Wissen! Welch seltsame Flausen den Frauen in der Beginengemeinschaft doch in den Kopf gesetzt wurden.
»Es ist nicht die Sache der Frauen, zu lehren und zu wissen«, sagte er vor lauter Verblüffung strenger, als er eigentlich wollte. »Schon in der Bibel steht: ›Einer Frau gestatte ich nicht, dass sie lehre, auch nicht, dass sie über den Mann Herr sei, sondern sie sei still.‹«
Ysée gewann den Eindruck, dass Pater Simon die Bibel einseitig zitierte. Von wem hatte sie ihren Wunsch nach Wissen, wenn nicht vom Schöpfer, der ihr Leben und Verstand gegeben hatte? Sollte sie die Gaben Gottes verschwenden, indem sie ihre Talente gering schätzte?
»Du hörst das nicht gerne.« Simon deutete ihr Schweigen als Ablehnung. »Aber glaube mir, solche Vorschriften schützen dich. Die Frau ist nicht dafür geschaffen, komplizierte Zusammenhänge zu begreifen. Du würdest nur durcheinander kommen und vielleicht sogar den rechten Weg aus den Augen verlieren. Es ist zu deinem Besten, wenn du deinen Kopf nicht mit Betrachtungen belastest, die in Büchern stehen.«
»Zu meinem Besten ...«
Ysée hätte am liebsten zornig mit dem Fuß aufgestampft, aber sie ahnte, dass sie dem Mönch damit nur den Beweis für die weibliche Schwäche liefern würde, die er ohnehin kritisierte.
»Woher nehmt Ihr das Recht zu bestimmen, was zu meinem Besten ist? Ich kenne Euch doch gar nicht.«

»Aber *ich* kenne dich.« Ehe sie auch dies hinterfragen konnte, sprach Simon schnell weiter. »Vertraue mir, es liegt mir am Herzen, dass es dir wohl ergeht und dass du deinen Frieden findest.«
Die Eindringlichkeit seiner Worte entwaffnete Ysée. Im Schutze der Rockfalten löste sie die heimlich geballten Fäuste und gab ihren angehaltenen Atem mit einem Seufzer frei.
»Dann müsst Ihr Schwester Alaina aber auch sagen, dass ich zu spät komme, weil Ihr mich aufgehalten habt. Andernfalls wird sie mich strafen.«
»Du könntest diese Strafe als Buße für deine unbilligen Wünsche auf dich nehmen.«
»Warum soll immer nur *ich* büßen?«
Ysée hörte sich protestieren und wusste im selben Atemzug, dass sie kein Recht dazu hatte. Wenn Bruder Simon auch nur die kleinste Ahnung von ihrem Leben und ihren Lügen gehabt hätte, wäre er noch viel strenger mit ihr ins Gericht gegangen. Sie hatte den Tod ihrer Halbschwester verschuldet, verheimlichte ihre Herkunft und gab Berthe als ihre Mutter aus.
»Du weißt nicht, was du sagst«, hörte sie Pater Simon antworten und fühlte seine Hand auf ihrer Schulter. Von ihr ging eine wohltuende Wärme aus. Sie hob den gesenkten Kopf, um seinem Blick zu begegnen.
Das Verständnis in den blauen Augen war mehr, als sie ertragen konnte. Sie wirbelte herum und lief grußlos zum Gärtnerhaus.
Keiner von beiden sah Schwester Alaina, die an eines der Fenster getreten war, um nach Ysée Ausschau zu halten. Sie hatte das Gespräch zwar nicht gehört, aber die Berührung und das betroffene Gesicht des Zisterziensermönchs gesehen, und beides gab ihr zu denken.

## Bruder Simon

*Brügge, Pfarrhaus an der Beginenbrücke,*
*18. November 1309*

»Ich würde mir Eure Hilfe etwas kosten lassen, ehrwürdiger Vater. Was haltet Ihr von einem neuen Kamin für das Pfarrhaus? Einen, bei dem der Regen nicht das Feuer löscht und die Kälte ins Haus trägt. In unserer Stadt braucht man im Winter einen guten Kamin, sonst friert man im eigenen Bett fest.«

Die Stimme klang selbstbewusst und herrisch. Sie drang bis auf den Gang hinaus, wo Simon soeben seine Sandalen vom Straßenschlamm Brügges säuberte. Es schüttete seit den frühen Morgenstunden wie aus Kübeln, und obwohl der Regen den Unrat in die Kanäle schwemmte, verwandelte er zuvor Gassen und Straßen in Morast. Der Weg zur Basilika des Heiligen Blutes war hin und zurück eine unerfreuliche nasse Rutschpartie gewesen.

In der Kirche wurde die kostbare Reliquie des Heiligen Blutes aufbewahrt, die Graf Dirk von Elzas vom zweiten Kreuzzug mitgebracht und der Stadt Brügge gestiftet hatte. Nur ein einziges Mal im Jahr, am Himmelfahrtstag, wurde die Phiole mit dem Blut Christi – und daher eine unersetzlich kostbare Flüssigkeit – in der Prozession des Heiligen Blutes durch Brügge getragen. Simon nahm an, dass er bis dahin längst wieder in Avignon sein würde, und er verspürte jähes Bedauern darüber. Er hätte das fromme Spektakel gern mit eigenen Augen gesehen.

Stattdessen hatte er sich damit begnügen müssen, seine Gebete vor einem Schrein zu verrichten, der vor Gold und Edelsteinen glitzerte. Er hatte seine ganze Hoffnung darauf gesetzt, dass die spirituelle Macht dieser besonderen Reliquie die Zweifel verdrängen würde, die seinen Glauben in diesen Tagen bedrängten. Solange er seine Seele in Gott geborgen wusste, konnte ihm nichts geschehen. Stand nicht schon in der Bibel: »Wer an mich glaubt, wird die Werke, die ich vollbringe, auch vollbringen.«?

Simon richtete sich wieder auf und strich die nasse Kapuze seiner Kukulle vom Kopf. In einem Anflug von grimmigem Humor sagte er sich, dass ihn der Himmel an diesem Tage wohl von Neuem getauft hatte.

Drinnen, in der Wohnstube, antwortete Pater Felix soeben seinem Besucher. »Sosehr sich meine alten Knochen über einen solchen Kamin freuen würden, Meister Cornelis, ich wüsste nicht, wie ich Euch behilflich sein könnte.«

Der Mönch stutzte. Piet Cornelis. Deswegen war ihm die Stimme bekannt vorgekommen. Was trieb den reichen Tuchhändler, dem Pfarrhof an der Beginenbrücke einen neuen Kamin spenden zu wollen? Er hatte nicht den Eindruck eines Mannes von ihm gewonnen, der fromme Werke tat.

»Ihr schätzt Euren Einfluss zu gering, Ehrwürdiger Vater«, hörte er den Besucher weiter schmeicheln.

Neugierig trat er näher an die Tür des Gemaches, das fast die ganze Fläche des Pfarrhauses auf Straßenebene einnahm. Pater Felix empfing dort seine Besucher, und während der Winterzeit schlief er in der Nähe der erwähnten Feuerstelle, die tatsächlich über einen beklagenswert maroden Kamin verfügte.

»Legt ein gutes Wort bei der Magistra für mich ein, und ich schicke Euch die Handwerker vorbei«, sagte Cornelis betont heiter.

Also ging es schon wieder um die Beginen. Mit jedem Tag, den Simon in Brügge verbrachte, wurde ihm klarer, dass der Auftrag des Heiligen Vaters seine Tücken hatte. Je mehr er über die Frauen des Weingartens erfuhr, desto schwieriger fand er es, sie objektiv zu beurteilen. Vielleicht auch, weil sich hartnäckig und unerwünscht das Bild Ysées vor alle anderen schob.

»Ihr verlangt Unmögliches.« Pater Felix verweigerte sich den Forderungen seines Besuchers. »Es liegt nicht in meiner Macht, die Magistra zu beeinflussen. Es stimmt zwar, dass die Statuten einer Begine erlauben, den Weingarten zu verlassen, wenn sie sich verheiraten will, aber niemand hat das Recht, ihr dies zu befehlen. Beginen können ihre eigenen Entscheidungen treffen, weil sie nicht mehr unter der Befehlsgewalt von Vater oder Gemahl stehen.«

»Närrischer Unfug, das Ganze.« Cornelis brauste auf, zügelte sich aber sogleich wieder. »Ihr wisst wie ich, dass es wider die Natur des Weibes ist, vernunftgemäß zu entscheiden und zu handeln. Beginen sind am Ende auch nur Frauen. Kann die Magistra die Jungfer nicht unter einem Vorwand hinauswerfen? Soweit mir bekannt ist, hat sie keinerlei Vermögen eingebracht. Es wäre also nicht zum Schaden des Weingartens.«

»Beginen dürfen nur dann gegen ihren eigenen Willen aus dem Weingarten ausgeschlossen werden, wenn sie in sündiger oder gesetzloser Weise gegen Regeln ihrer Gemeinschaft verstoßen haben.« Pater Felix hatte weder die Stimme erhoben noch besonders nachdrücklich gesprochen, aber es war dennoch zu hören, dass er seinen Besucher warnte. »Dergleichen ist glücklicherweise noch nie vorgekommen. Außerdem würde ein solcher Skandal der Magistra den Todesstoß versetzen. Ihr wisst, dass sie schwer krank ist.«

Cornelis räusperte sich, und Simon hatte den Verdacht, dass er damit einen Fluch tarnte.

»Da trotz dieser Krankheit die Webstühle klappern und auch sonst alles seinen Weg geht, muss es schon eine Stellvertreterin geben. Wie heißt sie?«

Simon verharrte auf seinem Lauschposten. Er hörte Pater Felix ächzen, wie er es immer tat, wenn er auf seiner Bank die Sitzposition wechselte und die Beine näher an die Glut im Kamin rückte. Nebel und Regen hatten ihm erste Anzeichen von Gicht beschert, und er tat seine Beschwerden ausführlich kund, ehe er sich bequemte, die geforderte Auskunft zu geben. Ihm kam es wie ein geschicktes Manöver vor, um Zeit zu gewinnen. Immer öfter hatte er inzwischen den Eindruck, dass der Pater die Rolle des harmlosen Gottesmannes nach Bedarf spielte.

»Neben Methildis von Ennen wird der Hof von drei weiteren Meisterinnen geführt, die sich mit ihrer Stellvertretung abwechseln. Unter ihnen wird man nach ihrem Tod auch eine Nachfolgerin suchen. Alaina Groeningsvelde ist die ehrgeizigste von ihnen, sie wird sich wohl gegen die anderen durchsetzen.«

»Die kenne ich.« Piet Cornelis klang überrascht. »Sie war bei meiner Mareike, als es mit ihr zu Ende ging. Sie hat die Jungfer Ysée in mein Haus gebracht. Hättet Ihr meine erste Gemahlin und unsere Tochter gekannt, Ehrwürdiger Vater, Ihr würdet mich besser verstehen. Das Mädchen gleicht ihnen wie ein klarer Wassertropfen dem anderen.«

»Seid Ihr nicht ein wenig schnell mit Eurem Entschluss, Euch wieder zu binden?« Pater Felix brachte seinen Rat mit aller gebotenen Vorsicht an. »Warum diese unchristliche Eile? Die Verstorbene ist noch keine dreißig Tage unter der Erde.«

»Die Zeit läuft mir davon, ehrwürdiger Vater. Ich brauche einen Erben. Seht mich an. Mein Haar ist grau, meine Zähne werden weniger, und ich hab nicht mehr die Kraft wie früher, drei Tuchballen auf einmal zu heben. Das Mädchen hingegen ist jung und gesund. Es wird mir den Sohn schenken, den zwei meiner Frauen nicht gebären konnten.«

Ysée im Bett des Tuchhändlers? Die Vorstellung war so lästerlich, dass Simon die Fäuste ballte. Cornelis hatte den Verstand verloren. Selbst wenn man berücksichtigte, dass er nichts von seiner Verwandtschaft mit Ysée wusste, war sein Wunsch nach einer so jugendlichen Gemahlin pure Überspanntheit. Die Narretei eines alten Mannes, der nicht einsehen wollte, dass er sich mit seinem Reichtum nicht *alles* kaufen konnte.

»Erwartet nicht, dass ich mich für einen Kamin zu Eurem Kuppler mache.« Auch Pater Felix klang jetzt ungehalten.

»Seht Euch unter den ehrbaren Jungfern dieser Stadt um, wenn Ihr so dringend eine Gemahlin sucht, Piet Cornelis. Es gehört sich nicht, dass Ihr Eure Begehrlichkeit auf eine fromme Begine richtet. Als ihr Beichtvater und Pfarrherr ist es meine Pflicht, ihre Seele zu behüten und jede Versuchung von ihr fern zu halten.«

»Je nun …« Cornelis räusperte sich mittlerweile fast ununterbrochen, und in seinem wachsenden Zorn vergaß er, seine Worte zu wägen. »Diese reinen Seelen sind das Ärgernis eines jeden aufrechten Mannes in Brügge, ehrwürdiger Vater. Sie sind nicht nur fromm, sondern auch bienenfleißig und höchst geschäftstüchtig. Früher oder später muss der König ihrem Treiben ein Ende machen. Ist es da nicht besser, ihre Zahl verringert sich schon jetzt auf ehrenwerte Weise?«

Pater Felix blieb standhaft.

»Denn lebt wohl«, knurrte Cornelis, ehe er mit allen Anzeichen des Unmuts zum Pfarrhaus hinausstürmte und die Tür hallend hinter sich zuwarf.

Mit geballten Fäusten, vorgeschobenen Schultern und grimmigem Blick lief er an der Pferdetränke des Weingartens vorbei, vor Zorn kochend und von dem dringenden Wunsch getrieben, seine Fäuste in das nächstbeste Opfer zu rammen. Bevorzugt in ein Mitglied der Kirche.

Für wen hielt sich Pater Felix, dass er ihm seine Hilfe verweigerte? Er würde Ysée zu seiner Frau machen, egal, was dieser Pfaffe dagegen einzuwenden hatte. Nur sie konnte ihm den ersehnten Erben des Hauses Cornelis schenken. Sie trug seine Zukunft in ihrem Schoß. Den Sohn. Die Kirche hatte kein Recht, ihm diesen Stammhalter zu verweigern. Er war Piet Cornelis, Ratsherr der Stadt Brügge, vielleicht sogar ihr künftiger Bürgermeister!

Der Wille des Herrn. Pater Felix' Worte klangen wie Hohn in seinen Ohren. War es etwa Gottes Wille, dass Frauen sich in den Handel mischten? Dass sie über sich selbst bestimmten und sich anmaßten, ehrbaren Handwerkern Konkurrenz zu machen? Stand nicht schon in der Bibel, dass die Frau dem Manne untertan zu sein hatte? Seit wann traf dies auf Beginen nicht mehr zu?

Die Fragen nährten seine Wut wie Öl das Feuer. Reißend und heftig schoss sie ihm durch die Adern und riss an den Dämmen seiner Selbstbeherrschung. Wie er dieses Beginenvolk hasste! Die Schwierigkeiten des Wollhandels, die Zölle und Steuern des Königs, die betrübliche Entwicklung der Tuchpreise, all dies wurde durch die unerwünschte Rivalität der Beginen zu einer Fülle von Lasten vermehrt, die einem Handelsmann die Gewinne ebenso sicher schmälerten wie Straßenräuber und Winterstürme.

Was zum Teufel war in die Männer der Kirche gefahren, dass sie es zuließen, dass diese Betschwestern ihre geheiligten Gebote und Vorschriften missachteten? Widersprach es nicht guter Sitte und christlichem Glauben, dass Weibsbilder Geschäfte machten und Gold scheffelten? Stellte es nicht die Welt auf den Kopf und machte die Männer, die Gott zu ihren Herren bestellt hatte, zu Narren?

Auf den König war in dieser Sache ebenfalls kein Verlass. Unter seiner schützenden Hand und der Steuerfreiheit gediehen die frommen Parasiten wie Unkraut. Sie spreizten sich in seinem Schutz und spielten nach außen hin die Rolle der mildtätigen, frommen Seelen. War dem Herrscher nicht klar, welche Summen ihm entgingen, weil er dieses Spiel duldete?

In seiner blinden Rage legte Piet Cornelis den Weg nach Hause doppelt so schnell wie sonst zurück. Sein wutverzerrtes Gesicht hielt sogar gute Freunde davon ab, ihn in dieser Stimmung anzusprechen oder aufzuhalten.

Simon hatte zur Seite springen müssen, damit ihn der Handelsherr nicht über den Haufen rannte. Pater Felix hingegen fand er sinnend neben dem Feuer, in dem immer wieder Regentropfen aus dem baufälligen Rauchabzug aufzischten.

»Gott zum Gruße, Bruder. Kann es sein, dass der Ratsherr dem Leibhaftigen begegnet ist, weil er uns gar so eilig verlassen hat?«
Pater Felix schaute auf und rieb Wärme suchend die Handflächen gegeneinander. »Cornelis denkt, weil er reich ist und mit Ehrenämtern überhäuft, kann er auch einen Priester kaufen. Übrigens eine weit verbreitete Meinung in Brügge, wie Ihr noch feststellen werdet.«
»Dass man Priester kaufen kann oder dass man alles kaufen kann?«
Pater Felix lachte leise. »Beides, würde ich meinen.« Dann wurde er augenblicklich wieder ernst. »Diese Stadt der Händler, Makler und Geldwechsler hat ihre ganz eigenen Wertvorstellungen. Je reicher ein Bürger ist, umso mehr glaubt er, auch mit Gott Geschäfte machen zu können.«
»Und welchen Handel hat Euch Piet Cornelis angetragen?« Simon wollte nicht eingestehen, dass er gelauscht hatte.
»Wäre es nicht so empörend, man könnte darüber lachen«, entrüstete sich der Pater. »Allem Anschein nach hat er sich in eine der Seelfrauen vergafft, die seiner Gemahlin im Tode beigestanden haben. Er wollte allen Ernstes meine Unterstützung dafür, das Mädchen zu seiner Gemahlin zu machen. Angeblich gleicht die Begine seiner ersten Frau aufs Haar, und deswegen hat er es sich in den Kopf gesetzt, dass sie ihm die Söhne schenken wird, die ihm bisher versagt geblieben sind.«
Simon war erleichtert, dass sein Gastgeber ihm vertraute und nichts vor ihm zurückhielt. Dennoch versuchte er ihn zu provozieren. Die Gelegenheit, seine ehrliche Meinung über den Beginenhof zu erfahren, war günstig. »Beginen legen kein Ordensgelübde ab, die Verbindung wäre also möglich …«
»Da sei Gott davor!« Pater Felix wollte nichts von dieser Möglichkeit wissen. »Jede Jungfrau, die ihr Leben dem Gebet und den wohltätigen Werken widmet, verdient den Schutz der heiligen Kirche. Diese Frauen sind im Beginenhof, weil sie der

Eitelkeit der Welt abgeschworen haben und in Demut und Keuschheit leben wollen. Es wäre eine Sünde, würden sie ausgerechnet von ihrem eigenen Pfarrherrn der weltlichen Versuchung ausgesetzt.«

»Sind nicht die Versuchung und ihre Überwindung Teil unserer christlichen Lehre?«

»Die Beginen sind Frauen, sie sind schwach und sündig. Sie bedürfen unseres Schutzes«, erklärte Pater Felix knapp.

Sündig akzeptierte Simon, schwach bezweifelte er. Je genauer er das Leben des Beginenhofes in Augenschein nahm, desto stärker wurde sein Eindruck von einer in sich gefestigten und unabhängigen Gemeinschaft. Die riesige Fläche des Weingartens mit ihren Wohnhäusern, Werkstätten, Schuppen, Ställen, Wiesen und Kanälen bildete eine Insel im Häusermeer der Stadt Brügge. Ein Reich, das von der Magistra regiert wurde und dessen Einnahmen in Wirklichkeit noch viel höher sein mussten, als Seine Heiligkeit in Avignon es vermutete. Was geschah mit diesem Vermögen? Wo befand es sich? Kardinal Pellegrue und der Papst würden es von ihm wissen wollen.

»Vielleicht sollte man die Beginen in erster Linie vor sich selbst schützen«, erwiderte er als Fazit dieser Gedanken.

Er erntete einen seltsamen Blick von Pater Felix, aber das Gespräch endete an dieser Stelle. Beide hatten mit einem Male den Eindruck voneinander gewonnen, dass mehr hinter der Fassade des anderen steckte, als sie anfangs gedacht hatten.

## Fünftes Kapitel

# Lügen

### Ysée

*Brügge, Beginenhof vom Weingarten,*
*18. November 1309*

Was hatte sich verändert? Ysée starrte ins Dunkel. Sie blieb reglos auf ihrem Strohsack liegen. Was hatte sie geweckt? Die Matratze, deren Füllung unter dem Bezug ständig verrutschte, sodass sie manchmal erwachte, weil sie auf blankem Holz lag, trug dieses Mal keine Schuld. Sie ruhte in der vertrauten klumpigen Vertiefung. Das Nachtgewand bedeckte ihren Leib, wie es sich gehörte. Ausnahmsweise hatte es sich nicht in einen Wust aus Leinen verwandelt, weil sie, von unruhigen Träumen geplagt, im eigenen Bett keine Ruhe fand. Alles war, wie es sein sollte, und doch spürte sie den Schlag ihres Herzens wie eine Warnung.

Sie lauschte auf die Geräusche der Nacht. Im Gebälk des kleinen Hauses knackte es hin und wieder, und dann war da das Rascheln von Mäusen und allerlei anderem Getier auf der Suche nach Nahrung. Am lautesten war Berthe zu hören. Ihre Ziehmutter lag im Alkoven auf dem Rücken und schnarchte.

Der Regen hatte aufgehört! Das Gurgeln, Rauschen und Plätschern hatten ein Ende gefunden. Auch der Sturm war vorbei,

bis auf die Geräusche in der Hütte umfing sie eine vollständige Stille. Vielleicht hatte die Ruhe sie geweckt.
Hellwach schob Ysée die Decke fort und richtete sich prüfend auf. Konnte sie es wagen? Vorsichtig hob sie ihren Strohsack am Kopfende an. Zwischen Holz und Matratze lag, schützend in eine doppelte Lage Leinen gewickelt, das kostbare Buch der Magistra. Nur bei Nacht, wenn ihre Ziehmutter hinter den Vorhängen ihrer Bettnische ruhte, wagte sie es, diesen Schatz hervorzuholen und darin zu lesen.
Glücklicherweise hatte Berthe trotz ihres müßigen Lebens einen beneidenswerten Schlaf. Nicht zuletzt auch, weil sie mit Josepha des Abends immer reichlich Wein zu sich nahm. Wie immer roch es im Haus nach feuchten Kleidern, kaltem Holzrauch und Alkohol. Ysée war daran gewöhnt, so wie an den alles durchdringenden Gestank des Wollfetts, der aus den Lagerschuppen bis in ihre Stube drang und dermaßen zu ihrem Leben gehörte, dass er ihr in den ersten Tagen im Hospital sogar gefehlt hatte.
Vorsichtig setzte sie die Sohlen auf den Boden. Direkt vor ihrem Bett befand sich eine kleine Binsenmatte, die sie selbst geflochten hatte, eine größere lag vor dem Alkoven. Trotz dieser Unterlage fühlte sie die Kälte aus dem festgestampften Lehmboden aufsteigen. Eine dünne Schicht Stroh schützte nur mangelhaft davor, und rund um die Feuerstelle, wo die letzte Glut Wärme und rötliches Schimmern verbreitete, gab es ohnehin nur blanken Lehm, da immer Funken aus dem Kamin stoben. Ysée ließ sich dennoch dort auf einem Hocker nieder, um die schwache Lichtquelle auszunützen. Zusätzlich entzündete sie die kleine Öllampe, die sie sonst verwendete, wenn sie bis tief in die Nacht hinein Wolle spann.
Erst jetzt wischte sie sich die Finger am Nachtgewand ab und schlug vorsichtig den Stoff zur Seite, ohne das Buch zu berühren. Es war schlicht zwischen zwei dünne Lederplatten gebunden, kaum höher als ihre flache Hand. Die Seiten bestan-

den aus einfachstem Pergament, sie wiesen Flecken und gekerbte Ränder auf. In Ysées Augen war es trotzdem ein Schatz, dessen Besitz sie jedes Mal schon durch seinen bloßen Anblick entzückte.
Es kümmerte sie nicht, dass sie vieles verwirrte. Da gab es Sätze, die sie wieder und wieder lesen musste, um sie zu verstehen, und manches blieb ihr trotz allem ein Rätsel. Dennoch folgte sie mit der Fingerspitze den Worten und mühte sich, die Gedanken zu begreifen, die ihr eine Frau ans Herz legte, die davon überzeugt war, dass Liebe kein Hirngespinst, sondern ein erstrebenswertes Ziel sein sollte.
*Diese Seele, spricht die Liebe, ist eingetreten in die Fülle und das Übermaß der göttlichen Liebe, und zwar nicht, spricht die Liebe, durch die Erlangung der Gotteswissenschaft. Denn es kann nicht sein, dass irgendein Begriffsvermögen, und wäre es noch so erleuchtet, etwas vom Überströmen der göttlichen Liebe zu erfassen vermöchte.*
Ysée schaute in die Glut des fast erloschenen Feuers. Wieso wollte Pater Simon nicht, dass Frauen solche Dinge erfuhren? Was war schlecht daran, von der reinen, göttlichen Liebe nicht nur zu sprechen, sondern auch zu lesen? Die Magistra hatte ihr erzählt, dass viele Ordensschwestern der Kirche ebenfalls die Kunst des Lesens und Schreibens beherrschten, ja, dass es Äbtissinnen gab, deren Klugheit sogar von Kirchenfürsten gerühmt wurde. Von Kirchenfürsten, aber nicht von Pater Simon.
Die Bestürzung über die unverständlichen Ansichten des Paters nagte beharrlich an Ysée. Sie hätte alles darum gegeben, sein Wohlwollen zu erlangen. Sie verspürte immer mehr den Wunsch, ihre Wissbegier von ihm verstanden zu wissen. Sogar in der Stille der Nacht dachte sie darüber nach, wie sie es erreichen konnte, seine Anerkennung zu finden. Was er wohl zu Marguerite Porètes Vorstellungen sagen würde? Fand er sie auch fehlgeleitet und für Frauen verwerflich?

Sie sehnte sich inständig danach, ein freundliches Wort oder gar ein Lächeln von ihm zu erringen. Sie verlor sich in Träumen, in deren Mittelpunkt Pater Simon stand, und schrak auf, als das Krähen eines Hahnes den Morgen verkündete. Wo war die Zeit geblieben?

Hastig schlug sie das Buch in seine Leinenschichten. Sie fröstelte in ihrem klammen Hemd, obwohl es sie vom Hals bis zu den Zehenspitzen umhüllte. Das Feuer war ebenso wie die Lampe erloschen, und der neue Tag dämmerte grau über den Mauern des Beginenhofes herauf. Zwischen Traum und Wirklichkeit klafften Abgründe.

Bis sie im Kreise der anderen Beginen zur Morgenandacht niederkniete, war sie bereits in Zweifel, ob die göttliche Liebe, die Marguerite Porète so anrührend beschrieb, die wirkliche Liebe war. Ihr war kalt, und ihr Magen rumorte vor Hunger. Berthe hatte die ganze Portion Gerstenbrei verschlungen, die Ysée wie jeden Morgen für sie beide zubereitet hatte. Anschließend hatte sie über das erloschene Kaminfeuer lamentiert und Ysée beschuldigt, mit dieser Nachlässigkeit Krankheit, wenn nicht gar ihren baldigen Tod herbeizuführen. Der Ruf zur morgendlichen Messe hatte das Lamento glücklicherweise unterbrochen.

Ysée mühte sich, während des Paternosters nicht mit den Zähnen zu klappern. Die Kerzen am Altar flackerten im Zugwind, und der Steinboden verströmte so viel feuchte Kälte, dass ihre Knie bereits gefühllos wurden. Sehnsüchtig dachte sie an den gepolsterten Betstuhl in Mareike Cornelis' prächtiger Kammer. Dort fiel es bestimmt leichter, den Herrn für seine Güte zu preisen. Sie hatte den Gedanken noch nicht zu Ende gedacht, als sie sich auch schon dafür schämte. Pater Simon hätte sie sicher dafür getadelt. Sie stieß einen leisen Seufzer aus und sah zum Altar, wo der Mönch Pater Felix bei der Messe assistierte.

Sie bemerkte nicht, dass sie im Mittelpunkt der Neugier stand und mit manchen Blicken bedacht wurde. Die Tatsache, dass die Maestra sie unter die persönliche Anleitung der zweiten Meisterin gestellt hatte, sorgte für Neugier und Getuschel unter den Mitschwestern. Bislang war sie eine von vielen gewesen, wieso war sie auserwählt worden? Bisher hatte sie weder durch überragende Frömmigkeit noch mit überdurchschnittlichem Fleiß auf sich aufmerksam gemacht. Womit hatte sie sich eine solche Bevorzugung verdient?

Als eine der letzten Schwestern in der langen Schlange der frommen Frauen trat Ysée aus dem Gotteshaus. Soeben glitten die ersten Sonnenstrahlen über die Dächer der Häuser auf der anderen Seite der Wiese. Regentropfen glitzerten im Gras, Tauben gurrten in den kahlen Lindenzweigen. Langsam löste sich die Gruppe auf, und jede ging ihrem Tagwerk nach. Alaina eilte in das Kapitelhaus der Maestra. Ysée hielt inne. Würde sie sich umdrehen und nach ihrer Schülerin Ausschau halten, oder hatte sie die Chance, die versäumte Morgenmahlzeit nachzuholen, ehe ihre Pflichten begannen?

Sie versuchte sich möglichst klein zu machen, aber Schwester Luzias gebückter Rücken bot wenig Schutz. Da sie eines der ältesten Mitglieder der Gemeinschaft war, genoss sie allgemeinen Respekt. Mit ihrer Magd lebte sie in einem Haus in der Nähe des Tores zur Weingartenbrücke und war nicht mehr sehr gut zu Fuß. Als sie strauchelte, bot Ysée ihr eben in dem Augenblick hilfsbereit den Arm, als Alaina sie ins Auge fasste. Nachdem sie ihr kurz zugenickt hatte, setzte sie ihren Weg fort. Offensichtlich hatte Alaina nichts dagegen einzuwenden, dass sie zuerst Schwester Luzia nach Hause geleitete.

Auf dem Rückweg blieb sie kurz vor dem Tor stehen. Die Pflastersteine glänzten feucht, und der Bogen der Brücke endete genau vor der Tür des Pfarrhauses, das mit seinen roten Backsteinen und den weißen Simsen in der Morgensonne lag. Was würde geschehen, wenn sie einfach über diese Brücke spazierte? Immer öfter stellte sie sich diese Frage, obwohl sie

wusste, dass sie Berthe nie im Stich lassen würde. Wie war es, dort draußen zu leben? Schöner? Leichter? Mühsamer? Sie hätte es zu gerne gewusst.
»Nein, welch ein Glück. Genau zu Euch wollte ich!«
Im ersten Augenblick wusste Ysée mit der Frau nichts anzufangen, die unter dem Torbogen herbeieilte und geradewegs auf sie zumarschierte. Das propere Wollkleid, die Flügelhaube, die Lederschuhe und der Umhang mit den modischen Tasseln verrieten die Dienerin aus gutem Hause, und Ysée erkannte endlich Katelin wieder, die Magd der verstorbenen Mareike Cornelis.
»Sicher wollt Ihr nicht zu mir, sondern zu Schwester Alaina«, vermutete sie. Die schwere Last an Katelins Arm sah nach einem Almosenkorb aus. Manche Bürger lohnten den Beginen ihre Nächstenliebe, indem sie dem Weingarten Nahrungsmittel oder andere Dinge des täglichen Bedarfs spendeten.
»Aber nein.« Katelin hielt Ysée am Arm fest. »Wartet. Mein Herr möchte in Kontakt zu Euch treten. Er will wissen, ob Ihr des Lesens und Schreibens mächtig seid. Er habe vergessen, Euch seinen Dank für die Dienste zu sagen, die Ihr seiner armen Gemahlin geleistet habt. Er möchte dies in einem Brief tun.«
»Das ist nicht nötig«, wehrte Ysée ab. Sie erinnerte sich ungern an den aufdringlichen Kaufmann und seine Fragen. Sie wollte ihn aus dem Gedächtnis streichen. »Ich habe meine Pflicht getan. Es ist nicht nötig, dass man mir dankt.«
»Er tut, was er sagt«, erwiderte Katelin trocken. »Könnt Ihr lesen?«
Ysée nickte stumm, und Katelin brachte unter ihrem Umhang ein zusammengerolltes Pergament zum Vorschein. Seidenband und Siegel verliehen ihm ein offizielles Aussehen.
»Dann soll ich Euch sein Schreiben zusammen mit diesem Korb geben.« Sie stellte ihn auf die Erde, knickste und wandte sich zum Gehen. »Gott zum Gruße, Schwester.«

Ysée ergriff die Rolle nur widerstrebend, und Katelin eilte davon, als ahne sie, dass sie das Dokument beim nächsten Atemzug wiederbekommen würde.
Ysée ließ das Pergament auf den Korb fallen, als sei es ein Stück glühende Holzkohle. Sie wollte keine Verbindung zu Piet Cornelis. Er war ihr unheimlich, und sein Dank verpflichtete sie nur. Allerdings hatte sie kein Recht, auch seine Almosen zurückzuweisen.
Prüfend hob sie den Weidenkorb an. Er war so schwer, dass sie die zweite Hand zu Hilfe nehmen musste. Das Gewicht und die Düfte, die ihm entströmten, versprachen Schätze, die eine verführerische Abwechslung in das Einerlei aus Gerstenbrei und Kohlsuppe bringen würden, von dem sich Ysée und Berthe größtenteils ernährten. Aber es war Sache der Magistra, über die Spenden zu befinden und sie aufzuteilen. Nach den Statuten erhielt die erste Meisterin zwei Teile und die Schwestern, denen der Dank galt, je einen. Doch was galt für das Pergament? Das Schreiben war an sie gerichtet.
Neugier, Furcht und Gehorsam fochten einen kurzen Kampf in Ysée. Dann steckte sie das Pergament in die Tasche ihres Obergewandes und brachte den Almosenkorb in das Kapitelhaus. Schwester Alaina schritt eben die Treppe herab und nahm den Korb mit ungerührter Miene entgegen.
»Hast du schon etwas herausgenommen?«
»Ich bin keine Diebin«, protestierte Ysée verletzt. Gleichzeitig spürte sie das Gewicht der Pergamentrolle, als wäre es ein Ziegelstein. Alles, was von Piet Cornelis kam, verstrickte sie in Schwierigkeiten.
»Wer gibt das Almosen?«
»Das Haus Cornelis«, erwiderte Ysée.
Cornelis? Die zweite Meisterin runzelte zweifelnd die Stirn. Von dieser Seite hatte sie wahrhaftig nicht mit milden Gaben gerechnet. Was steckte hinter der unerwarteten Nächstenliebe des Ratsherrn? Man würde seine Aufmerksamkeit genau

prüfen müssen, ehe man ihm dankte. Sie musste mit der Maestra besprechen, in welcher Form dies geschehen sollte, damit der Weingarten keinen Ärger bekam.
Da Ysée keine Ahnung von Alainas besorgten Gedankengängen hatte, wartete sie vergebens darauf, gesagt zu bekommen, wann sie sich ihren Teil aus dem Korb abholen durfte. Sie erhielt lediglich den Befehl, in die *Infirmerie* vorauszugehen und der Schwester Apothekerin behilflich zu sein. Es lag ihr auf der Zunge, nach ihrem Anteil zu fragen, aber am Ende fehlte ihr der Mut dazu.
Ysée verließ das Haus der Magistra mit gemischten Gefühlen. Sie blinzelte gegen den Morgenhimmel, von dem sich der kleine Holzturm der Kirche wie ein mahnender Zeigefinger abhob. Obwohl ihr Alaina befohlen hatte, keine Zeit zu vertun, betrat sie erst das Gotteshaus. Um diese Stunde hatte sie die Madonna vom Weingarten für sich allein. Mutter und Kind sahen ihr zu, wie sie die Pergamentrolle aus ihrem Versteck holte und furchtsam betrachtete. Das schlechte Gewissen ließ sie zögern.
Dann jedoch brach sie das Siegel so hastig auf, dass Wachsstücke in alle Richtungen davonflogen. Sie konnte sich nicht erklären, warum Piet Cornelis Pergament dafür verschwendete, ihr zu danken. Die Magistra erhielt Briefe, vielleicht auch Schwester Alaina und die vornehmeren Bewohnerinnen des Hofes, aber niemals eine Magd, auch wenn sie nun zur Schülerin und Novizin gemacht worden war.
Anfangs fiel es ihr schwer, die Federstriche zu Buchstaben und Worten zusammenzufügen. Sie waren nicht so regelmäßig und deutlich ausgeführt wie in den Büchern. Dennoch gelang es ihr, den Inhalt zu enträtseln, und mit jedem Wort wurden ihre Augen größer.
»Ehrenwerte Jungfer Ysée«, las sie fassungslos. »Da es mir nicht erlaubt ist, Euch persönlich aufzusuchen, muss ich Euch auf diese Weise sagen, was ich empfinde. Ihr habt in mir die

Erinnerung an eine teure Verstorbene geweckt, deren Bild ich für immer verloren glaubte. Verzeiht die Eile meines Anliegens, aber ich brauche eine neue Gemahlin. Niemand ist besser dafür geeignet als Ihr. Verlasst den Weingarten und werdet die Mutter meines Sohnes. Mein Reichtum ist der Eure. Ihr könnt schon morgen Herrin statt Begine sein. Ich warte auf Eure Antwort. Piet Cornelis.«

Das Blatt entglitt Ysées Fingern. Es segelte, vom Luftzug getragen, genau vor die Füße von Pater Simon, dessen Kommen sie nicht bemerkt hatte und der ihr schon seit geraumer Zeit zusah, wie sie zunehmend bleicher und verstörter wurde. Er hatte nicht geahnt, dass sie längst lesen konnte, als sie davon sprach, die Bücher der Magistra studieren zu wollen. War sie nicht das beste Beispiel dafür, wie schändlich das Lesen einer Frau zusetzte? Man musste Ysée nur ansehen, um zu erkennen, dass es besser gewesen wäre, sie hätte diese Nachricht nie verstanden, was auch immer sie enthielt.

Er bückte sich nach dem Pergament und überflog die Zeilen mit der mühelosen Kompetenz eines Mannes, der Tage und Wochen damit verbracht hatte, die Korrespondenz Seiner Heiligkeit zu archivieren und zu beantworten. Dann allerdings erblasste auch er.

»Dieser Mann hat den Verstand verloren!«, rief er entrüstet.

Ysée fuhr auf.

»Gebt mir die Botschaft. Sie gehört mir. Sie braucht Euch nicht zu kümmern.«

»Du musst sie fortwerfen. Verbrennen. Vernichten!«

Ysée staunte über die Leidenschaft seiner Forderung. Die dunkelblauen Augen sprühten Feuer, und er trat so nahe an sie heran, dass sie die rötlichen Spuren des Messers sehen konnte, mit dem er erst an diesem Morgen Kinn und Wangen vom Bartwuchs befreit hatte. An einer Schnittwunde im Mundwinkel verschorfte Blut. Warum hatte er nicht besser auf sich geachtet?

»Ihr müsst Ringelblumenbalsam darauf tun, dann entzündet es sich nicht«, sagte sie leise.
»Was? Wer …?« Verwirrt von ihrer Antwort runzelte er die Stirn.
»Ihr habt Euch beim Rasieren verletzt«, erklärte sie. »Wenn Ihr keine Narben behalten wollt, dann …«
»Wen kümmert das«, fiel er ihr ins Wort. »Musst du immer ablenken, wenn ich von wichtigen Dingen spreche?«
Ysée wich zurück. Die Wirklichkeit hatte wenig mit den dummen Träumen der Nacht zu tun. Er empfand nicht den Hauch von Zuneigung für sie, und sie musste ihren ganzen Stolz aufbieten, ihre Verzagtheit zu verbergen. Sie streckte auffordernd die Hand aus und zwang sich, dem strafenden Blick standzuhalten.
»Gebt mir den Brief. Er gehört mir.«
»Nein! Fass ihn nicht noch einmal an. Er spricht von Frevel, von Gottlosigkeit und Sünde. Vergiss, dass du ihn gelesen hast.«
Ysée wich vor ihm zurück. Ohnehin von dem absurden Wunsch des Tuchhändlers verwirrt, wurde sie von der heftigen Reaktion des Mönchs völlig aus der Fassung gebracht.
»Du darfst dich nicht in Versuchung führen lassen.« Simon beherrschte seinen Gefühlsaufruhr, so gut er konnte, nur seine Stimme klang schroffer als sonst. »Du darfst diesem Ansinnen kein Gehör geben!«
Ysée hatte nicht die geringste Absicht, dies zu tun, aber sie wehrte sich gegen seinen neuerlichen Versuch, über ihr Leben zu bestimmen.
»Ihr habt kein Recht, mir Befehle zu erteilen«, erinnerte sie ihn widerspenstig. »Ich werde Schwester Alaina diesen Brief geben«, log sie.
»Das darfst du nicht.«
Es war mehr eine flehentliche Bitte als ein Befehl. Er sah Ysée an. Es war furchtbar, die Wahrheit konnte er ihr nicht sagen. Sein Beichtgeheimnis hinderte ihn daran.

»Vertrau mir, ich bitte dich,« bat er eindringlich.
Er fasste nach der schmalen Hand, die noch immer den Brief forderte. Sie erstarrten beide unter der Berührung. Ysée, weil sie zum ersten Male eine Männerhand hielt. Simon, weil er noch nie eine Frauenhand gehalten hatte, die sich, von harter Arbeit gezeichnet, dennoch so zart und weiblich anfühlte. Jeder war sich der Betroffenheit des anderen bewusst. Ihre Blicke trafen sich. Ysée glaubte in seinen Augen die verzweifelte Sehnsucht nach Liebe zu entdecken, die auch sie suchte. Nach einem kurzen Augenblick gab er die Hand überstürzt frei und mied den Blick in ihre Augen.
»Du musst nicht alles in Zweifel ziehen, was ich dir sage. Ich will dich schützen, weshalb glaubst du mir das nicht?«
»Warum?«
Die atemlose Rückfrage versetzte Simon in Aufruhr. Das Beichtgeheimnis versiegelte ihm die Lippen, aber sein Verstand und, schlimmer noch, sein Herz forderten Taten. Im Zwiespalt zwischen Pflicht und Wunsch suchte er Zuflucht in der christlichen Lehre.
»Du bist eine Tochter Gottes, und ich bin sein Diener auf Erden.«
Ysée senkte enttäuscht die Lider. Sie hatte eine Erklärung erwartet, einen Grund für sein Handeln, Nähe, menschliche Zuneigung, nur keine Ausflüchte in fromme Belehrung. Als sie ihn wieder ansah, wich er ihrem Blick aus und schickte sie fort. Sollte er das Pergament doch behalten. Wortlos verließ sie das Gotteshaus.
Simon blickte ihr nach, und es war gut, dass Ysée den Ausdruck in seinen Augen nicht sehen konnte. Würde er einen Weg aus diesem Chaos finden?

## Mathieu von Andrieu

*Prinzenhof in Brügge,*
*18. November 1309*

Die *faille,* in messerscharfe Falten gelegt, erinnerte Mathieu mehr an einen Kriegshelm als an eine weibliche Kopfbedeckung. Vielleicht auch, weil das Gesicht darunter resolute Kampfbereitschaft signalisierte. Der feine weiße Batist reichte bis über die Brauen in die Stirn hinein, die Augen schimmerten wie schwarze Kieselsteine. Iris und Pupille gingen nahtlos ineinander über, und der schmallippige Mund, die lange Nase sowie das ausgeprägte Kinn vollendeten das Bild einer frommen Kriegerin, die nicht allzu groß, aber doch beeindruckend präsent wirkte.

Wenn die Dame indes angenommen hatte, dass sich der Gesandte des Königs von so viel Ablehnung einschüchtern lassen würde, unterlag sie einem Irrtum. Mathieu gönnte seinem Gast eine knappe Reverenz, deutete auf eine Holzbank an der Wand und lehnte sich selbst mit dem Rücken gegen die Mauerkante einer tiefen Fensternische. Hinter ihm fiel das Mittagslicht durch grün-weiße Glasrauten. Die Fenster waren der einzige Luxus der fast leeren Kammer.

Schwester Alaina erfasste augenblicklich, dass sie es mit einem ebenbürtigen Gegner zu tun hatte. So ohne weiteres wollte sie sich freilich nicht in die Rolle der Angeklagten drängen lassen. Sie übersah die Aufforderung, sich zu setzen, und ging sofort zum Angriff über.

»Ihr habt im Namen Seiner Majestät unseres Königs nach der Magistra der Beginen geschickt und um ihren Besuch gebeten, Seigneur. Da unsere ehrwürdige Mutter krank daniederliegt, bin ich gekommen. Mein Name ist Alaina Groeningsvelde. Ich bin die zweite Meisterin der Beginen vom Weingarten.«

»Steht es schlimm um Eure Magistra?«

»Sie ist alt, Seigneur.«
Die ruhige Aussage trug nicht dazu bei, Mathieu mehr Gefallen an der Begine finden zu lassen. Sie erinnerte ihn auf befremdliche Weise an Guillaume von Nogaret. Sie hätten Bruder und Schwester sein können, vereint im Streben, mit der unbedingten Erfüllung ihrer Pflicht die eigene Person zu etwas Besonderem zu machen. Nogaret tat dies, um den König zu beeindrucken, aber wem wollte Alaina Groeningsvelde gefallen? Ihrem Herrgott?
Er ersparte sich die Bekundung seines Mitgefühls, auf das sie ersichtlich keinen Wert legte, und kam sofort zu seinem Anliegen. »Der Gildevorstand der Brügger Zünfte hat bei Seiner Majestät Klage gegen die Gemeinschaft der Beginen vom Weingarten geführt. Der König hat mich nach Flandern entsandt, um Klarheit in diese Angelegenheit zu bringen. Seine Majestät ist verwundert über die Unstimmigkeiten zwischen den städtischen Zünften und dem prinzlichen Beginenhof, Madame.«
Er brachte es nicht über sich, ehrwürdige Mutter zu Alaina Groeningsvelde zu sagen. Auch stand ihr die Anrede Magistra noch nicht zu, obwohl sie sich so benahm.
»Die Gilden …«, sagte sie verächtlich, sodass Mathieu die folgenden Worte kaum benötigte, um ihre Meinung zu erfahren. »Die Herren sind uns gram, weil wir es abgelehnt haben, unsere Wolle durch ihre Vermittlung zu beziehen. Ganz davon zu schweigen, dass sie auch das fertige Tuch gerne in die Hände bekommen würden. Es verärgert sie, dass wir unsere Geschäfte selbst tätigen und ihre Maklerdienste verschmähen. Es steht nicht dafür, sie ernst zu nehmen.«
»Das zu entscheiden ist allein Sache Seiner Majestät. Dem König liegt der Stadtfrieden von Brügge am Herzen. Nach den Ereignissen der Vergangenheit werdet Ihr das sicher nachvollziehen können.«
Mathieu behielt die Begine genau im Auge.

»Den Frieden gefährden jene, die uns aus Neid und Gewinnsucht verleumden, Seigneur. Wir haben hinter unseren Mauern nichts damit zu schaffen. Wir dienen allein Gott mit unseren Gebeten und unserer Arbeit.«

»Über diese Arbeit wünscht der König Genaueres zu erfahren«, entgegnete Mathieu unerschütterlich ruhig. »Er hat dem Hof vom Weingarten das Privileg der Steuerfreiheit eingeräumt, weil er ein gutes Werk zu tun wünschte und nicht weil er ihm weltliche Reichtümer ermöglichen wollte.«

Die unverblümte Anschuldigung verwirrte Alaina für die Dauer eines Herzschlages. Blitzartig hatte sie sich wieder gefasst.

»Dank der Großmut des Königs müssen wir weder Krone noch Kirche mit unserer Existenz belasten«, sagte sie energisch. »Wenn unsere Arbeit Früchte trägt, so dienen diese nur dazu, den Weingarten zu erhalten und Gutes zu tun.«

»Dann werdet Ihr mir für Seine Majestät sicher Einsicht in Eure Rechnungslegung gewähren, damit jeder Zweifel ausgeräumt wird.«

Jähe Stille. Hätte er sie gebeten, die steife Haube abzulegen, die fromme Schwester hätte nicht entrüsteter sein können.

»Das vermag ich nicht zu entscheiden.« Sie kämpfte um eine Antwort, ohne Zusage oder Ablehnung. »Das ist allein Sache unserer ehrwürdigen Mutter.«

Solange Methildis van Ennen atmete, konnte die zweite Meisterin die geforderten Auskünfte unter dem Deckmantel des Gehorsams verweigern, ohne die Autorität des Königs in Frage zu stellen. Andrieu gratulierte ihr stumm zu dieser geschickten Zurücknahme ihrer Empörung.

»Aber Ihr werdet mir bestimmt erklären können, wie der Beginenhof über die beträchtlichen Gewinne verfügt, die beim Verkauf der Tuchballen steuerfrei anfallen.«

Alaina betrachtete den Gesandten, als sei er vom Teufel geschickt und nicht von Philipp dem Schönen.

»Das Leben unserer Gemeinschaft schreibt ein Gleichgewicht

zwischen *vita contemplativa* und *vita activa* vor, Seigneur. Der Erlös unseres aktiven Lebens ernährt und kleidet uns, er flickt das Dach über unseren Köpfen und erlaubt, die Armen zu speisen, die Kranken zu pflegen und Gott mit unseren Gebeten zu preisen.«

Er erlaubt ihnen auch, Grundstücke zu kaufen, nach eigenen Regeln zu leben und die Autorität der Männer in Frage zu stellen, vervollständigte Mathieu im Geheimen diese Liste. Er hatte die vergangenen Tage genutzt, sowohl die erstaunliche Größe des Beginenhofes als auch die wirtschaftliche Macht zu ergründen, die er verkörperte. Allein die regelmäßigen Einkünfte aus dem Tuchhandel, dem Kerzen-, Seifen- und Bortenverkauf mussten dem Gewinn eines erfolgreichen, mächtigen Handelshauses entsprechen.

Das befriedete Gebiet der frommen Damen nahm die Fläche eines ganzen Stadtviertels in Anspruch. Hinter seinen Mauern versteckte sich, wie vom Belfried aus zu sehen, ein Meer aus Dächern, überragt von einem hölzernen Kirchturm und den entlaubten Kronen mächtiger Linden. Nördlich wurde es von weiten Brachfeldern, auf denen die Wolle getrocknet wurde, von Viehweiden und Lagerhäusern gesäumt, im Süden vom Hospital begrenzt. Er hatte das Glitzern von Kanälen entdeckt, die Färberwerkstätten ausgemacht und vergeblich zu schätzen versucht, was all dies in einer so dicht besiedelten Stadt wie Brügge wert sein mochte.

»Eure gottesfürchtigen Absichten sind über jeden Zweifel erhaben«, erwiderte er, seine kritischen Gedanken für sich behaltend. »Ebenso wie Euer Fleiß, sonst würden die Zünfte Eure Handelsgeschäfte wohl kaum zur Kenntnis nehmen …«

»Es wäre eher an uns, beim König Klage über die Männer der Stadt zu führen, die uns das Leben schwer machen«, wiederholte Alaina ihren Vorwurf gegen die Gilden. »Man behindert die Flusskähne, die uns beliefern. Man legt den Hansekaufleuten nahe, nichts bei uns zu kaufen, und übt Einfluss auf die englischen Lieferanten aus, damit sie uns keine Schafschur mehr schicken. Für das Waschen, Färben und Walken ersinnt der Rat der Stadt jede Woche neue Schikanen, die nur für uns gelten, während die Färber draußen ihre Arbeit unbehindert tun dürfen. Dabei schickt man uns immer mehr Arme und Kranke in die *Infirmerie* und ist froh, dass wir uns um die Alten kümmern, die in ihrer eigenen Familie keine christliche Seele finden, die sich ihrer annimmt.«

Wahrhaftig, die Frau konnte reden. Mathieu in seiner umfassenden Abneigung gegen solchen Disput mit Frauen war fast geneigt, es eifern zu nennen. Er verschränkte die Arme und wartete geduldig darauf, dass sie zu einem Ende kam.

Alaina begegnete seinem Blick und presste die Lippen aufeinander. Sie verabscheute diese männliche Anmaßung. Sie war Begine geworden, um dem Einfluss ihres tyrannischen Vaters und ihrer hohlköpfigen Brüder zu entkommen, die sie schlimmer als jede Dienstmagd behandelt hatten. Mit Ausnahme von Pater Felix schuldete sie jetzt keinem Manne mehr Rechenschaft. Dabei sollte es auch künftig bleiben, egal, was Mathieu von Andrieu und sein König im Schilde führten.

»Ihr könnt nicht verlangen, dass wir all dies hinnehmen und demütig schweigen«, fügte sie nach einer Weile feindselig hinzu.

»*Ich* verlange gar nichts.« Andrieu verlieh dem ersten Wort besondere Betonung. »Seine Majestät wünscht einen objektiven Bericht. Sprecht mit Eurer Magistra und gebt mir Nachricht, wann es Euch genehm ist, Eure Rechnungsbücher offen zu legen.«

Alaina tat so, als überhöre sie die Aufforderung. »Werdet Ihr dem König von dem Unrecht berichten, das uns zugefügt wird? Er hat uns seinen Schutz in weltlichen Angelegenheiten zugesagt.«

»Seid gewiss, dass Euch Gerechtigkeit widerfährt, Madame«, versprach er vieldeutig.

In Alainas Augen war der Edelmann ein überheblicher Gesandter seines Herrn, der nichts als Ärger versprach. Gleichwohl, Methildis von Ennen hatte Diplomatie und Entgegenkommen empfohlen, und sie war der einzige Mensch, dessen Rat sie befolgte. Sie respektierte den Scharfsinn ihrer Meisterin, auch wenn sie manchmal anderer Meinung war.
Andrieu akzeptierte ihr Schweigen und wechselte das Thema.
»Stimmt es, dass die Beginen auch eine Schule betreiben? Dass sie den Frauen das Lesen und Schreiben beibringen? Wozu?«
»Es sind in erster Linie Mädchen und Frauen aus wohlhabenden Familien, denen wir diese Fähigkeiten vermitteln, Seigneur. Wenn ihre Väter es wünschen, nehmen wir sie als Schülerinnen auf. Im Hause eines Kaufmannes oder eines Handwerksmeisters ist es mit Sicherheit von Vorteil, wenn die Herrin schreiben, rechnen und lesen kann.« Alaina war von der Richtigkeit ihrer Auffassung so überzeugt, dass sie gar ein kühles Lächeln wagte.
Mathieu hatte die Schwester ein wenig verunsichern wollen, aber er merkte, dass das gar nicht so einfach war; also verabschiedete er sie.
»Dann will ich Euch für heute nicht länger von Eurem frommen Tagwerk abhalten. Danke, dass Ihr gekommen seid.«
»Gott schütze Euch, Seigneur!«
Alaina nahm so schnell Abschied, dass die Höflichkeit auf der Strecke blieb. Sie eilte aus dem Prinzenhof, als wären ihr die Garde des Königs und der Inquisitor des Bischofs von Cambrai gemeinsam auf den Fersen. *Für heute* hatte der Gesandte gesagt und sie damit so aufgeschreckt, dass die beiden Worte in ihren Ohren zur Drohung wurden.
In Gedanken tief in ihre Ängste um die Sicherheit des Weingartens verstrickt, entging es ihr sogar, dass Andrieu hinter ihr war. Er bog erst an der Wollestraat ab, wo er auf das Haus Cornelis zuging.
Sein Waffenmeister hatte sich in den vergangenen Tagen auf den Märkten und in den Schänken Brügges umgetan und dabei

eine Menge erfahren. Der endgültige Friede mit dem König von Frankreich hatte die Zünfte entzweit, und die Auseinandersetzungen schwelten im Geheimen weiter.
Piet Cornelis hatte es schlau vermieden, sich von der einen oder der anderen Partei vereinnahmen zu lassen. Deswegen war sein Einfluss bei Zünften und Magistrat zurzeit besonders groß. Als Mitglied des Schöffenrates, wie der Magistrat offiziell hieß, hatte er an allen wichtigen Entscheidungen Anteil und vertrat in der Öffentlichkeit eine neutrale Politik der vorsichtigen Kooperation mit der französischen Krone. Einige hielten Cornelis sogar für das künftige Stadtoberhaupt.
Das Anwesen des Tuchhändlers unterstrich seine Bedeutung. Stapelhäuser, Wirtschaftsgebäude und Ställe umgaben ein stattliches Bürgerhaus am Kanalufer, dem nicht viel zu einem Palast fehlte. Die Seitengasse, die zum Haupteingang führte, nannte man in Brügge nur *Cornelisstraat.*
Mathieu verharrte unter dem Torbogen und sah sich um. Er kam zu früh, seine Erfahrung hatte ihn gelehrt, dass es von Vorteil sein konnte, den Turnierplatz zu studieren, ehe der Fanfarenstoß zum Beginn des Kampfes erklang.
Der ausgedehnte Innenhof lag menschenleer vor ihm, denn die meisten saßen um diese Zeit zu Tisch. Nur eine weiß-grau getigerte Katze putzte sich in einem Sonnenfleck mit konzentrierter Hingabe. Plötzlich hörte Mathieu Männerstimmen. Sie kamen aus der Richtung der Stapelhäuser.
Die Unterhaltung, besser der Streit, wurde in Flämisch geführt, und einer der beiden schien Piet Cornelis zu sein. Seine brummige, leicht abgehackte Sprechweise hatte sich Mathieu eingeprägt. Er hatte ersichtlich Mühe, den anderen von einer Sache zu überzeugen, denn er wurde immer aufgebrachter, während der zweite Mann ein hartnäckiges »Nee, Herr! Nee!« in Variationen wiederholte.
Mathieu ging langsam in Richtung der Stimmen, bis er in den Hof sehen konnte, ohne selbst erblickt zu werden. In der offe-

nen Tür eines Lagergebäudes sah er, wie erwartet, Piet Cornelis, der einem mittelgroßen, gedrungenen Mann im einfachen Wollgewand zusetzte. Ein Knecht oder ein Handwerker, seiner devoten Haltung nach. Fahle, blonde Haarsträhnen, vermutlich von der Mütze platt gedrückt, die er ständig zwischen derben Fingern drehte, klebten wie eine Kappe auf seinem kugelrunden Schädel, der fast halslos auf schiefen Schultern saß. Das abwehrende Gebrumm des Burschen machte den Kaufmann unverkennbar wütend. Seine Sätze wurden drohender, während der andere den Kopf schüttelte und in sich zusammensank.

»Oh mijn God«, wiederholte er ein um das andere Mal, und Mathieu vermutete, dass er den Himmel um Hilfe bat.

Cornelis ließ sich davon nicht beeindrucken. Er fasste in den Beutel an seinem Gürtel und hielt ihm eine Münze auf ausgestreckter Hand entgegen. Gold? Mathieu runzelte die Stirn. Einen Mann wie den Blonden bezahlte man in Kupfermünzen. Silberpfennige waren schon zu viel, ein Goldstück schier unglaublich.

Wenn dies wirklich ein *ducato d'oro* sein sollte, wie ihn die venezianischen Kaufleute an allen Handelsplätzen verbreiteten, so war diese glänzende Münze, die jetzt ihren Besitzer wechselte, rund fünfhundert Silberpfennige wert. Welcher Dienst wurde so fürstlich entlohnt? Zudem versprach die beredte Geste des Handelsherrn eine zweite Rate nach getaner Arbeit.

Der Erfolg ließ auf sich warten. Nur zögernd griff die schwielige Hand nach dem Geldstück, während die Stimme des Herrn immer schärfer und befehlender wurde. Schließlich neigte der Knecht ergeben den Kopf und sagte Unverständliches wie: »Zoals u wenst, Herr!« und »God sta mij bij!«, ehe er zwischen den Lagerhäusern schwerfällig davonhumpelte, als trüge er die Last einer schweren Entscheidung auf seinen verwachsenen Schultern. Er vergaß sogar, die Mütze wieder über seine Zotteln zu stülpen.

Piet Cornelis blickte ihm lange nach. Als er sich umwandte, machte er nicht die Miene eines Mannes, der sich seines Erfolges sicher war. Er kratzte sich gereizt die Bartstoppeln an seinem Kinn und murmelte etwas, das sein Besucher für einen Fluch hielt.

Mit einem fröhlichen »Gott zum Gruße, Herr Cornelis!« machte Mathieu auf sich aufmerksam und hatte die Genugtuung, den sonst so selbstbewussten Handelsherrn erbleichen zu sehen.

»Herr im Himmel, habt Ihr mich erschreckt«, schnaubte er dann mit einem Lachen, das so unecht war wie die überschwängliche Begrüßung, die er hinterherschickte.

Kein Zweifel, er fragte sich, ob der Ritter Zeuge seines Disputs geworden war, und er lieferte eine eilfertige Erklärung, um die Mathieu gar nicht gebeten hatte.

»Josse ist ein armer Teufel, der im letzten Winter in der Waterhalle von einem umstürzenden Kran verletzt wurde. Er hat ein steifes Knie zurückbehalten, und auch sein Kopf ist seit dem Unfall nicht mehr der alte. Man muss ihm jeden Auftrag dreimal erklären, und auch dann darf man nie sicher sein, ob er alles richtig verstanden hat. Aber ich kann ihn ja schlecht davonjagen. Er ist in meinen Diensten verunglückt. Da sorg ich eben dafür, dass er sein Auskommen hat.«

Nur ein besonders heller Kopf war einen ganzen Golddukaten wert, dachte Mathieu bei sich. Für ihn hatte es eher danach ausgesehen, als habe der verunstaltete Knecht diesmal einen Auftrag erhalten, dessen Ausführung ihm aus tiefster Seele widerstrebte.

»Lasst uns hineingehen, mein Freund«, versuchte Cornelis Gastfreundschaft zu demonstrieren. »Es freut mich, dass Ihr meiner Einladung gefolgt seid. Kommt, ich hoffe, Ihr habt einen guten Appetit mitgebracht.«

Die rechteckige Stube mit einem gewaltigen Steinkamin, vier hohen Fenstern, geschnitzten Lehnstühlen, Truhen und

Schränken, in die Cornelis seinen Gast im ersten Stock des großen Hauses führte, diente dazu, Reichtum und Bedeutung zur Schau zu stellen. Die bleigefugten Kreisglasfenster erlaubten einen leicht verschwommenen Blick in den Garten. An den holzgetäfelten Wänden hingen kostbare Wandteppiche, die Szenen aus dem Leben des heiligen Petrus zeigten, und der gewachste Holzboden glänzte wie der Wasserspiegel des Kanals im Sonnenschein. Dass es in dem beeindruckenden Raum kalt und unfreundlich war, entlockte dem Hausherrn einen neuerlichen Fluch.

»Ihr entschuldigt, ein Heim ohne Herrin ist steter Grund zum Verdruss.« Er ging zurück zur Tür und brüllte mit einer Stimme, die im ganzen Haus widerhallte: »Kateliiin!«

Bis die Gerufene atemlos herbeistürzte, trat Mathieu an eines der Fenster. Unter ihm wanden sich schmale Kieswege zwischen Kräuter- und Blumenbeeten hindurch, deren Außenkanten von niedrigem, sorgsam beschnittenem Grün begrenzt wurden. Gestutzte Platanen und eine steinerne Bank im Hintergrund verrieten, dass dieser Fleck Erde im Sommer ein wahres Paradies sein musste.

Inzwischen wurde hinter seinem Rücken die Magd Katelin dafür gerügt, dass weder Feuer im Kamin brannte noch Wein bereitstand. Dass Cornelis sich dafür des Französischen bediente, sollte seinem Gast wohl zusätzlich beweisen, dass der Handelsherr nichts zu verbergen hatte.

Katelin war lange genug im Hause, um ihrem Herrn die Stirn zu bieten, und sie antwortete in der Sprache, die er dafür gewählt hatte. »Ihr habt die Mahlzeit für später bestellt, Herr. Außerdem habt Ihr mir selbst befohlen, dass ich zum Beginenhof gehen soll. Aber ich konnte die Schwester nicht finden, um …«

»Wer will das wissen, Schwatzliese!« Der Hausherr unterbrach sie rüde. »Deck lieber auf und bring uns Wein. Ich hoffe, wenigstens die Köchin hat ihre Pflicht getan. Ich habe ihr gesagt, dass wir einen wichtigen Gast erwarten. Jan soll Glut herbeischaffen und das Feuer entfachen. Hurtig, eil dich!«

»Sehr wohl, Herr.«

Cornelis hatte seine Magd zu den Beginen geschickt? So klar die Haltung des Handelsherrn war, wenn es um die Politik für Frankreich ging, so widersprüchlich kam sie Mathieu im Bezug auf die Beginen vor. Weshalb sandte er ein Mitglied seines Haushaltes in den Weingarten, wenn er offen gegen die Gemeinschaft wetterte? Um zu spionieren?

Ein unauffälliger Blick zur Tür zeigte ihm, dass der Kaufmann verärgert war. Seine hochrote Stirn und die bläulich pulsierenden Adern an den Schläfen ließen beinahe einen Schlagfluss befürchten. Dann indes bezwang er seine Erregung und wandte sich dem Gast mit einer Geste zu, die ebenso Resignation wie Entrüstung bedeuten konnte.

»Es ist ein Elend, mein Freund. Seit es Gott dem Allmächtigen gefallen hat, meine arme Gemahlin zu sich zu rufen, geht es drunter und drüber unter diesem Dach. Es ist an der Zeit, für eine Nachfolgerin zu sorgen, damit wieder Ordnung einkehrt.«

Mathieu bekundete seine Anteilnahme in einem stummen Kopfnicken.

Cornelis hingegen versetzte der Gedanke an diese Nachfolgerin augenblicklich wieder in beste Laune. »Vielleicht könnt Ihr mir schon bald gratulieren. Es gibt da eine Jungfer, wie geschaffen für den Titel der Herrin dieses Hauses. Jung genug, um mir Söhne zu schenken. Anmutig, fromm, bescheiden, fleißig … je nun …«

Der Kaufmann räusperte sich, weil ihm die eigene Begeisterung ein wenig peinlich wurde. Er hatte nicht so viel verraten wollen. »Nehmt Platz und sagt mir, wie Euch Brügge gefällt. Habt Ihr es schon auf Euch genommen, den Belfried über der Tuchhalle zu besteigen? Nirgendwo hat man einen besseren Blick auf die Stadt und das flandrische Land.«

»Ihr seht mich beeindruckt von Eurer Heimat«, erwiderte der Ritter freundlich. »Nicht einmal in Paris vernimmt man so viele verschiedene Sprachen.«
»Brügge gewinnt als Handelsplatz zunehmend an Bedeutung.« Cornelis konnte den Stolz auf seine Heimatstadt kaum verhehlen. »Die Kontore der Hanse, die Niederlassungen der Genueser und der übrigen Südländer wachsen wie Pilze aus dem Boden. Der Magistrat hat erst neulich Kaufleute aus dreißig verschiedenen Nationen gezählt, die bei uns Handel treiben. Waren aus aller Welt werden hier umgeschlagen, Wein, Salz, Wachse, Pelze, Kupfer, Getreide und Luxusgüter.«
»Nicht zu vergessen Brügger Wolltuch.« Mathieu warf seinem Gastgeber ein Stichwort zu, das jener augenblicklich aufgriff.
»Glaubt mir, diese Geschäfte sind schon besser gegangen.«
»In Brügge? Die Hallen der Tuchbörse und der Belfried künden von vollen Truhen und fetten Auftragsbüchern.«
»Ihr vergesst die Steuerlast, die Gefahren der Handelswege und die Kosten der Herstellung«, widersprach der Handelsherr.
»Risiken, die Ihr mit allen anderen Kaufleuten teilt.«
Cornelis ging nicht auf diese Feststellung ein. »Habt Ihr schon einmal darüber nachgedacht, warum Brügge das Ziel so vieler ausländischer Kaufleute ist?«, fragte er stattdessen.
»Es verfügt über einen geschützten Hafen, der aus allen Himmelsrichtungen gut zu erreichen ist.« Mathieu glaubte ihm einen Gefallen zu tun, indem er Brügge rühmte, aber er wurde lediglich mit einem kühlen Blick bedacht.
»Brügge bietet jedem Fremden mehr Privilegien als den eigenen Kaufleuten. Aus diesem Grunde haben die Hansekaufleute ihren Stapel von Aardenburg wieder nach Brügge zurückverlegt. Sie können hier ihre fiskalischen und wirtschaftlichen Angelegenheiten, sei es nun den Stapel der Waren betreffend, den Transport, die Waage oder gar den Geldwechsel, zu wesentlich günstigeren Bedingungen abwickeln als ein ganz normaler

flandrischer Kaufmann. Robert von Bethune scheint zu denken, dass unsereins keine Unterstützung seines Fürsten benötigt.«

Mathieu versagte sich einen Kommentar zu dieser Beschwerde. Der wichtige Getreideimport aus den nördlichen Ländern, der fast ganz in den Händen der Hansekaufleute lag, machte Brügge von der Hanse abhängig. Sobald die eigene Ernte schlecht ausfiel, war man auf diese Lieferungen angewiesen und damit auch erpressbar. Das missfiel in Brügge, wenngleich man es nicht ändern konnte.

Cornelis erboste, dass die Hansekaufleute ihren Umzug von Aardenburg nach Brügge von der Erlaubnis abhängig gemacht hatten, künftig direkt mit anderen ausländischen Kaufleuten Handel treiben zu dürfen. Zuvor hatten sie dafür die Vermittlungsdienste eines flämischen Maklers in Anspruch nehmen müssen, der dafür einen erheblichen Anteil des Gewinns eingestrichen hatte.

»Ihr seht, die Probleme unserer Stadt sind vielfältiger, als es sich nach außen darstellt. Dennoch will ich Euch nicht den Appetit verderben ...«

Der Handelsherr deutete auf Katelin, die ein schwer beladenes Holzbrett auftrug. Jan folgte ihr mit einem eisernen Becken voller Glutstücke und machte sich daran, ein Feuer zu entfachen. Die Magd deckte währenddessen den Tisch.

Die verlockenden Düfte von gebratener Gans mit roten Rüben, Hühnerfleisch in Mandelmilch und Pfefferaal stiegen Mathieu als Erstes in die Nase. Zudem zählte er drei verschiedene Brotarten, entdeckte mit Honig glasierten Schinken, gebackene Wachteln und Schüsseln mit gesottenem Herbstgemüse. Ein wahres Festmahl. Kein Wunder, dass das Wams des Handelsherrn so bedenklich spannte.

»Lasst es Euch schmecken«, sagte Piet Cornelis und machte sich nicht die Mühe, zuvor ein Tischgebet zu sprechen. Das war Mareikes Aufgabe gewesen, und es würde künftig die ihrer

Nachfolgerin sein. Was seine Gedanken schon wieder auf die Begine Ysée lenkte, die es nicht für nötig hielt, seinen Brief zu beantworten.

Trieb das Mädchen ein Spiel mit ihm? Nun, die Jungfer würde lernen müssen, dass künftig er die Regeln solcher Spiele festlegte. Wenn er sie erst einmal im Haus hatte, würde sich alles von selbst ergeben. Da sie beim Weibervolk der Beginen aufgewachsen war, mochte es ihr am Verständnis für die männliche Überlegenheit fehlen, aber er zweifelte nicht daran, dass es ihm gelingen würde, ihr dies zu vermitteln.

Mathieu griff herzhaft zu und erwies den Köstlichkeiten des Mahles alle Ehre. Die Köchin beherrschte die seltene Kunst, Gewürze wie Safran und Narde so einzusetzen, dass sie den Eigengeschmack der Speisen nicht völlig übertünchten, wie es allzu oft der Fall war, wenn ein Gastgeber seinen Reichtum ohne Rücksicht auf den Gaumen seiner Gäste zeigen wollte. Cornelis hingegen stocherte im Essen herum, und Mathieu gewann den Eindruck, dass ihm nicht allein die Ungerechtigkeiten des Herzogs von Flandern im Magen lagen.

»Werdet Ihr dem König von unseren Beschränkungen in Brügge berichten?«, fragte der Kaufmann, als könne er Andrieus Gedanken lesen. »Ich muss Euch gestehen, dass es mir ein echtes Anliegen ist, eine Stimme von Einfluss bei Hofe zu besitzen.«

»Um was für Euch zu sagen?«

Cornelis nahm einen großen Schluck des edlen roten Bordeauxweins aus einem kunstvoll ziselierten Silberbecher. Dann suchte er den Blick seines Gastes. »Da wäre zum Beispiel das einseitige Steuerprivileg, welches ausschließlich die Beginen genießen. Wenn der König sich bereit fände, ein solches Privileg auch der Gilde der Tuchhändler zu gewähren ...«

Mathieu verschluckte sich vor Verblüffung über so viel Naivität. »Damit rechnet nicht, Herr Cornelis! Seine Majestät wird sich nie und nimmer die eigenen Einnahmen schmälern. Eher streicht er den Beginen ihre Vorrechte.«

»Das wäre zumindest ein Sieg der Gerechtigkeit.« Cornelis schüttete reichlich Safransoße über den gepfefferten Aal. »Man muss einen Weg finden, diesen Frauen den Handel zu erschweren, wenn nicht gar ganz zu verbieten. Meint Ihr, Seine Majestät fände sich dazu bereit?«

»Ich weiß nichts über die Absichten unseres Königs. Ich bin lediglich einer seiner Ritter, der die Befehle der Krone ausführt.«

»Und die wären?« Die schnelle Frage bewies, dass hinter der leutseligen Fassade Entschlossenheit und ein messerscharfer Verstand steckten.

»Augen und Ohren des Königs in Brügge zu sein.«

Die Antwort erfolgte ebenso unverzüglich und rief Schweigen hervor. Mathieu beendete seine Mahlzeit in dieser Stille und schob sein Essmesser in die Hülle an seinem Gürtel zurück. Die fettigen Finger wischte er am Innensaum seines Wamses ab, wie es Sitte war. Gleichzeitig beobachtete er seinen Gastgeber unter halb gesenkten Lidern aufmerksam.

Kein Zweifel, Piet Cornelis schluckte nicht nur am Aal und der Safransoße schwer. Die ausflüchtige Antwort seines Gastes missfiel ihm offensichtlich. Es verging geraume Zeit, ehe er sich den Mund achtlos mit dem Handrücken säuberte und Mathieu fest in die Augen sah.

»Seine Majestät misstraut den Flamen also trotz des Friedensschlusses.«

»Wollt Ihr ihm dies nach Kortrijk verübeln? Die edelsten Familien Frankreichs leiden bis heute unter dem Aderlass dieser Schlacht.«

»Dafür erzählt man sich in Brügge, in Paris würden die Priester von den Kanzeln predigen, dass ein neuerlicher Feldzug gegen die Flamen so verdienstvoll wäre wie ein Kreuzzug gegen die Heiden. Zudem wären die Flamen leichter zu erreichen.« Cornelis machte eine bedeutsame Pause und legte den Kopf schief. »Hat Flandern dies verdient? Seine Majestät erhält eine jährliche Rente von zehntausend Livres von unseren Städten. Ihr könnt nicht ermessen, wie schwer allein Brügge unter seinem Anteil an dieser Summe trägt.«

»König Philipp von Frankreich lässt sich seine Entscheidungen weder von der Kirche diktieren, noch verspürt er den Wunsch, von Neuem eine Armee in den flämischen Sümpfen zu verlieren«, erwiderte Mathieu offen. »Ihr könnt versichert sein, dass solche Gerüchte jeder Grundlage entbehren. Der König plant keinen Krieg gegen Flandern, gleichgültig, welchen Unsinn einige Wichtigmacher verbreiten. Er wünscht Frieden in dieser Grafschaft. Er hat wichtigere Sorgen.«

»Den Orden der Templer?«

»Ihr seid gut informiert, Herr Cornelis.«

»Man hört dies und das an den Kais und in der Waterhalle. Es herrscht kein sonderliches Einvernehmen zu diesem Thema zwischen Seiner Heiligkeit dem Papst und der Krone.«

»Da wisst Ihr mehr als ich.«

Piet Cornelis spürte, dass sein Gast zu keinen weiteren Auskünften mehr bereit war.

## Bruder Simon

*Brügge, Beginenhof,*
*18. November 1309*

Er schätzte die absolute Stille eines Gotteshauses, das er ganz für sich hatte. Allein mit seinem Schöpfer fand er im Glauben an die Allmacht der göttlichen Gerechtigkeit stets Trost und Stärke. In der Kirche des Beginenhofes suchte er freilich umsonst nach diesem Gefühl von Geborgenheit und Wahrhaftigkeit. Lag es an der besonderen Art seiner Probleme oder an der

Atmosphäre dieses allein von Frauen genutzten Andachtsortes?
Er hatte von Anfang an unter seinem Dach die Strenge vermisst, die Mahnung zur Askese und Buße. Hier schien alles zu heiter und zu verspielt für tief empfundene Gottesfürchtigkeit. Die bunte Mutter Gottes mit der Weintraube und dem lockigen Knaben auf dem Arm, die Kupferkannen mit den Herbstlaubzweigen und die duftenden Kerzen gaukelten ein Idyll vor, das seinem leidenschaftlichen Glauben zu weich, zu weiblich und zu wenig aufrichtig erschien. Die sanft lächelnde Muttergottesfigur, vor der Ysée so oft ihre Gebete verrichtete, war ihm dabei ein besonderes Ärgernis.
Seine eigene Mutter, Magloire von Andrieu, hatte dafür gesorgt, dass er allen Illusionen von Mutterliebe misstraute. Simon entsann sich der strengen, herrischen Frau, die vom Morgengebet bis zum letzten Paternoster vor dem Schlafengehen Hass gegen Thomas von Courtenay und die Seinen gepredigt hatte. Unversöhnlich, hart und erbarmungslos hatte sie Rache gefordert. Dabei hatte sie, in Seidenstoffe gehüllt und mit makellosen weißen Händen, ein anrührendes Bild weiblicher Anmut und Schwäche kultiviert.
Allmächtiger Gott, steh mir bei, wohin verirren sich meine Gedanken? Das ist vorbei. Es geschah in einem anderen Leben. Ich habe ihr verziehen, oder etwa nicht?
Simon massierte sich die Schläfen, aber der dumpfe Schmerz hinter der Stirn ließ nicht nach. Er ahnte, weshalb die Vergangenheit derart gebieterisch um seine Aufmerksamkeit heischte. Das Wissen, dass die einzige Erbin des Seigneurs von Courtenay in einer Armenhütte des Beginenhofes lebte, beschwerte sein Gemüt, und das Geheimnis der verstorbenen Mareike Cornelis brachte ihn um den Schlaf. Ganz zu schweigen von den sündhaften Wünschen ihres Gatten, der nicht nur eine Begine, sondern auch noch sein eigen Fleisch und Blut begehrte.
Er schlug das Kreuz und erhob sich mit einem jähen Ruck von

den Knien. Wenn der Himmel ihm die Erleuchtung verweigerte, musste er das Dilemma eben mit seinem eigenen bescheidenen Verstand lösen. Die Frage war nur, wie?

Ärgerlich verbarg er die eisigen Hände in den Ärmeln seiner Kutte und wandte sich dem Ausgang zu. Obwohl er sich vornahm, es nicht zu tun, blickte er zur Madonna mit der Weintraube hinüber. Flackerndes Kerzenlicht tanzte über das bemalte Gewand und die leeren Altarstufen zu Füßen der Gottesmutter.

Was hatte er erwartet? Ysée dort zu finden? Simon schüttelte den Kopf über seine seltsamen Vorstellungen. Lag es nur an seinem Mitleid und an seinem schlechten Gewissen, dass er sich ständig fragte, wo sie war und wie es ihr ging? Erst wenn er sie in Sicherheit wusste, würde er sich so um seine eigentliche Aufgabe im Weingarten kümmern können, wie es Seine Heiligkeit von ihm erwartete.

Er musste Mareike Cornelis insgeheim Recht geben. Eigentlich wäre es für alle das Beste, wenn Ysée aus freien Stücken in der frommen Enklave des Weingartens blieb, um Gott zu dienen und ein Leben in keuscher Frömmigkeit zu führen. Sie war eine Frau und, egal, ob sie die Ländereien ihres Vaters im Burgundischen beanspruchte oder das Erbe ihres Großvaters einforderte, in beiden Fällen benötigte sie einen Ehemann, der für sie sprach und ihre Rechte vertrat. Doch die bloße Vorstellung, welche umfassenden Rechte dieser Ehemann über das Mädchen haben würde, trieb Simon den Schweiß auf die Stirn.

Wie verhielt es sich mit Ysées Frömmigkeit? Würde sie ein Leben in Reichtum für das eigene Seelenheil hingeben? Sie hatte ihm den Brief des Kaufmanns überlassen, aber er wagte nicht zu hoffen, dass dies schon eine endgültige Entscheidung war. Schon Thomas von Aquin hatte im vergangenen Jahrhundert gelehrt, dass Frauen sowohl geistig wie auch moralisch niedriger als Männer standen. Sie bedurften der Anleitung, der Hilfe und des Schutzes eines Mannes, um nicht in Versuchung zu

geraten. Er würde Ysée all dies gewähren und damit seine Schuld an ihr sühnen. Er musste sofort mit ihr sprechen.
Simon verließ eiligen Schrittes die Kirche und ging in Richtung der Hütten des Weingartens. Er hatte es so eilig, dass er die Begine nicht bemerkte, die aus dem Kapitelhaus trat und ihm erstaunt nachschaute.
An den Ziehbrunnen herrschte solcher Andrang, dass die Wartenden Schlangen bildeten. Von allen Seiten wurde er respektvoll gegrüßt, und neugierige Blicke folgten ihm.
Simon kümmerte sich weder um die Blicke noch um die Grüße. Daran gewöhnt, in der Menge anderer Mönche zu verschwinden, missfiel es ihm, im Mittelpunkt zu stehen, und schon gar nicht wollte er überflüssige Aufmerksamkeit erregen.
Der scharfe Geruch nach ranzigem Wollfett wurde intensiver, das Quietschen der schwerfälligen Holzkräne am Minnewaterhafen lauter. Ein Zeichen, dass er sich den ärmeren Regionen des Weingartens näherte. Als er in die Gasse zu den Wollschuppen einbog, trat Ysée eben mit einem Eimer aus ihrem Haus. Wenn er indes angenommen hatte, dass sie ihm auf dem Weg zum Brunnen entgegenkommen würde, sah er sich getäuscht. Sie verschwand zwischen zwei Speicherhäusern, ohne wieder aufzutauchen. Zögernd folgte er ihr und entdeckte sie schließlich reglos, mit geschlossenen Augen an der Mauer lehnend.
»Was tust du da?«
»Heilige Mutter Maria!« Ysée fuhr auf, ließ den leeren Eimer fallen und presste die Hand aufs Herz. »Ihr habt mich erschreckt!«
»Was machst du hier?« Simon ließ sie nicht aus den Augen. Er stellte fest, dass sie völlig verwirrt, wenn nicht sogar ängstlich wirkte.
»Nichts Böses.« Ysée verteidigte sich, obwohl er ihr keine Vorwürfe gemacht hatte. »Ich wollte nur einen Augenblick für mich sein.«

»Wozu?«
Ysée errötete. »Um Atem zu schöpfen, um den Wind zu spüren. Riecht Ihr nicht auch das Meer? Habt Ihr es schon einmal gesehen?«
Simon sah, dass sie wieder Farbe annahm und der ängstliche Ausdruck aus ihrem Gesicht wich.
Ohne zu überlegen, hob er die Hand und strich ihr mit der Rückseite des Zeigefingers über die Wange. Es überraschte ihn, dass sie sich so unglaublich glatt, warm und seidig anfühlte. Er versenkte den Blick in ihren.
Ysée erstarrte unter der Berührung. Sanft wie ein Hauch drang sie bis tief in die geheimsten Winkel ihres Herzens. Sie raubte ihr Sprache und Denken zugleich. Alles in ihr wurde Gefühl.
Der leise Seufzer, der ihr über die Lippen drang, riss Simon aus seinem entrückten Traum. Er musste sich zwingen, die Hand von ihr zu nehmen.
Ysée blieb stumm, aber er entdeckte eine ungestüm pochende Ader an ihrer Schläfe. Sein eigenes Herz schlug im gleichen Rhythmus. Was war in ihn gefahren?
»Verzeih«, entschuldigte er sich und trat einen Schritt zurück, um kein zweites Mal der Versuchung zu erliegen, sie zu berühren.
Simon räusperte sich angestrengt und versuchte sich an ihre Frage zu erinnern. Was hatte sie wissen wollen? Sein Kopf fühlte sich leer und eigenartig an.
Ysée bückte sich nach dem Eimer.
»Warte, ich habe dich gesucht, um mit dir zu reden.«
Er vertrat ihr den Weg.
»Worüber? Niemand will mit mir reden, ich bekomme lediglich Anweisungen.«
»Unsinn.«
»Es ist so.« Trotzig hob Ysée das Kinn. »Für alle bin ich nur ein Ding, das zu tun hat, was man ihm sagt. Niemand will wissen, ob es mir gefällt und ob ich es gerne tue. Es wäre besser, ich

wäre gestorben …« Im letzten Augenblick begriff sie, was sie gleich sagen würde, und presste die Lippen aufeinander. Lieber Himmel, fast hätte sie sich verraten! Niemand anderer als Bruder Simon konnte sie so durcheinanderbringen.
»Du darfst so etwas nicht einmal denken«, rief er entrüstet. »Unser Herr hat dir dein Leben geschenkt, du hast die Pflicht, es zu ehren.«
»Warum? Gott hat mich vergessen.«
Die Hoffnungslosigkeit ihrer Feststellung traf Simon wie ein Schlag. Sein erster Impuls war, Ysée in den Arm zu nehmen und zu trösten. Nie zuvor hatte er einen so leidenschaftlichen Wunsch verspürt, einem anderen Menschen nahe zu sein.
»Gott vergisst niemanden«, widersprach er heiser.
Ysées Antwort bestand aus einem Blick so voller Zweifel, dass er sich herausgefordert fühlte, Gott gegen ihr Misstrauen zu verteidigen.
»Gott liebt jeden Menschen so, wie er ihn geschaffen hat«, beschwor er sie nachdrücklich. »Seine Liebe ist grenzenlos und ewig. Wir alle sind in ihr geborgen, und er hat auch dich gewiss nicht vergessen.«
»Ich wünschte, ich könnte diese Liebe wenigstens einmal spüren, so wie Eure Hand oder die Mauer dort.« Ysées Stimme klang verzweifelt.
Simons brüchige Gelassenheit geriet immer mehr ins Wanken. Ysées Gesicht verschwamm ihm vor den Augen, während die Umrisse ihrer Erscheinung langsam von der Dunkelheit verschluckt wurden. Das letzte Tageslicht spiegelte sich in ihrem hellgrünen Blick. Wehrlos war er ihrem Zauber ausgeliefert.
»Du musst Gottes Liebe nicht berühren können, es genügt, wenn du um ihre Existenz weißt«, sagte er, sich wachrüttelnd. »Gott *ist* die Liebe, das steht schon im Evangelium des Johannes.«
»Ja, das sagt sie auch.« Ysée erinnerte sich daran, was sie im *Spiegel der einfachen Seelen* gelesen hatte, und es sprudelte aus

ihr heraus: »Gott ist die Liebe. Aber nur wer stark genug ist, kann den Weg der reinen Liebe gehen. Das Übel ist, ich bin nicht stark.«
»Sie?« Simon runzelte die Stirn. »Von wem sprichst du? Von Schwester Alaina?«
Ysée schüttelte heftig den Kopf. »Die Schwester kennt nur Arbeit und Pflicht. Nein, ich meine Marguerite Porète. Das ist eine Begine, die ein Buch …«
»Ich weiß, wer Marguerite Porète ist.«
»Dann habt Ihr die Schrift auch gelesen?« Ysée klatschte vor Freude in die Hände. »Ich habe mich so sehr nach einem Menschen gesehnt, mit dem ich über ihre Offenbarungen sprechen kann. Ich begreife nicht alles, was sie sagen will, und manchmal …« Sie brach ab, weil sie erst jetzt das Entsetzen in seinen Augen entdeckte. »Was ist mit Euch? Gefällt Euch der *Spiegel der einfachen Seelen* nicht?«
»Du hast dieses ketzerische Machwerk tatsächlich gelesen?« Bruder Simon wollte seinen Ohren nicht trauen. »Es ist verboten, diese Schrift zu besitzen! Das Buch wurde von der Inquisition verbrannt, und die irregeleitete Person, die es geschrieben hat, schmachtet im Kerker. Sie muss sich vor dem Gericht der heiligen Mutter Kirche in Paris für ihre häretischen Thesen rechtfertigen.«
»Irregeleitet?« Ysée hob abwehrend die Hände. »Wie könnt Ihr das sagen? Schwester Marguerite liebt Gott über alles. Sie erklärt, dass auch die einfachste Seele Freundschaft mit Gott schließen darf …«
»Hör auf, ich bitte dich!« Bruder Simon packte Ysée so hart an den Oberarmen, dass ihr ein Schmerzenslaut entglitt. Diesmal hatte sein Griff nichts mit Zärtlichkeit zu tun. »Das ist schlimmste Freigeisterei. Es ist nicht Sache eines Weibes, zu erklären, was Gott ist, will oder kann. Sie wartet auf ihr Urteil. Wer ihre Bekenntnisse verbreitet, wird ihr Leiden teilen.«
»Tut Ihr mir deswegen weh?«

Erst jetzt wurde ihm bewusst, dass er sie schon wieder berührte. Sie bebte unter seinem Griff. Ebenmaß und Liebreiz vereinten sich in ihr zu gefährlicher Betörung. Aus ihren Kleidern stieg ein vager Duft von Lavendel und verwirrender Weiblichkeit, der dazu führte, dass er sie so plötzlich wieder freigab, dass sie taumelte. Bei allen Heiligen, was bewirkte sie in ihm? Warum führte sie ihn in solche Versuchung?

»Es ist die Pflicht der Kirche, jegliche Ketzerei hinwegzufegen«, rief er atemlos. Er war so sehr darauf bedacht, die eigene Irritation zu verdrängen, dass ihm nicht auffiel, wie er Ysée in seinem Furor verstörte. »Dieses Machwerk ist Teufelszeug. Satan selbst versucht die unschuldigen Seelen mit solchen Bosheiten den himmlischen Heerscharen abspenstig zu machen.«

Ysée wich vor ihm zurück. Zu spät entsann sie sich der Warnung der Magistra, das Buch nur im Geheimen zu lesen und seinen Besitz zu verschweigen. Wie hatte sie nur so dumm sein können, ausgerechnet ihm davon zu erzählen? Weil sie glaubte, dass er ihr nie wehtun würde. Wie konnte sie sich nur so täuschen.

»Aber wenn Ihr sagt, Gott ist die Liebe, dann seid Ihr doch derselben Ansicht wie Schwester Marguerite«, insistierte sie dennoch.

Glaubte sie ihn überzeugen zu können? Ungläubiges Staunen vermischte sich mit Abscheu auf seinen Zügen.

»Der Himmel bewahre mich davor, die Ansichten einer Ketzerin zu teilen.«

»Wie kann man einen Menschen dafür tadeln, dass er an die Liebe Gottes glaubt?« Ysée wusste nicht, woher sie den Mut nahm, Marguerite Porète zu verteidigen. Sie fühlte nur, dass sie es tun musste, sogar wenn sie Bruder Simon damit verärgerte. Sie war eine Begine, auch wenn ihr der letzte Schwur noch fehlte. Es gehörte sich, für eine Schwester zu kämpfen.

»Es ist Hochmut und Sünde, wenn sich Frauen mit theologischem Schrifttum beschäftigen und sich gar befähigt glauben, Erklärungen niederzuschreiben.«

»Das ist nicht wahr.« Ysée hatte den Erklärungen der Magistra aufmerksam gelauscht. »Es hat schon immer fromme Frauen gegeben, die an ihren Visionen festgehalten haben. Denkt nur an die Äbtissin von Bingen. Sogar die Kirchenväter haben ihre Gelehrsamkeit bewundert und ihre Schriften gelesen. Niemand nahm Anstoß daran, dass sie sich mit den Fragen des Glaubens ebenso befasste wie mit jenen der Medizin und den Gegebenheiten der Natur. Sie hat nicht nur eines, sondern viele Bücher verfasst.«

Woher nahm Ysée dieses Wissen? Woher nahm sie diesen Kampfgeist? Wer hatte sich die Mühe gemacht, ihr solche Kenntnisse nahe zu bringen? Und wozu? Die Abscheu in Simon wich der Angst um sie.

»Du verwechselst Häresie mit wahrem Glauben«, rügte er sie. »Es ist unsere Pflicht, den wahren Glauben zu verbreiten und die heilige Mutter Kirche vor Ketzerei und Häresie zu schützen. Ein jegliches Exemplar des *Spiegels* muss vernichtet werden. Wo ist das Buch, das in deine Hände gefallen ist?«

Ysée überging die Frage. »Ist es nicht auch das Ziel Eurer klösterlichen Bruderschaft, Gott zu dienen, um seiner Liebe und Gnade teilhaftig zu werden? Strebt Ihr nicht wie Marguerite und wir Schwestern nach der himmlischen Seligkeit?«

»Wage es nicht, diese Ketzerin und meine Brüder in einem Atemzug zu nennen!«

Simon beherrschte sich mit äußerster Mühe. Begriff dieses Mädchen eigentlich, welches Verhängnis über ihrem Haupt schwebte?

»Du musst mir diese Schrift überlassen, sonst bin ich gezwungen, die Tatsache, dass du sie besitzt, bei Seiner Eminenz dem Bischof von Cambrai zur Anzeige zu bringen. Du weißt, dass dir in einem solchen Fall die inquisitorische Befragung droht.«

Die Folter. Ysée starrte ihn aus übergroßen, entsetzten Augen an.
»Ihr lügt, das würdet Ihr nie tun.« Tränen brannten hinter ihren Lidern. »Wie könnt Ihr von Liebe reden und gleichzeitig mit Folter und Tod drohen?«
»Wenn es um die Unversehrtheit deiner unsterblichen Seele geht, ist jedes Mittel erlaubt.«
Er sah sie schaudern, und ihre nächsten Worte klangen so erstickt, dass er sie kaum verstand. »Habt Ihr nicht einmal gesagt, Ihr meint es gut mit mir? Ich könne Euch vertrauen? Warum habt Ihr mich belogen?«
Die Not in ihrer Stimme rührte an sein Herz, aber da waren auch die Schwüre, die er abgelegt hatte, ehe er der Welt entsagte. Pflichterfüllung und Demut hatte er versprochen, auch Keuschheit. Ein Andrieu brach keine Gelübde.
»Wo ist das Buch?«
»Ihr habt kein Herz, ehrwürdiger Vater.«
Dass sie diesen Vorwurf mit der Anrede des Priesters verband, machte ihn noch verletzender. Sie konnte nicht ahnen, wie schwer es ihn traf, ausgerechnet bei ihr Beweise dafür zu finden, dass im Weingarten tatsächlich ketzerische Thesen gelehrt wurden. Er hatte sie vor der Welt schützen wollen, nun stellte er fest, dass er sie vor sich selbst schützen musste.
»Das Buch. Wo ist es?«
Ysée starrte ihn in stummem Aufruhr an. Sie grub einmal mehr die Zähne in die Unterlippe und verschränkte die Arme vor der Brust. Ein Bild des Trotzes. Auch ein Bild des Feuers, denn ihre grünen Augen sprühten vor Empörung, und helle Röte färbte Lippen und Wangen. Keine Begine, sondern eine Kriegerin, die ihr Erbe als Tochter eines Ritters weniger denn je verleugnen konnte.
»Es hat keinen Sinn, zu schweigen. Sei vernünftig und nimm meine Hilfe an.«
Sein Appell bewirkte nichts. Er las es in ihren Augen. »Du

gefährdest deine Schwestern mit dieser Verstocktheit. Ja, du bringst den ganzen Beginenhof in Verruf. Das kann nicht deine Absicht sein.«

»Ihr tut das. Ich nicht.«

Er hatte Mühe, seinen Zorn zu beherrschen. Da war sie wieder, diese Bestimmtheit des weiblichen Geschlechtes, die sich hinter Schwäche und Schutzbedürftigkeit verbarg. Welche Mittel besaß er, Ysée zur Vernunft zu bringen?

»Dein Eigensinn lässt mir keine Wahl. Ich muss dich anzeigen, wenn du die Schrift behältst.« Es schmerzte ihn, sie mit solchen Worten zu bedrängen, doch er sah keinen anderen Ausweg.

»Tut Eure Pflicht. Ich vermag Euch nicht daran zu hindern.«

Ysée wandte sich ab, ehe er auf ihrem Antlitz einen Abglanz ihrer Gedanken erkennen konnte. Sie griff nach ihrem Eimer und schritt zum Brunnen. Sie schaute sich kein einziges Mal nach ihm um.

Simon sah ihr nach. Was bewegte sie? Woher nahm sie diesen Mut, diese Kraft? Beinahe beneidete er sie.

Was sollte er tun? Das Herz wurde ihm kalt. Ysée hatte alle Wärme mit sich genommen.

## Sechstes Kapitel

# Ungewissheit

### Ysée

*Brügge, Beginenhof vom Weingarten,*
*18. November 1309*

»Wo bist du gewesen?«

Das bescheidene Zuhause neben den Lagerschuppen wirkte noch kleiner als sonst, weil Schwester Alaina mitten im Raum stand. Sie hatte es abgelehnt, Platz zu nehmen, vermutlich, weil sie fürchtete, ihr Gewand durch die Berührung mit der Bank zu beschmutzen. Sie warf kritische Blicke in die Runde und verströmte so viel stumme Missbilligung, dass Ysée am liebsten auf dem Absatz kehrtgemacht hätte.

Sie musste sich zwingen, vollends einzutreten und die Tür hinter sich zu schließen, während die zweite Meisterin ihre Frage abschoss wie einen Kriegspfeil. Achtsam stellte Ysée den Eimer mit dem frischen Brunnenwasser neben der Feuerstelle ab. Welch ein Glück, dass sie ihn noch gefüllt hatte, statt gleich nach Hause zu laufen, wie es ihr die erste Empörung eingegeben hatte. Ohne das Gewicht des Eimers zitterten ihre Hände. Sie verbarg sie schnell in den Falten ihres Kleides.

Was wollte Schwester Alaina von ihnen? Es kam selten vor, dass sie den Fuß in diesen Bezirk des Beginenhofes setzte. Schwester Alaina unterbrach ihre besorgten Vermutungen.

»Warum antwortest du nicht? Wo hast du dich herumgetrieben?«
»Am Brunnen. Ich habe Wasser geholt, Schwester.«
»Und dabei Zeit vertan.«
Ysée senkte den Kopf und schwieg. Aus den Augenwinkeln sah sie zu ihrer Ziehmutter hinüber. Berthe hockte auf dem Sitz neben dem Feuer und hielt die Garnspindel mit dem Faden, den Ysée am Abend zuvor begonnen hatte. Sie beherrschte vollendet die Kunst, sich den Anschein von Geschäftigkeit zu geben. Von dieser Seite war keine Hilfe zu erwarten. Berthes Respekt vor Schwester Alaina unterschied sich kaum von rechtschaffener Furcht.
Dabei hätte Ysée dringend Unterstützung benötigt. Nach dem Gespräch mit Pater Simon wusste sie nicht mehr, wo ihr der Kopf stand. War der *Spiegel der einfachen Seelen* tatsächlich eine verbotene Schrift? Hatte ihr die Magistra das Buch anvertraut, weil sie nicht wollte, dass es nach ihrem Tode in falsche Hände geriet? Warum hatte sie sich verleiten lassen, ihren verbotenen Schatz preiszugeben? Weil sie Simon beeindrucken wollte? Heilige Mutter Maria, wie hatte sie nur so dumm sein können? Sie hatte den Beginenhof in größte Gefahr gebracht!
»Bist du Pater Simon begegnet?«
Ysées Kopf fuhr wieder hoch. Tiefe Röte überflutete ihre Wangen und verriet, was sie eigentlich verschweigen wollte. Konnte Alaina in ihren Gedanken lesen?
Schwester Alaina sah ihr an, dass ihre Vermutung stimmte. Ysée war zu leicht zu beeindrucken. Zu jung, zu ahnungslos, vielleicht sogar zu leichtfertig.
»Du *bist* ihm begegnet. Was wollte er von dir?«
»Ich weiß es nicht.«
»Er stellt dir sicher Fragen. Welche?«
Alaina suchte in Ysées Zügen nach Hinweisen. Das Mädchen war vernarrt in den Priester, keine Frage, aber was trieb den

Mönch, ihre Gesellschaft zu suchen? Männliche Schwäche? Ysée war anmutig genug, einen Heiligen in Versuchung zu führen, dennoch konnte es nicht allein ihre Anziehungskraft sein, die Pater Simon zu so ungewöhnlichem Verhalten trieb.

»Bruder Simon wollte wissen, ob es mir gefällt, die Arbeit einer Begine zu tun, und wie es dazu gekommen ist, dass ich im Weingarten lebe.« Es war eine kleine Lüge, dennoch erwartete Ysée jeden Augenblick, mit einem Blitz vom Himmel gestraft zu werden.

»Was hast du geantwortet?«

»Dass ich es nicht sagen kann, weil ich es nicht weiß.«

»Du weißt es nicht?« Alaina schüttelte den Kopf und wandte sich schroff an Berthe. »Heißt das, dass du noch nie mit deiner Tochter darüber gesprochen hast, was dich bewogen hat, bei den Beginen zu leben? Woher hattest du das Geld, dich im Weingarten einzurichten?«

Ysées Ziehmutter ließ vor Schreck die Spindel fallen und begann zu stottern. »Je nun ... ehrwürdige Mutter ...«

»Das bin ich noch nicht.« Alaina fiel ihr knapp ins Wort. »Es muss einen Grund dafür geben, dass Pater Simon deiner Tochter diese Fragen stellt. Nun?«

Berthe wand sich unter der Aufforderung und gab stammelnd die Geschichte zum Besten, die Mareike Cornelis vor zehn Jahren für sie erdacht hatte.

Sie hatte geschworen, das Geheimnis für immer zu wahren und das Kind als ihr eigenes auszugeben. Ein Leben ohne Sorgen führen zu können, sogar wenn das Mädchen sterben sollte, hatte sie ihr dafür versprochen.

Bis heute hatte Berthe diesen Schwur gehalten, und sie würde es auch weiterhin tun, denn nie war es ihr so wohl ergangen wie im Weingarten.

»Methildis von Ennen hat mich und meine Tochter vor zehn Jahren aus christlicher Barmherzigkeit im Weingarten aufgenommen«, behauptete sie deswegen theatralisch und rang die

Hände. »Nie werde ich aufhören, der ehrwürdigen Mutter dafür zu danken.«
Schwester Alaina verzog das Gesicht. »Die Bücher geben an, dass für eure Versorgung Maßnahmen getroffen wurden. Von wem?«
»Von der Maestra vielleicht?«
Berthe war nicht sonderlich klug, aber sie war schlau genug, mit einer Rückfrage zu antworten. Alaina starrte sie erbittert an, und beide achteten sie nicht auf Ysée, die dem Verhör mit angehaltenem Atem lauschte.
»Wohl eher vom Vater deiner Tochter?«, vermutete Alaina. »Wer ist er?«
Wie alle im Weingarten nahm sie an, dass Ysée das Bastardkind eines Mannes von Stand sein musste. Es genügte, das Mädchen anzusehen, um zu erkennen, dass es nach seinem Vater kam und nicht nach der Mutter. Vermutlich hatte er Mutter und Tochter zu den Beginen abgeschoben, um einen Skandal zu vertuschen. Alaina witterte nicht nur Unrecht, sondern auch ein Geheimnis, denn Methildis van Ennen hatte ihre Fragen nach dem Mädchen schon vor Jahren nicht beantworten wollen.
Berthe bückte sich nach der Spindel, um den unnachgiebig fragenden Augen Alainas zu entkommen. Schnaufend kam sie wieder hoch und sagte dieses Mal die reine Wahrheit. »Ysées Vater ist tot. Er soll in Frieden ruhen. Dass er schlecht an mir und seinem Kind gehandelt hat, habe ich ihm verziehen. Es ist gut, wie es ist.«
Ysée hätte am liebsten lautstark widersprochen. Warum sollte es gut sein, dass sie für immer mit dem Makel des Bastardkindes leben musste? Wie konnte sie je die Achtung anderer Menschen gewinnen, wenn sie für alle nur die Verkörperung von Sünde war? Ein ungewolltes, ungeliebtes Kind, das besser nie geboren worden wäre?
Alaina gab sich nicht mit dieser oberflächlichen Auskunft zu-

frieden. »Weshalb widmet der Zisterziensermönch deiner Tochter dann so viel Beachtung? Was steckt hinter seiner Wissbegier?«
»Weiß ich's?« Berthe schwankte zwischen Gehorsam und Bangen. Es beunruhigte sie, dass mit einem Male wieder über die Vergangenheit gesprochen wurde.
Alaina entdeckte den störrischen Zug um ihren Mund und wusste, dass sie die Antwort auf ihre Fragen woanders suchen musste. Sie nahm Ysée ins Visier, die inzwischen das Brunnenwasser in Tonkrüge goss, die es kühl hielten, bis sie den Rest in einen Eisenkessel schüttete und am Dreifuß über dem Feuer befestigte. Sogar diese einfachen Verrichtungen tat sie auf eine Weise, die es erfreulich machte, ihr dabei zuzusehen. Eine Verlockung, der auch ein Mönch nicht widerstehen konnte?
»Suchst du etwa absichtlich die Aufmerksamkeit des Paters zu erregen?«
Alainas ausgestreckter, anklagender Zeigefinger schoss so jäh auf Ysée zu, dass sie zusammenzuckte und sich am Herdstein verbrannte.
»Du hast ein schlechtes Gewissen!«
Ja, sie hatte ein schlechtes Gewissen, wenn auch aus ganz anderen Gründen. Wie sollte sie der Schwester das unentwirrbare Chaos ihrer Ängste und Hoffnungen erklären? Die Gefühle, die Pater Simon in ihr hervorrief? Die Furcht, die nach dem Streit an der Mauer wie ein düsterer Schatten auf ihrem Gemüt lag?
»Ich weiß nicht, was Ihr mir vorwerft«, sagte sie mit einer Spur von trotziger Verzweiflung. Dann machte sie sich daran, die Rüben zu schaben, die bereit sein mussten, wenn das Wasser im Kessel kochte.
Alaina verschränkte die Arme über dem Kreuz vor ihrer Brust und ließ Ysée nicht aus den Augen. Sie spürte, dass sie ihr etwas verschwieg. In den vergangenen Tagen hatte sie ihre Schülerin sehr gut kennen gelernt. Sie wusste, dass hinter der stillen,

scheuen Fassade des Mädchens ein mühsam gebändigtes Temperament loderte. Ysée neigte zum Widerspruch, zur Rebellion, auch wenn sie nach außen hin Gehorsam demonstrierte. Ihr wahrer Charakter stand einem Leben als gehorsame Begine im Wege. Wenn sie jemals das Gelöbnis des Weingartens ablegen wollte, musste sie zuvor Demut und Geduld lernen.

»Du sagst mir jetzt, worüber du mit dem Priester gesprochen hast«, befahl sie, ohne die Stimme sonderlich zu heben. »Keine Ausreden, keine Lügen.«

Ysée schaute von ihrer Arbeit hoch und begegnete Schwester Alainas forschendem Blick. Ein Blick, der tief in ihre Seele drang und sie dazu zwang, die Folgen ihrer Tat zu bedenken. Es hatte keinen Sinn. Sie musste es sagen. Schon um ihre Schwestern zu schützen. Wäre es um sie allein gegangen, sie hätte geschwiegen.

Gesichter tauchten vor ihrem inneren Auge auf. Schwester Luiza, die sich auf ihren Arm stützte. Schwester Griet, die Apothekerin, die so viel über Krankheiten und die Geheimnisse der Kräuter wusste. Schwester Marie, der wie einer Heiligen nie ein böses Wort über die Lippen kam. Die Maestra und all die vielen anderen. Sie hatte geglaubt, allein zu sein, aber mit einem Male kam ihr zu Bewusstsein, dass sie Teil dieser Gemeinschaft war.

Eine halb fertige Rübe rutschte ihr aus den tauben Fingern, kollerte über den Tisch und polterte zu Boden. Niemand bückte sich danach.

»Sprich!«, drängte Alaina noch einmal.

»Ich habe ihm von dem Buch erzählt, das mir die Magistra geschenkt hat.« Ysée erkannte ihre eigene tonlose Stimme kaum wieder.

»Von welchem Buch?«

Ysée stand auf und ging zu ihrem Bett, das während des Tages unter einer grob gewebten Wolldecke verschwand und Berthe dazu diente, alles abzulegen, was sie nicht aufräumen wollte.

Sie bückte sich steif, nahm das Bündel unter dem Strohsack hervor und brachte es zum Tisch. Stumm legte sie ihren Schatz vor Schwester Alaina auf die Platte und sank mit zitternden Knien auf einen Hocker.

Sie sah, dass auch Alainas sonst so ruhige Hände bebten, als sie die Stoffschichten um das Buch löste, bis es für alle sichtbar im flackernden Licht der Talgkerzen vor ihnen lag.

»Allmächtiger!« Alaina wich entsetzt zurück. »*Der Spiegel der Seelen.* Dir hat sie ihn also geschenkt. Wie konnte sie das tun? Du stürzt uns ins Unglück, Mädchen, und du hättest es zu keinem schlimmeren Zeitpunkt tun können. Was hat der Priester gesagt?«

»Er wollte das Buch, um es dem Bischof von Cambrai zu bringen.«

»Gütiger Himmel!«

Schwester Alaina strich sich mit einer fahrigen Bewegung über die Stirn, ehe sie sich einen erkennbaren Ruck gab und die Schultern straffte. Nur die Tatsache, dass die strengen Linien ihres Gesichtes noch tiefer geworden waren und zwei hektische rote Flecken auf ihren Wangen brannten, verriet, wie sehr sie die unerwartete Entdeckung aufwühlte. Sie hüllte eilig die gefährliche Schrift wieder in das Leinen und presste das fertige Paket zwischen den Fingern, als könne sie es mit der puren Macht ihres Willens zum Verschwinden bringen.

»Bete, dass es noch nicht zu spät ist, deine Dummheit ungeschehen zu machen«, zürnte sie Ysée. »Niemals hätte eine Menschenseele außerhalb des Weingartens erfahren dürfen, dass wir dieses Buch besitzen.«

Sie verließ grußlos, mit fliegenden Röcken und raschelnder Haube das Haus. Ysées einzigen persönlichen Besitz nahm sie mit.

Das Schweigen, das dem Zufallen der Tür folgte, war so tief, dass Berthe und Ysée erschrocken herumfuhren, als das Wasser im Kessel über dem Feuer zu sieden begann.

»Was hast du getan?« Berthe fand als Erste die Sprache wieder. »Ich wusste, dass du mich eines Tages ins Unglück stürzen würdest.«
Ysée schlug die Hände vor das Gesicht und versuchte sich zu fassen. Sie hatte Berthes Vorwürfe erwartet. Ihre Gedanken kreisten so ausschließlich um das eigene Wohlergehen, dass eine Gefahr für sich selbst sie in blinde Panik stürzte.
»Man wird uns auf die Straße setzen. Wir werden betteln gehen müssen und am Ende verhungern …«
Alles hätte wie jeden Abend sein können. Wäre da nicht in Ysées Brust dieses beklemmende Gefühl von Unheil gewesen und die Angst, was aus dem, was sie getan hatte, entstehen würde.

## Mathieu von Andrieu

*Brügge, Gasthaus zum Alten Anker,*
*18. November 1309*

»Nie und nimmer wird dich ein Mensch von Verstand für einen gewöhnlichen Knecht halten.«
Jean Vernier warf seinem Begleiter einen kritischen Blick zu und zögerte vor der Tür der Schänke, die er als beliebten Treffpunkt von Fuhrknechten, Hafenarbeitern und Handwerkern kennen gelernt hatte.
»Weshalb die Maskerade?«
»Das weißt du genau. In Gegenwart des königlichen Gesandten macht keiner den Mund auf. Bei einem Pferdeknecht nehmen sie es nicht so genau, selbst wenn es einer von den verhassten Franzosen ist.«
Mathieu strich das speckige Lederwams über den nachlässig

gebundenen Hosen glatt, die er sich für diesen Ausflug zusammen mit einer formlosen Kopfbedeckung besorgt hatte, die einmal eine Art von Kapuze gewesen sein musste.
Sein Waffenmeister knurrte ungehalten. Das Kostüm war nicht das Problem, sondern der Stolz, mit dem sein Begleiter den Kopf hoch trug und den anderen offen ins Gesicht sah.
»Zieh wenigstens den Kopf ein und mach einen krummen Rücken, Jungchen. Der Mann, den du spielen willst, hat das Buckeln zusammen mit dem Maulhalten gelernt.«
»Traust du mir nicht zu, dass ich beides kann?« Andrieu schmunzelte. »Man merkt, dass du noch nie Seiner Majestät oder *le terrible* gegenübergestanden bist. Beide sind hervorragende Lehrmeister in Sachen Bescheidenheit und Maulhalten, wie du es so treffend ausdrückst.«
Der Lärm unter der niedrigen Balkendecke des Wirtshauses *Zum Alten Anker* umfing die beiden Männer zusammen mit einer Dunstwolke, die Mathieu lieber nicht genau definieren wollte. Schweiß und Pferdegestank, Essensdüfte und vergossenes Bier waren noch die harmlosesten Gerüche. Er überließ es seinem Begleiter, sich durch die Menge zu drängen und Platz für sie auf einer der langen Bänke zu finden, wo Männer saßen, denen man die schwere Arbeit und die Ärmlichkeit ihres Daseins von den wettergegerbten Gesichtern ablesen konnte.
»Franzosen, was?« Ein bulliger Flame entlarvte die neuen Gäste nach wenigen Worten und pöbelte sie streitsüchtig in ihrer eigenen Sprache an. »Was zur Hölle treibt euch Pack nach Brügge?«
»Das musst du unseren Herrn fragen.«
Mathieu schenkte dem Mann ein breites, einfältiges Grinsen, das jede Kränkung entkräftete. Er winkte der Magd, drei volle Krüge zu bringen, und Jean Vernier hatte Mühe, seine Verblüffung zu meistern. Er hatte die Schauspielkünste seines jungen Herrn sträflich unterschätzt.
»Verfluchte Leliaerts.«

Das beliebte Schimpfwort für alle königstreuen Franzosen wurde von einem gezielten Strahl Spucke begleitet, der haarscharf neben Mathieus Schuhspitzen zwischen zwei Holzplanken versickerte. Mathieu zuckte mit keiner Wimper. Er kratzte sich bedächtig unter der Kappe und schmückte seine Rolle in breitem, burgundisch gefärbtem Französisch aus.
»Ich bin kein Beamter des Königs. Mein Herr macht Geschäfte mit dem Herrn Cornelis. Er ist Kaufmann. Unsere Heimatstadt ist Dôle im Burgund.«
»Da hat er sich ja den richtigen Fuchs ausgesucht.« Aus dem Mund des Flamen klang es anerkennend und sicherte den beiden Franzosen endlich eine Art brummiger Duldung unter den Männern am Tisch. »Der Handelsherr weiß, wie er's anfangen muss, Mist in Gold zu verwandeln.«
»Schon, schon, aber was nützt es ihm?« Mathieu ersetzte das arglose Grinsen durch die Miene eines traurigen Kettenhundes. »Die Frau ist ihm mitsamt dem Erben weggestorben. Gottes Gerechtigkeit fällt auf die Reichen wie die Armen, mein flandrischer Freund.«
»Wird wohl so sein«, räumte der Hafenarbeiter ein und nahm dankend einen der Holzkrüge mit Bier, den eine Magd dermaßen heftig auf den Tisch knallte, dass helle Schaumflocken in alle Richtungen flogen. »Aber die Reichen ertragen ihre Schicksalsschläge wenigstens mit vollem Magen und leiden unter warmen Decken. Unsereins ist nicht so gut bestallt. Besonders in diesen Zeiten, wenn der Winter bevorsteht, die Schiffe ausbleiben und keiner mehr Lastenträger braucht.«
Jean Vernier wischte sich den Bierschaum mit dem Handrücken von der Oberlippe, während sein Herr einen donnernden Rülpser ausstieß, der die Flamen rundherum endgültig davon überzeugte, dass sie es bei ihm mit ihresgleichen zu tun hatten.
»Herrscht deswegen solcher Aufruhr hier drinnen? Weil es zu wenig Arbeit gibt?«
Mathieu verstand es, genau das richtige Maß zwischen Neugier

und Torheit zu finden, sodass der Hafenarbeiter ein unwilliges Grunzen von sich gab und bereitwillig den Grund für die Missstimmung kundtat.

»Sie schreien, weil die Tuchpreise in diesem Jahr so schlecht ausgefallen sind.«

»Was erzählst du da? Unser Herr hat geflucht, weil Cornelis die Preise schon wieder erhöht hat. Für das gleiche Geld vom letzten Jahr hat er weniger Ballen bekommen.«

»Holzkopf«, erwiderte der Flame geradezu freundlich. »Dein fluchender Pfeffersack wird sich an seinen Kunden schadlos halten. Die Händler kommen immer zurecht. Aber jene, die das Tuch herstellen, die Weber, Walker und Färber, die müssen die Zeche zahlen.«

»Das musst du uns schon genauer erklären.« Jean Vernier mischte sich ein und spielte die Komödie mit, die sein Herr so geschickt begonnen hatte.

»Wenn's weiter nichts ist.« Mit jedem Krug wurde der Lastenträger gesprächiger. »Von der großen Sporenschlacht habt ihr bestimmt gehört, in der die Flamen eurem König eins auf die Nase gegeben haben? Die Männer, die da gesiegt haben, waren Handwerker wie jene hier in der Schänke. Männer mit blauen Färberhänden und vielen hungrigen Mäulern daheim. Sie haben sich von ihrem Sieg mehr Freiheit erhofft. Das Recht, zu arbeiten und zu verkaufen, was sie mit ihren eigenen Händen produziert haben.«

»Na, das tun sie doch«, behauptete Mathieu und kratzte sich dieses Mal unter der Achsel.

Mit der Zeit beschlich ihn die unheilvolle Ahnung, dass er mit den schmutzigen Kleidern auch eine Reihe von mehrbeinigen Mitbesitzern erstanden haben musste.

»Mein Herr sagt, dass am Ende sogar die rebellischen Tuchhandwerker mit dem Frieden einverstanden waren, den der Herr Graf in diesem Frühjahr für Flandern ausgehandelt hat.«

»Das glaubst auch nur du, Burgunder. Was hat er ihnen denn

gebracht, dieser lausige Friede? Sie sind weiterhin auf Handelsherren wie Piet Cornelis angewiesen, damit sie ihr flämisches Tuch nach Paris und Nowgorod schaffen und es dort an den Mann bringen können. Also sind's die Pfeffersäcke, die den Handwerkern die Ware abkaufen und den Preis dafür bestimmen. Wenn sie sagen, die Geschäfte gehen schlecht, dann müssen es die armen Teufel an den Färberbottichen und an den Webstühlen glauben oder statt Brot Tuchballen essen.«

Die nächste Runde Bier landete vor ihnen, und die flinke Magd strich zufrieden die Kupfermünzen ein, die Mathieu bereitwillig dafür hingab.

»Und? Gehen die Geschäfte schlecht?«, erkundigte er sich danach.

»Das heißt es allgemein.« Der Flame schaute viel sagend in die Runde. »Schau dich um, sehen so Männer aus, die keine Sorgen haben?«

Mathieu musste ihm Recht geben. Dabei waren es weniger die Gesichter, die ihm zu denken gaben, als die gereizte Atmosphäre. Ein dummes Gerücht, und die Männer würden ihrem Groll freien Lauf lassen. Was geschah, wenn diese Handwerker zu den Waffen griffen, hatte die Brügger Mette auf verheerende Weise gezeigt. Jetzt begriff er, warum ihm Jean geraten hatte, mit eigenen Augen und Ohren unterwegs zu sein.

»Kennt man die Gründe dafür?«, erkundigte er sich bedächtig.

»Die Steuern und Abgaben an den König, die Gefahren der Handelswege, die Stürme auf dem Meer und weiß der Teufel was noch«, zählte sein flämischer Informant auf. »Die Stimmung in der Stadt ist schlecht. Ein falsches Wort, und sie gehen aufeinander los.«

»Wer? Die Handwerker auf die Händler?«

Der Lastenträger grunzte verneinend. »Die sind zu sehr aufeinander angewiesen. Nein, sie suchen noch nach einem Sündenbock, den sie unter großem Getöse aus der Stadt treiben können, damit sie seine Besitztümer unter sich aufteilen können, so wie es euer König mit den Juden und den Lombarden gemacht hat. Nehmt euch in Acht, in Brügge waren es schon einmal die Franzosen, denen es in einer solchen Lage an den Kragen gegangen ist.«

Mathieu ließ sich Zeit mit der passenden, treuherzigen Antwort. Er leerte seinen Krug, und als er ihn wieder absetzte, sah er aus den Augenwinkeln einen Mann, der sich humpelnd durch die Menge in der Schänke zur Türe drängte. Der fahle, blonde Haarschopf und die hölzernen Bewegungen waren unverkennbar. Es war Josse, Cornelis' Diener, der angeblich aus reiner Mildtätigkeit so überreich versorgt worden war. War es etwa sein unliebsamer Auftrag, den Aufruhr in der Stadt zu schüren? Er gab einem spontanen Impuls nach, stemmte sich gegen den Tisch und schwang die Beine zum Aufstehen über die Bank.

»Ich muss zum Abtritt, Freunde.«

Ein schneller Blick bannte seinen Waffenmeister auf den Platz und in das Gespräch mit dem Flamen, während er vermeintlich schon ein wenig schwankend hinausschlurfte. Sobald die Tür hinter ihm zufiel, richtete er sich auf und glitt blitzschnell aus dem kleinen Lichtfleck, der vor dem Eingang des Gasthauses eine gelbliche Schneise in die dunkle Gasse schlug.

Nach wenigen Lidschlägen hatten sich seine Augen an die Finsternis gewöhnt. Er blickte die durchgängigen Hausreihen zu beiden Straßenseiten entlang, deren spitze Giebel sich in den oberen Stockwerken so weit vorneigten, dass kaum ein Stück Himmel darüber frei blieb.

Der böige Wind des Tages hatte sich zu einem beginnenden Sturm verstärkt und jagte dunkle Wolken über den fast vollen Mond. Hellere Phasen und absolute Dunkelheit wechselten einander in schneller Folge ab. Andrieu entdeckte Josse gerade noch, ehe er aus der Noordstraat in die nächste Querstraße einbog, die geradewegs auf den Weingartenplatz führte. Er hinkte eilig eng an den Hauswänden vorbei.

Irgendetwas am Benehmen des Knechtes weckte den Argwohn Mathieus. Es war offensichtlich, dass Josse nicht gesehen werden wollte und dass er in größter Hast einem Ziel zustrebte. Er überquerte ungelenk den Platz vor der schmalen Brücke des Beginenhofes, schaute sich prüfend um und wurde im nächsten Augenblick von der Nacht verschluckt.

Als Mathieu die Stelle erreichte, unterdrückte er einen Fluch. Unter den tief hängenden Weidenzweigen an der Reie hatte ein Boot auf den Hinkenden gewartet. Nun ruderte er im Schatten der Mauern des Beginenhofes davon. Der Wind pfiff dermaßen, dass man nicht einmal das hastige Eintauchen der Ruder in die Wasseroberfläche vernahm.

Was zum Donner bedeutete diese Aktion? Das verzweigte Kanalnetz von Brügge erlaubte es, viele Wege auf dem Wasser schneller zurückzulegen als an Land, aber doch nicht in Nacht und schwärzester Dunkelheit. Es sei denn, man hatte etwas zu verbergen. Fand sich hier die Antwort auf die Frage, weshalb es Piet Cornelis so unangenehm gewesen war, dass der königliche Gesandte Zeuge seiner Auseinandersetzung mit dem Knecht geworden war?

Nachdenklich blieb Mathieu unter der mächtigen Weide stehen und sah über die Reie zum Weingarten. Der weitläufige Komplex der frommen Frauen lag still zwischen der Stadt und dem Minnewaterhafen. Hinter seinen geschlossenen Toren und Pforten behielt er seine Geheimnisse für sich.

Der flackernde Schimmer einer Kerze im Pfarrhaus an der Weingartenbrücke bildete zu dieser Stunde die einzig sichtbare Verbindung zwischen Brügge und den Beginen. Der Umriss eines Mannes, der dort drüben am Fenster stand und gleich ihm in die Nacht hinausstarrte, wurde von diesem rötlichen Schein beleuchtet.

Einen Herzschlag lang empfand er eine Verbundenheit mit dem unbekannten Gottesmann. So als wären sie beide die einzig Achtsamen in einer beunruhigenden Nacht.

Jeder brave Bürger von Brügge lag um diese Zeit längst in seinem Alkoven oder auf seinem Strohsack. Die verriegelten Stadttore und die Wächter hoch oben auf dem Belfried garantierten ihm ungestörten Schlaf. Die Männer der Stadtwache ließen ihre Blicke von dort oben über das Häusermeer streifen, bereit, beim ersten Anzeichen von Gefahr Alarm zu geben. Wobei die Gefahren eher von Feuersbrünsten und Störenfrieden innerhalb der Mauern ausgingen denn von fremden Feinden. Die offiziell bestallten Ordnungshüter des Magistrats unterstützten sie in den Straßen der Stadt. Sie marschierten auf dem großen Platz vor dem Belfried auf und ab und hatten ein scharfes Auge auf alle Nachtschwärmer.

Wer sich um diese Zeit noch herumtrieb, war meist in zwielichtigen Geschäften unterwegs. Möglicherweise gehörte er auch zu jener Art von Unruhestiftern, die *Zum Alten Anker* aufbegehrten und ihre Verdrossenheit im Bier ertränkten, oder er war ein Einzelgänger und Außenseiter wie der Ritter des Königs von Frankreich.

Mathieu bekämpfte schon wieder das lästige Getier in seiner Kleidung und wunderte sich über seine ungewohnt melancholischen Gedanken.

Das wütende Knurren eines Hundes, der in seiner Nähe die Abfälle durchsuchte und von einem anderen Köter dabei gestört wurde, riss ihn aus seinen Überlegungen. Es war an der Zeit, in den *Anker* zurückzukehren, damit seine lange Abwesenheit keinen Verdacht erregte. Und er musste entscheiden, ob er seine Beobachtungen für sich behalten wollte oder ob er sie dem Herzog von Flandern berichten sollte.

Ein letzter Blick zum Pfarrhaus bewies ihm, dass auch der Priester seine stille Wache aufgegeben hatte. Einen Moment beneidete er den Gottesmann. Vielleicht hatte sein jüngerer Bruder doch die bessere Entscheidung getroffen, als er der Welt den Rücken kehrte.

# Bruder Simon

*Brügge, Pfarrhaus an der Beginenbrücke,*
*18. November 1309*

War das ein Boot, dessen Schatten er auf dem Kanal gesehen hatte, oder narrte ihn die Spiegelung des Wassers, wenn die Mondstrahlen darauf trafen? Simon verengte die Augen und suchte mehr zu erkennen, aber die nächste Wolke verwandelte die Reie erneut in einen Fluss aus schwarzer Tinte.

»Setzt Euch, mein Freund, Ihr werdet noch Löcher in den Kanal starren und unseren wichtigsten Hafen trocken legen. Wie sollten wir dieses Unheil den Stadtvätern von Brügge erklären?«

Pater Felix lächelte über seinen Scherz, aber Simons Gesicht verlor nichts von seiner Anspannung, als er sich umwandte. Er konnte sich nicht setzen. Seine innere Unruhe trieb ihn ein jedes Mal wieder auf die Beine.

»Was belastet Eure Seele?« Der Pater war Menschenkenner genug, seinem Gast anzusehen, dass er mit schweren Problemen rang. »Redet. Manchmal hilft es, die Sorgen beim Namen zu nennen, damit sie ihren Schrecken verlieren. Ihr seid schon den ganzen Abend völlig konfus. Hat es mit Eurer abendlichen Verspätung zu tun?«

Die Tatsache, dass Pater Felix den Nagel auf den Kopf traf, machte Simon die Sache nicht leichter. Er hatte die Pförtnerin bitten müssen, das Tor noch einmal für ihn zu öffnen, denn als er nach dem Streit mit Ysée dort ankam, fand er es bereits verschlossen.

»Es ist nichts. Es geht mir gut.«

Er scheute das angebotene Gespräch, denn er war es nicht mehr gewohnt, sich einem anderen Menschen anzuvertrauen. Die Zeiten, in denen er jeglichen Kummer einem großen Bruder berichten konnte, gehörten der Vergangenheit an. In seinem Leben gab es keinen Mathieu mehr, der ihn ermunterte, be-

schützte, auslachte oder tröstete. Nur mit Hilfe seines Bruders hatte er die düsteren Tage seiner Kindheit überstanden. Ihr Vater hatte feste Vorstellungen von der Zukunft seiner Söhne gehabt. Männer aus Eisen sollten sie werden. Ritter, auf die der Pfalzgraf nicht verzichten konnte. Edelmänner, deren Heldentaten das ganze Land mit Bewunderung erfüllte. Dafür hatte er sie von Kindesbeinen an gnadenlos erzogen und gedrillt.
Sein Bruder war der Einzige gewesen, der durchschaut hatte, wie sehr Simon die endlosen Schwertübungen hasste, wie es ihm widerstrebte, Waffengewalt anzuwenden. Wäre nicht das Leben dieses Bruders in höchster Gefahr gewesen, er hätte auch nie jenen verhängnisvollen Schwertstreich geführt, der Violante von Courtenay den Vater genommen hatte.
»Wenn Ihr Euren Zustand mit gut bezeichnet, so möge mich der Himmel davor bewahren, dass es mir je gut geht«, drang Pater Felix' Stimme in seine düsteren Erinnerungen. »Setzt Euch und trinkt einen Becher vom dem Roten hier. Er stammt aus dem Keller der Magistra, sie hat mir das Fässchen geschenkt. Methildis van Ennen ist eine Frau, die auch etwas vom Wein versteht.«
»Was wisst Ihr von ihrem Leiden?«
»Es gibt keine Hoffnung für sie.« Pater Felix wirkte aufrichtig betrübt. »Unser Herr gewährt ihr keinen leichten Abschied. Sie atmet, doch ihre Kraft lässt zusehends nach. Weder die heilkundigen Schwestern in der *Infirmerie* noch der Medicus aus der Stadt wissen Rat. Wir können kaum mehr tun als für sie beten.«
»Wird Schwester Alaina ihren Platz einnehmen?« Simon hatte sich inzwischen mit den Machtverhältnissen im Weingarten vertraut gemacht. »Oder kann Marie von Vyvern die neue Magistra werden?«
»Bestimmt nicht. Sie ist eine der zahllosen Töchter des alten Grafen von Vyvern, und der war von jeher ein treuer Vasall der französischen Krone. Es wäre unklug vom Rat der Schwestern, in diesen Zeiten eine Frau zu wählen, deren Loyalität man

schon aufgrund ihres Namens auf der Seite Frankreichs vermutet.«

Pater Felix hatte, während er sprach, einen Zinnbecher mit Wein gefüllt und hielt ihn Bruder Simon hin. Für einen Herzschlag zögerte der Mönch, dann neigte er dankend das Haupt und stürzte den Wein mit einem Zug hinunter. Der schwere Malvasier linderte indes weder die Enge in seiner Brust noch den Druck hinter seinen Schläfen. Immerhin vermochte er wieder klar zu denken, sodass er das Gespräch von seinen eigenen Schwierigkeiten auf jene des Beginenhofes lenken konnte.

»Ich kann mich des Eindrucks nicht erwehren, dass Schwester Alaina geschäftliche Belange des Weingartens mehr am Herzen liegen als Gebet und Einkehr. Sollte die Frau an der Spitze des Beginenhofes ihre Mitschwestern nicht in erster Linie zu Frömmigkeit und tätiger Nächstenliebe anleiten?«, fragte er eine Spur zu provozierend.

Der Pater ließ den Wein im Becher kreisen und bedachte seine Antwort sorgfältig. »Niemand kann ihr ein Pflichtversäumnis nachsagen.«

»Es fehlt ihr an Güte und Sanftmut.«

Pater Felix musterte seinen jungen Glaubensbruder mit milder Überraschung. »Woher kommt Euer Misstrauen, mein Freund? Sie tut das Beste für ihre Schwestern, und das ist zurzeit keine leichte Aufgabe. Wenn man in Paris im Sinn hat, den Beginen Schwierigkeiten zu machen, dann benötigt der Weingarten eine starke Magistra.«

»Wer sollte in Paris …«

»Der König. Habt Ihr noch nichts von dem Gesandten Seiner Majestät gehört, der im Prinzenhof Wohnung genommen hat? Es sieht aus, als stehe das Steuerprivileg der Beginen auf dem Prüfstand. Schwester Alaina berichtete, dass der Franzose im Namen des Königs Einblick in die Urkunden und Akten der Beginen fordert. Wozu das führt, kann sich jedes Kind ausrechnen. Die *chambre des comptes* Seiner Majestät findet die

Fährte von Gold sicherer als jeder Jagdhund ein geschlagenes Rebhuhn.«
Im Geheimen hätte Simon diese Besitz- und Abgabenverzeichnisse ebenso gerne gesehen wie der Beamte des Königs, aber das konnte er schlecht zugeben. Stattdessen musste er sich mit Neugier auf die Person des Gesandten zufrieden geben. »Wer ist dieser königliche Bluthund?«
»Entweder ein Mann von geringer Bedeutung, denn niemand hat seinen Namen je zuvor gehört, oder einer der gesichtslosen Agenten des Seigneurs von Nogaret. Es ist ihm gelungen, Schwester Alaina einen gehörigen Schrecken einzujagen. Sie fürchtet schon jetzt den Tag, an dem er sich nicht mehr mit der Krankheit der Magistra hinhalten lässt. Wenn das Steuerprivileg fällt, gerät der Weingarten in wirtschaftliche Schwierigkeiten.«
Simon verzog den Mund. »Sprechen wir von einem Handelshaus oder von einer frommen Gemeinschaft ehrbarer Frauen? Haben die Bewohnerinnen des Weingartens neben Keuschheit und Demut nicht auch freiwillige Armut geschworen?«
»Sie leben in beispielhafter Bescheidenheit und verstehen sich als Dienerinnen und Haushälterinnen Gottes auf Erden. Beim Eintritt in die Gemeinschaft verzichten sie auf allen weltlichen Besitz und unterwerfen sich der Ordnung des Beginenhofes. Ihr könnt ihnen nicht absprechen, dass sie in vorbildlicher Weise Gutes tun. Ihr seht es jeden Tag mit eigenen Augen.«
»Dessen ungeachtet sind sie keine rechtmäßigen Ordensfrauen, weil sie weder ein Gelübde ablegen noch den Regeln eines anerkannten Nonnenordens folgen«, erhob Simon Einwände. »Dass die Frauen den Beginenhof jederzeit wieder verlassen können, macht sie zu Beginen auf Zeit, an deren ernsthafter Hingabe man zweifeln muss. Ja, sie dürfen sich gar verheiraten oder in ihre Familien heimkehren. Sie haben zusätzlich das Recht, ihr Vermögen von der Gemeinschaft zurückzufordern. Solche Freiheiten sind wahrhaft von Übel.«
Pater Felix dachte eine Weile nach, ehe er die Augen hob und

den Blick seines Gastes suchte. »Ihr seid verärgert, Bruder. Welche Schwester hat Euch so gegen den Weingarten und seine Sitten aufgebracht?«
Er legte den Finger mitten in die Wunde, und Simon zuckte ertappt zusammen. Es stimmte, er wetterte gegen alle und meinte doch nur eine. Ysée. Sie sollte den Weingarten weder verlassen dürfen noch all die anderen Freiheiten haben. Ein tiefer Atemzug weitete seine Brust. »Bin ich so leicht zu durchschauen?«
»Rechnet es meiner Erfahrung mit den Abgründen der menschlichen Seele zugute.« Pater Felix füllte die Becher ein weiteres Mal. »Man wird nicht Priester des Pfarrsprengels vom Beginenhof ohne diese Eigenschaft.«
Simon strich sich mit zwei Fingern über die schmerzende Stirn. »Es wird Euch nicht gefallen, was ich zu sagen habe.«
»Überlasst mir das Urteil darüber. Was ist geschehen?«
»Ich habe gesündigt, Pater. Nehmt Ihr mir die Beichte ab?«
Nur ein winziges Zucken der buschigen Brauen verriet die Überraschung des Priesters. Dann nickte er, stellte den Wein zur Seite und faltete die Hände, um dem Ernst des heiligen Sakramentes Genüge zu tun.
»Der Herr schenke dir die wahre Erkenntnis deiner Sünden, Bruder«, begann er mit dem formalen Ritus.
Wo lag der Anfang aller Schwierigkeiten? Vielleicht war ein Beichtgespräch die richtige Wahl, sein Gewissen zu erleichtern. In knappen Worten berichtete er Pater Felix von Mareike Cornelis' Geheimnis und Ysées Herkunft.
»Aber da ist noch etwas, vermute ich ...«, sagte der Pater, als Simon verstummte.
»Ja.« Er nickte. »Es war mein Schwert, das ihren Vater getötet hat.«
Sichtlich erschüttert bekreuzigte sich der Priester. »Ihr müsst noch ein Kind gewesen sein, als das geschah.«
»Gerade sechzehn«, nickte Simon. »Kein richtiger Mann, aber schon ein Mörder.«

»Ihr habt den richtigen Weg gewählt, Eure Sünden zu sühnen.«
Simon gab einen bitteren Laut von sich. »Findet Ihr? Und was ist mit dem Kind, dessen Leben ich zerstört habe? Mit Violante von Courtenay? Meine Tat hat ihr alles geraubt, den Vater, das Zuhause, den Namen, die Familie. Wie kann ich ihr in die Augen sehen und zulassen, dass sie das Leben einer anderen führt?«
Pater Felix versuchte sich an die Beginen zu erinnern, aber die vielen hundert Frauen des Weingartens machten ihm die Sache schwer. Es musste eine der wenigen jüngeren Frauen sein, von der Simon sprach. Eine liebreizende, denn er hatte den untrüglichen Verdacht, dass neben all dem Bedauern, das Bruder Simon für sie empfand, noch etwas anderes im Spiel sein musste.
»Das Leben einer Begine ist gottgefällig«, sagte er vorsichtig. »Warum glaubt Ihr, dass dieses Dasein für sie so unerträglich ist?«
»Ich würde mir wünschen, dass sie im Weingarten glücklich ist, aber da ist das Problem ihres unruhigen Geistes. Man hat sie lesen gelehrt, und sie nutzt diese Fähigkeit, um ketzerische Schriften zu studieren.«
Die Anklage verursachte jähe Stille in der Stube des Pfarrhauses. Man hörte den Sturm im Kamin röhren, das Gebälk des Dachstuhles unter der Gewalt des Windes ächzen. Die Kerzen flackerten im Luftzug und warfen flüchtige Schatten auf das edle Gesicht mit den asketischen Zügen des jungen Gottesmannes und das runde des Paters, das alle Freundlichkeit verloren hatte.
»Der Herr steh uns bei«, murmelte Pater Felix endlich. »Seid Ihr sicher? Das kann nicht sein. Es gibt nur wenige Bücher im Weingarten. Sie sind zu teuer und zu kostbar. Ich kenne jedes Einzelne davon. Die Maestra hütet die frommen Werke und die wissenschaftlichen Abhandlungen. Sie ist vertrauenswürdig, sie würde nie solches dulden.«
»Es ist der *Spiegel der einfachen Seelen*«, fiel ihm Simon ins

Wort. »Sie hat es mir selbst gesagt. Und sie hat so darüber gesprochen, dass sie es gelesen haben *muss.*«
Die Blicke der beiden Gottesmänner trafen sich.
»Schlimmeres kann dem Weingarten in diesem Augenblick nicht passieren«, stammelte der Priester fassungslos.
»Können wir die Tatsache nicht verschweigen?«
»Das ist Ketzerei. Ich bin verpflichtet, eine solche Verfehlung der kirchlichen Inquisition zu melden. Es ist eine meiner wichtigsten Aufgaben.«
»Das ist eine Beichte. Ihr seid ebenso durch das Beichtgeheimnis gebunden, wie ich es bin, vergesst das nicht.«
Die kirchliche Inquisition. Er erschauerte bei dem bloßen Gedanken, was Ysée in den Händen dieser Männer erwartete. Der Inquisitor würde nicht ruhen, bis er das Geständnis aus ihr herausgepresst hatte. Nach Kerkerhaft und Essensentzug drohte ihr am Ende die hochnotpeinliche Befragung. Die Folter. Wie sehr sie auch immer gesündigt haben mochte, diesem Schicksal wollte er sie nicht ausliefern. Es musste einen anderen Weg geben.
»Ihr macht Euch selbst einer Sünde schuldig, wenn Ihr eine Ketzerin schont, mein Sohn«, setzte der Pater nach. »Es ehrt Euch, dass Ihr Mitleid mit dem sündigen Geschöpf empfindet, aber Ihr schuldet in erster Linie unserer heiligen Mutter Kirche Pflicht und Gehorsam. Auch rettet Ihr das Mädchen vor dem ewigen Verderben, wenn Ihr es der Kirche übergebt.«
Er hatte Recht, Simon wusste es. Dennoch konnte er keine Entscheidung treffen.
»Ihr begebt Euch selbst in Gefahr.« Der Ermahnung folgte die Drohung.
»Es würde sie zerstören, Pater«, sagte Simon gequält. »Das kann ich nicht zulassen. Sie ist vielleicht irregeleitet und töricht, aber sie ist auch rein und unschuldig. Sie hat nicht mit Absicht gesündigt, sie wurde verführt und getäuscht.«
Erst diese Worte lieferten dem Priester den Beweis für den

vollen Umfang dieses Dramas. Er umklammerte das Kreuz über seinem Gewand, als ihm aufging, wie tief und persönlich der junge Gottesmann in diese Angelegenheit verstrickt war.
»Sie führt Euch in Versuchung, nicht wahr? Ihr habt zu allem Überfluss auch die Sünde fleischlichen Begehrens zu beichten.«
»Aber nein!«
»Ihr lügt! Ihr sollt nicht falsch Zeugnis reden.«
Simon zuckte ebenso unter der Anklage wie unter der Erkenntnis zusammen, dass sie sehr wohl eine Spur von Wahrheit enthielt. Wenn er in Ysées Augen blickte, dachte er weder an Gott noch an sein Gelübde. Dann wollte er sie in die Arme schließen und vor allem Bösen bewahren. War das nur Reue und Mitgefühl?
Der ältere Priester sah den Schmerz der Erkenntnis in den Augen des Mönchs und machte sich im Stillen ebenfalls Vorwürfe. Er hatte Bruder Simon mit offenen Armen im Pfarrsprengel des Beginenhofes aufgenommen, beeindruckt von seiner Wahrhaftigkeit und seiner Frömmigkeit. War es ein Zeichen seines fortschreitenden Alters, dass er die Gefahr nicht früher erkannt hatte?
Was konnte er tun, um einen Skandal zu vermeiden? Nicht auszudenken, was geschah, wenn die Einzelheiten bekannt wurden. Ein Kind aus edler Familie, das unter falschem Namen im Beginenhof verborgen wurde. Piet Cornelis, der ahnungslos die eigene, einzige Enkelin zum Weib nehmen wollte. Und nicht genug, dieselbe junge Frau auch im Mittelpunkt einer Anklage wegen Häresie und begehrt von einem Priester.
Seine Eminenz der Bischof hatte ihm Diplomatie, Zurückhaltung und weises Handeln empfohlen, als er ihn zum Beichtvater des Beginenhofes ernannte. Wie sollte er ihm gehorchen und gleichzeitig das Verhängnis abwenden, das über der Maestra und ihren Schwestern schwebte?

## Siebtes Kapitel

# Flammen

### Ysée

*Brügge, Beginenhof vom Weingarten,*
*19. November 1309*

»Gestehe!«

Der donnernde Befehl des Priesters übertönte das Prasseln der Reisighaufen und das Stöhnen der Gaffer.

Die Flammen versengten die Luft, und jeder Atemzug brannte wie Feuer in der Brust. Die Hitze wurde unerträglich, die Kraft, gegen die Stricke zu kämpfen, die sie an den Schandpfahl fesselten, schwand wie die Sicht auf das große, schwarze Kreuz, das mahnend hinter der Feuerwand in den Himmel ragte.

Gestehen? Was gestehen?

Mit einem erstickten Schrei fuhr Ysée hoch. Ihr Herz raste, ihre Stirn brannte, und sie zitterte am ganzen Leibe. Mühevoll fand sie sich in der Wirklichkeit zurecht. Nein – sie war nicht den kläglichen Feuertod der verurteilten Ketzerin gestorben. Sie lag auf ihrem Strohsack!

Die vermeintlichen Fesseln entpuppten sich als die dünne zerwühlte Decke, die sich ihr um die Beine gewickelt hatte. Der winzige Hauch von Glut, den sie für eine tödliche Lohe gehalten hatte, beleuchtete schwach die Steine der Herdstelle. Sie hatte die Holzkohlenreste vor dem Schlafengehen sorgsam abgedeckt, damit sie am Morgen gleich das Feuer entfachen konnte. Der neue Tag drohte elend zu werden, er sollte nicht mit den Klagen ihrer Ziehmutter über töchterliche Nachlässigkeit beginnen.

Sie hatte geträumt! Einen schrecklichen Albtraum. Sie fasste in ihren Nacken und fühlte ihr aufgelöstes Haar.

Im Traum hatte man sie geschoren, ehe sie auf den Scheiterhaufen steigen musste. Das vertraute Gewicht ihres vollen Haares entlockte ihr einen erleichterten Seufzer. Nie wieder wollte sie als Last empfinden, wenn sich aus dem Gebende, einem Tuch oder einer Haube eine lockere Strähne frei machte und als Sünde der Eitelkeit gerügt wurde.

Für Ysée war die seidige Flut, die sie Abend für Abend kämmte und von Neuem flocht, eine letzte heimliche Verbindung zu ihrer Mutter. Berthe hatte ihr verboten, sie je zu erwähnen, aber sie konnte ihr nicht untersagen, an sie zu denken. Mit diesen kostbaren Erinnerungen versuchte Ysée nun ihre Furcht zu bekämpfen.

Margarete von Courtenay hatte es geliebt, das feine, silberblonde Haar ihrer Tochter mit einem Elfenbeinkamm zu ordnen, den sie eigens für diesen Zweck von einem jener fahrenden Händler erstanden hatte, deren seltenes Auftauchen die wenigen Frauen der Burg ein jedes Mal in helle Aufregung versetzte. Es war ein unterschiedlich gezahnter Doppelkamm gewesen, mit einem geschnitzten Mittelteil, dessen Blüten und Blätter das kleine Mädchen stets bewundert hatte. Mit den groben Zinken einer Seite wurde ihre Mähne entwirrt, ehe die Mutter sie mit langen Strichen der feineren Zähne sorgsam glättete und mit bunten Seidenbändern zu zwei Zöpfen flocht. Eine liebevolle Umarmung und ein Kuss krönten das tägliche Ritual.

Die Erinnerungen trösteten Ysée, obwohl sie trotz aller Bemühungen immer mehr verblassten.

In ihrem Traum hatte Bruder Simon mit eigener Hand die Fackel an ihren Scheiterhaufen gehalten.

Würde der Mönch sie beim Bischof anzeigen? Es war ein Fehler gewesen, ihm so schroff den Rücken zu kehren. Sie hatte ihn damit unnötig gegen sich aufgebracht.
Mehr noch. Sie hatte das Geschenk und das Vertrauen der Maestra hoffärtig missbraucht und ihre Anweisungen in den Wind geschlagen. Sie verdiente jede Strafe.
Lag es in Schwester Alainas Macht, die gefährlichen Folgen ihres Fehlers abzuwenden, oder wartete am Ende der Inquisitor auf sie? Würde sie stark genug sein, die Verhöre zu erdulden? Die Erinnerung an die Schmerzen, die sie im Traum erduldet hatte, ließ sie zweifeln. Niemand konnte diese Torturen ertragen.
Heilige Maria, Mutter Gottes, erbarme dich meiner, hilf mir! Ysées Hände sanken herab und fanden sich zum Gebet. Ich habe gesündigt. Ich war eitel und töricht, ich wollte Bewunderung in den Augen des Mönchs lesen. Ich habe seine Anerkennung gesucht, aber nur Zorn und Empörung gefunden. Er hat sein Urteil über mich gefällt. Er wird nicht zögern, die Fackel an den Scheiterhaufen einer Ketzerin zu halten.
Das Trugbild von Feuer und Hitze, von Rauch und Verderben wurde so lebhaft, dass Ysée den Qualm brennender Reisigbündel in Nase und Kehle zu schmecken glaubte.
Sie musste husten, und es kam ihr vor, als erleuchte das rötliche Glühen der Herdstelle jetzt den ganzen Raum. Wie war das möglich? Der Wind hatte, ihren Vorsichtsmaßnahmen zum Trotz, die Glut inzwischen längst gelöscht. Dennoch verstärkte sich der eigenartige Schein. Ysée konnte bereits die Umrisse der Fensterrahmen erkennen. Hinter den geschabten, gespannten Häuten leuchtete es wie heller Fackelschein. Das Licht kam von draußen.
Im Nu war sie auf den Beinen, lief auf bloßen Sohlen zur Tür und riss sie auf. Im selben Augenblick schlugen die ersten hohen Flammen aus dem Dach des Lagerschuppens an der Mauer und wurden vom Wind erfasst. Der gleiche Windstoß trieb

auch Ysées Aufschrei davon, denn sie wusste, dass der Schuppen bis unter das Dach mit frischer Schafschur gefüllt war. Die Lieferung war erst vor wenigen Tagen eingetroffen. Es stank erstickend nach Horn, und die dichten Qualmwolken waren es, die ihren Husten bewirkt hatten.

Der heulende Sturm fuhr wie ein Blasebalg in das Feuer. Funken stoben zum Himmel und regneten auf die Dächer herab. Neben dem Lager begann die Reihe der Vorratsschuppen. Fertige Tuchballen, Wollstoffe, feines Leinen und sorgsam bestickte Zierborten wurden dort aufbewahrt, bis die Händler kamen.

Noch war niemand auf den Beinen, um dem Unheil Einhalt zu gebieten. Dicke Wolken jagten über den Himmel, und der Stand des Mondes hinter dem Turm der Kirche verriet, dass es die dunkelsten Stunden der Nacht zwischen drei und vier Uhr morgens sein mussten.

»Mutter!«

Ysée wirbelte herum, ohne die buckelige Gestalt zu entdecken, die sich bei ihrem unverhofften Auftauchen in den Schatten des Hühnerstalles geduckt hatte. Sie lief zum Alkoven und rüttelte mit aller Kraft an Berthes Schulter.

»Mutter, wacht auf! Ich bitte Euch, macht die Augen auf! Die Schuppen brennen! Wir müssen Hilfe holen!«

Durch die offene Tür drang immer mehr Rauch. In blinder Panik rannte Ysée zu den Nachbarhäusern und trommelte mit den Fäusten gegen die Türen.

Innerhalb kürzester Zeit waren die meisten Schwestern auf den Beinen. Halb bekleidet und völlig kopflos stürzten sie ins Freie. Ihr beschauliches Leben hatte sie nicht auf eine solche Katastrophe vorbereitet. Erst Schwester Balbina besaß Übersicht genug, die Löscharbeiten zu organisieren.

»Wir sollten die Pforte zur Reie öffnen.« Ysée hielt sie am Ärmel ihres flatternden Gewandes fest. »Dort, wo die Wollboote immer anlegen, können wir schneller Wasser holen als aus dem Ziehbrunnen.«

»Bist ein kluges Mädchen, Ysée«, lobte die Schwester. »Wenn das Tor auf ist, können uns auch die Männer aus der Stadt beistehen. Die Feuerwache auf dem Turm gibt schon Alarm.«
Auf dem Belfried war man ebenfalls auf den Brand aufmerksam geworden. Das Hornsignal schallte durch die Nacht, gefolgt von der Feuerglocke. Immer mehr Menschen eilten herbei. Schon tanzten kleine Flammen über die Schindeln des Hauses, in dem Ysée mit ihrer Ziehmutter wohnte.
Sie sah es nicht, denn sie kämpfte mit dem Balken, der die Flusspforte verriegelte. Endlich rutschte das Kantholz aus den Halterungen, und die Pforte schwang auf. Sie konnte eben noch zur Seite springen, um von den Männern nicht überrannt zu werden, die mit Kähnen und Barken über den Fluss gekommen waren. Viele der kleineren Häuser Brügges hatten, wie die einfachen Häuser des Weingartens, Dächer aus Stroh oder hölzernen Schindeln. Jeder Brand innerhalb der Stadtmauern bedeutete Gefahr für ganz Brügge.
Ysée fühlte sich in die schrecklichsten Stunden ihrer Kindheit zurückversetzt. Das Prasseln der Flammen, die Schreie der Menschen, Rauch und Hitze, all das hatte sie schon einmal erlebt. Sie schlug die Hände vor das Gesicht, aber nichts wurde dadurch gelindert.
Herr im Himmel, sie hatte Berthe vergessen! War sie wach geworden, oder lag sie noch in ihrem Alkoven, hilflos eingeschlossen von Rauch und Flammen?
»Mutter!«
Blind für jede Gefahr rannte sie auf das brennende Haus zu. Sie hätte sich, ohne zu zögern, in die Flammen gestürzt, doch Schwester Balbina packte sie am Arm.
»Es ist zu spät, Ysée! Du kannst nichts mehr für sie tun.«
Beide bemerkten sie den Hinkenden nicht. Er näherte sich. Alles schien ihm zu stimmen. Sie war die Jüngste unter den aufgeregten Beginen, hatte hellblondes Haar und wurde Ysée genannt.

Ysée hatte Balbina nicht verstanden. In ihren Ohren brausten Sturm und Flammen. Sie deutete mit bebender Hand auf das Haus, das mittlerweile eine einzige Feuersäule war.
»Meine Mutter …«
Fassungslos sank sie in sich zusammen. Nach ihrer Halbschwester hatte sie nun auch ihrer Ziehmutter den Tod gebracht. Die ehemalige Magd hatte ihr Schicksal vorausgeahnt. All die Jahre hatte sie sich davor gefürchtet.
Gelähmt von der Erkenntnis ihrer Schuld, leistete sie keinen Widerstand, als sie von dem Hinkenden hochgerissen wurde. Er zerrte sie unaufhaltsam auf die Flusspforte zu. Einer willenlosen Puppe gleich, ließ sie sich aus dem Gefahrenbereich schleifen, immer weiter in Richtung Mauer.
»Guter Mann, was macht Ihr da?«, rief Simon von weitem, glücklich darüber, Ysée unversehrt zu sehen. »Die Jungfer darf den Weingarten nicht verlassen. Sie ist eine Begine!«
Der Ruf erreichte auch Ysées Ohren. Jetzt stemmte sie sich mit aller Kraft gegen den Mann und spähte über die Schulter nach hinten. Simon näherte sich eilig. Vor dem Hintergrund der Flammen erkannte sie seine wehende Kutte.
»Dem Himmel sei Dank, dass ich dich gefunden habe.«
Hilflos suchte Ysée seinen Blick, doch bevor er sie erreichen konnte, sah sie einen knorrigen Holzknüppel, der mit einem dumpfen Laut auf seinen Kopf niederkrachte.
Im gleichen Moment wurde etwas über sie gestülpt, das ihr jede Bewegungsfreiheit, die Sicht und fast den Atem nahm. Sie wankte.
»Wo warst du so lange?«, hörte sie gedämpft die Stimme des Verwachsenen, der sie so gewaltsam gepackt hatte. Er presste ihr die Arme an den Leib und hob sie an, sodass ihre bloßen Sohlen hilflos über Steine und Moos schrammten.
»Du hast nichts von dem Mönch gesagt, als du meine Hilfe wolltest«, beschwerte sich eine andere Männerstimme. »Was tun wir mit ihm? Werfen wir ihn in den Kanal?«

»Halt's Maul. Wir sind keine Mörder. Es ist schlimm genug, dass dieser Teufelswind weht. Das Feuer sollte doch nur die Lagerschuppen und nicht …«
Die Stimmen wurden leiser.
Ysée rang vergeblich nach Luft, dann verschlang sie die Dunkelheit.

## Bruder Simon

*Brügge, Infirmerie der Beginen,*
*19. November 1309*

»Gelobt sei Jesus Christus, er kommt wieder zu sich.«
»Ehrwürdiger Vater, könnt Ihr mich sehen?«
Simon blinzelte. Ein Antlitz beugte sich über ihn. »Meine Augen sind durchaus in Ordnung, Schwester. Mein Kopf ist es, der schmerzt.«
»Das glaube ich gerne … Immerhin habt Ihr eine Beule, so groß wie ein Hühnerei. Ihr solltet unserem Herrgott danken, dass er Euch mit einem so harten Schädel versehen hat.«
Was tat die Schwester an seinem Lager? Bruder Simon verengte die Augen und versuchte trotz des Hämmerns unter seiner Schädeldecke den Grund dafür herauszufinden. Über ihm spannte sich die hölzerne Konstruktion eines schmucklosen Alkovens und nicht die gewohnte Balkendecke des Pfarrhofes. Er trug nur seine Kutte, und das weite Skapulier mit der Kapuze lag gefaltet auf einem Ablagebrett zu seinen Füßen. Wie es schien, lag er in der *Infirmerie*, und nun entdeckte er auch Pater Felix und die zweite Meisterin des Beginenhofes.
»Was ist geschehen?«
»Das würden wir gerne von Euch erfahren«, erwiderte Pater Felix zurückhaltend.

»Wie komme ich in die *Infirmerie*?«
»Man hat Euch heute Morgen ohne Bewusstsein an der Reiepforte des Beginenhofes gefunden.«
»Wie ist das möglich?« Bruder Simon glaubte eine Anspannung in Pater Felix zu spüren, die ihn nur noch mehr verwirrte.
»Erinnert Ihr Euch nicht mehr an den Brand?«, half die Begine seiner Erinnerung, bevor sie ein feuchtes Tuch, das betäubend nach Arnika roch, auf die pochende Schwellung über seiner linken Braue legte. Das scharfe Aroma brannte in seinen Augen, aber der tobende Schmerz ließ ein wenig nach.
»Woran entsinnt Ihr Euch noch?«
Schwester Alaina mischte sich in einer Weise ein, die ihrem normalen, beherrschten Wesen nicht entsprach.
»An ein Feuer.«
Simon runzelte angestrengt die Stirn und wurde aschfahl, weil allein diese winzige Bewegung ein hämmerndes Pochen in seinem Kopf auslöste. Dennoch versuchte er die Bruchstücke der Unglücksnacht zusammenzusetzen, die ihm langsam wieder einfielen.
Er hatte die Stunden nach der Beichte bei Pater Felix im Gebet verbracht. Beim ersten Feueralarm war er auf die Straße hinausgelaufen, um nach der Ursache zu forschen.
Pater Felix, der ihm auf den Fersen gefolgt war, hatte keinen Augenblick daran gezweifelt, dass das Feuer absichtlich gelegt worden war. »Allmächtiger, sie haben den Beginen die Lagerschuppen angezündet! Diese Narren werden ganz Brügge in Schutt und Asche legen!«
Die Lagerschuppen! Genau dort, wo Ysée wohnte! Simon erinnerte sich an seine Verzweiflung. Er hatte sich die schrecklichsten Dinge ausgemalt, ehe sich die Pforte des Beginenhofes öffnete.
»Gebt mir Zeit. In meinem Kopf ist alles durcheinander«, bat der Mönch heiser.
Die Schwester trat zur Seite. »In ein paar Tagen werdet Ihr

Euch besser fühlen. Aber nur wenn Ihr Ruhe gebt und Euch so wenig wie möglich bewegt.«
Simon blieb nichts anderes übrig, doch eines musste er noch wissen. »Ist es gelungen, das Feuer zu löschen?«
»Aber ja, dem Himmel sei Dank dafür.« Pater Felix berichtete in Kürze die Einzelheiten. »Im Morgengrauen setzte rettender Regen ein. Der Weingarten beklagt dennoch den Verlust zweier wohl gefüllter Lagerschuppen und mehrerer Armenhütten.«
»Wurden Menschen verletzt?«
»Bedauerlicherweise, ja.«
Schwester Alaina beobachtete den Mönch unter halb gesenkten blassen Lidern. Die Hände fromm über dem Gewand gefaltet und jeder Knick der *faille* messerscharf gelegt, verriet ihr Äußeres nichts von ihren Gedanken. Würde Pater Simon in Anbetracht der traurigen Ereignisse Nachsicht mit dem Beginenhof üben? Ob er annahm, das verräterische Buch sei ebenfalls dem Feuer zum Opfer gefallen? Konnte er die Dinge jetzt auf sich beruhen lassen?
Sie holte tief Atem. »Wir betrauern unsere arme Schwester Berthe und ihre Tochter, meine junge Schülerin. Schwester Berthe wurde von den Flammen im Schlaf überrascht, und ihre Tochter ließ wahrscheinlich ihr Leben bei dem Versuch, sie zu retten. Der Herr möge ihren Seelen gnädig sein.«
»Das ist nicht wahr!«
Pater Simons Aufschrei beunruhigte die zweite Meisterin. Zwei scharfe Falten kerbten ihre Mundwinkel. »Es gibt leider keinen Zweifel an ihrem schrecklichen Tod.«
Nein! Simon bekämpfte seine Schmerzen und besann sich. Je ruhiger er wurde, umso mehr kam seine Erinnerung zurück. Die Beginen hatten wohl nur gesehen, dass Ysée wie magisch angezogen auf das brennende Haus zugelaufen war. Der Fremde, der sie davon abgehalten hatte, musste ihnen entgangen sein. Hatte nur er bemerkt, dass dieser Mann Ysée verschleppt hatte?

Er war beiden gefolgt, so viel wusste er noch. Ysée hatte ihn angeblickt, ihre Augen waren voller Verzweiflung gewesen. Aber ehe er sie fassen konnte, zerbarst seine Welt in Pein und Dunkel. Was war geschehen?
Alaina war die Einzige, die den Schmerz in seinen Zügen entdeckte. Sie empfand eine seltene Regung von Mitleid, aber sie wollte lieber nicht darüber nachdenken, ob dieses Empfinden nun Ysée oder dem Gottesmann galt. Der Himmel hatte eingegriffen. Niemand hatte das Recht, darüber zu richten.
»Habt Ihr herausgefunden, wie das Feuer ausgebrochen ist?«, wollte Simon wissen.
»Es gibt Vermutungen, keine Beweise.« Alaina presste die Lippen zu einer messerscharfen Linie aufeinander. Es war ihr anzusehen, dass es ihr schwer fiel, ihren Verdacht für sich zu behalten.
»Brandstiftung?« Simon warf das gefährliche Wort in das Gespräch wie einen Stein in einen Tümpel. Es zog beunruhigende Kreise.
»Wen wollt Ihr beschuldigen?« Die Begine hob die unsichtbaren Brauen unter der geraden Stirnkante ihrer *faille.* »Es ist uns bewusst, dass es eine Reihe von Männern in Brügge gibt, die lieber Öl in das Feuer gegossen hätten, als es zu löschen. Tatsache ist, unsere Tuchvorräte sind vernichtet, die Stickereien und Borten verbrannt. Wenn nicht ein Wunder geschieht, müssen wir Grund und Boden verkaufen, um den Winter zu überstehen.«
Simon erinnerte sich an ein bestimmtes Grundstück, das die Stadt Brügge angeblich dringend zur Erweiterung des Minnewaterhafens benötigte. »Könnte der Brand nicht genau aus diesem Grund gelegt worden sein?«
»Ich weiß es nicht«, sagte Alaina. »Wir vertrauen auf Gottes Gerechtigkeit. Unser Schicksal liegt in seiner Hand. Wir müssen uns fügen. Haltet Ihr es für möglich, dass Euch der Brandstifter niedergeschlagen hat? Es war doch ein Schlag, der diese Wunde auf Eurer Stirn verursacht hat, oder?«

»Ich nehme es an«, antwortete Simon und stöhnte, weil er den Fehler machte, zu nicken.
»Habt Ihr etwas gesehen? Würdet Ihr den Mann erkennen?«
»Ich fürchte, nein, Schwester. Es war dunkel, und der Schlag kam von hinten. Ich kann Euch nicht mit Auskünften dienen.«
»Warum wart Ihr an der Pforte?«
Simon sah der zweiten Meisterin direkt in die Augen. Er wollte keine weiteren Fragen beantworten. »Glaubt Ihr etwa, dass ich etwas mit dem Brand zu tun habe?«, fragte er zurück.
»Aber nein, wo denkt Ihr hin?«
Zwei hektische rote Flecken erschienen auf Alainas Wangen. Sie wusste, wie gefährlich es war, die Lauterkeit eines Kirchenmannes anzuzweifeln. Was immer er von Ysée gewollt hatte, es war vorbei.
»Verzeiht. Ich bin nicht ich selbst. Diese Nacht hat uns alle völlig verstört, denn hinzu kommt, dass unsere geliebte Magistra in dieser Nacht verstorben ist.«
»Die ehrwürdige Mutter ist tot?«
»Sie muss vor oder während der Feuersbrunst entschlafen sein«, berichtete Alaina mit schwankender Stimme. »Sie lag friedlich in ihrem Alkoven, als wir sie fanden. Ein gnädiger Tod, denn er hat es ihr erspart, die Schrecken dieser Nacht zu erleben. Ihr müsst mich jetzt bitte entschuldigen. Der Rat der Schwestern tritt zusammen, um alles für eine würdige Beisetzung unserer geliebten Mutter festzulegen.« Sie bedachte die beiden Gottesmänner mit einem hoheitsvollen Nicken, ehe sie sich zum Gehen wandte.
Die Schwestern im Spital wichen respektvoll zur Seite. Man konnte unschwer erkennen, dass sie bereits die neue Magistra ehrten. Simon sah ihr nach. Sie verbarg etwas vor ihm. Er spürte es ganz genau.
»Ihr solltet beten, Bruder.« Pater Felix gab seinen Rat, ohne darum gebeten worden zu sein. »Sowohl für das Heil Eurer Seele wie für die Seele des armen sündigen Mädchens, das auf so schreckliche Weise für seine Fehler büßen musste. Dankt

unserem Herrn, dass er Euch aus dieser Versuchung errettet hat.«
Der ältere Priester seufzte leise. Es bedurfte vermutlich der Erfahrung eines langen Lebens, um die göttliche Gerechtigkeit hinter den Ereignissen zu erkennen. Der Beginenhof mochte Verluste erlitten haben, aber er war einer viel größeren Gefahr entronnen.
»Gott ist gnädig, Bruder. Er wird Euch leiten und erleuchten.« Pater Felix schlug ein segnendes Kreuz über dem Verletzten im Alkoven und folgte der neuen Meisterin.
Simon versuchte Gedanken, Gefühle und Vermutungen in eine sinnvolle Reihe zu bringen. Er wusste mit unerschütterlicher Gewissheit, dass Ysée lebte. Man hatte ihn gewaltsam daran gehindert, ihr zu helfen.
Wer hatte den Kerl geschickt, der sie im Chaos des Brandes entführt hatte? Er war nicht mehr als ein Knecht gewesen. Ein ungeschickter, hinkender Bursche, der nie und nimmer von allein auf den Gedanken kommen würde, eine fromme Jungfer zu rauben. Wer war sein Auftraggeber? Wem lag daran, dass man Ysée für tot hielt? Er durfte nicht zögern, das zu ergründen.
Er wandte sich an eine Begine, die an seinem Alkoven vorbeikam.
»Habt Ihr nicht eine Medizin für mich, Schwester? Ich muss so schnell wie möglich wieder aufstehen und meine Pflichten erfüllen.«
Schwester Josepha starrte den ungeduldigen Patienten an. Sie erinnerte sich, dass Berthe am letzten Abend ihres Lebens nicht nur Ysées, sondern auch seinetwegen so außer sich gewesen war.
»Seid froh, dass Ihr noch am Leben seid, und jammert nicht«, riet sie ihm unwirsch und ging weiter.
Simon sah ihr mit offenem Mund nach.

## Mathieu von Andrieu

*Brügge, Prinzenhof,*
*20. November 1309*

»Zwei tote Beginen, mehrere verbrannte Lagerschuppen und zerstörte Häuser. Das ist nicht die Bilanz, die Seine Majestät von mir erwartet.«

Mathieu von Andrieu tippte nachdenklich mit dem Ende der Schreibfeder gegen seine Lippen und zögerte, den ersten Strich zu tun. Wie sollte er die Ereignisse in kurze Worte fassen? Er konnte den König weder mit Vermutungen noch mit nächtlichen Hirngespinsten belästigen. Philipp der Schöne wollte Fakten. Bis jetzt hatte er die unterschiedlichsten Vermutungen über den Brand im Beginenhof gehört.

»Es riecht nach Aufruhr.« Jean Vernier legte seinen nassen Umhang über einen Hocker vor dem lodernden Kaminfeuer.

»Wunderbar, das wird immer besser.« Mathieu rettete sich in Sarkasmus.

»Sie reden von Brandstiftung.« Jean Vernier wärmte seinen Rücken am Kamin. »Wenn du mich fragst, ist etwas dran.«

Mathieu schüttelte den Kopf. »Die Pforten des Beginenhofes vom Weingarten bleiben üblicherweise von Sonnenuntergang bis Sonnenaufgang verschlossen. Wer sollte in dieser Zeit dort eindringen und Feuer legen? Vielleicht war es ja doch ein Missgeschick? Eine vergessene Kerze, eine umgestoßene Laterne.«

»Eine offene Kerze in einem Lagerschuppen, voll gestopft mit stinkender Schafschur? Das glaubst du selbst nicht. So närrisch sind nicht einmal Frauen. Bedenke zudem die Stunde. Um diese Zeit schläft die ganze Stadt, sicher auch die Beginen.«

Dieser Logik konnte sich Mathieu schlecht entziehen.

»Und wie sollte die Heimtücke vollbracht worden sein?«

»Nichts einfacher als das.« Jean Vernier hatte sich den Schauplatz des Brandes genau angesehen, deswegen war er ja bis auf die Knochen nass geworden. »Der Weingarten wird von zahllosen Kanälen durchzogen, und seine Brachwiesen grenzen in ganzer Breite an die Stadtmauer. Denkst du, es fällt einer Menschenseele auf, wenn dort jemand des Nachts über die Mauern klettert? Es gibt genügend Weiden und Buschwerk, die sogar bei Helligkeit Deckung bieten. Zudem ist die Sicherheit des Beginenhofes mehr eine Sache des allgemeinen Respekts denn eine Frage unüberwindlicher Hindernisse. Die frommen Frauen leben in keiner Burg, Jungchen. Eine Hand voll Männer könnte ihr frommes Dorf ohne Verluste im Handstreich nehmen. Das Ganze ist ein Stadtviertel ohne ordentliche Wächter an den Toren. Die Beginen gehen davon aus, dass niemand ohne Erlaubnis eindringt.«

Mathieu legte die Feder endgültig zur Seite.

»Sprich deine Vermutungen aus und sag, worüber geredet wird.«

»Man schiebt es allgemein den Gilden in die Schuhe.« Der Ältere zählte die Gerüchte an den Fingern auf. »Die einen vermuten, dass es Pieter de Konings Weber gewesen sein müssen. Am Minnewaterhafen verdächtigen sie die Walker des ehrenwerten Zunftmeisters Jan Heye, und in der Waterhalle tippen die Lastenträger gar auf die Gilde der Wollhändler. Einig sind sich alle nur in der Zufriedenheit darüber, dass die Beginen im kommenden Frühling nicht genügend Tuch haben werden, um den Preis verderben zu können.«

Sein junger Herr stand auf und reckte die verspannten Schultern. Er hatte schon in Paris geahnt, dass dieser Auftrag seine Tücken haben würde.

»Die Woll- und Tuchhändler? Fiel etwa der Name Cornelis? Glaubt man, er könnte damit zu schaffen haben?«

Der Waffenmeister strich sich mit der Rechten über den grau melierten Schnurrbart und schüttelte den Kopf. »Er mag gerissen und ausgefuchst sein, aber er hat in der Stadt den Ruf eines aufrechten Kaufmannes. Wenn man hinter seinem Rücken über ihn tuschelt, dann höchstens über sein jämmerliches Pech mit den Weibern. Schon die zweite ist ihm weggestorben, ohne dass sie ihm den ersehnten Erben geboren hat. Jetzt schließen sie Wetten ab, wann er die Nächste freien wird.«

Das klang plausibel, und doch war da ein Rest von Unbehagen, der sich für Mathieu nicht vertreiben ließ.

»Zum Donner, wenn ich diesen Kerl in der Nacht nicht mit eigenen Augen gesehen hätte, würde ich dir beipflichten.«

Er begann eine unruhige Wanderung durch die Kammer.

»Welchen Kerl und in welcher Nacht?«

Jeans Frage zeigte, dass Mathieu in der allgemeinen Aufregung um den Brand vergessen hatte, von seiner Verfolgung des buckligen Knechtes mit dem steifen Bein zu berichten. Er holte das Versäumte in kurzen Sätzen nach.

»Du musst zugeben, es ist seltsam, dass ein Mann wie er zu mitternächtlicher Stunde eine Kahnpartie unternimmt.«

Der Waffenmeister blieb trotzdem skeptisch.

»Vor jedem Haus am Kanal ankert eine Barke, und unter jeder Brücke liegt ein Boot. Vielleicht hat er sich einfach auf den Heimweg gemacht.«

»Und was hältst du von dem rätselhaften, hoch bezahlten Auftrag seines Herrn?«

»Nimmst du allen Ernstes an, Cornelis hätte von ihm verlangt, die Woll- und Tuchvorräte des Beginenhofes zu vernichten? Hast du im *Anker* eine Laterne in seiner Hand gesehen? Einen Eisentopf mit Glut oder etwas Ähnliches? Womit hätte er bei diesem Sturm ein solches Feuer entfachen können?«

»Das Gerät könnte im Boot gewesen sein.« Mathieu machte eine ungeduldige Handbewegung, weil seine Vermutungen ihm selbst absurd vorkamen. »Nein, vergiss es. Ich sehe Gespenster.«

»Immerhin ist es ein reich entlohntes Gespenst«, antwortete der Waffenmeister nachdenklich. »Ich würde zu gerne genauer wissen, was man in Brügge tun muss, um einen venezianischen

Golddukaten zu verdienen. Vielleicht sollte ich mich hier niederlassen?«
Mathieu wusste, was er sagen wollte. Sie kannten einander seit so vielen Jahren, dass sie sich ohne große Worte verstanden.
»Du meinst, ich sollte Herrn Cornelis einen weiteren Besuch abstatten, um es herauszufinden?«
»Hast du nicht behauptet, dass er eine gute Küche führt und sein Wein kein Sodbrennen verursacht?«
»Ich muss darüber nachdenken.«
Ein höfliches Kratzen an der Tür ließ sie aufhorchen, und Mathieu öffnete sie. Einer der zahllosen Pagen des Prinzenhofes grüßte respektvoll. »In der großen Halle ist eine Schwester aus dem Beginenhof, Seigneur. Sie bittet um ein Gespräch mit dem Gesandten Seiner Majestät.«
»Dann führ sie zu mir und lass die fromme Dame nicht warten.«
Der Junge eilte, den Auftrag auszuführen, und Jean Vernier griff nach seinem Umhang.
»Bleib.« Andrieu hielt ihn davon ab zu gehen. »Wenn es Alaina Groeningsvelde ist, wird sie ohnehin nicht lange bleiben. Sie ist keine Frau, die lange um den heißen Brei herumredet.«
Aber es war nicht die zweite Meisterin. Eine kleine, rundliche Begine betrat das Gemach. Sie glich einem weich gepolsterten Kissen, und zwischen den strengen Falten der Haube leuchtete das einnehmende Gesicht wie ein besorgter Vollmond. Es fiel den beiden Männern schwer, nicht zu lächeln.
»Seigneur.« Sie legte die Haltung und das Benehmen einer Edeldame an den Tag. »Ich bin Schwester Marie, die dritte Meisterin des Beginenhofes vom Weingarten. Mein Vater war Graf von Vyvern. Ein Name, der Euch vielleicht etwas sagt.«
»Edle Dame.«
»Dieser Titel ist Vergangenheit, Seigneur. Ich bin Begine wie meine Schwestern. Wir haben den Ehren der Welt entsagt, um Gott mit Arbeit und Gebet zu dienen. Ich bin gekommen,

Euch Kenntnis davon zu geben, dass unsere verehrte Maestra, Dame Methildis van Ennen, in der Nacht des Brandes zu unserem Schöpfer heimgegangen ist.«
Sie sah so betrübt aus, dass sich der Ritter um teilnehmende Worte bemühte. »Möge ihre Seele Frieden finden. Ich hoffe, ihr Ende ist nicht durch die schrecklichen Ereignisse herbeigeführt worden?«
Schwester Marie warf ihm einen prüfenden Blick zu, entschied aber dann, dass das Mitgefühl ehrlich gemeint sein musste.
»Nein.« Sie schüttelte den Kopf. »Die ehrwürdige Mutter war seit langem schwer krank. Der Tod kam als Erlösung zu ihr.«
Mathieu hatte den Eindruck, dass die dritte Meisterin im Gegensatz zu Schwester Alaina eine sanftmütige Person war. »Was kann ich für Euch tun, Schwester?«
»Ihr seid der Gesandte Seiner Majestät, Seigneur. Die Beginen vom Weingarten wenden sich mit der Bitte um Gerechtigkeit an ihren König. Zwei unserer Schwestern haben auf schreckliche Weise den Tod gefunden. Die Arbeit eines ganzen Jahres wurde vernichtet. Dieses Feuer kann nicht von ungefähr entstanden sein. Man möchte den Beginen das Leben in Brügge verleiden. Der Magistrat der Stadt weigert sich sogar, nach dem Brandstifter suchen zu lassen. Die Herren behaupten, wir hätten das Unheil leichtfertig und aus eigener Schuld verursacht.«
»Es liegt nicht in meiner Macht, einen Beschluss des Magistrats aufzuheben.«
»Aber Ihr könnt dem König berichten, dass es ungerecht und falsch ist, uns die Schuld zu geben. Wir bitten um seine Hilfe.«
Mathieu unterdrückte ein Lächeln. Unschwer erkannte er den einfallsreichen Kopf der zweiten Meisterin hinter diesem Anliegen. Sie hatte Marie von Vyvern vorgeschickt, weil sie auch noch im Beginengewand als Edelfrau ein hohes Ansehen hatte. Mit dieser Bitte sollten ihm die Hände gebunden werden. Wie konnte er ihnen unchristliche Gewinnsucht nachweisen, wenn

sie doch das Opfer von Heimtücke und Ungerechtigkeit geworden waren?

»Wieso denkt Ihr, man wolle den Beginen das Leben verleiden?«

»Wir sind den mächtigen Männern dieser Stadt ein Dorn im Auge.« Marie von Vyvern faltete die molligen Hände über ihrem dunkelblauen Umhang. Sie sah ihn streng an. »Nein, tut es nicht mit einem Lächeln ab. Wir leben von unserer eigenen Hände Arbeit und sind keinem Bruder, keinem Schwager oder Vater Rechenschaft schuldig. Wir benützen unseren Kopf zum Denken und nicht, um ihn in Demut vor dem Mann zu senken, der über uns bestimmt. Deswegen sind uns nur die Frauen wohlgesinnt. Sie schätzen unsere Dienste, wenn es darum geht, die Sterbenden zu begleiten, die Alten zu pflegen, die Töchter zu bilden und die Armen zu speisen. Alles Dinge, um die sich die Männer im Alltag wenig kümmern. Der Brand im Beginenhof hat nicht nur die Fronten zwischen meinen Schwestern und dem Magistrat verhärtet, er wird auch Ärger in die Familien tragen. Seine Majestät sollte davon ebenso erfahren wie von den ungerechten Unterstellungen.«

»Ihr seid eine beredte Verteidigerin Eurer frommen Gefährtinnen, Marie von Vyvern«, sagte Andrieu nach dieser flammenden Rechtfertigung behutsam. »Seid gewiss, dass Seine Majestät davon erfahren wird.«

»Der Himmel wird es Euch danken, Seigneur.« Die Begine neigte hoheitsvoll den Kopf.

Mathieu musste warten, bis sie ihn wieder verlassen hatte, ehe er den Fluch ausstoßen konnte, der ihm schon geraume Zeit auf der Zunge lag.

»Da ist keine Rede mehr von Urkunden, Rechnungsbüchern und Steuerprivilegien. Es fehlt nicht viel, und sie bitten den König, ihnen ihre Verluste zu ersetzen.«

»Sie sind klug genug, die Umstände für ihre Zwecke zu nutzen.«

»Es sind Frauen.«
»Ich war schon immer der Meinung, dass wir dieses Geschlecht gefährlich unterschätzen.«
Auch dieses Mal wusste Mathieu, woran sein Waffenmeister dachte. Er zielte auf seine Mutter, die verstorbene Gräfin von Andrieu, und seine Schwester Mabelle, ohne dass ihre Namen fielen. Ihnen hatte er es zuzuschreiben, dass er aus Burgund verbannt worden war. Damals hatte er geschworen, dass nie wieder eine Frau ihn dazu überreden sollte, Dinge zu tun, die er nicht wollte.
Er ballte die Fäuste und trat stumm ans Fenster. Seit mehr als einem Tag regnete es ununterbrochen. Das Wasser strömte über die glasierten Schindeln des Prinzenhofes, klatschte aus den Mäulern der Wasserspeier und überflutete den Hof. Es verwandelte die ungepflasterten Gassen in schlammige Bäche und die Plätze in Teiche. Man konnte kaum noch unterscheiden, was Weg und was Kanal war. Die Feuchtigkeit des endlosen Niederschlags drang durch die Mauern, drückte den Rauch in die Kamine zurück und erstickte jede Wärme.
Unwillkürlich fragte er sich, wie es Marie von Vyvern gelungen sein mochte, so trocken und makellos vor ihm zu erscheinen. Boten die Umhänge aus dem besonderen Stoff der Beginen tatsächlich mehr Schutz vor Regen und Wind als normales flandrisches Wolltuch? Dann war es kein Wunder, dass sie so begehrt waren.
»Ich mag diese Stadt nicht«, sagte er endlich mit einem tiefen Atemzug und verschränkte die Arme vor der Brust. »Mehr als dreißigtausend Seelen auf so engem Raum nehmen mir die Luft zum Atmen.«
Der Waffenmeister gab einen brummenden Laut von sich.
»Hast du schon vergessen, wie eng es in Paris ist?«
Mathieu verzog den Mund.
»Ich habe auch nie behauptet, es gefalle mir in Paris. All diese Gassen hier, die kaum die Spanne eines Armes breit messen,

und die Häuser, die ihre Stockwerke darüber hängen, als würde ihnen der Kopf zu schwer, erinnern mich an dunkle Schluchten. Kannst du dir ausmalen, was passiert wäre, wenn das Feuer in einer trockenen Sommernacht ausgebrochen wäre? Alle Kanäle zusammen hätten nicht genügend Wasser geführt, um eine Katastrophe zu verhindern.«

»Aus diesem Grund hat der Magistrat wohl kürzlich befohlen, dass alle neuen Häuser mit Steinplatten oder glasierten Ziegeln eingedeckt werden müssen.«

»Dann lass uns hoffen, dass der Rat von Brügge ebenso viel Klugheit beweist, den Brand im Beginenhof aufzuklären«, murmelte Mathieu zerstreut. Er war mit seinen Gedanken nicht mehr bei der Sache.

Seine Klage über die Stadt hatte ihn unverhofft auf andere Pfade geführt. Er hatte die heimatliche Kette waldbedeckter grüner Hügel vor Augen, die sich bis zum Horizont erstreckten. Das grün-blaue Wasser des Doubs, der sich seinen Weg durch diese Hügel suchte, mal sanft und gemächlich, dann wieder reißend und wild. Vom großen Viereckturm der Burg von Andrieu konnte man seinen Lauf bis hinab zur Saône verfolgen. Es wollte ihm nicht gelingen, dieses Bild aus seinem Gedächtnis zu löschen.

# Achtes Kapitel
# Missverständnisse

## Ysée

*Brügge, 20. November 1309*

Was war mit den Glocken geschehen? Sie klangen anders als sonst, feierlich, dröhnend, majestätisch. Keine Spur des fröhlichen Klanges, mit dem sie im Weingarten sonst des Morgens zu Gebet und Arbeit riefen. Auch die übrigen Laute schallten fremd und ungewohnt.

Ysée hörte Männerstimmen, das Knirschen schwerer Balken, das Kreischen von Sägen, eifriges Hämmern und dumpfes Rumpeln. Dazwischen Flüche, Rufe, das Weinen eines Kindes, Pferdehufe, das Rattern eisenbeschlagener Räder und das stetige Rauschen des Regens.

Wo war sie?

Ysée stützte sich blinzelnd auf einen Arm. Es war noch nicht richtig hell, aber was sie anfangs für Morgengrauen hielt, verwandelte sich in Vorhänge. Durch einen Spalt kam etwas Licht in den Alkoven, in dem sie auf einer weichen Matratze lag. Da waren auch federgefüllte Kissen und eine schwere Decke. Ohne Reue hätte sie in kalten Nächten ihre Seligkeit für solchen Luxus eingetauscht. In diesem Augenblick versetzte es sie in Angst und Schrecken. Dies war nicht ihr Bett!

Ysée riss die Vorhänge zur Seite. Ihre Augen glitten über die makellos verfugten Bretter des Bodens. Verzierte Kassetten und geschnitzte Leisten schmückten die Wände. Ein quadratisches Fenster, durch das Tageslicht drang. Ein Glasfenster, dessen Scheiben mit Bleistegen verbunden waren. Darunter stand eine Truhe mit Sitzkissen.

»Heilige Mutter Gottes, wo bin ich?«

Ein eigenartig pelziger Geschmack im Mund und dumpfes Dröhnen hinter den Schläfen erschwerten ihr das Denken. Sie schloss wieder die Augen und versuchte das Durcheinander in ihrem Kopf zu entwirren. Feuer. Angst. Finsternis. Gewalt. Grobe Hände, die ihr wehtaten. Ein Sturz ins Dunkel. Ein Becher, der ihr klirrend an die Zähne stieß.

Hatte sie all diese Schrecken geträumt? Nein! Ihre Hände schmerzten. Nur nach und nach kam die Erinnerung. Ihrer engen Kehle entrang sich ein erstickter Laut.

»Ihr seid wach? Der heiligen Anna sei Lob und Dank. Ihr habt mir Sorgen gemacht, Kindchen.«

Ysée hatte die Frau nicht eintreten hören. Eine Greisin mit einem Gesicht, faltig wie ein Apfel am Ende des Winters, aber mit den flinken Augen eines Wiesels und den gemessenen Bewegungen einer Person, die wusste, was sie wollte. Sie schenkte ihr ein Lächeln und sah sie erwartungsvoll an.

»Wo bin ich?«

»In Sicherheit, meine Kleine. Ihr müsst keine Angst mehr haben. Alles wird sich zum Besten wenden.«

Zu ihrer Furcht gesellte sich Misstrauen. Für sie wandte sich nie etwas zum Besten.

Der ganze Raum verriet bürgerlichen Wohlstand. Der quadratische Tisch, ein Stuhl mit hoher Lehne und ein gemauerter Kamin, in dem ein wärmendes Feuer hinter einem schützenden Eisenschirm loderte, machten ihn behaglich. Ihre Augen kehrten zu der Fremden zurück.

»Wer seid Ihr?«

»Ich bin Frau Godelieve, Kindchen. Ihr müsst hungrig und

durstig sein. Wartet ein Weilchen, ich werde mich sofort um Euch kümmern.«

Sie eilte davon, ohne eine weitere Frage zuzulassen. Ein seltsames Geräusch an der Tür verunsicherte Ysée zusätzlich. Ein Riegel? Hatte die Frau sie eingesperrt? Auf Zehenspitzen schlich sie zur Tür und fand ihren Verdacht bestätigt.

Sie war eine Gefangene. Warum? Sie hatte noch nie etwas von einer Frau mit dem Namen Godelieve gehört. Ysée stemmte sich gegen die Tür und versuchte sich zu fassen. Ihr war übel, und die Wände drehten sich vor ihren Augen.

Lautes Krachen und deftige Flüche draußen vor dem Haus rissen sie aus ihrer Apathie. Ein Blick aus dem Fenster würde ihr vielleicht verraten, wo sie sich befand. Sie versuchte gerade den Haken zu öffnen, der die beiden Flügel verband, als die Alte mit einem reich gedeckten Brett wieder auftauchte.

»Was macht Ihr, mein Kind? Warum seid Ihr nicht im Bett geblieben und habt gewartet?«

»Ich will wissen, wo ich bin.«

»Tststs, welche Ungeduld«, schüttelte sie den Kopf mit dem engen Gebende. »Hab ich's Euch nicht gesagt? In Sicherheit seid Ihr. Mehr braucht Euch nicht zu kümmern. Esst und ruht Euch aus, dann werdet Ihr Euch gleich besser fühlen.«

»Ich will in den Beginenhof zurück.«

»Je nun, das wird nicht möglich sein«, erwiderte die Alte gelassen. »Ihr seid mein Gast. Warum esst Ihr nicht? Lasst Euch verwöhnen. Es ist ohnehin kaum etwas dran an Euch, Kind.«

»Was soll ich hier?«, trotzte Ysée, obwohl ihr das Herz bis zum Halse schlug. »Ihr habt kein Recht, mich gegen meinen Willen festzuhalten. Wie bin ich überhaupt in Euer Haus gekommen? Ich kann mich an nichts erinnern.«

»Man hat Euch zu mir gebracht, damit ich mich um Euch kümmere«, entgegnete die Alte unbeirrbar freundlich. »Ihr habt ein wenig Fürsorge nötig, schaut Euch doch nur an.«

Ysée errötete. Erst jetzt nahm sie wahr, dass sie noch immer ihr

Nachtgewand trug. Es sah schrecklich aus, schmutzig, eingerissen und schäbig. Ihre losen Haarsträhnen stanken nach kaltem Rauch, und die Füße unter dem Hemdsaum waren schwarz. Aber noch schlimmer als ihre beklagenswerte Erscheinung war die zunehmende Erinnerung an die Nacht des Brandes.

»Nicht weinen«, sagte die Alte und tätschelte ihren Arm. Dann griff sie fester zu und zog sie energisch zum Tisch. »Erst werdet Ihr essen, danach sieht die Welt schon anders aus.«

Vielleicht hatte sie Recht. Ysée löffelte die heiße Suppe, aß eine Pastete, die nach Äpfeln und geröstetem Schweinefleisch schmeckte, und tauchte frisches weißes Brot in ein Mus aus Honig und Birnen. Sie konnte sich nicht erinnern, jemals so schmackhaft gegessen zu haben. Nicht einmal bei der Maestra im Kapitelhaus standen solche Delikatessen auf dem Tisch.

Ihre Bewacherin beaufsichtigte die Mahlzeit mit mütterlicher Strenge und nickte beifällig, als Ysée bis zum letzten Löffel alles verzehrte. »Wir werden uns gut verstehen, Kind, wenn Ihr weiter so gehorcht.«

Nun war sie zwar satt wie noch nie in ihrem Leben, aber die Angst blieb. Weshalb starrte sie die Frau mit diesen wissbegierigen Augen ununterbrochen an?

»Ach, es ist ein Wunder, für das wir unserem Schöpfer nicht genügend danken können«, sagte die Greisin, während sie die leeren Schalen flink auf das Brett stapelte und Ysée dabei nicht aus den Augen ließ. »Man könnte meinen, unser Herrgott hat Euch nach demselben wunderschönen Plan geschaffen. Wenn Ihr erst ein Bad genommen und Euch geziemend gekleidet habt …«

»Ich habe keine Kleider«, warf Ysée ein.

»Es ist alles vorhanden, Kind«, winkte die Alte ab und griff nach dem Brett. »Nur das Beste ist gut genug für Euch. Ich hole Euch, wenn das Bad bereitet ist. Ich kann den Zuber nicht bewegen, er ist zu schwer. Und bemüht Euch nicht mit dem

Fenster, es klemmt, wenn das Holz feucht ist. Solange dieser Regen dauert, bleibt es besser geschlossen. Ich beeile mich. Ich bin zu gespannt, wie Ihr dann aussehen werdet.«
Sie redete und redete und war wieder verschwunden.
Lässt dich mit süßen Speisen und dummem Geschwätz einlullen, statt deine Sache zu vertreten, rügte sich Ysée.
Auch wenn ihr bisher hier nur Gutes widerfahren war, sie wurde das seltsame Gefühl nicht los, dass sie sich in Gefahr befand.
Zutiefst beunruhigt schob sie die Kissen auf der Truhe zur Seite und hockte sich auf das Holz. Sie wollte nichts beschmutzen. Sie zog die Füße an, schlang die Arme um die Knie und legte den schmerzenden Kopf darauf.
Mit aller Macht versuchte sie sich an jeden einzelnen Augenblick der Brandnacht zu erinnern. Vielleicht fand sie ja einen Anhaltspunkt, eine Erklärung. Kaum dass sie die Lider gesenkt hatte, tauchte Bruder Simons hohe Gestalt, von lodernden Flammen umrahmt, vor ihr auf. Sie hörte seinen Ruf und sah den Knüppel, der ihn zu Boden streckte.
Ysée hob den Kopf und biss sich in die Unterlippe. Hatten sie ihn getötet?
Sie bemühte sich, das Zittern zu unterdrücken, das ihren ganzen Körper erfasste. Es war kein erholsamer Schlaf gewesen, aus dem sie erwacht war. Ihr Kopf war dumpf, und sie verfiel in einen schlafähnlichen Dämmerzustand.
Die Glocken drangen erneut in ihre Gedanken, und dieses Mal zählte sie die Schläge, um sich zurechtzufinden. Die Non, also war es drei Uhr nachmittags. Ysée konnte sich nicht erinnern, jemals so lange geschlafen zu haben. Kein Wunder, dass dort unten auf der Gasse die Fuhrwerke ratterten und naher Baulärm die Ruhe des Hauses störte.
Sie hob das Gesicht so nahe an die Glasscheiben, dass ihr Atem die Fläche beschlug. Erst als sie die Feuchtigkeit mit dem Ärmel fortgewischt hatte, sah sie das verschwommene Bild eines

Fachwerkhauses mit spitzem Giebel auf der anderen Straßenseite aufragen. So weit sie sehen konnte, stand ein Haus neben dem anderen. Möglicherweise gehörten die Glocken zur Kathedrale von Sankt Salvator. Rund um das älteste Gotteshaus der Stadt war das Viertel der Handwerker und kleinen Händler. Das Haus dort drüben sah ganz danach aus. Aber was hatte sie hier zu suchen?

Eine Frage, auf die ihr die Alte weiterhin hartnäckig jede Antwort verweigerte, als sie kam, sie zum versprochenen Bad zu holen. Ein Holzzuber, mit einem reinen Leinentuch ausgelegt, wartete vor der großen Herdstelle. Er war zur Hälfte mit dampfendem warmen Wasser gefüllt. Über dem prasselnden Feuer brodelte in einem riesigen Kessel zusätzliches Wasser. Auf einer schmalen Holzbank lagen gefaltete Leinentücher, mehrere Glasgefäße und eine Schüssel mit angerichtetem Seifenkraut standen bereit. Ein hölzerner Paravent schützte vor Zugluft und sorgte zugleich dafür, dass das Feuer der Herdstelle nicht die ganze Küche, sondern zuerst die Ecke mit dem Badezuber erwärmte.

»Husch, hinein mit Euch, Kind«, kommandierte die alte Frau resolut. »Ich habe Rosenöl und Lavendel ins Wasser getan. Zieht das Hemd aus. Ich werde es auf der Stelle verbrennen, zu etwas anderem taugt es nicht mehr.«

Ysée widersprach nicht. Seit ihrer Kindheit hatte sie sich nicht mehr mit warmem Wasser gewaschen noch gar warm gebadet. Bäder galten auch im Beginenhof als sündiger Luxus, und so hatte sie sich tagein, tagaus, unter dem Schutz des Hemdes, mit kaltem Wasser gesäubert.

Als sie etwas zögerte, das schmutzige Kleidungsstück abzustreifen, zerrte es ihr die Alte einfach über den Kopf.

»Wie sollt Ihr sonst sauber werden? Kein Mann mag eine Frau, wenn ihre Haare vor Schmutz starren und ihr Körper nach ungewaschener Wolle stinkt.«

Ysée wollte ihr sagen, dass sie keinem Mann gefallen wolle,

aber als sie den Nacken auf die Kante des Zubers legte und nur noch ihr Kopf aus dem heißen Wasser schaute, seufzte sie vor Wohlbehagen, schloss die Augen und schwieg. Eine wohlige Wärme durchströmte sie.

»Je nun, nicht einschlafen, Kind. Wir müssen uns beeilen, uns bleibt nicht mehr viel Zeit.« Die emsige Alte riss sie viel zu bald aus ihren Träumen.

»Zeit wofür?«

Ysée erhielt auch dieses Mal keine Antwort. Dafür beugte sich die Greisin über sie und nahm sich ihrer Haare an. Sie schäumte die nassen Strähnen mit einer scharf riechenden Paste ein, die in den Augen brannte.

Es gefiel ihr nicht, von einer Fremden gewaschen und geschrubbt zu werden. Aber jedes Mal, wenn sie sich den energischen Händen entziehen wollte, packte die Greisin fester zu.

»Lasst mich«, widersetzte sie sich dennoch, als die Alte ein weiteres Duftöl ergriff, um es auf ihrem Haar zu verteilen. »Ich will nicht wie ein Garten riechen.«

»Dummes Kind«, murrte sie und verschloss das Gefäß unwillig wieder. »Ihr wisst nicht, was gut ist. Richtet Euch auf, damit ich Euch mit frischem Wasser spülen kann, ehe Ihr aus dem Zuber steigt.«

Die Prozedur ließ Ysée erschauern, denn es war kühles Brunnenwasser, mit dem die Alte sie übergoss. Immerhin vertrieb es die letzten Reste der Benommenheit. Danach nahm sie der Greisin das Tuch aus der Hand und rubbelte sich selbst so energisch trocken, dass ihre Haut glühte.

Das feine, ungewöhnlich weiße Hemd, das sie als erstes Kleidungsstück gereicht bekam, floss wie kühler Regen über die Haut. Dass es keine Ärmel besaß, wunderte sie, aber das Rätsel löste sich, als ihr ein zweites Untergewand gereicht wurde. Eine modische Cotte aus feinstem, hellgrünem Wollstoff, mit engen, überlangen Ärmeln und einem verschwenderisch weiten Rock.

Ysée bestaunte Material und Farbe, während die Greisin die Bänder an Halsausschnitt und Ärmeln schloss und auch die Taille mit seitlichen Bändern enger schnürte. Darüber kam schließlich ein moosgrünes Surkot mit längs geschlitzten Ärmeln.

Die Alte bauschte die hellere Stofffülle des Untergewandes aus diesen Schlitzen und trat erst zurück, nachdem sie einen breiten, perlenbestickten Gürtel unter dem Busen geschlossen hatte.

Ysée strich über die kostbaren Gewebe und sah verwirrt auf. »Das sind nicht meine Kleider. Seid Ihr sicher, dass ich sie tragen darf? Habt Ihr nichts Schlichteres für mich?«

Die Greisin schnaubte unwillig. »Es ist zu kurz, man sieht Eure Füße. Ihr seid größer als sie, und die Schuhe werden Euch auch nicht passen. Wie ärgerlich. Ich muss mich darum kümmern. Setzt Euch da auf den Hocker vor den Herd, damit Eure Haare schneller trocknen. Ich werde sie kämmen.«

»Nein!«

Ysée hatte genug von der Komödie. Sie warf die feuchten Strähnen über die Schultern und hob das Kinn. »Sagt mir, was all das bedeutet, und hört auf, mich noch länger zum Narren zu halten.«

»Das ist nicht meine Sache. Das muss er tun.«

»Wer ist er?«

»Ich muss Euch kämmen«, entgegnete die Frau stur.

»Gebt mir den Kamm, ich mach es selbst.«

Ysée hielt ihr auffordernd die Hand hin, und nach einem kurzen Blickwechsel gab sie ihn ihr.

»Ihr seid nicht wie sie«, sagte die Alte plötzlich sehr ungnädig. »Sie war sanft und freundlich, gehorsam und demütig. Nicht so widerspenstig wie Ihr.«

»Ich bin ich«, entgegnete Ysée trotzig und zog den Kamm so heftig durch die nassen Haare, dass ihr die Tränen in die Augen stiegen.

»Das wird wohl so sein«, sagte die Greisin und wischte sich die nassen Hände an ihrem dunklen Gewand ab.
»Lasst mich gehen, wenn Ihr ohnehin nicht zufrieden mit mir seid.«
»Das liegt nicht in meiner Macht. Ich bringe Euch wieder zurück in Euer Gemach.«
Für einen Augenblick spielte sie mit dem Gedanken, die Alte zur Seite zu stoßen und einfach davonzulaufen. Sie mochte kräftig sein, aber sicher nicht so flink wie sie. Doch dann verwarf sie diesen Gedanken, da sie sich sicher war, dass auch die Haustür verriegelt sein würde.
Wieder allein, ging Ysée zur Truhe am Fenster. Der Regen hatte aufgehört, und so versuchte sie noch einmal, das Fenster zu öffnen. Als sie mit aller Gewalt an den Haken zog, sprangen die Flügel plötzlich auf. Sie wäre fast zu Boden gestürzt. Im Zimmer wurde es so hell, dass sie erst jetzt auf ein Bild an der Wand aufmerksam wurde. Ein Bild, von Schnitzwerk gerahmt, mit feinsten Pinselstrichen und lebensechten Farben gemalt, auf einer glatten Holztafel.
Es war keine Heiligendarstellung. Sie erkannte eine junge Frau mit einem Lilienzweig in der Hand. Ihre offenen flachsblonden Haare wurden von einem goldenen Reif gehalten, im spitzen Ausschnitt ihres Gewandes schimmerten Perlen – ein unverwechselbarer Schmuck, dessen Schließe zu einer Blüte gearbeitet war und der sich Ysée für immer ins Gedächtnis gebrannt hatte. Das sanfte Lächeln und die grünen Augen raubten ihr den Atem. Ihr Herz blieb stehen. Träumte sie? War dies ihre Mutter, deren Bild in ihrem Herzen zwar blasser geworden, aber fest bewahrt war?
Bevor sie die Gedanken ordnen konnte, öffnete sich die Tür. Ysée starrte fassungslos auf den stämmigen Mann, der unter dem Türstock stand.
Piet Cornelis hatte sich in ein prächtiges Wams aus pflaumenblauem Florentiner Samt gehüllt. Sein rotes Gesicht unter dem

blau-gold gestreiften Barett zeigte ebenso Bewunderung wie Entschlossenheit. Die kräftigen, ein wenig kurzen Beine steckten in burgunderroten Beinlingen, die großen Füße in geschnürten Schuhen.

Der Schleier der Ungewissheit hob sich. Sie musste sich fangen. Zu welchem Bild würden sich die einzelnen Erinnerungen, die ihr durch den Kopf schossen, zusammenfügen?

»Ihr?«, entrang es sich ihrer gepressten Kehle.

»Ich«, entgegnete er stolz.

Er schloss die Tür hinter sich und kam auf sie zu. Ysée wich zurück.

»Habt Ihr den Humpelnden geschickt, der mich betäubt und aus dem Beginenhof geschleppt hat? Meine Schwestern werden mich vermissen. Sie werden mich suchen.«

»Sie glauben längst, dich gefunden zu haben, meine Liebe. Sie betrauern dich, denn sie denken, du bist umgekommen in eurem brennenden Haus, als du deine Mutter retten wolltest.«

Ihre Mutter war also dem Feuer zum Opfer gefallen. Sie kämpfte um Fassung und versuchte gleichzeitig seinen begehrlich ausgestreckten Händen zu entkommen. Er musste verrückt sein, dachte sie.

»Ihr könnt mich nicht zwingen, Eure Frau zu werden. Meine Schwestern werden mich erkennen. Sie leben in Abgeschiedenheit, aber ihre Aufgaben führen sie immer wieder unter die Bürger von Brügge.«

»Eine zufällige Ähnlichkeit mit einer bedauernswerten Novizin.«

»Und Dame Godelieve? Sie weiß, wer ich bin!«

»Hat sie es dir nicht gesagt? Sie war die Amme meiner geliebten ersten Gemahlin. Sie wird jeden Eid schwören, dass du eine arme Verwandte bist, die sie auf ihre alten Tage ins Haus genommen hat.«

Ysée erschauerte. Die Bruchstücke fügten sich zu einem verhängnisvollen Mosaik. Die erste Gemahlin, die geliebte

Tochter, der Perlenschmuck. Dieser schreckliche Mann musste ihr Großvater sein!

»Du hast keinen Grund, mich abzulehnen, Kleine. Man wird dich um deinen Stand beneiden. Wenn du erst meinen Erben trägst, wirst du begreifen, dass ich nur dein Bestes will. Sieh her.« Er zog einen klobigen Ring mit einem viel zu großen roten Stein vom Finger. »Er gehört dir. Gib mir den Kuss, der unser Verlöbnis besiegelt. Du wirst es nicht bereuen.«

Ysée wich angeekelt zurück. Der Abscheu auf ihren Zügen entlockte Piet Cornelis einen Fluch. Sein Gesicht verlor jede Freundlichkeit. Er stieß sie mit der Faust so grob von sich, dass sie gegen den Alkoven taumelte. Der zweite Hieb warf sie auf den Rücken.

»Ich werde dir zeigen, dass du einem Manne zu gehorchen hast, Mädchen«, hörte sie ihn keuchen.

Im selben Augenblick spürte sie, wie sich die Matratze unter einem zweiten, schweren Gewicht senkte. Grobe Hände suchten ihre Brüste und packten zu. Ysée stieß einen gellenden Schrei aus.

»Schweig! Du gehörst mir!«

Ysée schluchzte und verhedderte sich in blinder Verzweiflung in ihren Haaren und Kleidern. Die feuchten Strähnen klebten ihr im Gesicht, und als sie endlich wieder sehen konnte, erstarrte sie vor Entsetzen. Ihr Blick fiel auf das bedrohliche Geschlecht, das Cornelis soeben unter seinem Wams freilegte.

Im gleichen Augenblick riss er an ihren Kleidern, und ein kühler Luftzug traf auf ihre bloße Haut. Brutal wurden ihr die Beine gespreizt. Sie war wie gelähmt und unfähig, sich zu wehren. Sie konnte weder dem Zugriff noch dem grauenvollen Schmerz entkommen.

Piet Cornelis ging mit der unmenschlichen Zielstrebigkeit eines Mannes vor, für den Frauen nur Mittel zum Zweck und Besitz sind.

Als er endlich von Ysée abließ, kam wieder Leben in ihren

Körper. Mit einem wilden Schrei sprang sie vom Alkoven. Sie hatte nur noch ein Ziel. Sie wollte nicht mehr leben.
Sie rannte auf das offene Fenster zu, stolperte über die Truhe und stürzte hinaus.

## Mathieu

*Brügge, Freitagsmarkt,*
*20. November 1309*

Odysseus war ein Destrier, ein schweres Streitross, das einen Ritter mit dem vollen Gewicht seiner Rüstung durch eine Schlacht tragen konnte. Es war Lärm und Geschrei gewohnt und ließ sich auch von Menschengetümmel nicht beeindrucken. Es hatte einen ausgiebigen Galopp, auf dem Treideldamm entlang in Richtung Damme, hinter sich. Jetzt ließ es sich von seinem Herrn gutmütig wie ein Zelter durch das Gewirr des Freitagsmarktes und die Gassen von Brügge zurück zur Burg führen. Weder kreischende Marktfrauen noch fluchende Lastenträger oder streitende Kinder konnten es aus der Ruhe bringen.
Mathieu hatte sich spontan entschlossen, Ross und Kopf ein gründliches Auslüften zu gönnen. Das Wetter hatte ein Einsehen mit ihnen gehabt, und nun waren sie beide zwar schlammbespritzt, aber nicht vom Regen durchweicht. Er zog die Zügel sacht an, um es in Richtung Heiliggeiststraße zu lenken.
Die beeindruckende Baustelle, aus der die neue Kirche *Zur Lieben Frau* emporwuchs, war immer einen Umweg wert, aber schon an der Einmündung zur Zilverstraat gab es kein Weiterkommen. Zwei Lastkarren waren durch Ungeschick ihrer Lenker aneinander geraten. Säcke und Fässer rollten, Menschen

schrien, und Odysseus schnaubte hörbar ungnädig. Die Verzögerung missfiel ihm, und sein Herr wechselte in eine kleinere Quergasse, um auf direktem Weg zur Burg zurückzukehren. Alle machten dem gewaltigen Schlachtross respektvoll Platz. Mathieu ließ sich von einem Pastetenverkäufer ablenken, der laut schreiend seine Ware anbot. Sein Magen knurrte, und er griff zum Beutel an seinem Gürtel.

Genau in diesem Augenblick wurde er so schwer an der Schulter getroffen, dass er fast aus dem Sattel fiel. Nur mit Mühe konnte er das scheuende Ross halten.

»Zum Henker, was soll das?«

Mathieu sprang fluchend aus dem Sattel und beugte sich zu dem Mädchen hinunter, das ihm wohl in einem Sturz den Schlag versetzt hatte. Er strich ihr die wirren Haare zur Seite und konnte ihr ins Gesicht sehen. Die Lider hoben sich flatternd über zwei leuchtend grünen Augen. Er verschluckte hastig den rüden Tadel, der ihm auf der Zunge gelegen hatte. In Brügge stürzen Engel vom Himmel, dachte er.

»Helft mir ...«

Kein Engel. Ein völlig aufgelöstes, verängstigtes Kind, dessen heisere flämische Bitte er mehr ahnen als verstehen konnte. Es zerrte krampfhaft am Ärmel seines Wamses, während der furchtsame Blick des Mädchens an ihm vorbei so entsetzt nach oben ging, dass Mathieu unwillkürlich den Kopf wandte, um ihm zu folgen.

Er entdeckte ein offenes Fenster, hinter dem ein Mann zurückwich. Für den Bruchteil eines Herzschlages sah er eine stämmige Figur, wirres, grau gesträhntes Haar und ein Gesicht, das ihm bekannt war.

Was war dort oben geschehen?

»Seid Ihr von dort herabgestürzt?«, fragte er und suchte Gesicht und Gestalt des Mädchens nach Verletzungen ab. Unter den zerfetzten Röcken sah er eine Blutspur an ihren Beinen.

»Hat er Euch ...«

»Rettet mich ...«
Inzwischen hatten sich eine Menge Gaffer um den Unglücksort gesammelt. Und da war auch er. Mathieu entdeckte hinter der Menschenmauer den quadratischen Schädel von Piet Cornelis, der sich rücksichtslos nach vorne drängte.
Mathieu traf einen schnellen Entschluss. Er fasste den jungen Pastetenverkäufer ins Auge, der noch immer neben ihm stand.
»Könnt Ihr sie halten, bis ich im Sattel sitze? Dann reicht sie mir. Ich bringe sie zu einem Medicus, je weniger Zeit wir verlieren, umso besser ist es für sie.«
Bevor Piet Cornelis ihn erreichen konnte, hatte Mathieu das Mädchen vor sich im Sattel sitzen und lenkte das Streitross durch die Menge, wie Moses seine Israeliten durch das Rote Meer geführt haben mochte. Aus dem Augenwinkel sah er das Gesicht des Tuchhändlers. Er schnaubte vor Wut und fuchtelte mit den Armen.
»Habt Ihr Schmerzen?«
Mathieu war außer sich. Was diesem Mädchen geschehen sein musste, stand ihm drastisch vor Augen. Es war sinnlos, weitere Fragen an sie zu richten. Sie stand unter Schock.
Er würde es tun, wenn sie sich gefasst hatte. Zuerst galt es einen guten Medicus zurate zu ziehen. Auch der Sturz von guten sechs Fuß Höhe auf die Gasse war sicher nicht ohne Folgen geblieben.
Dass Jean Vernier einer der Ersten war, die ihm bei der Rückkehr in den Prinzenhof über den Weg liefen, wertete er als glücklichen Zufall. Er konnte seinem Waffenmeister Odysseus anvertrauen und ihn nach einem Medicus schicken, während er das Mädchen kurzerhand in sein Quartier trug und alle neugierigen Blicke, die ihm dabei folgten, ignorierte.
Die Unbekannte kauerte sich mit einem Schmerzenslaut auf seinen Alkoven, sobald er sie dort abgesetzt hatte. Sie barg die schmalen bloßen Füße in den weiten Falten des Gewandes, versteckte den Kopf unter den Armen und weinte bitterlich.

»Der Medicus wird gleich da sein«, versuchte er sie zu beruhigen. »Wollt Ihr nicht wenigstens einen Schluck Wein zu Euch nehmen?«
Ein ersticktes Schluchzen war alles, was er von ihr vernahm, bis Jean Vernier mit dem Wundarzt des Grafen von Flandern erschien. Der gelehrte Doktor hielt es ersichtlich für unter seiner Würde, sich mit einer Frauensperson zu beschäftigen.
»Was fehlt ihr?«, wandte er sich barsch an Mathieu.
»Ein Sturz aus dem Fenster«, erwiderte Mathieu ebenso knapp. »Geht achtsam mit ihr um, sie ist außer sich vor Schreck.«
Er beobachtete den Medicus, der mit der Erfahrung von Schlachtfeldern und Turnierplätzen prüfte, ob die junge Frau sich etwas gebrochen hatte. Sie wich entsetzt vor ihm zurück, aber er achtete weder auf ihre verzweifelte Gegenwehr noch auf ihre Tränen. Am Ende richtete er sich auf und ließ von ihr ab, ehe sie ihm die Augen auskratzte, wie er fürchten musste.
»Ein verstauchter Knöchel, eine geprellte Schulter, vermutlich eine Entjungferung und ein verwirrter Kopf. Nichts, was ihr Leben akut gefährdet. Ihr werdet indes ein paar Tage auf die Dienste Eurer Buhle verzichten müssen. Gönnt ihr Ruhe. Den Knöchel soll sie hoch lagern und mit Arnikaumschlägen kühlen, die Schulter wenig bewegen. Derlei erledigt sich von selbst wieder. Gebt ihr den Sud von Johanniskrautblättern zu trinken, das beruhigt ihre aufgewühlten Säfte.«
Mathieu machte sich nicht die Mühe, die nahe liegende Unterstellung zu korrigieren. Indes entlohnte er die Dienste des Mannes so reichlich, dass auch sein Schweigen damit abgegolten wurde. Als sie wieder allein waren, wandte er sich dem verstörten Mädchen zu.
»Wollt Ihr mir Euren Namen sagen, Demoiselle?«
»Ysée.«
»Hat Euch der Handelsherr Cornelis dies angetan?«
Sie nickte stumm, und die Tränen begannen ihr von Neuem

über die Wangen zu strömen. Sie machte sich nicht die Mühe, sie abzuwischen.
»Was habt Ihr mit ihm zu schaffen? Was ist das für ein Haus, in dem er Euch Gewalt angetan hat? Das Eurer Mutter?«
Ysée schüttelte heftig den Kopf. Ihr verzweifeltes Schluchzen ließ nur wenige Worte verstehen.
»Beginenhof ... Brand ... fortbringen ...«
Den Rest reimte er sich zusammen.
»Ihr seid eine Begine, und Cornelis hat Euch in der Nacht des Brandes entführen lassen?«
Ein Nicken. Zum ersten Male seit langem empfand Mathieu wieder Gefühle für ein weibliches Wesen.
»Fasst Euch, Ihr seid in Sicherheit. Niemand tut Euch unter diesem Dach Böses«, beruhigte er sie Anteil nehmend.
»Aber ... der Medicus ... Warum habt Ihr ihn gewähren lassen?« Sie schien vor jeder männlichen Berührung zurückzuschrecken.
»Das ließ sich nicht vermeiden, Kind. Ein solcher Sturz kann schlimme Folgen haben. Ihr müsst dem Himmel danken, dass Ihr Euch nicht den Hals gebrochen habt.«
»Es wäre besser gewesen.«
Sie stieß es mit solcher Verzweiflung hervor, dass es dem Ritter den Atem nahm. Es schien ihm, als müsse ein solch abgrundtiefes Entsetzen noch gewichtigere Gründe haben als die, die ohnehin auf der Hand lagen.
»Wollt Ihr mir nicht sagen, wie Euch alles geschehen ist«, bat er sanft.
Er wartete geduldig, bis das Schluchzen leiser wurde und ein keuchender Atemzug ihre Brust weitete. Wie sie in der hintersten Ecke des Alkovens kauerte, war sie ein Bild des Elends.
»Er wollte mich zum Weib. Er hat mir brutale Gewalt angetan ... und er ist der Vater meiner Mutter ... Es ... es muss so sein ... Da war ein Bild von meiner Mutter ... Die Frau ... geliebte Tochter ... ihre Perlen mit der Blüte ...«

Mathieu sah ihr auf den gesenkten Scheitel. Nicht einmal in ihrem Zustand konnte man eine solch unglaubliche Geschichte einfach erfinden.
War es möglich, dass Brandstiftung und Entführung zu ein und demselben Auftrag gehörten? Wenn ja, dann war dies ein skrupelloses Verbrechen, das schonungslos geahndet werden musste.
»Beruhigt Euch und überlasst Euch meinem Schutz«, versuchte er das Mädchen zu trösten. »Ich bin Mathieu von Andrieu, Gesandter Seiner Majestät des Königs von Frankreich. Ihr steht unter dem doppelten Schutz der Krone. Sowohl als Begine als auch als Opfer eines Verbrechens. Ihr habt nichts mehr zu befürchten.«
»Dann erlaubt Ihr mir also, in den Beginenhof zurückzukehren?«
»Wenn alles geklärt ist, steht dem nichts im Wege«, versprach er ihr. »Bis dahin bitte ich Euch um Geduld. Nutzt die Zeit, Eure Blessuren auszukurieren. Ich werde dafür sorgen, dass man Euch bequem unterbringt und dass Euch eine Dienerin aufwartet.«
Ysée zog die Unterlippe zwischen die Zähne. Die hilflose Geste rührte Mathieu auf unerwartete Weise. Es war weniger die anmutige Erscheinung des Mädchens, die in ihm den Wunsch weckte, sie zu beschützen, als ihr offensichtliches Misstrauen, ihr tapferer Versuch, alles allein zu vollbringen. Sie erwartete wenig Gutes von anderen Menschen. Sie erinnerte ihn an eine kleine Katze, die von herzlosen Burschen gequält worden war und nun allen anderen ebenfalls mit Vorsicht begegnete.
»Ihr dürft mir vertrauen.«
Er erhielt keine Antwort und beschloss, auf der Stelle tätig zu werden, ihr zu zeigen, dass er keine leeren Versprechungen machte. Sein Waffenmeister wartete auf dem Gang und sah ihm ausgesprochen beunruhigt entgegen.
»Du wolltest einen Ritt, um deinen Kopf auszulüften, statt-

dessen schleppst du ein Mädchen und neue Probleme an. Wie reimt sich das zusammen?«

»Besser, als du denkst.«

Er sagte ihm kurz, was geschehen war. »Je weniger Leute von unserem Gast wissen, desto besser ist es. Unter dem Gesinde der Gräfin muss es doch eine mütterliche, schweigsame Frau geben, die sich des Mädchens annehmen kann.«

»Wäre es nicht besser, die Jungfer zu den Beginen zurückzuschicken?«

»Sicher, nur ist sie augenblicklich unsere einzige Zeugin, wenn ich Piet Cornelis anklagen will. Ich möchte sie nicht aus den Augen lassen. Dass ihr nicht einmal der Beginenhof Sicherheit bietet, haben die Ereignisse ja auf tragische Weise bestätigt.«

»Denkst du, dass dich Cornelis erkannt hat?«

»Ich bin mir fast sicher. Zwar habe ich ihn nur flüchtig gesehen, aber auf dem Rücken von Odysseus war ich wohl nicht zu verkennen.«

»Seit wann kümmert dich ein Weiberschicksal?«

»Warst nicht du es, der mir geraten hat, mich mehr um Weiber zu kümmern?«

Er behielt das letzte Wort.

## Bruder Simon

*Brügge, Pfarrhaus an der Weingartenbrücke,*
*21. November 1309*

Bruder Simon zögerte, das Pfarrhaus zu betreten. Er verharrte auf der Brücke über die Reie. Die graue Wolkendecke hing bis auf die Giebel, Türme und Mauern des Beginenhofes herab. Dünne Nebelschwaden trieben über die jetzt so glanzlose

Fläche des Flusses. Er verschränkte die Arme unter dem grauen Kapuzenmantel vor der Brust und unterdrückte ein Frösteln. In Avignon war es vermutlich sogar Ende November noch warm und freundlich. Er hätte nie gedacht, dass er sich tatsächlich einmal nach der Stadt im Süden sehnen würde.

Zu viel hatte sich ereignet. Es fiel ihm schwer, Pater Felix unter die Augen zu treten. Sollte er ihm gestehen, dass er Ysée am Leben glaubte und sich um sie sorgte?

Die Beule auf der Stirn hatte sich zu einer schillernden, rotblauen Geschwulst verkleinert, die ihn nur noch schmerzte, wenn er seine Gedanken durch dieses Labyrinth aus Selbstvorwürfen und sinnlosen Fragen schickte. Wo sollte er anfangen, nach Ysée zu suchen?

Schnelle, energische Schritte näherten sich der Brücke vom Weingartenplatz und rissen ihn aus seiner Versunkenheit. Er schaute auf und entdeckte einen hoch gewachsenen Mann, der unbeirrt seinen Weg nahm. Er machte den Eindruck, als würde er, ohne zu zögern, durch das offene Tor des Beginenhofes spazieren. Wer war er? Ein Fremder, der die Gebräuche in Brügge nicht kannte? Für einen Südländer war er zu groß und für einen Händler seine Haltung zu stolz. Etwas an der Gestalt, die wie er die Kapuze des Mantels gegen den Wind hochgeschlagen hatte, kam ihm vertraut vor. Er trat ihr in den Weg, ohne lange nachzudenken.

»Gott zum Gruße, Pater. Könnt Ihr mir …« Die Stimme brach ab. »Simon?«

Simon brachte keinen Laut über die Lippen. Er starrte in kühle graue Augen und suchte in einem fremden Männergesicht nach den Zügen des Jünglings, an den er sich erinnerte. Er gewahrte nichts Fröhliches, Jungenhaftes, nur scharfe Kanten und schroffe Linien. Eine Narbe an der rechten Braue. Seine Augen weiteten sich ungläubig, und in seinem zurückhaltenden Blick strahlte jäh ein heller Funke auf.

»Bruder! Wahrhaftig, du bist es wirklich!«

Simon fand sich in einer Umarmung zerquetscht, die ihm die Luft aus den Lungen presste und seinen Schädel so kräftig durchschüttelte, dass er förmlich die Sterne sah. Reiner Selbsterhaltungstrieb ließ ihn die Stimme zurückfinden.
»Könntest du davon Abstand nehmen, mich zu erdrücken, du Kriegsknecht?«
Ein Schlag auf seine Schulter erschütterte ihn von Neuem, doch endlich entdeckte er einen schalkhaften Ausdruck auf den harten Zügen. »Bei Gott, Simon. Wie gut es tut, dich zu sehen und deine Stimme zu hören.«
»Ich würde gerne dasselbe sagen, Bruder, nur lass mich bitte am Leben«, antwortete Simon und lachte ihn an. »Tausend Fragen habe ich, aber zu allererst einmal: Was tust du ausgerechnet in Brügge?«
»Das Gleiche könnte ich dich fragen. Das Letzte, was ich von dir gehört habe, war, dass du dem Schwert entsagt hast und zu den Mönchen von Fontenay gegangen bist. Ein halbes Menschenleben ist das her.«
»Zehn Jahre«, verbesserte Simon, der die Jahre genau nachgerechnet hatte.
Hinter seiner Stirn jagten sich die Gedanken, und neben der unerwarteten Freude empfand er auch grenzenlose Erleichterung. Mathieu war vielleicht genau der Mensch, den er zur Lösung seines dringendsten Problems benötigte.
»Von Fontenay nach Brügge ist es ein weiter Weg?« Mathieu ließ eine unausgesprochene Frage mitschwingen. »Sieht wirklich so aus, als hätten wir uns eine Menge zu erzählen, kleiner Bruder. Wo sollen wir hingehen?«
»Komm mit ins Pfarrhaus am Beginenhof«, lud er ihn ein.
»Dort wohnst du? Bist du Priester des Beginenhofes?«
»Ich bin Gast des Priesters, der den Pfarrsprengel vom Beginenhof betreut. Eine Pilgerreise zum Heiligen Blut.«
Ihre Blicke trafen sich, und der Jüngere hatte das deutliche Gefühl, dass Mathieu sein Vorschlag nicht gefiel.

»Es widerstrebt dir, ausgerechnet im Haus eines Priesters unser Wiedersehen zu feiern? Was hältst du von der Schänke am Pferdebrunnen?«

Wenig später saßen sie in einer Ecke des Wirtshauses. Die spontane Wiedersehensfreude war einer gewissen Befangenheit gewichen. Beide hatten sie verlernt, einem anderen rückhaltlos zu vertrauen. Sie suchten in der Vergangenheit nach einem Weg zueinander, bis der Jüngere als Erster das Wort ergriff.

»Ich war der Meinung, du seiest nach Andrieu zurückgekehrt, nachdem die Freigrafschaft Burgund endgültig dem Herzogtum Burgund einverleibt wurde«, begann er das Gespräch. »Als ich hörte, dass König Philipp seinen zweitältesten Sohn mit Johanna, der Tochter des Pfalzgrafen Ottenin, verheiratet hat, nahm ich an, dass dies auch das Ende deiner Verbannung bedeutet habe.«

Mathieu bedachte den Bruder mit einem unergründlichen Blick. »Ist die Politik bis nach Fontenay gedrungen?«

»Wundert dich das? Immerhin hat Philipp der Schöne mit diesem geschickten Schachzug das königliche Herzogtum Burgund um fast das Doppelte seiner Fläche vergrößert. Es reicht jetzt von der Loire bis nach Lothringen und von Auxerre bis Aosta. Pfalzgraf Ottenin entledigte sich mit der Unterschrift unter den Ehevertrag nicht nur seiner einzigen Tochter, sondern auch seiner horrenden Schulden. Die Freigrafschaft, die er ihr als Mitgift übertrug, war abgewirtschaftet und mit Anleihen überhäuft. Man erzählt sich, dass König Philipp Ottenin nicht nur aus der Klemme geholfen und ihm ein Vermögen für seine Tochter geboten hat, er soll auch seinen ganzen Einfluss geltend gemacht haben, damit der Habsburger Albrecht keinen Einspruch gegen die Ehe der Pfalzgrafentochter erhebt. Ich weiß nicht, ob das stimmt.«

»Du kannst es getrost glauben. Ottenin rinnt das Gold noch schneller durch die Finger als dem König. Er lebt an Philipps

Hof, und ich kann es nicht vermeiden, ihn bei offiziellen Ereignissen zu sehen.« Mathieus Ton verriet nicht, wie wenig ihm daran lag, seinem ehemaligen Fürsten zu begegnen.

»Burgund hat ihn bereits vergessen«, erwiderte Simon. »Philipp der Lange ist trotz seiner Jugend ein guter Landesfürst.«

Alle Welt hatte sich angewöhnt, den zweitältesten Sohn Philipps des Schönen nach seiner Körpergröße zu benennen, da er den gleichen Namen wie der Vater trug. Mittlerweile achtzehn, hatte er im Alter von sechzehn Jahren Ottenins Tochter zur Frau genommen. Der Heiratsvertrag, der diesem Schritt zugrunde lag, war in aller Heimlichkeit schon 1295 unterzeichnet worden, als er gerade vier Jahre zählte. Erst im Dezember 1299 hatte sein Vater die bevorstehende Heirat offiziell bekannt gegeben, und 1307 waren Braut und Bräutigam endlich alt genug für den Vollzug der Ehe gewesen. Seit dieser Zeit regierte Philipp der Lange neben dem ererbten königlichen Herzogtum Burgund auch über das neue Gebiet, dessen Bewohner den alten Namen *franche comté*, Freigrafschaft, nicht ablegen wollten.

Mathieu enthielt sich jeder Stellungnahme zu den Fähigkeiten des jungen Herzogs. »Sein Vater wird ihm die richtigen Ratgeber an die Seite gestellt haben. Er pflegt niemals etwas dem Zufall zu überlassen.«

»Weshalb bist du unter diesen Umständen nicht längst wieder in Andrieu?« Simon überraschte den Älteren mit seiner Hartnäckigkeit.

»Weshalb sollte ich das sein?«

»Das Lehen ist dein Erbe. Die Ländereien und Dörfer am Fluss, die Burg, der Titel des Grafen von Andrieu, all das steht dir zu. Warum erlaubst du, dass sich dort ein Fremder einnistet? Mabelles zweiter Gemahl ist lediglich eine Marionette Ottenins. Ein Höfling, der unsere Schwester auf Befehl des Pfalzgrafen geheiratet hat.«

»Du weißt gut Bescheid.«

»Mabelle hatte darauf bestanden, dass ich zur Taufe ihres Erben erschien, als ich Novize in Fontenay war. Mein Beichtvater hat es mir als Buße auferlegt, ihrem Wunsch zu folgen. Er hielt es für eine passende Lektion.«

»In Geschwisterliebe? Oder in christlicher Demut?«

Simon verzog den Mund. »Vermutlich beides, und ich bin doppelt gescheitert. Mabelles Ehrgeiz schreckt vor nichts zurück. Ahnst du überhaupt, mit welchem Geschick sie Pfalzgraf Ottenin nach der Zerstörung von Courtenay die unschuldige, verzweifelte Witwe vorgespielt haben muss? Da war sicher keine Rede davon, dass *sie* den Tod des Courtenay gefordert hat, weil sie ihm weder das gebrochene Verlobungsversprechen noch den Tod unseres Vaters vergeben konnte. Ihre geschickt vergossenen Tränen haben deine Verbannung bewirkt. Es war Ottenin sicher auch ein Anliegen, die schöne Witwe zu trösten.«

Nach einer kurzen Pause sprach er weiter. »Der Erbe, zu dessen Taufe man mich beordert hatte, kam acht Monate nach Mabelles Eheschließung zur Welt. Dieser Umstand, im Verbund mit dem Ruf des Pfalzgrafen, ein Weiberheld zu sein, muss auch dem Dümmsten zu denken geben. Es kann nicht sein, dass du einem Kind, das ohne Zweifel in Sünde gezeugt wurde, das Lehen von Andrieu überlässt.«

Er suchte vergeblich nach Zeichen von Empörung oder Zustimmung im Antlitz des Älteren. Lediglich die Tatsache, dass der seinen Wein in einem Zug austrank, ehe er antwortete, verriet eine gewisse Anspannung.

»Ottenin hat den Bann über uns verhängt, weil der Überfall auf Courtenay nicht rechtens war. Kannst du das leugnen?«, sagte Mathieu, nachdem er ausgetrunken hatte.

»Wir wollten die Ehre unseres Vaters und die unserer Schwester verteidigen. Heute wären wir nicht mehr so einfältig, uns von zwei Frauen zu einer solchen Tat überreden zu lassen. Du hast ein Geburtsrecht«, erinnerte Simon. »Wieso forderst du es nicht ein? Philipp der Lange wird einem verdienten Ritter seines Vaters gewiss Gerechtigkeit angedeihen lassen und das einseitige Urteil seines Vorgängers korrigieren.«

»Wie soll diese Korrektur aussehen? Willst du unsere Schwester, ihren Gemahl und das Kind in den Burggraben werfen?«

Simons Augen loderten verärgert auf. »Erspare mir deinen Zynismus. Mabelle hat wesentlich weniger Skrupel. Sie herrscht im Namen ihres Gemahls über Andrieu und Courtenay, denn sie hat Ottenin sogar die verwaisten Ländereien des Nachbarlehens abgerungen. Vermutlich glaubte sie ein Recht darauf zu haben, weil Courtenay sein Eheversprechen so ehrlos gebrochen hat.«

»Ottenin hat das Lehen von Courtenay Andrieu zugeschlagen?« Zum ersten Male wirkte Mathieu ehrlich überrascht.

Simon nickte knapp. »Ich habe die Urkunden bei der Taufe eingesehen. Mabelle hat sie mir triumphierend gezeigt. Ihre Zielstrebigkeit ist ungebrochen. Sie will ihrem Sohn ein Lehen übergeben, das der fürstlichen Abstammung seines wahren Erzeugers angemessen ist. Nur du kannst ihrer Anmaßung Grenzen setzen.«

Mathieu bedachte seinen Bruder mit einem dünnen Lächeln. »Ich habe der Rache abgeschworen, als ich Andrieu für immer verließ, Simon. Die Vergangenheit ist abgeschlossen und tot. Ich werde sie nicht zu neuem Leben erwecken.«

»Meidest du Andrieu, weil du glaubst, dass du dein Erbrecht aus jugendlicher Gutgläubigkeit verwirkt hast?«, fragte Simon.

Mathieu stieß einen Laut des Unmuts aus, ehe er vehement widersprach. »Kannst du nicht aufhören, die Vergangenheit zu beschwören? Du machst sie nicht ungeschehen.«

»Dann lass es, für eine Schuld zu sühnen, die andere auf uns geladen haben.«

»Und was ist mit dir, Simon von Andrieu?« Die ungewohnte Anrede verwunderte ihn. »Du hast Schwert und Sporen abgelegt und an die Pforte von Fontenay geklopft. Du hast hinter seinen Mauern den erhofften Frieden gesucht. Wolltest du dich nicht auch von der Last, die dein Gewissen so sehr bedrückt hat, befreien und keinem weltlichen Herrscher mehr dienen?«

Simon wahrte mit Mühe die Beherrschung. »Du hast einen schlechten Tag gewählt, mich das zu fragen. Verrate mir lieber, was dich nach Brügge führt.«

»Ich bin im Auftrag des Königs hier. Und du?«

Simon warf einen Blick in die Runde und dämpfte seine Stimme, obwohl das Wirtshaus in der Mitte des Vormittages noch halb leer war.

»Ich kann es nicht sagen«, wehrte er ab.

Mathieu hatte den Blick gesehen und hob forschend eine Braue. »Ist es möglich, dass du dich fragst, ob du mir vertrauen kannst, Kleiner?«

Die vertraute Anrede aus Kindertagen löste die Befangenheit. »Wem sonst, wenn nicht dir?«

Ihre Hände trafen sich zum festen Griff. Es bedurfte keiner weiteren Worte, das alte Band zu bestätigen.

»Ich bin im geheimen Auftrag des Heiligen Vaters in Brügge.«

Mathieu pfiff leise.

»Wieso vermag ich nicht an einen Zufall zu glauben?«, murmelte er.

Simon stutzte und dachte zwangsläufig an den Erzdiakon. Seine Eminenz Kardinal Pellegrue hatte sich in Fontenay eingehend nach seiner Familie erkundigt, und er hatte keinen Grund gehabt, ihm etwas zu verschweigen.

»Möglicherweise hast du Recht«, stimmte er unbehaglich zu. »Bleibt uns nur noch die Frage, welche Missionen uns zur selben Zeit nach Brügge bringen?«

»Liegt das nicht längst auf der Hand?« Mathieu lehnte sich mit verschränkten Armen gegen die Wand hinter der Bank. »Ich bin der königliche Gesandte, der sich von der Glaubwürdigkeit der Handelshäuser ein Bild machen soll. Sie haben eine Beschwerde an den König gesandt, mit der Behauptung, der Beginenhof sei durch seine Steuerfreiheit wirtschaftlich so

stark geworden, dass er ihnen ernsthaften Schaden zufügt, und du bist im Beginenhof. Warum wohl?«
Simon schaute ihn verdutzt an. »Ich bin im geheimen Auftrag des Heiligen Vaters in Brügge, um festzustellen, ob die Beginen wirklich fromm sind und den Regeln der Kirche gehorchen oder ob ihnen ihre wirtschaftliche Unabhängigkeit wichtiger ist. Offensichtlich geht es sowohl dem König als auch der Kirche aber auch um ihr Vermögen. Wenn man zudem bedenkt, dass der Beginenhof in Brügge nur eine von vielen hundert Gemeinschaften ist, die sich von Seeland über Flandern, Lothringen bis hin zu den Städten im deutschen Königreich gebildet haben, dann kann man verstehen, dass bei beiden Begehrlichkeiten geweckt werden.«
Mathieu stützte die Arme auf den Tisch und suchte den Blick seines Bruders. »Kannst du mir erklären, wie eine Gemeinschaft frommer Frauen unter den Schutz des Königs kommt?«
»Ich denke, es geht auch um Macht und Gegenmacht. Der König übt die weltliche Gerichtsbarkeit über die Beginen aus, die Kurie die Überwachung ihres Glaubens. Seine Heiligkeit hat ihre wachsende wirtschaftliche Stärke erkannt, und ich bin sicher, dass er nach einer Möglichkeit sucht, Zugriff auf ihr Vermögen zu erlangen. Das betrifft nicht nur den Weingarten, sondern alle Beginen und ihren großen Grundbesitz.«
»Sag mir als Mann der Kirche, der du ja jetzt bist, weshalb hat die Kirche überhaupt eine Frauengemeinschaft zugelassen, die kein Orden ist?«
»Weißt du, wie viele Frauen es gibt, die den Schutz der Kirche suchen? Die Klöster können sie gar nicht alle aufnehmen. Aus diesem Grund haben sich Gemeinschaften allein stehender Frauen gebildet, die in frommem Fleiß für sich selbst sorgen. Ihr Glaube sichert ihnen den Schutz der Kirche, ihre wohltätigen Dienste außerhalb der Gemeinschaften veranlassen die Magistrate, ihre Konvente und Höfe zu schützen.«
»Dass sie sich zu einer Konkurrenz für Handel und Handwerk

entwickeln, haben offensichtlich weder Kirche noch Krone vorausgesehen«, warf Mathieu ein.
»Es gibt Städte, in denen schon jede zehnte Frau eine Begine ist«, verriet Simon.
Mathieu war nachdenklich geworden.
»Kein Wunder, dass dem König meine Mission so dringend ist. Er möchte einen zusätzlichen Unruheherd durch die Beginen in Flandern im Keim ersticken.«
»Dann soll er doch das Steuerprivileg aufheben.«
»So einfach ist das nicht«, widersprach Mathieu. »Man müsste ihnen erst nachweisen können, dass ihre Geschäfte nicht nur ihrem eigenen Unterhalt und den wohltätigen Aufgaben dienen, sondern dass sie Reichtümer ansammeln. Kommt der König jedoch zu der Erkenntnis, dass die Beschwerden der Gilden zu Recht erhoben werden und die Konkurrenz der Beginen seine Steuereinnahmen bei den Gilden schmälert, wird er die Besteuerung ihrer Handelsgeschäfte sicher anordnen. Sie unterliegen ohnehin den normalen Bürgersteuern, die Krone und Magistrat erhalten. Das reicht von der *taille,* der Kopfsteuer, bis zur *gabelle,* die von jeder Unze Salz bezahlt werden muss, und der *maltôte,* die in den Städten Flanderns auf Wein, Bier und Met anfällt. Der Besitz von Grund und Haus auf Stadtgebiet verpflichtet zu weiteren Abgaben an den Magistrat und …«
»Hör auf. Du musst mir nicht jede einzelne Steuer auflisten«, unterbrach Simon gereizt.
»Du kannst dir aber vorstellen, wie sehr die königliche Kasse geschmälert werden könnte. Und wenn Seine Heiligkeit die Beginen tatsächlich in ein Ordensgelübde zwingt, gelangte aller Landbesitz in die Hand der Kirche.«
»Im Weingarten ist zurzeit weder für den einen noch für den anderen viel zu holen«, erwiderte Simon schroff. »Der Brand hat zwei Menschenleben gekostet und immensen Schaden angerichtet.«

»Eines.«
Der trockene Einwurf fiel so knapp, dass Simon erst mit Verzögerung darauf reagierte.
»Eines? Was willst du damit sagen?«
Mathieu löste seine Arme und beugte sich vor. Jetzt war er es, der seine Stimme senkte. »Mir ist im wahrsten Sinn des Wortes eine junge Frau in die Hände gefallen, die behauptet, eine dieser Beginen zu sein. Sie sagt, man habe sie in der Nacht des Brandes entführt. Ich habe sie im Prinzenhof untergebracht und war auf dem Wege zum Beginenhof, um ihre Geschichte zu überprüfen.«
»Ysée? Dem Himmel sei Dank!«
Der spontane Ausruf Simons verblüffte Mathieu. »Du kennst die Jungfer?«
»Ich sorge mich seit Tagen um sie.«
Simon fasste sich eilig, aber Mathieu hatte bereits seine Schlüsse gezogen.
Er las im Blick des erwachsenen Mannes, wie er es schon in jenem des Jünglings getan hatte. Das Mädchen Ysée lag ihm am Herzen. Was hatte das zu bedeuten?
»Ich wurde Zeuge ihrer Entführung«, berichtete Simon nun mit rauer Stimme. »Dieses Andenken auf meiner Stirn verdanke ich einem unbekannten Krüppel, der mich davon abhielt, ihr zu Hilfe zu eilen. Wenn ich nur wüsste, wer ...«
»Piet Cornelis.« Mathieu gab die Antwort, ehe er den Satz beenden konnte.
»Bist du sicher, dass er dahintersteckt? So verrückt kann nicht einmal er sein.«
»Ich bin mir völlig sicher. Zudem wette ich, dass er auch hinter der Brandstiftung steckt.«
Simon stellte die Behauptung nicht länger in Zweifel. Wenn es um Ysée ging, war der Handelsherr unberechenbar.
»Nach alldem, was wir jetzt wissen, müssen wir mit einer Anklage vorsichtig sein.«

»Das ist mir klar«, bestätigte Mathieu. »Dieser Vorfall könnte Brügge zum Brodeln bringen.«

Hinter Simons Stirn überschlugen sich die Gedanken. Ysées eigener Großvater! Der Mann, der sie vergeblich und ahnungslos zur Frau begehrte. Wie sollte er dieses Durcheinander entwirren, ohne das Beichtgeheimnis zu verletzen? Wie konnte er Mathieu um seine Hilfe bitten, wenn er ihm mit keiner Silbe verraten durfte, weshalb er seine Unterstützung brauchte?

»Ich weiß nicht, wie ich dir klar machen kann, dass ich ihr helfen muss. Unter dem Siegel des Beichtgeheimnisses habe ich Dinge erfahren, die dies zwingend erfordern.«

»Sag mir, was mit dem Mädchen geschehen soll. Es will in den Beginenhof zurückkehren.« Mathieu akzeptierte, dass sein Bruder gezwungen war, Wichtiges zu verschweigen.

Simon überlegte fieberhaft. Es musste eine schnelle Entscheidung getroffen werden. Ysées Leben stand auf dem Spiel! Sie war außerhalb des Beginenhofes in Gefahr und durfte auch nicht dorthin zurückkehren. Wenn Pater Felix erfuhr, dass sie noch lebte, musste er ihr ketzerisches Vergehen dem Bischof melden. Die Kirche würde darüber hinaus diesen Vorfall zum Anlass nehmen, die Eingliederung der Beginen in einen Orden zu verlangen, und danach ihr Vermögen an sich bringen.

»Ich brauche deine Hilfe.«

Simon entschied sich, Mathieu wenigstens jenen Teil der Wahrheit zu sagen, der nichts mit Mareike Cornelis' Beichte zu tun hatte.

»Ysée darf um keinen Preis in den Weingarten zurückkehren. Man hält sie für tot, und dabei muss es bleiben. Sie ist in größter Gefahr. Man hat eine Ketzerschrift bei ihr gefunden. Bisher hat Pater Felix von einer Anzeige beim Bischof abgesehen, weil er keinen Sinn darin findet, eine Tote zu verfolgen. Sollte sie indes leben ...«

»Das Mädchen ist eine Ketzerin?«

»Nein.« Simon schüttelte heftig den Kopf. »Ysée kämpft um

den richtigen Glauben und braucht geistlichen Beistand, um den wahren Weg zu finden. Man hat ihr übel mitgespielt.«

»Verstehe ich das richtig? Mein Bruder, der Zisterziensermönch, möchte meine Hilfe, um eine Begine vor dem Scheiterhaufen zu bewahren?«

»Du hast sie gesehen, mit ihr gesprochen. Hältst du sie für eine Sünderin?«

»Sie ist eine Frau.« Mathieu fällte sein Urteil in aller Kürze. Fern von ihr fiel es ihm leicht, sie für eine von vielen zu halten.

»Glaube mir, Bruder. Ysée ist ein unschuldiges Opfer. Sie büßt für Sünden, die andere begangen haben. Es ist meine Pflicht, sie zu retten und ihr zu helfen. Ihr steht nur ein Weg offen, sie muss Brügge verlassen. Welch ein Segen, dass ich dich getroffen habe. Du wirst sie in Sicherheit bringen.«

»Weshalb sollte ich das tun?«

»Vertraue mir. Wir sind dem Mädchen verpflichtet. Wir müssen alles tun, um sie in Frieden ein ihr angemessenes Leben führen zu lassen. Nein …« Er hob die Hand, ehe Mathieu seine Frage stellen konnte. »Das WIR kann ich dir nicht begründen, es ist ein Teil des Beichtgeheimnisses.«

»Kannst du mir wenigstens ihren vollständigen Namen sagen?«

»Ysée muss dir genügen.«

»Sie sagt, Piet Cornelis sei ihr Großvater. Sie hat sich aus dem Fenster eines Hauses vor mein Pferd gestürzt, nachdem er ihr Gewalt angetan hatte.«

Simon erblasste und schlug die Hände vor das Gesicht. Das neuerliche Unheil brachte ihn noch tiefer in ihre Schuld. Langsam zweifelte er an sich und der Kirche.

Er konnte nur noch einen klaren Gedanken fassen: »Du musst mit ihr so schnell wie möglich fort aus Brügge. Für heute ist es zu spät, aber morgen bei Tagesanbruch solltet ihr euch, ohne zu säumen, auf den Weg machen.«

»Wie stellst du dir das vor?« Mathieu protestierte. »Ich bin in

offizieller Mission in Brügge. Ich muss meine Aufgabe erfüllen.«
»Alles, was du wissen musst, weißt du. Die neue Meisterin heißt Alaina Groeningsvelde, und was sie dir berichten wird, weißt du von mir. Von dem Brand. Von dem Spion Seiner Heiligkeit. Von den Plänen der Kurie, die frommen Frauen in ein Kloster zu zwingen.«
»Ist es dein Ernst, dass ich dem König all diese Neuigkeiten berichten kann? Werde ich dir damit nicht schaden?«
Simon tat seine Sorge mit einer Handbewegung ab und sagte nach kurzem Nachdenken: »Piet Cornelis wird erfahren, dass Ysée im Prinzenhof ist. In Brügge fällt kein Stein ins Wasser, ohne dass er davon Kenntnis erhält. Er könnte ihre Flucht gefährden.«
»Überlass mir den Handelsherrn«, bot Mathieu an. »Als Gegenleistung erklärst du der Begine das bevorstehende Abenteuer. Sie ist in einem sehr üblen Zustand. Wenn du ihr Retter sein willst, dann musst du ihr deutlich machen, warum sie mitten im Winter durch das halbe Königreich reisen muss. Diese Reise wird kein Vergnügen, und mir wird sie nicht vertrauen.«
»Sie wird mit dir gehen, denn sie hat keine andere Wahl.«
Sie standen auf, verließen das Gasthaus und umarmten sich auf der Gasse. Jeder ging in eine andere Richtung davon.

# Neuntes Kapitel
# Flucht

## Die Maestra

*Beginenhof vom Weingarten,*
*21. November 1309*

*Für die Kapläne, Kleriker und Familien, die mit religiösen Frauen zu tun haben.* Humbert von Romans hatte diese Ratschläge zur Nonnenseelsorge aufgeschrieben. Die Schrift lag aufgeschlagen auf dem Lesepult, und die Zeilen, die sie las, waren nicht dazu angetan, ihre Unruhe zu vertreiben.

*»… wegen ihrer Ungeeignetheit für geschäftliche Dinge; denn religiöse Frauen, die im Kloster sein müssen, sind nicht so wie Männer dafür geeignet, für ihre Geschäfte hin und her zu rennen; deshalb erledigen Männer das für sie. Drittens aufgrund der Gefahr, denn es ist nicht ungefährlich, dass Frauen häufig wegen der geschäftlichen Dinge mit weltlichen Männern sprechen oder sich bei ihnen aufhalten …«*

Schwester Alaina ging besorgt in ihrem Gemach auf und ab. Sie wusste, dass sie ein schweres Amt in einer schweren Zeit antrat. Seit Humbert von Romans und andere Dominikanermönche im Jahre 1274 für das Konzil von Lyon das Beginentum überprüft hatten, war das Ansehen der Beginen in der Kurie stetig gesunken. Die Schuld dafür lag in erster Linie bei den frei umherstreifenden Beginen. Diese Schwestern gehörten keiner Ge-

meinschaft an. Sie zogen in frommer Armut über das Land, baten um Almosen und predigten in Dörfern und Städten von der Liebe Gottes. Gemeinsam mit ihren Brüdern, den Begarden, erregten sie immer mehr Unmut und schadeten dem Ruf der gesamten Beginenschaft. Es gab bereits Bischöfe, die dafür eintraten, den Beginenstand im Ganzen zu verbieten. Der Prozess gegen Marguerite Porète war ein beredtes Anzeichen.
Der Rat der Schwestern hatte Alaina nicht aufgrund ihrer Güte zur neuen Magistra gewählt, sondern weil sie großes Durchsetzungsvermögen besaß. Das war ihr klar.
Wie sehr sie es bedauerte, dass sie am Abend des Brandes Bruder Simon gefolgt war. Hätte sie es vermieden, Ysée zur Rechenschaft zu ziehen, die Schrift der Marguerite Porète wäre mit den beiden bedauernswerten Frauen verbrannt.
Bei dem Gedanken schlug sie das Kreuzzeichen und sprach ein schuldbewusstes Gebet für Ysée und ihre Mutter. Sie machte sich bittere Vorwürfe. Warum hatte sie Ysée nicht außer Gefahr gebracht und ihre Verzweiflung nicht richtig eingeschätzt?
Methildis von Ennen hatte ihr das verschlossene, stille Mädchen anvertraut. Ihre Worte waren: »Behandelt sie wie die empfindlichen Pflanzen in Eurem Kräutergarten, Schwester, und Ihr werdet sehen, dass sie zu Eurer Freude erblüht. Sie benötigt nur Geduld und Pflege.«
Nun konnte sie lediglich Seelenmessen für sie und ihre Mutter lesen lassen.
Es war kaum zu leugnen, dass nicht nur das Mädchen, sondern auch die alte Meisterin Schuld an ihrem ketzerischen Vergehen trug. Der ganze Beginenhof wäre in Ungnade gefallen, wenn einer der beiden Frauen der Prozess gemacht worden wäre.
Was hätte sie getan, wäre Ysée am Leben geblieben? Hätte sie Pater Felix um Rat gebeten? Er war der Beichtvater und Pfarrherr der Beginen. In seinen Händen lag die Entscheidung über alle geistlichen Fragen. Seine Sache war es, einen solchen Vor-

fall dem Bischof zu melden oder gar dem Kirchengericht vorzutragen.
Aber war es auch nötig, wenn die Sünderin nicht mehr lebte? Eine schwierige Frage. Sollte sie schweigen? Bruder Simon wusste von dem Buch. Hatte er mit Pater Felix darüber gesprochen? Sie misstraute dem fremden Mönch, obwohl sie nicht genau begründen konnte, weshalb.
Schritte auf der Treppe verkündeten, dass ihr das neue Amt noch weniger Zeit zur Besinnung ließ. Marie von Vyvern hatte die Stiege erklommen, und ihr Gruß fiel reichlich kurzatmig aus.
»Ehrwürdige Mutter.«
Alaina suchte in den runden, gutmütigen Zügen nach Enttäuschung oder Eifersucht. Marie von Vyvern war älter, von edlerem Blut, und sie hatte ein größeres Vermögen in die Gemeinschaft eingebracht als die Tochter eines Handwerkers aus Brügge. Neidete sie ihr das neue Amt? Der Rat der Schwestern hatte sich letztendlich für sie entschieden.
»Ich hoffe, Ihr lastet es mir nicht persönlich an, dass sich der Rat auf meine Person geeinigt hat, Schwester Marie.«
Die rundliche Begine hob abwehrend die Hände.
»Ich möchte nicht mit Euch tauschen, ehrwürdige Mutter«, sagte sie immer noch kurzatmig. »Ich schätze das stille Leben in unserer Gemeinschaft. Ich habe nicht den Wunsch, öfter als unbedingt erforderlich, Männern wie dem königlichen Gesandten zu begegnen.«
Alaina verzog das Gesicht. »Ich auch nicht. Ich hoffe nur, Ihr habt ihn davon überzeugen können, dass wir auf die Hilfe des Königs angewiesen sind.«
»Das wage ich nicht zu hoffen.« Marie von Vyvern faltete die molligen Hände vor der Brust. »Er war höflich, aber ohne jede Emotion. Weshalb ich indes gekommen bin …« Sie machte eine Kopfbewegung zur Tür, und ihre Haube raschelte leise. »Der Priester ist unten und will der neuen Magistra seinen Segen erteilen. Soll ich ihn heraufbitten?«

Pater Felix? War das ein Zeichen des Himmels? Eine Mahnung, ihre Pflicht zu tun? Sie konnte Ysée nicht schaden, aber den Schwestern des Weingartens nutzen. Wenn der Priester den Eindruck gewann, dass ihm die neue Magistra uneingeschränkt vertraute, würde das nur von Vorteil sein. Sie gab sich einen Ruck und traf endlich eine Entscheidung.

»Ich werde seinen Segen in der Kirche empfangen, Schwester Marie. Ich möchte keinen Mann in diesen Räumen sehen, auch wenn er ein Diener Gottes ist. Sagt ihm, dass ich sofort komme.«

Marie von Vyvern neigte kommentarlos das Haupt. Sie teilte Alainas Abneigung gegen die Männer. Die Lieblosigkeit, mit der ihr Vater sie und ihre Schwestern bereits im Kindesalter an Männer verlobt hatte, die alt und einflussreich waren, hatte dieses Gefühl geprägt. Dass ihr das Schicksal ihrer bedauernswerten Schwestern, die alle das erste Kindbett nicht überlebt hatten, erspart geblieben war, lag nur an dem Umstand, dass ihr erster Verlobter am Fieber verstorben und der zweite bei einem Turnier ums Leben gekommen war. Einem dritten Bräutigam war sie entgangen, weil ihr Vater die 14-jährige Tochter eines Waffengefährten zur Frau genommen hatte. Als seine älteste und unscheinbarste Tochter anlässlich seiner Hochzeit den Wunsch äußerte, zu den Beginen von Brügge zu gehen, hatte er sie erleichtert ziehen lassen. Schwester Marie kam es noch heute wie ein Wunder vor.

Die meisten der frommen Frauen hatten ein ähnliches Schicksal. Sie waren Witwen, ungeliebte Töchter, unscheinbare Basen und Frauen, die den Mut hatten, ihr eigenes Leben zu wählen. Sie alle schätzten den Frieden und die Freiheit, die sie im Beginenhof gefunden hatten. Die Ereignisse der vergangenen Tage hatten sie tief beunruhigt. Sie setzten ihre ganzen Hoffnungen auf die Magistra, die ihre kostbare Freiheit gegenüber der Kirche, dem König und dem Magistrat von Brügge verteidigen sollte.

Marie von Vyvern konnte nicht ahnen, dass die neue Magistra bereits vor ihrer ersten Bewährungsprobe stand. Nach Segen und Gebet in der Kirche folgte sie Pater Felix in die kleine Sakristei des Gotteshauses.
»Wollt Ihr noch einmal beichten?«, fragte der Priester erstaunt, denn er hatte ihr erst vor der Wahl die Absolution erteilt.
»Nein, ich bin im Besitz eines Gegenstandes, den ich keinen Augenblick länger im Weingarten dulden möchte, ehrwürdiger Vater. Bitte nehmt ihn an Euch.«
Pater Felix ergriff das Päckchen und löste die Hülle. »Allmächtiger! Woher habt Ihr diese Schrift?«
»Sie befand sich im Besitz von Schwester Ysée, ehrwürdiger Vater. Ich habe sie am Abend des Brandes bei ihr gefunden. Ich wollte Euch am nächsten Morgen mit dem Mädchen und dem Buch aufsuchen. Die Umstände haben es vereitelt.« Die Magistra wählte ihre Worte mit Bedacht.
»Wie kommt eine solche Schrift in den Besitz des Mädchens?«
»Ich kann es Euch beim besten Willen nicht sagen, ehrwürdiger Vater. An diesem Abend hat sie sich geweigert, es mir offen zu legen. Ich beließ es dabei, denn sie sollte Euch Rede und Antwort stehen.«
Pater Simons gefährliches Stelldichein mit Ysée an der Mauer erwähnte sie wohlweislich nicht. Es gab keinen vernünftigen Grund, weshalb der Mönch Ysées Gesellschaft gesucht haben sollte. Es sei denn, die beklagenswerte Anmut des Mädchens hätte ihn auf Abwege gelockt. In diesem Falle müsste sie ihn beschuldigen, und davor schreckte sie zurück.
»Ketzerschriften fallen nicht vom Himmel«, schnaubte der Pater. »Wer kann ein solches Pamphlet in den Beginenhof gebracht haben? Verschweigt Ihr mir etwas, Schwester?«
Alaina schwieg. Im Beginenhof bestimmte allein die Magistra die Anschaffung von Büchern. Es war sicher nur eine Frage der Zeit, bis auch Pater Felix daran dachte.
»Gott zum Gruße. Verzeiht, ich wollte nicht stören.« Bruder

Simon trat in die Sakristei und wollte sich augenblicklich wieder abwenden, aber der Priester winkte ihn näher.
»Ihr kommt gerade recht, Bruder. Was haltet Ihr davon?«
Er reichte dem Mönch die Schrift. Alaina beobachtete, wie der Gottesmann aschfahl wurde. »Woher habt Ihr das?«
»Die Magistra hat es bei Schwester Ysée gefunden. Ihr wisst, die arme junge Frau, die im Feuer umkam.«
Alainas Augen flogen in kaum verborgenem Erstaunen zwischen den beiden Männern hin und her. Es hatte den Anschein, als wolle Pater Felix dem Mönch wesentlich mehr mitteilen, als er mit seinen Worten ausdrückte.
»Ich dachte ..., es wäre verbrannt ...«, stammelte der Mönch tonlos.
»Das wäre besser gewesen«, nickte der Priester, während Simon das Buch auf die Truhe mit den Messgewändern warf, als könne er die Berührung nicht länger ertragen.
Es lag der Magistra auf der Zunge, einen gefährlichen Vorschlag zu machen, aber dann schwieg sie lieber. Männer duldeten keine Vorschläge von Frauen.
»Die junge Schwester hat für ihre Sünden gebüßt«, sagte Pater Felix nun mit einem tiefen Atemzug. »Sie muss sich vor der göttlichen Gerechtigkeit für ihre Irrtümer verantworten. Wir werden für sie beten.«
»Und dieses Buch?« Simon stellte die Frage, die der Meisterin so drängend am Herzen lag.
»Es wird im Feuer vernichtet, wie es einer Ketzerschrift gebührt. Ich werde selbst dafür sorgen, dass keine Spur erhalten bleibt.« Pater Felix bekreuzigte sich und sah die Magistra streng an. »Seid jedoch gewiss, dass ich jede einzelne Schwester auf ihren Glauben prüfen werde. Ich werde ergründen, ob die Saat der Häresie in unschuldigen Seelen Wurzeln geschlagen hat.«
»Gelobt sei Jesus Christus«, erwiderte die Magistra erleichtert. »Ihr erlaubt, dass ich mich entferne?«
»Geht mit Gott.«

Alaina ging gemessenen Schrittes hinaus. Nur sie wusste, wie viel Kraft es kostete, die Fassade aufrechtzuerhalten und nicht Hals über Kopf zu fliehen. Vor dem Gotteshaus blieb sie stehen und blickte in den grauen Novemberhimmel. Ihr Gebet um Stärke und Geduld richtete sie an die Mutter Gottes. Wenn eine Frau Hilfe bekam, dann sicher nur von einer anderen Frau.
In der Sakristei stieß Pater Felix einen tiefen Seufzer aus. »Ich hätte nie gedacht, dass dieser entsetzliche Brand auch sein Gutes haben könnte. Aber er hat es mir erspart, die Novizin und ihre Mutter vor ein Kirchengericht zu stellen. Nachdem die Meisterin den *Spiegel der Seelen* in ihrem Haus gefunden hat, wäre mir nichts anderes übrig geblieben.«
Bruder Simon wagte einen Einspruch. »Vielleicht wäre es nicht nötig gewesen? Vielleicht hätte man trotz allem ihre Unschuld beweisen können?«
»Macht Euch da keine Hoffnungen. Diese Schrift spricht für sich, und wir müssen am Ende noch dankbar sein, dass sie nicht bei Methildis van Ennen, mit allen unabsehbaren Fragen, gefunden wurde. Ich gehe jetzt, dieses teuflische Buch zu verbrennen.«

## Der Kaufmann

*Brügge, Haus Cornelis,*
*21. November 1309*

»Was willst du? Hab ich dich gerufen? Nein? Dann verschwinde.«
Katelin zog den Kopf ein und machte blitzschnell die Tür hinter sich zu. Der Herr war seit zwei Tagen so übler Laune, dass man ihm am besten aus dem Weg ging. Ein Schlag gegen die Tür verriet ihr, dass er ihr einen Becher nachgeworfen hatte,

um seinen Befehl zu bekräftigen. Nun, sie hatte zumindest versucht, die Bitte des Besuchers vorzutragen. Mehr konnte sie nicht tun.

Piet Cornelis hörte ihre Holzschuhe davonklappern. Er stieß einen neuerlichen Fluch aus. Er vermochte sich weder auf seine Lagerlisten noch auf irgendwelche anderen Dinge zu konzentrieren.

Der Blick des Tuchhändlers kehrte zu den beiden Lederbeuteln zurück. Vor dem Mittagsläuten hatte er sie aus der schweren eisernen Truhe mit dem doppelten Bandverschluss genommen, aber die Hoffnung, sich seines Reichtums zu vergewissern könne ihn ablenken, war vergeblich gewesen. Nicht einmal der sonst so befriedigende Anblick von Gold und Silber besänftigte seine aufgewühlten Gefühle.

Er war immer noch wie von Sinnen. Wie hatte es geschehen können, dass Ysée ihm entwischt war? Erst das Geschrei auf der Gasse hatte ihn wieder zu sich kommen lassen.

Obwohl ihm die Gaffer die Sicht versperrt hatten, hatte er den Mann erkannt, der Ysée aus dem Staub hob und vor sich aufs Pferd nahm. Der Gesandte des Königs!

Warum gerade er? Jeder Bürger Brügges oder auch jeder ausländische Gast, der zu Füßen des Belfrieds Handel trieb, hätte ihm weniger Kopfzerbrechen bereitet als Mathieu von Andrieu.

Wo steckte dieses aufsässige Mädchen? Im Prinzenhof? Seine Versuche, von dort Auskünfte zu erhalten, waren bisher erfolglos geblieben. So schwer es ihm fiel, er musste auf Josse warten, der seit gestern wie vom Erdboden verschluckt zu sein schien.

Der Knecht hatte auf seine Weise bisher am meisten erreicht, und er musste ihm willens sein und ein weiteres Mal zu verbotenen Mitteln greifen. Sein Manöver im Weingarten war gefährlich, aber wirkungsvoll gewesen. Es hatte Ysée in seine Hände gebracht und gleichzeitig die Warenvorräte der Beginen vernichtet.

Sicher, Josse würde sich anfangs sträuben. Er war völlig außer sich, weil eine Begine in den Flammen gestorben war. Es hatte Cornelis Mühe gekostet, den Knecht davon abzuhalten, seine Schuld vor dem Magistrat zu bekennen. Dennoch würde der Glanz des Goldes Josses Gewissen früher oder später besänftigen. Mit Gold lösten sich alle Probleme, dies war die Erfahrung eines langen Kaufmannslebens. Gold hatte nur zwei echte Mängel. Es war an einsamen Abenden ein stummer Gesellschafter und es füllte keine Wiege.

Das ungewöhnliche Getöse unter seinem Fenster, das ihn schon seit geraumer Zeit in seinen Gedanken störte, nahm an Lautstärke zu. Jetzt vernahm er sogar durch die geschlossenen Scheiben hysterisches Frauenlärmen, Weinen und laute Rufe. Konnte ein Mann denn nicht einmal in seinem eigenen Haus in Ruhe seinen Gedanken nachhängen?

Ungeduldig stapfte er zum Fenster und riss den großen Flügel so ungestüm auf, dass die kostbaren Scheiben bedrohlich klirrten.

»Was zum Donner soll der Lärm?«

Sein Gebrüll löste unmittelbare Stille aus, und er konnte die Zurufe verstehen.

»Herr, im Stofflager …«

»Ein Unglück …«

»Der arme Teufel wusste nicht mehr …«

Das Entsetzen in den Gesichtern sagte dem Handelsherrn, dass es besser sein würde, persönlich nachzusehen.

Er eilte mit fliegendem Wams die breite Steintreppe hinab. Gesinde, Schreiber, Lehrlinge und Kontoristen wichen vor ihm zurück. Es blieb einmal mehr Katelin überlassen, die Hiobsbotschaft in Worte zu fassen.

»Die Lehrlinge aus dem Handelskontor haben Josse gefunden, Herr. Im Stofflager. Sie hatten den Auftrag, den Staub von den Ballen zu bürsten … seht selbst.«

Sie deutete auf die offene Tür des Nebengebäudes. Piet Corne-

lis marschierte ohne weitere Fragen hinein, obwohl er inzwischen ahnte, was ihn erwartete.
Der Erhängte bewegte sich im Luftzug, als würde er noch leben. Der Strick war sorgsam an einem Querbalken befestigt worden, und die Schlinge hatte sich tief in Josses dünnen Hals gegraben. Der Hocker, der normalerweise dazu diente, die Stoffballen von den oberen Regalen herabzuheben, lag umgestoßen zu seinen Füßen. Das Dämmerlicht im Lager hüllte seine Züge in gnädigen Schatten.
Der Teufel musste seine Hand im Spiel haben. Sein Leben hatte sich nach Mareikes Tod in ein Knäuel aus Schwierigkeiten und Unwägbarkeiten verwandelt. Was sollte er tun, um es wieder in Ordnung zu bringen?
Er machte auf dem Absatz kehrt und floh mit schweren Schritten aus dem Lager.
»Schneidet den armen Teufel ab«, befahl er. »Der Pfarrer erfährt besser kein Wort darüber, dass er Hand an sich gelegt hat. Er muss ihm sonst den Platz auf dem Kirchhof verweigern. Josse hat nicht gewusst, was er tat.«
Rings um Cornelis nickten alle. Was er sagte, klang vernünftig. Viele von ihnen hatten sich seit Tagen gewundert, dass Josse so ruhelos war, verwirrt schien und jedem Gespräch aus dem Weg ging. Sie bekreuzigten sich und nahmen ihre Arbeit wieder auf.
Kurz vor dem Eingang seines Hauses stellte Mathieu sich ihm in den Weg.
»Was wollt Ihr von mir?«
»Euer geneigtes Ohr, wenn's recht ist.« Mathieu antwortete mit der gelassenen Arroganz eines Edelmannes, der sein Gegenüber verachtet.
»Da soll doch …« Piet Cornelis erinnerte sich im letzten Augenblick daran, dass er mit dem Gesandten des Königs sprach und dass er allen Grund hatte, höflich und vorsichtig zu sein. »Verzeiht, warum habt Ihr Euch nicht angemeldet? Seht Ihr nicht, dass mich häusliche Schwierigkeiten plagen?«

»Der arme Josse.« Mathieu nickte bedächtig. »Möge der Himmel ihm seine Sünden verzeihen. Er war schließlich nur das Werkzeug eines anderen.«

»Bei Gott, ich hab keine Ahnung, was Ihr damit sagen wollt, Seigneur.«

Cornelis straffte die Schultern und deutete mürrisch zur Tür. Zu spät erinnerte er sich an Katelins Versuch, einen Gast anzumelden. »Ihr habt der Magd gesagt, dass Ihr mich sprechen wollt?«

»Sie entschuldigte Euch. Ihr seid zu beschäftigt. Ich will Euch nicht lange aufhalten. Nur auf ein Wort. Wo können wir reden?«

»Kommt in mein Kontor.«

Mathieu bekundete seine Zustimmung, indem er schweigend folgte.

»Nehmt Platz und entschuldigt den Irrtum. Die Magd hat Euren Namen nicht genannt. Ich hielt Euch für einen Bittsteller und wollte meine Zeit nicht verschwenden.« Die kurze Zeitspanne hatte Cornelis genügt, die Fassung wiederzuerlangen. »Was kann ich für Euch tun?«

»Eine Jungfer namens Ysée vergessen. Sie aus Eurem Leben und Euren Gedanken streichen«, sagte Mathieu knapp.

Der Handelsherr wurde erst blass, dann rot.

»Findet Ihr nicht, dass Ihr mir für eine solch seltsame Forderung eine Erklärung schuldet?«, knurrte er wütend.

»Wenn Ihr es wünscht.« Der Ritter hatte auf den angebotenen Platz verzichtet, und der Kaufmann musste zu ihm aufsehen, weil er ihn um einen Kopf überragte. »Euer Knecht Josse, der arme Teufel, der die Last seines schlechten Gewissens nicht länger ertragen konnte, war Euer Handlanger. Er hat das Feuer im Beginenhof gelegt und das Mädchen im allgemeinen Durcheinander von dort entführt. Als Hinkender wurde er erkannt. Es gibt vertrauenswürdige Zeugen für seine Tat in der Nacht des Brandes. Ganz zu schweigen von der Aussage der Jungfer selbst.«

»Bei Gott.« Cornelis rang nach Atem. »Ihr wisst nicht, was Ihr da faselt.«

»Die Wahrheit.«

»Eure Wahrheit.«

Mathieu verzog den Mund. »Ihr werdet schweigen und keinerlei Nachforschungen einleiten, sonst gnade Euch Gott. Ich kann Euch versprechen, mein Feldzug gegen Euch wird gründlich sein. Man würde Euch der Brandstiftung und des Mordes anklagen, ehrenwerter Handelsherr Cornelis.«

»Ihr erpresst mich.«

»Nennt es, wie Ihr wollt. Das Mädchen ist tot, verschwunden, und dabei wird es bleiben, wenn Euch Euer Leben lieb ist.«

Piet Cornelis stemmte die Handflächen auf den Tisch zwischen die Münzbeutel und Briefe. Nur so konnte er das Zittern unterdrücken. Schock, Zorn, Angst, Empörung und Fassungslosigkeit raubten ihm die Sprache. Schließlich bekam die Eifersucht Oberhand.

Er riss den Kopf hoch.

»Ihr wollt sie für Euch selbst, nicht wahr?«

»Macht Euch nicht lächerlich«, antwortete Mathieu kalt. »Wer sich für eine Frau in Schwierigkeiten bringt, ist ein Tor. Die Begine Ysée ist in der Nacht des Brandes gestorben, und sie wird für Euch nicht wieder lebendig. Vergesst sie, betrauert sie meinethalben, aber schweigt. Im Gegenzug dafür erhaltet Ihr mein Schweigen.«

Der Kaufmann schloss die Augen.

»Wer sagt mir, dass Ihr Euer Wort haltet?«

»Ihr habt mein Ehrenwort als Ritter und Edelmann. Wollt Ihr daran zweifeln?«

Was blieb ihm anderes, als darauf zu vertrauen? Dennoch musste er eine letzte Frage stellen.

»Lebt sie noch?«

Mathieu zögerte. Er wusste nicht, ob er Cornelis für seine Hartnäckigkeit bewundern oder verachten sollte.

»Sie ist halb tot und hat panische Angst davor, dass sie noch einmal in Eure Hände fällt.«
Der Kaufmann schwieg. Sein Gast verließ ihn ohne Gruß. Als Katelin kam, das Tablett mit dem Mittagsmahl zu bringen, stand er noch am selben Fleck. Stumm. Reglos. Ein alter Mann, der seine Verfehlungen mit dem Tod seiner Hoffnungen bezahlte.

## Ysée

*Prinzenhof in Brügge,*
*21. November 1309*

Ysée hatte dem Feuer den Rücken zugekehrt und genoss die Wärme, die vom Kamin abstrahlte. In den vielarmigen Leuchtern steckten auf Eisendornen dicke, gelbe Kerzen, und auf dem Absatz des Kamins stand ein dampfender Krug mit Gewürzwein, dessen Zimtaroma sich mit dem Honigduft der Kerzen mischte. Die Fülle von Licht und Annehmlichkeiten betäubte ihre Sinne und machte es ihr schwer, die Gedanken zu ordnen. Was hatte sie im Prinzenhof zu suchen? Weshalb all diese Polster, die Kerzen, die kostbaren Kleider und die beflissene Magd, die ihr aufwartete, als sei sie die Gräfin von Flandern? Sie kam sich vor wie eine Betrügerin. Jeden Augenblick rechnete sie damit, von den Wachen des Grafen abgeführt und in den Kerker geworfen zu werden. Sie hatte versucht, die Kammerfrau zu befragen, aber sie gab ihr ebenso wenig Auskunft wie der mürrische Stallmeister, der vor ihrer Tür wachte.
Bei jeder Frage verwiesen sie auf den Gesandten des Königs von Frankreich. Mathieu von Andrieu. Der Name weckte eine ferne bedrückende Erinnerung. Doch immer wenn sie versuchte, sich genauer zu besinnen, fand sie keinen vernünftigen

Anhaltspunkt. Es kam ihr vor, als wehre sich ihr Kopf dagegen, das Rätsel zu lösen.

Wann ließ er sie endlich in den Beginenhof zurückkehren? Er bedrängte sie nicht wie Piet Cornelis, aber sie hatte den Eindruck, dass auch er über ihren Kopf hinweg Entscheidungen traf.

Dabei hatte sie keine Ahnung, was mit ihr geschehen würde, wenn sie wieder in den Beginenhof zurückkehrte. Konnte sie darauf vertrauen, dass die Aufregung um den *Spiegel der Seelen* über dem Schrecken des Brandes vergessen worden war? Wohl kaum. Alaina vergaß nie etwas. Andererseits: Welche Wahl blieb ihr? Der Beginenhof war ihr Zuhause.

Unruhig erhob sie sich von dem gepolsterten Taburett und trat zum Fenster. Die Nacht war hereingebrochen, aber von den langen Stunden des Nachmittags wusste sie, dass der Turm von Sankt Salvator über den Dächern der Patrizierhäuser stand, die sie von hier aus mehr ahnen als sehen konnte. Sie ließ die Fingerspitzen über die kühlen Rauten der Scheiben gleiten. Ihre Haut war rauer als das Glas.

Die Magd war an diesem Morgen in ihrem Gemach erschienen und hatte sie in eine Edeldame verwandelt, neben der selbst die Erinnerung an Mareike Cornelis im Feststaat verblasste. Inzwischen trug sie sogar Strümpfe und Schuhe sowie einen sittsamen Schleier über den offenen Haaren.

Ein leises Geräusch an der Tür ließ sie sich auf dem Absatz umdrehen. Endlich kam jemand!

Die hastige Bewegung ließ Schleier und Haare aufwehen. Ihre Augen weiteten sich beim Anblick Pater Simons überrascht.

»Ihr lebt!«

Dem Mönch fehlten die Worte. Gebannt vom unerwarteten Anblick der ebenso eleganten wie liebreizenden Erscheinung vergaß er, was er sagen wollte. Sein Herz weitete sich, das Blut rauschte in seinen Ohren, und eine einzige, unerhörte Erkenntnis nahm Besitz von ihm: »Gütiger Himmel, ich liebe sie!«

Ysée trat anmutig näher und entdeckte im Schatten der Kapuze die Spuren der Verletzung. Ohne nachzudenken, strich sie ihm über die Stirn.
Fast hätte die Berührung ihn verführt, sie in die Arme zu schließen. Im letzten Moment hielt er inne und trat einen Schritt zurück. Was geschah mit ihm?
Ysée sah ihm in die schreckerfüllten Augen. Was ging in ihr vor? Sie hatte angenommen, dass sie nach diesem fürchterlichen Gewaltakt nie mehr einem Mann ohne Angst begegnen könnte. Und nun sehnte sie sich nach dem Trost eines Mannes, der sie noch vor wenigen Tagen mit der Inquisition bedroht hatte. Was strahlte er aus, dass sie ihm trotz allem so vertraute?
Beide spürten plötzlich die tiefe Zuneigung füreinander, die sie nie in Worte hatten fassen können.
Simon meisterte als Erster seine Gefühle und ergriff ihre Hände.
»Ysée, du bist in der Obhut meines leiblichen Bruders Mathieu, er war es, der dich hierher gebracht hat. Ich empfinde eine tiefe Schuld. Das fürchterliche Unrecht, das dein Großvater an dir begangen hat, hätte ich verhindern können, wäre es mir gelungen, deine Verschleppung zu vereiteln.«
Die Erinnerung stieg erneut so übermächtig in ihr auf, dass sie am ganzen Körper zitterte.
Simon nahm sie beschützend in die Arme, hob ihren Kopf und küsste sie zart auf die Stirn. Seit dem Tode ihrer Mutter hatte Ysée sich kein einziges Mal so geliebt gefühlt.
»Ysée, du musst stark sein. Wir haben uns einen Plan ausgedacht, Mathieu und ich, der dich sowohl vor der Inquisition wie vor deinem Großvater schützen soll. Du bist in höchster Gefahr, du musst Brügge auf der Stelle verlassen. Es ist die einzige Möglichkeit, dich zu retten.«
Erschreckt befreite sich Ysée aus seiner Umarmung.
»Ihr schickt mich fort? Und wenn ich trotz allem bleiben will?«
»Das ist unmöglich. Es geht um dein Leben. Mathieu ist der

Einzige, der dich fortbringen kann, und der Einzige, dem wir vertrauen können. Niemand darf dich erkennen. Bis auf deinen Großvater glauben alle, dass du bei dem Brand ums Leben gekommen bist.«
»Seid Ihr sicher, dass mein Großvater nicht wieder versucht, mich in seine Gewalt zu bringen?«
»Er hat so viel Schuld auf sich geladen, dass es meinem Bruder ein Leichtes war, ihn zum Schweigen zu bringen – und noch etwas.« Simon zögerte, weil er mit ihrem Einspruch rechnete. »Eine ehrbare Jungfer kann nicht mit einem Ritter reiten. Du musst dich als Knappe verkleiden und Knabenkleider tragen.«
Ysée sah ein, dass sie sich wohl in ihr Schicksal fügen musste. Sie zuckte mit den Schultern. Was war ihr Leben schon wert? Ihr eigener Großvater hatte sie entehrt, in den schützenden Beginenhof konnte sie nicht mehr zurück, die Kirche spendete ihr keinen Trost mehr, ihre Ziehmutter war tot. Eine andere Zuflucht als die angebotene besaß sie nicht. Resigniert sank sie auf den gepolsterten Fenstersitz und starrte in die Nacht hinaus.
Ihre Hoffnungslosigkeit berührte Simon tief, aber es gab keinen besseren Ausweg.
»Ich muss mich von dir verabschieden, Ysée. Leb wohl, der Himmel möge dich beschützen. Ich werde dich in meine Gebete einschließen.«
»Vergesst mich lieber.«
Ysées Worte klangen leicht vorwurfsvoll. Simon ging noch einmal auf sie zu und sah ihr in die Augen. »Du darfst mir glauben, wenn ich mein Leben nicht Gott geweiht hätte, würde ich dich begleiten und beschützen. Es macht mir das Herz schwer, dass ich es nicht tun kann, ich werde dich nie vergessen.«
Er verließ die Kammer.
Ysée schlang die Arme um den Oberkörper. Sie zitterte.
Sie hatte keine Ahnung, wie lange sie, in sich gekehrt und tränenüberströmt, auf dem Sitz kauerte, bis die flämische Magd

erschien. Sie trug Kleider unter dem Arm und sagte etwas schroff: »Er verlangt, dass ich Euch in einen Knaben verwandle, wisst Ihr das? Eine Dame von Eurer Schönheit. Was ist das nur für eine Welt?«

»Gehorcht ihm.«

Ysée erkannte die eigene Stimme kaum wieder. Spröde klang sie, nicht länger sanft.

»Ist Euch bewusst, dass ich Euch das Haar abschneiden muss? Euer wunderschönes Haar?«

Der Magd war dieser Auftrag zuwider. Nonnen opferten ihr Haar, wenn sie ins Kloster gingen. Gefangene und Huren wurden zur Strafe geschoren, aber doch keine unbescholtene junge Frau.

Ysée hatte nach einer Strähne ihres bewunderten Haares gefasst und zog sie nachdenklich durch die Finger. So viele Erinnerungen verbanden sich mit diesem Haarschmuck. Vielleicht war es ja wirklich an der Zeit, von Kindheitsritualen, Erinnerungen und Träumen Abschied zu nehmen. Zeit, Verantwortung für sich selbst zu übernehmen. Sie zerrte den Schleier mit einem Ruck aus dem schmalen Silberreif, warf beides hinter sich auf den Tisch und schüttelte ihre Mähne.

»Schneidet es ab.«

Sie schloss die Augen und biss die Zähne zusammen. Strähne um Strähne fiel zu Boden. Als sie die Lider hob, saß sie in einem goldenen Teppich aus Haaren. Ihr Kopf fühlte sich seltsam leicht und kühl an. Sogar der hämmernde Schmerz hinter den Schläfen war verflogen.

»Bist du fertig?«, fragte sie die Magd.

Diese bekreuzigte sich. »Ja. Es ist ein Verbrechen. Ihr seht aus wie ein armes geschorenes Lamm.«

»Und wennschon.« Ysée machte einen achtlosen Schritt über das Haar und trat an das Bett. »Sind das die Kleider? Du musst mir zeigen, wie man die Beinlinge befestigt. Wozu sind diese Riemen? Und diese Leinenstreifen?«

»Gemach. Ich zeig Euch alles«, murrte die Frau. »Die Leinenstreifen sind für Eure Brüste. Ihr müsst sie flach binden, damit Euch die Rundung nicht verrät. Und Ihr müsst Leinenzeug für Eure Mondtage im Gepäck haben. Was für ein törichter Plan. Man kann eine Frau nicht in einen Mann verwandeln, das ist gegen jede Sitte.«
»Nun hör schon auf zu jammern und hilf mir.« Ysée hob entschlossen den Kopf mit der kinnlangen Knabenfrisur. »Ich nehme an, dass ich nicht mehr viel Zeit habe.«

Die Stadtwache des Genter Tores schenkte der kleinen Reisegruppe, die in den ersten Morgenstunden des Tages der heiligen Cäcilie die Stadt Brügge verließ, wenig Aufmerksamkeit. Ein Ritter mit einem Begleiter und einem Knappen. Wenn es etwas Auffälliges gab, dann höchstens dies, dass der Knappe jämmerlich schlecht zu Pferde saß und in seinem braunen Reiterumhang fast ertrank.
Ysée warf keinen Blick zurück. Sie richtete die Augen starr nach vorne auf den Weg, der vor ihr lag. Ihre Ohren unter der Kapuze des Umhanges röteten sich im schneidenden Ostwind. Sie fror, aber sie begrüßte die Kälte. Sie entsprach dem Gefühl ihrer Seele.
Sie hieß jetzt Yvo und war Knappe eines einsilbigen Edelmannes. Sie begann ein neues Leben, von dem sie nicht wusste, was es ihr bringen würde.

# Paris

## Zehntes Kapitel
# Wissen

### Ysée

*Paris, Rue des Ursins, März 1310*

Das Mauerrund des Ziehbrunnens maß in seiner Breite kaum die Spanne einer Hand. Dem Vogel genügte der schmale Absatz für seine Vorstellung. Flatternd, hüpfend und zwitschernd wurde er im Sonnenschein zu einem jettschwarzen Kobold, in dessen Gefieder grüne und bläuliche Lichter aufblitzten. Ysée konnte die Augen nicht von ihm lassen. Das unaufhörliche Gezwitscher hatte sie aus der Küche in den winzigen Hof gelockt, der von Mauern umgeben war.

Im Winter war er ein ödes Fleckchen Erde mit einem Brunnen und einem Apfelbaum. Grau, von Ruß und Asche bedeckt, hatte sie ihn nur betreten, wenn sie Wasser holen musste.

Ysée entdeckte erste Grashalme und wilde Veilchen. Sie reckten sich dem Licht entgegen. Der Star flog vom Brunnen auf den untersten Ast des Baumes und sang aus vollem Halse.

Zum ersten Mal seit ihrer Flucht berührten Laute ihre Seele. Der gleichförmige Lärm der Stadt hinter den Mauern war nur bis an ihr Ohr gedrungen. Der Ruf eines Pastetenverkäufers, das Quietschen von Fuhrwerken, das Schlagen von Hämmern und der Klang der Stundenglocke des nahen Gotteshauses.

Es schien ihr, als wecke sie der Gesang des Vogels aus einem langen, bleischweren Schlaf. Sie hob den Blick zum Himmel und sah, dass er sich wie ein Zelt aus feinster blauer Seide über der Stadt spannte. Wieso hatte sie nicht bemerkt, dass der Winter längst vorbei war?

»So hast du dich also endlich entschieden, das Leben in Augenschein zu nehmen«, hörte sie eine brummige Stimme im Rücken.

»Es ist Frühling«, erwiderte sie mit einem tiefen Atemzug, als würde das alles erklären.

»Du kannst ja mehr als ein Wort sprechen.«

»Habt Ihr daran gezweifelt?«

Ysée wandte sich um. Sie hatte sich mittlerweile an die barsche Manier des alten Waffenmeisters gewöhnt. Sie wusste, dass ein gutmütiges Herz in seiner Brust schlug.

»Das muss erlaubt sein, Demoiselle«, antwortete er. »Immerhin hast du seit Dezember kaum zwei zusammenhängende Sätze gesprochen. Es sei denn, sie hätten zu einem Gebet gehört. Aber wer bin ich, dass ich mich beschwere? Ein stummes Frauenzimmer ist ein Geschenk des Himmels.«

Ysée musste lachen. Erstmals seit sie das Haus in der Rue des Ursins betreten hatte, spürte sie wieder das Blut durch die Adern strömen. Die eisige Erstarrung, die sie umfangen hatte, war in der Frühlingssonne geschmolzen. Sie hielt das blasse Gesicht den wärmenden Strahlen entgegen. Der Star flatterte auf und unterbrach sein Konzert. Sie fühlte Jeans Blick und begegnete seinen Augen.

»Ich benehme mich närrisch, nicht wahr? Schwester Alaina würde mich rügen.«

»Du bist nicht mehr bei den Beginen.«

Er hatte das schon oft gesagt, aber erst heute nahm Ysée seine Worte wahr. Er hatte Recht, weder die dunkle Wolle ihres Gewandes noch die züchtige Haube konnten etwas daran ändern. Beides hatte sie mit eigener Hand gefertigt, ihre äußere Erscheinung glich wieder der von früher, so wie sie auch weiterhin nach der Flucht das Leben einer Begine führte. Sie sprach zu den festgesetzten Stunden ihre Gebete, achtete die Fastenvorschriften und hielt das Haus sauber, wie sie es bei Berthe getan hatte. Ihre Tage unterschieden sich kaum von jenen in Brügge. In der fremden, verwirrenden Umgebung waren die vertrauten Handgriffe ihr einziger Halt.

Fiebernd, hustend, mit schmerzenden Gliedern und totem Herzen war sie in der fremden Stadt angekommen. Taub für alles, was Mathieu ihr sagte, und blind für die Fürsorge, die er ihr angedeihen ließ. Sie hatte sich innerlich völlig verschlossen.

Seit es ihr körperlich wieder besser ging, hatte Mathieu die Sorge um sie auf seinen Waffenmeister übertragen und war aus dem hübschen, kleinen Haus verschwunden. Jean Vernier wusste vermutlich, wo er steckte, aber Ysée hatte ihn nie danach gefragt.

Mathieu und sein Bruder waren eine Erinnerung an Brügge, und genau die wünschte sie mit aller Macht zu tilgen. Sie wollte nicht an die Geschehnisse in Flandern denken. Das Haus in der Rue des Ursins war ihr eine rettende Insel, auf der sie die Welt vergessen konnte.

Die Entdeckung, dass außerhalb seiner Mauern die Sonne schien und eine große Stadt pulsierte, traf sie völlig unvorbereitet. Die Luft roch mit einem Mal nach frischer Erde statt nach dem erstickenden Rauch von Herdstätten oder dem Unrat der Gassen. Die Wirklichkeit, der sie sich bisher verweigert hatte, bedrängte ihre Sinne. Die Luft vibrierte förmlich vor Betriebsamkeit, und anders als in Brügge war da niemand, der ihr sagte, es habe sie nicht zu kümmern.

Mit einem tiefen Atemzug suchte sie den Blick des Waffenmeisters.

»Wo sind wir hier? Erzähl mir etwas mehr über den Ort meiner Zuflucht«, wandte sie sich an ihn.

Er grinste zufrieden. »Auf der *Île de Cité,* mitten in der Seine. Im Schatten der großen neuen Kathedrale von Notre-Dame

und unmittelbar am Gelände des früheren Hafens von Paris. Man hat ihn vor ein paar Jahren an die Kais unterhalb des Place de Grève verlagert, wo mehr Raum für die vielen Kähne war. Die Fischer und Schiffer der alten *Parisii* nannten diese Insel *Lutetia,* was so viel bedeutet wie ›vom Wasser umgeben‹.«
»Aber es riecht nicht nach Meer«, stellte Ysée fest, nachdem sie prüfend die Luft eingezogen hatte und keinerlei Salzhauch darin finden konnte.
»Wir befinden uns hier im Herzen des Königreichs von Frankreich auf einer Flussinsel der Seine.« Jean deutete mit einer Kopfbewegung zur Mauer. »Wenn du bis zum Ufer weitergehst und in einen Kahn steigst, würde es immer noch Tage dauern, bis du auf der Seine das Meer erreicht hast.«
Ysée schwankte zwischen ihrer neuen Wissbegier und der alten Scheu. Es gab so viele Dinge, von denen sie keine Ahnung hatte. Ob Paris nun am Meer lag oder an einem Fluss, hatte in ihrem Leben bislang keine Rolle gespielt. Simon würde es wissen.
Simon.
Ja, an ihn hatte sie sich immer wieder erinnern müssen und es sich immer wieder hartnäckig verboten. Sie hatte kein Recht, an ihn zu denken. Er hatte sie fortgeschickt, und sie konnte ihm deswegen nicht grollen, und doch schmerzte es sie, denn für einen kurzen Augenblick hatte sie sich geborgen, geliebt und getröstet gefühlt.
Was musste er von ihr denken? Ihr Großvater hatte sie zerstört und für immer beschmutzt. Simon konnte sich weder als Mönch noch in Liebe als Mann von ihr angezogen fühlen. Dem einen stand sein Gelübde im Wege, dem anderen die Ehre.
Sie wollte nicht daran denken! Die Gefühle, die sich ihrer bemächtigten, wenn sie an ihn dachte, waren zu verwirrend. Sie musste etwas tun.
»Ich möchte die Stadt sehen.«
Erst die verblüfften Züge des Waffenmeisters überzeugten

Ysée, dass sie diesen Wunsch tatsächlich laut ausgesprochen hatte. Sie versuchte sich zu erklären.

»Ich lebe in der Stadt des Königs und kenne nicht mehr als Mauern im Hinterhof und den Blick auf die Gasse. Ich will die große Kirche sehen. Den Fluss. Die Menschen. Den Hafen. Jetzt.«

»Da soll doch …« Jean kratzte sich das Kinn mit dem grauen Spitzbart. »Juckt dich die Sonne, Mädchen?«

Ysée gab keine Antwort. Sie ging an ihm vorbei in die Küche zurück. Der Raum wurde von einer gemauerten Feuerstelle beherrscht. Blank gescheuerte Kupfertöpfe, ordentlich gestapelte Schalen und Teller, Körbe voller Vorräte sowie Zwiebelzöpfe und getrocknete Kräuterbündel zeugten von sauberer Haushaltsführung. Der Boden war mit Ausnahme einer Steinfläche vor dem Feuer mit Stroh bedeckt. Der Wollkorb mit der Handspindel stand neben dem Fenster, wo Ysée gearbeitet hatte, ehe der Star sie neugierig gemacht hatte.

Unvermittelt kamen ihr die Wände zu eng, die Decke zu nieder vor. Der leise brodelnde Suppentopf über der Glut roch nicht mehr so verlockend wie zuvor, und die Arbeit konnte warten. Sie durchquerte den Raum mit schnellen Schritten und öffnete schon die Haustür, als Jean sie einholte.

»Was tust du da, Mädchen?«

»Hinausgehen.«

»Das kannst du nicht.«

Ysée fuhr herum. »Was steht dagegen?«

»Der Herr wäre nicht damit einverstanden. Es ist wider die guten Sitten, wenn eine ehrbare Jungfer allein über die Gassen spaziert.«

»Ich bin …«

Keine ehrbare Jungfer, hatte Ysée sagen wollen, aber sie brachte es nicht über die Lippen.

»Begleitet mich«, erwiderte sie stattdessen.

»Es ist Sache des Herrn, das zu erlauben.«

»Wie kann er das tun, wenn er nie da ist?«
Ysée entdeckte ein unerwartetes Vergnügen am Widerspruch. Die Zeiten des stummen Gehorsams sollten vorbei sein. Sie hatten ihr ohnehin nur Verzweiflung eingebracht.
»Kann es sein, dass von mir die Rede ist?«
Ysée fuhr mit einem erschrockenen Ausruf herum. Der Seigneur mit dem Samtwams und dem Federbarett war Mathieu, der als Ritter ihr Reisebegleiter gewesen war. Er trug das Gewand eines Höflings.
Er kam vollends ins Haus und schloss die Tür hinter sich.
»Was gibt es?«
Scheu wich sie vor ihm zurück. Dann hob sie den Kopf und erwiderte den Blick der kühlen grauen Augen in trotzigem Stolz. Sein offensichtlicher Gleichmut half ihr, sich zu fassen. Sie wusste, dass sie ihm Dankbarkeit schuldete.
Jean Vernier spürte die unterschwellige Kampfansage. Er bemühte sich, die Situation zu entschärfen.
»Sie will die Stadt ansehen«, sagte er. »Man kann's ihr kaum verübeln, nach den langen Wochen im Haus.«
Die Tatsache, dass der Waffenmeister zu Ysées Verteidigung antrat, entlockte Mathieu einen verblüfften Laut. So hatte das Mädchen also nicht gesäumt, den Alten auf ihre Seite zu bringen. Er betrachtete sie prüfend.
Ysées Haut war immer noch blass, aber nicht mehr von jener tödlichen Durchsichtigkeit wie zu Zeiten ihrer Krankheit. Die Züge hatten die mädchenhafte Weichheit verloren. Schmale Wangen betonten die feinen Jochbögen, und die hellen Brauen wölbten sich über großen, klaren Augen. Eine neue, anrührende Reife lag über ihrem Gesicht.
Wer war dieses Mädchen wirklich? Sein Bruder war ihm die Antwort schuldig geblieben.
Wie sie so vor ihm stand, bot sie eine neue Facette ihrer vielschichtigen Persönlichkeit. Kämpferisch schien sie, entschieden, ihr Schicksal wieder selbst in die Hand zu nehmen.

Leicht gereizt suchte er nach einer Möglichkeit, Ysée zu beruhigen.
»Ich werde dich am Sonntag zur großen Messe in die Kathedrale führen. Bis dahin wirst du dich gedulden müssen.«
Sein Waffenmeister und er hatten es sich auf der Reise angewöhnt, die als Page verkleidete Ysée zu duzen, und beide waren bei dieser Anrede geblieben, ohne dass Ysée dagegen protestiert hätte.
»Warum nicht jetzt?« Sie warf den Kopf in den Nacken und suchte seine Augen. »Die Sonne scheint, es ist ein wunderbarer Tag.«
»Ein Tag wozu? Um durch die Gassen zu streifen? Das wirst du gefälligst unterlassen. Dieses Haus grenzt an die Mauern des Hofes der Domherren von Notre-Dame. In ihrem Viertel herrschen Frömmigkeit und Anstand.«
»Wieso verletze ich den Anstand, wenn ich aus dem Haus gehe? Habt Ihr mir nicht gesagt, ich hätte die Freiheit, zu tun und zu lassen, was mir beliebt?«
Mit einem Male erinnerte sich Ysée wieder an die Dinge, die in ihrem Beisein besprochen worden waren.
»Innerhalb der Grenzen, die dein neuer Stand dir auferlegt«, korrigierte Mathieu nüchtern. »Die Nachbarschaft hält dich für eine arme Verwandte von mir. Ein Patenkind meiner verstorbenen Mutter, dessen ich mich aus Mildtätigkeit angenommen habe. Du bist eine junge Witwe, die den Tod ihres Gemahls betrauert. Man wohnt auf der Cité so eng nebeneinander, dass ich erklären musste, woher du kommst, was du tust und weshalb es keine zweite Frau in diesem Hause gibt, die deinen Ruf beschützt.«
Ysée rang um Worte. Er hatte es bislang nicht für nötig erachtet, ihr das zu erklären.
»Wer gibt Euch das Recht, so über mich zu bestimmen?«
Mathieu überging den Vorwurf.
»Dankbarkeit und Gehorsam sind alles, was ich von dir erwar-

te. Enttäusche mich bitte nicht. Jean, auf ein Wort. Lass uns in die Stube nach oben gehen.«

Bis Ysée den Mund aufbrachte, waren beide Männer verschwunden. Sie ballte die Fäuste und wunderte sich selbst über den heißen Zorn, der sie durchflutete. Welche Überheblichkeit! Das war nicht der besorgte Mathieu, wie sie ihn auf der Reise und während ihrer Krankheit kennen gelernt hatte.

»Bist du nun zufrieden, Mädchen?«

Nachdem Mathieu mit ihm gesprochen hatte, war der Waffenmeister zu Ysée zurückgekommen. Immerhin kontrollierte sie ihre heftigen Atemzüge, und er sah, dass sie sich um Beherrschung bemühte.

»Hab ich ihm Grund gegeben, meinen Anstand zu bezweifeln?«, rief sie dennoch empört. »Ich habe nicht darum gebeten, mich als Patenkind seiner Frau Mutter auszugeben.«

»Was hätte er tun sollen, nachdem er seinem Bruder versprochen hat, für dich zu sorgen? Wie willst du leben? Willst du vor den Kirchentüren betteln oder als Landstreicherin durch das Königreich ziehen? Niemand nimmt eine Fremde bei sich auf, die keinen ehrenwerten Leumund besitzt und ihre Familie nicht benennen kann. Sei froh, dass er dir den Schutz seines Hauses und seines Namens gibt. Ohne ihn wärst du verloren.«

Der Waffenmeister sprach die Wahrheit, aber das besänftigte Ysée keineswegs.

Warum war sie kein Vogel, der einfach seine Flügel ausbreiten und über die Mauer und den Fluss fliegen konnte? Warum war sie kein Mann, der sich überall frei bewegen konnte, ohne Aufsehen zu erregen?

Ein Mann?

Ein Gedanke ging ihr, wie ein Irrlicht tanzend, durch den Kopf und nahm augenblicklich Formen an. Hatte sie nicht schon einmal die Rolle des Knaben gespielt, um keinen Verdacht zu erregen? Sogar auf Anraten des Seigneurs?

»Die Menschen sehen nur, was sie sehen wollen«, hatte er jeden

Einwand zur Seite geschoben, und die Ereignisse der Reise gaben ihm Recht. Wer nahm schon an, dass sich unter den dicken Schichten winterlicher Knabenkleidung ein Mädchen versteckte?

»Was ist los mit dir?«

Jean Vernier spürte, dass eine Veränderung in ihr vorging.

»Nichts.« Ysée wich seinem Blick aus. »Ich gehorche, wie er es gefordert hat.«

Der Waffenmeister gab sich damit zufrieden. Ysée griff zur Spindel, doch in ihrem Kopf war ein Plan gereift. Das Gebet zur Non in der dritten Nachmittagsstunde erlöste sie. Jean war daran gewöhnt, dass sie danach in ihrer Kammer blieb, um bis zur Abendmahlzeit zu beten.

Sie schlug den Deckel der Truhe zurück. Unter den wenigen schlichten Übergewändern und Unterkleidern, die sie von eigener Hand gefertigt hatte, fand sie, was sie suchte. Das Knabenkostüm des Pagen Yvo. Gesäubert, gelüftet und ordentlich zusammengelegt, wie sie es von ihrer Ziehmutter gelernt hatte.

Der nächste Griff galt der Haube, die ihre radikal gekürzten Haare verbarg. Obwohl ein wenig nachgewachsen, entsprachen sie noch immer der Haartracht eines jungen Mannes von Stand. Ein kaum zu bändigender Wirrwarr aus hellsten Locken kringelte sich ihr um den Kopf. Mit ein wenig Staub, der die Silbertönung dämpfte und vielleicht auch die Zartheit ihrer Wangen verbarg, musste die Täuschung möglich sein. Je schmutziger ein Knabe war, desto weniger wurde er beachtet. Sie nahm sich die Freiheit als Knabe, die ihr als Frau verweigert wurde. Da sie keine Menschenseele in Paris kannte, würde auch sie niemand erkennen. Es galt nur, das Haus ungesehen zu verlassen und ebenso verstohlen wieder zurückzukommen, ehe Jean ihre Abwesenheit entdeckte.

Mut, Ysée!, sagte sie sich und sah aus dem Fenster, ihrer Freiheit entgegen.

Der halbwüchsige Knirps, der im klaren Sonnenschein des Märztages die steinernen Abbilder der achtundzwanzig Könige von Israel und Judäa bewunderte, die über den drei Portalen der großen Kathedrale *Unserer Lieben Frau* eine Reihe bildeten, ging im Trubel des Domplatzes völlig unter. Er unterschied sich in nichts von den übrigen Gaffern, Handwerkern, Bürgern, Gläubigen, Händlern und Neugierigen, die zu jeder Zeit des Tages auf die Cité strömten und sich üblicherweise auf dem Vorplatz von Notre-Dame sammelten, ehe sie ihren Geschäften nachgingen. Immer gab es unter ihnen staunende Reisende, die, von der schieren Größe der Kathedrale förmlich erschlagen, nur noch im Weg standen und starrten.

Ysées Nacken wurde steif. Gestoßen und geschubst behauptete sie eigensinnig ihren Platz vor der dem steingewordenen Wunder. Die mächtige Fensterrosette über den Königen, der Bilderreigen der Portalbögen, deren Goldgrund in der Sonne leuchtete, als gelte es, die Menschen mit himmlischer Pracht zu blenden, alles gemeinsam brachte sie mit offenen Augen zum Träumen.

»Sie werden dich platt treten, wenn du dir keinen anderen Platz suchst, Bürschchen.«

Ein freundschaftlicher Rippenstoß begleitete die Warnung. Ysée fuhr erschrocken zusammen.

»Gemach!«

Dem Stoß folgte ein Schulterklopfen, bei dem Ysées Zähne aufeinander schlugen.

Als sie wieder klar sah, blickte sie in das sommersprossige Gesicht eines jungen Mannes, dem ein Schopf rostroter Haare und schief stehende Schneidezähne verblüffende Ähnlichkeit mit einem Fuchs verliehen.

»Ich beiße nicht«, grinste er.

Ysée blinzelte und versuchte wie ein Knabe und nicht wie ein erschrockenes Mädchen zu reagieren.

»Was willst du von mir?«

»Du bist neu in der Stadt?« Der Rothaarige hatte das Staunen und die Angst in den grünen Augen gelesen. »Bist du ein Scholar?«
Ysée schüttelte stumm den Kopf und sprang im letzten Moment einer Gruppe von Steinmetzen aus dem Weg, die eine Werkzeugkiste schleppten.
»Aber einen Namen hast du doch wohl? Mich nennen meine Freunde Renard, den Fuchs, wenngleich meine Eltern mich Theodore genannt haben. Theodore Bruant, Scholar und Studiosus der Rechte an der Universität von Paris, wenn's recht ist.«
Das unbeschwerte Geplauder des jungen Studenten gab Ysée Zeit, sich wieder zu fangen.
»Yvo heiß ich«, sagte sie mit möglichst tiefer Stimme.
»Und wo kommst du her, Freund Yvo?«
»Aus ...« Ysée gab sich einen Ruck. »Aus dem Burgundischen.«
»Und was tust du in der Stadt des Königs, wenn du nicht gerade seine neue Kathedrale anstarrst und seinen Bürgern im Wege stehst?«
»Knappe bin ich.« Ysée blieb bei der Geschichte, die Mathieu für ihre Flucht aus Brügge ersonnen hatte. »Aber in Paris hab ich wenig zu tun. Mein Seigneur ist bei Hofe, und mich braucht er dort nicht.«
»Hängt dir der Dreck der heimatlichen Schweineställe noch zu sehr an den Hacken, hm?« Der Fuchs nickte verständnisvoll. »Ist nicht einfach, plötzlich in Paris zu leben. Ich weiß, wie dir zumute ist. Als ich aus Melle kam, habe ich mich ganz ähnlich gefühlt. Ziemlich grün hinter den Ohren und erschlagen vom Lärm und den vielen Menschen.«
Ein neuerlicher Schulterschlag zwang Ysée fast in die Knie, aber dieses Mal begriff sie ihn als Freundschaftsgeste. Sie straffte den Rücken und räusperte sich.
»Bist du schon lange in der Stadt?«

»Das zweite Jahr«, nickte der Student. »Ich habe die Ehre, am Kollegium von Navarra zu studieren, das unsere verstorbene Königin im Jahre 1304 gründen ließ.«
Ysée hatte noch nie von diesem Kollegium gehört, und sie lauschte mit zunehmendem Interesse, während Renard in höchsten Tönen schwärmte.
»Der König sucht sich seine Berater und Minister unter den klügsten Köpfen der Universität von Paris aus. In naher Zukunft werden die Pariser nicht mehr vor Guillaume von Nogaret buckeln, sondern vor dem Fuchs Theodore Bruant, du wirst es erleben. Ich werde der Erste aller Legisten sein.«
»Legisten?«, warf Ysée fragend ein. »Was ist ein Legist?«
»Ein Graduierter des römischen Rechts, Kleiner. Mit meinem Studium der *Leges*, der Rechte, erwerbe ich mir die Fähigkeiten, die ich in den Diensten des Königs benötige. Nogaret hat ebenfalls so begonnen. Er hat in Montpellier studiert, dort war er auch Doktor der Rechte, ehe er Oberrichter in Beaucaire und schließlich in den Rat des Königs berufen wurde. Unter seiner Leitung hat der König die Verwaltung des Reiches reformiert.«
Man sah dem Fuchs an, dass er auf eine ebensolche Karriere hoffte. Ysée begriff seine Sehnsucht nach Anerkennung und Bedeutung sehr gut.
»Was treibst du dich auf dem Domplatz herum?«, wollte Renard jetzt wissen. »Was hast du vor?«
»Die Stadt ansehen. Aber da sind so viele Menschen und so viele Wege in alle Richtungen …«
»Was du brauchst, ist ein Führer, Freund Yvo. Einen Beschützer. Ein Grünschnabel aus der Provinz gerät schnell in die falschen Gassen.«
Das hatte Ysée bereits festgestellt. Sie sah den Fuchs grinsen. Seine schiefen Zähne bildeten eine Reihe schräger gelber Palisaden.
»Komm mit mir«, bot er an.

»Warum willst du das tun?«
»Du erinnerst mich an meinen kleinen Bruder. Der war auch ein so ahnungsloser Hänfling, als ich ihn verließ. Ein Bürschchen mit großen Augen und einer neugierigen Nase. Ich wollte, ich hätte ihn mitnehmen können. Wer weiß, was in Melle aus ihm wird. Womöglich noch ein Jakobspilger, die Fremde hat ihn schon immer gelockt.«
»Warum fürchtest du das?«
»Melle ist nach Poitiers die zweite Station auf dem Weg nach Santiago de Compostela. Du weißt wohl nicht viel von der Welt, Kleiner?«
Ysée zuckte mit den Schultern. In den lockeren Knabenkleidern, den mit Stroh ausgestopften, zu großen Schnürschuhen und dem Wams, das wie ein Sack über ihrer Gestalt hing, fühlte sie sich auf eigenartige Weise frei. Noch hatte sie nicht entschieden, was sie mit dieser Freiheit anfangen wollte. Eines wusste sie jedoch schon jetzt. Sie wollte Antworten auf die zahllosen Fragen, die in ihr warteten.
Renard machte die Rolle des Beschützers offensichtlich Vergnügen.
»Komm, ich zeig dir, wo der König wohnt. Sein Palast beginnt kaum einen Steinwurf weit von hier.«
»Ich will erst die Kirche sehen.«
»Aus Neugier oder aus Frömmigkeit?«
Ysées neuer Freund legte kameradschaftlich den Arm um ihre Schultern. Sie zuckte unter der unerwarteten Berührung zusammen und vergaß zu antworten. Es bedurfte ihrer ganzen Selbstkontrolle, sich nicht gewaltsam zu befreien. Sie musste sich mit aller Macht sagen, dass sie ein Mann war und die Berührung eines Mannes in einem solchen Fall nichts mit den Schrecken der Vergangenheit zu tun hatte.
Renard bemerkte ihr Zucken. »Du musst keine Angst bei mir haben. Ich gehör nicht zu jenen, die sich an Jünglingen vergreifen. Mir sind die Mädchen und Frauen lieber. Du kannst

unbesorgt sein, ich schwör es dir bei der Heiligen Jungfrau, der diese Kirche gewidmet wurde. Ein wahres Wunderwerk.«

Ysée entspannte sich und verbot sich die Frage, was Renard gemeint hatte. Eine innere Stimme sagte ihr, dass sie es nicht wissen wollte. Sie konzentrierte sich lieber auf seine Erklärungen.

»Im letzten Jahrhundert hat Maurice de Sully den Bau in Auftrag gegeben, und noch immer wird daran gearbeitet. Alle Pariser Handwerker haben ihren Teil dazu beigetragen. Maurer, Zimmerleute, Steinmetze, Schmiede, Glaswerker, Bildhauer und Baumeister haben ihr Bestes gegeben, um die Pläne des Domherrn zu verwirklichen.«

In stummem Staunen folgte Ysée dem Fuchs. Das mächtige Kirchenschiff, dessen Strebepfeiler ein Gewölbe stützten, für ihre Augen so hoch wie der Himmel, verschlug ihr den Atem. Handwerkerlärm tönte aus den Seitenkapellen und trübte die Feierlichkeit des ersten Eindrucks, aber nicht die Botschaft von göttlicher Erhabenheit und Größe. Es schien ihr, als könnte man alle Gotteshäuser Brügges unschwer in dieser einen riesigen Kathedrale unterbringen.

»Wahrlich eine beeindruckende Demonstration der Macht und Größe unserer Mutter Kirche, nicht wahr? Und das in Paris«, vernahm sie Renards Worte und wunderte sich über den seltsamen Unterton.

Spottete er? Ihre Augen wanderten nach vorne zum großen Chor, der so weit entfernt war, dass sie kaum die Einzelheiten des Hochaltars ausmachen konnte. Erst jetzt entdeckte sie auch die Menschen, die den Dom füllten. Nicht alle waren gekommen, um zu beten. Sie entdeckte Männer im Pilgergewand, die Kerzen und gesegnete Amulette verkauften. Frauen, die tuschelnd die haubenbedeckten Köpfe zusammensteckten, und Bettler, die sich mit ausgestreckter, offener Hand zwischen allen hindurchdrängelten. Immer auf der Flucht vor den Mönchen und Priestern, die sie nach draußen jagten, sobald sie ihrer habhaft wurden.

»Willst du die Waffen und die Rüstung sehen, die unser König vor sechs Jahren der Jungfrau Maria geweiht hat, weil er wieder eine dieser unvermeidbaren Schlachten gegen die Flamen und die Engländer gewonnen hatte?«
Renard deutete zu einer der vorderen Seitenkapellen, als sie plötzlich von einer Gruppe junger Männer umringt wurden, die völlig unverhofft auftauchte und sie trotz des heiligen Ortes lautstark und ungestüm begrüßte.
Alle trugen ein ähnlich abgewetztes dunkles Wams wie der Fuchs, schienen im gleichen Alter und warfen mit Scherzen und Bemerkungen um sich, die Ysée nicht verstand, denn sie sprachen ein schnelles, abgehacktes Latein. Zumindest hielt sie die vielen Worte für Scherze, denn sie riefen Grinsen und Gelächter hervor.
Renard legte einen Arm um ihre Schultern.
»Hört auf«, befahl er in normalem Französisch mit einer Autorität über die Meute, die sie verblüffte. »Ihr erschreckt meinen jungen Freund. Es ist reines Glück, dass euer dummes Geschwätz an seinem Ohr vorbeifliegt.«
»Schon wieder ein Schützling, Renard?«
Ein staksiger Kerl, mit Haaren wie Stroh und einem breiten, flachen Gesicht, in dem eine dicke Nase die Blicke auf sich zog, baute sich vor Ysée auf. Er stank betäubend nach Schweiß, und die Dunstwolken aus seinem Mund ließen Ysée erschrocken den Atem anhalten.
»Wo hast du das magere Küken nur aufgetrieben? Es weiß ja noch nicht einmal, ob es Hahn oder Henne werden will.«
Er lachte selbst am meisten über seinen Scherz, und Ysée hoffte inständig, dass die Staubschicht auf ihren Wangen die aufsteigende Röte verbarg.
»Aber es weiß immerhin, dass sich ein Benehmen wie das Eure im Hause Gottes nicht geziemt«, platzte sie in einer Mischung aus Zorn und Empörung heraus.
Sie wusste instinktiv, dass sie sich gegen einen Spötter wie den

Stinkenden wehren musste, wenn sie als Jüngling durchgehen wollte. Mit hellen Augen funkelte sie ihn an.

»Jetzt siehst du, was mir an dem Küken gefällt.«

Der Fuchs sah mit erkennbarem Stolz auf Ysée herab.

»Es hat vielleicht noch keinen Kamm, aber bereits hübsche Krallen. Freunde, das ist Yvo. Yvo, das sind nur ein paar der Dummköpfe, die glauben, dass sie mir in den *Leges* das Wasser reichen können. Die Bohnenstange da ist Jeannot, und die anderen wirst du schon noch kennen lernen. Lasst uns zu Mère Madou gehen. Sicher können wir sie überreden, uns eine Schale Kaldauneneintopf zu geben. Unser Yvo muss herausgefüttert werden.«

»Ich hab kein Geld«, brummte Ysée eine Oktave tiefer als normal. »Mein Herr hat mir keinen Sou gegeben.«

»Du bist eingeladen«, winkte Renard ab. »Wir stehen für einander ein, du wirst es noch lernen. Aber Mutter Madou hat ohnehin ein Herz für Hungerleider.«

Ysée blieb an Renards Seite und versuchte, Jeannot aus dem Weg zu gehen. Es gefiel ihr, dass er sie beschützte und ohne großes Verhör in die Gruppe aufgenommen hatte.

Ohne ein einziges Gebet hatte sie in Notre-Dame etwas erhalten, von dem sie nie zu träumen gewagt hatte.

Einen Freund.

## Mathieu von Andrieu

*Paris, königlicher Palast, 31. März 1310*

»Das päpstliche Tribunal tagt seit dem 12. November des vergangenen Jahres, aber bis jetzt sind sie noch zu keinem Ergebnis gekommen.« König Philipp stand auf und stützte die

flachen Hände auf den polierten Ebenholztisch. »Ich hatte mir mehr davon erwartet, nachdem der Erzbischof von Narbonne den Vorsitz dieser Kommission übernommen hat.«
Mathieu trat stumm zur Seite, als der König auf den Kamin zuging. Er fühlte sich äußerst unwohl in seiner Haut, denn bisher hatte er sich kaum mit dem Prozess gegen die Templer befasst. Eigentlich interessierte er ihn auch nicht.
Guillaume von Nogaret wagte es, Philipp dem Schönen zu widersprechen. »Die Dinge stehen bestens, Majestät. Hat nicht Erzbischof Aycelin den Großmeister der Templer beschieden, auf das Geschrei und die Rhetorik von Advokaten zu verzichten? Es handele sich um Glaubensfragen und den Verdacht der Häresie. Auf diese Weise würde das Verfahren verkürzt.«
»Und was ist mit den Templern, die mittlerweile aus dem ganzen Königreich nach Paris geeilt sind, um den Orden zu verteidigen, den wir aus der Welt schaffen wollen?« Der König fixierte seinen Großsiegelbewahrer verärgert. »Sollen wir ihnen etwa großzügig Gastfreundschaft gewähren und zulassen, dass sie Seine Heiligkeit wieder umstimmen? Ihr wisst, wie wankelmütig der Heilige Vater ist und wie schwer man ihn zu Entscheidungen bringt. Er steht zu den Templern.«
»Auch Seine Heiligkeit Clemens V. muss die Geständnisse akzeptieren, die die gefangenen Tempelritter dem Generalinquisitor bei ihrer Befragung gemacht haben.«
»Dann ist die Anhörung der Verteidiger des Ordens doch gänzlich überflüssig. Wie die Ratten sind sie aus ihren Löchern gekrochen. Warum hat die Kommission dann einen Aufruf zugelassen, der alle Templer des Abendlandes zur eigenen Verteidigung aufgerufen hat?«
»Man wollte gegenüber Seiner Heiligkeit das Gesicht wahren, Majestät. Meine Agenten werden dafür sorgen, dass zur Verteidigung des Ordens kein ernst zu nehmender Mann vor den Bischöfen erscheint. Den Templern bieten wir unsere Gastfreundschaft in den Kerkern des Königreiches.«

Philipp der Schöne nickte befriedigt.
»Der Orden der Templer muss vernichtet werden, das ist mein Wille.«
Mathieu war angewidert.
Es kam selten vor, dass der König seine Abneigung gegen die Templer so klar formulierte. Seit dem Herbst 1306 genährt, war sie inzwischen zu einer kompromisslosen Vernichtungswut angewachsen.
Mathieu war damals einer von wenigen Getreuen, die den König in die Festung des *Temple* begleitet hatten. Die Bevölkerung der Hauptstadt hatte mit Aufruhr auf eine königliche Order reagiert, alle Handelsverträge sollten nach dem Metallwert von *livres* und *deniers* berechnet werden. Auf der Basis des damaligen Kurses verdreifachten sich die Lasten der Bürger mit einem königlichen Federstrich.
Philipp der Schöne hatte die Staatskasse mit den Kosten für die Umbauten des Palastes auf der Cité bis an die Grenzen ihrer Kapazität belastet. Er brauchte das Geld dringend.
Der Volkszorn hatte gekocht, und die Menge war vor den Palast des Königs gezogen, der sich in aller Eile hinter den Mauern der Templer vor diesem Aufstand in Sicherheit brachte. Die Ordensritter hatten ihn nur widerstrebend aufgenommen.
Der Monarch hatte in der Festung den bitteren Geschmack der Demütigung gekostet. Obwohl seine Schatztruhen gefüllt waren, hatte der Orden ihm die Hilfe verweigert. Auch verzieh er es den Templern nie, dass sie es vor Jahren abgelehnt hatten, ihn, gleich dem englischen König Richard Löwenherz, als Ehrenmitglied aufzunehmen.
Philipp hatte sich ein Jahr später gerächt. Er ließ die königlichen Bogenschützen vor dem *Temple* aufmarschieren und alle Ritter verhaften. Guillaume von Nogaret hatte die geheime Aktion geplant und durchgeführt. In ganz Frankreich wurden zur selben Stunde alle Besitzungen des Templerordens

beschlagnahmt und alle Mitglieder eingekerkert. Man warf ihnen Ketzerei, Sodomie und Götzenverehrung vor.
»Der Orden der Templer *wird* verschwinden«, sagte der Großsiegelbewahrer mit fester Stimme.
Mathieu bat um das Wort.
»Es gibt Hinweise darauf, dass sich die angereisten Templer organisieren wollen, Majestät. Sie planen, einen Sprecher zu wählen, der ihre Interessen vor dem päpstlichen Tribunal vertreten soll.«
»Woher wollt Ihr das wissen?«
»In der Stadt schwirrt es vor Gerüchten. Der *Temple* ist Gerichtsstätte, wie Ihr wisst, und die angereisten Ordensbrüder sind gezwungen, sich in Herbergen und Gastwirtschaften einzuquartieren. Es genügt, seinen Wein im Kreis der Pariser Bürger zu trinken, um auf dem Laufenden zu bleiben.«
Er ersparte sich den Hinweis, dass auch Nogaret davon wissen musste, schließlich kontrollierte er das Netz der geheimen Agenten im Dienste des Königs. Zum Glück war er keiner von ihnen. Der Großsiegelbewahrer schaute ihn erbost an.
»Nennt man auch Kandidaten für diese Aufgabe?«
Der Ritter nickte.
»An erster Stelle Pierre von Bologne. Er ist Ordensritter, Priester und Spezialist der Rechte. Er hat in Rom die Interessen des Ordens vertreten. Man sagt, wenn einer die Fähigkeiten besitzt, das angeschlagene Schiff durch den Sturm zu bringen, dann sei er es.«
»Und was meint Ihr?«
Der König bedachte Mathieu mit einem nachdenklichen Blick.
»Ich halte ihn für einen Mann, der klug genug ist, das Richtige zu tun.«
»Ach ja?« Nogarets Stimme war kalt und leise. »Und das wäre?«
»Es liegt nahe, dass die Tempelritter ihren Großmeister zu retten versuchen. Molay ist ein schwacher Mann, aber er ist

ein Symbol für den Orden. Wenn man den Großmeister aus Frankreich herausbrächte, würden die Karten neu gemischt ...«

»Man muss diesen Mann verhaften. Auf der Stelle«, schrie der König aufgebracht.

»Mit welcher Begründung?«

Mathieu schalt sich im Geheimen einen Narren, den Namen genannt zu haben. »Noch ist keine Entscheidung gefallen. Und wenn sie fällt, ist Bologne der gewählte Sprecher aller Verteidiger, die ausdrücklich aufgefordert wurden zu kommen. Der Papst selbst hat dies im Namen der Gerechtigkeit gefordert. Sind wir den Männern, die im Heiligen Land für unseren Glauben gekämpft haben, nicht wenigstens Gerechtigkeit schuldig?«

Seine Frage rief tiefes Schweigen hervor. Der König ließ sich wieder in seinen Stuhl sinken und trommelte gereizt mit den Fingern auf die Armlehnen.

Die Augen des Großsiegelbewahrers waren zu schmalen Schlitzen verengt. Sein diabolisches Gehirn arbeitete fieberhaft.

»Wir müssen Pierre von Bologne im Auge behalten.«

Bespitzeln, korrigierte Mathieu im Stillen. Er teilte des Königs und Nogarets Abneigung gegen die Ordensritter nicht, doch er wurde gegen seinen Willen zum Dritten in diesem gefährlichen Bunde gemacht.

»Wer würde sich besser dafür eignen als ein Mann, der seinen Verstand zu gebrauchen weiß, viel gereist ist und dessen Treue zum König außer Zweifel steht«, fuhr der Großsiegelbewahrer fort und schenkte dem Ritter ein kühles Lächeln. »Ihr werdet die Pläne Bolognes herausfinden und jede Befreiungsaktion verhindern.«

Wenn der König ihm das Vertrauen schenkte, dann saß er in der Falle, die Nogaret ihm gestellt hatte; er konnte den Auftrag nicht ablehnen. Ein wohlwollender Blick warnte ihn, ehe die Bestätigung folgte.

»Ihr habt Eure diplomatischen Fähigkeiten in Brügge bereits unter Beweis gestellt und gute Arbeit geleistet. Mir scheint, Ihr seid die richtige Person, eine so heikle Aufgabe zu übernehmen. Die Anwesenheit einer Horde von Tempelrittern in unserer Stadt ist ärgerlich genug, aber wir können es uns nicht leisten, gegen sie vorzugehen. Sie würden von ihren Waffen Gebrauch machen. Macht Euch zum Schatten dieses Bologne. Ich erwarte umfassende, regelmäßige Berichte.«

Mathieu akzeptierte den Befehl mit einer schweigenden Verneigung. Er bewunderte den Mut der vielen hundert Ritter, die nach Paris gekommen waren, ihre Glaubensbrüder zu verteidigen, obwohl sie bei diesem Versuch das Leben riskierten. Für Pierre von Bologne empfand er sogar Hochachtung. Er erinnerte ihn an Simon. Clemens V. in all seiner wetterwendischen Schwäche wusste nicht, welch aufrechte Männer er in seinen Diensten hatte.

Ein leises Kratzen an der Tür verkündete eine wichtige Unterbrechung. Der oberste Schreiber Seiner Majestät hatte als Einziger die Erlaubnis, solche Besprechungen zu stören.

»Ein Bote aus Sens, Majestät.«

Der schnelle Atem des Mannes verriet, dass er eilig gelaufen war, um die Neuigkeit zu überbringen.

»Seine Eminenz der Erzbischof ist vor zwei Tagen am Schlagfluss dahingeschieden. Paris ist ohne Bischof.«

Die Stadt Paris gehörte zum Bistum von Sens. Sein Bischof saß damit automatisch dem Gericht vor, das das Urteil über die Tempelritter fällen sollte. Wer immer die Nachfolge des verstorbenen Kirchenmannes antreten würde, es musste ein Mann sein, der im Interesse des Königs und nicht des Heiligen Stuhles handelte. Der König reagierte unverzüglich.

»Versucht die Nachricht so lange wie möglich geheim zu halten und schickt mir einen vertrauenswürdigen Schreiber. Ich muss sofort einen Brief an Seine Heiligkeit diktieren. Ein Eilkurier soll sich bereithalten. Andrieu, Ihr könnt gehen.

Nogaret, Ihr bleibt. Wir müssen die Liste der Kandidaten überprüfen, die als Nachfolger für Seine Eminenz in Frage kommen.«

Mit großen Schritten eilte Mathieu durch den prächtigen Grande Salle des Schlosses, ohne die Blicke und Grüße zu beachten. Philipp der Schöne hatte aus der Burg seiner Vorfahren ein Schloss gemacht, das mit beeindruckenden Hallen und Sälen prunkte. In seiner ganzen Ausdehnung reichte es vom Domplatz der großen Kathedrale bis hinunter zur Westspitze der Île de Cité, wo die Sumpfwiesen begannen und den Blick auf die Judeninsel freigaben, die dahinter im Fluss lag. Die Insel trug lediglich noch den Namen. Der König hatte 1306 alle Juden des Landes verwiesen und die Vermögen konfisziert.

Im Grunde drehte sich bei Hof alles nur um Macht und Geld. Gewusst hatte Mathieu das schon lange, doch der Vernichtungsfeldzug gegen die Templer war ihm der Machtgier zu viel. Was er jetzt benötigte, war eine ruhige Ecke in einer Schänke, um seine Gedanken zu ordnen.

Am liebsten hätte er in diesem Augenblick seine Dienste beim König quittiert. Er wusste, was ihm widerstrebte, doch er hatte keine Vorstellung davon, wie es weitergehen sollte. Auf seinem angestammten Lehen saß sein Schwager mit seiner Schwester und dem Kind. Ein anderes Lehen lockte ihn nicht. Den König um Unterstützung zu bitten war er zu stolz.

Nicht einmal die Zuflucht in die Rue des Ursins konnte ihm die erforderliche Ruhe bringen. Da war dieses Mädchen, das unter seinem Dach lebte. Warum beunruhigte ihn das so? Beim Blick in ihre Augen stieg immer häufiger ein merkwürdiges Gefühl in ihm auf.

Etwas ging in ihm vor, seitdem sie ihm vom Himmel vor die Füße gefallen war.

## Bruder Simon

*Brügge, Pfarrhaus an der Beginenbrücke,*
*April 1310*

»Könnt Ihr mir weiterhelfen, ehrwürdiger Pater? Ich suche einen Mönch mit dem Namen Simon.«

Ein Mann im staubigen Reisegewand trat Simon unverhofft in den Weg, als er den Beginenhof verließ.

»Er steht vor Euch. Worum geht es?«

»Ich habe eine Botschaft für Euch.«

Ohne ein weiteres Wort übergab er ihm ein dünnes Päckchen mit dem Siegel des Papstes. Der Bote verneigte sich und ging zurück zu seinem Pferd, das an einem Pfahl angebunden war.

Neue Befehle? Simon zögerte. Das Pfarrhaus schien ihm nicht der richtige Ort, die Mitteilungen zu lesen. Kurz entschlossen ging er in den Weingarten zurück und in die Kirche. In der Sakristei war er allein. In der gewachsten Hülle befanden sich zwei Briefe. Nur einer war an ihn gerichtet. Die Schrift war die eines Sekretärs, der Ton die befehlsgewohnte Stimme des Erzdiakons.

»Eure Anwesenheit in Brügge ist nicht länger vonnöten«, las er zwischen den üblichen Floskeln. »Reist nach Paris. In Kürze findet dort der Prozess gegen die Ketzerin Marguerite Porète statt. Seine Heiligkeit erwartet von Euch einen umfassenden Bericht über den Verlauf des Verfahrens. Das beiliegende Schreiben unterrichtet den Erzbischof über Eure Aufgabe und weist Euch aus. Nach der Hinrichtung der Marguerite Porète erwarten wir Euch zurück in Avignon.«

Simon starrte auf die knappen Zeilen. Der Bericht, den er aus Brügge nach Avignon gesandt hatte, konnte kaum die Zustimmung des Erzdiakons gefunden haben. Er lieferte der Kurie zu wenig Material für ein Vorgehen gegen die Beginen. Plante

Seine Heiligkeit etwa, allen Beginen Ketzerei vorzuwerfen? Und was war es für eine Gerechtigkeit, wenn der Erzdiakon schon von Hinrichtung sprach, ehe das Urteil gefällt wurde?

Er hätte gerne gewusst, was in dem beiliegenden Empfehlungsschreiben stand, das er seiner Eminenz dem Erzbischof von Paris übergeben sollte, aber es war ebenfalls versiegelt.

Simon warf einen Blick auf das Kreuz an der Wand.

»Ausgerechnet Paris. Ysée lebt in Paris. Ist es dein Wille, mich von Neuem zu prüfen, Herr?«

Es verging kein Tag, ohne dass er an sie dachte. Kein Gebet vermochte die Leere zu füllen, die ihre Flucht in ihm zurückgelassen hatte. Würde er sie wiedersehen? Er versuchte sich jede Hoffnung darauf zu verbieten. Er begann auf der Stelle seine Abreise zu planen.

Der Frühling hatte in Brügge rege Betriebsamkeit entfacht. Sicher war es leicht, einen Handelszug zu finden, in dessen Schutz er die Hauptstadt des Königs ungefährdet erreichen konnte. Die Frage war mehr, welche Gefahren ihm in Paris drohten.

Auf seinem Weg ins Pfarrhaus vernahm er den Lärm der Zimmerleute und Dachdecker, die im Beginenhof die Schäden des Brandes beseitigten. Die Schuppen wurden größer denn je wieder aufgebaut, denn die frommen Schwestern waren in den Genuss unerwarteter Unterstützung gekommen.

Piet Cornelis hatte in den ersten Januartagen des neuen Jahres eine dritte Gemahlin gefreit. Die Witwe eines Händlers aus Gent hatte ihm zwar kein großes Vermögen, aber dafür zwei minderjährige Söhne in die Ehe gebracht. Aus Anlass der Hochzeitsfeier hatte der Tuchhändler dem Beginenhof eine großzügige Geldspende gemacht. Angeblich, damit die Beginen für seine und die Gesundheit seiner Gattin beteten. Simon wusste es besser. Cornelis wollte sich von seiner Schuld freikaufen.

Die Bürger von Brügge konnten sich die rätselhafte Großherzigkeit des Kaufmanns gegenüber den Beginen nicht erklären. Mit seinem Vorgehen schwächte er die Front der Gilden gegen sie, und manche Gegner des Weingartens waren gründlich verärgert. Seine Aussichten, das begehrte Bürgermeisteramt zu erringen, machte er damit zunichte.

Pater Felix sah Simon prüfend an, als er ihm mitteilte, er habe sich entschlossen, seine Pilgerreise fortzusetzen. Simon zog es nach gründlicher Überlegung vor, ihm den Grund seines Fortgehens nicht mitzuteilen. Er wollte ihn um keinen Preis beunruhigen.

»Eure Ruhelosigkeit besorgt mich, Bruder. Warum bleibt Ihr nicht in Brügge und versucht mit Eurem Herrgott ins Reine zu kommen? Ihr könnt Euren Zweifeln nicht davonlaufen.«

Woher wusste der Priester, dass seine Gewissenskonflikte größer denn je waren, dass er immer mehr zweifelte an der Kirche und daran, dass sie nach Gottes Willen auf Erden handelte. Die Würdenträger waren fast ausschließlich um Reichtum und Macht besorgt. Mildtätigkeit und Gebete, wo blieben sie?

»Was treibt Euch fort?« Pater Felix ließ nicht locker.

»Der Wunsch nach Frieden«, antwortete Simon. Es war sein sehnlichster Wunsch.

»Den könnt Ihr nur in Eurem eigenen Herzen finden.«

Der Priester legte voller Mitgefühl die Hände auf seine Schultern.

Das *Hôtel de Sens*, wie der Sitz des Bischofs von Paris genannt wurde, weil die Stadt dem Erzbistum von Sens zugeordnet war, bot dem Betrachter einen Wald aus Türmen, spitzen Dächern, umgeben von zinnenbewehrten Mauern. In seinen reich verglasten Fenstern spiegelte sich der Fluss, an dessen Ufer es stand. Die Gardisten Seiner Eminenz bewachten die Tore.

Nachdem Simon etliche Kontrollen passiert hatte, stand er

dem priesterlichen Sekretär des Erzbischofs gegenüber. Nicht einmal Seine Heiligkeit in Avignon lebte in solchem Reichtum.
»Ihr findet uns in Trauer, Bruder. Der Herr hat unseren Erzbischof zu sich gerufen.«
»Er schenke Seiner Eminenz den ewigen Frieden«, erwiderte Simon und überreichte sein Sendschreiben. »Wer verwaltet seine Amtsgeschäfte, wenn ich das fragen darf, bis der Heilige Vater einen Nachfolger benannt hat?«
»Das hängt davon ab, welche Aufgaben Euch zu uns führen, Bruder.«
Der Sekretär respektierte das Siegel des Papstes und behandelte seinen Gast mit ausgesuchter Höflichkeit.
»Seine Heiligkeit hat mich zum Beobachter des Prozesses gegen die Begine Marguerite Porète bestimmt.«
Über die Miene des Sekretärs flog unverkennbar Erleichterung. Simon ahnte, dass die Diener des verstorbenen Erzbischofs in höchster Unsicherheit schwebten. Solange Clemens V. den neuen Oberhirten nicht benannt hatte, mussten sie mit äußerster Vorsicht vorgehen. Das Verfahren der Begine war kein Politikum, es war normaler Kirchenalltag.
»Am besten übergebt Ihr Eure Legitimation dem Generalinquisitor. Er leitet die Untersuchungen und wird über die Ketzerin richten. Ich lasse Euch unverzüglich zu ihm bringen.«
Simon war nicht ganz wohl bei dem Gedanken, dem berüchtigten Dominikanerpater gegenüberzustehen. Vor elf Jahren war er der Beichtvater der Königskinder geworden und 1307 auch der Seiner Majestät. Guillaume Imbert hatte seine Glaubensthesen in der Schrift »Dialogus de septem sacramentis« veröffentlicht und galt als unbarmherziger Verfolger Andersdenkender.
Er empfing den Gesandten Seiner Heiligkeit ohne eine erkennbare Gefühlsregung.
Nachdem er das Legitimationsschreiben gelesen hatte, bedachte er Simon mit einem scharfen Blick.

»Seine Heiligkeit hat also die Beginen im Visier. Er kann sich meiner vollen Unterstützung gewiss sein. Es darf nicht sein, dass sich diese Frauen dem Einfluss der heiligen Mutter Kirche entziehen.«

»Gibt es Unterlagen über die bisherigen Untersuchungen?«, erkundigte sich Simon.

Imbert verzog ein wenig den dünnen Mund. »Die Protokolle werde ich Euch bringen lassen, Bruder. Diese Marguerite Porète geht auf das sechzigste Lebensjahr zu. Sie kam im Norden des Königreiches, in Hainaut, zur Welt. Ihre lästerliche Schrift wurde in den letzten Jahren des vergangenen Jahrhunderts veröffentlicht. 1306 hat sie Guy von Colmieu, der Bischof von Cambrai, in einem ersten Prozess streng verwarnt und den *Spiegel der einfachen Seelen* öffentlich verbrannt. Unbelehrbar, wie es die Natur des Weibes ist, zog sie jedoch weiterhin predigend durchs Land und verkündete ihre wirren Glaubensvorstellungen. Wir sind der Auffassung, dass viele Beginen ihren Auslegungen der Schrift folgen.«

»Sind es nicht eher ihre persönlichen Thesen?«, wagte Simon zu widersprechen. »In der Regel kennen wir Beginen als fromme Frauen, die sich den Geboten der Kirche unterwerfen.«

Der Generalinquisitor musterte ihn unwillig.

»Die Beginengemeinschaften haben niemals öffentlich Position gegen sie bezogen, und deshalb halten wir sie für gefährlich.«

»Warum kam es zu einer neuerlichen Anklage gegen die Frau?«

»Philipp von Marigny, der Provinzialinquisitor von Lothringen, hat sie wegen ihrer Umtriebe verhaftet. Die Ketzerin wurde nach Paris überstellt und im Châtelet eingekerkert. Bisher hat sie jede Reue und Einsicht vermissen lassen.«

In einer kurzen Gesprächspause erhob sich der Generalinquisitor, und Simon bemerkte erst jetzt seine schmächtige Gestalt. Wenn er sprach, konnte man ihn für einen Riesen halten. Er

setzte seine Stimme zudem ganz bewusst zur Unterstreichung der Autorität seines Amtes ein.
»Hochrangige Theologen der Pariser Universität prüfen zurzeit das ketzerische Machwerk der Begine, um die häretischen Thesen offen zu legen«, klärte er Simon auf, in einem Ton, der keinen Widerspruch duldete.
»Wann erwartet Ihr das Ergebnis?«
»Es kann nicht mehr lange dauern.«
»Ich möchte die Angeklagte sehen.«
»Man wird Euch Zutritt zum Châtelet gewähren. Vielleicht gelingt es Euch ja, die Ketzerin zum Widerruf zu bewegen. Öffentliche Reue würde Sympathisanten zum Schweigen bringen.«
»Ich werde mein Bestes tun«, versprach Simon.
Er verließ den Generalinquisitor zutiefst beunruhigt. Der Feldzug der Inquisition zur Erhaltung der kirchlichen Macht kannte keine Gnade. Er fürchtete schon jetzt den Augenblick, in dem er Marguerite Porète gegenüberstehen würde. Was achtzehn Monate im Verlies aus ihr gemacht hatten, wollte er sich nicht vorstellen.

Die Nacht vor dem Kerkerbesuch verbrachte er im Gebet. Er wollte Marguerite Porète im Glauben fest und in der Sache unbestechlich gegenübertreten. Aber bereits die Treppe hinab in die düstersten Verliese des Châtelets erschütterte diese Stärke.
Die Laterne des bulligen Wärters im Lederwams, der ihn führte, beleuchtete feuchte Steinquader. Die Stufen nahmen kein Ende. Kälte, Nässe und der stechende Gestank von Exkrementen machten jeden Atemzug zur Überwindung.
Je tiefer sie stiegen, umso stiller wurde es. Simon hatte das Gefühl, er betrete eine Gruft. Die Gefangenen, die sich hier unten befanden, waren fast schon zu Tode gequält. Hier vegetierte ein großer Teil der verhafteten Tempelritter. Sie waren gebro-

chen an Leib und Seele und warteten nur noch auf ihre Erlösung.
In den oberen Zellen waren ihm die Schreie durch Mark und Bein gegangen, hier unten verengte sich sein Brustkorb unter der Grabesstille. Die schlurfenden Schritte seines Begleiters hielten inne. Mit Flusswasser vermischter Schlamm durchweichte seine Sandalen.
Der Wärter stellte die Laterne ab und schob den kratzenden Riegel einer Bohlentür zurück, deren Eisenbeschläge beim Öffnen quietschten. Simon trat zurück, doch er ermahnte sich. Er gab dem Kerkermeister ein Zeichen, ihm zu leuchten, bückte sich und trat nach einem tiefen Atemzug in das Verlies hinter der Tür.
Selbst als seine Augen Einzelheiten erkennen konnten, fiel es ihm schwer, die Umrisse des gequälten Menschen auszumachen, der hier in Dunkelheit und Dreck lag. Ein leises Klirren von Ketten und rasselnde Atemzüge verrieten ihm, dass das erbärmliche Bündel vor seinen Füßen noch lebte.
Angekettet existierte die Gefangene ausschließlich von Wasser und halb verschimmeltem Brot. Sie konnte mit keinem Menschen sprechen, und die Stunden und Tage flossen wie ein endloser Strom der Kälte und Dunkelheit an ihr vorüber. Nur wenige überlebten hier längere Zeit. Die meisten wurden wahnsinnig, bevor sie starben.
»Der Herr sei mit dir, Schwester«, sagte er mechanisch.
Im Lichtschein konnte er erkennen, dass sie die Augen öffnete. Es war jedoch kein Ausdruck in ihrem Blick. Sie starrte an ihm vorbei ins Leere.
Simon kniete sich, ohne auf seine Kutte zu achten, neben ihr zu Boden.
»Die heilige Mutter Kirche in ihrer unendlichen Güte gibt dir Gelegenheit, deine Sünden zu bereuen, Marguerite.«
Hatte sie ihn gehört? Sie rührte sich nicht. Es musste doch eine Möglichkeit geben, sie vor noch Schlimmerem zu bewahren.

Inständig flehte er sie an. »Bitte gestehe, dass du dich gegen die Kirche versündigt hast. Gott wird dennoch nicht aus deinem Herzen weichen und dich als sein Kind aufnehmen.«

Neuerliches Kettenklirren verriet, dass die Gefangene sich aufzurichten versuchte. Er konnte ihr Gesicht erkennen. Ihre Lippen waren aufgerissen und blutig, ihre Nase zertrümmert.

»Wessen habe ich mich schuldig gemacht?«, stammelte sie mit gebrochener Stimme.

»Du weißt, was die Kirche dir vorwirft. Wenn du nicht für dich bereust, so denke an deine Mitschwestern«, appellierte er mit aller Leidenschaft an ihre Einsicht. »Du schadest dem Ruf aller Beginen. Im ganzen Königreich werden sie für deine Verfehlungen mitbüßen müssen.«

Er sah ihr die Anstrengung an, mit der sie die knochigen Finger zitternd zum Gebet faltete.

»Was mit uns allen geschieht, ist Gottes Wille«, war alles, was sie sagte.

Die stille Ergebenheit und Würde dieser Feststellung entwaffnete Simon. Wie überzeugend musste sie im Vollbesitz ihrer Kräfte gewesen sein.

»Du wirst sterben.«

Für einen Augenblick sahen sie sich in die Augen. Sie schien in die Tiefen seiner Seele zu blicken.

Wie unter einem Zwang legte er seine Hand auf den knochigen Kopf mit den wirren Haarsträhnen und gab ihr einen stummen Segen, bevor er sie verließ.

Wie sollte er Bericht erstatten in Avignon, wenn sich alles in ihm gegen die unmenschliche Behandlung aufbäumte, die der Beklagten zuteil wurde? Woher nahm die Kirche sich das Recht, Leben zu nehmen, das Gott gegeben hatte? Wie rechtfertigte sie diese Folter?

Simon ließ das Châtelet hinter sich. Wer in seinen Kerkern saß, ob Templer oder Begine, hatte den Tod vor Augen. Er wagte erst sich umzusehen, als er die Seinekais erreicht hatte.

Über dem ganzen Viertel lag der scharfe Geruch aus Metzgerläden, Schlachthäusern und Gerberwerkstätten. Geruch nach Leben, dachte er, doch das Gewimmel der Menschen, Fuhrwerke und Tiere zwischen den beiden Häuserreihen der Brücke beunruhigte ihn.
Gerüchte besagten, dass sich bereits fast tausend Tempelritter in Paris befanden, um für ihre fünfhundert gefolterten und eingekerkerten Brüder zu sprechen. Zwei Verteidiger für jeden. Aufruhr lag in der Luft.
Die Pariser, bislang aufseiten ihres Königs und von der Hetzpropaganda beeinflusst, die *le terrible* so geschickt in Umlauf gebracht hatte, begannen Fragen zu stellen. Es kam ihnen zunehmend unwahrscheinlicher vor, dass die Vorwürfe der Verleugnung Christi und der Unsittlichkeit im Orden auf Wahrheit beruhten.
Über den Dächern der Brückenhäuser zogen die gewaltigen Ecktürme der neuen Kathedrale Simons Blick auf sich. Wie ein Ruf klangen die Schläge der schweren Bronzeglocke über den Fluss, die soeben die elfte Stunde des Tages verkündete. Ein böiger Wind kräuselte das Wasser und trieb bauschige Wolken über die Stadt nach Westen, den Fluss hinab.
Seine Füße setzten sich von selbst in Bewegung. Er stand bereits auf der Brücke, als ihm klar wurde, welchen Weg er einschlug.
Die Cité war das Gebiet des Königs! Auf der Cité lebte Mathieu. Er hatte ihm gesagt, dass er dort ein Haus gemietet hatte, weil er nicht im Palast eine Kammer mit anderen teilen wollte. War es ratsam, eine Begegnung mit seinem Bruder zu riskieren? Sicher nicht. Es würde zu Fragen führen, die besser ungestellt blieben.
Es schmerzte, die Richtung zu ändern und dem Fluss den Rücken zu kehren. Mit merklich schwerfälligerem Schritt verließ er den *Pont au Change* und kehrte zum Bischofssitz zurück.

Der Klang der übrigen Glocken von Paris war jenem von Notre-Dame gefolgt, aber Simon hörte sie nicht. Seine Gedanken waren von Erinnerungen gefesselt. Eine betrübte Stimme hallte in seinen Kopf nach.
»Vergesst mich!«
Er konnte es nicht.
Hatte sie ihn bereits vergessen?

# Elftes Kapitel
# Masken

## Der falsche Jüngling

*Paris, Saint Mathurin,*
*11. April 1310*

Ysée wusste nicht, was ihre neuen Freunde für den heutigen Tag geplant hatten. Sie hatte lediglich zugesagt, zur vereinbarten Zeit auf dem Vorplatz von Notre-Dame zu erscheinen, und sich wieder heimlich aus dem Haus geschlichen.
Nun, nachdem sie den Plan kannte, fragte sie sich, ob es nicht sträflicher Leichtsinn sein würde, in dieser Verkleidung zu einem Kirchentribunal zu gehen.
Der ahnungslose Renard wollte keine Ausrede gelten lassen.
»Es macht mir Angst«, flüsterte Ysée.
»Unsinn, Kleiner. Wovor solltest du dich fürchten?«
»Sie könnten herausfinden, dass ich gar kein richtiger Student der Leges bin.«
»Alle Studenten in Paris unterstehen allein dem Rektor der Universität. Er steht ihnen vor, ist ihr Gerichtsherr und oberster Verwalter. Nur er richtet über die Verfehlungen eines Scholaren. Weder Kirche noch Krone haben darauf Einfluss. Du musst in unserem Schutz keine Angst vor den Garden des Herrn Bischof, den Männern des Königs oder der Miliz des Stadtmagistrats haben. Zudem, wir studieren die Rechte, es ist

unsere Pflicht, die wichtigen Prozesse in Paris zu verfolgen. Seit das Konzil von Toulouse im Jahre 1229 das Instrument der Inquisition eingeführt hat, sieht die Kirche jeden Angriff auf ihre Lehre auch als Angriff auf die staatliche Ordnung. Im Zweifelsfall opfert man eher einen Unschuldigen, als diese Ordnung zu gefährden. Man wird uns also nicht behelligen.«
Renard bereitete es Vergnügen, seinen wissbegierigen Freund zu belehren. Er ließ Ysée nicht zu Wort kommen.
»Die bevorstehende Verhandlung ist sogar für dich interessant, denn sie muss sich der Sprache des Volkes bedienen, weil die Angeklagte das Lateinische nur unvollkommen beherrscht.«
»Es ist eine Frau?«
»Vielleicht hast du schon von ihr gehört.« Jeannot verdrehte frech die Augen und faltete die Hände weit vor sich, als wäre ihm ein mächtiger Busen im Wege. »Eine Abtrünnige.«
»Wie heißt diese Frau? Wieso sollte ich sie kennen?«
»Marguerite Porète. Eine Begine. Sie weigert sich seit über einem Jahr, ihre ketzerischen Thesen zu widerrufen. Heute soll das Urteil der einundzwanzig Theologen verkündet werden, die sich mit ihrem Buch befasst haben. Sie werden es für ein *liberum pestiferum, continentem heresim et errores* halten, darauf gehe ich jede Wette ein.«
Ysée war vor Schreck ganz blass geworden. Sie fragte lieber nicht, was die lateinischen Worte bedeuten sollten.
Es dauerte eine Weile, bis sie sich wieder gefangen hatte.
»Wird sie verurteilt, weil sie geschrieben hat, weil sie eine Begine ist oder weil sie eine Frau ist?«, erkundigte sie sich, sobald sie ihrer Stimme wieder traute, besonders herausfordernd.
Ihre Aufzählung rief verblüfftes Schweigen hervor. Dann redeten alle gleichzeitig.
»Noch ist sie nicht verurteilt.«
»Sie ist dem Gesetz unterworfen, gleich welchen Geschlechts sie ist.«

»Die Kirche schätzt keine Frauen, die es wagen, eigene Gedanken zu formulieren.«
»Weiber haben zu gehorchen und zu schweigen.«
Ysée beherrschte sich mit Mühe.
»Das klingt, als hätte die Kirche etwas gegen Weiber.«
»Schon seit Adam und Eva«, meldete sich Étienne, der so selten das Wort ergriff.
Er war der Älteste in der Runde. Der Fuchs hatte Ysée erzählt, dass er aus dem Flandrischen kam, und sein Akzent weckte jedes Mal in ihrem Herzen Heimweh nach dem Weingarten.
»Man könnte ebenso gut Adam dafür verurteilen, dass er so dumm war, den Apfel zu nehmen«, kritisierte sie den uralten Vorwurf der Erbsünde. »Ist nicht jener, der einer Versuchung erliegt, ebenso schuldig wie der, der in Versuchung führt?«
»Hört, hört unseren Grünschnabel. Was verstehst du schon von der Versuchung, Kerlchen? Wenn dir eine Dirne auf dem Markt von Notre-Dame schöne Augen macht, denkst du doch, dass sie dein elegantes Barett bewundert«, spottete Jeannot lachend.
Jeannot war der Komödiant der Gruppe. Mit seinen lebhaften Gesten, der dürren Gestalt und den spöttischen Grimassen hatte er stets die Lacher auf seiner Seite. So war es eine ausgelassene Gruppe, die zur Kirche von Saint Mathurin zog, wo an diesem regnerischen Apriltag das endgültige Urteil über die Schrift der Begine gefällt werden sollte.
Seit Ysée erfahren hatte, dass es um Marguerite Porète ging, war die Entscheidung gefallen. Sie musste die Frau sehen, die solchen Einfluss auf ihr Leben gehabt hatte.
Hör auf, ständig alles zu fürchten!, schalt sie sich selbst und verdrängte entschlossen ihre düsteren Gedanken. Sie würde schon nicht vor den Stadtvogt von Paris, den *Prévôt*, gezerrt werden, weil sie sich als Frau anmaßte, Männerkleider zu tragen.

Renard hatte ihr ahnungslos verraten, welches Verbrechen sie damit beging. Die Kirche verurteilte es als Häresie, wenn jemand die Kleidung des anderen Geschlechts anlegte. Hatte Simon davon gewusst, als er diese Rolle für ihre Flucht aus Brügge vorschlug? Und wenn ja, warum setzte er sich über die Gebote der Kirche hinweg?

Ysée führte einen ständigen Kampf des Herzens gegen ihren Verstand. Was hatte es für einen Sinn, einem federleichten Kuss nachzuweinen, der Illusionen und Träume weckte? Es konnte, durfte nicht sein.

Dass sie in diesem Moment Saint Mathurin erreichten, zerstreute ihre Gedanken. Die grauen Mauern des Gotteshauses waren im Gegensatz zu Notre-Dame völlig schmucklos, der Turm rechteckig und nur wenig höher als das schieferbedeckte Spitzdach. Die offenen Türen wurden von der Garde des Erzbischofs bewacht. Die Bewaffneten erhoben keinen Einwand, als sich die Studenten unter die Priester, Bettler und Bürger mischten, die bereits das Kirchenschiff füllten. Ysée entdeckte auffällig viele Frauen unter ihnen.

Die Menge murmelte, schob und drängelte. Halb Paris hoffte die Begine zu sehen, die dem gefürchteten Dominikanerpater und Generalinquisitor von Frankreich, Guillaume Imbert, seit achtzehn Monaten trotzigen Widerstand leistete.

Unter feierlichem Beckenschlag nahm die Reihe der Prälaten und Würdenträger im geschnitzten Chorgestühl neben dem Altar Platz. Unverhofft breitete sich solche Stille aus, dass das Rascheln der Mäntel und Chorhemden sowie das Knarren der Holzsitze überdeutlich in den Ohren tönten.

Die schweren Schritte des Mannes, der nun auf die Kanzel stieg und die versammelte Menge musterte, ehe er mit einem bedeutsamen Kopfnicken Befehl gab, die Angeklagte hereinzuführen, hatte eine Unheil verkündende Ausstrahlung.

Ysée reckte sich auf die Zehenspitzen. Sie sah dünne, graue Haarsträhnen und eine zusammengesunkene Gestalt in einem schmutzigen Büßerhemd, die sich nur aufrecht halten konnte, weil sie von Bewaffneten unter den Armen gestützt wurde. Als die Wachsoldaten zurücktraten, sank das Opfer auf dem Steinboden vor dem Altar zusammen. Folter und Schwäche hatten Marguerite Porète jede Kraft geraubt.

Der entsetzliche Anblick entlockte nicht nur Ysée einen unterdrückten Aufschrei. Die Zuschauer steckten tuschelnd die Köpfe zusammen. Den Männern des Gerichts war keine Regung anzusehen. Statuen gleich thronten sie auf ihren Sitzen und lauschten der Anklage, die der Generalinquisitor nun mit strenger Stimme verlas.

»Es ist nicht Sache der Frauen, zu lehren und die Bibel auszulegen. Wer es dennoch tut, ist wie die Schlange, die Adam und Eva mit ihrem Gift verdorben hat«, verkündete er.

Ysée zog den Kopf ein, aber ihre Fäuste ballten sich vor Zorn. Ihr ganzes Herz schlug Schwester Marguerite entgegen, die reglos auf dem Boden lag. Wie gerne hätte sie ihr geholfen. Sie verteidigt. Besaß denn keiner von all diesen Kirchenmännern die Vernunft zu erkennen, dass sie in ihrer Schrift nicht zur Sünde, sondern zur Liebe aufrief?

Die fünfzehn Sätze aus dem *Spiegel der einfachen Seelen*, die von den einundzwanzig Theologen im Chorgestühl als ketzerische Thesen eingestuft wurden, wurden von den Beobachtern mit leisem Gemurmel zur Kenntnis genommen. Was war verdammenswert an diesen Aussagen?

*Tugend, ich nehme Abschied von Euch!*

*Die liebende Seele gewährt der Natur alles, wessen sie bedarf, ohne Gewissenszweifel.*

*Die Seele will keinerlei Hilfe oder Schonung, weder von Gottes Macht noch von seiner Weisheit und Güte.*

Das Buch bestand nicht nur aus diesen Sätzen. Die Theologen hatten sie aus einem logischen Zusammenhang gerissen. Warum unterschlug der Großinquisitor wichtige Verknüpfungen?

»Sie reißen alles aus der Gedankenfolge«, raunte sie Renard empört zu. »Wie können sie das tun?«
»Schsch«, mahnte er und drehte besorgt den Kopf. »Achte darauf, was du sagst. Bei solchen Ereignissen sind immer Mönche oder Priester unterwegs, die sich im Volk umhören. Wenn du die Partei der Porète ergreifst, kannst du schnell Ärger bekommen.«
Ysée presste die Lippen aufeinander und konzentrierte sich wieder auf die Anklage.
»Es geht nicht an, dass eine Begine, als wäre sie von Geistesverwirrung getrieben, über die Heilige Dreifaltigkeit und die göttliche Wesenheit diskutiert und sich verbreiten will.«
Die Vorwürfe des Großinquisitors hallten vom Tonnengewölbe des Kirchendaches wider.
»Dennoch hat die apostolische Kirche in ihrer unendlichen Güte sich die Mühe gemacht, diese unselige Schrift von den klügsten Theologen der Universität prüfen zu lassen. Ihr Urteil ist einstimmig: Häresie! Nimm Abstand von diesen Thesen, Marguerite, oder deine Seele wird zum Höllenfeuer verdammt sein!«
Die Menge im Kirchenschiff duckte sich raunend unter der donnernden Forderung.
»Widerrufe!«
»Sorge dich nicht um meine Seele, Bruder. Gott ist in mir.« Marguerite Porète klang leise, aber völlig klar.
Jedermann hielt den Atem an, um zu verstehen, was sie sagte.
»Gott gibt meiner Seele alles, wessen sie bedarf. Ich mag töricht gewesen sein, als ich dieses Buch schrieb. Ich handelte wie einer, der das Meer in sein Auge einschließen und die Weltkugel auf der Spitze eines Binsenrohres tragen wollte. Und doch war ich nicht mehr als das Sprachrohr meines Herrn, in dessen Liebe ich geborgen bin.«
Die sanfte Antwort rief einen wahren Tumult hervor. Ysée hatte sich, wie von einem Sog getrieben, nach vorne gedrängt. Es

gelang ihr gerade noch, die Kappe festzuhalten, die ihr über die Augen rutschte.
Als sie wieder sehen konnte, lag Schwester Marguerite nur wenige Schritte vor ihr auf den Steinquadern. Eine Greisin in Lumpen, den Schorf vernarbter Foltermale an Handgelenken und Beinen. Mehr Wrack als Mensch. Dennoch umgab sie eine starke Aura von Seelenruhe und Harmonie. Ysée starrte sie fassungslos an.
Marguerite Porète hob den Kopf, und ihre Blicke trafen sich. In Marguerites Gesichtszügen waren Schmerz, Hunger und Müdigkeit zu erkennen, in ihren Augen jedoch lag überirdische Ruhe.
Völlig in den Bann der Begine gezogen, nahm Ysée nicht wahr, dass einer der Mönche im Gefolge des Großinquisitors nach vorne trat und sie näher ins Auge fasste. Im Schatten der Kapuze verschwanden seine Züge, aber seine gefalteten Hände verkrampften sich.
Sie hielt den Blickkontakt mit Marguerite Porète, bis der Großinquisitor sie als rückfällige Ketzerin brandmarkte und sein endgültiges Urteil fällte.
»Ins Feuer mit der Begine!«
Der wütende Spruch fand sein Echo unter der aufgepeitschten Menge. Frauen weinten, Männer brüllten.
»Begine ins Feuer!«
»Werft die Begine ins Feuer!«
»Lasst die Begine brennen!«
Die Verurteilte wurde von den Männern der bischöflichen Garde gepackt und davongeschleppt.
Ysée streckte die Hand nach ihr aus. Eine Geste, die im Getümmel unterging und nur von der Verurteilten und dem beobachtenden Mönch bemerkt wurde.
»Yvo, so komm schon!«
Renard entdeckte seinen Schützling und drängte ihn zum Ausgang. Er zerrte sie gewaltsam durch die Menge, die nach Ende

des Spektakels hinausdrängte. Es hatte zu regnen begonnen. Ein heftiger Guss, der jeden Umhang und jedes Wams in kürzester Zeit durchnässte und dafür sorgte, dass sich die Menschen in Windeseile zerstreuten.

Renard und seine Freunde wollten in eine nahe liegende Schänke, doch Ysée lehnte völlig geistesabwesend ab. »Ich muss nach Hause. Wenn mein Herr mich sucht, bekomme ich Ärger.«

»Nimm es dir nicht so zu Herzen«, riet Renard, der ihren verstörten Gesichtsausdruck wahrnahm. »Sie hat es nicht anders gewollt. Du kannst dem Großinquisitor keinen Vorwurf machen. Er hat getan, was ihm das Recht vorschreibt. Sie hätte gestehen und abschwören müssen. Wieso hat sie es nicht getan?«

»Weil sie mit ganzem Herzen glaubt, was sie predigt.«

»Zum Donnerwetter, willst du mit mir über die Feinheiten der Inquisition debattieren, während es wie aus Kübeln schüttet? Komm mit unter irgendein Dach, dort können wir weiterreden.«

»Nein.«

Ysée schüttelte heftig den Kopf.

Sie rannte davon. Sie kannte sich inzwischen gut genug aus, um den schnellsten Weg über den Pont au Change in die Cité zu nehmen. Sie schlängelte sich mit dem Geschick eines Gassenjungen zwischen den tropfnassen Fuhrwerken und den eiligen Menschen hindurch.

Der Mönch, der ihr folgte, verlor sie aus den Augen, bevor er das Ende der Brücke erreichte.

# Der Freund der Templer

*Paris, Sainte Chapelle,*
*22. April 1310*

Seit Mathieu sich am fünften Apriltag im Garten der Erzbischöflichen Residenz unter die vielen hundert Templer gemischt hatte, hatte Pierre de Bologne ihn als einen Freund der Verfolgten akzeptiert. Er hatte sich an seinen Schatten gewöhnt, schien Mathieu sogar zu vertrauen. Die Ordensritter warteten darauf, dass die päpstliche Kommission darüber entschied, ob die Sprecher der Gemeinschaft ihre eingekerkerten Brüder besuchen durften oder nicht.

»Mein Gefühl sagt mir, dass Ihr auf unserer Seite steht. Ich täusche mich selten in einem Menschen.«

Mathieu mied Pierre de Bolognes Blick, der neben ihm im Säulenwald des Untergeschosses der Sainte Chapelle kniete und ein vertrauliches Gespräch mit ihm suchte. Das Obergeschoss der Hofkapelle König Ludwigs, den Papst Bonifaz VIII. heilig gesprochen hatte, blieb der königlichen Familie vorbehalten. Dort lagen in goldenen, mit Juwelen besetzten Schreinen die kostbarsten Reliquien der Christenheit: die Dornenkrone Christi, Splitter des Kreuzes, an dem Jesu gestorben war, sowie Teile seines Grabtuches und des Purpurmantels, den die Römer voller Hohn über seine Schultern gelegt hatten.

»Es ist kaum zu fassen, dass der Großvater Seiner Majestät den Venezianern einmal 135 000 Livres für eine Reliquie bezahlt hat«, setzte Bologne nachdenklich das Gespräch fort.

»Und nur für die Dornenkrone«, fügte Mathieu hinzu. »Der Kauf der Reliquien des Kreuzes, des Mantels und des Grabtuches wurde von den Templern vermittelt und hat ein weiteres Vermögen gekostet.«

Bologne räusperte sich.

»Ich weiß, dass meine Brüder hierfür hoch entlohnt wurden, aber ich bin dankbar, dass diese heiligen Symbole unseres Glaubens hier in Sicherheit sind.«

Er hob die Augen zu den reich verzierten Gewölbebögen, die in Gold, Purpur und tiefem Himmelblau glänzten.

»Ich wünschte, ich könnte einen einzigen Blick auf sie werfen.«

»Ihr müsst Euch mit dem Wissen begnügen, dass sie unter demselben Dach sind.« Mathieu deutete nach oben. »Kunstfertige Handwerkerhände haben den schönsten Schrein der Welt für sie geschaffen.«

Pierre de Bologne senkte das Haupt über die geschlossenen Hände und vertiefte sich in ein Gebet. Stunden schwieriger Anhörungen voller Widersprüche und Vorwürfe lagen hinter ihm, aber er wirkte, als habe die juristische Farce unter dem Vorsitz des Bischofs von Narbonne ihn unbeeindruckt gelassen.

Der Rechtsgelehrte des Ordens unterlief seit Tagen alle spitzfindigen Behauptungen der Kommission. Sein Glaube, sein fähiger Kopf und seine Erfahrung machten ihn zu einem Ärgernis für die kirchlichen Würdenträger, aber zu einer immer größeren Hoffnung für die gefangenen Ritter. Mathieus anfänglicher Respekt für ihn wandelte sich zunehmend in Bewunderung.

Dass er darum gebeten hatte, mit ihm die Sainte Chapelle aufzusuchen, verunsicherte ihn jedoch. Was verbarg sich hinter dieser Bitte? Wollte Bologne ihn in Sicherheit wiegen, obwohl er ihn längst durchschaut hatte? Waren die Schliche des Großsiegelbewahrers sogar für seinen geschulten Geist zu raffiniert? Mathieu war jedenfalls festen Willens, ihn zu warnen. Seine Abneigung gegen Nogaret gab den Ausschlag.

»Gesetzt den Fall, Ihr wäret an meiner Stelle«, unterbrach die Stimme Bolognes in diesem Augenblick seine unruhig schweifenden Gedanken. »Wie würdet Ihr handeln?«

Mathieu sah ruckartig auf. Konnte der andere seine Gedanken lesen?
»Ich würde nie die Person des Königs außer Acht lassen«, sagte er nach einem tiefen Atemzug. »Ihr steht zwar vor der Kommission des Papstes, aber die Hintergründe sind sehr vielschichtig.«
»Die drohenden Anzeichen der Gefahr sind von unserem Großmeister nicht erkannt worden.« Bologne gestattete sich ein gereiztes Schnauben. »Das begann schon vor zehn Jahren, als er unseren Schatzmeister aus dem Orden verstieß, weil er der Krone von Frankreich Geld geliehen hatte. Und nicht zu vergessen die Erniedrigung, die der König erfahren musste, als er vor dem Pariser Pöbel in den *Temple* fliehen musste. Ich wünschte, Monsieur de Molay hätte damals eine größere Weitsicht besessen.«
Mathieu stimmte ihm zu. »Der Großmeister hätte in Zypern bleiben sollen, statt der Einladung des Heiligen Vaters nach Frankreich zu folgen. Es war abzusehen, dass es zu dem neuen Kreuzzug nie kommen würde, den der Papst als Grund für die Einladung angab.«
Sie tauschten einen Blick. Beide erinnerten sich an die damalige, viel zu prunkvolle Ankunft des Großmeisters »der armen Ritterschaft Christi vom salomonischen Tempel«. Jacques von Molay war wie der regierende Fürst eines Landes aufgetreten. Er hatte das gesamte Vermögen des Ordens im Gepäck und ließ sich von sechzig ausgewählten Rittern begleiten.
Zwölf starke Packpferde waren angeblich nötig gewesen, um allein die Truhen voller Gold und Juwelen zu transportieren. Die Bürger des ganzen Königreiches zerrissen sich seither das Maul über den sagenhaften Schatz der Templer. Mittlerweile waren aus den zwölf Packpferden schon zwölf schwer beladene Fuhrwerke geworden.
»Er hat dem Orden geschadet«, fügte Mathieu knapp hinzu. »Und er tut es immer noch. Ich verurteile keinen Mann, der

unter der Folter unsinnige Dinge gesteht, aber seit man ihn von seinen Rittern getrennt hat, sagt er in jeder Einvernahme etwas anderes aus. Er sitzt in Schloss Gisors und wird abwechselnd von den Männern des Königs und denen des Papstes verhört. Man hat Mühe zu begreifen, was Angst oder Einsamkeit in seinem Kopf angerichtet haben.«

»Gisors?« Pierre de Bolognes Stimme klang seltsam gepresst. Gisors lag an der Grenze zur Normandie und galt als uneinnehmbare Festung.

Wenn es in seiner Macht lag, zu verhindern, dass noch mehr fromme und ehrenwerte Männer ihr Leben verloren, dann musste Mathieu handeln. Der König würde seine Pläne auch durchsetzen, wenn weniger gefoltert und getötet wurde.

»Ich habe gehört, man hätte ihn schon vor einiger Zeit dorthin gebracht«, sagte er ruhig. »Er ist im *Tour de Prisonnier* eingekerkert, den König Philipp Augustus dort gebaut hat. Vermutlich wollte Seine Majestät einem möglichen Befreiungsversuch vorbeugen. Aber Ihr seid sicher zu vernünftig, um einen solch tollkühnen Plan zu schmieden. Seht den Tatsachen ins Auge. Der Orden und sein Großmeister sind verloren.«

»Warum? Wegen der 127 lächerlichen Artikel der Anklage? Hasst uns der König so sehr?«

»Ihr unterstellt ihm Gefühle, die für seine Entscheidungen nicht maßgeblich sind. Sein Stolz mag gekränkt sein. Er ist verärgert, gleichwohl wird er sich nie gestatten, durch persönliche Empfindlichkeiten sein Handeln bestimmen zu lassen. Alles, was er tut, dient in erster Linie dem Erhalt und dem Ruhm des Königreiches. Aus Erfahrung weiß er, dass Hartnäckigkeit mehr bewirkt als Heldenmut und Schlachtengetöse.«

»Und er ist wohl entschlossen, den Einfluss der Kirche auf ein Mindestmaß zurechtzustutzen. Papst Clemens ist kein Gegner für ihn.« Bologne suchte Mathieus Blick. »Was also würdet Ihr tun, um wenigstens das Leben unschuldiger Männer zu retten, wenn schon ihre Organisation zum Untergang verurteilt ist?«

»Mich selbst in Sicherheit bringen und dazu so viele meiner Brüder, wie es mir möglich ist. Ihr seid nicht ohne Freunde. Die Pariser sind ein launenhaftes Volk. Sie haben die stolzen Tempelritter nicht gemocht, aber die gefolterten Männer, die bereit sind, für ihren Glauben zu sterben, beginnen sie immer mehr zu bewundern. Der König weiß dies, und er wird schnell und rücksichtslos handeln.«

»Ihr wisst viel, Bruder. Wisst Ihr vielleicht auch, wer der Nachfolger des verstorbenen Erzbischofs von Sens werden soll?«

Mathieu zögerte. Er hatte den Namen des Kandidaten gehört, und nach kurzem Überlegen entschied er sich, ihn zu nennen.

»Seine Majestät hat dem Papst nahe gelegt, den Bruder seines Ministers Enguerrand von Marigny mit dem Erzbistum von Sens zu belohnen. Seine Verdienste als Provinzialinquisitor von Lothringen machen Monsieur von Marigny zu einem guten Kandidaten. Wenn er den Vorsitz über die Synode hat, der das endgültige Urteil über die Templer obliegt, dann wird es unzweifelhaft im Sinne des Königs fallen.«

»Philippe von Marigny«, wiederholte Pierre von Bologne nachdenklich. »Ob der Heilige Vater darauf eingeht, sich eine solche Laus in den Pelz zu setzen?«

»Erinnert Ihr Euch an eine wichtige Entscheidung in den letzten Jahren, die er gegen Philipp den Schönen gefällt hat?«

Die Rückfrage erübrigte die Antwort.

Der Tempelritter bekreuzigte sich, erhob sich von den Knien. Er ging zum Ausgang des Gotteshauses, das inmitten des königlichen Palastgeländes stand. Nur ein schmaler, überdachter Gang verband die Oberkapelle mit der Wohnung des Königs. Ludwig der Heilige hatte auf diesem Wege die Messen besucht und seine Gebete verrichtet. Auch sein Enkel schätzte diese Möglichkeit zum ungestörten Gebet. Der König bekämpfte zwar die weltliche Macht der Kirche, aber er war dennoch ein gläubiger Christ. Seit dem Tode seiner Gemahlin verbrachte er mehr Zeit im Gebet als bei seinem Lieblingssport, der Jagd.

Mathieu folgte Bologne schweigend, und die beiden Männer hielten erst inne, als sie die Brücke zum rechten Ufer des Flusses erreicht hatten. Am Ufer wartete ein Boot auf Pierre de Bologne. Ehe er einstieg, fasste er freundschaftlich nach der Hand seines Begleiters.

»Sollten wir uns nicht wieder sehen, werde ich Euch als einen aufrechten Mann in Erinnerung behalten, der in Zeiten der Lüge und des Verrats den Weg der Ehre und des Mutes geht. Gott schütze Euch, mein Freund.«

Mathieu fehlten die Worte, diesen unerwarteten Gruß zu erwidern. Er konnte nur dem Boot nachsehen, das den Tempelritter über die Seine brachte, und ihm wünschen, klug genug zu sein, sein Leben zu retten.

Schon der nächste Tag brachte die Nachricht, dass Bologne zusammen mit den anderen drei Sprechern der Tempelritter im Châtelet eingekerkert worden war. Mathieu erfuhr im Rat des Königs davon, und er hatte Mühe, seinen Zorn zu beherrschen.

»War dies nötig?«, fragte er so heftig, dass der König die Stirn runzelte und zu Nogaret aufsah.

»Es geht uns lediglich darum, die Sicherheit der Verhandlungsführer zu gewährleisten«, antwortete *le terrible* ungerührt. »Ihr wisst, wie es in den Straßen der Stadt zugeht. Ein einziger Ausbruch von Gewalt, in dem Monsieur von Bologne zu Schaden kommt, und schon schiebt man uns die Schuld dafür in die Schuhe. Das darf nicht geschehen.«

»Und im Châtelet kommt niemand zu Schaden?«, erkundigte sich Mathieu sarkastisch.

»Monsieur de Jamville, der das Châtelet befehligt, hat lediglich den Befehl, die vier Ritter zu beschützen und zu bewachen. Nicht mehr«, beendete der König die Debatte.

Mathieu knirschte mit den Zähnen und ersparte sich den Hinweis, dass die Gastfreundschaft Seiner Majestät die vier Ordensmänner auf eine Stufe mit Ketzern, Galgenstricken und Betrügern stellte. Wenn sich König und Großsiegelbewahrer

in ihrem Vorgehen einig waren, gab es keine Möglichkeit, das Verhängnis abzuwenden.
Keine legale zumindest.
Er fand Jean Vernier in der Küche des kleinen Hauses in der Rue Ursins. Der Alte betrachtete Ysée, deren Finger die Handspindel nur hielten, aber nicht bewegten. Sie starrte aus der offenen Küchentür hinaus in den Hof. Beide fuhren erschrocken zusammen, als Mathieu eintrat. Ihre Gesichter entlockten ihm ein kurzes Lachen.
»Welch hübsches Bild häuslichen Friedens«, sagte er mit mildem Spott.
Ysée errötete.
»Gott zum Gruß, Herr Ritter«, sagte sie.
»Es tut mir leid, dass ich keine Zeit für dich hatte. Der König ist ein strenger Herr in diesen Tagen.«
»Wegen der Templer?«, rutschte es Ysée heraus.
»Was weißt du von den Templern?«
»Nichts.« Man hörte Ysée das Bedauern darüber an.
Mathieu sah zu Jean. Immerhin wusste das Mädchen von den Templern, und dafür konnte es nur eine Quelle geben.
»Langweilt dich mein Waffenmeister mit dem Klatsch der Gassen?«
»Er spricht wenigstens mit mir.«
Ysée vermied es aufzusehen. Sie fürchtete, man würde ihr anmerken, dass sie nicht die Wahrheit sagte. Das Wenige, was sie wusste, hatte sie bei einem Gespräch aufgeschnappt, in dem Renard und Jeannot die Praktiken der bischöflichen Untersuchungskommission kritisierten, und nicht bei Jean Vernier. Glücklicherweise wurde das Gespräch nicht vertieft.
Mathieu sah auf den gesenkten Kopf mit der züchtigen Leinenhaube. Er hatte gelogen. Die Zeit für einen gemeinsamen Kirchgang hätte er sicher aufbringen können. Tatsache war jedoch, dass er sein Versprechen längst bereute. Je älter und reizvoller Ysée wurde, umso mehr musste er Abstand von ihr

halten. Sie liebte Simon, daran konnte es keinen Zweifel geben. Das Funkeln in ihren Augen, sobald sein Name erwähnt wurde, verriet sie. Und er wollte nichts mit Frauen zu tun haben. Er rief sich diese Tatsachen energisch ins Gedächtnis und wandte sich an Jean.

»Entsinne ich mich richtig, Alter, dass du einmal erwähnt hast, du würdest einen der Hauptleute aus dem Châtelet kennen?«

»Du sprichst von Marcel, dem *Dizenier*, nehme ich an«, nickte der Waffenmeister. »Er ist Sergeant *à verge* des *Prévôt*.«

»Was bedeutet das?«

Mathieu fuhr zu Ysée herum. Da sie sich mittlerweile daran gewöhnt hatte, Renard und seine Gefährten ständig mit Fragen zu belästigen, fand sie nichts dabei, auch Jean zu unterbrechen.

»Nun, ein *Dizenier* hat den Befehl über zwölf Männer, und die Sergeanten sind für die Aufrechterhaltung der Ordnung in Paris zuständig. Sie führen die Justizentscheidungen des Stadtvogts innerhalb der Stadtmauern von Paris aus«, erläuterte er gutmütig.

»Was fragst du solche Dinge? Sammelst du unnützes Wissen?«, wunderte sich Mathieu.

»Wissen ist nie unnütz.« Ysée hielt dem forschenden Blick stand, auch wenn ihr Herz ängstlich pochte. »Man sammelt es lediglich, bis es irgendwann gebraucht wird.«

»Beschränke dich lieber auf die Arbeit der Frauen. Du tust sie gut, wie ich feststellen kann. Hab Dank für das Hemd, das du mir genäht hast. Ich hab nie ein schöneres besessen.«

Das erste Mal bemerkte er die Mühe, die sie sich gegeben hatte. Ihr Gesicht hellte sich auf.

Mathieu bedeutete Vernier dennoch mit einer knappen Handbewegung, ihn nach draußen zu begleiten. Bei dem, was er mit ihm zu besprechen hatte, störten Ysées Fragen.

# Der falsche Goldschmied

*Paris, Pont au Change,*
*11. Mai 1310*

»Wo hast du gesteckt? Ich hab schon gedacht, dein Herr hat dich zurückgeschickt nach Burgund.«

Renard grinste seinen neuen Freund an, der keuchend um die Ecke des Annenportals gerannt kam.

»Noch nicht«, antwortete Ysée atemlos und erleichtert darüber, dass sie nicht zu spät gekommen war. Sie sah, dass ein Teil der Scholaren sich bereits in Richtung Pont au Change bewegte.

»Wohin geht ihr?«

»Zum Hôtel de Sens«, erklärte Jeannot knapp.

»Dem Palast des Bischofs?«

Renard biss in einen kleinen weißen Käse, den er soeben vom Brett eines Straßenhändlers stibitzt hatte, und nickte.

»Seine Eminenz der neue Erzbischof von Sens, Monsieur Marigny, hat Wohnung im Hôtel de Sens genommen. Das bedeutet, dass das Urteil gegen die Tempelritter unmittelbar bevorsteht. Vielleicht erfahren wir schon etwas.«

»Weshalb sollen die frommen Ritter verurteilt werden?« Ysée passte ihren Schritt Renards langbeinigem Schritt an. »Sie haben das Christentum gegen die Heiden verteidigt und Jerusalem zurückerobert. Dafür müssten ihnen König und Kirche doch dankbar sein?«

»In Burgund weiß man aber auch gar nichts«, schnaubte Renard entrüstet und wischte sich die feuchten Finger an seinem fadenscheinigen Scholarenwams ab. »Die Ordensritter haben im Heiligen Land fabelhafte Schätze gesammelt, die sie im Laufe der Jahre geschäftstüchtig verdoppelt und verdreifacht haben. Genau auf diese Reichtümer hat es die Eule abgesehen.«

Ysée hatte inzwischen gelernt, dass man in Paris Seine Majestät bei diesem respektlosen Namen nannte, weil er seine Gegner

mit ungerührter Miene aus großen Augen anzusehen pflegte, ohne auch nur ein einziges Mal zu blinzeln.
»Er kann sie doch nicht einfach berauben!«
»Hohlkopf, er benutzt Kirche und Gesetz, um sie zu vernichten, und dabei kennt er keine Gnade. Der Bischof von Narbonne, der damals Großsiegelbewahrer des Königreiches war, hat sich in der geheimen Sitzung des Staatsrates geweigert, seinen Namenszug unter den Befehl zur Verhaftung der Templer zu setzen. Die Eule hat ihn abgesetzt und seine Aufgaben *le terrible* übertragen. Der tut alles für ihn.«
»Und unter welchem Vorwand will der König die frommen Ritter verhaften lassen?«
»Die unglaublichsten Dinge werden ihnen vorgeworfen. Sie sollen auf das Kreuz gespuckt haben, Christus verleugnen, Götzenbilder verehren, die Sakramente missachten und …«
»Das glaube ich nicht«, warf Ysée empört ein.
»Die Beweise dafür hat ein gewisser Esquieu von Floryan aus Béziers für Gold an den König verkauft«, sagte Renard. »Unter uns gesagt, ich glaube den Gerüchten, die behaupten, dass er diese Beweise in Nogarets Auftrag gesammelt hat. *Le terrible* hasst die Templer. Sein Großvater wurde von Ordensrittern als Ketzer verbrannt. Man munkelt, er sei Katharer gewesen.«
»Gekaufte Beweise kann man doch sicher entkräften?«, entgegnete Ysée nachdenklich.
»Nicht wenn Nogaret im Spiel ist. Er hat sich persönlich um die Verhöre der Tempelritter gekümmert. Sie wurden auf das Übelste gefoltert, und viele von ihnen haben in ihrem Schmerz Taten gestanden, die sie nie in Erwägung gezogen haben. Den Großmeister Jacques de Molay hat er selbst befragt. Er hat ihm zum Beispiel die Aussage eines Knappen vorgehalten, an dem er sich vergangen haben soll. Am Ende hat Molay die Anklagen bestätigt und seine Brüder aufgefordert, dasselbe zu tun.«
»Er war tatsächlich schuldig?«
Renard stieß ein heiseres Lachen aus.

»Er ist ein Graubart, ein schwacher, alter Mann ohne viel Rückgrat. Schon der Anblick seiner gefolterten Ritter hat genügt, ihn zu brechen. Später hat er sein Geständnis widerrufen, aber das nützt ihm nichts mehr. Die Templer sind verloren, ihre Schätze längst in den Händen des Königs.«
»Und der Papst …«
»Seine Heiligkeit wagt nicht, gegen die Eule aufzumucken, Kleiner. Er erpresst den Papst mit dem Ketzerprozess gegen den achten Bonifaz. Wenn die Kurie in der Templerfrage nicht nachgibt, wird er darauf bestehen, den verstorbenen Papst als Ketzer anklagen zu lassen.«
Ysée schwirrte der Kopf von all diesen Einzelheiten.
»Ein Papst als Ketzer?«, fragte sie schwach. »Das kann ich nicht glauben.«
»Man sagt, es sei nicht alles mit rechten Dingen zugegangen, als Bonifaz das Amt von seinem Vorgänger Coelestin übernahm.« Renard zuckte mit den Schultern. »Zudem hat er erfolglos versucht, den König exkommunizieren zu lassen und die Macht der Krone zu beschränken. Da kommt einiges zusammen, und Seine Heiligkeit tut alles, diese Vorgänge in Vergessenheit geraten zu lassen. Damit hat der König ihn in der Hand. Die Kommission, die im bischöflichen Palast tagt, kann nur noch das Gesicht der Kirche wahren. Im Grunde hat sie keinen Einfluss auf die Entscheidung. Der Orden der Templer ist dem Untergang geweiht. Da können noch so viele fromme Mönchsritter ihr Leben riskieren und zu seiner Verteidigung nach Paris eilen.«
Sie gingen an den Goldschmiedewerkstätten auf dem Pont au Change vorbei, und dieses Mal schenkte Ysée den glitzernden Kostbarkeiten, die hinter herabgeklappten Läden angeboten wurden, keinen Blick. Sie war so in die verwirrenden Einzelheiten von Renards Erzählung vertieft, dass sie nicht einmal das Gewitter bemerkte, das sich über dem westlichen Fluss zusammenbraute.

»Ich wundere mich, woher du das alles so genau wissen willst. Bist du sicher, dass dies so ist?«
Ysée kam es unwahrscheinlich vor.
»Marigny war schließlich der Inquisitor von Lothringen. Er kennt sich aus mit Ketzern. Er wird mit den Templern genauso umspringen, wie er es mit der Begine getan hat, die neulich verurteilt wurde. Glaub mir, die Gesetze lassen es zu, und die Interessenlage liegt klar auf der Hand. Lass uns laufen und herausfinden, ob es schon eine Entscheidung gibt.«
Renard rannte voraus, um die anderen einzuholen. Es fiel ihm nicht auf, dass sein Schützling einen Augenblick zögerte, das Gleiche zu tun.
Ysée hatte Renard und seine Freunde in erster Linie gesucht, um zu erfahren, ob es etwas Neues über Marguerite Porète gab, und ihre Erwähnung durch ihn hatte sie wieder schmerzlich an sie erinnert.
Schließlich lief sie ihm nach. Vor dem Haupteingang der Residenz des Erzbischofs hatte sich jedoch eine riesige Volksmenge versammelt. Den Grund für die Aufregung nannte Ysée ein Gerber, dessen übel riechende Kleider seine Arbeit verrieten.
»Pierre von Bologne, der Verteidiger der Templer, ist aus dem Châtelet entflohen. Er hat *le terrible* und seinen Schergen einen sauberen Streich gespielt. Als man ihn vor die Kommission bringen wollte, war seine Zelle leer. Er muss gute Freunde unter den Wachen des Châtelets gehabt haben, damit ein solches Wunder geschehen konnte.«
Es gelang ihr nicht, dem Mann zu folgen, der sich jetzt rücksichtslos zum Haupteingang drängte. Auch Renard hatte sie verloren.
Die Sympathie der Pariser lag ausschließlich aufseiten des Entflohenen. Die Garde des Erzbischofs hatte die Hellebarden gekreuzt und hielt die Menge zurück.
Wenn sie sich in dieses Gewühl begab, würde sie zerquetscht werden. Es hatte keinen Sinn, ohne den Schutz ihrer Freunde

an einem solchen Aufruhr teilzunehmen. Ysée machte kehrt und lief zum Pont au Change.
Die Luft knisterte vor Spannung, und ein krachender Donnerschlag entlud sich genau über ihr. Erste Regentropfen klatschten auf ihren Kopf. Das Gewitter brach unverhofft und mit solcher Wucht los, dass sie unter dem Türstock des ersten Brückenhauses Schutz suchen musste. Sie drängte sich eng an das Holz und wäre fast rückwärts ins Haus gefallen, als die Tür von innen aufgerissen wurde. Eine keifende Stimme erhob sich.
»Fort mit dir, du Nichtsnutz. Du wirst meinem Gemahl die Kunden vertreiben. Das ist kein Regenschutz für dich! Das ist das Haus des berühmten Goldschmieds Paul Lagny, der für den Heiligen Vater persönlich arbeitet! Scher dich fort, Spitzbube!«
Die empörte Bürgerin stieß dem vermeintlichen Gassenburschen einen Reisigbesen in den Rücken, sodass Ysée nach vorne in den Regen fiel und ihre Kappe verlor. Im Nu klebten die goldenen Löckchen nass und dunkel an ihrem Kopf.
»Habt Dank für Eure Gastfreundschaft«, schrie sie, ganz Gassenjunge, wütend und rappelte sich auf. »Ich wünsch Euch ein undichtes Dach und Schweinekot in der Stube.«
Um den Unrat zu fressen, liefen auch in Paris die Schweine frei herum. Besonders auf den Brücken kam es immer wieder zu unliebsamen Vorfällen, wenn eines der Tiere, in Panik versetzt, blind quiekend Schutz suchte. Die Frauen auf dem Pont au Change bewachten schon aus diesem Grund ihre Haustüren aufmerksam.
Ysée hob ihre Kappe aus dem Straßenschmutz, setzte sie wieder auf und streckte der zeternden Goldschmiedin die Zunge heraus, ehe sie davonrannte. So schnell, dass sie nicht einmal die Gestalt sah, die aus der Werkstatt kam und den Umhang des Goldschmieds trug.
Der Regen rann ihr von der Kopfbedeckung in den Hals hin-

unter, und das Gewitter tobte mit unveränderter Wucht. Der leidenschaftliche Wutausbruch hinterließ in ihr ein unverhofftes Gefühl von Triumph und Befreiung. An manchen Tagen kam es ihr vor, als würde sie an all den Dingen, die sie nicht sagen durfte, ersticken.

Ysée bog eben in die Rue des Ursins ein, als eine Hand nach ihrer Schulter griff und sie mitten im Lauf gewaltsam zum Stehen brachte.

»Auf ein Wort, Bürschchen!«

Sie zuckte zusammen. Durch den Regenschleier sah sie eine dunkle Silhouette im Kapuzenumhang.

Sie sträubte sich mit aller Kraft gegen den Griff.

»Was wollt Ihr, Herr? Ich bin …«

»Ein närrisches Geschöpf! Wo ist das Haus, in dem du wohnst?«

Die Stimme! Selbst bei Donner, Blitz und Regenrauschen erkannte Ysée sie. Wie versteinert blieb sie stehen.

Sie merkten beide nicht, dass sie mitten in der Gasse verharrten. Sie sahen sich an. Aufgewühlt und ungläubig. Der eine im Umhang des Goldschmieds, der andere als Gassenjunge verkleidet.

## Zwölftes Kapitel

# Verdacht

### Mathieu von Andrieu

*Paris, Rue des Ursins,*
*11. Mai 1310*

Mathieu schwang sich über die Mauer in den kleinen Hof des Hauses. Bei so viel Blitz und Donner zündeten die Pariser eine Kerze an und duckten sich unter ihre Dächer, keine Menschenseele war unterwegs.

Die Küche fand Mathieu leer vor.

Er atmete erleichtert auf und zog sein tropfnasses Wams über den Kopf. Das Hemd darunter war ebenfalls nass, dennoch ließ er es an. Dann nahm er auf dem Hocker Platz und zerrte an seinen kniehohen Lederstiefeln. Sie quietschten vor Feuchtigkeit und klebten wie Pech an seinen Füßen.

Als er die Zehen frei bewegen konnte, strich er sich mit allen zehn Fingern durch die feuchte Mähne und gestattete sich eine Atempause.

Im selben Augenblick vernahm er eine Stimme, die ihn innehalten ließ.

»Wie kann Mathieu es erlauben, dass du dich auf solch törichte Weise in Gefahr bringst? Warum läufst du als Gassenjunge durch die Straßen von Paris?«

»Es sind die Kleider, die Ihr für mich gewählt habt, als ich Brügge verlassen sollte«, hörte er Ysée antworten.

»Das war eine Verkleidung, um deine Flucht zu ermöglichen.«

Mathieu sprang hoch und riss die Tür zum Hausgang auf. Das Bild, das sich seinen Augen dort bot, verschlug ihm die Sprache. Ysée trug Knabenkleider. Durchnässt und tropfend klebten sie an ihrer schlanken Gestalt. Feuchte Locken kringelten sich um ihr Gesicht, und ihre Augen waren gebannt auf Simon gerichtet, der gerade seinen Umhang über das Geländer der Treppe legte. Sie waren so aufeinander fixiert, dass sie ihn kaum wahrnahmen.

»Was geht hier vor?«

Mathieu stellte die Frage in so gefährlicher Ruhe, dass beide erschrocken zu ihm herumfuhren.

Ysée konnte nichts sagen. Sie war zu aufgewühlt, um einen klaren Gedanken zu fassen. Simons unverhoffte Gegenwart hatte ein solch überwältigendes Gefühl in ihr ausgelöst, dass sie nicht einmal sagen konnte, ob sie zitterte, weil ihr der Regen bis auf die Haut gedrungen war oder weil er plötzlich wieder vor ihr stand.

»Was führt dich nach Paris, kleiner Bruder?«, wandte sich Mathieu an Simon.

Das war genau die Frage, die Simon fürchtete. Der Prozess gegen Marguerite Porète hatte so viele Zweifel in ihm geweckt, dass er keine Antworten mehr fand.

»Ich kann es nicht fassen, dass du Ysée solche Abenteuer erlaubst. Du hast mir versprochen, dass sie ein Leben führt, das ihr angemessen ist«, ging er der Frage aus dem Weg.

»Er hat nichts davon gewusst«, warf Ysée ein.

Mathieu schwieg. Sowohl zu Simons Vorwurf wie zu Ysées unerwarteter Verteidigung.

Mit einer ungeduldigen Geste tat Simon den Einwurf ab.

»Ich glaubte Ysée in Sicherheit. Dieser Leichtsinn kann sie das Leben kosten.«

»Was kümmert Euch mein dummes Leben? Ihr habt mich fortgeschickt!«

Ysée wusste, dass ihm in Brügge keine andere Wahl geblieben war, aber seine grobe, unwirsche Art verletzte sie. Warum tröstete er sie nicht, froh, sie wiederzusehen?
Mathieu befürchtete, sie könnte im nächsten Augenblick in Tränen ausbrechen. Er ertrug es nicht, sie weinen zu sehen. Zu viele Tränen hatte sie auf der Flucht vergossen.
»Kommt in die Küche ans Herdfeuer, alle beide«, befahl er gebieterisch.
Zögernd folgten Ysée und Simon.
Mathieu schob seine Stiefel aus dem Weg und nahm ein Tuch aus dem Wäschekorb.
»Hier, trockne dir dein Haar, sonst wirst du wieder krank werden«, kommandierte er, und Ysée folgte gehorsam.
Simon verschränkte die Arme vor der Brust.
»Du warst krank?«
Mathieu antwortete für Ysée. »Bist du schon einmal im Winter durch das halbe Königreich geritten? Noch dazu in einem Zustand wie sie? Als wir in Paris ankamen, war sie nicht mehr als Haut und Knochen und hatte hohes Fieber.«
Simons Augen wanderten unruhig zwischen Ysée und Mathieu hin und her.
»Hast du nichts gewusst von Ysées Ausgang in ihrer alten Verkleidung?«
»Nein«, war Mathieus ehrliche Antwort, und er musterte Ysée dabei gereizt. Er sah, wie sie die Schultern straffte und sich zur Verteidigung wappnete.
Wie gut kannte er sie mittlerweile wirklich? Wieso war es ihm nicht verdächtig vorgekommen, dass sie in den letzten Wochen ruhig und zu demütig jede Anweisung hinnahm? Er hätte wissen müssen, dass so viel Gehorsam nicht zu der neuen Frau passte, die Widerspruch und Neugier für sich entdeckte.
Simon erinnerte sich lediglich an die verzweifelte Ysée von Brügge, die die ketzerische Marguerite Porète bewunderte.
»Warst du wegen Marguerite Porète unterwegs? Woher wuss-

test du von dem Prozess gegen sie?«, fragte er besorgt. »Niemand kann ihr helfen. Zieh dir erst einmal vernünftige Kleider an, Ysée, und bedecke dein Haar. Alles Weitere werde ich mit meinem Bruder besprechen.«

Mathieu sah das gekränkte Beben ihrer Lippen. Sie bedachte Simon mit einem schwer deutbaren Blick und ging zur Tür. Beide lauschten sie ihren Schritten nach, ehe sie sich aneinander wandten.

»Ich habe sie unter den Gaffern entdeckt, die Saint Mathurin füllten, als dort das Ergebnis der Untersuchungen bekannt gegeben wurde, die Marguerite Porètes Schicksal besiegelten«, ergriff Simon als Erster das Wort. »Sie zeigte so offensichtliches Mitleid für die Ketzerin, dass es fast die Aufmerksamkeit der bischöflichen Garde erregt hätte. Ich glaubte meinen Augen nicht zu trauen. Ein schmutziger Gassenjunge mit Ysées Zügen?«

»Und warum hast du so lange gewartet, mich darüber zu informieren?«

Mathieu nahm einen Krug Wein vom Regal und goss zwei Tonbecher voll, ehe er sich an den Tisch setzte und darauf wartete, dass auch sein Bruder Platz nahm.

»Ich bin ihr an diesem Tag gefolgt, aber sie verschwand auf dem Pont au Change. Sollte ich die ganze Cité nach ihr durchsuchen? Du hast mir in Brügge nicht gesagt, wo du wohnst.«

»Und heute?«

»Sie hat unter dem Türstock eines Goldschmieds Schutz vor dem Regen gesucht. Ich war im Auftrag Seiner Heiligkeit bei ihm. Er arbeitet regelmäßig für den Papst.«

»Du bist also wieder für Clemens V. unterwegs? Und erneut auf der Spur der Marguerite Porète, wenn ich das richtig sehe.«

»Man hat mich nach Paris gesandt, um den Prozess gegen sie zu beobachten. Mein Bericht aus Brügge hat den Heiligen Vater zu der irrtümlichen Ansicht gebracht, ich sei der richtige Mann dafür.«

»Weiß Ysée das?«
»Um Himmels willen, sie darf es nicht erfahren. Wieso lebt sie hier bei dir? Warum ist sie nicht in einem Kloster?«
»Nicht jeder von uns hält ein Leben hinter Klostermauern für die Erfüllung des irdischen Daseins.«
»Es gefällt mir nicht, wenn du zynisch wirst, Bruder. Ysée ist eine junge Frau aus edler Familie und ihr stürmisches Temperament ein verhängnisvolles Erbteil ihres verstorbenen Vaters.«
»Den du wohl genau kennst?«, warf Mathieu lauernd ein.
»Du kennst ihn auch, nachdem du weißt, wer ihr Großvater ist«, erwiderte Simon müde.
Mathieu stutzte. Er vermied es, sich an den Tuchhändler zu erinnern. Er sollte Ysées Großvater sein. Ein Tuchhändler aus Flandern. Ysée die Enkelin eines Tuchhändlers? Er erinnerte sich an die Tochter eines Tuchhändlers, die seine Schwester um den sicher geglaubten Bräutigam gebracht hatte. War sie etwa Ysées Mutter gewesen?
Nie würde er das Bild der toten Burgherrin vergessen, die lächelnd den toten Erben von Courtenay im Arm gehalten hatte, als sie ihre Kemenate betraten. Simon hatte darauf bestanden, sie in die Kapelle zu bringen, ehe sie die Burg dem Feuer überließen.
Jetzt fiel es ihm wie Schuppen von den Augen. Auf irgendeine Weise musste es ihr gelungen sein, ihre Tochter in Sicherheit zu bringen, wenngleich sich damit nicht das Rätsel löste, wie Ysée zu den Beginen gekommen war.
»Thomas von Courtenay? Sage mir, dass ich mich täusche, Simon?«
»Ein Beichtgeheimnis verpflichtet mich, zu schweigen. Aber deine Gedanken sind frei.«
Die indirekte Bestätigung ließ Mathieu verstummen.
»Was sollen wir tun?«
»Dafür sorgen, dass sie ein Leben führt, das ihr angemessen ist. Darum habe ich schon in Brügge gebeten.«

Simon goss sich Wein nach und schüttete ihn wie ein Verdurstender in sich hinein.
»Und was hast du getan?«
Mathieu sah sich in die Verteidigung gedrängt.
»Ich habe sie als Mündel unserer Mutter ausgegeben. Als eine junge Witwe aus Burgund, der ich Obdach gebe, nachdem sie ihren Gemahl verloren hat. Was hätte ich sonst für sie tun sollen? Ihr einen Ehemann suchen?«
»Warum nicht«, sagte Simon zu seiner Verblüffung. »Wenn nicht das Kloster, vielleicht ist das dann die Lösung. Der Makel, den Cornelis ihr zugefügt hat, wird durch die Geschichte ihrer Witwenschaft gedeckt. Wie ich höre, besitzt du inzwischen ein hübsches kleines Vermögen, das es dir ermöglicht, sie mit einer ansehnlichen Mitgift auszustatten. Du weißt, wir stehen in ihrer Schuld.«
»Aber was machen wir, wenn sie mit keinem Mann ihr Bett teilen will? Ich glaube, nach dem Schock mit Cornelis würde sie lieber in einen Beginenhof zurückkehren. Nach meiner Erfahrung wird sie sich keinem Mann unterordnen.«
»Nur das nicht.« Simon hob abwehrend die Hände. »Die Auflösung der Beginengemeinschaften steht unmittelbar bevor. Im schlimmsten Fall wird sich die Inquisition der frommen Frauen annehmen und ihren Glauben prüfen. Ysée wird einer solchen Befragung nicht standhalten. Der Prozess gegen die Porète hat in ihr tiefe Zweifel an der Kirche ausgelöst. Du musst dafür sorgen, dass sie nichts von ihrer Verbrennung erfährt, versprich es mir.«
»Wird sie wirklich hingerichtet?«
»Daran besteht kein Zweifel.«
»Du weißt mehr als ich, Bruder.«
»Also kein Beginenhof«, bat Simon, ohne auf diese Feststellung einzugehen. »Ein braver Mann und ein Hausstand, der sie beschäftigt. Kinder, die sie lieben kann. Das könnte ihr ein zufriedenes und erfülltes Leben schenken.«

Mathieu zupfte nachdenklich an seinem feuchten Hemd.
»Sie wird dich nicht vergessen. Sie hat dir ganz offensichtlich ihr Herz geschenkt«, wurde er direkt.
Simon strich sich mit fahriger Hand über die Stirn. »Irgendwann werden wir füreinander nur eine ferne Erinnerung sein.«
»Du machst dir etwas vor, und du weißt es.«
Simon stand auf, ohne zu antworten.
»Ich muss gehen. Mein Goldschmied denkt sonst, er sieht seinen Umhang nie wieder. Versprich mir, dass du besser auf Ysée aufpasst. Ich will sie glücklich wissen.«
»Das kann ich dir am allerwenigsten garantieren, Bruder.« Mathieu sah den Jüngeren an, bis der den Blick senkte.
»Ich werde für sie beten. Und für dich auch.«
»Es wird so viel gebetet in dieser Stadt, dass ich meine Zweifel daran habe, ob Gott den Menschen überhaupt noch zuhört.« Mathieu klang bitter.
»Kann es sein, dass du auf die Tempelritter anspielst, die in den Kerkern der Stadt auf ihr Urteil warten?«
»Du weißt, dass Philippe von Marigny vor zwei Tagen in seiner Eigenschaft als neuer Erzbischof von Sens die Kirchenversammlung eröffnet hat, die über das Schicksal der Ordensmitglieder entscheiden soll.«
»Das hat sie bereits getan«, wusste Simon. »Seine Eminenz hat jedoch befohlen, dass dies erst bekannt werden darf, wenn alles bereits vorbei ist.«
»Was soll das heißen?« Mathieu fuhr auf. »Was soll vorbei sein?«
»Marigny hat heute vierundfünfzig Ordensritter, die ihre Geständnisse widerrufen haben, als *relaps,* als rückfällige Ketzer, zum Tode verurteilt.«
»Sie werden brennen?« Mathieu erblasste. »Wann?«
»Noch heute Abend. Der Scheiterhaufen wird bereits am Stadttor des heiligen Antonius errichtet. Die Inquisition hat den Vollzug des Flammentodes in die Nacht verschoben, da-

mit die Pariser möglichst wenig davon mitbekommen. In den letzten Tagen ist es, wie du weißt, immer wieder zu Übergriffen und Protesten der Bevölkerung gekommen. Die Stimmung ist umgeschlagen. Das Volk beginnt die Ritter wieder für Helden zu halten.«

»Kennst du die Namen der Verurteilten?«

Mathieu fühlte kalten Schweiß auf der Stirn. Wenn Pierre von Bologne davon erfuhr, war ihm zuzutrauen, dass er an die Seite seiner verurteilten Brüder eilte, egal, welche Folgen das für ihn selbst hatte.

»Ich weiß nur, dass keine führenden Köpfe darunter sind. Philippe von Marigny handelt zwar im Auftrag des Königs, aber er zögert, sich an den wichtigen Würdenträgern zu vergreifen. Sein Plan ist es, die nicht verurteilten Templer so in Angst und Schrecken zu versetzen, dass der Orden sich von selbst auflöst, noch ehe der Papst sich zu einer Entscheidung durchgerungen hat.«

»Mein Gott, in was für eine schmutzige Politik sind wir geraten?«

Mathieu öffnete die Tür zum Hof und trat hinaus. Er benötigte frische Luft. Das Gewitter war vorbei, und die Erde dampfte vor Feuchtigkeit. Er hörte Simon hinter sich, und gemeinsam starrten sie in Richtung des Stadttores, wo auf vierundfünfzig aufrechte Männer der Tod wartete.

»Sag mir, Bruder, ist es zu viel verlangt von Gott, dass er diesem Morden und Brennen endlich ein Ende macht?«

»Ich wage es nicht zu hoffen, Mathieu. Ich stecke zurzeit selbst in einer tiefen Krise.«

## Ysée

*Paris, Rue des Ursins,*
*12. Mai 1310*

»Es ist an der Zeit, dass wir über dein weiteres Leben sprechen.«

Ysée ließ die Spindel sinken und sah Mathieu an. Er war nun schon den zweiten Tag in Folge im Haus und beaufsichtigte jeden ihrer Schritte.

»Warum streifst du verkleidet durch die Cité?«

»Welch eine Frage.« Ysée hob trotzig den Kopf. »Weil ich nicht Eure Gefangene bin.«

Sie sah die Bewegung seiner Kinnmuskeln und erhob sich instinktiv. Sie fühlte sich unterlegen, wenn sie saß und er vor ihr aufragte wie ein Riese.

»Du bist wie ein törichtes Kind. Weißt du überhaupt, was in einer Stadt wie Paris einem Grünschnabel mit einem Mädchengesicht alles zustoßen kann?«

Ysée versuchte seine Besorgnis zu entkräften.

»Ich habe Freunde, die mich beschützen.«

»Das wird ja immer besser! Darf man fragen, wer die Herren sind?«

»Studenten.« Ysée stieß das Wort triumphierend heraus.

Mathieu verdrehte die Augen.

»Das leichtlebige Scholarenvolk aus vielen Nationen zählt nicht gerade zu den ehrenwerten Bürgern der Stadt.«

»Ihr seid wütend, weil Euer Bruder mein Geheimnis entdeckt und Euch Vorwürfe gemacht hat.«

»Zum Donner. Es geht nicht um uns, es geht um dich, kleine Begine.«

»Nennt mich nicht Begine, ich bin keine mehr.«

»Wer bist du dann? Yvo der Knappe? Das ist ebenfalls eine Lüge, Kind.«

»Ich bin auch kein Kind mehr.«
»Dann ist es an der Zeit, dass du dich auch nicht mehr wie ein Kind benimmst. Akzeptiere, dass es immer Mächtigere geben wird. Nicht einmal der König kann tun, was ihm in den Sinn kommt.«
»Tatsächlich? Nach allem, was ich gehört habe, tut er genau dies, indem er die Templer vernichtet. Er nimmt persönliche Rache.«
Erst hielt Ysée Mathieus Kopfschütteln für die ganze Antwort, doch dann schickte er eine Erklärung hinterher.
»Sagen das deine Freunde? Sie täuschen sich. Philipp der Schöne liebt die Macht, aber er tut es nicht aus Eigennutz. Er will seinen Söhnen ein starkes, einiges und großes Königreich hinterlassen, das die Mitte des Abendlandes beherrscht. Ein solcher König beugt nicht das Knie vor der Kirche. Hier geht es um mehr als nur persönliche Empfindlichkeit.«
Ysée schwieg, aber die Zweifel standen ihr im Gesicht. Sie grübelte noch über seine Worte nach, als er zu seinem ursprünglichen Anliegen zurückkehrte.
»Wir müssen endlich darüber befinden, wie dein Leben weitergehen soll. Eigentlich hast du nur die Wahl zwischen Kloster und Ehe.«
Sie vergaß augenblicklich Templer, Kirche und König. Alarmiert sah sie auf.
»Wer behauptet das? Euer Bruder? Simon?«
»Die Vernunft sagt das. Das Kloster können wir, denke ich, ausschließen. Dein freier Geist und dein Hang zum Abenteuer bedürfen einer Aufgabe, die mehr von dir fordert als beten und sticken.«
»Hört auf! Ich will das nicht hören. Ich will nicht mehr fortgeschickt werden. Ich will selbst entscheiden, was ich tue.«
»Und das wäre?«
»Ich will studieren!« Sie sprach hastig weiter, aus Angst, er würde ihr im nächsten Augenblick das Wort verbieten. »Ich

weiß, zuvor muss ich Latein lernen und Grammatik, Rhetorik und Dialektik sowie Arithmetik, Geometrie, Musik und Astronomie. Aber: Ich habe gehört, es gibt arme Scholaren, die diese Fächer unterrichten. Ihr habt gesagt, Ihr wollt mir helfen. Würdet Ihr mir das Geld für diese Studien geben, damit ich später die Universität besuchen kann? Ich weiß, dass ich es schaffen kann. Es ist mir schon immer leicht gefallen zu lernen.«

»Und was willst du studieren?«

»*Leges.*«

»Welch eine närrische Idee. Frauen ist das Studium versagt, weißt du das nicht? An der Universität von Paris werden nur Männer unterrichtet.«

»Dann werde ich eben als Mann studieren!«

»Du bist kein Mann.«

»Ich kann einer werden.«

»Nein.« Mathieu versuchte in aller Nüchternheit ihre Widersprüche zu ersticken. »Du bist eine Tochter Evas. Es war der Wille des Himmels, dass du als Frau auf die Welt gekommen bist, und du musst dich an die Regeln dieses Geschlechts halten. Was ist so arg daran, zu heiraten?«

»Es wäre nie der Richtige.«

Tränen hingen an den geschwungenen Wimpern. Sie entwaffneten Mathieu mehr als jedes Wort. Ysée wehrte sich, aber als er sie in den Arm nahm und ihr in langsamen, regelmäßigen Kreisen über den Rücken strich, gab sie auf. Sie weinte hemmungslos.

»Du musst Simon vergessen«, drang es leise an ihr Ohr. »Er hat sein Leben Gott geweiht, um Vergebung für eine Sünde zu finden, die er in viel zu jungen Jahren begangen hat. Er wollte nie ein Kämpfer werden, aber nun ist er in den schlimmsten Kampf gegen sich selbst verstrickt.«

»Ich wünschte, ich wäre ihm nie begegnet«, schluchzte Ysée zwischen Verzweiflung und Zorn.

»Du wirst einen anderen Mann lieben lernen«, behauptete Mathieu. »Ich werde ihn für dich finden. Wenn du erst Kinder hast, wird dein Leben erfüllt sein.«
»Ihr versteht mich nicht«, warf sie ihm vor. »Ich will keinen Ehemann, und Kinder will ich schon gar nicht. Das Gebären tötet die Frauen.«
Mathieu wusste, woran sie dachte. Dennoch widersprach er ihr.
»Es ist die Aufgabe der Frauen, Leben zu schenken.«
»Ich will lieber studieren.«
»Sei nicht töricht. Hör auf zu weinen, ehe Jean nach Hause kommt und denkt, ich hätte dich geschlagen. Du verlangst Unmögliches und du weißt es.«
Ysée ballte die Hände zu Fäusten. Ihre Augen brannten, aber sie konnte wieder klar sehen. Unter größter Anstrengung hielt sie ihre Stimme ruhig. Die Verzweiflung war dem Zorn gewichen.
»Meine Freunde werden mir helfen.«
»Deine Freunde werden dich nie wiedersehen.«
»Wie wollt Ihr das verhindern?«
Mathieu verlor langsam die Geduld. Sie sah es an den gespannten Linien um seine Mundwinkel, und sie hörte es in seiner nächsten Drohung.
»Im Notfall werde ich dich einsperren. Es wäre mir aber lieber, du schwörst, nie wieder als Jüngling verkleidet dieses Haus zu verlassen.«
Sie warf in reinem Trotz den Kopf in den Nacken.
»Frauen sind nicht schwurfähig, das wisst Ihr sicher.«
Sie verließ die Küche mit erhobenem Haupt.
Eine Ehe? Lieber würde sie sich umbringen, als sich einem fremden Mann auszuliefern!

# Bruder Simon

*Paris, Hôtel de Sens,*
*30. Mai 1310*

Die Kerzen in der Kapelle des Erzbischofs flackerten im Zugwind. Im Namen des Glaubens geschah so viel Leid, dass Simon die Gebete nicht mehr über die Lippen wollten.
Er hatte sein Leben Gott geweiht, um Frieden zu finden und nie wieder Blut vergießen zu müssen. Und nun? Galten die Gebote Gottes nicht mehr? Woher nahmen die Folterknechte der Inquisition sich das Recht, Menschen so lange zu martern, bis sie falsche Geständnisse ablegten? Wurde dem Christentum Schaden zugefügt, wenn es die spirituelle Kraft einer Marguerite Porète akzeptierte? Warum verbot die Kirche den Frauen das selbstständige Denken? Fürchtete sie ihre Kraft und ihren Mut, ihre selbstständige Lebensweise? Waren Männer tatsächlich so schwach? War es die Gier nach den Reichtümern der Beginen, die die Kirchenväter dazu veranlasste, die Beginengemeinschaften zu verfolgen? Bangten sie um die eigene Wichtigkeit?
Fragen über Fragen – Zweifel über Zweifel.
An die Beginen zu denken hieß für Simon, an Ysée zu denken. Das dramatische Wiedersehen im Gewittersturm hatte ihm bewiesen, dass er sich selbst belog. Er konnte sie nicht vergessen. Sie bestimmte seine Gedanken und wohl auch seine Zweifel, musste er manchmal feststellen, und sie liebte ihn, da war er sich sicher. Welch ein Wahnsinn, Mathieu zu bitten, ihr einen Mann zu suchen!
»Da seid Ihr ja, Bruder. Seine Eminenz der Erzbischof bittet Euch zu sich!«
Er bekreuzigte sich und folgte dem eifrigen Sekretär, froh, aus seinen Gedanken gerissen zu werden.
Philipp von Marignys Ähnlichkeit mit dem mächtigen Finanzminister Seiner Majestät des Königs von Frankreich ließ keinen

Zweifel daran, dass sie Brüder waren. Der Erzbischof trug die offiziellen Gewänder seines neuen Amtes und reichte Simon den Bischofsring zum Kuss. Es war offensichtlich, dass er sich in seiner Rolle gefiel.

»Setzt Euch, Bruder.« Er deutete auf einen gepolsterten Hocker, und Simon nahm mit einem unguten Gefühl Platz.

»Ihr müsst mir eine wohlgemeinte Rüge gestatten, mein Freund«, begann der Erzbischof leutselig. »Ihr habt nicht erwähnt, dass Euer leiblicher Bruder zum engsten Kreise der Berater Seiner Majestät zählt.«

»Ich dachte, Ihr wüsstet es, und es schien mir nicht von Interesse, Eminenz«, verteidigte sich Simon verdutzt.

»Nicht von Interesse? Ich bitte Euch. Die Zeiten sind schwierig. Die Zerwürfnisse zwischen Krone und Kirche bringen den Klerus in eine extrem komplizierte Situation. Man muss alles tun, um weitere Missverständnisse zu vermeiden. Jeder noch so kleine Hinweis stärkt das Fundament unserer gemeinsamen Zukunft in diesem Königreich.«

Legte ihm der Erzbischof etwa nahe, Mathieu auszuhorchen?

»Ich wüsste nicht, welche Hinweise ich geben könnte, die Eminenz nicht ohnehin von Monsieur de Marigny erhalten«, sagte er ohne Umschweife.

Der Prälat zuckte unmerklich zusammen. Der direkte Angriff traf ihn unvorbereitet.

»Im Übrigen kreuzen sich meine Wege und die meines Bruders so gut wie nie«, fuhr Simon fort. »Hinzu kommt, dass ich Paris nach der Hinrichtung der Marguerite Porète verlassen werde. Seine Heiligkeit erwartet meinen Bericht in Avignon.«

»Ach ja, die Ketzerin …« Der Erzbischof klang jetzt deutlich ungnädiger. »Ihr habt sie im Châtelet aufgesucht. Habt Ihr bei der Gelegenheit auch Templer gesprochen?«

»Ich verstehe nicht …«

»Die Flucht Bolognes ist immer noch nicht aufgeklärt …«

Was sollte das? Simon witterte Gefahr. Verdächtigte der Erzbi-

schof etwa ihn und Mathieu, etwas mit der Flucht des Rechtsbeistands der Templer zu tun zu haben?
Schlagartig fiel ihm die durchnässte Heimkunft seines Bruders ein und seine Erschütterung, als er von der geplanten Hinrichtung der Ordensritter erfuhr. Bist du des Teufels, Mathieu?, fragte er sich stumm. Wie kannst du dich so in die Nesseln setzen?
»Es wäre wichtig, das Rätsel um seine Flucht zu lösen, um uns gegen unsere Feinde besser schützen zu können. Bestimmt werdet Ihr Euren Bruder treffen, bevor Ihr Paris wieder verlasst. Wenn Ihr mir eine Information geben könnt, werde ich mich erkenntlich zeigen. Ich werde bei Seiner Heiligkeit Euren Gehorsam und Eure Frömmigkeit lobend erwähnen.«
Das Gespräch war beendet.
Simon verließ den prunkvollen Raum. Dass ihn der Prälat erpressen wollte, den eigenen Bruder zu bespitzeln, durfte er nicht einfach abtun. Es bedeutete Gefahr.
Ein Abgesandter Seiner Heiligkeit, den der Erzbischof von Sens lobte, dessen Ernennung der König vom Papst erzwungen hatte, würde ohne Verzug in ein einsames Kloster verbannt. Hatte Marigny das bei seiner Bedrohung bedacht, oder trübte sein neues Amt ihm den Blick für die Realität?
Bis vor wenigen Wochen wäre das Kloster noch keine Strafe für ihn gewesen. Aber jetzt, nachdem er Ysée wiedergesehen hatte ... Was sollte er tun? Er hatte den Schwur eines Mönchs getan und sehnte sich nach irdischer Liebe, und er war ein Gesandter des Papstes, der seinen Bruder verraten sollte. Ihm war klar, dass er es mit dem Leben bezahlen musste, aus welchem Grund auch immer er sich von der Kirche abwenden würde. Er suchte Zuflucht im Gebet.
Als er sich im Morgengrauen von den Knien erhob, empfand er keine Erleichterung. Sein steifer Körper protestierte gegen die Buße, und seine Seele schmerzte vor Sehnsucht nach menschlicher Nähe.

## Dreizehntes Kapitel

# Hinrichtung

### Ysée

*Paris, Rue des Ursins,*
*1. Juni 1310*

Die Kammertür ließ sich nicht öffnen. Ysée rüttelte ungeduldig am Griff und stemmte sich mit der Schulter gegen die Tür. Danach nahm sie Maß für einen kräftigen Stoß. Die Tür rührte sich nicht.

Es gab nur eine Erklärung: Mathieu hatte sie eingesperrt!

»Das darf nicht wahr sein!«, schrie sie.

Wie konnte Mathieu ihr so etwas antun?

Ihr ganzer Körper geriet in Rebellion. Sie trat gegen die Tür und schrie: »Lasst mich raus! Ich bin nicht Eure Gefangene! Ich habe nichts verbrochen!«

Ihr Geschrei hallte durchs Haus, aber nichts geschah. Offensichtlich waren Waffenmeister und Herr gemeinsam unterwegs und hatten sie deshalb zur Vorsicht eingeschlossen.

Weinend kauerte sie sich auf ihren Alkoven. Allmählich wurde sie ruhiger und zwang sich dazu, nachzudenken.

Wie kam sie hier raus?

Ihr blieb nur der Weg aus dem Fenster, vor dem der Apfelbaum stand, in dem der Star sein Nest gebaut hatte. Wenn es ihr gelang, über den Sims zu steigen und den nächsten starken Ast

zu erreichen, ohne sich den Hals zu brechen, war sie frei. Das Risiko schreckte sie nicht ab. Was hatte sie zu verlieren?
Ysée wechselte mit fliegenden Händen ihre Kleider.
Wenig später schlenderte sie als Yvo, mit sich und der Welt zufrieden, auf Umwegen zum Domplatz.
Es kam ihr vor, als herrsche weniger Trubel als sonst vor Notre-Dame. Auch die Zahl der Bettler und Kerzenverkäufer schien spärlicher, und die übrigen Händler, die dort Tag für Tag Bänder, Spangen, Pasteten oder Naschwerk verkauften, fehlten völlig. Von Renard und seinen Freunden fand sie keine Spur. »Wo sind sie nur alle?«
»Wenn du die jungen Nichtsnutze suchst, mit denen du sonst hier herumlungerst«, krächzte eine Stimme, die ihre halblaut vor sich hin gemurmelte Frage gehört hatte, »dann musst du dich zum Place de Grève aufmachen, Bürschchen.«
Ysée fasste den alten Bettler ins Auge, der zur Nische des Portals der heiligen Anna gehörte wie die steinernen Figuren darüber. Er überblickte den ganzen Platz vor der Kathedrale.
»Was ist los auf dem Place de Grève?«
»Das weißt du nicht? Sie verbrennen die Ketzerin. Gestern hat man sie für rückfällig erklärt und in aller Öffentlichkeit exkommuniziert. Heute soll ihre verderbte Seele in Rauch aufgehen. Ganz Paris ist auf den Beinen, um das Spektakel zu erleben. Wenn du dich beeilst, siehst du sie vielleicht noch sterben.«
Die Gestalt des Bettlers verschwamm ihr vor den Augen. Die Ketzerin! Marguerite Porète!
Wie betäubt tat Ysée die ersten Schritte. Dann wurde sie schneller, und am Ende rannte sie, so schnell die Füße sie trugen, zur Place de Grève, dem Strandplatz am rechten Seineufer.
An normalen Tagen trafen sich dort die Männer, die keine Arbeit fanden. Renard hatte ihr erzählt, dass auch viele Volksfeste dort gefeiert wurden.
Schon von weitem vernahm Ysée die erregten Laute der Men-

schenmenge, untermalt von düsterem Trommelklang. Die Stimme eines Priesters erhob sich über dem Raunen. Er forderte Marguerite ein letztes Mal zu Reue und Buße auf.
Ysée verstand ihre Antwort nicht, aber das aufgeheizte Stöhnen der Schaulustigen verriet ihr Marguerite Porètes Verweigerung. Ysée ließ sich weder von Rempeleien noch von Flüchen aufhalten. Hartnäckig ließ sie sich im Gewühl weiterstoßen, bis sie schließlich den inneren Kreis erreichte, der den Scheiterhaufen umgab.
Auf einem hölzernen Unterbau in Mannshöhe waren Reisigbündel, gespaltene Holzklötze und Scheite zu einem Hügel geschichtet, in dessen Mitte ein mächtiger Pfahl emporragte. Die Verurteilte war mit schweren Ketten an ihn gefesselt. Sie trug ein reines weißes Hemd und hatte das geschorene Haupt in den Nacken gelegt. Sie sah in den Himmel, als erwarte sie von dort die Hilfe, die ihr die Menschen verweigerten.
Die Stadtmiliz hielt die Zuschauer im Zaum, und die Garden des Bischofs standen Seite an Seite vor einer Holztribüne. Sie bewachten die kirchlichen Würdenträger, die auf der Tribüne hinter ihnen die Bänke füllten. Lilafarbene Roben, prächtige Soutanen, schimmernde Seide und schlichte Priestergewänder wurden von der Sonne beschienen. Ihre Strahlen brachen sich in den Juwelen und blendeten das Volk, sodass Ysée nur die Umrisse eines jungen Priesters sah, der wie versteinert an der Holztribüne stand.
Die Trommeln schwiegen, und vier Männer steckten mit brennenden Fackeln das mit Pech getränkte Reisig an. Als die Flammen loderten, kam wieder Bewegung in die Menschenmenge. Einige stießen Entsetzensschreie aus, andere jubelten.
Ein Mönch im weißen Habit warf ein Buch in die Flammen.
»Ins Feuer mit dem Teufelswerk!« Die Stimme des Generalinquisitors verriet, welches Buch verbrannt wurde.
Ysée bemühte sich, Marguerites Gesicht im Rauch zu erkennen. Ihre Lippen bewegten sich zum Gebet.

Die Hitze wurde unerträglich, die Luft rund um den Scheiterhaufen begann zu flimmern.
Ysée suchte Kraft in ihrem Zorn. Sie hasste die Männer, die einer Unschuldigen beim Sterben zusahen. Wie sie dasaßen, die Hände fromm gefaltet, die Blicke gierig auf das entsetzliche Schauspiel gerichtet. Einer wie der andere selbstgerecht und verabscheuenswert …
Ihr Atem stockte, als sie den jungen Priester am Aufgang der Tribüne erkannte. Simon!
Im selben Augenblick entrang sich der gequälten Brust der Verurteilten ein einziger schriller Schrei der Qual.
»Herr, erbarme dich meiner!«
Die Flammen hatten ihre bloßen Füße und die Hemdsäume erreicht. Hoch auflodernd verbargen sie den zuckenden Körper vor den Augen der Pariser.
Die Menge reagierte mit einem hysterischen Aufschrei und bedrängte die Männer der Miliz. Es war Ysée nicht ganz klar, ob sie von Sensationsgier oder Mitleid vorwärts getrieben wurden, aber die Situation spitzte sich gefährlich zu.
Erstickender Qualm erfüllte die Luft. Ein neuer, zum Erbrechen süßlicher Geruch vermischte sich mit dem Rauch. Brennendes Fleisch.
Ysée wankte. Ihr Magen rebellierte. Ihr Kopf dröhnte wie von dem Geräusch einer zu straff gespannten Trommel. Im allgemeinen Chaos wurde sie auf die Tribüne zugedrängt. Sie stolperte, wäre gestürzt, hätte sie nicht eine starke Hand gehalten.
»Bei allen Dämonen der Hölle, was tust du hier?«
Sie starrte in Simons verzerrte Züge. Er war außer sich.
»Lass mich«, stammelte sie. »Was ist das für ein Gott, der es zulässt, dass sie Menschen bei lebendigem Leibe verbrennen?«
Simon brachte sie kurzerhand zum Schweigen, indem er ihr die Hand auf den Mund legte.
Er teilte ihr Entsetzen, doch er musste verhindern, dass sie ihr eigenes Leben gefährdete. Schlimm genug, dass sie Mathieu

entkommen war und die Garden bereits aufmerksam wurden. Es galt schnell zu handeln.

Der Himmel war ihr gnädig. Sie verlor die Besinnung.

Sie kam erst wieder zu sich, als Simon sie in einen Kahn legte und den Schiffer anwies, sie beide über den Fluss zur Cité zu bringen.

»Mein Neffe hat zu viel Qualm eingeatmet«, vernahm sie seine einfallsreiche Erklärung. »Erst hat er sich übergeben, bis kein Tropfen mehr in seinem Magen war. Dann ist ihm vor Schwäche schwarz vor den Augen geworden. Ich muss ihn nach Hause schaffen.«

Die nüchterne Aufzählung entsetzte Ysée. Keine Silbe kam ihr über die Lippen, bis er sie am anderen Ufer, am Kai des alten Hafens, aus dem Boot zog.

»Wo wollt Ihr mich hinbringen?«, wehrte sie sich, als er nach ihrer Hand griff.

»Nach Hause. Was denkst du, wohin ich dich bringe?«

»Ich … ich weiß es nicht«, stammelte sie und wandte den Kopf in Richtung Fluss.

Die schwarze Säule über dem Place de Grève ließ sie aufschluchzen. Sie glaubte zu zerspringen. Als brächte es ihr die Erlösung, schleuderte sie Simon ihre ganze Empörung ins Gesicht.

»Ich hasse die Kirche! Ich hasse dich!«

Zorn und Verzweiflung stiegen in Simon auf. Zorn über Ysées Leichtsinn. Verzweiflung über die eigene Hilflosigkeit.

»Was denkst du, wie weit mein Einfluss reicht? Ich bin ein Mönch, ein einfaches Mitglied unserer Kirche und ein Mensch, der seinen Frieden im Glauben sucht. Hast du gedacht, ich könnte ein Wunder vollbringen?«

Ysée taumelte. Simon hob sie auf und brachte sie in das Haus seines Bruders.

Die Kaltblütigkeit des Großinquisitors, die berechnende Intriganz des Erzbischofs und die unterwürfige Frömmigkeit der Priester hatten ihn in seinem Glauben grundlegend erschüttert.

Ysée hörte auf die Stimme ihres Herzens. Alles in ihr stemmte sich aus reinem Gefühl gegen jede Ungerechtigkeit. Er fühlte sich ihr näher denn je, doch in der Stille des leeren Hauses konnte er ihr nur den Trost einer schweigenden Umarmung schenken. Als er ihr Zittern spürte, ihre Verwirrung, aber auch ihre zarte, verführerische Gestalt unter den Knabenkleidern, als sie ihren inneren Widerstand aufgab und den Kopf an seine Schulter legte, schob er ihre Kappe, ohne sich über das eigene Tun Rechenschaft abzulegen, nach hinten und schmiegte sich an sie.

Langsam beruhigte sie sich, und erst jetzt spürte sie seine körperliche Nähe, seine Wärme, die männliche Kraft. Seine Hingabe verriet ihr alle seine Empfindungen.

Er suchte ebenso Zuflucht bei ihr wie sie bei ihm. Vielleicht konnten sie ja gemeinsam Frieden finden und die Schrecken der Vergangenheit vergessen?

Beide hatten aufgehört zu denken und fanden sich zu einem innigen Kuss.

## Mathieu von Andrieu

*Paris, Rue des Ursins,*
*1. Juni 1310*

Mathieu erstarrte beim Anblick des Paares.

Er räusperte sich, weil ihn beide offensichtlich nicht bemerkt hatten. Erschrocken fuhren sie auseinander. Simon erschüttert, Ysée verlegen.

Mathieu gefiel es nicht, was er sah. Er musste zu allem einen Anflug von Eifersucht augenblicklich in seinem Herzen verschließen.

»Wäre es nicht besser, ihr würdet für derlei Zeitvertreib eine andere Kammer aufsuchen, wenn es schon sein muss?«
Seine Stimme klang ungehalten.
Simon tarnte sich mit Empörung.
»Habe ich dich nicht gebeten, sie von der Gasse fernzuhalten? Um ein Haar hätte sie bei der Hinrichtung der Porète einen Skandal entfacht. Es war reiner Zufall, dass ich sie entdeckt habe, ehe sie den Wachen des Erzbischofs auffiel.«
»Ich habe mit eigener Hand ihre Kammertür verriegelt. Hätte ich sie auch noch in Ketten legen sollen?«, verteidigte sich Mathieu.
»Natürlich nicht, verzeih, aber es war gefährlich.«
Simon ging in die Küche voraus und sank auf einen Hocker am Tisch. Am liebsten hätte er die Arme auf die Holzplatte gelegt, den Kopf darauf gebettet und Gott um die Gnade eines tiefen, traumlosen Schlafes gebeten.
Er tadelte sich für die eigene Schwäche.
Er hätte Ysée nicht küssen dürfen. Er hatte Hoffnungen in ihr geweckt, die er nicht erfüllen durfte.
Mathieu sah, wie Ysée in den Augen seines Bruders las. Sie begriff, was in ihm vorging, und er sah ihre Enttäuschung. Er hätte sie ihr gerne erspart, aber das lag nicht in seiner Macht.
Ysée löste ihren Blick von Simon, setzte sich aufrecht und wandte sich an Mathieu.
»Was ist das für eine Mutter Kirche? Eine Mutter, die ihre unschuldigen Kinder tötet!«
»Du bist ungerecht, Ysée. Marguerite Porète war bedauernswert, aber nicht unschuldig. Sie wusste, was sie riskierte, als sie ihren Thesen nicht abschwor. Sie hätte ihren Tod vermeiden können.«
»Welche Wahl hätte sie gehabt?«
»Buße, eine Klosterzelle.«
»Ich kann verstehen, dass sie die Freiheit des Todes der Gastfreundschaft der Kirche vorgezogen hat.«

Simon zuckte mit den Schultern. Er starrte Ysée an, seine Zuneigung hatte über Pflicht und Gehorsam gesiegt. Er würde alles für sie aufgeben.
»Was erwartest du von mir?«, fragte er, bereit, ihr jede Bitte zu erfüllen.
Eine Zeit lang sah es so aus, als würde Ysée nicht antworten. Dann holte sie tief Luft.
»Nichts erwarte ich von Euch, Bruder Simon. Gar nichts.«
»Bist du sicher?«
Ysées Lachen klang wie Weinen.
»Wendet Euch an Euren Gott, Bruder Simon, wenn Ihr Verständnis und Liebe sucht. Ich kann Euch keine geben. Sie wurde auf dem Place de Grève verbrannt.«

## Bruder Simon

*Paris, Garten des Hôtel de Sens,*
*3. Juni 1310*

»Wie geht es ihr?«
Mathieu warf seinem Bruder einen prüfenden Blick zu. Im sauberen Habit des Zisterziensermönches, die Wangen rasiert und das Haar frisch gekürzt, verkörperte er zum ersten Male, seit sie sich wiedergesehen hatten, ein geachtetes Mitglied des päpstlichen Hofstaates. Wären da nicht die scharfen Falten in seinen Mundwinkeln, die düsteren Schatten unter seinen tief liegenden Augen und die ungesunde Blässe seiner Haut gewesen, er hätte den brüderlichen Entschluss, der Kirche zu dienen, gutheißen können.
»Sieh mich nicht so an. Es muss mir doch erlaubt sein, mich um Ysée zu sorgen.«

»Sie schweigt«, sagte Mathieu langsam. »Sie ist in eine Art Erstarrung verfallen, die kein Wort zulässt. Sie sitzt in ihrer Kammer, blickt auf den Apfelbaum und tut nichts. Das besorgt mich am meisten. Sie hatte sonst immer etwas in den Händen. Eine Spindel, ein Nähzeug, ein Küchengerät, einen Rosenkranz. Man bringt den Beginen offensichtlich bei, dass es Sünde ist, die Hände in den Schoß zu legen. Es ist ihr Protest gegen das, was geschehen ist.«
»Die Beginen wollen mit ihrer Arbeit Gott dienen«, erwiderte Simon, die Hände in den Ärmeln seiner Kutte vor dem Leib gefaltet. »Der Fleiß ist die oberste aller beginischen Tugenden.«
»Ysée ist nicht länger gewillt, fleißig zu sein oder zu tun, was man ihr befiehlt.«
»Sie hat keine andere Wahl. Kloster oder Ehe. Hast du ihr das nicht erklärt? Sie muss sich in die Regeln eines Frauenlebens fügen und gehorchen lernen.«
»Du kennst sie.« Mathieu wählte seine Worte bedacht, denn er ahnte, wie sehr ihre Zurückweisung Simon gekränkt hatte. »Weder die Weltabgeschiedenheit eines Klosters noch die Enge einer Ehe verlocken sie. Sie hat den Geschmack des Wissens und der Freiheit im Blut. Vielleicht wäre sie immer noch am glücklichsten als Begine.«
»Sie kann nicht nach Brügge zurück, ich hab es dir schon einmal erklärt.«
Simon stieß aufgebracht einen Stein mit dem Fuß aus dem Weg. Mathieu hatte sich umgehört.
»Es gibt nicht nur in Brügge Beginen. Irgendwo im großen Königreich von Frankreich existiert sicher ein Konvent, der weit genug von allen Machtzentren entfernt liegt, um weder Papst noch König aufzufallen.«
Simon widersprach. »Wenn Seine Heiligkeit die beginische Lebensweise verbietet, gilt das für das ganze christliche Abendland.«
»Noch ist es nicht so weit«, hielt Mathieu dagegen. »Und wenn

es dazu kommt, kann sie sich immer noch entscheiden, ob sie den Schleier wählt oder in die Welt zurückkehrt. Jetzt braucht sie eine Aufgabe, eine Gemeinschaft und Menschen um sich, die sie nicht an die Vergangenheit erinnern.«

Simon stimmte zögernd zu. »Verschaff ihr einen Schutzbrief des Königs. In diesem Fall steht sie auch unter der Obhut Seiner Majestät, wenn die Gemeinschaft aufgelöst wird. Sollte die Kirche sie in ein Kloster schicken, bedarf es dazu seiner Genehmigung.«

»Dafür musste ich das Geheimnis ihrer Geburt lüften«, sagte Mathieu nach kurzem Nachdenken. »Der König weiß um unsere Rolle bei der Zerstörung von Courtenay. Er wird meinen Wunsch begreifen, die einzige Überlebende dieses Überfalls zu schützen und meine Schuld zu sühnen. Ob er ihr außerdem eine finanzielle Unterstützung zukommen lässt, wage ich nicht vorauszusagen.«

»Tu, was du vermagst«, bat Simon eindringlich.

Mathieu nickte stumm. Dass er sich mit einer solchen Bitte dem König auch künftig verpflichtete, obwohl er das nicht wollte, behielt er für sich. Auch er stellte das Glück der jungen Frau über das eigene.

»Dann geh mit Gott, Bruder.« Simon reichte dem Älteren die Hände. »Achte auf dich. Man weiß, dass du zu den Agenten Nogarets gehörst.«

Mathieu verzog den Mund. »Erinnere mich nicht daran. Es ist der Wunsch des Königs.«

»Dann bitte ihn, dir eine andere Aufgabe zuzuweisen. Nogarets Stern wird sinken, sobald die Templer ausgelöscht sind. Es gibt zu viele Marignys auf beiden Seiten ...«

Die Brüder wechselten einen viel sagenden Blick, und der Ältere akzeptierte die versteckte Warnung mit einem Nicken.

»Mach dir keine Sorgen um mich.«

»Ich vertraue dir Ysée an. Ihr beide seid alles, woran mir in dieser Welt liegt.«

»Was wirst du tun? Reist du zurück nach Avignon?«
»Ich breche morgen mit den Boten Seiner Eminenz des Erzbischofs auf. Es gibt nichts mehr zu tun für mich in dieser Stadt.«
»Hast du eine Botschaft für Ysée?«
Simon wich seinen Augen aus.
»Nein. Sie würde ihr nur Kummer bereiten. Und du? Was hast du vor?«
»Wer weiß schon, wie die Zukunft aussieht, Bruder?«
»Liegt sie in Andrieu?«
»Du bist schon wie Jean, der fragt mich das auch beinahe jeden Tag. Ich diene dem König, solange er meine Dienste benötigt. Werden wir uns wiedersehen?«
»Das weiß der Himmel.«
Simon eilte über die gekiesten Wege der Bischofsresidenz in die Kapelle des Hôtel de Sens. Gebete gaben ihm Halt, wenngleich sie weder seine Einsamkeit noch seine Zweifel und Schuldgefühle linderten. Es war nicht sein Verdienst, dass er seinem Gelübde treu geblieben war. Allein Ysées Rückzug hatte ihn vor der Sünde bewahrt. Statt darüber froh zu sein, bedauerte er es.
Wieder wurde er im Gebet gestört und aus seinen Gedanken gerissen. Ein Priester bat ihn zum Erzbischof.
Die Gespräche mit ihm glichen einem Tanz auf glühenden Kohlen. Er empfing Simon in seinem Arbeitskabinett und reichte ihm huldvoll den Bischofsring. Das unmerkliche Zögern des Mönchs vor dem rituellen Kuss entging ihm dabei nicht.
»Ihr habt Euch von Eurem Bruder verabschiedet?«
Simon hatte sich mit Mathieu absichtlich im Garten der Residenz getroffen. Der Erzbischof hatte ihre Begegnung also zur Kenntnis genommen.
»Unsere Wege trennen sich, Eminenz.«
»Wenn Ihr hin und wieder Nachricht von ihm wollt, ich könnte

dafür sorgen, dass meine Kuriere Eure Botschaften mitnehmen.«

»Das ist nicht nötig.« Simon widerstand der Versuchung. »Ich habe der Welt entsagt, als ich in ein Kloster eintrat. Die Begegnung in Paris war nur ein Zufall.«

»Ihr seid hart gegen Euch selbst, Bruder Simon.«

»Ich tue Buße für eine große Schuld, Eminenz.«

»Werdet Ihr den Heiligen Vater persönlich über den Prozess und den Tod der Ketzerin unterrichten?«

»Das vermag ich nicht zu sagen.«

Simon blieb auch jetzt vorsichtig. Der neue Erzbischof legte Wert auf die Privilegien seines Amtes. Ehrgeiz brannte in seinen Augen, und innerhalb weniger Tage hatte er dafür gesorgt, dass man seinen Namen mit der Ehrfurcht aussprach, in der die Furcht mitschwang. »Es liegt in der Entscheidung des Erzdiakons. Wenn er meinen Bericht für wichtig genug hält …«

»Monsieur Arnaud von Pellegrue, der Erzdiakon von Chartres, ist der Neffe Seiner Heiligkeit. Seid Ihr näher mit ihm bekannt?«

»Der Erzdiakon ist die rechte Hand Seiner Heiligkeit. Ich sehe ihn nur, wenn er Befehle für mich hat.«

»Unser Heiliger Vater vertraut seinem Neffen, wie der verstorbene achte Bonifaz früher dem Bischof von Bordeaux vertraut hat. Ihr wisst von der Wertschätzung, die diese beiden wichtigen Männer unserer Kirche einstmals verbunden hat?«

Simon beschränkte sich auf ein Nicken. Es schien ihm nicht angebracht, die alten Geschichten zu wiederholen. Die Abneigung Seiner Heiligkeit gegen Nogaret rührte aus diesen Tagen. Er gab ihm die Schuld am späteren Tod seines Freundes und Vorgängers.

»Seine Heiligkeit neigt bedauerlicherweise dazu, seiner Abneigung gegen Monsieur Nogaret freien Lauf zu lassen«, setzte mittlerweile der Erzbischof seine Rede fort. »Sosehr dies menschlich verständlich ist, der Kirche schadet es.«

»Ihr überschätzt meinen Einfluss sowohl beim Erzdiakon wie

bei Seiner Heiligkeit. Ich bin nur ein bescheidener Schreiber im Haushalt des Papstes.«
»Es würde Euer Schaden nicht sein, wenn Ihr für die Vernunft und im Sinne des Königs für uns sprechen würdet.« Philippe von Marigny verfiel in den salbungsvollen Ton eines Predigers. »Das Verfahren gegen die Templer darf sich nicht noch länger hinziehen. Den Ketzern darf ihr Frevel nicht verziehen werden.«
Simon sah voller Abscheu auf die Säume seiner Kutte. Der Erzbischof glaubte sich in einer Machtposition, weil er mit seinem brutalen Vorgehen gegen die Ordensritter den Beifall des Königs errungen hatte. Sein Bruder Enguerrand war zudem drauf und dran, Nogaret als wichtigsten Ratgeber Philipps zu verdrängen, und so wähnte er sich in der Position, dem Papst Befehle erteilen zu können.
»Wenn Ihr mir ein Schreiben für den Erzdiakon anvertrauen wollt, das nicht den offiziellen Botenweg gehen soll, so will ich es gern für Euch mit nach Avignon nehmen«, sagte Simon vorsichtig.
Die Hand mit dem Bischofsring trommelte ungehalten auf die Schriftstücke des Arbeitstisches.
Bruder Simon hielt hartnäckig die Augen gesenkt. Wenn die heilige Mutter Kirche sich den Gläubigen immer mehr entfremdete, so waren daran Männer wie Marigny schuld, die ihren eigenen Machthunger im Namen des Glaubens stillten.
»Ich halte Euch für klug genug, meine Worte im Gedächtnis zu behalten«, hörte er die ungehaltene Stimme des hohen Herrn. »Ich denke, Ihr versteht mich.«
Simon blieb bei seinem Schweigen.
»Früher oder später werdet Ihr Euch entscheiden müssen, wem Ihr dienen wollt, Bruder.«
»Ich habe mich bereits entschieden, Eminenz«, sagte Simon und verneigte sich vorschriftsmäßig. »Ich diene Gott dem Allmächtigen.«

Eisige Stille begleitete seinen Abschied. Er zog es vor, seine Kammer aufzusuchen, statt sich an der Tafel der Bischöflichen Residenz blicken zu lassen. Beim Gebet wollten ihm die Worte der Vigilien nicht einfallen. Ysée beherrschte seine Gedanken. Sein Bericht würde dazu beitragen, das Schicksal der Beginen zu entscheiden.

Avignon wartete ungeduldig auf das Vermögen der frommen Frauen. Sicher fertigte der Erzdiakon bereits Listen über seine Verteilung an. Gold für den Haushalt des Papstes. Juwelen für die Messgewänder und Altargeschirre. Seide für die Roben der Dame von Périgord.

»Ist dies dein Wille, o Herr?«

Simon erhielt keine Antwort.

## Vierzehntes Kapitel

# Neue Wege

### Mathieu von Andrieu

*Paris, Cité,*
*14. Juni 1310*

Das Pergament mit dem königlichen Siegel wog schwer in seiner Tasche. Mathieu hatte es sich teuer erkauft, und er hoffte, dass es seinen Preis wert sein würde. Seine Majestät war nur widerstrebend bereit gewesen, seinem persönlichen Wunsch Gehör zu schenken. Nur die Tatsache, dass er noch nie um eine Gunst gebeten hatte, wie jene, dass der Finanzminister und Nogaret in diesen Tagen um jedes noch so kleine Privileg feilschten, hatten am Ende den Stimmungsumschwung des Monarchen bewirkt.

»Wenngleich ich es unsinnig finde, dass Ihr die Demoiselle von Courtenay zu den Beginen schicken wollt«, hatte er abschließend angefügt. »Die beste Art, derlei Familienzwiste zu beenden, ist eine Ehe. Heiratet das Mädchen. Es ist ohnehin an der Zeit, dass Ihr Euch um einen Erben kümmert.«

»Ich habe kein Lehen, Sire.«

»Und Eure Begine vielleicht bald keinen Unterschlupf. Habt Ihr mir nicht berichtet, dass man in Avignon plant, ihre Gemeinschaften aufzulösen? Der königliche Schutzbrief hilft ihr in diesem Falle nur wenig. Seid gewiss, dass ich dem Heiligen

Vater keine Steine in den Weg legen werde, wenn er die Beginen zur Ordnung ruft. Ich habe ihn in die Knie gezwungen, was die Templer anbelangt, dafür mische ich mich nicht in seine innerkirchlichen Entscheidungen ein.«

Mathieu vermutete, dass sich der König nur so friedfertig gegeben hatte, weil er keine Möglichkeit gesehen hatte, auch diese Geldquelle für sich zu erschließen. Ihm Ysées Probleme zu schildern, hätte keinen Sinn ergeben, also hatte er geschwiegen. Der König hatte dieses Schweigen akzeptiert und ihn vom Hofdienst freigestellt, damit er Ysée in ihre neue Heimat bringen konnte. Ein Befehl, der ihn auch aus den Fängen des *terrible* befreite. Er hatte eilig den Palast verlassen, um ihm nicht mehr zu begegnen.

Das Gespräch im Arbeitskabinett des Königs wollte ihm aus einem anderen Grund nicht aus dem Kopf gehen. Eine Ehe mit Ysée. Eine königliche Order zwänge sie vor den Altar. Sie müsste gehorchen. Der Gedanke war ihm nicht unsympathisch, stellte er fest. Allein, er wollte keine Frau in sein Bett zwingen und sie auch nicht gegen ihren Willen zu seiner Gemahlin machen.

In der Rue des Ursins hatte Mathieu die Stille eines Hauses empfangen, in dem schon jetzt alles Leben erstickt war. Er würde das Mietverhältnis beenden, wenn er zurückkehrte. Ihm war klar, dass er ohne Ysée hier keine Freude mehr finden würde.

Er traf sie am Fenster ihrer Kammer an. Ohne ein Wort legte er ihr das gesiegelte Dokument in den Schoß.

»Für Ysée von Courtenay? Was ist das für ein Name?«

Ihre reglose Miene verriet weder Überraschung noch Freude.

»Ihr seid doch Ysée von Courtenay?«

Mathieu war sich seiner Sache so sicher, dass er verdutzt die Stirn in Falten legte.

Sie schüttelte stumm den Kopf.

»Wenn der Handelsmann Cornelis Euer Großvater ist, dann

war Eure Mutter die schöne Flämin, die Thomas von Courtenay erst entehrt und dann zur Frau genommen hat. Oder habt Ihr mir Lügen erzählt?«
»Ich lüge nie.« Sie hielt seinem Blick stand. »Ysée ist der Name meiner Halbschwester. Berthe war ihre Mutter. Sie hat mir das Leben gerettet und mich in Sicherheit gebracht, als unsere Burg überfallen wurde. Damals habe ich den Tod meiner armen Schwester verschuldet, und Berthe gab mich als ihre Tochter aus. Sie hat meiner Mutter auf dem Sterbebett geschworen, mich zu beschützen. Sie hielt es für sicherer, wenn niemand erfuhr, dass ich überlebt hatte.«
»Dann sagt mir Euren richtigen Namen.«
Ysée zögerte unmerklich, dann sprach sie zum ersten Mal in ihrem Leben ihren richtigen Namen in voller Länge aus. Ihre Stimme bebte.
»Violante. Violante von Courtenay.«
»Violante«, wiederholte Mathieu und lauschte dem Klang des Namens nach. Erst ihre nächste Frage riss ihn aus seinen Gedanken.
»Courtenay wurde damals von den Andrieus überfallen, nicht wahr? Kinder hören viel, auch wenn man sie zur Seite schiebt und davonschickt.«
»Ihr könnt Euch erinnern?« Es fiel ihm schwer, ihrem Blick standzuhalten.
»Die Dinge und die Erinnerungen fügen sich zusammen«, war ihre einfache Antwort.
Mathieu verzichtete auf eine Bestätigung. Er dachte an Simon. Sein Bruder würde es ihm nicht danken, dass er Ysée oder Violante auf diese Spur gebracht hatte. Nun hatte sie zweifach Grund, ihn aus ihrem Leben zu verbannen und ihre Liebe zu ihm zu leugnen.
Sie hatte den Schutzbrief aufgenommen und las die Zeilen.
»Strasbourg? Das ist weit im Norden des Königreiches, nicht wahr?«

»Es liegt auf dem Gebiet des Deutschen Reiches«, erwiderte Mathieu. »Seit fast fünfzig Jahren ist es Freie Reichsstadt und allein dem deutschen Kaiser Rechenschaft schuldig. Die Lage an einer bedeutenden Handelsstraße macht sie zu einer der wichtigsten Städte am Rhein.«

»Ich soll Frankreich verlassen?« Eine Spur von Panik schwang in ihrer Frage.

»Ihr wolltet so weit wie möglich von Paris weg und auch nicht an Flandern erinnert werden. Strasbourg ist eine reiche, wehrhafte Stadt. Der Fluss und die Kanäle, die sie durchziehen, werden Euch ein wenig an den Weingarten erinnern. Man hat mir gesagt, dass die Beginen dort in befestigten, bequemen Häusern leben und unbehelligt von Magistrat und Zünften ihrem frommen Dienst nachgehen dürfen.«

»Wird man den Schutzbrief des französischen Königs dort anerkennen?«

»Frankreichs Einfluss reicht inzwischen bis an den Rhein. Vor Jahren war sogar die Rede davon, dass König Philipps Schwester den Sohn des deutschen Königs heiraten soll. Der Plan zerschlug sich, aber Strasbourg ist dem König ebenso gewogen wie dem deutschen Kaiser.«

»Wie komme ich dorthin? Werden mich die Schwestern aufnehmen? Ich besitze kein Vermögen, mit dem ich mich in eine Gemeinschaft einkaufen kann.«

Sie wandte sich ohne weitere Einwände den praktischen Fragen zu.

»Macht Euch keine Sorgen. Der König hat auch dafür gesorgt.«

»Sagt ihm meinen Dank.«

Er schwieg. Dass er aus seiner eigenen Tasche für Ysées Zukunft sorgte, brauchte sie nicht zu wissen. Ein Stolz wie der ihre akzeptierte die Hilfe des Königs, aber nicht die seine, die eines Andrieu.

»Ihr könnt Eure Sachen packen, dass man sie auf ein Pferd

schnallen kann. Ich beabsichtige, Euch selbst nach Strasbourg zu bringen.«

»Ihr duzt mich nicht mehr?«

Halb Frage, halb Feststellung, trieben die Worte eine schwache Röte in seine Wangen.

»Ihr seid nicht länger die Begine Ysée. Violante von Courtenay ist eine Edeldame, der ich Respekt schulde. Auch meine Dienste, denn sie ist durch die Schuld der Andrieus ins Unglück geraten.«

Sie ergriff den Schutzbrief und stand auf. Mathieu erstarrte, als sie ihm völlig unerwartet die Hand auf den Arm legte. Ihre panische Angst vor fremden Berührungen machte die Geste besonders eindringlich.

»Ihr seid mir nichts mehr schuldig, Seigneur. Ihr habt genug für mich getan.«

»Bei Gott, ich habe jämmerlich wenig getan«, widersprach er.

»Ihr täuscht Euch. Ihr habt die Begine Ysée gerettet, gescholten, gepflegt und beherbergt. Ihr habt mehr Mühe für sie aufgewendet als je ein Mensch zuvor, und Ihr habt weniger dafür verlangt als andere.«

Sie löste den Griff und trat ans Fenster.

Mathieus Augen versuchten den Umriss ihrer schlanken und doch so weiblich anmutigen Gestalt für immer festzuhalten. Es fiel ihm schwer, sich abzuwenden und die Kammer zu verlassen. Er stürzte sich in die Hektik augenblicklicher Reisevorbereitungen, um den eigenen Gedanken zu entfliehen.

Jean Vernier war der Einzige, der gegen den bevorstehenden Ritt nach Norden protestierte. Er sah keinen Sinn darin.

»Wieso kann sie nicht in Paris bleiben?«

»Sie will wieder unter ihresgleichen leben«, erwiderte Mathieu betont gleichmütig. »Wollen wir uns weigern, ihr diesen Gefallen zu tun?«

»Hör auf, einen alten Mann zum Narren zu halten«, brummte der Waffenmeister ungnädig. »Du willst ebenso wenig, dass sie

geht, wie ich. Du würdest barfuß nach Andrieu gehen, könntest du sie damit halten.«
Er erhielt keine Antwort. Er hatte auch keine erwartet.

## Bruder Simon

*Avignon, Kloster der Dominikaner,*
*26. Juni 1310*

Die Hitze brütete über dem Fluss und der Stadt. Die Luft flimmerte und rief in Simon die unliebsame Erinnerung an lodernde Flammen wach. Obwohl ihn die Reise den Fluss hinab in wenigen Tagen von Lyon nach Avignon gebracht hatte, fühlte er sich erschöpft und ausgelaugt, als er in den Schatten des Kreuzganges trat.
Weder der Erzdiakon noch Seine Heiligkeit befanden sich im Kloster. Sie hatten sich in die kühleren Berge der Grafschaft Venaissin zurückgezogen, wo ihnen der Bruder des Königs, Charles II. von Anjou, in den heißen Sommermonaten Gastfreundschaft in einem seiner Schlösser bot.
»Und mein Bericht?«, hatte Simon in der Amtsstube des Heiligen Vaters gefragt. Er war nach Avignon geeilt, in der Annahme, dort ungeduldig erwartet zu werden.
»Seine Heiligkeit wird sich damit befassen, wenn es an der Zeit ist«, hatte er von einem Sekretär als Antwort erhalten. »Geduldet Euch bis dahin.«
Er hatte nicht gewusst, ob er erleichtert oder verärgert sein sollte. Der schreckliche Tod der Marguerite Porète und das verzweifelte Sterben der Tempelritter schienen in Avignon niemanden sonderlich zu bewegen.
»Seine Heiligkeit ist in die Berge verschwunden, um den

Kurieren und Bitten der Tempelritter zu entfliehen«, erklärte ihm der Dominikanermönch, dessen Pritsche im Dormitorium neben der seinen stand. »Es bedrückt ihn, ständig Berichte von Folterungen und Verbrennungen hören zu müssen.«

»Er sollte diese Barbarei nicht zulassen und sich fragen, was die Menschen empfinden, die es mit ansehen müssen«, erwiderte Simon bitter.

»Du warst in Paris.«

Der Alte wusste es, obwohl Simon es mit keinem Wort erwähnt hatte.

»Die Scheiterhaufen lodern überall«, erwiderte er, ohne die Frage zu beantworten. »Warum unternimmt der Heilige Vater nichts gegen die Verfolgung der Templer?«

»Bruder, seid Ihr wirklich so wenig informiert? Glaubt Ihr, der Heilige Vater hätte auch nur die geringste Chance, den Templern zu helfen? Er ist froh, wenn er sich selbst vor dem König rettet. Verteidigt er die Templer, läuft er Gefahr, selbst der Ketzerei angeklagt zu werden. Der französische König hat zu viel Macht.«

Simon fiel es schwer, das Gehörte zu glauben. Er erhob sich von seiner Pritsche und kehrte an seinen Platz in der Schreibstube des Papstes zurück. Die Korrespondenz, die er las, trug nicht dazu bei, die Lage wirklich einschätzen zu können.

*Le terrible* setzte seine Vernichtungspolitik gegen den Templerorden kaltblütig fort. Die so hoffnungsvoll nach Paris gereisten Ordensritter mussten sich vor den königlichen Schergen in Sicherheit bringen. Das Schweigen Seiner Heiligkeit entmutigte auch die letzten Bischöfe, die in der Untersuchungskommission für Gerechtigkeit plädierten. Die Templer in ihren Verliesen schöpften derweil vorsichtig Hoffnung, weil Wochen vergingen, ohne dass neue Scheiterhaufen errichtet wurden.

Die Rückkehr des päpstlichen Haushaltes nach Avignon, zu Beginn des Monats September, beendete den sommerlichen

Frieden des Dominikanerklosters. Simon berichtete einem erkennbar gelangweilten Erzdiakon von seinen Beobachtungen in Brügge und Paris.

Pellegrue fegte ein kaum sichtbares Stäubchen von seiner Soutane und zuckte mit den Schultern.

»Die Beschwerden häufen sich. Der Erzbischof von Mainz hat den Beginen von Frankfurt unter förmlicher Androhung der Exkommunikation das Predigen verboten. In Köln gibt es Ärger mit den Seidenwebern und in Brügge, wie Ihr bestätigt, mit den Tuchhändlern. Im Norden des Königreiches Frankreich wächst die Zahl der bettelnden und wandernden Beginen, und die Gerüchte über ihren unsittlichen Lebenswandel nehmen zu. Ich denke, wir können die Beweisaufnahme abschließen und darangehen, ein Dokument zu erstellen, das die förmliche Verurteilung des Beginenstandes beinhaltet.«

Simon verbarg nur mit Mühe sein Entsetzen. Hatte ihm der Erzdiakon überhaupt zugehört?

»Seid Ihr nicht zu streng mit Eurem Urteil?«, wagte er einzuwenden. »Es sind nur wenige, die Anstoß erregen. Der Großteil der frommen Frauen hält sich an die christlichen Gebote und tut Gutes.«

»Das können sie auch in einem Orden«, sagte Pellegrue knapp. »Es war ein Irrtum, diese Zusammenschlüsse zu dulden.«

Simon erhielt keine Gelegenheit, die Beginen erneut zu verteidigen. Der Erzdiakon beendete die Audienz, ohne ihn ein weiteres Mal zu Wort kommen zu lassen. Das beschämende Gefühl, versagt zu haben, begleitete ihn nach draußen.

Was konnte er tun? Die zahllosen Beginengemeinschaften hielten keinen Kontakt untereinander, wie sollte man sie warnen? Es gab weder einen kirchlichen Vertreter, der sich für sie einsetzte, noch eine Meisterin, die über mehrere Höfe oder Häuser bestimmte.

Tief in Gedanken lief er Brunissende von Périgord, der Gräfin von Foix, die in Richtung des Gästehauses ging, in den Weg.

»Heilige Mutter, habt Ihr keine Augen im Kopf, Pater? Fast hättet Ihr mich umgerannt.«
Sie betrachtete ihn ärgerlich. Eine Wolke von Rosenölduft umhüllte sie.
»Verzeiht«, sagte er knapp. »Ich habe Euch zu spät bemerkt.«
»Ach ja?« Sie musterte ihn eingehend, und ihre nächsten Worte klangen schon nicht mehr so eisig. »Nun, zu spät ist immerhin besser als überhaupt nicht. Ihr seid kein gewöhnlicher Mönch, nicht wahr? Eure Züge sind die eines Edelmannes. Wie heißt Ihr?«, erkundigte sie sich neugierig.
Irritiert wich Simon zurück. »Man nennt mich Bruder Simon«, antwortete er knapp. »Entschuldigt mich.«
»So wartet doch.«
Er beschleunigte die Schritte, statt auf ihren Ruf zu hören. Es gehörte sich sicher nicht, die geschätzte Freundin des Heiligen Vaters zu verärgern, aber er brachte es nicht über sich, wie ein Höfling mit ihr zu plaudern. Sollte der Papst ihn doch in sein Kloster zurückschicken, wenn sie sich über sein Verhalten beschwerte. Er würde ihm einen Gefallen damit erweisen. Längst war ihm klar geworden, dass die Kirchenpolitik ihn in ständige Konflikte mit seinem Gewissen brachte.
Bei aller Empörung blieb jedoch der Duft nach Rosenöl in seinem Bewusstsein. Je mehr er sich verflüchtigte, umso klarer stieg in ihm das Bild Ysées auf. Er sah sie vor sich, in den Seidengewändern einer Dame.
Ob Ysée die dramatischen Erlebnisse in Paris vergessen konnte? Er bezweifelte es. Er selbst konnte es nicht. In der Stadt des Königs war etwas geschehen, das sein Leben unaufhaltsam in eine andere Richtung trieb.
Nur im Gebet gelang es ihm manchmal, dem Bild der brennenden Frau am Schandpfahl des Scheiterhaufens zu entfliehen. Niemals vergaß er das Grauen in Ysées Augen. Den Schreck, als sie in seinen Armen die Besinnung verloren hatte und zusammengebrochen war.

O Herr, es ist dieser Duft von Rosenöl, der mich um den Verstand bringt und mich an sie denken lässt, schoss es ihm durch den Kopf. Hilf mir, standhaft zu bleiben und meine Sehnsucht zu vergessen.
Er gab der Anwesenheit Brunissendes von Périgord in einem Männerkloster die Schuld an seinen Sehnsüchten. Er verabscheute die Gräfin. Sie residierte mit größter Selbstverständlichkeit im Gästehaus, und jedermann tat so, als sehe er es nicht, dass sie in den privaten Gemächern des Papstes ein und aus ging.
Simons Hände verkrampften sich unter dem Skapulier. Ein schrecklicher Verdacht keimte in ihm auf. Wenn ihn nun nicht die Empörung bewegte, sondern der Neid. Der Neid, dass es dem Papst kraft seines Amtes erlaubt war, sich über die Regeln und Gebote hinwegzusetzen?
Schuldbewusst wandte er sich der Kapelle zu. Er hatte kein Recht, den Heiligen Vater zu richten. Er hatte die Gelübde der Keuschheit, der Armut und des Gehorsams abgelegt. Diese Buße hatte er sich selbst auferlegt, weil er getötet hatte. Es stand ihm nicht an, seine Verfehlungen gegen die Sünden des Heiligen Vaters aufzurechnen.

## Violante von Courtenay

*Reims, 15. Juli 1310*

Die Stadt breitete sich in der Ebene aus und wurde von der gewaltigen Kathedrale beherrscht. Violante zügelte ihre kleine Stute. Mathieu war vor ihr stehen geblieben. Sein mächtiger Destrier ließ nicht zu, dass ein anderes Pferd die Spitze des kleinen Trupps übernahm. Seit sie Paris auf der Handelsstraße

Richtung Norden verlassen hatten, mied Mathieu das Gespräch mit ihr, und so war es ihm wohl recht, dass sein Pferd immer ein paar Schritte voraustrabte.

Es ließ sich nicht vermeiden, dass sie diese Reise mit der des vergangenen Winters verglich. Die warmen Sommertage, die angenehmen Begleitumstände und ihre eigene Verfassung hätten nicht unterschiedlicher sein können. Beschützt von vier bewaffneten Knechten und dem Waffenmeister, legten sie angenehme Tagesetappen zurück und übernachteten auf ihrem Weg in den Gästehäusern der Klöster.

Überall wurden sie dank des königlichen Schutzbriefes mit großer Höflichkeit empfangen und versorgt, strikt getrennt nach Geschlecht. Sie fand sich stets in der Obhut freundlicher Nonnen, und ihre Reisegefährten traf sie erst am nächsten Morgen wieder. Der Waffenmeister half ihr zu Beginn eines jeden Reisetages in den Damensattel. Geduldig warteten die Männer, bis sie die Röcke ihres Reitkleides geordnet und die Zügel ergriffen hatte.

Violante lenkte ihre Stute inzwischen mit zunehmender Sicherheit. Sie hatte sich in wenigen Tagen an den Passgang des Pferdes gewöhnt, sodass sie ihre Blicke ungehindert über die wechselnden Landschaften, Dörfer und Städte auf ihrem Weg gleiten lassen konnte.

Das vor ihnen liegende Reims war mit Abstand die größte Ansiedlung, die sie seit Paris gesehen hatte. In der den Blick beherrschenden Kathedrale wurden seit Generationen die französischen Könige gesalbt und gekrönt. Violante entdeckte auch die Türme zahlreicher anderer Kirchen, die sich dem massigen Bauwerk unterordneten.

»Wie riesig diese Stadt ist«, sagte sie gedankenverloren.

»Ein Zentrum des Tuchhandels«, erwiderte Mathieu, der ihre Worte gehört hatte, und wandte sich um. »Wir werden in der Abtei von Saint Remi um Herberge bitten. Für heute ist es zu spät zum Weiterreiten.«

Die Stute schloss zu Odysseus auf und blieb neben dem schweren Streitross, das einen gutmütigen Blick zur Seite warf, stehen. Sein Reiter jedoch blickte unbeirrt geradeaus.
»Kann ich Euch etwas fragen?«
»Sicher.«
Sie ließ sich von seinem schroffen Tonfall nicht entmutigen. Mathieu war manchmal etwas barsch.
»Könnt Ihr mir von Courtenay erzählen?«
Sie stieß es so heftig heraus, dass er hören konnte, wie lange sie diese Frage schon unterdrückt hatte. Gegen alle guten Vorsätze sah er sie an und begegnete ihrer Neugier mit schlichter Abwehr.
»Von Courtenay? Warum das? Ihr wisst mehr über Courtenay als ich. Ihr habt dort gelebt.«
»Ich weiß nicht, was von meinen Erinnerungen Wahrheit und was Traum ist. Ich war erst acht Jahre alt, als Berthe mich fortbrachte.«
»Und was ist Euch im Gedächtnis geblieben?«
»Ich entsinne mich, dass meine Mutter meinen Vater fürchtete. Auch ich hatte Angst vor ihm, und sie riet mir oft, ihm nicht unter die Augen zu kommen. Er schlug zu, wenn etwas nicht nach seinem Willen ging. Außer Berthe gab es nur wenige Mägde. Ich liebte meine Mutter, meine Schwester und meinen kleinen Hund. Es war die Welt eines Kindes, das nicht weiß, was außerhalb der Mauern vor sich geht. Ist Courtenay ein großes Lehen?«
Sie sah ihm an, dass er am liebsten geschwiegen hätte. Dennoch zwang er sich zu einer Antwort.
»Courtenay war reich an gutem Ackerland. Eurem Vater dienten viele Pächter in mehreren Dörfern. Es fehlten ihm nur die ausgedehnten Wälder, die Mabelles Mitgift gewesen wären. Er war ein ebenso leidenschaftlicher Jäger, wie Seine Majestät der König es ist.«
»Mabelle ist Eure Schwester, nicht wahr? Dass er statt ihrer

meine flämische Mutter geheiratet hat, ist der Grund für die schlimme Fehde gewesen.«

»Was habt Ihr davon, die alten Geschichten wieder aufzuwärmen?«

»Ist die Burg damals ganz zerstört worden?«

»Nur die Kapelle und ein paar Mauerreste sind übrig geblieben. Eure Mutter, das Kind und Eure Schwester sind dort begraben. Hört auf, die Vergangenheit zu beleben, Violante von Courtenay. Die Zukunft liegt vor Euch.«

Der Name klang fremd in ihren Ohren. Mit einem Mal sehnte sie sich nach dem vertraut gewordenen Ysée. Aber weder Mathieu noch sein Stallmeister gebrauchten die gewohnte Anrede. Sie sagten auch nicht mehr Mädchen, Kleine oder Begine. Sie war jetzt Violante von Courtenay. Es wurde Zeit, dass sie sich daran gewöhnte.

»Wer bebaut das Ackerland der Courtenays und herrscht jetzt über ihre Dörfer?«, setzte sie die Fragen trotz der Ermahnung fort.

»Pfalzgraf Ottenin hat sie in der Folge der Ereignisse vor mehr als zehn Jahren dem Lehen von Andrieu zugeschlagen.«

»Eurem Lehen? Warum seid Ihr in Paris und nicht dort? Schätzt Ihr den Hof so sehr? Liegt Euch so wenig an den Menschen Eurer Heimat?«

Sie sah sein Kopfschütteln.

»Mein Schwager und meine Schwester leben in Andrieu. Der Pfalzgraf hat mich aus der Freigrafschaft verbannt.«

»Es gibt keine Freigrafschaft mehr.«

Violante hatte es von ihren Studentenfreunden in Erfahrung gebracht.

Mathieu schnalzte ungeduldig und trieb Odysseus zu schnellerem Trab.

»Was bezweckt Ihr mit all diesen Fragen? Wollt Ihr den Umfang Eures väterlichen Erbes in Erfahrung bringen?«

»Ein Erbe, das mir nur zukäme als Braut an der Seite eines

Ritters des Herzogs von Burgund«, erwiderte Violante sachlich und bemühte sich, an der Seite des Hengstes zu bleiben.
»In der Tat. Dieser Weg steht Euch offen, wenn Ihr nicht länger als Begine leben wollt. Das Dokument des Königs macht Euch zur einzigen Erbin von Courtenay.«
»Ich will nichts mit dem Courtenay von heute zu schaffen haben. Ich habe meine Entscheidung getroffen.«
»Ich wünsche Euch, dass Ihr nie dazu gezwungen werdet, sie zu überdenken.«
»Ist Strasbourg nicht weit genug von allen Brennpunkten des Kirchengeschehens entfernt, wie Ihr sagt?«
»Ich hoffe doch.«
Mathieu spornte sein Pferd an. Die Stute verlor endgültig den Anschluss, und seine Stimme ging im Dröhnen der Hufe unter. Violante atmete den Staub ein, den Odysseus aufwirbelte. Sie zügelte erbost ihr Pferd. Welche ihrer Fragen hatte ihn verärgert? Oder bedrückte ihn wie sie der näher rückende Abschied?
Sie hatte entdeckt, dass sie zwar Paris reuelos hinter sich lassen konnte, dass ihr jedoch der Gedanke, Jean Vernier und seinen Herrn für immer zu verlassen, missfiel. Weil sie sich an die beiden gewöhnt hatte und ihnen vertraute oder weil sie Angst vor der Zukunft hatte?
Erst am Stadttor von Reims trafen sie wieder zusammen, aber nun musste sie mit züchtig niedergeschlagenen Blicken warten, bis die Bewaffneten sich von der Harmlosigkeit des Reisetrupps überzeugt hatten, und für ein weiteres Gespräch ergab sich keine Gelegenheit mehr. Bis sie in Strasbourg voneinander Abschied nahmen, wechselten sie kaum ein persönliches Wort miteinander, obwohl er sie wie ein Schatten begleitete. In verschiedenen Beginenhäusern hatten Gespräche über eine mögliche Aufnahme stattgefunden, ehe sie sich schließlich für die Gemeinschaft der Schwestern vom Haus zum Turm entschieden hatte, vor dem sie nun standen.

Nur ein paar Steinwürfe vom stolzen Münster entfernt lebten hier knapp zwei Dutzend Beginen in dem hohen, weitläufigen Bürgerhaus, das mit seinen Schuppen, Ställen und Wirtschaftsgebäuden an die kleine Ill grenzte. Wie Brügge war auch Strasbourg von Kanälen und Wasserläufen durchzogen, an deren Ufern sich Gerber und Färber angesiedelt hatten.

»Ich hätte mir gewünscht, Ihr hättet eine Gemeinschaft ohne Webstühle gewählt«, sagte Mathieu besorgt. »Diese Geschäfte mit Schleiertuch und Halbtuch wollen mir nicht gefallen.«

»Es dürfte schwer sein, in dieser Stadt überhaupt ein Haus ohne Webstuhl zu finden«, erwiderte Violante mit einem kleinen Lächeln. »Die Schwestern vom Turm haben mir nicht wegen ihrer Webstühle, sondern wegen ihrer Schule und ihres vernachlässigten Kräutergartens gefallen. Die meisten von ihnen sprechen das Französische wie ich, und ich werde bei ihnen all die Dinge tun können, die mir Freude machen. Vielleicht werde ich sogar Latein lernen und mich mit den Einzelheiten des römischen Rechts beschäftigen können. Ich habe eine Gemeinschaft gefunden, die mich ohne Vorbehalte bei sich aufnimmt.«

»Sie sind beeindruckt, eine vermeintliche Verwandte des französischen Königs in ihren Reihen zu haben.«

»Ein Irrtum, den Ihr maßgeblich zu verantworten habt, Seigneur. Schon allein durch die vielen Goldstücke, die Ihr der Meisterin ausgehändigt habt.«

»Niemand ist für die Irrtümer anderer Menschen verantwortlich, Violante von Courtenay. Je mehr Ihr diese Verwandtschaft leugnet, umso eher werden sie daran glauben. Es kann Euch nicht schaden.«

Sie tat seine Erklärung mit einem Schulterzucken ab und reichte ihm schließlich die Hand. Während sie vor dem hohen Tor des Hauses zum Turm standen, warteten im Hintergrund der alte Waffenmeister und die anderen Männer auf Mathieu. Von ihnen allen hatte Violante sich bereits verabschiedet.

»Gott behüte Euch«, sagte sie nun und sah offen in die grauen Augen, die ihr heute besonders düster vorkamen. »Erlaubt mir nach all den guten Ratschlägen, die Ihr mir gegeben habt, auch einen an Euch: Geht nach Andrieu. Der König braucht Männer, die für seine Untertanen sorgen, nicht nur Diplomaten und Krieger. Ich wüsste niemanden, dem ich ein Lehen, ein Dorf oder eine Stadt lieber anvertrauen würde. Ich würde Courtenay und alles, was dort geschehen ist, in besserer Erinnerung behalten, wenn ich wüsste, dass Ihr Euch der Menschen dort annehmt.«

»Ihr wisst nicht, was Ihr sagt«, antwortete er mit hörbar angestrengter Stimme.

»Das war einmal, Mathieu von Andrieu. Inzwischen weiß ich, was ich sage, und ich sage es.«

Er neigte den Kopf über ihre Hand, und sie spürte die flüchtige Berührung seiner Stirn auf ihrem Handrücken. Eine Geste des Respekts und der Anerkennung, die sie zu Tränen rührte.

»Der Himmel schütze Euch, Violante von Courtenay.«

Er hatte längst die Stadttore hinter sich gelassen, als sie in der kleinen, reinlichen Kammer, die sie künftig bewohnen würde, das Bündel ihrer Habseligkeiten öffnete, um ihre Besitztümer in eine schlichte Truhe zu ordnen. Einer der Männer hatte ihr Gepäck von der Herberge in das Haus zum Turm getragen.

Überrascht hatte sie ein zweites Bündel gefunden, in reinliches Leinen gehüllt und mit einer Seidenkordel verschlossen. Als sie jetzt die Verschnürung löste, entdeckte sie drei Geschenke.

Zwei Bücher. Ein handlicher kleiner Psalter mit den Hymnen des alten Testaments und eine Fibel mit den Grundbegriffen der lateinischen Sprache, wie sie in Klosterschulen verwendet wurde, um den künftigen Priester vorzubereiten. Violante berührte die Schriften mit den Fingerspitzen, kaum fähig zu glauben, dass sie ihr Besitz sein sollten.

Das dritte Geschenk war in einem Tuch aus feinster hellblauer Seide verborgen. Es war eine kleine Statue der heiligen Anna aus honigfarbenem Karneol. Kaum eine halbe Elle hoch, aber so lebensecht dargestellt, dass sie sie mit halb offenem Munde bestaunte. Die Heilige erwiderte den Blick mit einem liebenswürdigen Lächeln.

Sollte sie sie an das Portal der heiligen Anna von Notre-Dame erinnern, in dessen Schatten sie sich mit Renard und seinen Freunden getroffen hatte? An die Rue des Ursins, an ihre verstorbene Mutter?

Würde die kleine Statue ihr ein Trost in der Fremde sein? Sie konnte es nicht sagen. Sie wusste nur, dass ihr die Tränen in die Augen stiegen. Tränen, die sie noch nie geweint hatte.

Freudentränen.

## Fünfzehntes Kapitel

# Entscheidungen

### Bruder Simon

*Dominikanerkloster von Avignon,*
*30. August 1311*

An Tagen, die so heiß waren wie dieser, kratzte das Büßerhemd besonders. Es reizte die beanspruchte Haut, und der Schweiß brannte in den kleinsten Wunden. Obwohl abgehärtet gegen körperliches Unbehagen, bewegte Simon die Schultern, um sich Erleichterung zu verschaffen.

Ein Windstoß, Herr, oder wenigstens eine Stunde, in der sich ein paar Wolken vor diese unbarmherzige Sonne schieben, ist das zu viel verlangt?

Die Erinnerung an die dichten Wälder von Andrieu stieg in ihm auf. An Tannen und Laubbäume, deren Wipfel sich im grün schimmernden Wasser spiegelten, und wenn man kopfüber hineinsprang, war es, als würde man den Wald umarmen.

Auch im zweiten Sommer hatte er sich nicht an die sengende Hitze gewöhnt, die in diesen Wochen über der Stadt, dem Kloster und den Häusern von Avignon lag. Der breite Fluss glänzte und wand sich wie geschmolzenes Blei weiter nach Süden. Die Wachssiegel auf den Schriftstücken, die von der Schreibstube des Heiligen Vaters aus in alle Welt gingen, wollten nicht trocken werden.

Zwei Mönche wuchteten eine eisenbeschlagene Kiste in Simons Raum und wischten sich den Schweiß von der Stirn, ehe sie sich der hageren Gestalt am Schreibpult zuwandten. »Die Knechte des Schmieds haben sie für Euch abgegeben, Bruder. Wo sollen wir sie hinstellen?«

»Dort zum Fenster. Ich danke Euch«, erwiderte Simon, ohne von dem Schriftstück aufzusehen, das er soeben mit sorgfältigen Federstrichen beendete.

Die Liste der Abgaben, die bei der Verleihung höherer Pfründen entrichtet wurden, bedurfte schon wieder einer Erneuerung. Mittlerweile lagen die Einnahmen des Heiligen Stuhls bei einem Drittel der Jahreseinkünfte einer solchen Pfründe. Die Gebühren für das Personal der Dienst- und Kanzleibehörden der Kurie nicht mitgerechnet. Wieso die Truhen Seiner Heiligkeit dennoch ständig leer waren, entzog sich seinem Verständnis. Wie so vieles andere auch, das in Avignon geschah.

»Habt Ihr es schon gehört, Bruder? Wir erwarten den Heiligen Vater früher aus den Bergen zurück. Es heißt, er fühle sich nicht wohl und sei leidend. Man weiß nicht, ob das Konzil in Vienne, wie geplant, unter seiner Leitung im Oktober zusammentreten kann.« Der ältere der Mönche war bemüht, seine Neuigkeiten zusammen mit der Truhe an den Mann zu bringen.

Die Neuigkeit überraschte Simon nicht besonders. Die Pläne des päpstlichen Haushaltes richteten sich stets nach dem labilen Gesundheitszustand des Oberhirten. »Was fehlt Seiner Heiligkeit denn?«

»Eine Unpässlichkeit. Sein Magen mag keine feste Nahrung bei sich behalten. Kein Wunder, wenn man bedenkt, wie die Dinge stehen.« Der Mönch faltete die Hände über der Kutte und hob zu einer längeren Rede an. »Alle Welt erwartet eine Entscheidung über das Schicksal der Templer von ihm. Seit die päpstliche Kommission im vergangenen Jahr dem Orden aufgrund der vorliegenden Beweise die Verteidigung verweigert hat, ist

so gut wie nichts passiert. In Vienne, so sagt man, würden die Würfel fallen. Der König erwartet vom Papst offizielle Unterstützung, um die Todesurteile vollziehen zu können.«
Simon legte die Feder zur Seite. »Möge der Himmel die Gesundheit Seiner Heiligkeit wiederherstellen.«
Sein Ton verriet, dass er nicht gewillt war, Stellung zu beziehen.
»Gelobt sei Jesus Christus.«
Sichtlich enttäuscht verließen die beiden Männer die Kammer. Sie hatten sich mehr Informationen vom Geheimsekretär Seiner Heiligkeit erwartet.
Die Rückkehr des Papstes aus Krankheitsgründen verhieß nichts Gutes. Seine Heiligkeit neigte dazu, sich in wahre und eingebildete Beschwerden zu flüchten, wenn sich Entscheidungen aufdrängten. Mittlerweile hatten sich eine ganze Reihe von Zwangslagen ergeben.
Es gab nicht nur erhebliche Widersprüche in der vertraulichen Korrespondenz der Kardinäle, die zum Konzil nach Vienne geladen wurden, mit Seiner Heiligkeit, sondern auch unverhohlenen Widerstand im Kirchenstaat gegen ihn. Die Tatsache, dass sich unter den ersten Kardinälen, die er ernannt hatte, neun Franzosen befanden, von denen vier seine eigenen Neffen waren, trug nicht dazu bei, das Klima in der Kurie zu verbessern.
Erzdiakon Pellegrue hielt zwar eine Menge Ärger von seinem Oheim fern, aber die letzte Entscheidungsgewalt besaß dennoch der Papst.
Simon schätzte die Ruhe des Skriptoriums und den Umgang mit dem neuen Papier und dem steifen Pergament. Papier und Pergament redeten nicht und ermöglichten so den ungestörten Fluss der eigenen Gedanken. Die wenigsten Dokumente befassten sich mit Glaubensfragen, musste Simon feststellen. In den meisten Fällen ging es um Einkünfte aus Kirchenbesitz, um Ernennungen, Titel und Rechtsstreitigkeiten. Anderes

wurde nur halbherzig behandelt, so auch alles, was den Prozess der Templer betraf. Der Papst hatte dazu nur einmal Stellung bezogen.

»Ihr habet, geliebter Sohn – wir sagen es mit Schmerzen –, während Unserer Abwesenheit die Hand auf Personen und Güter der Templer gelegt. Ihr seid so weit gegangen, sie ins Gefängnis zu werfen, und Ihr habt, was Unseren Schmerz noch erhöht, sie noch nicht freigelassen. Wir hatten Euch durch Unsere Schreiben mitgeteilt, dass Wir selbst diese Angelegenheit in die Hand genommen. Wir wollten selber die Wahrheit erkunden …«, las er.

Nie zuvor und nie danach hatte Clemens V. so harte Worte für seinen weltlichen Gegenspieler auf dem französischen Thron gefunden.

»Trotzdem habt Ihr dieses Attentat gegen die Personen und Güter von Männern begangen, die Uns selbst unterstellt sind. In diesem überstürzten Vorgehen kann jedermann ein verwerfliches Verachten von Uns und von der Kirche erkennen. Wir können nicht daran zweifeln, dass Ihr besser heute als morgen Güter und Personen der Templer Unseren Gesandten übergeben werdet.«

Diese einmalige Äußerung von Energie gegenüber dem König war im Sand verlaufen. Der König hatte die Forderung ignoriert. In den folgenden vier Jahren hatte der Papst seinerseits das Leiden der Ordensritter ignoriert. Ihm ging es nur noch um sein eigenes Wohl.

Simon strich sich mit den Fingerspitzen über die brennende Stirn. Sein Leib reagierte auf die Entbehrungen und Schmerzen, die er ihm auferlegte. Immer wieder ließ er Mahlzeiten ausfallen, betete ganze Nächte hindurch und tat Buße. Dabei blieb kaum Zeit zur Arbeit.

Er erinnerte sich, dass die Brüder in Fontenay zu Zeiten seines Noviziates ausgerechnet hatten, wie viel Zeit einem Mönch zum Arbeiten blieb, wenn er alle Psalmen, Gebete und Andachten buchstabengetreu sprach und abhielt, die ihm die Ordensregeln auferlegten. Sie waren auf ganze fünf Stunden gekommen.

Allmächtiger, wohin verirrten sich seine Gedanken? Er musste mit dem Erzdiakon sprechen. Er hatte ihn damit beauftragt, in der Reisetruhe alle nötigen Unterlagen zusammenzustellen, die die Kurie benötigte, um ihre Angelegenheiten in Vienne voranzutreiben und zu einem guten Abschluss zu bringen. Wenn er diese Arbeit zu Pellegrues Zufriedenheit erledigte, war er vielleicht bereit, seine Bitte anzuhören.

Kaum hatte er mit dem Sichten der Unterlagen begonnen, betrat der Erzdiakon sein Skriptorium. Sich umwendend, stand er ihm direkt gegenüber. Der Heilige Vater war also zurückgekehrt.

»Schweigsam wie immer, Bruder Simon«, kommentierte der Erzdiakon seine stumme Verneigung. »In einem Haus, in dem mehr geredet wird, als normale Ohren vertragen können, seid Ihr eine rühmliche Ausnahme.«

»Ihr schmeichelt mir, Eminenz«, sagte er ruhig.

»Tue ich das? Ihr haltet nicht besonders viel von Euch, mein junger Freund.«

»Sagt nicht schon Salomon, zu viel Honig essen ist nicht gut?«

Arnaud von Pellegrue runzelte die Stirn, entschied sich aber danach für ein vages Lächeln. »Wenn ich Euch so betrachte, Bruder, dann wäre es Eurer Gesundheit bereits zuträglich, wenn Ihr den normalen Mahlzeiten mehr Ehre antut. Es muss ja nicht gleich Honig sein. Zu strenges Fasten ist auch nicht im Sinne unseres Herrn. Seine Heiligkeit braucht Euch.«

Simon gab einen unbestimmten Laut von sich, und der Erzdiakon hob in stummer Frage die schmalen Brauen.

»Ich wollte Euch eigentlich bitten, ein gutes Wort bei Seiner Heiligkeit für mich einzulegen.« Simon begegnete dem Blick Pellegrues in aller Offenheit. »Ich bin nicht geeignet für die verschlungenen Wege der Kirchenpolitik. Lasst mich nach

Fontenay zurückkehren und dem Herrn dort in aller Bescheidenheit dienen.«
Der Erzdiakon tat die Bitte mit einer gereizten Handbewegung ab. »So kurz vor dem Konzil bedarf der Heilige Vater eines jeden Dieners. Ihr könnt nicht im Ernst daran denken, ihn jetzt im Stich zu lassen.«
»Ich bin doch nur einer von vielen.«
»Aber einer von wenigen, die uneigennützig sind, Bruder. Vergesst Eure Bitte.«
Die Ablehnung traf Simon hart. Er hatte Mühe, seine Enttäuschung zu verbergen.
»Ist das Euer letztes Wort?«
»Ihr seid in die Geheimnisse Seiner Heiligkeit eingeweiht, habt Ihr das vergessen, Bruder? Ihr könnt nicht einfach beschließen, dass Ihr Euren Dienst aufkündigen wollt. Ihr seid der Kirche verpflichtet.«
Arnaud von Pellegrue legte in einer Geste aus Ungeduld und Frömmigkeit die Fingerspitzen vor der Brust gegeneinander und kam zu seinem wirklichen Anliegen.
»Wie weit seid Ihr mit den Dokumenten, die Seine Heiligkeit in Vienne haben möchte?«
Der Mönch deutete zum Fenster. »Die Truhe wurde erst heute Nachmittag vom Schmied geliefert. Die Eisenbänder und Schlösser mussten eigens angefertigt werden.«
»Vergesst nicht die aktuellen Beschwerdebriefe, die uns aus den deutschen Bistümern wegen der Beginen erreicht haben. Es gibt ärgerliche Gerüchte, dass sich etliche Brüder aus dem Deutschen Reich und aus den Niederlanden gegen ein Verbot des Beginenstandes aussprechen wollen. Wir benötigen ausreichende Beweise für die Verfehlungen der Beginen, um die Gegner auf unserer Seite zu haben. Der Heilige Vater wünscht die Beginen in die Orden einzugliedern. Damit verhindert er, dass sich die weltlichen Fürsten ihres Besitzes bemächtigen.«
»So ist es beschlossene Sache, dass …«

Simon wurde harsch unterbrochen.
»Wir wollen den Entscheidungen des Konzils nicht vorgreifen, Bruder. Tut Eure Pflicht. Aber vergesst nicht, an die Tafel Seiner Heiligkeit zu kommen. Ich befehle Euch, Euer strenges Fasten zu unterbrechen. Wir haben eine Reise und aufreibende Tage vor uns. Wenn Ihr glaubt, Sünde auf Euch geladen zu haben, so geht zur Beichte.« Der Erzdiakon verließ den Raum.
Hatte Simon wirklich gehofft, sein Wunsch würde ihm erfüllt werden? War er immer noch nicht klüger geworden? Im Zentrum der kirchlichen Macht wehte ein eisiger Wind. Er konnte seinem Auftrag nicht entfliehen. Er konnte nicht einmal Mathieu warnen. Er hatte keine Möglichkeit dazu.
Auch war es unmöglich, Schriftstücke über die Geschäfte der Schwestern einfach verschwinden zu lassen. Es waren zu viele. Man würde es bemerken. Seit die Zünfte und städtischen Räte erfahren hatten, dass eine Anklage gegen die Beginen bevorstand, trafen täglich neue Listen mit Vorwürfen ein. Man würde nach ihrem Verbleib fragen.
Allein in der deutschen Stadt Köln gab es fast neunzig kleinere Beginenkonvente, und in Strasbourg waren es kaum weniger. In Frankfurt und Hamburg existierten je ein halbes Hundert. Wenn auch dort der Widerstand gegen die Beginen nicht so groß war, so waren sie doch ebenfalls betroffen von einem allgemeinen Erlass.
Die Frauen in den Niederlanden und in Flandern sowie am Bodensee und im Helvetischen lebten in großen Höfen zusammen, wie er ihn in Brügge kennen gelernt hatte. Hier waren sie eine Wirtschaftsmacht geworden. Falls die Kirche die Beginen zwang, einem Orden beizutreten, würde ihr Besitz in die Hand des Klerus übergehen. Ihre Steuern für die Städte würden entfallen. Die Fürsten würden sich widersetzen.
Der Raum drehte sich vor Simons Augen. Er musste sich an der Dokumententruhe abstützen.

Im Machtkampf zwischen Kirche und Krone würden die Beginen der Basis ihrer Existenz beraubt, und der Frau, die er mehr liebte als sein Gelübde, konnte er nicht helfen.
War ihm das als Buße auferlegt?

## Violante von Courtenay

*Strasbourg, Haus zum Turm,*
*15. September 1311*

Es duftete nach Herbst, nach Äpfeln, letzten Rosen und den wenigen Lavendelzweigen, die Violante den Bienen in den Büschen an der Mauer gelassen hatte. Die anderen trockneten, sorgsam zu Sträußen gebunden, am Hauptbalken des Vorratsschuppens. Der große Gemüsegarten zog sich bis zum Ufer der Ill hinunter. Jeden Tag schritt Violante sorgsam die Beete ab. So wie sie es liebte, ihre wissbegierigen Schülerinnen zu unterrichten, so war es ihr ein Bedürfnis, auf Knien die Erde zu lockern und Wurzeln oder Samen zum Wachsen und Blühen zu bringen. Jetzt erfuhr sie, warum Schwester Alaina im Weingarten diese Arbeit keinem anderen überlassen hatte.
Schon mehr als ein Jahr war sie ein geachtetes Mitglied der Schwesternschaft vom Turm. Die überschaubare Gemeinschaft lebte hinter den Toren, die auch hier bei Sonnenuntergang geschlossen wurden. Die Magistra der Gemeinschaft, Luitgarda Brant, und ihre Subpriorin, wie in Strasbourg die zweite Meisterin genannt wurde, Schwester Gertrudis Stoll, waren beide Witwen ehrbarer Strasbourger Bürger und mit der Tüchtigkeit von Frauen gesegnet, die gelernt hatten, einen großen Hausstand zu führen. Sie begegneten Violante mit mehr Respekt, als ihr lieb war, denn sie waren überzeugt davon, dass

der König von Frankreich seinen Schutzbrief für eine Verwandte unterzeichnet hatte, an deren Wohlergehen ihm lag.
Das ununterbrochene Klappern der Webstühle begleitete den ganzen Tag. Die Strasbourger Beginen fertigten feines Halb- und Schleiertuch. Von der ersten Meisterin wusste sie, dass über das Gebiet der Stadt Strasbourg verteilt rund tausend Beginen lebten und webten. Die Menge Tuch, die so in den Handel kam und sich der Kontrolle der Zünfte entzog, beunruhigte Violante. Auch wenn sie sich ihren Erinnerungen meistens verweigerte, der Weingarten hatte sie tief geprägt.
Sie saß in ihrem Gemach in einem gemütlichen Stuhl und dachte über die Zerwürfnisse in Brügge nach. Hätte sie etwas an den Ereignissen ändern können?
»Schwester Violante?«
Eine Begine streckte den Kopf herein.
»Die ehrwürdige Mutter möchte mit Euch sprechen. Sie erwartet Euch im Refektorium.«
Dankbar für die Störung sah sie auf.
»Sag ihr, ich komme gleich. Ich habe im Garten gearbeitet und muss mir erst die Hände säubern und einen frischen Schleier anlegen.«
»Aber beeilt Euch. Pater Étienne von den Predigerbrüdern ist ins Haus gekommen, und die Subpriorin wurde auch dazu gebeten.«
Eine wichtige Besprechung also. Ein Gefühl der Unruhe überkam Violante. Sie legte hastig die Schürze ab, goss Wasser in eine Zinnschüssel und wusch sich, ehe sie eiligen Schrittes zum Refektorium ging.
»Da seid Ihr ja, Schwester Violante.« Die ehrwürdige Mutter deutete auf den Platz neben Bruder Étienne. »Setzt Euch. Wir haben wichtige Nachrichten bekommen, die uns zwingen, uns zu beraten.«
»Seine Heiligkeit Papst Clemens wird am fünfzehnten Tag des kommenden Oktobers zu Vienne das Konzil eröffnen, das seit

dem vergangenen Jahr anberaumt ist«, begann Bruder Étienne bedeutungsschwer zu sprechen.

Von diesem Konzil hatte Violante schon in Paris reden gehört. Es sollte in erster Linie die vielfältigen Anklagen gegen den Orden der Tempelritter zu einem endgültigen Ende bringen und anstehende Verwaltungs- und Glaubensfragen debattieren. Ihre Anspannung wich für einen Augenblick. Sie war wohl nur wegen ihrer vermeintlichen Verwandtschaft zum König zu dieser Unterredung geladen worden, beruhigte sie sich.

Der Predigerbruder zögerte, aber die erste Meisterin schien um ihre gewohnte Ruhe gebracht. Sie beugte sich vor und bedeutete ihm fortzufahren.

»Bedauerlicherweise beabsichtigen die Kirchenväter auf diesem Konzil, das Beginenleben künftig zu verbieten.«

Violantes Herz verkrampfte sich. Das also hatten sowohl Simon wie sein Bruder gefürchtet. Mit einem Male bekamen alle Andeutungen und Warnungen einen Sinn.

»Dafür müssten die hohen Herren doch wohl einen triftigen Grund angeben«, warf die zweite Meisterin entrüstet ein. »Was wirft man uns vor?«

Bruder Étienne zog einen Brief unter seinem Skapulier hervor und entfaltete ihn umständlich, ehe er seinen lateinischen Inhalt mit eigenen Worten wiedergab.

»Man wirft den Beginen vor, dass sie keine *religiosae,* also Mitglieder eines anerkannten Ordens sind, weil sie kein Gehorsamsgelübde leisten und nicht auf Privateigentum verzichten. Sie befolgen keine approbierte Regel und besitzen die schädliche Neigung, über religiöse Fragen diskutieren zu wollen. Ja, es gibt sogar Beginen, die über Land ziehen und Predigten halten.«

Nach einer kurzen, unheilvollen Stille ergriff die ehrwürdige Mutter das Wort.

»Noch ist die Entscheidung nicht gefallen. Erst wenn Seine Heiligkeit das Verbot mit einer Bulle verkündet, ist unsere

Sache verloren. Wir müssen die Lebensform verteidigen, die wir bewusst gewählt haben.«

Das Wenige, das Violante von Renard und den anderen Leges-Studenten gehört hatte, sagte ihr, dass die Meisterin Recht hatte. Die Beginen benötigten einen Rechtsgelehrten, der ihre Sache auf dem Konzil vertrat. Einen der Doktores der Universität Paris, die schon König Philipp dem Schönen jede Menge wohlfeile Argumente zur Vernichtung des Templerordens verschafft hatten.

Sollte sie diesen Vorschlag machen? Es fiel ihr schwer, in Gegenwart des Beichtvaters ihre Gedanken auszusprechen. Musste er es nicht für Ketzerei halten, wenn sie Rechtsbeistand gegen die Kirche forderte?

Bruder Étienne hatte sie die ganze Zeit nicht aus den Augen gelassen.

Nun sagte er bedächtig: »Man müsste einen Weg finden, die offizielle Anklage gegen die Beginen zu verhindern. Wenn es zum Beispiel nur eine interne Untersuchung gäbe, die die eine oder andere neue Bestimmung, aber kein völliges Verbot zur Folge hat, würde das Schlimmste verhindert.«

»Wie könnte man ein solches Wunder bewirken?«, fragte die Subpriorin praktisch.

»Es gäbe vielleicht eine Möglichkeit …«

Der Beichtvater sah Violante bedeutsam an.

## Mathieu von Andrieu

*Paris, Île de Cité,*
*15. September 1311*

Die Liste der Anweisungen wollte kein Ende nehmen. Guillaume von Nogaret verlas sie im sachlichen Prozesston. Er hatte bis ins Detail die Vorschriften für Mathieus Delegation in Vienne ausgearbeitet.

»Es genügt.« Der König verlor die Geduld. Immer häufiger unterbrach er in der letzten Zeit den Großsiegelbewahrer in seinem Redeschwall. »Andrieu ist kein Anfänger. Er weiß, dass er die Würde der Krone vertritt und Seine Heiligkeit hinhalten muss.« Sein Blick ging dabei zu Mathieu.

Nogaret nickte mit säuerlicher Miene. Seine Agenten hatten herausgefunden, dass der Papst jede Diskussion über die Templer hinauszuzögern suchte, bis der König selbst vor dem Konzil in Vienne erschien. Seine Majestät dachte allerdings nicht daran, dem nachzukommen, und schon gar nicht wollte er sich dafür einen Zeitpunkt vorschreiben lassen.

Er hatte vielmehr beschlossen, Mathieu von Andrieu mit einem wahren Hofstaat von Bewaffneten, Boten, Schreibern und königlichen Beamten vorauszuschicken, um seine Ankunft vorzubereiten. Wennschon, wollte er erst in den nächsten Monaten nach Vienne reisen. Je nervöser Seine Heiligkeit sein Fernbleiben machte, desto leichter würde es danach sein, Entscheidungen durchzusetzen, die im Sinne der Krone waren. Eine Strategie, die sich einmal mehr *le terrible* ausgedacht hatte.

Mathieu verabscheute das Katz-und-Maus-Spiel, das ihm dieser Auftrag auferlegte, aber ihm blieb keine Wahl. Er musste dem Befehl gehorchen. Violantes Schutzbrief und das Gold für die Beginen von Strasbourg hatten ihn seine finanziellen Reserven gekostet. Er bereute es nicht, aber in Augenblicken wie diesem hätte er gerne sein Geschick gewendet.

»Die Ehre dieses Auftrags macht Euch nicht glücklich.« Der König las seine Gedanken, und Mathieu zuckte ertappt zusammen. Sollte er lügen?
»Ich bin Euer Majestät gehorsamer Diener«, entschied er sich für die knappste Version der Wahrheit.
»Eben«, entgegnete der König genauso kurz angebunden und deutete auf Nogaret. »Geht mit dem Großsiegelbewahrer und lasst Euch über die weiteren Einzelheiten der Reise aufklären. Nach Vienne sehen wir weiter.«
Mathieu hätte den letzten Satz gerne hinterfragt, aber er ahnte, dass er den König damit unnötig reizen würde. Er war in den vergangenen Monaten noch verschlossener und einsilbiger geworden. Seine Frömmigkeit beherrschte ihn, obwohl er mit der Kirche in Fehde lag. Die ihn nicht näher kannten, bezeichneten ihn als Menschen ohne jedes Gefühl, aber das war eine höchst oberflächliche Einschätzung.
Die Zeiten prächtiger Jagden gehörten der Vergangenheit an, und der Hof glich nach dem Tod der Königin mehr einem Kloster denn einem Palast. Der Monarch verbarg vor der Welt seine Emotionen, weil er fürchtete, man würde sie für Schwäche halten. Die Trauer um seine Gemahlin, die Enttäuschung über seinen ältesten Sohn, der bei Hofe nur der »Zänker« genannt wurde, verbitterten ihn, und er konzentrierte seine ganze Kraft darauf, seinem Erben ein starkes, unangreifbares Königreich zu hinterlassen.
Vielleicht sollte er dem König sogar dankbar dafür sein, dass er nicht in Paris bleiben und sich mit all diesen Unerfreulichkeiten am Hof auseinandersetzen musste, sagte sich Mathieu im Stillen und folgte dem Großsiegelbewahrer in die königliche Kanzlei.
»Ihr werdet nie zu einem Lehen kommen, wenn Ihr so wenig Begeisterung für die Aufträge des Königs an den Tag legt«, sagte Nogaret überraschend, kaum dass sich die Tür hinter ihnen geschlossen hatte.

Dass ausgerechnet Nogaret sich um sein Wohlergehen kümmerte, machte Mathieu misstrauisch. Der ganze Hof wusste, dass *le terrible* im Süden riesigen Grundbesitz vom König geschenkt bekommen hatte, seine Pächter mit harter Hand regierte und sich um niemandes Wohl den Kopf zerbrach.

»Ihr wisst mehr über meine Wünsche als ich selbst«, sagte er ausweichend.

Für einen Augenblick maßen sie sich mit Blicken.

Er misstraut mir, obwohl er mir nie nachweisen konnte, dass ich beim Verschwinden Pierre de Bolognes meine Finger im Spiel hatte, schoss es Mathieu durch den Kopf. Er wird jeden meiner Schritte in Vienne belauern und auf einen Fehler warten.

»Ihr seid ein ehrlicher Mann, Andrieu, und das ist mehr, als man von den meisten Menschen sagen kann«, erwiderte der Großsiegelbewahrer. »Dennoch habt Ihr in letzter Zeit die wichtigste Eigenschaft eingebüßt, die in den Diensten Seiner Majestät erforderlich ist: unbedingter Gehorsam. Ein Gehorsam, der eigene Gefühle und Pläne ausschließt. Tut ein letztes Mal Eure Pflicht in Vienne, und ich werde dafür sorgen, dass Ihr angemessen dafür entlohnt werdet.«

»Angemessen?«

Mathieu hörte selbst, dass seine Stimme argwöhnisch klang. Was hielt *le terrible* für angemessen? Vielleicht ein Wohnrecht im Châtelet?

»Ich schätze Euch, Andrieu, auch wenn Ihr das nicht glauben wollt. Ihr seid ein guter Ritter, wenn auch nicht immer ein geschickter Politiker. Meine Aufgabe ist es, dem König zu dienen und seine Probleme zu lösen. Dafür brauche ich vertrauenswürdige Mitstreiter.«

Mathieu registrierte die eigentümliche Mischung aus Drohung und Anerkennung. Ausgerechnet auf *le terribles* Großzügigkeit angewiesen zu sein beunruhigte ihn mehr, als es ihn erleichterte. Er betrieb die Abreise aus Paris mit drängender Eile.

Chalon, das schon zu Zeiten der Gallier einen bedeutenden Hafen besessen hatte, platzte vor Menschen aus allen Nähten. Der Tross des Königs musste immer wieder anhalten, und es blieb viel zu viel Zeit, sich umzusehen und Bekanntes zu entdecken.

»Von hier wären es nur zwei Tagesreisen, um Andrieu zu erreichen«, wandte sich Jean, der neben ihm ritt, an Mathieu.

»Ich weiß«, entgegnete Mathieu. »In der Stadt ist die Zeit der *foire aux sauvagines,* des Pelzmarkts für Kleintiere.«

Er hatte diesen Markt, der im Frühling und im Herbst abgehalten wurde, in seiner Jugend gemeinsam mit Vater und Bruder besucht. Die Erinnerungen bedrängten ihn ebenso wie Jean Vernier, nachdem sie durch das Stadttor geritten waren.

Jean ließ seine Blicke schweifen. »Es ist wie früher. Jäger, Händler, Wilderer und Tuchschneider versuchen sich gegenseitig übers Ohr zu hauen. Chalon ist die Stadt der Pelze. Wer sich mit Marder-, Dachs- und Fuchsfellen eindecken möchte, findet hier beste Auswahl. Auch die Jäger von Andrieu haben ...«

»Auch das weiß ich.«

Mathieus gereizter Blick erstickte Jeans Mitteilungsbedürfnis, doch gleichzeitig ärgerte er sich darüber, dass er dem Alten ins Wort gefallen war. Er ließ seine schlechte Laune an ihm aus, die ihren Grund darin hatte, dass er ein Ersatzpferd ritt, dessen nervöse Anwandlungen in der Menge eine strenge Handhabung der Zügel erforderten.

Odysseus hatte kurz vor der Stadt ein Hufeisen verloren und musste neu beschlagen werden. Mathieu hatte ihn nicht mit seinem Gewicht belasten wollen, obwohl er nur einen leichten Reiseharnisch unter dem Umhang trug. Die zusätzliche Bürde überflüssiger Erinnerungen machte ihm zudem zu schaffen. Er führte den Reisetrupp ungeduldig zur Schiffslände unterhalb der großen Kathedrale des heiligen Vincent, in der Hoffnung, die Stadt ebenso schnell wieder verlassen zu können, wie er sie betreten hatte.

Auf dem Wasser herrschte fast noch mehr Trubel als auf den Straßen. Fähren, Flöße, Kähne und Galeeren, unförmige Prahme und dickbäuchige Frachtschiffe schaukelten, Holzbug an Holzbug, an den Ankerplätzen, und schon der erste Eindruck machte klar, dass es einige Zeit in Anspruch nehmen würde, ein passendes Schiff für die königliche Abordnung zu finden. Sie mussten wohl oder übel in Chalon Quartier für die Nacht suchen.

Der Wirt der Herberge zum *Vieux Gaulois*, in der Nähe des Hafens, hatte den Umfang eines Frachtkahnes und sein Wirtshaus genügend Platz für alle. Geschäftstüchtig musterte er die Delegation, die in seinen ummauerten Hof trabte, und verschränkte dabei grinsend die Hände über der respektablen Wölbung seines Leibes. Seine Augen, zwischen Brauen und Wangen in tiefe Wülste gegraben, funkelten zufrieden, und er nannte dem Ritter einen Übernachtungspreis, der weit über dem Üblichen lag.

Mathieu übertrug es Jean Vernier, den Habgierigen zur Vernunft zu bringen und sich um die üblichen Einzelheiten der Organisation zu kümmern. »Ein Reitknecht soll sogleich Odysseus zum nächsten Schmied bringen.«

»Wohin gehst du?«

Der Ruf erreichte Mathieu schon im Fortgehen.

»Ich suche uns ein Schiff«, erklärte er und tauchte in das Gewühl der Gasse vor der Herberge, ehe der Waffenmeister ihn aufhalten oder seine Begleitung anbieten konnte. Mathieu wollte allein sein.

Wie vermutet, nahm es mehr Zeit in Anspruch, als Mathieu lieb war, mit einem Kapitän handelseinig zu werden, der flussabwärts fuhr und neben seiner Ladung Platz für die Männer und Pferde des Königs hatte. Auch auf der Saône galten die Gesetze des Handels. Das Lilienbanner veranlasste auch den Schiffer, seinen Preis augenblicklich zu verdoppeln.

»Morgen bei Sonnenaufgang müsst Ihr da sein, Herr Ritter«,

brummte der Kapitän, mit dem sich Mathieu endlich handelseinig zu sein schien. Nach dem abschließenden Handschlag kratzte er sich angestrengt am Kopf. »Und die Bezahlung bekomme ich im Voraus.«

»Das glaubt Ihr doch selbst nicht, guter Mann.« Mathieu maß das Schlitzohr mit strengem Blick. »Die Hälfte bei Abfahrt und die andere Hälfte, wenn wir in Lyon anlegen.«

Nach einigem weiteren Hin und Her gab er ihm schließlich die Anzahlung, und sie schieden beide im Bewusstsein, ein gutes Geschäft gemacht zu haben. Mathieu verspürte noch nicht den Wunsch, in den *Vieux Galois* zurückzugehen. Er bog in die nächste Gasse zur Kathedrale des Bischofs von Chalon ein. Seine Eminenz saß vermutlich längst in Vienne und wartete mit seinen Amtsbrüdern darauf, dass Seine Heiligkeit das Konzil eröffnete.

Der große Platz vor der Kathedrale war das Zentrum des Pelzmarktes. In Holzbuden, auf einfachen Schragentischen oder an tragbaren Balkengestellen hingen und lagen Stapel und Bündel von Pelzen, Häuten und Bälgen. Winzige Maulwurfs- und Eichhörnchenfelle neben rötlich schimmernden Fuchsschwänzen und den feinen Decken des Fuchses. Schwarzbraune Dachsfelle, die dichten Pelze des Marders, die kürzeren des Wiesels und Hasen in allen Braun- und Grautönen.

Mathieu wurde wieder an Andrieu erinnert. Die Wälder waren Andrieus Reichtum gewesen. Die Jäger des Grafen waren Männer von besonderer Wichtigkeit. Die schönsten Felle, die sie gejagt hatten, hatten jedoch stets seine Mutter und Mabelle für sich behalten.

Auch Violante würden solche Pelze gut zu Gesicht stehen.

Zum Henker mit all diesen Erinnerungen!

Was war es nur, dass Violante sich immer wieder in seine Gedanken einschlich? Ihr Mangel an weiblichen Fehlern und aufdringlichen Eigenschaften? Er hatte weder Eitelkeit noch Klatschsucht oder falschen Ehrgeiz bei ihr entdecken können.

Keine Lüge, keine Habsucht und schon gar keinen Versuch, ihn mit gespielter Unschuld oder vermeintlicher Schwäche für sich einzunehmen. Mit diesen Mängeln hätte er sie ohne eine Münze in der Tasche, mit nichts als ihrem Stolz im Gepäck, gehen lassen.

Mathieu konnte nicht widerstehen. Er trat an den Stand und strich über die Marderfelle. Der gewiefte Pelzhändler witterte augenblicklich ein Geschäft.

»Die schönsten Marder aus den dichtesten Wäldern des Doubs, Seigneur. Was sucht Ihr? Futter für einen Umhang? Besätze für die Samtkleider einer Dame?«

Mathieu hatte nur den Namen des Flusses gehört.

»Vom Ufer des Doubs sagt Ihr?«

»Greift zu, Seigneur! Besseres findet Ihr auf dem ganzen Markt nicht. Ich mache Euch einen günstigen Preis, wenn Ihr den ganzen Packen nehmt.«

Er musste sich zwingen, nicht auf das Angebot einzugehen. Es hatte keinen Sinn, an Violante zu denken. Was fing eine Begine schon mit einem mardergefütterten Samtumhang an? Beginen trugen Grau, Blau oder Schwarz und einfaches Wolltuch.

Er ließ einen enttäuschten Pelzhändler zurück und ging, tief in Gedanken versunken, zur Herberge. Verkaufte auch Mabelles Gatte die Pelze von Andrieu in Chalon? Achtete er wie sein Vater darauf, dass die Jäger die Jungtiere verschonten und den Bestand erhielten? Wie sah es in Andrieu in diesem Herbst aus? Hatten die Unwetter des vergangenen Frühlings auch dort die erste Ernte vernichtet und die Dörfer überschwemmt?

Es erstaunte Mathieu selbst, wie dringlich sich Frage an Frage reihte. Er hatte Andrieu aus dem Kopf verbannt, aber nicht aus seinem Herzen. Inzwischen bezweifelte er, dass es klug gewesen war, Mabelle sein Erbe und seine Heimat zu überlassen. Eine Frau, die den Pfalzgrafen beeinflusste, den eigenen Bruder zu verbannen, um sich danach in den Besitz seines Erbes zu bringen, besaß weder Ehre noch Verantwortungsgefühl.

Wie behandelte sie wohl die Menschen, die von ihr abhängig waren?
Aber musste er sich nicht ebenfalls Vorwürfe machen? Der Bannspruch Ottenins war vor Jahren verfallen. Wenn die Menschen von Andrieu unter der Herrschaft seiner Schwester litten, dann war es auch seine Schuld. Dass er den Bannspruch als gerechte Strafe hinnahm, war immer mehr eine Ausrede. Die Erfahrungen am königlichen Hof hatten ihn dessen belehrt. Sein Edelmut war Dummheit. Es war an der Zeit, endlich der Vernunft zu gehorchen.
In der Herberge zum *Vieux Galois* waren mittlerweile Männer, Pferde und Gepäck untergebracht, hatte Mathieu sich versichert und wandte sich dem Wirtshaus zu, als er eine Bewegung an der Ecke des Stalls bemerkte. Gab es Ärger im Stall? War Odysseus beschlagen worden?
Besorgt lief er hinüber. Niemand. Hatte er sich getäuscht? Prüfend schritt er die Reihen der Pferde ab, die friedlich fressend über ihren Futterraufen standen.
Da vernahm er die Stimmen. Hinter der Zwischenwand unterhielten sich zwei Männer.
»Hast du mit ihm gesprochen?«
»Er lässt nicht mit sich reden. Und wenn, bleibt immer noch die Frage, ob er sich darauf einlässt.«
»Er muss. Sonst ist alles verloren.«
»Hab Geduld. Verschwinde, eh man dich sieht. Er könnte dich erkennen, und das würde der Sache nicht gut tun. Ich werd schon einen Weg finden, ihn zu überzeugen.«
»Glaubst du?«
»Lass das meine Sorge sein.«
Die Stimmen entfernten sich. Eine hatte er zweifelsfrei erkannt.
Was ging hier vor?

## Sechzehntes Kapitel

# Irrtümer

### Violante von Courtenay

*Strasbourg, Beginenhaus vom Turm, 16. September 1311*

Ihr wisst nicht, was Ihr von mir verlangt, ehrwürdige Mutter.«

Violante blickte die erste Meisterin empört an, die am Schreibpult ihrer Kammer stand und jetzt die Feder zur Seite legte, weil die Auseinandersetzung mit Violante immer heftiger wurde. Am Tag zuvor schon hatte sie die Kapitelversammlung wütend verlassen, als Bruder Étienne ihr seinen Vorschlag unterbreitet hatte.

»Ich vermag nicht zu glauben, dass dieser unerträgliche Vorschlag aus dem Munde eines Gottesmannes kommt«, rief sie entrüstet.

»Was erregt Euch im Besonderen?«

Die ehrwürdige Mutter versuchte Violantes Widerstand durch logische Argumente zu entkräften.

»Ich bitte Euch, hinter all den abwiegelnden Worten bleibt die Tatsache, dass man von mir verlangt, den obersten Hirten unserer Kirche zu betören.«

»Auch der Heilige Vater ist ein Mensch und ein Mann«, erwiderte die Magistra nüchtern. »Einer, der die Schönheit würdigt, wie man allerorts hört, und wir müssen um unsere Existenz kämpfen.«

»Ich kann nicht verstehen, dass Ihr solch hässlichem Klatsch glaubt.« Violante spürte, wie ihr die Röte in die Wangen stieg. »Der Papst ist ein gesalbter Diener Gottes auf Erden, und so werden wir ihn nicht für uns einnehmen.«

»Eure Hilfe ist dennoch gefordert, Schwester Violante. Durch Euer Wesen könnt Ihr erreichen, dass der Heilige Vater unsere Argumente wohlwollend bedenkt. Versucht ihn zu überzeugen, damit es nicht zu einem generellen Verbot unserer Gemeinschaften kommt.«

»Dergleichen habe ich nie gelernt«, widersprach sie heftig.

Die ehrwürdige Mutter bedachte sie mit einem ungewohnt scharfen Blick.

»Das Handschreiben Seiner Majestät des Königs von Frankreich lässt viele Schlüsse zu. Es verrät Euren Namen, aber nicht Euren Familienstand. Ihr seid unverdächtig, wenn Ihr unser Anliegen vortragt, außer Ihr wart in einen Skandal verwickelt und der König hat Euch die Besinnung in einer frommen Gemeinschaft befohlen?«

»Woher nehmt Ihr eine solche Vermutung?« Violante wurde ungehalten.

»Ihr seid unzweifelhaft von edler Geburt, und ich respektiere Euer Geheimnis. Eure Fähigkeiten und Eure Bildung werden nur Frauen zuteil, die für Ehen von politischer Bedeutung bestimmt sind. Ihr sprecht mehrere Sprachen und besitzt eine Freiheit des Geistes und der Bewegung, die einfachen Bürgertöchtern fremd ist. Sie würden nie wagen, einem Manne so offen zu widersprechen wie Ihr Pater Étienne. Er ist schockiert.«

»Ich bin es auch.«

Violante brach ab. Sie konnte nichts aus ihrer Vergangenheit erzählen.

»Einem einfältigen Mädchen oder einer schlichten Witwe aus Strasbourg würde es kaum gelingen, als Bittstellerin bis zum

Heiligen Vater vorzudringen. Es würde schon an der Sprache scheitern.«

Was immer Violante vorbrachte, die erste Begine des Hauses zum Turm hatte eine Gegenrede.

»Ihr müsst mir Zeit zum Nachdenken geben, lasst mich ein wenig auf und ab gehen, damit ich meine Gedanken sammeln kann«, erwiderte Violante, die schon die ganze vorangegangene Nacht versucht hatte, Für und Wider gegeneinander abzuwägen.

Sie sollte eine mögliche menschliche Schwäche rücksichtslos herausfordern durch weibliche Verführungskunst. Weckten Kirche und Krone in ihrem Kampf um Macht und Gold damit nicht die niedrigsten Instinkte des Menschen? Sie musste mit Argumenten auf diese Mission vorbereitet werden. Mit mehr, mit überzeugenderen Argumenten als denen, die Pater Étienne ihr bisher gegeben hatte. Es ging um eine gute Sache, sie wollte gerne für die Beginen kämpfen, aber der Zweck durfte nicht alle Mittel heiligen.

Wir werden sehen, dachte Violante.

Sie wendete sich, nachdem sie einige Male den Raum durchschritten hatte, wieder der Meisterin zu, die in einer Mischung aus Geduld und Ungeduld ihre Entscheidung erwartete.

»Glaubt Ihr wirklich an meinen Erfolg?«, fragte sie.

»Eitelkeit ist zwar eine Sünde, Schwester, aber ein Lächeln kann Urkunden vergessen machen und Kriege entfesseln. Pater Étienne hat nichts anderes vorgeschlagen, als diesen allseits bekannten Umstand für unsere Ziele zu nutzen.«

Violante unterdrückte neuerlichen Widerspruch. Sie hatte in Paris geschworen, ihr Leben künftig in die eigenen Hände zu nehmen. Sie würde nicht mit gefalteten Fingern darauf warten, dass die Kirchenväter über ihren Kopf hinweg Entscheidungen trafen.

Sie sagte täglich ihren Schülerinnen, dass auch Frauen denken und handeln konnten. Was würde aus ihr selbst, wenn sie der

Nonnenschleier für immer der Illusion ihrer möglichen Freiheit beraubte? Sie wollte sich niemals ganz der Kirche verschreiben. Die Bilder der Inquisition stiegen wieder in ihr auf und bestärkten sie in diesem Entschluss.

»Gut. Ich werde es tun«, sagte sie beherzt. »Wie soll es geschehen? Ihr und Pater Étienne müsst mich anleiten, damit ich keinen Fehler mache.«

»Wir haben nicht viel Zeit, meine Liebe.« Nach der Strenge wählte die ehrwürdige Mutter nun liebevolles Zureden. »Um rechtzeitig in Vienne anzukommen, müsst Ihr schon bald aufbrechen. Pater Étienne wird alles organisieren. Er begleitet Euch gemeinsam mit zwei jüngeren Schwestern und ein paar kräftigen Predigermönchen. In wenigen Tagen geht ein Handelszug nach Lyon, dem werdet Ihr Euch anschließen. Von dort ist es nur noch eine kurze Fahrt mit dem Schiff die Rhône hinunter in die Stadt des Konzils.«

»Und was ist mit der Bittschrift, die ich dem Heiligen Vater übergeben soll?«

»Pater Étienne hat sie für Euch vorbereitet. Er wird Euch während der Reise unterrichten, was Ihr darüber hinaus dem Heiligen Vater sagen sollt.«

»Und warum ist der Pater auf der Seite der Beginen? Die Kirche mag uns nicht.«

»Der Predigerorden von Strasbourg, dem er angehört, ist uns von jeher wohlgesinnt.«

»Es sind Dominikanermönche«, erinnerte Violante. »Guillaume Imbert, der Generalinquisitor von Frankreich, der das endgültige Urteil über Marguerite Porète gesprochen hat, ist auch ein Dominikanermönch.«

»Sprecht nicht von der Unglücklichen«, bat die Meisterin erschrocken. »Seit sie der Kirche Trotz geboten hat, häufen sich unsere Schwierigkeiten.«

Violante hatte das unbehagliche Gefühl, der Plan, den Pater Étienne und die Predigerbrüder für die Beginen ins Auge gefasst hatten, könne die nächste Schwierigkeit heraufbeschwören. Aber Pater Etienne, dem die Idee wohl als Erstem gekommen war, war schon gestern von einem Erfolg überzeugt gewesen. Es galt für Violante nur, zu ergründen, ob er sich dabei lediglich auf die Wirkung ihres Aussehens verließ.

»Ihr könntet sogar in Haube und Schleier einen Heiligen verführen«, hatte er sie zu überreden versucht.

»Ich hoffe, Ihr macht es mir nicht zum Vorwurf, wenn ich am Ende Eure unbegründeten Hoffnungen enttäusche.« Sie suchte den Blick der ehrwürdigen Mutter und wagte eine letzte Warnung. »Ich werde tun, was Ihr verlangt, um meinen Schwestern zu helfen. Aber ich habe gelernt, dass die Kirche die Stimme einer Frau nicht hören will.«

»Unsere Hoffnungen ruhen auf Euch. Ihr benötigt Reisekleidung. Man sollte Euch die Begine nicht von weitem ansehen. Ihr reist als Edeldame mit Euren Begleiterinnen, und Pater Étienne wird Euer Kaplan sein. In Eurer Person verbinden sich Anmut, edles Blut und der Einfluss einer mächtigen Familie. Wir werden für Euch beten, damit Ihr für uns siegt.«

Sobald Violante in ihrer Kammer wieder allein war, wandte sie sich der kleinen Statue zu, die sie mit den beiden Büchern in ihrem Bündel gefunden hatte.

»Heilige Mutter Anna, gib mir die Kraft, um für die Beginen zu kämpfen. Lass mich die Taten eines Mannes tun, damit uns die Freiheit, als Frauen frei zu leben, erhalten bleibt«, bat sie.

Eine Stunde später sollte sie zum Gespräch mit Pater Étienne kommen.

Sein Blick gefiel ihr nicht. Er musterte sie von oben bis unten. Es war das erste Mal seit der turbulenten Stunde im Refektorium, dass sie einander wieder Angesicht zu Angesicht gegenüberstanden. Sie kannte ihn nur als Beichtvater, der jede kleinste Verfehlung streng ahndete. Ein einschüchternder Mensch im weißen Gewand und dem schwarzen Kapuzenmantel der Dominikaner.

Weshalb er sich dafür einsetzte, die Existenz der Beginen zu sichern, blieb ihr ein Rätsel. War es nicht sein Bestreben, den Zielen des Ordens zu dienen? Die Dominikaner wollten Ketzerei und Unglauben ausrotten. Das freie Leben und die Unabhängigkeit der Beginen mussten ihnen ein Dorn im Auge sein. Im ganzen Abendland war keine Frau so selbstständig wie im Schutze des Beginenhofes. Kein Mann konnte sie dort in ihrem Handeln beeinflussen. Verbargen sich hinter seiner Hilfsbereitschaft eigennützige Interessen?

Der Dominikanerbruder sah eine Dame im schlichten Kleid der Begine. Ihr stolzer Blick hielt dem seinen stand, und etwas im Funkeln ihrer grünen Augen schien wiederum ihm nicht zu gefallen.

»Wird sie gehorchen?«, erkundigte er sich, ohne Violante einen Gruß zu gönnen, bei der ehrwürdigen Mutter, die neben ihr stand.

»Macht Euch keine Sorgen, ehrwürdiger Vater«, erwiderte die Meisterin.

Gehorche!, befahl sie sich selbst. Es geht nicht um dich, sondern um deine Mitschwestern.

Sie wusste, dass es ihr schwerfallen würde.

## Bruder Simon

*Dominikanerkloster von Avignon,*
*23. September 1311*

Seit der größte Teil des päpstlichen Haushaltes nach Vienne aufgebrochen war, herrschte wieder Stille in den Klostermauern. Simon bedauerte, dass auch seine Abreise bevorstand. Er wartete nur noch einige angekündigte Kuriere ab, dann würde er mit dem Boot flussaufwärts in die Stadt des Konzils reisen.

»Bruder Simon? Auf ein Wort …«
»Ferrand? Täusche ich mich?«
»Du bist es also wirklich. Ich hatte schon Angst, ich könnte dich verpasst haben. Man hat mir gesagt, der Heilige Vater residiere bereits in Vienne und dass du zu seinem Gefolge gehörst. Du hast es weit gebracht in der Hierarchie unserer heiligen Kirche.«
Ferrand war zur gleichen Zeit wie er nach Fontenay gekommen. Gemeinsam hatten sie das Gelübde abgelegt und ihr Leben Gott geweiht. Lag dies wirklich schon mehr als zehn Jahre zurück? Der Haarkranz von Ferrands Tonsur war dünner geworden, aber das gutmütige Bauerngesicht zeigte keine Spur von Verdrossenheit oder Missgunst, nur Freude über das Wiedersehen.
»Wir sind alle bloß Diener unseres Herrn Jesus Christus«, wehrte Simon die letzte Bemerkung ab. »Was bringt dich nach Avignon?«
»Ein Auftrag unseres Priors, der dich betrifft, Bruder.«
Simons Gedanken überschlugen sich. Hatte der Prior von Fontenay etwa davon erfahren, dass er gerne in sein Kloster heimkehren würde? Ein Funke unerwarteter Hoffnung glomm in ihm auf. In Fontenay würde er vielleicht jenen Glauben und jene Zuversicht wiederfinden, die seine Tage dort bestimmt hatten.
Er packte Ferrand so unverhofft an der Kutte, dass der Mönch vor ihm erschrak.
»Mach mich nicht für die Nachrichten verantwortlich, Bruder«, rief er bestürzt aus.
»Komm mit in den Kreuzgang«, entschied Simon und zog Ferrand mit sich. »Dort können wir ungestört reden. Weiß der Prior von meinem Wunsch, nach Fontenay zurückzukehren? Hat der Erzdiakon etwa … Nein, das ist unmöglich, das würde er nie tun …«
Ferrand sah Simon besorgt an.

»Ich weiß nicht, wovon du sprichst, Bruder«, stammelte er unsicher. »Einen Erzdiakon hat der Prior mit keiner Silbe erwähnt.«
Simon beruhigte sich wieder.
»Verzeih, ich muss dich falsch verstanden haben. Sag mir deine Botschaft, damit ich mich anschließend um ein Quartier und eine Mahlzeit für dich kümmern kann. Du musst hungrig und durstig sein.«
Der Mönch räusperte sich. »Das will ich nicht leugnen. Also hör dir an, was ich dir vom Prior sagen soll. Es geht um Andrieu, um die Gräfin, die ja eigentlich keine ist, weil ihr Gemahl kein Recht hat, den Titel zu tragen, der deinem Bruder zusteht.«
»Mabelle?«
Simon versuchte seine Ruhe zu bewahren.
»Es gibt Pläne unseres Ordens, im Forêt de Chaux ein großes Kloster anzulegen, das, ähnlich wie Fontenay, in der Einsamkeit der Natur dem Gebet und der Einkehr dienen soll. Unser Prior hat sich daran erinnert, dass deine Familie aus dieser Gegend stammt. Er nahm an, dass die Gräfin von Andrieu dem Plan vielleicht wohlgesinnt ist, weil ihr Bruder in Fontenay Heimat gefunden hat.«
»Mabelle?« Der Gedanke brachte Simon zum Lachen. »Sie wird ihm keinen Fußbreit ihres Waldes zur Verfügung stellen. Damit kann er kaum rechnen.«
»Einen ähnlichen Bescheid hat die Anfrage wohl ergeben«, nickte Ferrand. »Aber der Prior hat bei dieser Gelegenheit auch erfahren, dass der Gemahl der Gräfin und ihr einziger Sohn im Frühjahr am Fleckfieber verstorben sind. Sie ist zum zweiten Mal Witwe geworden.«
Ferrand machte eine bedeutungsvolle Pause.
»Ich werde sie in mein Gebet einschließen«, sagte Simon knapp. »Ich danke dem Prior, dass er mir Nachricht von den Meinen gegeben hat.«

»Bewegt dich nicht die Frage, was mit der Burg deiner Väter geschieht?«

»Meine Schwester wird wieder heiraten, nehme ich an.«

»Zuvor muss die Frage des Erbes geklärt werden. Die Frau ist nicht berechtigt, über das Lehen zu verfügen. Andrieu unterliegt dem Heimfallrecht, wenn dein Bruder seinen Anspruch nicht beim Herzog anmeldet.«

Das Heimfallrecht erlaubte dem König, Erbgut einzuziehen, wenn ein Reichsbewohner ohne Erben starb oder wenn sich kein Erbe meldete, der rechtmäßigen Anspruch darauf erheben konnte.

Simon wusste, dass der König dieses Recht gerne in Anspruch nahm. Man konnte davon ausgehen, dass auch sein Sohn, Philipp der Lange, in Burgund dem Beispiel des Vaters folgte. Wollte Mabelle die Herrin von Andrieu bleiben, musste sie den Edelmann heiraten, dem der Herzog das frei gewordene Lehen übertrug. Wer immer das war.

Obwohl Andrieu in seinem Leben keine Rolle mehr spielte, missfiel ihm der Gedanke, dass es schon wieder in fremde Hände kommen sollte. Burg, Land und Titel gehörten seinem Bruder.

»Es hat den Anschein, dass es die Dame sorgsam vermieden hat, den Tod ihres Gemahls bei Hofe bekannt zu machen«, fügte Ferrand nun hinzu. »Der Vater Prior lässt Euch sagen, dass es an Euch und Eurem Bruder ist, in Andrieu für Ordnung zu sorgen.«

Und zum Dank für diese Botschaft wünscht sich der Prior dann ein ordentliches Stück des Waldes von Andrieu für seinen Orden, fügte Simon im Geheimen hinzu.

Es war offensichtlich, dass hier nicht allein das Wohlwollen eines besorgten Abtes am Werke war. Auch in Fontenay ging es um Macht und Ansehen. Wenn es dem Prior gelang, bei den Klostergründungen eine führende Rolle zu spielen, gewann er an Einfluss. Die Zisterzienser strebten nicht nach weltlichem

Reichtum, sie wollten ihren Orden zur bedeutendsten geistlichen Macht der Christenheit machen.
»Alle Brüder in Fontenay beneiden dich«, berichtete Ferrand in heiterer Naivität, während Simon ihn in die Klosterküche führte. »Sie sprechen mit großem Respekt von dem Schreiber Seiner Heiligkeit, der sein Handwerk in unserem Kloster gelernt hat. Jeder kleine Novize eifert dir nach.«
Simon ließ ihn reden, nickte an der richtigen Stelle und erwiderte Belangloses, wenn es erforderlich war. Er würde Verbindung zu Mathieu aufnehmen müssen, vielleicht ergab sich in Vienne eine Gelegenheit dazu. Ihm war bekannt, dass auch Abgesandte des Königs anwesend sein würden.

## Mathieu von Andrieu

*Lyon, Rhôneufer,*
*6. Oktober 1311*

In Lyon angekommen, zogen sich für Mathieu die Tage endlos hin. Seine Geduld wurde auch hier wieder auf die Probe gestellt. Er wollte sein Ziel erreichen, und es fiel ihm schwer, die Zeit nutzlos verstreichen zu lassen.
Er musste den Kopf einziehen, um nicht gegen den Türbalken zu stoßen, als er hinunterstieg in den höhlenartigen Raum mit dem riesigen Kamin, in dem sich ein Braten am Spieß drehte. Die wenigen Lampen und das grelle Lachen der Mädchen verrieten, dass hier mehr verkauft wurde als nur Getränke und Mahlzeiten.
Der Besuch der Schänken mit ihren immer gleichförmigen Vergnügungen vertrieb ihm die Zeit nur unzureichend, dennoch blieb er, unten an der Treppe angekommen, stehen, um

sich einen Überblick zu verschaffen. Die sparsamen Lichter warfen tanzende Reflexe auf fleckige Tische und die bunte Schar der Gäste. Eine Menge zweifelhafter Gestalten drängten sich auf den Bänken. Zu seiner Überraschung entdeckte er Jean Vernier, der in ein heftiges Gespräch mit einem jungen Mann verwickelt war. Das machte ihn neugierig.

Er drängelte sich an Zechern und Gästen vorbei. Vernier erschrak bei seinem Anblick. Augenscheinlich hatte er in einer solchen Spelunke nicht mit ihm gerechnet.

Mit einem Bein stieg Mathieu über die Bank und setzte sich neben den Jungen. Aus der Nähe kam er ihm noch knabenhafter vor. Er war wohl kaum zwanzig und schien ihm auf eine seltsame Art vertraut.

»Hast du Geheimnisse vor mir?«, fragte er Vernier.

»Keine Geheimnisse, aber ich wollte mir erst selbst ein klares Bild verschaffen«, sagte er langsam. »Bevor ich Euch berichte.«

Mathieu bemerkte den warnenden Blick des Jungen, der seinem Begleiter galt.

»Ein klares Bild von deinem Gesprächspartner? Wer ist der Junge?«

»Es ist Jeannot.«

»Muss ich ihn kennen?«

»Du hast bei seiner Taufe heimlich einen Krug von dem Roten getrunken. Danach hast du dich vor dem Hundezwinger erbrochen, und ich musste dich wie einen nassen Lappen in deine Kammer schleppen.«

Die Erinnerung kehrte schlagartig zurück. Mathieus Vater hatte ihn am nächsten Morgen ausgelacht und sein kleiner Bruder ihn bedauert. Er war zehn Jahre alt gewesen.

»Warum nur beschäftigt dich Andrieu so intensiv, und wie kommt Jeannot hierher?«

»Ich bin in Andrieu geboren wie du, hast du das schon vergessen? Mein Vater war der Burgvogt des deinen, und meine Schwester hat den Müller von Andrieu zum Mann genommen.

Von Zeit zu Zeit höre ich von ihr, wenn es ihr gelingt, einem Händler eine Botschaft mitzugeben. Wir halten in großen Abständen Kontakt.«

»Und jetzt hat sie dir ihren Sohn geschickt?«

»Er ist aus eigenem Antrieb gekommen.«

»Gab es keinen Grund, mir das zu sagen?«

»Wie hättest du reagiert?«

Mathieu winkte der Magd mit den Krügen. »Das hängt von seiner Botschaft oder seinem Anliegen ab.«

»Ich geh nicht zurück, Seigneur«, ergriff Jeannot mutig das Wort. »Ich will Euch dienen. Ich will Waffen tragen und kämpfen. Soll mein Bruder Müller werden und für den Vogt der Gräfin den Buckel krumm machen. Seit der Herr gestorben ist, führt er sich auf, als würd ihm Andrieu gehören.«

Mathieu sah jetzt, dass das sandfarbene Haar des Jungen aus der Familie des Waffenmeisters kam. Auch die Art, wie er die Augen zusammenkniff, verriet die Ähnlichkeit.

»Dein Herr ist tot?«

»Seit dem Frühjahr. Die meisten Brunnen wurden verseucht, als der Doubs nach Ostern Hochwasser führte. Viele waren krank und sind elend gestorben, auch der Herr und sein Sohn. Besser wäre es allerdings gewesen, es hätte den Vogt erwischt.«

»Warum hast du mir nie etwas davon berichtet?« Mathieus Frage galt dem Waffenmeister, und der schnaubte in gewohnter Manier.

»Fragst du mich das im Ernst? Du hast dir doch jedes Wort über Andrieu verboten. Was habe ich mir eingehandelt, wenn ich Gehör von dir forderte? Gebrumm. Flüche. Mürrisches Schweigen.«

»Er sagt, Ihr seid fertig mit Andrieu.« Jeannot beugte sich über den Tisch und suchte Mathieus Blick. »Ich bin es auch. Ich bleibe bei Euch und gehe nicht mehr zurück.«

»Habt ihr euch schon in Chalon im Stall bei unserer Herberge verschworen? Ich habe euch dort wohl gehört.«

Beide nickten zur gleichen Zeit.
»Es lebt sich nicht mehr gut daheim. Alle haben Angst vor dem Vogt und der Herrin«, fuhr Jeannot fort. »Die Dame war schon immer streng und hat keine Milde gekannt, aber auch keine Ungerechtigkeit. Man wusste, wo man dran war. Jetzt kümmert sie sich um gar nichts mehr. Man erzählt sich, sie liegt den ganzen Tag auf den Knien und betet. Der Vogt lässt niemanden zu ihr. Sie hat ihm Vollmacht für alles gegeben, und er herrscht an ihrer Stelle.«
»Wer ist dieser Vogt?«
»Ein ehemaliger Söldner«, wusste der Waffenmeister. »Ein Kriegsknecht, der sich Huon Langevin nennt und mit den Männern ihres verstorbenen Gatten nach Andrieu kam. Ein Glücksritter, der rein gar nichts davon versteht, ein Lehen zu verwalten.«
»Er wird nicht mehr lange herrschen«, sagte Mathieu bedächtig. »Es muss dem Herzog von Burgund gemeldet werden, dass Andrieu keinen Herrn und auch keinen Erben hat.«
»Niemand hat eine solche Botschaft dem Herzog überbracht«, erwiderte Jeannot unaufgefordert.
»Vielleicht wollen sie das Heimfallrecht umgehen.« Jean Vernier warf Mathieu einen vorsichtigen Blick zu. »Wenn du nichts unternimmst, wird es früher oder später in Kraft treten, das ist dir doch klar? Irgendjemand muss dem Herzog mitteilen, wie es um Andrieu steht.«
»Ich kann nichts tun. Ich muss die königliche Abordnung nach Vienne bringen. Es ist ärgerlich genug, dass wir an diesem verdammten Fluss festsitzen. Danach werde ich mir Gedanken machen.«
»Du sitzt nicht nur an diesem verdammten Fluss fest«, erwiderte der Waffenmeister betont.
Mathieu musste ihm Recht geben.
Es war an der Zeit, eine Entscheidung zu treffen, und Mathieu ahnte, welch vielfältige Gründe den Alten davon abgehalten

hatten, ihm in aller Offenheit zu sagen, was zu Hause geschehen war. So gut sie sich kannten, die Gedanken, die Vernier seit Paris verfolgten, hatte er für sich behalten. Wie aus einem Traum erwachend sah Mathieu sich um.

Was tat er hier, in dieser Stadt, wenn in Andrieu die Menschen vor einem Vogt zitterten, der Mabelles Unglück ausnützte? Er musste sich entscheiden.

Er empfand weder Genugtuung noch Zorn beim Gedanken an Mabelle. Es mochte eine gerechte Strafe für sie sein, aber es war seine Pflicht, die Menschen zu Hause davor zu bewahren, dass Mabelles Unglück auch das ihre wurde.

»Wenn wir diesen Auftrag erledigt haben, werde ich den König bitten, mich freizugeben, damit ich nach Andrieu gehen kann«, sagte er entschlossen.

»Du willst …« Der Waffenmeister fand die richtigen Worte nicht.

»Was wundert dich daran? Es scheint, dass man mich dort braucht.«

»Das war schon immer der Fall. Was hat dich endlich dazu gebracht, deine Meinung zu ändern?«

Mathieu beantwortete die erste Frage nicht. »Wenn du der Ansicht bist, dass dieser unreife Welpe Jeannot eines Tages einen Teil deiner Aufgaben für mich übernehmen könnte, dann solltest du ihm beibringen, dass er seinen Herrn nicht mit offenem Mund anstarren darf«, entgegnete er nur.

Jeannot klappte den Mund so hastig zu, dass die Zähne aufeinander schlugen.

»Bist du dir sicher?«, fragte Vernier nach einem kurzen Augenblick des Überlegens Mathieu.

»So sicher, wie sich ein Mann sein kann, der erkannt hat, dass er ein Narr ist.«

Mathieu warf ein paar Münzen für den Wein auf die Tischplatte und erhob sich.

»Lasst uns gehen.«

»Nichts, was ich lieber täte.«
Der Waffenmeister grinste über das ganze Gesicht.
Jeannot bewunderte seinen Onkel, der in Chalon gesagt hatte: Lass das meine Sorge sein. Er stolperte hinter den beiden Männern her, die an die frische Luft und hinunter zu den Kais am Fluss gingen. Ihr Schweigen hatte jetzt eine andere Qualität wie das in den Tagen davor. Es war alles gesagt worden. Die Entscheidungen waren gefallen.
Trotz der abendlichen Stunde herrschten Lärm und Aufregung an der Flusslände. Es schien, dass die erwarteten Händler endlich eingetroffen waren, die Mathieus Abreise über Tage hinweg verzögert hatten. Lastkarren, Pferde, Reisende, Kisten und Ballen drängten sich in der Nähe der Planke, die zum Boot führte. Fuhrknechte und Schiffer kümmerten sich um die Reihenfolge, in der sie an Bord gebracht wurden.
Mathieu entdeckte den Kapitän und ging zu ihm, um den Zeitpunkt des Ablegens zu erfahren. Abseits von all dem Trubel bemerkte er eine kleine Gruppe von Frauen und Männern, die darauf wartete, an Bord gehen zu dürfen.
Eine schmale Gestalt erregte seine Aufmerksamkeit.
»Violante!«
Sogar im Schatten der Nacht blieb sie für ihn unverkennbar, und sein Herz wusste, dass sie es war.
Was tat sie in Lyon? Warum trug sie einen Reiseumhang mit Kapuze und keine Beginenhaube? Die Männer in ihrer Begleitung waren Mönche. Wohin wollte sie?

# VIENNE

## Siebzehntes Kapitel

# Wiedersehen

### Bruder Simon

*Vienne, bischöflicher Palast,*
*10. Oktober 1311*

Er wandte der hügeligen Flusslandschaft den Rücken zu. Die Kathedrale des heiligen Maurice thronte auf einer Terrasse hoch über Stadt und Fluss. Ein Stein gewordenes Denkmal menschlicher Baukunst.

Simon trat in das Halbdunkel des Gotteshauses. Kostbare Wandteppiche, die Szenen aus der Heiligen Schrift darstellten, zierten die Wände. Es herrschte emsige Betriebsamkeit. Girlanden aus frischem Grün umrankten die Pfeiler, Lampen und Kerzenständer wurden frisch gefüllt.

Die Arbeiten konzentrierten sich auf den halbrunden Chor, wo sich die steinernen Sitze des Erzbischofs und seiner Domherren befanden. In den nächsten Tagen würden sie von Seiner Heiligkeit und den Kurienkardinälen eingenommen werden. Alle übrigen Geistlichen und Gelehrten mussten sich ihre Plätze im Kirchenschiff suchen. Simon wusste, dass es schon im Vorfeld unschöne Szenen um die Rangfolge gegeben hatte.

»Treibt Euch ebenfalls die Neugier unter dieses Dach?«

Er drehte sich um und fand sich dem italienischen Kardinal Giacomo Colonna gegenüber. Seine sonore, tiefe Stimme war unverkennbar. Seit er im vergangenen Jahr Mitglied der Kurie in Avignon geworden war, hatte er des Öfteren mit ihm zu tun gehabt. Er war ein wortgewaltiger Anwalt für den Franziskanerorden.

Kardinal Colonna war noch nicht lange wieder in Amt und Würden. Im Rahmen des Konflikts, wenn nicht gar des Krieges, den der Vorgänger des Heiligen Vaters gegen die römische Familie der Colonnas geführt hatte, waren ihm Güter, Rechte und Würden entzogen worden. Clemens V. hatte viel Zeit vergehen lassen, ehe er ihn und seinen Bruder wieder in die Reihen der Kardinäle aufnahm.

»Eminenz.«

Simon bezeugte seine Ehrerbietung. Was den mächtigen Kardinal wohl dazu veranlasste, ihn anzusprechen?

»So wird nun endlich dieses lange anberaumte Konzil eröffnet. In sechs Tagen ist es so weit. Was meint Ihr, wird der König von Frankreich zur Eröffnung erscheinen?«

Warum stellte der Kardinal ihm diese Frage? Befürchtete er, dass die französische Übermacht im Rat des Papstes, gestärkt durch das Erscheinen des Königs, den Heiligen Stuhl und seine italienischen Landsleute endgültig in die Defensive drängte? Hinter den Kulissen der Kurie schwelte der Machtkampf zwischen Italien und Frankreich immer heftiger.

»Ich bin darüber nicht unterrichtet, Monsignore.« Simon wählte jetzt bewusst die italienische Anrede.

»Ach ja? Seid Ihr nicht einer der geheimen Schreiber des Heiligen Vaters?«

»Ja. Ein Amt, das mich zur Verschwiegenheit verpflichtet, Monsignore.«

»Ach ja?« Die Wiederholung der Phrase verlieh ihr einen Unterton von Spott. »Ein wichtiger Punkt der Tagesordnung ist die Entscheidung über den Templerorden.«

»Das ist kein Geheimnis, Monsignore.«

»Wir sind gespannt auf die Rede des Heiligen Vaters zur Eröffnung. Er ist bekannt dafür, dass das Reden nicht gerade seine Stärke ist.« Die Verachtung des gebildeten Italieners für den einfachen Bischof Bertrand de Got aus Frankreich, in seinem hohen Amt auf dem Heiligen Stuhl, klang aus jedem Wort. »Sicher habt Ihr bereits den einen oder anderen Entwurf geschrieben.«

Simon wich zwei Mönchen aus, die einen Wandteppich heranschleppten, und nutzte die Unterbrechung, um seine Antwort sorgsam zu überdenken.

»Ihr überschätzt mein Wissen, meinen Weitblick und meine Umsicht, Monsignore«, entgegnete er.

Im Ton seiner Stimme wie in der stolzen Haltung blieb er dabei ein Andrieu. Er mochte seine Zweifel an der Weisheit des Heiligen Vaters haben, aber er würde sich nie auf Verrat einlassen.

Colonna hatte verstanden. Er bedachte ihn mit einem nachdenklichen Blick.

»Was ist der Grund dafür, dass Ihr Euch, mit Euren Fähigkeiten, noch immer mit einer einflusslosen Position zufrieden gebt? Wenn Ihr Wert auf den Rat eines Mannes legt, der Euch wohlgesinnt ist: Der Mutter Kirche wäre mehr gedient, wenn Ihr Eure Kraft nicht auf ihre schwächsten Vertreter verschwenden würdet.«

»Ich fürchte, ich begreife nicht, was Ihr damit sagen wollt, Monsignore. Ich werde zu Gott beten, dass er die Schwachen stark macht.«

»Ein frommer Mann, der seine Zunge zu beherrschen weiß und Gott in Bescheidenheit dient«, der Kardinal klang zynisch. »Achtet auf Euch. Ihr habt keinen leichten Weg in unseren Reihen gewählt.«

Bedrückt schaute Simon dem Kardinal nach, der gemessenen Schrittes das Gotteshaus verließ. Die wenigen Italiener, die in der Kurie Macht und Ansehen besaßen, waren bemüht, ihre Fraktion zu stärken. Wie kam Colonna ausgerechnet auf ihn?

Sah man ihm schon an, dass er am liebsten die Flucht ergriffen hätte?, ging es Simon durch den Kopf.
Seine Augen glitten über prächtige Mosaikbilder, steinerne Heiligenstatuen und fingen sich in den farbigen Lichtpfeilen, die durch die schmalen Fenster schossen. Rote, blaue und grüne Blitze. Grün so hell wie Violantes unvergessliche Augen. Nein!, dachte er, nicht schon wieder!
Hastig eilte Simon in den Palast des Erzbischofs von Vienne zurück.
Nur die wichtigsten Ratgeber und der Haushalt des Heiligen Vaters hatten hier Quartier bezogen. Die übrigen rund dreihundert Teilnehmer des Konzils, unter ihnen über hundert Bischöfe und Äbte mit ihrem Gefolge, hatten sich Unterkünfte in der Stadt besorgen müssen. Vienne drängte sich auf dem rasch ansteigenden Gelände des Ostufers der Rhône auf engem Raum mit schmalen Gassen und bot wenig Platz für die vielen Gäste. Mancher Würdenträger hatte zu seinem Ärger auf die nicht mit Standarten geschmückte, bescheidene Westseite des Flusses oder auf umliegende Dörfer ausweichen müssen.
Im Hause des Erzbischofs herrschte angespannte Stimmung. Die Kardinäle begegneten sich mit so viel übertriebener Freundlichkeit, dass es Simon auf den Magen schlug. Heute mied er die abendliche Tafel und nutzte die freie Zeit, den nächtlich leeren Garten des Erzbischofs aufzusuchen. Dass er dabei dem Erzdiakon in die Arme lief, hielt er nicht für einen Zufall.
Schon der erste Satz bestätigte seine Vermutung.
»Was wollte Colonna von Euch? Ich sah Euch in der Kathedrale mit ihm.«
»Er suchte wohl nur das Gespräch. Es gab nichts Besonderes.«
»Colonna tritt als Zeuge der Anklage im Ketzerprozess gegen Bonifaz VIII. auf. Es wäre für die Familie Colonna höchste Befriedigung, wenn der Papst, den sie so erbittert bekämpft hat, auch noch über seinen Tod hinaus verurteilt würde.«
Der Erzdiakon berührte Simons Schulter.

»Kardinal Colonna ist ein gefährlicher Mann. Ein Italiener. Wetterwendisch wie die meisten seiner Landsleute und eifersüchtig auf das französische Übergewicht in der Kurie. Lasst Euch von ihm nicht auf die italienische Seite ziehen«, warnte Pellegrue nachdrücklich.
»Ich bin mir meiner Pflichten bewusst.«
»Dann seid Ihr auf der Seite des Heiligen Vaters.« Pellegrue interpretierte die Auskunft nach eigenem Ermessen. »Vergesst es nie.«
Simon vernahm die Mahnung. Seit er den Erzdiakon in Avignon gebeten hatte, ihn nach Fontenay zu entlassen, stand er offensichtlich unter Beobachtung. Der Neffe Seiner Heiligkeit mochte seine Ehrlichkeit rühmen, aber er war klug genug, Vorsicht walten zu lassen.
»Wir haben Nachricht erhalten, dass die Vorhut des Königs im Laufe des morgigen Tages eintrifft«, wechselte Pellegrue das Thema. »Ein Edelmann mit dem Namen Andrieu führt sie an. Ein Verwandter von Euch?«
Mathieu? Hatte er sich um dieses Amt beworben, um ihn zu treffen, oder war ihm schlicht ein Befehl erteilt worden? Seit Männer wie der Erzbischof von Sens um ihre Verwandtschaft wussten, musste man mit allem rechnen.
»Es gibt nur noch meinen Bruder, der diesen Namen trägt«, erwiderte er sachlich.
»Interessant. Zwei Brüder, einer dient der Krone und einer der Kirche.«
»Das trifft in vielen Familien zu.«
»Ihr habt diesen Bruder nie erwähnt.«
»Aber Ihr wusstet, dass es ihn gibt.«
»Werdet Ihr ihn wiedersehen?«
»Ich hoffe es«, antwortete er wahrheitsgemäß, denn er hatte viel mit Mathieu zu besprechen.
Sobald Simon am nächsten Tag erfuhr, dass ein Schiff mit einer Abordnung des Königs in Vienne angelegt hatte, eilte er hinunter zur Anlegestelle. Mit einem Male konnte er es kaum

erwarten, Mathieu in die Arme zu schließen und die offenen Fragen mit ihm zu beraten.
Wenn er ganz ehrlich mit sich war, musste er allerdings zugeben, dass er vor allem wissen wollte, ob Mathieu etwas von Violante gehört hatte.

## Violante von Courtenay

*Lyon, 11. Oktober 1311*

Die steife Standarte mit den gestickten königlichen Lilien erregte Violantes Aufmerksamkeit. Das Banner des Königs von Frankreich, getragen von einem der Männer, die ihre Pferde vorsichtig auf das Schiff führten.
Sie erstarrte. Gefolgt von der vertrauten Gestalt seines Waffenmeisters: Mathieu! Auch er war mit den Männern auf dem Weg nach Vienne.
»Beeilt Euch«, drängte Pater Étienne Violante im selben Augenblick. »Wir können hier nicht länger warten, der Tross möchte auf das Schiff.«
Violante bewegte sich wie in Trance. Sie hörte die Worte, aber sie drangen nicht in ihr Bewusstsein. Wie von selbst setzte sie sich in Bewegung. Bis sie ihre Umwelt wieder wahrnahm, hatte das Schiff bereits die Mitte des mächtigen Flusses erreicht. Der Pater hatte in der Nähe des Hecks eine kleine Ecke für seine Mitreisenden gefunden, wo sie halbwegs geschützt standen.
Eine leichte Brise strich über Violantes Wangen. Rechts und links blieben die Häuser von Lyon zurück und machten grünen Ufern, Feldern und Weinbergen Platz. Sie schöpfte tief Luft und wagte endlich sich umzusehen. Aufschauend blickte sie in Mathieus Augen.

Inmitten der anderen Reisenden stand er nur wenige Schritte von ihr entfernt. Offensichtlich hatte er sie an Land erkannt und sich in ihre Nähe gedrängt. Nur ein schneller Blickwechsel verband sie. Es war undenkbar, mit ihm zu sprechen oder gar zu ihm zu gehen. Sitte und Anstand verboten es ihr ebenso, wie sie es Mathieu untersagten, einer Dame in aller Öffentlichkeit seine Aufmerksamkeit zu zeigen.

Ihr war klar, welche Fragen ihn bewegten, wie sehr er sich darüber wunderte, sie als Begine verlassen zu haben und eine reisende Nobeldame mit standesgemäßem Gefolge wiederzusehen. Auf der Rhône, fern von Strasbourg und dem Haus zum Turm.

»Was starrst du den Mann so an?«

Pater Étienne war nicht größer als sie. Die Augen auf gleicher Höhe mit ihren, hatte er ihr Interesse für den Ritter längst bemerkt.

»Wen, meint Ihr, starre ich an, Pater?«

»Dort, den Ritter des Königs. Denkst du, ich gewahre nicht, dass du versuchst, seine Aufmerksamkeit zu erregen? Vergiss nicht, du bist Begine.«

Er hatte Recht. Wie gerne hätte sie Mathieu und seinen Waffenmeister dennoch begrüßt.

»Ihr habt keinen Anlass, so mit mir zu sprechen, ehrwürdiger Vater«, erwiderte sie beherrscht. Sie hielt ihm stand, obwohl ihr das Herz bis zum Hals schlug.

»Ich rede mit dir, wie es einem Weib gebührt«, zischte er zwar leise, aber tadelnd. »Du schuldest mir Gehorsam. Schlage die Augen nieder und schweige!«

Violante gehorchte abweisend. Sie war wütend auf den Pater. Sie hatte ihn während der Reise besser kennen gelernt, als ihr lieb war. Gefühllos, ohne menschliche Regungen, ohne Mitgefühl. Bruder Étienne würde einen Freund im Strom ertrinken lassen, wenn es ihm einen Vorteil verschaffte. Warum er sich für die Beginen einsetzte, musste sie sich nicht mehr fragen.

Ohne Zweifel tat er es aus Eigennutz. Und wenn es seinem Eigennutz nicht mehr dienlich war, würde er sicher auch die Sache der Beginen verraten. Auch darin bestand inzwischen kein Zweifel mehr für sie.
Die Argumente, die Pater Étienne ihr gegeben hatte, würden den Papst bestimmt nicht überzeugen, und dann gäbe es für sie nur den Weg in ein Kloster. Das war nicht ihr Weg, dessen war sie sich sicher.
Aus den Augenwinkeln sah sie, dass Mathieu den unerfreulichen Wortwechsel beobachtet hatte. Wie konnte sie ihm eine Nachricht zukommen lassen? Sie musste mit ihm sprechen.
Neben sich bemerkte sie Schwester Eudora. Sie mochte die junge Frau mit dem runden Gesicht, das über und über mit braunen Punkten übersät war. Üppig von Gestalt, mit den sanftesten dunkelbraunen Augen, war sie die Hilfsbereitschaft in Person.
Eudora hatte Strasbourg noch nie verlassen. Diese Reise war für sie ein einziges großes Abenteuer, das sie aus ganzem Herzen begrüßte. Keine Mühsal entlockte ihr eine Klage.
»Sagt mir, was Ihr dem Ritter mitzuteilen wünscht, Schwester«, flüsterte sie. »Ich werde es ihm berichten. Die größere Aufmerksamkeit des Paters gilt Euch, vielleicht finde ich eine Möglichkeit, ihm eine Nachricht zu geben.«
»Woher kennt Ihr den Ritter, und warum sollte ich ihm eine Nachricht zukommen lassen wollen?«
»Ich habe ihn wiedererkannt, er hat Euch in unseren Konvent gebracht. Vielleicht bereut Ihr es, dass Ihr seiner Werbung widerstanden und Euer Schicksal mit dem der Beginen verknüpft habt?«
»Ihr täuscht Euch.« Violante dämpfte die Stimme. Pater Étienne stand viel zu nahe. »Er hat mich beschützt, aber nie umworben.«
»Aber er kann die Augen nicht von Euch lassen.«
»Er fragt sich, was ich hier mache. Er weiß nichts von meiner Mission.«

Eudora beharrte auf ihrem Angebot.
»Um Gottes willen«, wehrte Violante ab. »Ihr könnt ebenso wenig Kontakt mit fremden Männern aufnehmen wie ich. Jeder Versuch würde einen Skandal heraufbeschwören. Ich muss auf eine passendere Gelegenheit hoffen, ihn wiederzusehen.«
Bei der Ankunft in Vienne ergab sich eine Möglichkeit.
Wie es Mathieu gelang, im Trubel des Hafens an ihre Seite zu gelangen, konnte sie nicht sagen. Eben stand sie noch neben Pater Étienne, und im nächsten Augenblick sah sie im Schutze eines riesigen Streitrosses in vertraute Augen, eingezwängt zwischen Odysseus und der breitschultrigen Figur des Waffenmeisters.
»Violante, was macht Ihr hier? Warum tragt Ihr keine Beginenkleider? Wieso seid Ihr nicht in Strasbourg?«
Wie sollte sie ihm alles so schnell erklären? War Pater Étienne in der Nähe? Sie sah ihn nicht.
»Ich bin in Begleitung des Paters Étienne als Bittstellerin für den Erhalt der Beginenhöfe hier.« Hastig versuchte sie so viel wie möglich zu erläutern. »Sie dürfen nicht aufgelöst werden. Nur dort finde ich die Freiheit, die ich suche. Ich muss mit Euch sprechen. Eine vertrauenswürdige Mitschwester in meiner Begleitung wird versuchen, Euch eine Nachricht zukommen zu lassen. Wo werdet Ihr wohnen? Ist Euer Bruder auch hier?«
Abrupt hielt sie inne, denn Pater Étienne tauchte wieder vor ihr auf. Schnell senkte sie den Kopf und sah auf ihre Rocksäume.
Mathieu erfasste die Situation. Er konnte ihr noch den Namen des Gasthofes zuraunen, in dem für ihn und seine Begleitung Quartier belegt worden war, dann verschwand er aus ihrem Blickfeld.

## Mathieu von Andrieu

*Vienne, 11. Oktober 1311*

»Wie konnte man sie dazu überreden? Welch ein Wahnsinn! Sie bringt sich in Lebensgefahr.«

Jean Vernier warf seinem Freund und Herrn einen Blick zu und ließ ihn schimpfen. Er begriff, dass Mathieu sich Luft machen musste, wenn er nicht platzen wollte. Violante hier zu treffen war schon verwirrend genug gewesen, aber der Anlass ihrer Reise nach Vienne musste den ruhigsten Mann in Rage bringen.

»Was reitet diesen Pater, sich für die Beginen in die Schlacht zu werfen?«, tobte Mathieu weiter. »Er sieht mir nicht nach einem gütigen Seelenhirten aus, der fromme Frauen gegen die Interessen der Kirche verteidigt. Der Kerl ist ein Wolf im Schafspelz.«

»Vielleicht streitet er ja für seine eigenen Interessen«, warf Jean kurz ein.

Seine Vermutung ließ Mathieu kurz innehalten.

»Was könnte es einem Mönch nützen, die Sache der Beginen zu seiner eigenen zu machen?«

»Wer sagt dir, dass er das tut?«

»Zum Henker. Ich hätte nie gedacht, dass ich ihr schaden würde, indem ich ihr Namen und Rang zurückgebe. Die Beginen von Strasbourg sind einfache Handwerker- und Bürgersfrauen. Sie erwarten sich von einer Edeldame Wunder, die sie nicht vollbringen kann, und Violante ist gutgläubig genug, sich darauf einzulassen. Was glauben diese närrischen Schwestern?«, grollte er zähneknirschend. »Dass Seine Heiligkeit, von ihrer Jugend bezaubert, von seinem Entschluss ablässt? Der Klerus wird nicht auf den Besitz der Beginen verzichten, selbst wenn es ihr gelingen sollte, den Papst zu betören.«

»Dann bringe sie zur Vernunft und in Sicherheit«, riet Jean.

»Sie ist derselbe ehrenwerte Dummkopf wie mein Bruder. Zu

viele Ideale und zu wenig Sinn für die Wirklichkeit. Keinem von beiden fällt auf, dass in dieser Welt die Unschuldsengel auf dem Scheiterhaufen landen.«

»Beruhige dich. Du wirst ihr helfen.«

»Werde ich das?«

»Zumindest wirst du zu verhindern wissen, dass ihr Unheil geschieht.«

»Zur Hölle mit deiner guten Meinung von mir.«

Der Waffenmeister nahm den Ausbruch für ein Versprechen und nickte bestätigend. Ein ausführlicheres Gespräch wurde vom Wirt der Herberge »Zur Alten Mühle« verhindert.

Der Gastwirt, bestens bekannt mit den Flussschiffern, hatte der Delegation des Königs trotz der bedrängten Quartierlage in Vienne genügend Raum bieten können.

»Was gibt's?«, fragte Mathieu unwirsch.

»Ein Bote aus dem Palast des Erzbischofs, Seigneur.«

»Herauf mit ihm. Die Nachricht von unserer Ankunft muss sich in Windeseile in der Stadt verbreitet haben, wenn man im Palast schon Bescheid weiß.«

»Wundert dich das?« Vernier gab dem Hausherrn zu verstehen, dass er gehen solle, um den Boten hereinzubitten. »Diese Stadt wird von Geistlichen und Domherren beherrscht. Niemand verfügt über so viele Spitzel wie der Klerus.«

Mit dem Rücken zum offenen Fenster empfing Mathieu die Nachricht.

»Seine Eminenz Erzdiakon Pellegrue bittet um den Besuch des königlichen Gesandten, sobald es seine Zeit erlaubt.«

»Simon hat in Paris den Erzdiakon erwähnt«, sagte Mathieu, sobald der Bote wieder verschwunden war. »Es würde mich nicht wundern, wenn Simon hinter dieser Einladung steckt.«

»Du glaubst, dein Bruder ist in Vienne?«

»Seine Heiligkeit benutzt ihn, wie der König mich benutzt. Die Tatsache, dass Violante auch noch hier auftaucht, macht die ohnehin vertrackte Lage zusätzlich kompliziert.«

Der Waffenmeister versagte sich eine Antwort. Das Gesicht seines Herrn verriet nichts Gutes.
»Zum Henker, ich vertue hier Zeit, die ich besser in Andrieu verbringen sollte.«
Mathieu wandte sich ab und starrte aus dem Fenster. Er war tief in seinen Erinnerungen versunken.
»Dennoch darfst du jetzt nicht deine Pflichten vergessen.«
»Weniger denn je«, bestätigte er düster. »Ich muss mir das Wohlwollen des Königs erhalten, damit er mich nach Andrieu entlässt, wenn mein Auftrag hier erfüllt ist. Verärgere ich ihn, wird er mir daraus einen Strick drehen.«
»Du kannst auf meine Hilfe zählen.«
»Dann versuche herauszufinden, wo die Reisegruppe aus Strasbourg inzwischen untergekommen ist. Ich habe gehört, dass auch Gäste im Hospital einquartiert werden, ebenso kommen die beiden Klöster neben der Kathedrale und die übrigen Häuser des Domkapitels in Frage. Jeannot soll dir helfen. Sein harmloses Gesicht ist die beste Tarnung.«
Vernier nickte.
»Und hüte dich vor diesem Pater Étienne«, fügte Mathieu hinzu. »Ich fürchte, sie hat sich in ihm bereits einen Feind gemacht. Er belauert sie auf Schritt und Tritt.«
Violante in Vienne! Seit er sie am Kai in Lyon entdeckt hatte, befand er sich in einem seltsamen Zustand der Erregung. Er hatte geglaubt, sein Bestes getan zu haben. Er hatte sich sogar dazu beglückwünscht, dabei seinen Bruder nicht verletzt zu haben.
»So in Gedanken, Bruder?«
Erschreckt sah er sich um.
»Simon! Woher kommst du?«
Sie schlossen sich in die Arme.
»Pellegrue hat mir schon gestern gesagt, dass du eintriffst«, berichtete Simon. »Ich habe dich am Flusskai erwartet, aber verpasst. Es gibt wichtige Neuigkeiten.«

»Von mir auch.«
»Meine sind dringlicher. Hör zu.«
In kurzen Worten schilderte er Ferrands Besuch und die Nachrichten, die ihm aus Fontenay zugetragen worden waren. »Du kannst dich nicht länger deiner Verantwortung entziehen, Bruder. Du musst nach Andrieu zurück und dein Erbe fordern. Du darfst dich nicht weigern. Hast du vergessen, wie viel dir Andrieu einmal bedeutet hat? Es ist deine Heimat. Wie ich dich darum beneide, dass du heimkehren darfst.«
Mathieu vernahm den bitteren Unterton und legte Simon die Hände auf die Schultern.
Er suchte den Blick der tief liegenden dunkelblauen Augen und erschrak noch mehr. »Was ist mit dir? Hast du deinen Glauben verloren?«
»Wundert dich das? Der Gott, an den ich glaube, und der Gott, von dem uns die Kirche lehrt, sind so verschieden, dass meine Zweifel mit jedem Tag größer werden.«
Mathieu wusste keine Antwort.
»Ich muss meinen Weg alleine finden«, gab Simon sie sich selbst. »Sorge dich nicht um mich. Sag mir lieber, welche Neuigkeiten du für mich hast. Wir werden nicht miteinander sprechen können ohne Zeugen. Ich bin sicher, der Erzdiakon heftet mir einen Spion an die Fersen, sobald er offiziell davon erfährt, dass du in Vienne bist.«
»Er weiß es bereits. Sein Bote war schon da. Komm zum Fenster. Das Rauschen des Wassers macht es so unmöglich, uns irgendwoher zu verstehen. Und was die Neuigkeiten betrifft ... es hat keinen Sinn, groß herumzureden. Violante ist hier. Sie ist ebenfalls nach Vienne gekommen.«
»Violante?«
»Ja, Violante«, nickte sein Bruder. »Angekommen mit einem Dominikanerpater namens Étienne, ein paar weiteren Mönchen und zwei Frauen, die wie sie Beginen sind, obwohl sie sich als reisende Edeldame mit Begleitung ausgibt.«

Simon fuhr sich mit dem Handrücken über die Stirn. Mathieu sah, dass die Hand zitterte.

»Was will sie hier?«

»Musst du das fragen? Sie will für die Sache der Beginen kämpfen. Ihre Mitschwestern in Strasbourg haben sie wahrscheinlich entsandt, für ihre Gemeinschaften zu sprechen. Aufgrund des königlichen Schutzbriefes, den ich ihr verschafft habe, nehmen sie wohl an, dass sie über den nötigen Einfluss beim Papst verfügt.«

Er sah, wie sein Bruder den Kopf schüttelte und mit fahrigen Fingern nach dem Holzkreuz griff, das er an einer Schnur um den Hals trug.

»Sie wird sich im besten Fall lächerlich machen, im schlimmsten wird sie in den Fängen der Inquisition landen«, sagte er tonlos. »Die Entscheidung ist unumstößlich gefallen. Es sei denn, der König …«

»Seine Majestät wird sich nicht in die Entscheidung einmischen, wenn der Papst, wie erwartet, den Templerorden verbietet.«

Sie tauschten einen Blick, und Simon traf auf der Stelle für sich eine Entscheidung.

»Sie muss fort. Wo ist sie?«

»Vernier versucht das gerade herauszufinden.«

»Und wenn er sie findet?«

»Dann musst du ihr klar machen, dass dieses wahnsinnige Unternehmen zum Scheitern verurteilt ist. Dir wird sie am ehesten glauben.«

»Mir? Hast du vergessen, was sie in Paris gesagt hat?«

»Das liegt mehr als ein Jahr zurück, und es wurde im Schock gesagt. Sie ist erwachsen geworden.«

»Ich bezweifle das. Wenn sie sich auf ein Abenteuer wie dieses eingelassen hat, wie soll man da eine vernünftige Entscheidung von ihr erwarten?«

Mathieu fuhr sich gereizt mit den Fingern durch die Haare.

Dass er seinem Bruder zustimmte, machte die Sache nicht einfacher.

»Trotzdem, wir müssen verhindern, dass sie mit ihrem Anliegen bis zum Papst vordringt. Dieser Pater in ihrer Begleitung wird sie in ihr Unglück rennen lassen.«

»Haben wir etwas anderes getan?«

## Achtzehntes Kapitel

# Täuschung

### Violante von Courtenay

*Vienne, Kreuzgang der Kathedrale,*
*17. Oktober 1311*

Violante suchte den Schatten. Unter den Bögen des Kreuzganges an der nördlichen Kirchenmauer fand sie ein wenig Schutz vor der unbarmherzigen Sonne. Es war viel zu heiß für Oktober. Das elegante goldgewirkte Gewand, in das ihr Eudora an diesem Morgen geholfen hatte, lastete bleiern schwer auf ihren Schultern. Schweißtropfen sammelten sich in ihrem Nacken.

Ein Schleier, an einer perlenbestickten Haube befestigt, verhüllte ihr Gesicht und hielt jeden erfrischenden Luftzug ab. Eudora trug ein dünnes, schlichtes Wollkleid. Violante beneidete sie darum.

»Seht nur, diese wunderbaren Figuren am Ende der Säulen. So etwas Schönes habe ich noch nie gesehen.«

Violante konnte die Feinheiten der Steinmetzarbeiten durch das Gewebe vor ihren Augen kaum erkennen.

»Ich fände, ehrlich gesagt, den Anblick einer Wolke noch erfreulicher«, erwiderte sie und wedelte sich mit den Händen ein wenig Luft unter den Schleier. »Ich wünschte, es würde regnen.«

»Wie könnt Ihr Euch jetzt Regen wünschen? Wir müssen warten, bis die Prozession der Kurienmitglieder aus dem Dom kommt und zum Palast des Erzbischofs zieht. Bevor sich alle Schaulustigen in Bewegung setzen, sollten wir uns jedoch einen Platz neben dem Tor des Palastes sichern. Pater Étienne will uns dort erwarten.«

Die vergangenen Tage hatten sie im Liebfrauenkloster neben der Kirche verbracht. Erst an diesem Vormittag war Pater Étienne erschienen, um ihnen ausführliche Anweisungen zu geben.

Sie durfte nicht versagen! Entschlossen straffte Violante die Schultern und schlug den Schleier nach hinten. Mit der Barriere aus Stoff verschwand das Gefühl, im nächsten Augenblick zu ersticken.

»Ihr müsst in der Sonne auf Eure Haut achten, Schwester«, warnte Eudora. »Ihr könnt nicht braun wie eine Bäuerin vor die hohen Herren treten.«

»Ich brauche Luft«, erwiderte sie mit einem tiefen Atemzug. »Dieser zusätzliche Umhang ist eine lästige Modetorheit.«

»Ihr müsst das doch gewohnt sein.«

Erst durch Eudoras Bemerkung wurde ihr klar, dass sie annahm, sie sei in Paris im Palast des Königs aus und ein gegangen. Sie zwang sich zu einem Lächeln und versuchte so nahe wie möglich an der Wahrheit zu bleiben. »Ich hatte anderes im Kopf und habe mich um Mode nicht gekümmert.«

Eudora nickte teilnahmsvoll. »Verzeiht. Ich wollte Euch nicht an die Vergangenheit erinnern.«

»Schon gut …«, beendete Violante das Gespräch und machte sich auf den Weg zur Residenz des Erzbischofs. Die Garde Seiner Eminenz hielt die Menge am Prachttor des Palastes zurück, aber es gelang den beiden Frauen, einen Platz unmittelbar neben den flachen Stufen zu erobern.

Violante fühlte die heißen Steine durch die dünnen Sohlen ihrer Schuhe. Das Gemurmel der Menge schwoll an. Endlich näherten sich die Würdenträger gemessenen Schrittes. Eine Woge aus roten und violetten Soutanen. Als sie wie alle anderen auf die Knie sinken wollte, verschwamm ihr die Prozession vor den Augen. Sie verlor das Gleichgewicht und wurde von einer festen Hand am Arm ergriffen.

»Siehst du nicht, dass deine Herrin einer Ohnmacht nahe ist? Sie sollte nicht in der prallen Sonne stehen.«

Die Worte waren mit italienischem Akzent, aber mit wohlklingender Stimme an Eudora gerichtet.

Violante fühlte durch die Hilfe des Fremden wieder festen Boden unter den Füßen. Welch dummer Schwächeanfall, dachte sie und erkannte unter der Mitra den hohen Kirchenfürsten. Kohlschwarze Augen in einem gebräunten Gesicht mit scharfer Raubvogelnase musterten sie eindringlich.

»Verzeiht meine Unbesonnenheit, ich will Euch nicht zur Last fallen«, entschuldigte sie sich.

»Das tut Ihr nicht. Kommt in den Schatten, damit Ihr Euch erholen könnt.«

Violante hatte einen Kardinal vor sich. Pater Étiennes Anweisungen kamen ihr sofort ins Gedächtnis. Durfte sie die unverhoffte Gelegenheit ungenutzt lassen? Sie beschloss, selbst zu handeln und nicht auf den Pater zu warten.

»Ich möchte nicht anmaßend sein, aber vielleicht gibt es eine Möglichkeit, mich in den Schatten des Palastes zu setzen, Eminenz?«

»Stütze deine Herrin und folgt mir«, befahl der Kardinal Eudora. Er geleitete sie an den Garden und Bewaffneten vorbei. Niemand schenkte ihnen große Beachtung. Alle drängten in eine Richtung.

»Seine Heiligkeit hat den Gesandten des Königs von Frankreich zum Mahl geladen.«

Der Kardinal hatte den Ton gewechselt. Vom Samariter wurde er ganz zum höflichen Edelmann. »Zählt Ihr ebenfalls zu seinen Gästen?«

»Meine Herrin ist Violante von Courtenay, eine Verwandte Seiner Majestät des Königs«, platzte Eudora heraus.
Violante erschrak über den vorwitzigen Verstoß Eudoras gegen die Höflichkeit, war ihr jedoch zutiefst dankbar für die schnelle Reaktion. Der Kardinal fand so viel Eifer zum Schmunzeln.
»Dann erlaubt, dass ich Euch zu Tisch geleite. Ich bin Giacomo Colonna. Wir haben denselben Weg«, wandte er sich an Violante.
Er reichte ihr ein wenig steif die geschlossene Hand, nachdem er einem herbeigeeilten Mönch den Stab übergeben und die Mitra gegen ein schlichtes Käppchen ausgetauscht hatte, das seine Tonsur bedeckte.
Ohne zu zögern, nahm Violante die ihr gebotene Hand an und vergewisserte sich mit einem kurzen Blick, dass Eudora dem Diener des Kardinals folgte, wie er sie angewiesen hatte, und dem Ausgang entgegenging. Sie war sich sicher, dass sie Pater Étienne über alles, was vorgefallen war, unterrichten würde, und ein leises Lächeln des Triumphs lag dabei auf ihren Zügen.
Dem Kardinal entging es nicht, und sein Interesse an ihr, wie sie sicher an seiner Seite den Speisesaal betrat, nahm zu. Der Italiener in ihm erwachte. Die bewundernden Blicke, die seiner Begleiterin folgten, schmeichelten ihm.
An der Stirnseite des Saales, auf dem erhöhten Podest, stand eine Reihe geschnitzter Lehnstühle, an den Längsseiten warteten stoffgepolsterte Bänke auf die Gäste. Die Tische waren strahlend weiß gedeckt, mit silbernen Bechern, polierten Zinntellern und Fingerschalen. Von den riesigen Bratenbrettern, die Küchenknechte herbeitrugen, tropfte der Saft auf den Steinboden. Mundschenke mit gewaltigen Weinkannen füllten die Becher. Die köstlichen Gerüche weckten vergessenen Hunger auch bei Violante.
Der Kardinal geleitete sie geschickt durch das Gedränge. Man wich respektvoll zur Seite, und er sicherte ihnen einen Platz an

der rechten Seitentafel, etwas entfernt von der Stirnseite, aber doch so nahe, dass Violante einen guten Überblick hatte.
In der aufgeschwemmten, schwerfälligen Gestalt glaubte sie den Heiligen Vater zu erkennen.
Der Kardinal lächelte maliziös, als Violante ihn danach fragte. »Entspricht er nicht Euren Erwartungen?«
»Das wollte ich nicht sagen. Es ist das erste Mal, dass ich den Stellvertreter Gottes sehe. Ich hatte mir keine Vorstellung von ihm gemacht.«
»Wie auch immer, meine Tochter. Die Küche Seiner Heiligkeit jedenfalls gibt selten Anlass zur Kritik. Greift zu.«
Violante kam der Aufforderung sofort und gerne nach.
»Was führt Euch nach Vienne?«, setzte der Kardinal das Gespräch fort.
Sie zögerte. Diese Situation war nicht geplant. Sollte sie von ihrem Auftrag sprechen? Schickte ihr der Himmel mit dem Kardinal einen Fürsprecher, der sich beim Heiligen Vater für ihre Schwestern verwandte?
Bevor sie ihre Antwort richtig bedacht hatte, forderte ein Fanfarensignal alle Gäste zur Ruhe auf. Der Heilige Vater sprach den Segen für den königlichen Gesandten, und als sie Mathieu erkannte, der den Ring des Papstes küsste, wurde ihr im selben Augenblick klar, dass sie sich besser an ihn um Hilfe wandte als an einen Kirchenmann. Hatte sie in der Vergangenheit nicht gelernt, den Würdenträgern der Kirche zu misstrauen? Matthieu hatte sie noch nie enttäuscht.
Sie entschied, nur einen Teil der Wahrheit zu sagen, denn der Kardinal wartete noch immer auf ihre Erwiderung: »Ich bin nach Vienne gekommen, um dem Heiligen Vater eine Bitte vorzutragen.«
»Und um welche Bitte handelt es sich, wenn Ihr mir das sagen wollt?«
»Verzeiht, Eminenz, ich bin zur Verschwiegenheit verpflichtet.«

»Dann will ich nicht weiter in Euch dringen. Habt Ihr passende Unterkunft in Vienne gefunden? Zurzeit halten sich hier viel zu viele Menschen auf.«
»Ich nehme mit meiner Begleitung die Gastfreundschaft des Liebfrauenklosters in Anspruch.«
Der Kardinal schüttelte unwillig den Kopf.
»Das ist kein Aufenthaltsort für eine Dame.«
»Es gab kein anderes Quartier. Wir sind froh, überhaupt einen Schlafplatz gefunden zu haben.«
»Würdet Ihr erlauben, dass ich Euch unter das Dach meines Hauses bitte, Violante von Courtenay? Wie groß ist Euer Gefolge? Ich bewohne das Gebäude eines Domherrn in der Rue Calixte II.«
»Ich möchte Euch keine weiteren Umstände machen, Eminenz.«
»Ich werde veranlassen, dass bis heute Abend Räume für Euch und Eure Mägde gerichtet werden. Gönnt mir das Vergnügen, Euch behilflich sein zu können.«

## Mathieu von Andrieu

*Palast des Erzbischofs von Vienne,*
*17. Oktober 1311*

Mathieu hatte sie sofort erkannt, als sie an der Seite eines Kardinals die große Halle betrat.
»Wer ist der Kardinal, der die Dame im goldgewirkten Kleid zu Tisch führt?«, erkundigte er sich bei Erzdiakon Pellegrue, der ihm nicht von der Seite wich, mit einem Blick in Richtung Violante.
»Ein Italiener. Giacomo Colonna. Seine Heiligkeit hat ihn erst vor fünf Jahren rehabilitiert.«

Mathieu kannte den Namen.
»Und wer ist die Dame?« Es interessierte ihn, ob Pellegrue etwas von Violante wusste.
»Da bin ich überfragt.« Der Erzdiakon zuckte mit den Schultern. »Vielleicht jemand aus seiner Verwandtschaft. Die Italiener bleiben gerne unter sich.«
Die Franzosen auch, mein Freund, hätte Mathieu gerne erwidert, aber diese Bemerkung behielt man besser für sich, wenn man mit einem Neffen des Papstes sprach.
Er hätte auch zu gerne gewusst, worüber sich die beiden so angeregt unterhielten. Hoffentlich nicht über die bevorstehende Entscheidung gegen die Beginen. Er vertraute darauf, dass die Ereignisse Violante vorsichtiger gemacht hatten. Ohne jede Möglichkeit, auf sie zuzugehen und sie zu warnen, blieb ihm nichts anderes übrig, als das Mahl abzuwarten. Gleich nach dem Segen des Papstes würde er sich auf die Suche nach Simon machen.
Seit drei Tagen hatten der Waffenmeister und sein Neffe vergeblich versucht, Violante ausfindig zu machen. An der Hand eines Kardinals erschien sie jetzt völlig überraschend zur Tafel des Papstes. Dazu gehörten nicht nur Selbstbewusstsein, sondern auch die nötigen Verbindungen. Sie war unberechenbar, und genau das machte es so schwer, sie vor sich selbst zu schützen.
Mathieu begann in den Reihen der Kuttenträger nach der Gestalt seines Bruders Ausschau zu halten. Umsonst. Simon war wohl nicht gekommen. Es verwunderte ihn wenig. Sein asketisches Aussehen verriet eine unheilvolle Neigung zum Fasten.
Mathieu wurde zunehmend unruhiger. Obwohl Seine Heiligkeit sich mit Magenkrämpfen entschuldigt hatte, zog sich das Mahl endlos hin. Mathieu hatte ihm die Nachricht überbracht, dass der König beabsichtigte, frühestens zum Weihnachtsfest nach Vienne zu kommen. Die Botschaft musste ihm wohl auf

den Magen geschlagen sein. Er beneidete ihn um das Recht, seine Gäste verlassen zu dürfen.

Die Zeremonien, die er stellvertretend für den König über sich ergehen lassen musste, beanspruchten seine Aufmerksamkeit so, dass er Violante und den Kardinal plötzlich aus den Augen verloren hatte. Wann waren sie gegangen?

Eiligen Schrittes verließ auch er den Palast. Am Prunktor wurde er allerdings unverhofft von Simon aufgehalten.

»Mathieu!«

Simon stand in der Pforte zur Kammer der Wachleute, und Mathieu ließ sich widerstandslos in den leeren Raum hineinziehen.

»Ich dachte schon, du würdest überhaupt nicht mehr aus dem Haus kommen. Weißt du, wie lange ich hier auf dich warte?«

»Die Zeit kann dir nicht länger geworden sein als mir, kleiner Bruder. Ich hoffe, der König nimmt an den nächsten Festmahlen Seiner Heiligkeit selbst teil.«

»Hast du etwas von Violante gehört?«

»Wärest du da gewesen, brauchtest du jetzt nicht zu fragen.«

»War sie denn dort? Da soll doch ...« Im letzten Moment verschluckte Simon die Verwünschung, die ihm auf den Lippen lag. »Wie kommt sie dahin?«

»Dem Anschein nach hat Kardinal Colonna sie zu Tisch geladen. Sie hat an seinem Arm den Saal betreten.«

»Schon wieder dieser Colonna.«

»Klär mich auf, was das heißen soll.«

In knappen Sätzen berichtete Simon von seinem Zusammentreffen mit dem Kardinal. »Der Papst hat ihm zwar sein Amt zurückgegeben, aber er hat wohl die Kränkung nicht überwunden und ist einer der führenden Köpfe der Opposition gegen Seine Heiligkeit. Ihm missfällt die weltliche Art, mit der die Kurie in Avignon residiert.«

»Und er will nach Rom zurück.«

»Das wollen alle Italiener. Das ist kein Geheimnis.«

Mathieu verschränkte die Arme vor der Brust.
»Und Violante sitzt mitten in einem Schlangennest, ohne es zu ahnen.«
»Ich stimme dir zu, aber wie können wir sie dort herausholen? Du hast es mit Strasbourg versucht und bist gescheitert. Wo soll sie hin?«
»Sie muss nach Andrieu gehen.«
Die Idee tauchte so plötzlich in Mathieus Kopf auf, dass er nicht sagen konnte, woher sie kam. Je länger Simon ihn ungläubig ansah, desto schlüssiger schien sie ihm jedoch. Es war die Lösung.
Simon wäre im Traum nicht auf diese Idee gekommen. Violante in Andrieu. Lag Mathieu etwa daran, Violante in seiner Nähe zu haben, wenn er selbst nach Andrieu zurückkäme, und könnte er es ertragen?
Nachdem Mathieu keine Reaktion erhielt, redete er weiter. Sein Plan wurde immer konkreter.
»Hast du nicht erwähnt, dass die Zisterzienser vorhaben, in unserer Nähe ein neues Kloster zu errichten? Wenn ich das nötige Land dafür zur Verfügung stelle, hätte ich vielleicht sogar genügend Einfluss, um etwas für dich zu tun. Du könntest Abt des Klosters werden und ebenfalls nach Andrieu heimkehren …«
»… in ihre Nähe.«
»Warum nicht?«
»Unmöglich. Sie werden es nie zulassen. Ich weiß zu viel über die geheimen Dokumente Seiner Heiligkeit. Man wird mir nie gestatten, der Kurie den Rücken zu kehren und mir meinen eigenen Platz innerhalb unseres Ordens zu suchen.«
»Simon!« Mathieu trat zu ihm und packte seine Oberarme. »Die Kirche hat kein Recht, deine Seele zu zerstören. Denkst du, ich merke nicht, wie du leidest? Du bist zerrissen und krank vor Zweifel. Komm mit mir nach Hause. Die Wälder von Andrieu sind groß genug, um dich auch vor den Machenschaften des Heiligen Stuhls zu schützen. Ich verlange ja nicht,

dass du dein Gelübde brichst, aber du kannst Gott auch zu Hause dienen. Als Pater, als Einsiedler, als Eremit, was immer dir zusagt und deine Seele heilt.«

»Du bist verrückt.«

»Narren sagen die Wahrheit, Bruder.«

Unter seinen Händen spürte er den Widerstand der knochigen Gestalt, die einmal muskulös und kräftig wie seine eigene gewesen war. Wenn Simon sich weiter so kasteite, würde er zugrunde gehen.

»Versprich mir, dass du wenigstens darüber nachdenkst«, bat er ihn eindringlich. »Auch Violante wird sich leichter bereit erklären, nach Andrieu zu kommen, wenn du dort bist. Sie würde dir ans Ende der Welt folgen, du weißt es.«

»Und du, Mathieu? Was macht es aus deinem Leben, wenn du Tag um Tag die Frau vor Augen hast, die deinen Bruder liebt und nicht dich?«

Er gab Simon so unverhofft frei, als habe er sich an ihm verbrannt. Woher wusste Simon um die Gefühle, die er nicht einmal sich selbst eingestehen wollte?

»Jetzt redest du dummes Zeug«, erwiderte er heiser.

»Es ist die Wahrheit. Sie klingt aus allen deinen Worten und steht in deinen Blicken, wenn man dich kennt.«

»Klären wir erst einmal das Nächstliegende«, wich Mathieu aus. »Du musst herausfinden, ob Violante bei Colonna wohnt. Falls du keinen Erfolg hast, suche Pater Étienne. Er wird ihren Aufenthalt kennen. Aber sei auf der Hut vor ihm.«

»Wie stellst du dir das vor? Vienne ist voller Mönche, Priester und Pilger.«

»Er ist Dominikaner. Ein Mann mit dem ausdruckslosen Blick einer Grabfigur und hellen, schütteren Haaren, kaum größer als Violante, aber doppelt so breit.«

## Bruder Simon

*Vienne, Rue Calixte II.,*
*18. Oktober 1311*

In der Rue Calixte II., neben dem großen Dom, residierten die meisten der italienischen Kardinäle. Simon wusste zwar noch nicht, wie er Violantes Spur finden sollte, aber ein paar Worte mit dem Wachposten am Hauptportal des Domherrenhauses konnten vielleicht Aufklärung bringen. Es war unmöglich, direkt, ohne Auftrag Seiner Heiligkeit oder des Erzdiakons, einen Kardinal aufzusuchen, und jemanden wie Colonna schon gar nicht.

Er überquerte eben die Straße, als ein ungewöhnlich breitschultriger Dominikanerpater aus dem Tor trat und sich missmutig umsah.

»Gott zum Gruße, Bruder«, sprach Simon ihn kurz entschlossen an.

Der Mönch erwiderte den Gruß in französischer Sprache.

»Ihr seid kein Italiener?«, brachte Simon das Gespräch möglichst unverbindlich in Gang. »Euer Akzent klingt nördlich. Elsass? Kann das sein?«

»Ihr habt ein feines Ohr, Bruder.«

»Man tut sich leichter im Haushalt Seiner Heiligkeit, wenn man die vielen Menschen richtig einordnen kann, die dort ein und aus gehen.«

Simon bemerkte, dass er mit dieser Bemerkung lebhaftes Interesse geweckt hatte.

»Ihr lebt in Avignon? Seid Ihr etwa ein direkter Diener des Papstes?«

»Ich bin einer seiner geheimen Schreiber. Und Ihr? Seid Ihr in Begleitung Eures Abtes in Vienne? Oder zählt Ihr gar zum Gefolge des berühmten Gelehrten, Meister Eckard aus Strasbourg, wenn Ihr aus dem Elsass stammt?«

»Leider nein. Der kluge Mann ist mir unbekannt. Ich bin nur ein einfacher Dominikanerpater von dort. Dazu abgeordnet, eine Dame zu begleiten.«

Simon misstraute seinem Glück. Hatte er wirklich auf Anhieb Pater Étienne gefunden? Befand sich Violante tatsächlich im Hause Colonnas? Er suchte nach einem Grund, den Bruder zu begleiten und zu befragen.

»Wie ich Euch beneide, Bruder«, machte es ihm der Dominikaner leicht. »Ihr habt es weit gebracht. Ich würde mir nichts mehr wünschen, als in der Nähe des Papstes zu sein. Strasbourg ist weit entfernt vom Herzen der Kirche. Allein, was kann ich tun, ich bin nicht der Sprößling einer angesehenen Familie. Außerdem fehlen mir die nötigen Verbindungen.«

»Habt Ihr denn nie mit Eurem Abt über Euren Ehrgeiz gesprochen?«

»Er mahnt mich zu mehr Bescheidenheit. Es ist ein Wunder, dass er mir erlaubt hat, diese Reise anzutreten. Wenn es nach ihm geht, werde ich mein Leben lang Beichtvater der Beginen vom Turm bleiben.«

Simons Sinne waren geschärft. Jetzt wusste er, dass er Étienne vor sich hatte. »Habt Ihr noch nicht darüber nachgedacht, dass es dieses Amt bald nicht mehr geben könnte?«

»Seid Ihr dessen schon sicher? Als Schreiber des Papstes könntet Ihr es wissen. Dann lasst mich eine Frage stellen: Haltet Ihr es für möglich, dass eine Bittstellerin Seine Heiligkeit dazu bewegen könnte, seine Entscheidung zu überdenken?«

Simon legte seine ganze Überzeugungskraft in die nächsten Worte. »Ganz davon abgesehen, dass sie nie die Möglichkeit bekäme, mit Seiner Heiligkeit unter vier Augen zu sprechen, würde auch sein Neffe, Erzdiakon Pellegrue, dafür sorgen, dass eine einmal gefasste Entscheidung nicht mehr korrigiert wird. Der Papst mag zwar beeinflussbar sein, aber er ist von Männern umgeben, die zu verhindern wissen, dass er seinem Wankelmut nachgibt.«

Er machte eine bedeutungsvolle Pause, ehe er anscheinend beiläufig hinzufügte: »Für diejenigen, die eine solche Bittstellerin unterstützen, hätte es sicher ebenfalls fatale Folgen. Die hohen Geistlichen gehen nicht zimperlich mit ihren Gegnern um.«

Simon sah, dass er den Pater beeindruckt hatte. Er hatte verstanden.

»Ihr seid gut informiert«, überspielte der Dominikaner seinen Schrecken. »Glaubt Ihr, es gibt eine Möglichkeit für mich in Avignon? Der Gedanke, mein Leben ohne Aufgabe in Strasbourg zu verbringen, ist für mich unvorstellbar.«

»Der Erzdiakon trifft die meisten Entscheidungen. Seid ihm gefällig, und Ihr kommt weiter«, erwiderte Simon knapp. »Allerdings solltet Ihr für diesen Fall nicht ausgerechnet im Hause eines italienischen Kardinals wohnen. Was Ihr wohl tut, wie ich vermute. Lebt etwa die Dame auch dort, die Ihr begleitet?«

»Kardinal Colonna hat ihr seine Gastfreundschaft angeboten, und sie wollte noch heute in sein Haus ziehen. Ich war jedoch gezwungen, es ihr zu untersagen. Sie muss im Liebfrauenkloster bleiben, weil es für mich keine Möglichkeit gab, zu ihrem Schutz an ihrer Seite zu bleiben. Ich bin für sie verantwortlich.«

»Vielleicht kann ich bei den hohen Geistlichen etwas für Euch tun«, lockte Simon den Pater, um ans Ziel zu kommen. »Das alte Kloster ist kein geeigneter Aufenthaltsort für eine Dame. Im erzbischöflichen Palast wurden Räume für den König und sein Gefolge freigehalten. Da er nun erst zum Weihnachtsfest kommt, stehen sie bis dahin zur Verfügung. Ich werde versuchen, Euch dort unterzubringen. Kommt nach der Vesper mit Eurer Dame und ihren Mägden zum Seiteneingang des erzbischöflichen Palastes. Seid pünktlich. Man wird Euch dort erwarten.«

Pater Étienne überschlug sich vor Dankbarkeit.

Obwohl von Natur aus misstrauisch, kam es ihm nicht in den Sinn, dass das hochherzige Angebot keineswegs ihm galt. Er war nach Vienne gekommen, um jede noch so kleine Gelegenheit zu ergreifen, die Aufmerksamkeit eines hohen Würdenträgers auf sich zu lenken. Er gierte nach Anerkennung und Einfluss, nach einem Titel, einer Soutane, einer eigenen Pfarrei und mehr.
Violantes Mission, das Wohlergehen der Beginen und der Erhalt ihrer Gemeinschaften, berührten ihn nicht. Die Sache schien wohl auch entschieden zu sein.

Als Violante mit Pater Étienne und ihren beiden Begleiterinnen die Räume in Besitz nahm, die Simon für sie erkämpft hatte, sah sie sich befremdet um.
»Warum sind wir umgezogen? Das ist nicht viel besser als im Kloster.«
Simon stand am Fenster und wartete auf seine Gäste. Er wandte ihnen den Rücken zu, als sie den für Violante vorgesehenen Raum betraten. Die Kapuze seiner Kutte hatte er über den Kopf geschlagen.
Er zögerte, bevor er sich umdrehte. Hoffentlich würde Violante sich nicht verraten.
»Wir müssen dankbar dafür sein, dass der Sekretär des Papstes uns geholfen hat, für alle ein gemeinsames Dach zu finden«, wies Bruder Étienne sie tadelnd zurecht.
Violante gab einen unwilligen Laut von sich. Sie legte keinen Wert darauf, mit dem Pater Tür an Tür zu wohnen.
»Es ist sicher richtig, was der Pater rät, Madame.«
Entschlossen hatte Simon sich umgedreht und sich an Violante gewandt. Ihre Augen weiteten sich ungläubig. Genau dieses überraschte Erkennen hatte er gefürchtet. Mit strengem Blick sah er sie an.
»Wir können Euch keinen Luxus bieten, aber ein ungestörtes Quartier. Der Novize wird Euren Mägden zeigen, wo sie

finden, was für Eure Bequemlichkeit und Euer Wohlergehen nötig ist.«

Während er sprach, sah er sie heftig atmen. Im Augenblick konnte er nichts anderes tun, als ihr Zeit zu geben, sich zu fassen. Er schickte die anderen Frauen mit dem Novizen aus dem Raum und nahm Pater Étiennes Arm.

»Kommt, ich zeige Euch selbst, wo Ihr untergebracht seid, Bruder.«

»Wird man nicht fragen, wer wir sind und warum wir hier sind?«

Simon schüttelte den Kopf. »Sorgt Euch nicht. Hier fragt keiner. Es wohnen zurzeit zu viele Menschen unter diesem Dach.«

Die Auskunft beruhigte den Pater erkennbar.

Als Simon zurückkam, stand Violante immer noch reglos bei offener Tür am Fenster. Sie hielt jetzt die kleine Heiligenfigur in den Händen, die sie sich aus ihrem Bündel geholt hatte, und sie wich seinem Blick aus.

»Versprich mir, dass du diesen Raum nicht verlässt, Violante«, bat er sie eindringlich. »Gehorche Pater Étienne. Dies ist keine Situation, in der du auf eigene Faust handeln darfst.«

Er erhielt keine Antwort. Wie sollte er ihr Herz, ihren Verstand erreichen? Ihm blieb keine Zeit für lange Auseinandersetzungen.

»Ich weiß, dass es dir schwerfällt und dass du am liebsten mit dem Kopf durch die Wand möchtest. Aber da sind andere, die von dir abhängen.«

Jetzt endlich hob sie den Kopf, und er entdeckte die Ratlosigkeit in ihren Augen.

»Ich habe nicht erwartet, Euch hier zu treffen. Was hat dies alles zu bedeuten? Könnt Ihr es mir erklären?«

»Später, heute fehlt mir die Zeit dafür. Sei gewiss, dass ich so schnell wie möglich eine Gelegenheit finden werde, allein mit dir zu sprechen. Wirst du es zulassen?«

»Müsst Ihr das fragen?«
»Hast du Paris vergessen?«
»Ich habe nichts vergessen.«
Der erste Impuls trieb ihn, sie in die Arme zu nehmen, da hörte er die näher kommenden Schritte.
Welch ein Wahnsinn. Er musste fort.

## Neunzehntes Kapitel

# Wahrheit

### Violante von Courtenay

*Vienne, Palast des Erzbischofs,*
*21. Oktober 1311*

Der Kamm strich gleichmäßig durch Violantes Haar. Es war wieder bis zur Mitte der Schulterblätter gewachsen, und das zunehmende Gewicht hatte die Locken der Knabenfrisur zu Wellen geglättet. Eudora fand Gefallen daran, diese Pracht Abend für Abend sorgsam zu pflegen. Das Ritual, das Violante als Kind bei ihrer Mutter so geschätzt hatte, trieb sie als Frau an den Rand der Beherrschung. Sie wollte nicht still sitzen, wenn alles in ihr nach Bewegung schrie.

Simon war in Vienne. Unter demselben Dach, und doch hatte sie ihn seit mehr als zwei Tagen nicht zu Gesicht bekommen. Hielt er so sein Versprechen, schnellstens das Gespräch mit ihr zu suchen? Dass er sie vor Pater Étienne wie eine Fremde behandeln musste, verstand sie, aber erkannte er nicht, wie dringlich ihr Auftrag war?

Tatenlos in diesem Quartier zu sitzen machte sie krank vor Ungeduld. Hier konnte sie nicht um die Sache der Beginen kämpfen. Sie war gefangen wie in einem Käfig, seit der Dominikanerpater so vehement Einspruch dagegen erhoben hatte, Kardinal Colonnas Gastfreundschaft anzunehmen.

Hätte sie sich nicht um der Sache willen widersetzen müssen? Seine Eminenz war mehr als höflich gewesen. Die Ablehnung seiner Gastfreundschaft musste ihn kränken. Warum lehnte der Pater es ab, seinen Einfluss zu nutzen?

»Unsere Zukunft wird verhandelt, und wir sitzen hier, tatenlos.«

Während Eudora noch mit Violantes Haar beschäftigt war, berichtete sie, was sie zufällig im Garten aufgeschnappt hatte.

»Zwei Würdenträger unterhielten sich auf einer Bank. Einer sagte, dass eigentlich nur die Bischöfe aus dem Rheinischen gegen die wandernden Beginen wettern. Sie behaupten, sie brächten Unruhe in die Dörfer und seien nicht viel besser als Gaukler- und Bettlerpack. Der Bettelruf *Brot durch Gott* verärgert sie am meisten, da sie in dieser Bitte den Namen Gottes missbraucht sehen.«

Sie wartete auf eine Reaktion von Violante, aber es kam keine.

»Ihr seid mit Euren Gedanken weit fort«, klagte sie enttäuscht.

Violante versuchte die gekränkte Schwester mit einem Lächeln zu versöhnen.

»Habt Ihr von Pater Étienne gehört?«

»Seine Brüder sagen, er weiche dem geheimen Sekretär Seiner Heiligkeit nicht von den Fersen. Er sucht seine Freundschaft«, erwiderte Eudora.

Violante hätte Pater Étienne gerne ihre Gedanken vorgetragen, aber Eudoras Einwurf brachte sie auf eine bessere Idee. Auch wenn Simon dem Gespräch mit ihr auswich, sie musste sich nicht einfach gehorsam damit abfinden.

»Wisst Ihr, wo man den Sekretär finden kann«, fragte sie sie knapp.

»Gütige Mutter, ich habe keine Ahnung, wo ein so hoher Diener des Papstes sein Quartier hat. Wollt Ihr denn mit ihm sprechen? Warum soll er seine Zeit auf die Angelegenheiten der Beginen verschwenden?«

»Das werden wir sehen«, erwiderte Violante, und es klang

sogar in ihren eigenen Ohren fast drohend. »Findet heraus, wo er nächtigt. Irgendjemand muss es wissen. Die Wäschemägde oder die Knechte, die das Kaminholz und die Glutbecken verteilen.«

Ein heftiges Gewitter hatte der sommerlichen Hitze ein Ende bereitet, und über Nacht war es kühl geworden in Vienne. Aus den Bergen fegte feuchtkalter Wind durch das Rhônetal, in die Gassen der Stadt hinein und kühlte die Häuser. Dass Eudora fröstelnd die Schultern hochzog, hatte jedoch eher mit dem Auftrag als mit der kühlen Witterung zu tun.

»Ihr könntet schlafende Hunde wecken. Überlegt Euch gut, was Ihr tut«, warnte sie leise.

»Das mache ich seit Tagen, und deshalb meine ich, wir müssen handeln, sonst kommen wir zu spät.«

»Euren Eifer in Ehren, aber es könnte voreilig sein.«

Eudora fiel vor Schreck beinahe der Kamm aus der Hand. Violante musste tief Luft holen, als sie den Kopf zur Tür wandte. Wie lange lauschte Pater Étienne ihrem Gespräch bereits?

»Wir haben Euch ungeduldig erwartet, ehrwürdiger Vater«, eröffnete sie die für sie unvermeidliche Auseinandersetzung. »Was nützt es, im selben Palast wie Seine Heiligkeit zu wohnen, wenn ich in diese Klosterzelle verbannt bin? Wann kann ich ihm unser Anliegen vortragen? Habt Ihr herausgefunden, ob er eine ausdrückliche Audienz für alle Bittsteller plant?«

»Hat man dich nicht geheißen, gehorsam und geduldig zu sein?«, wies Pater Étienne sie zurecht und verschränkte dabei die Arme vor der weißen Kutte.

Violante ließ sich jedoch nicht einschüchtern, obwohl Eudora mit zitternden Händen eilig noch ihr Haar flocht und feststeckte und sie sitzen bleiben und zu Pater Étienne aufsehen musste, was ihm offensichtlich gefiel.

»Warum dieses Zögern?«, beharrte sie auf einer Antwort.

»Weil es nicht gut um die Sache der Beginen steht«, erwiderte Pater Étienne barsch. »Nach Lage der Dinge ist das Verbot bereits beschlossen. Jeder Versuch, etwas daran zu ändern, wird auf Widerstand treffen, wenn nicht gar die Inquisition auf unsere Spur bringen.«

»Woher wollt Ihr das wissen?«

»Ich denke, dass ich dir das nicht sagen muss.«

»Nein?«

Violante sprang so abrupt auf, dass Eudoras nächste Haarnadel ins Leere stach.

»Ich bin nach Vienne gekommen, um für meine Schwestern zu kämpfen. Genau das werde ich tun. Der Papst muss ein kluger Mann sein, sonst wäre er nicht in dieses Amt gewählt worden. Er wird sich meine Argumente anhören.«

»Du bist naiv.«

Pater Étienne reagierte so kalt, dass sie sich tatsächlich einfältig vorkam. Hatte sie schon vergessen, wie die Männer der Kirche Frauen behandelten? Sie hatte doch in Paris schon erfahren, dass der Papst schwach sei.

»Das Einzige, was Ihr tun könnt, ist beten. Es wird eine gute Vorbereitung für das Leben hinter Klostermauern sein, denn Seine Heiligkeit wird den Beginen in seiner unendlichen Güte anbieten, einem Orden beizutreten. Man spricht von den Klarissinnen oder den Benediktinerinnen.«

»Ein Kloster? Wir sind Beginen geworden, weil wir nicht ins Kloster wollten.« Eudora rang die Hände. »Wir schätzen die Freiheit unserer Entscheidungen und wollen uns von der Kirche nicht unser Leben vorschreiben lassen. Außerdem sind doch die Klöster überfüllt. Ich denke, es gibt mehr Anwärterinnen, als sie aufnehmen können.«

»Der Heilige Vater wird schon wissen, was er tut. Von dem Vermögen der Beginen können neue Klöster gebaut werden.« Pater Étienne drehte sich um und ging hinaus.

Die Enttäuschung und der Zorn standen Violante ins Gesicht geschrieben, als sie sich bei Eudora Luft machte.

»Dieser Verräter. Er hatte nie die Absicht, uns wirklich zu

helfen. Ihm ging es nur um seinen Aufstieg in der Hierarchie der Kirche. Wir können ihm nicht länger dienlich sein, also lässt er uns untergehen. Wie kann er so niederträchtig sein? Er ist unser Beichtvater. Er weiß, dass unsere Seelen rein sind und dass wir nichts Böses im Schilde führen. Hier geht es um den Besitz der Beginen und nicht um die Reinheit ihrer Seelen, Eudora. Ich muss mit dem Schreiber des Papstes sprechen. Es ist dringender denn je. Ihr könnt mir helfen. Aber seht zu, dass Pater Étienne Euch nicht dabei erwischt, wenn Ihr nach ihm sucht. Er bringt es fertig, uns hier einzusperren, wenn er merkt, dass wir unsere eigenen Pläne haben.«

»Denkt Ihr, der Sekretär wird uns helfen?«

»Ich weiß es nicht«, erwiderte sie ehrlich. »Ich bin mir nicht im Klaren darüber, warum er Pater Étienne an seiner Seite duldet. Aber ich denke, er wird uns nicht schaden wollen.«

Hatte sie Recht?

Violante klammerte sich an diese Hoffnung.

»Hier muss es sein.«

Eudora deutete auf die schmale Tür am Ende des Ganges, den eine im Zugwind flackernde Fackel im Halbdunkel ließ. Man konnte kaum zwischen Holz und Mauer unterscheiden.

»Wollt Ihr ihn wirklich um diese Stunde aufsuchen? Es ist mitten in der Nacht, er wird wie jeder vernünftige Christenmensch schlafen.«

»War sich der Knecht denn sicher, dass Bruder Simon hier wohnt?«

»Er hat es behauptet, und ich glaube ihm. Er sagte auch, Bruder Simon lehne die Glutbecken ab, die er ihm anbietet. Er wohne so spartanisch wie ein Büßer, und das passt zu seinem Aussehen, findet Ihr nicht? Soll ich hier auf Euch warten?«

»Nein, geht in unser Quartier zurück. Falls Pater Étienne auftaucht, sagt ihm, es gehe mir nicht gut, ich sei auf dem Abtritt. Ich traue ihm zu, dass er uns kontrolliert.«

»Werdet Ihr alleine zurückfinden? Dieser Palast ist ein schlimmes Labyrinth.«
»Bruder Simon wird mir helfen, macht Euch keine Sorgen.« Violante versuchte mehr Gewissheit zu verbreiten, als sie empfand. »Ihr könnt nicht hier bleiben. Es gibt sicher Wachen. Es würde ein schlechtes Licht auf uns werfen, wenn man Euch dabei ertappt, wie Ihr vor Kammertüren wartet, hinter denen die Diener des Papstes schlafen.«
Sie küsste Eudora in einer Anwandlung jäher Zuneigung auf beide Wangen, ehe sie sich abwandte. Sie spürte ihr Erstaunen, aber sie ließ nicht zu, dass ein weiteres Wort ihre Freundschaft beschwor.
Auf leisen Sohlen huschte sie zum Ende des Ganges.
Ohne zu zögern, drückte sie vorsichtig die Tür auf. Ihr Herz klopfte bis zum Hals. Die Lederangeln gaben ein kaum hörbares Ächzen von sich.
Eine Stundenkerze bildete die einzige Lichtquelle im Raum. Das bescheidene Kastenbett war leer. Die Decke lag ordentlich gefaltet am Fußende. Simon kniete auf einem hölzernen Betstuhl. Seine Stirn lag auf den gefalteten Händen, und er trug ein grobes Büßerhemd. Leise schloss sie die Tür hinter sich.
Er hatte sie gehört und stand hastig auf. Seine hohe Gestalt wirkte ohne die Kutte noch hagerer, die dunklen Brauen, der Schatten des Bartes und die schmalen Lippen gehörten einem Mann, der sich jede Lebensfreude versagte.
»Ysée!«
Er nennt mich immer noch Ysée, dachte sie und verspürte eine Vertrautheit und Nähe, der sie nur zu gerne nachgegeben hätte.
»Ich bin jetzt Violante von Courtenay«, erwiderte sie mit einer Stimme, der sie Festigkeit zu geben versuchte.
»Was um Himmels willen tust du hier? Bist du ganz von Sinnen?«
Der Augenblick der Schwäche ging vorüber. Sie fasste sich,

verbarg die Hände in den Falten ihres Gewandes und sah ihn an.

»Ihr habt gesagt, Ihr wollt mir Erklärungen geben. Ich habe gewartet. Ihr seid nicht gekommen.«

»Ich habe dich auch gebeten, dein Gemach nicht zu verlassen und dich an Pater Étiennes Anordnungen zu halten.«

»Das kann ich nicht länger. Der Pater ist gegen uns. Er will nicht mehr für die Beginen sprechen, weil er Angst vor Repressalien hat.«

Simon stieß einen unwilligen Laut aus.

»Zieh die Krallen ein, kleine Katze. Ich habe Étienne gesucht, um dich in diesem Palast in Sicherheit zu bringen. Von Mathieu erfuhr ich, dass du dich mit Colonna eingelassen hast. Du hast keine Ahnung, welche Gefahr das für dich bedeutet.«

»Vielleicht hätte er mein Anliegen unterstützt?«

»Meine liebe Violante, du hast keine Vorstellung, welche Intrigen in der Kirche gesponnen werden. Du weißt, wie viel mir daran liegt, dass du dich nicht in Gefahr begibst. Glaube mir, ich werde eine Lösung finden, mit der auch du leben kannst. Auf Colonna kannst du keinesfalls bauen.«

Sein Ton verriet, dass es ihm ernst war. Violantes Hoffnungen schwanden.

»Dann entspricht also Pater Étiennes Aussage der Wahrheit, dass die Entscheidung gegen die Beginen gefallen ist.«

»Leider. Sie hat viele Hintergründe, aber vor allem ist es ein Handel zwischen König und Kirche. Der König will die Templer vernichten, die Ritter der Kirche, womit der Klerus empfindlich geschwächt wird. Sie waren lange für ihren Glauben in den Krieg gezogen, sie sind reich. Für die Kirche ist das ein finanzieller, ein Macht- und ein Prestigeverlust. Was die Beginen anbelangt, lässt der König dafür den Papst gewähren. Mit dem Verzicht auf die Beginenhöfe versucht er vor allem die italienischen Bischöfe, denen die Beginen ein Dorn im Auge sind, zu beschwichtigen. Den Verlust an Grundsteuer, der ihm bei diesem Handel entsteht, nimmt der König dabei gerne in Kauf. Du hättest nie eine Aussicht, in die Geschehnisse einzugreifen.«

Der Ernst seiner Worte verlieh der Begründung bittere Endgültigkeit. Tränen der Verzweiflung standen Violante in den Augen.

»Violante …«

Er griff nach ihren Händen, aber sie konnte keinen klaren Gedanken mehr fassen. Sie sah ihn verzagt an. Im dunkelblauen Ozean seiner Augen stand kein Zorn, nur Wärme und Sehnsucht. Eine Zuneigung, die allen Trotz und allen Widerstand in nichts auflöste.

Führte sie wirklich nur ihre Mission zu ihm? Oder hatte das starke Verlangen, von ihm in die Arme genommen zu werden, ihre Schritte gelenkt?

»Simon …«

## Mathieu von Andrieu

*Vienne, Herberge »Zur Alten Mühle«,*
*21. Oktober 1311*

Der kleine Fluss Gère, der die Mühlen oberhalb der Herberge antrieb, rauschte unter seinem Fenster vorbei. Nach dem Gewitterschauer war das Flüsschen mächtig angestiegen. Mathieu fragte sich, ob auch in Andrieu solche Wassermassen vom Himmel gefallen waren und ob die Bauern ihre Ernte rechtzeitig in die Scheuern hatten bringen können.

»Die Briefe sind fertig.«

Jean Vernier trat ins Zimmer und legte einen Packen gesiegelter Pergamente auf den Tisch.

»Willst du sie selbst in die Hülle tun?«
Mathieu nickte.
»Wenn ich schon die Verantwortung für die Korrespondenz trage, will ich auch sicher sein, dass alles seine Ordnung hat. Es wird dem König ohnehin nicht gefallen, was in diesen Dokumenten steht.«
»Es gibt Neuigkeiten?«
»Seine Heiligkeit hat es abgelehnt, die Angelegenheit der Templer in der Vollversammlung aller Kirchenväter behandeln zu lassen. Er fürchtet die Opposition gegen die Forderung des Königs.«
»Und was hörst du dazu aus Paris? Werden die armen Teufel weiter gefoltert, oder hält sich der Generalinquisitor zurück, bis die endgültige Entscheidung gefallen ist?«
»Der Inquisitor ist in Vienne, also pass auf, was du sagst.«
Vernier gab ein missmutiges Brummen von sich. »Schöne Zeiten sind das, in denen man jedes Wort auf die Waagschale legen muss.«
»Viele der Teilnehmer dieses Konzils würden dir beipflichten, Jean. Sie sind dafür, dass man den Tempelrittern das Recht einräumt, sich nach den Regeln des Gesetzes verteidigen zu dürfen.«
Vernier ließ sich ächzend auf einer Bank am Tisch nieder und sah zu, wie sein Herr die wichtigen Pergamente sorgsam in vorbereitetes gewachstes Papier einschlug.
»Was spricht dagegen?«
»Die Angst des Papstes, wie ich schon sagte. Gelingt es den Verteidigern, die Würdenträger der Kirche von der Unschuld der Templer zu überzeugen, könnte der Papst sie nicht an den Pranger stellen, wie es der König wünscht.«
Dem Wachspapier folgte dünnes Leder, das Mathieu mit breiten Bändern aus demselben Material verschnürte und verknotete.
»Allein die Gerichtsprotokolle der einzelnen Regionen des

Königreiches sind ein Skandal. Man hat in allen Verhören Standardfragen verwendet, die ausschließlich vorgefertigte Antworten zulassen.«

»Was will man damit erreichen?«

»Verzögerungstaktik. Der Papst hat durchblicken lassen, dass eine Entscheidung erst fällt, wenn der König persönlich nach Vienne kommt. Bis dahin wird er versuchen, auch die Bischöfe aus England, Deutschland und Portugal auf seine Seite zu bringen. Bislang sind sich nur Frankreich und Italien in der Vorverurteilung der Templer einig.«

Mathieu verstaute das Lederpaket jetzt in einer Tasche, die der Kurier während des Rittes unter seinem Wams tragen konnte. Auf diese Weise würden die wichtigen Nachrichten hoffentlich alle Unbilden des Wetters und des schnellen Rittes unbeschadet überstehen. Danach sah er auf.

»Ich vertraue darauf, dass der Eilkurier spätestens in drei Tagen in Paris ist. Hast du dich um den richtigen Mann dafür gekümmert?«

»Du kannst dich auf mich verlassen«, versicherte Vernier ruhig.

»Ich bitte dich um Selbstverständlichkeiten, ich weiß«, sagte er lachend.

»Du bist so unruhig in den letzten Tagen.«

»Wundert dich das, Alter? Du weißt, dass mich wenig in Vienne hält.«

»Kann ich mir denken.«

Mathieu hatte sich mittlerweile an diese Anspielungen gewöhnt. Er winkte ab.

»Kümmere dich nicht um meine Hoffnungen. Sie sind so unsinnig wie die Illusion der Tempelritter, der Papst würde am Ende anderen Sinnes werden und dem Orden seine Ehre zurückgeben. Lass uns über etwas Wichtigeres reden. Ich möchte, dass du mit Jeannot nach Andrieu gehst.«

»Ich soll dich allein lassen?«

Das Entsetzen in seinen Worten ließ Mathieu erneut lachen.
»Ich werde die Tür auch finden, wenn du sie mir nicht zeigst«, spottete er gutmütig, ehe er ernst weitersprach. »Ich habe keine Ruhe, seit ich weiß, wie ernst die Lage dort ist. Ich muss mich auf einen vertrauenswürdigen Mann in Andrieu verlassen können. Du wirst keinen Verdacht erregen, wenn du Jeannot nach Hause bringst. Du kannst die Dinge für mich im Auge behalten, bis ich aus Vienne freikomme.«
»Und wann wird das sein?«
»An Weihnachten vielleicht, spätestens im Frühjahr. Ganz wie der König sein Katz-und-Maus-Spiel mit Seiner Heiligkeit zu spielen wünscht.«
Er sah die Zweifel im Gesicht seines Waffenmeisters, aber er ignorierte sie. Er zog ein weiteres versiegeltes Schriftstück unter seinem Wams hervor und legte es mit einem bedeutsamen Blick auf die Kuriertasche.
»Dieser Brief ist an den Herzog von Burgund gerichtet. Wie ich erfahren habe, residiert Philipp der Lange mit seiner Gemahlin zurzeit in Dijon. Das Schreiben enthält meine Bitte um die Rückgabe des Lehens. Er wird sie mir kaum abschlagen können. Ich stelle mich damit nur der Verantwortung meines Erbes.«
»Ich soll ihn dem Herzog bringen?«
»Musst du das noch fragen?«
»Nun gut.« Vernier nickte und griff nach dem wichtigen Schreiben. »Jeannot wird wenig begeistert sein, dass seine Abenteuerlust so schnell beendet sein soll.«
»Er kann froh sein, dass er ein Zuhause hat, wo man ihn willkommen heißt. Ich möchte nicht wissen, was Mabelle täte, wenn ich wieder vor unserer Tür stünde.«
»Wenn sie Verstand hat, wird sie dem Himmel dafür danken«, sagte Vernier nachdenklich.
Mathieu musste sich in diesen Tagen dazu zwingen, der Residenz des Erzbischofs fernzubleiben. Seit ihn die knappe Nach-

richt erreicht hatte, Violante sei in Sicherheit, wartete er umsonst auf weitere Neuigkeiten. Obwohl er sich jeden Morgen beschwor, keine unsinnigen Gedanken an sie und seinen Bruder zu verschwenden, tat er es trotz allem. Seine Vernunft sagte ihm, dass Simon nicht mit nach Hause kommen würde, aber sein Herz hoffte unverdrossen weiter. Und was Violante betraf, war er hin- und hergerissen.

»Ist das wahr? Ihr schickt mich nach Hause? Warum?«

Jeannot platzte ohne jeden Anstand herein. Mit hochrotem Kopf stand er vor Mathieu und forderte Rechenschaft.

Mathieu unterdrückte den ersten Impuls, diesen ungehobelten Auftritt zu rügen. Er sah den gekränkten Stolz in Jeannots Augen und fühlte unerwartetes Verständnis für ihn. Auch er war einmal jung und ungestüm gewesen, wild entschlossen, sein Bestes zu geben, die Unschuldigen zu verteidigen und die Bösen zu bestrafen. Lag das wirklich erst eine Dekade zurück?

»Du bist kein Kind, das man nach Hause schickt, weil es ungehorsam war, Jeannot«, sagte er bedacht. »Ich vertraue deinem Onkel und dir die Aufgabe an, meine Interessen in Andrieu zu wahren, bis ich mich selbst darum kümmern kann. Wenn du dich davon überfordert fühlst, musst du es mir sagen.«

»Bei Gott, nein! Ich will alles für Euch tun, Seigneur. Ich dachte wirklich, ich hätte Euch ...«

»... enttäuscht«, unterbrach Mathieu ihn. »Du hast Jean nicht richtig zugehört.« Er warf Vernier einen warnenden Blick zu. Der Alte stand in der Tür und sah aus, als wolle er den Jungen an den Ohren nach draußen ziehen. »Du hast ihn sicher missverstanden, was ich dir gerne verzeihe.«

Jeannots Gesicht färbte sich rot. Beschämt senkte er den Kopf zum Zeichen seines Gehorsams.

»Gut, dann geh und mache dich zur Abreise bereit. Ich verlasse mich auf dich.«

Der Junge brachte eine passable Reverenz zustande, ehe er verschwand.

»Ich danke dir.« Jean Vernier hatte gewartet, bis sie allein waren. »Er wird für dich durchs Feuer gehen.«
»Hoffen wir, dass ihm und uns diese schreckliche Erfahrung erspart bleibt«, erwiderte Mathieu ernst. »Für einen Augenblick sah ich mich in ihm wie in einem Spiegel.«
»Du wirst deinen Söhnen einmal ein besserer Vater sein, als es der Herr von Andrieu dir und deinem Bruder gewesen ist.«
Söhne? Er lauschte dem Klang des Wortes nach und trat ans Fenster. Söhne brauchten eine Mutter. Aber die Frau, die er sich in dieser Rolle vorstellen konnte, liebte seinen Bruder.

## Bruder Simon

*Vienne, Palast des Erzbischofs,*
*22. Oktober 1311*

»Ich habe in so vielen Nächten den verbotenen Traum geträumt, dich in den Armen zu halten, dass ich nun nicht mehr weiß, ob ich wache oder schlafe.«
Simon umfing Violante. Er spürte, dass sie sich an ihn schmiegte. Sie zuckte etwas zurück, als ihre Wange das Gewebe des groben Hemdes berührte.
»Warum tragt Ihr das?«
»Um nie zu vergessen, dass ich ein Sünder bin.«
»Was ist so schlimm an Euren Sünden, dass Ihr sie nicht einfach beichten könnt?«
»Du weißt es. Ich habe deine Eltern auf dem Gewissen und deine Heimat in Schutt und Asche gelegt.«
Er spürte, wie sie den Kopf schüttelte.
»Das sind die Sünden der Väter. Ich will nicht, dass sie weiterhin zwischen uns stehen. Gott ist gnädig. Ihr müsst nicht ein

solch schreckliches Hemd tragen. Er hat Euch sicher schon verziehen.«

Die Stille des kleinen Raumes lag wie dunkler Samt zwischen ihnen. Der Kerzendocht knisterte. Er vernahm ihre schnellen Atemzüge, danach ihre sanfte Stimme.

»Zieht es aus. Darunter ist der wahre Simon. Ich sehne mich danach, ihn kennen zu lernen.«

Sie hob die Hände und streifte rasch die Haube von den Haaren. Ein paar Nadeln klapperten zu Boden. Eine leuchtend helle Strähne fiel ihr über die Schläfe. Simon spürte, wie er in ihren Bann gezogen wurde. Für ihn gab es kein Entkommen mehr.

Violante zog ihn zum Bett, und er ließ es willenlos mit sich geschehen. Wie in Trance verfolgte er ihre Bewegungen, bis sie ebenfalls im Hemd vor ihm stand. Sie strahlte Würde und Entschlossenheit aus.

»Was tust du?«

»Warum fragst du?«

Simon fühlte, wie sich ihre Stärke auf ihn übertrug. Er streifte das Büßerhemd ab und zog sie auf das Lager. Ohne Zögern fanden sich ihre Hände, ihre Lippen.

Es gab weder Scham noch Zurückweichen, als die letzten Hüllen fielen und sie einander Haut an Haut entdeckten. Sie waren nicht mehr Mönch und Begine, sondern eine Einheit von Leib und Seele.

Zeit und Raum lösten sich auf, und ein unendliches Gefühl der Freiheit trug sie fort. Wie von selbst fanden sie zueinander, erfüllt von grenzenlosem Staunen und überwältigt von der Wirklichkeit ihrer Liebe.

Lange danach hielten sie einander stumm und beglückt in den Armen. Nur allmählich fand ihr Bewusstsein in die Realität zurück.

Simon spürte, dass Violante auf ein Wort wartete.

»Sag mir nicht, dass du es bereust«, hörte er sie flüstern.

»Wir wissen beide, dass es nie hätte geschehen dürfen. Aber ich

weiß nicht, was ich bereuen sollte. Meine Liebe zu dir ist grenzenlos, und nur mein Gelübde wird mich wieder von dir trennen. Ich hoffe, ich habe dir nicht wehgetan.«
»Du hast mir nicht wehgetan. Du hast mir das größte Glück meines Lebens geschenkt. Du hast mir gezeigt, dass körperliche Liebe nicht Gewalt bedeuten muss. Glaubst du wirklich, dass es keine Zukunft für uns gibt?«
»Die Kirche wird mich nie freigeben. Durch meine Arbeit für den Heiligen Vater bin ich zum Geheimnisträger geworden. Gleichgültig, wohin ich mit dir fliehe, die Inquisition wird uns suchen, finden und nicht nur mich, sondern auch dich bestrafen. Das werde ich nie zulassen! Bist du damit einverstanden, dass ich mit Mathieu rede?«
Simon hielt inne. Er spürte Tränen auf seiner Brust. Zärtlich strich er ihr über das Haar und küsste sie, betroffen von ihrem Schmerz.
»Ich wünschte, ich könnte dein Leid, das ich mit dir teile, lindern. Wir müssen darauf vertrauen, dass die Zeit es für uns tut.«
Violante befreite sich aus seinen Armen und griff nach ihrem Hemd.
»Bei den Beginen habe ich gelernt, dass wir das Glück in der Pflichterfüllung finden. Es war bis heute leichter für mich, das zu akzeptieren, doch ich will dir vertrauen. Sprich mit Mathieu. Nur, bitte erhoffe nichts Unmögliches von mir, du kennst mich.«
Das Flackern der herabgebrannten Stundenkerze rief ihnen die verrinnende Zeit wieder ins Bewusstsein. Schweren Herzens kleidete auch Simon sich an.
»Ich muss gehen, solange der Palast noch nicht erwacht ist. Kein Mensch darf wissen, dass ich bei dir gewesen bin«, sagte Violante.
»Senk den Kopf«, riet er ihr nach einem letzten Kuss, ehe er sie zur Tür zog. »Und dann bete, dass uns niemand sieht.«

Solange er ihre Hand hielt und ihre Wärme spürte, während sie auf Zehenspitzen durch die Gänge eilten, war noch nicht alles verloren.

Doch kaum hatte Violantes Tür sich hinter ihr geschlossen, umfing ihn tiefe Niedergeschlagenheit.

Langsam durchquerte er den Palast, während über den Bergen im Osten die Nacht dem Morgen wich. Er hatte gesündigt, und doch lehnte er es ab, Beichte und Buße zu tun. Sein Weg führte ihn nicht in die Kapelle, sondern zurück in seine Kammer, die noch von der Aura Violantes erfüllt sein würde.

Als er die Tür öffnete, schrak er zurück. Auf seiner Bettkante saß ein Franziskaner, der mit einem kleinen Gegenstand spielte. Simon erkannte eine von Violantes Haarnadeln.

Zorn und Schuldgefühl stiegen in ihm auf.

»Gott zum Gruße, Bruder. Was tut Ihr in meiner Kammer?«

»Auf Euch warten.«

Der Mönch erhob sich und schob die Hände in die weiten Ärmel seiner braunen Kutte. Auch die Haarnadel verschwand darin.

»Mein Herr, Kardinal Colonna, bittet um ein Gespräch mit Euch. Er erwartet Euch nach der nächsten Sitzung des Konzils in der Seitenkapelle des Doms, am Grab des früheren Burgunderkönigs.«

Ehe Simon auch nur einen Widerspruch formulieren konnte, hatte er den Raum verlassen.

Gütiger Himmel, auch das noch. Gab Colonna denn nie auf? Konnte der Franziskaner etwas entdeckt haben? Prüfend schaute Simon sich um.

Der Raum mit den weiß gekalkten Wänden war kahl. Die Reisetruhe an der Wand enthielt nur seine Ersatzgewänder und wenige Bücher, der Psalter lag auf dem Betstuhl. Der karge Eindruck wurde nur von der halb herabhängenden Bettdecke aufgelockert.

Nun, auch ein Mönch durfte einen unruhigen Schlaf haben und

seine Decken zu Boden werfen. Er hatte gesündigt, aber es gab keinen erkennbaren Beweis dafür.
Wirklich nicht? Was war mit dem feinen Duft, der in der Luft lag? Die Haarnadel?
Sein Herz hämmerte. Würde ein Klosterbruder die richtigen Schlüsse daraus ziehen?

## Zwanzigstes Kapitel

# Ultimatum

### Violante von Courtenay

*Vienne, Palast des Erzbischofs,*
*22. Oktober 1311*

Eudora kauerte auf dem Sitz der breiten Fensternische und schlief. Den Kopf gegen die Mauer gelehnt, die Knie angezogen, glich sie einer dunklen Kugel.

Violante zog die Schuhe aus und schlich leise zu ihrem Bett. Nachdem sie sich lautlos entkleidet hatte, schlüpfte sie ebenso lautlos unter ihre Decke. Nur nicht mit jemandem reden müssen.

Noch spürte sie Simon auf ihrer Haut. Sie zog die Beine an und schlang die Arme um sich, als wolle sie in ihren eigenen Körper kriechen. In ihrem Kopf kreisten wirre Gedanken. So viel hatte sie in den letzten Jahren verdrängt. Jetzt kam es ihr wieder ins Gedächtnis zurück.

Die Flucht nach Brügge. Die Kindheit im Beginenhof. Die Schuldgefühle, die Berthe ihr vermittelt hatte. Wie oft hatte sie in Paris am Fenster gesessen und über ihre Mutter nachgedacht. Warum hatte sie sich einem fremden Mann hingegeben und riskiert, ein uneheliches Kind zu bekommen? Und ihr Vater? War er wirklich ein so gefühlloser, unberechenbarer Wüterich? Welche Umstände hatten ihn so werden lassen?

Ihr Großvater. Er war ein Ungeheuer. Wieder überfielen sie Abscheu und Ekel. Sie hatte sich nicht vorstellen können, sich jemals im Leben einem Manne hingeben zu können.
Warum stiegen all diese Erinnerungen in ihr auf? Versuchte sie einen Grund für ihr Handeln zu finden? Eines wurde ihr klar: Zum ersten Mal hatte sie ihr Leben selbst bestimmt.
Sie streckte die Beine aus, schlug die Decke zurück, legte sich auf den Rücken und machte die Augen auf. Sie war über Nacht eine erwachsene Frau geworden. Sie musste überlegen, wie es weitergehen sollte.
Dass sie nicht mit Simon leben, ihn nie mehr wieder fühlen konnte, war unvorstellbar für sie und ließ sie von Neuem mit Gott hadern. Warum war ihr ein solches Schicksal bestimmt? Warum quälte er sie so? Warum ließ er zu, dass die Kirche unschuldige Menschen verbrannte? Warum wurde Simon so viel abverlangt? Warum? Warum?
Sollte sie in die Kirche gehen und beten? Lieber Gott, du hast alles so gewollt, nun sieh zu, wie es weitergeht. Sie erschrak über ihre eigenen Gedanken. So einfach konnte und wollte sie es sich nicht machen. Nichts von dem Geschehenen bereute sie. Diese eine Nacht mit Simon konnte ihr niemand mehr nehmen. Einmal im Leben war ihr ein besonderes Glück zuteil geworden.
»Gütige Mutter Gottes, wie könnt Ihr einfach im Bett liegen und schlafen? Ich bin fast umgekommen vor Sorge um Euch. Die ganze Nacht habe ich auf Euch gewartet.«
Ein Rascheln ihres Strohsacks hatte Eudora nun doch aufgeschreckt. Violante wurde jäh aus ihren Gedanken gerissen.
»Seid Ihr sicher, dass Ihr Euch nicht täuscht, Schwester?«, fragte sie betont ruhig. »Als ich wiedergekommen bin, habt Ihr fest geschlafen.«
»Ich habe noch die Glocken für die Vigilien um eins gehört«, versuchte sie sich zu verteidigen. »Habt Ihr den Sekretär gesprochen?«

»Ja«, erwiderte Violante. »Aber bitte tut mir einen Gefallen und lasst mich noch schlafen. Ich fühle mich nicht wohl.«
Eudora betrachtete sie nachdenklich und zog sich in eine Ecke zurück.
Eine aufgebrachte Stimme weckte sie viele Stunden später. Pater Étienne forderte energisch, mit ihr zu sprechen.
Sie taumelte eilig auf die Beine, warf sich das Gewand über und stopfte die losen Haare flüchtig unter ihre Haube. Dann eilte sie zur Tür.
Der stechende Blick seiner Augen verhieß nichts Gutes. Trieb ihn ein Verdacht zu ihr? Wusste er von ihrer Nacht mit Simon?
»Was führt Euch zu mir?«
»Ich habe dem Pater gesagt, dass Ihr Euch nicht gut fühlt und die halbe Nacht auf dem Abtritt verbracht habt«, warf Eudora schnell ein. »Ich hoffe, es gibt in diesem Palast eine Kräuterkammer, damit wir Eure Beschwerden behandeln können.«
Violante war gerührt. Die rundliche Begine war nicht nur herzensgütig, sie war auch von schnellem Verstand.
Pater Étienne betrachtete sie und fand, dass sie tatsächlich sehr blass war und dunkle Schatten ihre Augen umgaben.
»Du bist krank? Ich werde dich unverzüglich zum Hospital der Domherren bringen.«
Erleichtert darüber, dass er offensichtlich nichts von ihrem nächtlichen Ausflug wusste, zwang sich Violante zu einer höflichen Antwort.
»Es sind nur lästige Krämpfe, die mich immer befallen, wenn ich unbekannte Nahrung zu mir genommen habe. Ich denke nicht, dass es etwas Schlimmes ist«, entgegnete sie.
»Woher willst du das wissen? Du solltest deine Schwester auf jeden Fall zum Hospital führen«, forderte er Eudora auf.
»Es ist nicht nötig.«
»Seid vernünftig!« Der Pater erstickte Violantes Widerspruch im Keim.
»Zukünftig werde ich nichts mehr für Euch tun können. Die

Beginenhöfe werden aufgelöst«, kam Pater Étienne zur Sache. »Ihr müsst den Heimweg alleine antreten. Ich werde nicht mit Euch kommen, denn ich habe Strasbourg für immer verlassen. Von nun an diene ich dem Heiligen Vater.«
Beide Frauen wechselten einen verblüfften Blick.
»Ihr lasst uns im Stich?«
»Ich tue meine Pflicht an anderer Stelle. Bruder Simon wird sich beim Erzdiakon Seiner Heiligkeit für meine Person verwenden.«
Da sei dir nicht zu sicher, kommentierte Violante die hochtrabende Behauptung stumm. Sie presste die Lippen aufeinander. Sie glaubte jetzt zu wissen, weshalb Simon den Dominikaner in seinen Erwartungen bestärkte. Er wollte ihn davon abhalten, ihr zu schaden, indem er Pater Étienne Hoffnungen machte. Durchdrungen von seiner neuen Wichtigkeit stolzierte er ohne Abschiedsgruß davon.
»Ich wäre wahrhaftig froh, wenn ihm der Sekretär eine Anstellung bei Seiner Heiligkeit beschaffen würde«, platzte Eudora heraus. »Niemand wird böse sein, wenn wir ohne ihn nach Strasbourg zurückkommen. Vielleicht teilt uns sein Abt dann endlich einen Beichtvater zu, der nicht in jeder Frau die Verkörperung der Erbsünde sieht.«
»Wer sagt uns, dass die Beginen von Strasbourg künftig überhaupt noch einen Beichtvater benötigen?«, fragte Violante.
Eudora dachte über ihre Frage nach. »Wenn wir hier keine Aufgabe mehr haben, gehört es sich nicht, länger in der Stadt des Konzils zu verweilen. Wir müssen unsere Heimreise antreten.«
»Strasbourg?«
Als sie den Namen aussprach, wurde Violante klar, dass sie nicht mehr in den Norden zurückwollte. Sogar dann nicht, wenn der Beginenhof zum Turm die stürmischen Zeiten überleben sollte, die ihm bevorstanden. Sie suchte den Blick ihrer Mitschwester.

»Habt Ihr Heimweh nach Strasbourg, oder könntet Ihr Euch vorstellen, auch an einem anderen Ort zu leben?«, erkundigte sie sich vorsichtig.
»Wenn die Höfe aufgelöst werden, meint Ihr?« Eudora setzte sich an ihre Seite und faltete die Hände im Schoss. Sie wusste genau, was sie wollte.
»Auf jeden Fall möchte ich nicht in einem Kloster leben«, beantwortete sie Violantes Frage. »Ich will die Freiheit behalten, über mich selbst zu bestimmen, wie es den Beginen erlaubt ist. Das ist mir wichtiger als der Blick auf den Turm des neuen Münsters. Ehrlich gesagt, würde ich auch gern bei Euch bleiben, Schwester. Ich habe Euch ins Herz geschlossen.«
Ihre Augen trafen sich. Tief in Violante meldete sich die verschüttete Erinnerung an eine kleine Freundin. An Ysée. Das war es. Eudora erinnerte sie an Berthes Tochter, ihre Halbschwester. Sie lächelte.
»In diesem Fall müssen wir versuchen, klüger als Pater Étienne zu sein«, versuchte sie Pläne zu machen. »Bruder Simon wird uns dabei helfen.«
»Seid Ihr sicher, dass es gescheit ist, wenn wir unsere Hoffnungen auf ihn setzen? Er ist ein Mann, und wenn er auf der Seite des Paters steht, kann das wenig Gutes für uns bedeuten. Am Ende ist er auch dafür, uns in ein Kloster abzuschieben.«
»Vertrau mir.«
Violante hielt Eudoras zweifelndem Blick stand. Sie konnte ihr nicht sagen, warum sie sich ihrer Sache so sicher war.
»Die Gottesmänner sind der Ansicht, dass es eine Ehre ist, in ein Kloster aufgenommen zu werden. Wer sagt Euch, dass der Bruder anders denkt? Was habt Ihr von ihm erfahren?«
Was sollte sie darauf antworten? Die Wahrheit? Sie entschied sich für die Wahrheit.
»Ich weiß, dass ich ihm mein Leben anvertrauen kann.«

## Bruder Simon

*Vienne, Kathedrale des heiligen Maurice,*
*23. Oktober 1311*

Es roch betäubend nach Weihrauch. Der Dom hatte sich geleert, und in der Kapelle der heiligen Apollonia waren die Kerzen längst gelöscht worden. Simon wartete auf den Kardinal und zügelte seine Ungeduld.

»Ihr seid pünktlich, Bruder.«

»Monsignore.«

Sein Gruß blieb reserviert. Auf den ersten Blick erkannte er nur den Kardinal. Dann entdeckte er die dunkle Silhouette des Franziskanermönchs, der beim Kapelleneingang an einer alten römischen Säule stand.

Der Kardinal trug die lilafarbenen Handschuhe seines Amtskleides und strich über die Blätterborte am Steinsaum des heiligen Petrus, der zu seiner Rechten aufragte.

»Wie gefällt Euch diese Statue?«, erkundigte sich Colonna wie nebenbei.

»Beeindruckend«, antwortete Simon knapp.

»Sie ist schön, nicht wahr? Schönheit kann uns betören und in ihren Bann ziehen. Man kann sich von ihr verzaubern lassen. Noch beeindruckender ist sicher die natürliche Schönheit. Die Glut eines Sonnenunterganges, das Lächeln einer Frau.«

Er kam zur Sache und fasste seinen Gesprächspartner scharf ins Auge.

»Glaubt nicht, dass ich Euch tadeln will, junger Mann, aber ich hoffe, dass Euch bewusst ist, in welche Gefahr Ihr Euch bringt.«

»Ihr stellt mich vor Rätsel, Monsignore.«

»Tue ich das?« Zwischen den Samtfingern tauchte unverhofft eine silberne Haarnadel auf, an deren Spitze eine kleine Flussperle schimmerte. »Meine Familie hat von jeher eine Schwäche für Silberschmiedearbeiten. Ich nehme mich dabei nicht aus, wenngleich es nicht meine Art ist, die Haarnadeln einer Edelfrau aufzubewahren. Ihr wisst, wo diese hier gefunden wurde?«

»Ihr werdet es mir sicher sagen, Monsignore.«

»Am Fußende Eures Bettes.«

»Ihr lasst mein Lager durchsuchen? Welch absurde Vorstellung.«

»Ihr nehmt Euch nicht wichtig genug. Das ist ein Fehler, mein junger Freund.«

»Ich denke, dass das im Sinne Gottes ist«, gab Simon mit hörbarer Härte zurück.

»Diese Antwort habe ich fast von Euch erwartet.« Kardinal Colonna schloss die Finger um die Nadel, sodass nur der blasse Perlenkopf zu sehen war. »Es geht mir darum, Euch mitzuteilen, dass ich Bescheid weiß. Habt Ihr gedacht, ich erfahre nicht, wo die Dame geblieben ist, deren Pater so unhöflich meine Gastfreundschaft ausgeschlagen hat? Ihre Schönheit ist bestechend, ihr Haarschmuck, wenn auch unaufdringlich, so doch erlesen und mir als Kenner, als den ich mich bezeichnen darf, unvergesslich.«

»Kommt zur Sache, Monsignore.«

»Wie Ihr wünscht.«

Colonna wandte dem heiligen Petrus den Rücken zu und verschränkte selbstgefällig die Hände vor der Brust. Die dunklen Augen fest auf das asketische Gesicht des Mönchs gerichtet, setzte er die ganze Macht seiner voll tönenden Stimme ein.

»Ihr wisst, wie viel mir daran liegt, Einblick in die Korrespondenz Seiner Heiligkeit zu bekommen. Es soll Euer Schaden nicht sein, wenn Ihr mir die nötigen Informationen beschafft.«

»Ich bin kein Verräter, Monsignore.«

»Natürlich nicht. Aber ich hoffe doch, dass Ihr auch kein Dummkopf seid. Violante von Courtenay ist keine Hofdame, sondern eine Begine. Der Priester, der sie begleitet, ist nicht ihr

Kaplan, sondern der Beichtvater der Beginen vom Turm in Strasbourg. Wollt Ihr mehr hören?«

»Ihr droht mir?«

»Ich stelle Euch ein Ultimatum, mein Freund. Arbeitet für mich, und Euer Geheimnis bleibt unter uns. Weigert Ihr Euch, wird man sie der Inquisition übergeben. Eine Begine, die beim Konzil für Unruhe sorgt, liefert Seiner Heiligkeit genau das Argument, das er benötigt, um die zaudernden deutschen Kirchenfürsten von der Dringlichkeit des Beginenverbotes zu überzeugen.«

»Ihr würdet sie dem Scheiterhaufen ausliefern?«

»Ja, und es wäre doch bedauerlich, solche Vollkommenheit zu zerstören. Da seid Ihr gewiss meiner Meinung. Doch es ist besser, ein verirrtes Schaf zu opfern, als die ganze Herde in Gefahr zu bringen.«

Simon wurde übel. Er konnte nur hoffen, dass das Zwielicht der Seitenkapelle seine Blässe verbarg.

»Gebt mir Zeit, über Euer Ansinnen nachzudenken, Monsignore«, erwiderte er tonlos.

Der Kardinal bedachte ihn mit einem langen Blick.

»In fünf Tagen, zum Fest des heiligen Simon, erwarte ich Eure Antwort. Kommt Ihr früher zu einem Entschluss, so lasst es mich wissen.«

Ein spöttischer Funke glomm in den dunklen Augen Colonnas auf, und er fügte geradezu leutselig hinzu: »Ihr könnt schließlich nicht wissen, ob ich ebenso erbarmungslos agiere wie der gute Sciarra.«

»Ihr tragt Samthandschuhe.«

»Nur im Moment, junger Freund.«

Das Gerücht über Sciarra Colonna war Simon bekannt. Angeblich trug er einen Eisenhandschuh, als er Papst Bonifaz in seiner Sommerresidenz, in Anagni, mit einem Faustschlag niederstreckte. Die Tat hatte zur Folge, dass Seine Heiligkeit wenige Tage später im nahen Rom verstarb. Ein Tod, der dem

König von Frankreich sehr gelegen kam. Guillaume von Nogaret, der an der Seite von Sciarra Colonna agiert hatte, brachte dieser Vorfall den Beinamen *le terrible* ein. Kardinal Colonna war ein naher Verwandter von Sciarra Colonna.

»Der Himmel beschütze Euch.«

Colonnas Segen, den er Simon zum Abschied gab, klang ihm wie Hohn in den Ohren.

Der Franziskaner folgte Colonna wie ein Hund.

Simon kehrte an sein Schreibpult im Palast zurück. Selten war es ihm so schwer gefallen. Nur langsam drangen die Worte, die er schrieb, in sein Bewusstsein.

*»Der Papst hat kundgetan, dass dem Großmeister Jacques von Molay zusammen mit der gesamten Körperschaft des Ritterordens, welche, wie vom Papst befohlen, ihre Schandtaten gebüßt haben, Absolution erteilt werde …«*

Seine Feder zitterte, und ein Tintentropfen fiel auf das Pergament. Er musste ihn trocknen und mit dem Federmesser vorsichtig abkratzen, erst dann konnte er fortfahren.

Seine Augen brannten, und die Zeilen tanzten auf und ab. Die Botschaft war eindeutig. Der Papst hielt die Templer für unschuldig, dennoch saßen sie im Kerker.

Simon unterdrückte ein bitteres Lachen. Der König von Frankreich würde die Ordensritter nie freigeben. Er würde stattdessen den Prozess vorantreiben, der Papst Bonifaz VIII. im Nachhinein zum Ketzer stempeln sollte. Clemens V. wollte dies um jeden Preis verhindern, damit weder das Ansehen seines Vorgängers noch das der Kirche geschädigt wurde.

Simon legte die Feder weg. Was grübelte er über die Templer nach. Wenn Colonna die Inquisition auf Violante hetzte, würde man sie noch vor Jacques Molay auf den Scheiterhaufen bringen.

Ein Geräusch ließ ihn aufsehen. Erzdiakon Pellegrue stand vor ihm.

»Ihr seht besorgt aus, was ist geschehen?«

Schweigend reichte ihm Simon das eben fertig gestellte Dokument. Er konnte dem Erzdiakon schlecht sagen, dass sich seine Gedanken um eine Frau drehten.
»Ah, die Zusammenfassung der Verhöre von Chinon.« Der erste Diener und Neffe Seiner Heiligkeit wusste natürlich Bescheid.
»Es macht mich krank, dies zu schreiben«, erwiderte Simon schroff. »Wisst Ihr, wie viele Tempelritter unschuldig an Folter und Feuer gestorben sind?«
»Das Paradies wird sie für ihre Opfer belohnen«, entgegnete der Erzdiakon genau mit den Worten, die auch Seine Heiligkeit gewählt hätte. »Sie haben der Kirche und ihrem Glauben gedient. Beendet Eure Arbeit, Bruder. Ihr seht müde aus, und in solchen Fällen sieht man die Dinge immer ein wenig zu schwarz.«
»Dann wird der Heilige Vater die Templer nicht öffentlich von aller Schuld freisprechen?«
Pellegrue schüttelte den Kopf.
»Das kann er nicht. Die Kirche braucht den König von Frankreich, um ihre Macht zu stabilisieren, sie wird ihn nicht gegen sich aufbringen. Dies sind schwierige Zeiten, Ihr wisst es, Bruder. Vergesst, was Ihr geschrieben habt.«
Nichts wollte er vergessen, nur er musste handeln, und nur eines war für ihn wirklich wichtig: Violante. Mit einem Schlag wurde ihm klar, dass es nur eine Möglichkeit gab, sie in Sicherheit zu bringen. Er musste sich dem Erzdiakon anvertrauen und ihm die Wahrheit sagen. Wer sonst, wenn nicht der Neffe Seiner Heiligkeit, war mächtig genug, Colonna und seinen spionierenden Franziskanermönchen die Stirn zu bieten.
»Habt Ihr Zeit, mir die Beichte abzunehmen, Eminenz?«
Pellegrue bedachte ihn mit einem prüfenden Blick.
»Jetzt?«
»Ich bitte darum.«
Eine stumme Geste lud ihn ein, ihm in die Kapelle des Palastes

zu folgen. Bis er vor dem Altar kniete, hatte er Zeit gefunden, sich zu sammeln und seine Worte zu überdenken. Er war überzeugt davon, dass er das Richtige tat.

Mit leiser Stimme, aber ohne zu stocken, gestand er, gegen das Gelübde der Enthaltsamkeit gesündigt und bei einer Frau gelegen zu haben.

Colonnas Drohungen waren ihm so in die Glieder gefahren, dass er sie Wort für Wort wiederholen konnte.

Pellegrue hörte schweigend zu.

»Bei Gott, was für ein Durcheinander. Beginen, Dominikaner, Franziskaner und am Ende noch Giacomo Colonna persönlich. Was Ihr Euch dabei gedacht habt, brauche ich Euch wohl nicht zu fragen. Colonna am Ende wird Eure strengste Bestrafung fordern. Er ist ein harter, unbarmherziger Mann. Zudem wird er der Versuchung nicht widerstehen können, einen Franzosen anzuklagen.«

»Ich bin bereit, jede Buße auf mich zu nehmen«, erwiderte Simon. »Was geschehen ist, ist allein meine Schuld.«

»Und der Begine.« Pellegrue verbot ihm mit einer Geste, Violante zu verteidigen. »Seit Eva ist das Geschlecht des Weibes der Fluch eines jeden Mannes.«

Simon verschluckte einen Widerspruch. Es hatte keinen Sinn, den Erzdiakon damit zu verärgern, nur er konnte ihm helfen.

»Ihr müsst eine Möglichkeit finden, den Kardinal von ihrer Spur abzubringen«, sagte er leise.

»Warum sollte ich das müssen?«

Pellegrues Miene wurde zunehmend finsterer, während er Simon zuhörte.

»Das habt Ihr Euch ja gut ausgedacht«, knurrte er gereizt, als er geendet hatte. »Ist Euch bewusst, was Ihr für diese eine Sünde opfert? Ist sie das wert?«

»Werdet Ihr mir helfen, Eminenz?«

Die Gegenfrage veranlasste den Prälaten zu einem unwilligen Laut.

»Ich weiß immer noch nicht, warum ich es tun sollte«, erwiderte er ärgerlich.
»Weil Euch daran liegt, dass kein zusätzlicher Skandal dieses Konzil belastet. Weil Ihr nicht wollt, dass die italienischen Kardinäle mit ihren Machenschaften in der Kurie Erfolg haben, und weil es unmöglich ist, einer französischen Edeldame das anzutun, was bei einer Begine noch hingenommen wird.«
»Hört auf«, befahl Pellegrue erbost. »Wenn Ihr mir beweisen wollt, welch klugen Kopf ich verliere, wenn ich Euch folge, könnte ich in meinem Entschluss wankend werden. Ich könnte Rat von meinen Brüdern einholen.«
»Dies ist eine Beichte, Eminenz.«
Ihre Blicke trafen sich. Simon hielt denen des Erzdiakons stand, bis jener ihm ein Zeichen gab, sich zu entfernen. Er vergaß, eine Buße auszusprechen. Vielleicht hielt er die selbst gewählte Buße für ausreichend.

## Mathieu von Andrieu

*Vienne, Herberge »Zur Alten Mühle«,*
*26. Oktober 1311*

Der nächtliche Spaziergang am Ufer des Flusses klärte seinen Kopf. Mathieu sah zur Innenstadt mit der Kathedrale hinüber. Vor den Häusern der Domherren und rund um den Palast des Erzbischofs loderten Fackeln und Feuertonnen. Sie setzten rötliche Punkte in die Dunkelheit, aber wenn der Regen kam, nach dem die Luft bereits roch, würden sie eine nach der anderen erlöschen.
Ob Jean und sein Neffe Dijon schon wieder verlassen hatten? Ohne den Alten und Jeannot kam er sich unerwartet einsam

vor. Bislang hatte er stets geglaubt, auf niemanden angewiesen zu sein, nun wurde er eines Besseren belehrt. Er bekämpfte seine Gefühle, indem er Pläne schmiedete. Jeder Einzelne drehte sich um Andrieu.

Er versuchte sich an die Namen der Pächter und des Gesindes zu erinnern. Der Herr sollte sie alle kennen, richtig einschätzen und einsetzen können. Sie mussten ihm gehorchen, aber ihm lag daran, auch ihren Respekt zu erwerben.

»Ein Silberstück für deine Gedanken. Du würdest es nicht einmal hören, wenn ein Felsbrocken neben dir aufschlägt.« Simons Stimme brachte ihn in die Wirklichkeit zurück.

»Bruder! Es war an der Zeit, dass du dich bei mir sehen lässt. Was ist geschehen? Erzähle. Gab es denn keine Möglichkeit, mir eine Nachricht zu schicken?«

Er umarmte Simon eine Spur zu fest.

»Beherrsche dich, Kriegsknecht. Ich muss mit dir reden.«

»Komm, wir gehen in meine Stube, dort kann uns der Wirt etwas zum Essen bringen. Du klingst aufgebracht. Was hat dich in diesen Zustand versetzt? Plant Seine Heiligkeit einen neuen Kreuzzug gegen die Heiden?«

Simon war nicht in der Stimmung für oberflächliches Geplauder. »Du bist allein? Wo steckt der Waffenmeister?«

»Ich habe ihn nach Andrieu geschickt.«

»Und die anderen Männer?«

»Schlafen oder bevölkern die Schänken von Vienne.«

Der Wirt brachte das Mahl und den Wein. Mit steigender Verblüffung sah Mathieu zu, mit welcher Geschwindigkeit Simon alles verschlang. Die Zeiten bußfertigen Fastens schienen vorüber zu sein.

»Willst du mir sagen, was dich herführt? Gehen dem Erzbischof von Vienne die Nahrungsvorräte für seine Gäste aus?«

»Essen ist das geringste meiner Probleme«, erwiderte Simon trocken und erzählte in knappen Worten die Geschehnisse der vergangenen Tage.

Mathieu ließ sich keine Gefühle anmerken, obwohl ihn der Bericht aufwühlte.

»Wie können wir Violante von Courtenay vor Colonna schützen?«

»Das habe ich bereits veranlasst. Der Erzdiakon Pellegrue hat sie unter den Schutz des Papstes gestellt. Sie kann im Palast bleiben, bis sie sich entschieden hat, wie und wo sie leben will. Am sichersten wäre, sie würde dich nach Andrieu begleiten. Aber ich will es ihr überlassen. Du weißt, wie empfindlich sie auf Anweisungen reagiert. Mit Zwang und Drohung erreicht man bei ihr das Gegenteil.«

»Und was unternimmst du wegen Colonna? Da du dich dem Erzdiakon anvertraut hast, kannst du schlecht für ihn spionieren.«

»Er hat mir bis zu meinem Namensfest Zeit gelassen, mich zu entscheiden. Er wartet ab, weil er denkt, er hätte bereits gewonnen.«

»Dann bleiben dir nur noch zwei Tage.«

Simon wich Mathieus Blick aus, dessen vage Befürchtungen zu konkreten Vermutungen wurden.

»Du hast mir noch nicht alles erzählt, Bruder. Was verlangt der Erzdiakon dafür, Violante vor Colonnas Intrigen zu schützen?«

»Meine absolute Verschwiegenheit sowie meinen fortwährenden Gehorsam. Ich werde schon morgen Vienne verlassen.«

»Du kehrst nach Avignon zurück?«

Simon schüttelte den Kopf.

»Ich schließe mich einer Gruppe von Zisterziensern an, die nach Maillezais aufbricht. Wir werden dort ein neues Kloster für unseren Orden gründen.«

»Maillezais?«

Mathieu hatte noch nie von einer solchen Stadt im Königreich Frankreich gehört.

»Der Ort liegt im Marais Poitevin.«

»In den Sümpfen des Poitou? Zum Henker, was ist das? Eine Verbannung?«
»Eine freiwillige Entscheidung. Pellegrue unterstützt die Bemühungen, dort ein Kloster zu gründen, denn Seine Heiligkeit wünscht die Anzahl der Abteien in Frankreich zu vergrößern. In den poitevinischen Mooren werden mich weder Colonna noch seine Franziskaner finden. Es ist abgelegen, unbekannt und einsam.«
»Ganz davon zu schweigen«, pflichtete ihm Mathieu sarkastisch bei, »dass dich das Sumpffieber in seinen Klauen haben wird, ehe du dort eintriffst. Du bist in den Bergen und Wäldern am Doubs aufgewachsen, wie kannst du sie gegen die Ödnis der Sümpfe am anderen Ende des Königreiches eintauschen? Hast du den Verstand verloren?«
»Im Gegenteil, ich habe meinen Verstand wiedergefunden. Ich werde fort sein, ehe Colonnas Ultimatum abläuft. Meine Anwesenheit ist eine Gefahr für Violante.«
Mathieu fand dennoch keinen Gefallen an diesem Plan.
»Kannst du dem Erzdiakon wirklich vertrauen? Was hindert ihn daran, Violante nach deiner Abreise der Inquisition auszuliefern?«
»Seine Ehre. Pellegrue ist ein redlicher Mann, der sein Bestes gibt, auch wenn er einem schwachen Papst dient. Da weder Violantes Existenz noch meine Verfehlungen die Macht des Papstes in Gefahr bringen, können wir seiner Hilfe sicher sein.«
Es machte ganz den Anschein, als müsse er seine weiteren Zweifel für sich behalten. Er sah es Simon an, dass seine Entscheidung unumstößlich war. Auch nach dem Überfall auf Courtenay hatte er ihn nicht davon abhalten können, ins Kloster zu gehen.
»Was hörst du aus Paris?«, versuchte Simon seinen Bruder abzulenken.
»Es könnte sein, dass uns der König an den Hof zurückbefiehlt.«

»Je früher du aus seinen Diensten scheidest und nach Andrieu gehst, umso besser.«
Simon goss den Weinbecher wieder voll und hob ihn zum stummen Gruß für den Älteren.
»Du begräbst alle Hoffnungen auf Glück und Freiheit. Willst du es dir nicht noch einmal überlegen, Simon?«
Mathieus Stimme klang deutlich rauer als sonst.
»Ich habe keine andere Wahl. Aber ich werde in der Gewissheit leben, dass du immer für Violante da sein wirst. Glaube mir, ich weiß, was in dir vorgeht. Und dass auch du ihr zugetan bist. Was ich getan habe, ist nicht aus Leichtsinn geschehen. Meine Liebe zu Violante ist mächtiger als Gott. Wenn ich sie nicht in Gefahr brächte, würde ich es ihr beweisen und für sie sterben.«
Simon fasste nach der Hand seines Bruders und griff mit der freien Linken unter sein Skapulier. Er brachte ein gefaltetes Dokument mit schwerem Siegel zum Vorschein und schob es über den Tisch.
»Das ist ein offizielles Schreiben des Erzdiakons. Er bittet dich darin, die Dame Violante von Courtenay und ihre Dienerinnen unter deine Obhut zu nehmen und auf ihrer Reise nach Hause zu begleiten. Damit können sie den Palast jederzeit verlassen. Ich bete darum, dass Violante dich nach Andrieu begleitet.«
»Das hat Pellegrue unterschrieben?«
»Mit eigener Hand, nachdem er es mir diktiert hat.«
»Was sagt der Zwerg von Pater dazu?«
Ein Grinsen flog über Simons Gesicht.
»Um den musst du dich nicht länger sorgen. Auch er wird eine Aufgabe erhalten, die ihn von Violante fern hält.«
»Bei Gott, ich kann mir nicht vorstellen, dass Violante deine Pläne gefallen.«
»Sie kennt sie nicht. Sie wird erst von ihnen erfahren, wenn ich Abschied nehme. Wir müssen es schon jetzt tun. Gott schütze dich, Bruder.«
Simon stand auf und ging, gefolgt von einem stummen Mathieu,

die Treppe hinunter. Erst draußen auf der Straße blieb er noch einmal stehen und umarmte ihn mit jäher Heftigkeit.
Beiden wurde bewusst, dass sie sich nie wiedersehen würden. Sie kämpften mit den Tränen.
»Sei besorgt um Violante.« Das Nachtlicht verbarg Simons Züge und verlieh seinen Worten bestürzende Eindringlichkeit. »Sie ist mutig und stark, sie wird auch diese Trennung überwinden. Bleibe bei ihr, auch wenn du nicht verstehen kannst, warum wir diese Sünde begangen haben.«
Die Dunkelheit verschluckte ihn, ehe Mathieu antworten konnte. Er sah ihm aufgewühlt nach.
Unruhig streifte er umher und landete bei Odysseus. Das Streitross begrüßte ihn mit leisem Schnauben. Er legte die Stirn an den warmen Pferdehals und haderte mit sich selbst.
»Ich hätte ihn nicht gehen lassen sollen, mein Freund. Mir ist nicht wohl bei dem Gedanken, dass er sich in die Fänge von Kardinälen und Erzdiakonen begibt.«
Der Schmerz um den neuerlichen Verlust seines Bruders ließ den Gedanken an Violante noch nicht aufkommen.
Der Destrier schnupperte auf der Suche nach einem Leckerbissen am Wams seines Herrn. Aber dieses Mal fand er weder einen Apfel noch ein Stück Rübe. Nur einen Mann, der in seiner Einsamkeit und Verzweiflung Trost suchte.

## Einundzwanzigstes Kapitel

# Abschied

### Bruder Simon

*Vienne, Abtei Saint-André-le-Bas,*
*27. Oktober 1311*

Die fünf Mönche in der grauen Zisterzienserkutte sahen auf, als Simon das Gästehaus der Abtei betrat. Es verging eine Weile, bis einer von ihnen das Wort ergriff.

»Wir suchen ein Leben in Abgeschiedenheit, unter harten äußerlichen Bedingungen, in der Verbindung von Arbeit und Gebet. Für uns ist das der einzige Weg, der zu Gott führt. Wenn Ihr diese Ziele teilt, so seid Ihr uns willkommen, Bruder.«

»Ich danke Euch, dass Ihr mich aufnehmt«, erwiderte Simon schlicht.

»Was hat Euch dazu bewogen, zum Leben eines einfachen Zisterzienserbruders zurückzukehren?«

Simon überlegte eine Weile. Offensichtlich hatte Pellegrue ihnen nicht viel erzählt. Es galt, die Wahrheit zu sagen, ohne zu viel zu sagen.

»Ein jeder von uns soll Gott so dienen, wie es seinen Fähigkeiten entspricht. Meine Talente reichen nicht aus, die Kirchenpolitik und die diplomatischen Bemühungen Seiner Heiligkeit zu fördern.«

Der Zisterzienser akzeptierte die Antwort mit einem dünnen

Lächeln. »Wir werden für Euch beten, dass Ihr die richtige Entscheidung getroffen habt, Bruder. Wenn wir uns auf den Weg machen, gibt es für Euch kein Zurück.«

»Dessen bin ich mir bewusst. Ich werde morgen mit Euch abreisen. Darf ich mich jetzt verabschieden, ein paar Dinge müssen noch erledigt werden.«

Würde es ihm vergönnt sein, Frieden zu finden? Den Glauben an die Kirche hatte er verloren, aber vielleicht gelang es ihm, im Gespräch mit Gott zur Ruhe zu kommen und zum rechten Glauben zurückzufinden. Auf einmal erfasste ihn eine tiefe Sehnsucht, diese genügsame Frömmigkeit wieder leben zu können. Nur in Fontenay hatte er sich Gott wirklich nahe gefühlt.

Sein Herz wurde schwer, wenn er an den Abschied von Violante dachte.

Als er in den Palast zurückkehrte, sah er Pater Étienne unruhig vor seiner Kammertür auf und ab laufen. Er stürzte sich förmlich auf ihn.

»Gott zum Gruße, Bruder. Ich muss Euch meinen Dank überbringen. Ich bin morgen zur Audienz beim Erzdiakon bestellt. Es ist wegen der Anstellung, nicht wahr? Wisst Ihr schon mehr darüber?«

Simon betrachtete den stämmigen Dominikaner, er glühte vor Ehrgeiz und sah sich schon mit Ehren überhäuft. Was war er doch für ein erbärmlicher Wicht.

»Es ist nicht meine Sache, dem Erzdiakon vorzugreifen«, sagte er ruhig. »Seine Eminenz wird Euch sagen, was Euch erwartet. Denkt daran, ihm respektvoll zu begegnen. Er schätzt es nicht, wenn man ihn unterbricht und seine Entscheidungen kritisiert. In den abgelegenen Klöstern der Pyrenäen finden sich einige kluge Köpfe, die es gewagt haben.«

»Sorgt Euch nicht. Unser Abt in Strasbourg hat mich Gehorsam und Demut gelehrt.«

Vor allem Demut, dachte Simon und öffnete seine Tür.

»Entschuldigt mich.«

Nachdem er die Tür wieder geschlossen hatte, weiteten sich seine Augen.

»Du?«

Violante erhob sich von seinem Betstuhl. Ihre gefalteten Hände lösten sich. Beide achteten sorgsam darauf, Abstand zwischen sich zu wahren.

»Ich muss mit dir sprechen«, sagte sie mit angestrengter Stimme. »Meine Gefährten drängen, mit Ausnahme von Eudora, auf eine Rückkehr nach Strasbourg. Ich kann sie nicht mehr lange hinhalten.«

Simon betrachtete sie. Sein ganzer Körper brannte. Nachdem er Mathieu verlassen hatte, hatte er das Gefühl verspürt, zur Ruhe zu kommen; bei ihrem Anblick ging der Kampf wieder von vorne los. Es war zum Verrücktwerden.

»Violante, wir müssen stark sein. Wir wissen beide um unsere Liebe, aber jetzt ist der Augenblick gekommen, wo wir uns für immer verabschieden müssen. Hast du dir Gedanken über deine Zukunft gemacht?«, brachte er mit Mühe über die Lippen.

»Ich will nicht wieder von einem Ort zum nächsten geschickt werden«, antwortete sie knapp. »Strasbourg bedeutet mir so wenig wie Paris oder Brügge. Die Zeiten, da ich den Weingarten für mein Zuhause gehalten habe, sind längst vorbei.«

»Ich wünschte, du würdest mit Mathieu nach Andrieu gehen«, stieß Simon heraus. »Ich wüsste dich so gerne behütet und in Sicherheit.«

»Während du selbst ... wo ... bist?«

Die Betonung ihrer Worte bewies ihm, dass sie die Situation längst begriffen hatte. Sie wusste, dass dies ihr Abschied war.

»Frag mich nicht.« Mit wenigen Schritten war er bei ihr und hielt ihre verkrampften Finger in den seinen.

»In Avignon?«

Er sah ihr an, dass sie die Frage eigentlich gar nicht stellen wollte.

Sie kämpfte gegen ihr Herz an. Sie wollte ihren Kummer vor ihm verbergen.

»Ich verlasse meinen Dienst bei Seiner Heiligkeit«, sagte er ohne Umschweife. »Es sind Dinge geschehen, die es nicht zulassen, dass ich länger bleibe.«

»Bin ich daran schuld?«

Die winzige Pause vor dem letzen Wort und das Zittern ihrer Lippen verrieten sie. Sie fürchtete seine Antwort. Er fasste ihre Hände fester.

»Nein, es hängt mit dem italienischen Kardinal Colonna und mit innerkirchlichen Konflikten zusammen. Du musst dir keine Gedanken darüber machen.«

Er sagte ihr nicht die Wahrheit, damit sie keine zusätzliche Bürde zu tragen hatte. Sie blieb dennoch argwöhnisch.

»Kardinal Colonna hält mich für eine Verwandte des Königs. Es muss ihn seltsam anmuten, dass ich im erzbischöflichen Palast verschwunden bin. Hat er etwas herausgefunden?«

Simon unterdrückte eine unwillige Bewegung. Warum war sie nicht wie andere Frauen? Arglos und bereit zu glauben, was ein Mann sagte?

»Vergiss den Kardinal«, sagte er eine Spur zu schroff. Er spürte ihr Zusammenzucken und setzte hinzu: »Er kann weniger denn je für dich tun. Auch Pater Étienne braucht dich nicht länger zu beunruhigen. Er erhält neue Aufgaben, die seine ganze Kraft und Frömmigkeit erfordern werden.«

Violante befreite ihre rechte Hand und legte sie auf Simons hagere Wange, während er weitersprach.

»Ich kann nicht nach Avignon zurück. Ich muss von der Bildfläche verschwinden. Ich werde eine Gruppe Zisterziensermönche an das andere Ende des Königreiches begleiten. Wir wollen ein neues Kloster errichten.«

Er verschwieg ihr absichtlich den Namen der Stadt, in deren Nähe dieses Kloster errichtet werden sollte. Mathieus Reaktion hatte ihm gezeigt, dass es besser war, nicht zu viel offen zu

legen. Die zärtliche Berührung auf seiner Wange endete, dafür legten sich zwei Finger auf seine Lippen und verhinderten, dass er weitersprach.
»Du willst es mir nicht sagen. Gut. Ich will dich nicht noch länger quälen. Du hast mir genügend Glück für ein ganzes Leben geschenkt. Ich werde es wie einen Schatz hüten und dich an jedem Tag in meine Gebete einschließen. Der Himmel behüte deine Schritte.«
Sie trat zurück, und Simons Hand griff ins Leere. Ein schwerer Atemzug entrang sich seiner Brust.
»Wirst du mit Mathieu nach Andrieu gehen?«
»Ich weiß es noch nicht.«
Er bekämpfte den Impuls, sie an den Schultern zu packen und zu schütteln.
»Du hast noch ein paar Tage Zeit, es zu überlegen. Der Erzdiakon hat mir zugesichert, dass du mit den Frauen im Palast bleiben kannst, bis das Konzil zu Ende ist. Spätestens dann musst du dich entscheiden.«
»Der Erzdiakon weiß von mir?«
Simon nickte. »Die Sorge um dein Wohlergehen habe ich jedoch meinem Bruder anvertraut. Wenn du nach Strasbourg zurückwillst, wird er …«
»Nein. Die beiden anderen Mönche und eine Schwester werden heimkehren. Eudora bleibt bei mir, egal, wie meine Entscheidung ausfällt.«
Es gab nichts mehr zu sagen. Stumm sahen sie sich noch einmal in die Augen, und jeder empfand den Schmerz des anderen.
Nur ein Schritt, bohrte eine lästige Stimme in seinem Kopf. Ein Schritt, dann kannst du sie in den Arm nehmen und küssen. Sie wird dir nicht widerstehen. In ihren Armen warten Leidenschaft und Vergessen auf dich. Wer erfährt es schon, dass du ein letztes Mal gesündigt hast?
»Leb wohl«, sagte er mit steifer Haltung. »Ich liebe dich mehr als mein Leben, und es wird kein Tag vergehen, an dem du

nicht in meinem Herzen und in meinen Gedanken bist. Aber ich wünsche dir, dass du eines Tages die Kraft finden wirst, mich zu vergessen.«

Violante konzentrierte ihre ganze Kraft, aber eine Träne rann ihr trotz allem langsam über die Wange. Sie machte keinen Versuch, sie fortzuwischen. Sie wandte sich um und verließ stumm die Kammer.

Simon ging zum Betstuhl und vergrub das Gesicht in seinen Händen. Nichts, was künftig geschah, würde je wieder so bedrückend und qualvoll für ihn sein. Dessen war er sich sicher.

## Violante von Courtenay

*Vienne, Herberge »Zur Alten Mühle«,*
*3. November 1311*

Die Vorstadt von Sankt Martin war eng und laut. Das Klappern der Mühlen mischte sich mit dem Lärm aus Werkstätten und den Stimmen der Männer, die auf den Mauern arbeiteten, um die Stadtbefestigung auszubauen. Vienne war ein Spielball der Mächtigen. Mal gehörte die Stadt zu Burgund und dann wieder zum Heiligen Römischen Reich Deutscher Nation, während gleichzeitig die Krone von Frankreich mit seinem Besitz liebäugelte.

Die Mauern wurden auch während des Konzils hochgezogen. Violante und Eudora mussten mehrmals schweren Lastkarren mit Steinen aus dem Weg gehen, bis sie endlich die Herberge »Zur Alten Mühle« am Ufer des Gère erreichten. Am Eingangstor fragte Eudora nach dem Gesandten des Königs von Frankreich.

»Der Seigneur empfängt keine Weiber«, behauptete der Soldat

und sah auf die rundliche junge Frau herab, die für ihre Herrin das Wort führte.
»Der Seigneur wird dich erschlagen, wenn du ihm nicht auf der Stelle meldest, dass die Dame von Courtenay ihn zu sprechen wünscht.«
Eudora verfiel problemlos in den Ton, mit dem sie die säumigen Webergesellen ihres Mannes zur Arbeit getrieben hatte. Der Bewaffnete zog voll Unbehagen die Schultern hoch.
»Wartet hier«, bellte er und verschwand ins Haus.
»Na bitte.« Zufrieden lächelte sie Violante an.
Schon nach kurzer Zeit eilte Mathieu herbei.
»Es ist zwar gewagt, Madame. Aber ich bin froh, dass Ihr den Mut gefunden habt, mich aufzusuchen. Auch ich habe schon versucht, den Kontakt mit Euch aufzunehmen.«
»Erst heute konnte ich mein Quartier verlassen, ohne unziemliche Aufmerksamkeit zu erregen.«
»Ich war in Sorge um Euch. Folgt mir. Wir werden zum Fluss hinuntergehen.«
Der strenge Tonfall hätte ihr fast ein Lächeln entlockt, während Eudora erschrocken im Hintergrund blieb.
»Ihr seid allein?«
Er nickte. »Ich habe Jean nach Andrieu geschickt. Ich gedenke nach Hause zu reiten, sobald mich der König von meinen Aufgaben befreit. Werdet Ihr mich begleiten?«
Wie üblich kam er ohne Umschweife zur Sache.
»Ich will in Vienne bleiben. Es ist hier so gut wie in jeder anderen Stadt, wenn die vielen Geistlichen erst einmal fort sind.«
»Damit war Simon einverstanden?«
»Das habe ich nicht behauptet. Er hat mir die Entscheidung überlassen, und ich habe sie getroffen.«
Sie wappnete sich gegen seinen Widerspruch. Sie sah, wie wenig es ihm gefiel, dass sie das schützende Dach von Andrieu ablehnte. Er misstraute ihrer Fähigkeit, auf eigenen Beinen zu stehen.

»Erspart Euch die Mühe, mich von diesem Plan abzubringen«, sagte sie, ehe er seine Argumente vorbrachte. »Es ist mir künftig versagt, als Begine zu leben, aber ich will nicht auf meine Freiheit verzichten. Nur als Witwe mit eigenem Hab und Gut kann ich ein ähnlich freies Leben führen. Schon in Strasbourg hat man mich für eine solche gehalten. Lassen wir es dabei. Eudora wird an meiner Seite bleiben. Wir bedürfen lediglich Eurer Hilfe bei der Suche nach einer passenden Unterkunft. Ich dachte an ein kleines Haus, mit einem Stück Garten, am Rande der Stadt. Abseits vom großen Getriebe, aber doch im Schutze ihrer Mauern.«

»Zum Donnerwetter!«

Sie erhob keinen Protest, und Mathieu entsann sich schnell wieder seiner guten Manieren. Dennoch klang seine Stimme scharf, als er die Hindernisse aufzählte, die einem so närrischen Unternehmen seiner Meinung nach im Wege standen.

»Eine Witwe, das ist lächerlich! Wessen Witwe? Und wovon wollt Ihr in dieser Hütte leben? Wer wird Euch beschützen und für Euch sorgen?«

»Wir kehren nicht mehr in das Beginenhaus zum Turm zurück, also steht uns beiden das Vermögen zu, das wir dort eingebracht und durch unsere Arbeit vermehrt haben. Auch hierfür wollte ich Euch um Unterstützung bitten. Sicher kennt Ihr einen vertrauenswürdigen Boten, der uns unseren Besitz nach Vienne bringt. Damit können wir unseren Bedarf befriedigen. Zudem beabsichtigen wir zu arbeiten. Es liegt uns beiden nicht, die Hände in den Schoß zu legen.«

»Euer Plan scheint festzustehen, Ihr habt ja schon an alles gedacht.«

Mit einem Ruck blieb er vor ihr stehen und legte seine ganze Autorität in die Waagschale.

»Mein Bruder hat mir die Sorge um Euch anvertraut. Ich werde nicht zulassen, dass Ihr Eure absurden Vorsätze verwirklicht.«

»Ihr seid weder mein Vater noch mein Bruder oder mein Mann. Ihr besitzt keinerlei Befehlsgewalt über meine Person.«

»Bei Gott, man sollte Euch …«

Ihr Blick brachte Mathieu mitten im Satz zum Verstummen. Er erinnerte sich daran, dass Simon ihn gewarnt hatte, ihren Trotz durch Widerspruch zu wecken. Vor ihm stand nicht mehr die kleine Ysée, sondern Violante. Stolz und ohne eine Spur von Trauer hatte sie ihm ihren Entschluss mitgeteilt.

»Entschuldigung, ich vergaß mich.«

»Werdet Ihr uns helfen?«

»Euch stehen alle Wege offen. Ihr seid eine Frau von Geblüt, und Eure Schönheit öffnet alle Herzen. Wie wäre es, wenn Ihr Euch an den Herzog von Burgund wendet? Seine Gemahlin wird Euch mit Freuden unter ihren Damen aufnehmen.«

»Der Herzog wird versuchen, mich zu vermählen. Aber ich will keinen Gemahl. Ihr wisst, warum.«

Sie sah, wie sich die grauen Augen verdüsterten. Unsichtbar und doch präsent stand Simons stille Gestalt zwischen ihnen. Wo würde er sich befinden? Nein, sie durfte nicht darüber nachsinnen. Sie musste versuchen, ihn zu vergessen. Es war sein Wunsch.

»Wollt Ihr einem Traum die Treue halten?«

Es war kein Traum. Violante musste nur die Augen schließen, und schon spürte sie wieder seine Zärtlichkeit. Entschlossen verschränkte sie die Arme vor der Brust und hob das Kinn. Ihre Körperhaltung war eindeutig.

»Ein kleines Haus mit Garten und zwei Webstühle, mehr brauchen wir nicht.«

»Webstühle?«

»Eudora beherrscht die schwierige Kunst des Schleiertuchwebens. Sie wird mich anleiten. Vienne ist groß und wohlhabend genug. Der Bedarf an feinem Schleiertuch ist vorhanden.«

»Schleiertuch!« Mathieus Stimme kippte. »Womöglich wollt Ihr auch noch Flachs anbauen?«

»Das ist nicht nötig. Eudora hat in Erfahrung gebracht, dass die Händler ausreichend gesponnenes Garn in jeder Qualität liefern können. Im Hinterland von Vienne gibt es viele Bauern, die Flachs anbauen und verarbeiten. Wir benötigen nur ein wenig Geld für den Anfang.«
Mathieu rang erkennbar um Beherrschung. »Überlegt es Euch gut. Wenn ich die Stadt verlassen habe, ist niemand mehr da, der Euch beisteht, wenn Ihr in Schwierigkeiten geratet. Von der Kirche könnt Ihr keine Hilfe erwarten.«
Sie ging nicht darauf ein, sondern zog ein Pergament aus der Tasche ihres grünen Wollgewandes und reichte es ihm.
»Dies ist eine Vollmacht, die Eudora und ich gemeinsam unterzeichnet haben. Wenn Euer Bote sie der Meisterin des Hauses zum Turm bringt, wird sie ihm unseren Anteil des Beginenvermögens aushändigen. Es sollte bald geschehen, ehe die Kirche ihre gierige Hand danach ausstreckt.«
Mathieu begriff, dass ihr Entschluss unverrückbar feststand. Er resignierte.
»Ich werde versuchen, Eure Wünsche zu erfüllen, auch wenn es mir schwer fällt. Versprecht mir, dass Ihr vorsichtig seid. Ihr befindet Euch hier auf heißem Boden. Die Dominikaner haben überall ihre Spitzel. Achtet auf jedes Wort, besonders in geschlossenen Räumen. Sollte ein Dominikaner in Erfahrung bringen, dass Ihr Beginen seid, ist Euch die Inquisition sicher. Da Ihr fest an Gott glaubt, hoffe ich, dass er Euch beschützt. Wir sehen uns noch, Violante von Courtenay.«
Sie erwiderte seine Worte mit einem schmerzlichen Lächeln und wandte sich zum Gehen.
Eudora murmelte einen Gruß, knickste hastig und mühte sich, ihrer Herrin zu folgen, die eilig davonstrebte. Als sie wenig später die Treppen zum großen Dom hinaufstiegen, protestierte sie jedoch gegen Violantes Ungestüm.
»Ihr werdet all das Schleiertuch alleine weben müssen, wenn Ihr mich zuvor zu Tode hetzt.«

Violante sah das hochrote Gesicht, hörte die keuchenden Atemzüge und merkte, dass sie in ihrer Erregung gar nicht an Eudora gedacht hatte.
»Verzeiht mir.«
»Ihr wart sehr mutig«, schnaufte Eudora kurzatmig. »Mein Gemahl hat mich geschlagen, wenn ich ihm widersprach.«
»Euer Gemahl hat Euch geschlagen?« Violante schluckte und merkte, dass sie nur sehr wenig von dem Leben wusste, das die andere geführt hatte, ehe sie sich den Beginen im Haus zum Turm angeschlossen hatte. »Ihr wart verheiratet?«
»Sechs schlimme Jahre war ich es. Mein Vater hat mich mit fünfzehn dem Leinweber Jakob Burkar gegeben. Er war drei Jahrzehnte älter als ich. Ich habe der Heiligen Jungfrau auf Knien gedankt, als er starb.«
Violantes Erinnerung an brutale männliche Gewalt wurde gegenwärtig. Sie hatte Pit Cornelis fast vergessen. Die Zeit und Simon hatten die Wunde in Vergessenheit geraten lassen. Spontan legte sie den Arm um die Schultern der anderen.
»Kein Mann wird künftig Macht über uns haben. Und was Mathieu von Andrieu betrifft, er bellt, aber er beißt nicht. Er war nur so aufgebracht, weil er weder für seinen Bruder noch für mich etwas tun kann.«
»Es bekümmert Euch sehr, dass Bruder Simon fort ist, nicht wahr?«
»Ich will nicht darüber sprechen.«
»Das ist ein Fehler. Es erleichtert die Seele, wenn man sich jemandem anvertraut. Ihr habt mir zwar nichts erzählt, aber ich habe erkannt, dass der Pater und der Ritter Brüder sind. Die Ähnlichkeit liegt nicht im Äußeren.«
Lieber Himmel, schoss es ihr durch den Kopf.
Wieso war ihr diese Ähnlichkeit noch nie aufgefallen? Es erklärte plötzlich die Vertrautheit, die sie in Mathieus Gegenwart fühlte.
»Habt Ihr Bruder Simon gekannt, als er noch kein Mönch

war?«, fragte Eudora zunehmend neugieriger. »Wie dumm ich doch war, dass ich auf der Rhône dachte, es ging Euch um die Aufmerksamkeit des Ritters. Ihr wolltet ihn nach seinem Bruder fragen, nicht wahr?«

## Mathieu von Andrieu

*Vienne, Palast des Erzbischofs,*
*12. Dezember 1311*

Die breite Marmorbank im Garten des erzbischöflichen Palastes glänzte nass und kalt, die Bäume reckten ihre kahlen Zweige in den Winterhimmel. Mathieu fragte sich, wer ihn zu einem so ungastlichen Treffpunkt bestellt haben mochte. Violante? Seit ihrem letzten Treffen hatte er nichts mehr von ihr gehört, und jeden Morgen fragte er sich aufs Neue, wie es ihr wohl erging. Wie immer es um Simon und Violante stand, es hatte ihn nicht zu kümmern. Sein Amt in Vienne ließ ihm ohne die Anwesenheit des Königs viel zu viel Zeit, über alles nachzudenken.

»Verzeiht meine Verspätung!«

Mathieu schreckte hoch. Verblüfft starrte er die junge Frau an, die ihm kaum bis zur Brust reichte, wenngleich sie ihn im Umfang überlegen war. Es musste Eudora sein.

»Ihr habt mir den Jungen mit der Nachricht geschickt?«, fragte er erstaunt. »Was ist geschehen? Bringt Ihr mir eine Botschaft von Violante?«

»Nein, im Gegenteil, sie wäre sehr böse, wenn sie erfahren würde, dass ich mich an Euch wende. Sie will nicht, dass wir Euch unnötig belästigen.«

»Was ist passiert? Hat es mit Kardinal Colonna zu tun?«

»Aber nein, auch von ihm haben wir nichts mehr gehört, seit wir unter dem Dach des Erzbischofs wohnen.«

Eudora rang die Hände. Sie sprach hastig weiter, und ihre Worte überschlugen sich förmlich. »Ich wollte Euch fragen, ob Ihr schon etwas wegen des Hauses und wegen unseres Vermögens unternommen habt? Wir sind tatenlos zum Warten gezwungen. Violante verlässt das Gemach nicht mehr. Sie sitzt da und starrt den ganzen Tag aus dem Fenster. Es ist von Übel, dass ihr so viel Zeit bleibt, über ihren Kummer nachzudenken.«

»Welchen Kummer?«, fragte Mathieu wider besseres Wissen. Ihm war unklar, wieweit Eudora Violantes Geheimnisse teilte.

»Ich weiß nicht genau, was sie bedrückt, aber ich sehe, dass sie Hilfe braucht. Wir müssen aus diesem Palast mit seinen Priestern, Mönchen und Prälaten heraus. Die Atmosphäre erdrückt sie, aber sie ist zu stolz, Euch um Hilfe zu bitten. Es ist höchste Zeit zu handeln, Seigneur.«

»Geht es ihr denn schlecht?«, fragte er zögernd.

»Sie schläft kaum, betet zu viel und will nicht zugeben, dass sie sich grämt. Sie wird mit jedem Tag durchsichtiger und bleicher. Ich fürchte um ihre Gesundheit.«

Mathieu tat einen tiefen Atemzug und kam zu einem Entschluss. »Ihr sollt Euch nicht umsonst an mich gewandt haben, Schwester. Ich will versuchen, die Sache zu beschleunigen.«

»Ich bin keine Schwester mehr«, widersprach Eudora mit hörbarem Stolz. »Ich bin jetzt die Kammerfrau der Dame von Courtenay.«

»Eine Dame, die künftig Schleiertuch weben will. Seid Ihr sicher, dass das klug ist?«

»Auch feine Damen sitzen am Spinnrad oder am Webrahmen«, entgegnete Eudora heiter. »Ihr werdet sehen, es hilft ihr. Besser sie hat wunde Finger als ein wundes Herz.«

Mathieu musste sie unwillkürlich anlächeln. Noch nie war er einem so fürsorglichen, warmherzigen Menschen begegnet.

»Das Schicksal hat es gut gemeint mit Violante, als sie Euch gefunden hat.«

Er verneigte sich respektvoll vor ihr.
Eudora knickste im Gegenzug und bekam hochrote Wangen. Schon im Weggehen, rief sie noch einmal über die Schulter: »Sagt Ihr nicht, dass wir miteinander gesprochen haben. Es würde ihr Vertrauen in mich erschüttern.«
»Habt Dank, Eudora.«
Tief in Gedanken schritt er zur Gartenpforte und bemerkte zu spät, dass sich sein Weg mit dem des Erzdiakons Pellegrue kreuzte. Zähneknirschend entbot er seinen Gruß.
»Wie schön, dass ich Euch abseits des Zeremoniells treffe«, begann Pellegrue und verbarg die Hände in den weiten Ärmeln seines Gewandes. »Vermisst Ihr Euren Bruder? Mir geht es ähnlich. Simon war so etwas wie mein Gewissen. Sein Blick verriet mir jedes Mal, ob ihm meine Pläne missfielen. Er war der ehrlichste und vertrauenswürdigste Mensch in meiner Umgebung. Es fiel ihm schwer, Dinge auszuführen, die er mit seinem Gewissen nicht vereinbaren konnte. Ihr seid ihm ähnlicher, als ich dachte. Bringt Euch das nicht auch manchmal in Konflikt mit den Aufträgen Seiner Majestät?«
»Von Fall zu Fall …«
In einträchtigem Schweigen gingen sie nebeneinander den Weg entlang, bis sie an der Balustrade standen, die den Blick über die Stadt und den Fluss erlaubte. Die Kuppen der Berge verschwanden in den Wolken, und die alles überragende Festung auf dem Mont Pipet war nur zu erahnen. Ihr Burgherr war einer der Domherren von Vienne, das Château de la Batie auf dem daneben liegenden Mont Salomon gehörte dem Erzbischof von Vienne. Die geistlichen Herren dieser Stadt waren gleichzeitig Krieger.
»Sagt mir ehrlich«, wandte Pellegrue sich an ihn. »Beabsichtigt der König überhaupt, in Vienne zu erscheinen?«
»Ihr habt seine Briefe sicher gelesen.«
»Briefe!« Pellegrue verzog verächtlich den Mund. »Pergament ist geduldig. Niemand weiß das besser als ich. Welchen Sinn

sieht Seine Majestät darin, dieses Konzil Monate für Monate in die Länge zu ziehen? Wird er das Weihnachtsfest mit uns feiern? Trifft er überhaupt noch eigene Entscheidungen, oder wird das Land längst von Nogaret und dem Finanzminister regiert?«

»Täuscht Euch nicht«, sagte Mathieu nach kurzem Zögern. »Dass Seine Majestät seine Ratgeber nach ihren Fähigkeiten und nicht nach ihrem blauen Blut aussucht, ist kein Zeichen von Schwäche, sondern von Klugheit. Alle Edikte und Anordnungen tragen das Siegel seines Willens.«

»Und was wünscht der König noch von der Kirche? Der Heilige Vater hat in allem nachgegeben. Die Namen der hundertzwanzig Erzbischöfe, Bischöfe und Äbte, die in diesem Konzil beraten, stehen auf der Liste des Königs und sind in erster Linie Franzosen.«

»Der König wird ohnehin nur Entscheidungen akzeptieren, die in seinem Sinne ausfallen.«

Das flüchtige Stirnrunzeln des Erzdiakons erregte Mathieus Argwohn.

»Gibt es Neuigkeiten?«

»Keine guten. Die Versammlung der kirchlichen Würdenträger hat beschlossen, die Schuldfrage der Templer müsse noch einmal überprüft werden. Der Ausschuss hält die vorliegenden Beweise für mangelhaft. Er verlangt dringend die ausführliche Anhörung der Beklagten.«

»Das wird der König nicht zulassen.«

»Das sehe ich auch so.« Pellegrue suchte seinen Blick. »Mir liegt daran, die Templerfrage zu einem Ende zu bringen. Seine Majestät hat keinen Zweifel daran gelassen, welche Entscheidung er von der Kirche erwartet. Der Papst fürchtet nun seine Reaktion. Er ist zwar bereit, dem Wunsch des Königs zu folgen, aber er benötigt das Einverständnis der Kurie dafür. Es müssen neue Beweise erbracht werden, die von den Prälaten anerkannt werden können.«

Mathieu verstand die Forderung hinter den Sätzen. Pellegrue regte die Gründung eines königlichen Gremiums an, das diese Beweise zutage fördern sollte. Er selbst konnte natürlich keinen solchen Vorschlag machen, und so bediente er sich Mathieus. Beiden war bewusst, dass Pellegrue Simon nicht uneigennützig geholfen hatte. Jetzt erwartete Pellegrue eine Gegenleistung.

»Ihr könnt Euch meiner Diskretion sicher sein, Eminenz«, versprach Mathieu bedächtig und überlegte fieberhaft, welche Zugeständnisse er machen durfte. »Die Nachricht, dass der König das Weihnachtsfest in Saint Denis feiern wird, habe ich vor ein paar Tagen erhalten. Er erwartet dort meinen Bericht. Verlasst Euch auf mich, ich habe Eure Botschaft verstanden und werde eine Möglichkeit finden, sie bei Hofe zu Gehör zu bringen. In jedem Fall werde ich Euren Ratschlag vortragen, ohne Euch zu erwähnen.«

Beide sahen sich in die Augen und fanden die Gewissheit, dass sie sich aufeinander verlassen konnten.

»Und noch eine Bitte«, fügte Pellegrue hinzu. »Ihr müsst die beiden jungen Frauen mitnehmen, wenn Ihr abreist. Ich will nicht dazu gezwungen werden, mich offiziell mit ihnen zu befassen.«

»Ihr habt meinem Bruder versprochen …«

»Bis zum Weihnachtsfest, nicht länger.«

»Ich werde mich darum kümmern«, antwortete Mathieu notgedrungen.

»Gut. Ich habe als Freund zu Euch gesprochen. Ich gehe davon aus, dass ich mich in Euch nicht täusche.«

Mathieu sah Pellegrue nach, als er über die gekiesten Wege zum Palast ging.

Der Kopf schwirrte ihm.

## Zweiundzwanzigstes Kapitel

# Hoffnung

### Violante von Courtenay

*Vienne, Palast des Erzbischofs,*
*13. Dezember 1311*

Violante hörte das Geräusch, mit dem die Glut in das eiserne Becken rollte, das ganz in der Nähe ihres Lagers stand. Eudora hatte in der Küche des Palastes einen Eimer heiße Holzkohle geholt. Seit der Nebel des Nachts vom Fluss in die Stadt hinaufstieg, war ihre Kammer morgens eiskalt und klamm.

»Bleibt liegen, bis es ein wenig warm ist«, vernahm sie nun Eudoras wohl gemeinten Rat. »Heute ist der Tag der heiligen Luzia, und man friert sich die Nasenspitze ab, wenn man sie aus der Tür streckt. Vielleicht gelingt es mir, aus der Küche ein paar Köstlichkeiten für unsere Morgenmahlzeit zu organisieren. Vom Sonntagsmahl der geistlichen Herren bleibt meist etwas übrig.«

Violante antwortete nicht. Seit geraumer Zeit kämpfte sie jeden Tag vor dem Aufstehen gegen eine unerträgliche Übelkeit an. Es war so schlimm, dass sie nur mit Mühe den Abtritt erreichte, bevor sie sich übergeben musste. Nach einiger Zeit ließ der Brechreiz jeweils wieder nach, sie fühlte sich kerngesund und litt nur noch unter plötzlichem Hunger. Ganz merkwürdige

Gelüste, die sie vorher nie gekannt hatte, stellten sich bei ihr ein. Sie grübelte seit Tagen, was es sein könnte; eine Krankheit, der Kummer um Simon oder doch eine Strafe Gottes?
Abend für Abend hoffte sie, es möge am nächsten Morgen vorbei sein. Mit Eudora hatte sie bisher nicht darüber gesprochen, obwohl sie sich vermutlich wunderte, dass sie in der Frühe, ohne ein Wort zu sagen, aus der Tür eilte.
Heute, am Tag der heiligen Luzia, schaffte sie es nicht mehr rechtzeitig, bis zum Abtritt zu kommen. Sie übergab sich in die leere Waschschüssel und kauerte noch davor, als Eudora aus der Küche wiederkam.
»Um Himmels willen, was fehlt Euch?«
»Ich weiß es nicht. Es tut mir schrecklich leid. Aber ich konnte es nicht mehr zurückhalten.«
Violante richtete sich auf und hielt sich an der Tischkante fest. Der Raum drehte sich ihr vor Augen.
»Ihr seht aus wie ein Gespenst.«
»Es geht vorbei«, winkte Violante ab. »Es ist noch jeden Tag vorübergegangen.«
»Euch ist seit Tagen übel?«
Jetzt wurde Eudora blass. Sie ließ sich auf den nächsten Hocker sinken, bekreuzigte sich mechanisch und murmelte ein Gebet.
»So schlimm ist es nun auch wieder nicht«, protestierte Violante. »Du musst nicht gleich alle Heiligen um Beistand anflehen. Lass mich die Schüssel entleeren und bring mir bitte Wasser.«
»Ich kann beides erledigen. Habt Ihr auch andere Beschwerden?«
»Nein. In einer halben Stunde ist alles vorbei. Vielleicht bin ich nur etwas müder als sonst, und meine Brüste spannen ungewohnt.«
»Der Himmel steh uns bei. Was habt Ihr getan? Wie konntet Ihr zulassen, dass er Euch anrührt?«
»Wovon redest du?«
Ein höchst unbehagliches Gefühl stieg in Violante auf. Sie

wusste nicht, warum sich Eudora so erregte. Sie hatte erkennbare Mühe, sich zu fassen und nicht grob zu werden.
»Ihr bekommt ein Kind. In der Mitte des Sommers vermutlich, wenn es die Nacht war, nach der Ihr mir weismachen wolltet, ich hätte Eure morgendliche Rückkehr verschlafen.«
Violante starrte sie an.
»Ich täusche mich nicht. Die Anzeichen sind unverkennbar. Ich hätte schon viel früher Verdacht schöpfen müssen. Aber ich habe mir diesen Gedanken wohl einfach verboten.«
Sie bückte sich mit grimmigem Gesicht nach der Schüssel und wandte sich zur Tür.
»Legt Euch nieder, bis Ihr Euch besser fühlt. Wir können nachher weiterreden.«
»Aber wie kommst du darauf, dass ich ein Kind erwarten könnte?«
»Ich habe selbst zwei Kinder zur Welt gebracht. Sie sind tot. Keines hat länger als ein paar Stunden gelebt«, sagte Eudora kurz und schlug die Tür hinter sich zu.
Die Gedanken überschlugen sich in Violantes Kopf. Sie war wie von Sinnen. Nicht einen Herzschlag lang hatte sie angenommen, dass aus der Verbindung mit Simon ein Kind erwachsen könnte. Die eigene Ahnungslosigkeit machte sie sprachlos.
Ein Kind? Es war völlig undenkbar, unverheiratet, für jeden sichtbar ein Kind auszutragen. Was sollte sie tun? Es wollte ihr nicht in den Kopf, das Unmögliche zu Ende zu denken. Sie war doch selbst noch ein Kind. Zwar hatte sie schon schreckliche Dinge erlebt, aber plötzlich schien ihr, sie sei gleichwohl immer beschützt worden, und nun sollte sie plötzlich Verantwortung für neues Leben übernehmen, einem Kind Schutz bieten, dem sie unter den schlechtesten aller Bedingungen das Leben schenken würde?
In ihrer Ratlosigkeit stiegen ihr die Tränen in die Augen. Als sie sich lösten und ihr Gesicht überströmten, ergriff sie ein

hemmungsloses Schluchzen, das ihren ganzen Körper erfasste. Es schien, als weine sie für alle Trauer, die sie erfahren hatte, und indem sie sich weinend dieser Trauer hingab, wurde sie sich auch des Glückes bewusst, das ihr zuteil geworden war. Der Schutz, der ihr im Beginenhof gewährt worden war, die Sorge, die Mathieu ihr bot, die Liebe, die ihr Simon geschenkt hatte. Die Liebe, der sie dieses Kind verdankte.

Als löse sich ein Krampf in ihr, stieg mit einem Mal ein unbändiger Wille in ihr auf.

Sie trug ein Kind von Simon!

Der Angst und der Ratlosigkeit folgte reine Freude.

Gütiger Gott und Vater, ich danke dir. Ich werde meine ganze Kraft für dieses Kind einsetzen.

Eudora fand sie reglos, mit geschlossenen Augen und gefalteten Händen auf dem Rücken liegend. Sie glich einer Sarkophagfigur aus Stein.

»Barmherziger Himmel …«

Violante hob die Lider und lächelte in das kalkweiße runde Gesicht. Eudora bekreuzigte sich unzählige Male hintereinander.

»Habt Ihr mir einen Schrecken eingejagt. Im ersten Augenblick dachte ich wirklich, der Schlag hätte Euch getroffen.«

»Wie du siehst, ich lebe, und es ist wunderbar.«

Violante setzte sich auf und schlang die Arme um den Leib, bereit, ihr Kind schon jetzt gegen alle Widerstände der Welt zu verteidigen.

»Ihr seid wahrhaftig völlig durcheinander.« Eudora rang die Hände, und Violantes Gelassenheit schürte ihren Zorn zusätzlich. »Was ist wunderbar daran, ein Kind zu erwarten, mit dessen Vater Ihr nicht ehelich verbunden seid? Ihr bringt einen Bastard zur Welt. Das Kind eines Mönchs, der nicht einmal zur Stelle ist, um die Verantwortung für die Sünde zu tragen. Hätte ich Euch doch nie in diese Kammer geführt.«

Violante lächelte bei dieser Erinnerung, und Eudora setzte ihre gereizte Aufzählung eine Spur lauter fort.

»Ihr könnt das Kind weder im Palast des Erzbischofs auf die Welt bringen, noch in diesem Haus, das wir bisher gar nicht besitzen. Ein jedes Neugeborene im Stadtgebiet muss christlich getauft und in die Kirchenbücher eingetragen werden. Wen wollt Ihr als Vater angeben? Wer wird für Euch und das Kleine sorgen? Wenn uns die Zunft der Weber von Vienne jemals anerkennen soll, müssen wir einen untadeligen Lebenswandel vorweisen. Man wird Euch verachten und eine Dirne nennen.«

Obwohl Violante keine Lösung hatte für all diese Schwierigkeiten, ließ sie sich von ihnen nicht verwirren. Sie schwang die Füße über den Rand des Bettes und richtete sich auf.

»Versprich mir, dass du keiner Menschenseele etwas von diesem Kind sagst. Und schon gar nicht, dass Bruder Simon etwas damit zu tun hat.«

»Also ist er tatsächlich der Vater?«

»Ja. Ich habe nie einen anderen Mann geliebt.«

»Was habt Ihr vor?«

»Ich muss darüber nachdenken. Vertrau mir, ich werde für uns alle eine Lösung finden.«

»Wollt Ihr denn das Kind behalten? Es wäre besser, Ihr würdet zu einer Kräuterfrau gehen.«

Violante schien ihr an die Gurgel springen zu wollen.

»Was willst du damit sagen?« Violante fixierte sie aus funkelnden Augen. »Dieses Kind ist alles, was mir von Simon bleiben wird. Es gibt meinem Leben einen Sinn. Ich werde ihm all die Liebe schenken, die sein Vater von mir nicht annehmen darf.«

»Je nun.« Eudora verzog den Mund. »Ich versuche ja Eure Entscheidung zu verstehen. Aber was wollt Ihr tun?«

»Mich ankleiden«, erwiderte sie sachlich. »Gib mir bitte das graue Kleid mit dem grünen Bandschmuck aus der Truhe und die feine Schleierhaube mit dem Gebende. Ich muss mich zum Kirchgang rüsten.«

»Zum Kirchgang? In die Kapelle des Palastes?«

»Nein, ich möchte Pellegrue nicht in die Arme laufen. Wenn er mich ansieht, habe ich jedes Mal das Gefühl, er würde mich am liebsten in die Hölle schicken. Nenn mir ein Gotteshaus, in das jedermann gehen kann.«

»Notre Dame de la Vie, die Stadtpfarrkirche von Vienne. Man hat sie der Mutter Maria gewidmet, in heidnischen Zeiten war sie einmal die Cella eines römischen Tempels. Die Bürger von Vienne schätzen sie, weil sie eine der ersten christlichen Kirchen war, aber die Domherren und Bischöfe fürchten wohl noch immer den Ruch des Heidentums.«

Eudora betrachtete Vienne bereits als ihre künftige Heimat. Sie hatte sich schon ausführlich in der Stadt umgesehen.

»Gut. Wenn du mir beim Ankleiden geholfen hast, läufst du in die Herberge ›Zur Alten Mühle‹ und sagst dem Seigneur von Andrieu, dass ich ihn bitte, mich in dieser Kirche zu treffen. Wenn es ihm möglich ist, noch vor der Sext um zwölf Uhr.«

»Und wenn er mich fragt, weshalb es so eilig ist?«

»Dann habe ich dir den Grund nicht anvertraut.«

»Ob er mir das glaubt?«

»Wenn er seine Zweifel hat, wird er sie für sich behalten. Er ist ein sehr diskreter Mensch.«

Das Kirchenschiff von »Notre-Dame de la Vie« lag im Halbdunkel. Violante kam dieser Umstand gelegen. Das ewige Licht verbreitete schwachen, rötlichen Schein über dem Altar, und zwei dicke Opferkerzen flackerten im Luftzug. Lediglich durch die offene Tür und die kaum handbreiten Fensternischen fiel ein wenig zusätzliches Licht. Sie wählte einen weit entfernten Platz im tiefsten Schatten und kniete zum Gebet auf die eiskalten Steinquader.

Sie fürchtete, Mathieu würde mit dem gleichen Entsetzen wie Eudora auf ihre Nachricht reagieren. Nur mühsam bewahrte sie die Ruhe, während sie auf ihn wartete und die Mutter Gottes darum bat, sie die richtigen Worte finden zu lassen.

In der nach Weihrauch duftenden Stille des eigenartigen, rechteckigen Gotteshauses horchte sie gebannt in sich hinein. Konnte sie das neue Leben schon spüren? Besaß sie Kraft genug, für dieses Leben zu sorgen?
Mit einem Male erinnerte sie sich an ihren kleinen Bruder, wie er bleich und leblos im Arm ihrer Mutter gelegen hatte. Aber auch Eudoras tote Kinder und die Geschichten, die ihr bei den Beginen zu Ohren gekommen waren, weckten neue Ängste in ihr.
Nein, sie durfte sich nicht in Panik versetzen lassen!
Herr, ich habe keine Wünsche für mich, aber ich bitte dich, behüte dieses Kind, damit ich es im Arm halten und lieben kann. Lass nicht zu, dass ihm Böses geschieht und dass es in Gefahr kommt, betete sie.
In der Stille der Kirche glaubte sie ihren eigenen Herzschlag zu hören und eine Stimme, die ihr sagte, es gibt nur einen wirklich sicheren Platz für dich und dein Kind: Andrieu.
Simon würde wünschen, dass sie dort Schutz suchte, damit sein Sohn oder seine Tochter in Andrieu zur Welt kam und dort in Sicherheit aufwuchs. Mathieu wollte ohnehin, dass sie ihn begleitete, wenn er nach Hause ging.
Bisher hatte sie Mathieu uneingeschränkt beschützt, aber mit einem Mal befielen sie Zweifel. Die Gesellschaft verachtete eine Frau, die sich einem Mann hingab, ohne dass die Kirche ihren Bund gesegnet hatte. Bei einer Begine und einem Mönch war es gar schwere Sünde.

## Bruder Simon

*Ein Karrenweg hinter Poitiers,*
*13. Dezember 1311*

Simon nahm die Unbilden des Winters mit stoischer Gelassenheit hin. Regen und Graupelschauer wechselten sich ab. Des Nachts war es inzwischen so kalt, dass die dünnen Decken, in die sie sich in ihren einfachen Quartieren hüllten, ihnen kaum Wärme gaben. Jeden Morgen erhoben sie sich steif gefroren, um ihre Reise fortzusetzen.

Unter einem grauen Himmel bot das flache Land des nördlichen Poitou keinen Schutz gegen den unablässig pfeifenden Wind. Die wenigen Baumgruppen beugten sich bizarr verformt nach Osten, und der Nebel legte gespenstische Schwaden um sie. Die Mönche kämpften sich schweigend durch die karge Landschaft.

Sogar Pater Étienne war ruhiger geworden. Wäre es nach ihm gegangen, sie hätten schon in Clermont den Schutz einer Abtei aufgesucht und den Winter abgewartet.

»Es kann nicht im Sinne des Herrn sein, dass wir auf den Landstraßen ertrinken oder erfrieren«, hatte er den Aufbruch zu verhindern versucht.

»Ihr kennt den Befehl«, war Simons ruhige Antwort gewesen. Die Aussicht, der mächtige und geachtete Abt eines Dominikanerklosters im Westen des Königreiches zu werden, hatte Pater Étienne zwar so manche Mühsal ertragen lassen, aber seine ständigen Klagen begleiteten sie dennoch.

»Es ist mir ein Rätsel, warum wir nicht zu Pferd unterwegs sein können oder wenigstens mit einem Maulesel«, murrte er auch jetzt vor sich hin.

»Es ist ein Zeichen unserer Demut vor dem Herrn«, erwiderte der älteste Zisterziensermönch, der sich nur selten zu einer Antwort an den Dominikaner hinreißen ließ.

Simon sah, dass sich Pater Étiennes Gesicht verzog. Ein klein wenig Schadenfreude überkam ihn. Die Träume des Paters von einer Abtei wie jener in Toulouse oder gar in Avignon schienen sich allmählich zu verflüchtigen. Je weiter sie in die Landschaft des Marais mit ihren sumpfigen Flächen und schwankenden Knüppeldämmen vordrangen, umso besorgter wurde sein Blick.
»Ich bin der Abt eines Klosters am Ende der Welt«, ächzte er.
»Ihr seid der Abt der Dominikaner von Maillezais. War es nicht genau das, was Ihr Euch stets gewünscht habt? Ein Kloster zu leiten, die Freiheit, Entscheidungen zu treffen und die Macht Eures Ordens zu stärken?«
Simon hielt dem bohrend hellen Blick des Dominikaners stand. Von seiner Selbstsicherheit und seiner wohlgenährten Gestalt waren im Laufe der Reise nicht mehr viel übrig geblieben.
»Hat Euch der Erzdiakon Pellegrue gesagt, wie viele Brüder mein Kloster hat?«
»Der Erzdiakon hat die Angelegenheit allein mit Euch besprochen«, entgegnete Simon.
Pater Étienne verstummte wieder.
Simon ahnte, dass er angestrengt darüber nachdachte, was wohl auf ihn zukommen würde. Sein übergroßer Ehrgeiz hatte ihm den Blick für die Wirklichkeit verstellt. Die Idee, dass dieses von ihm ersehnte Amt eine Strafversetzung sein könnte, war ihm nie in den Sinn gekommen. Pellegrue hatte ihn ans Ende der Welt verbannt. Erst jetzt fiel ihm auf, dass er in seiner Begeisterung übersehen hatte, sich in Vienne hinlänglich Aufklärung geben zu lassen.
»Es war töricht von mir, keine Einzelheiten zu erfragen«, gestand er verdrießlich ein. »Ich hoffte, sie von Euch zu erfahren.«
»Mein Befehl lautet nur, Euch bis zu den Dominikanern von Maillezais zu begleiten. Dort werden wir uns verabschieden. Meine Brüder und ich, wir beabsichtigen, unsere erste Enklave

fern jeder menschlichen Ansiedlung zu errichten. Von Maillezais aus werden wir weiter in die Sümpfe vordringen und uns einen passenden Ort dafür suchen.«

Die nächsten Tage führten ihre Wege über Pfade, die zunehmend sumpfiger wurden. Sie kamen nur mühsam voran, weil sie fast bis zu den Knöcheln im Schlamm versackten. Die Gegend wurde immer öder. Sie begegneten keiner Menschenseele mehr. Nachts hockten sie dicht aneinander gedrängt im Freien. Morgens richteten sie sich nach dem Stand der Sonne, um nicht die Orientierung zu verlieren.

Erst in unmittelbarer Nähe der Stadt zeigten sich vereinzelte Anzeichen menschlichen Lebens. Aufgeschüttete Dämme, gerade Kanäle und sorgsam bearbeitete kleine Felder waren dem Marschland abgerungen worden.

Der abgelegene Ort war mit einer Stadtmauer umgeben, und die Wächter schenkten den fremden Mönchen keine sonderliche Aufmerksamkeit.

Das Kloster erkannten sie an der kleinen Kapelle, um die sich das Haus der Mönche, ein Stall, eine Scheune, ein winterlich kahler Obstgarten und abgeerntete Gemüsebeete gruppierten. Bis auf das Backhaus waren alle Gebäude aus Holz errichtet, und ein hoher Palisadenzaun sicherte die Ungestörtheit der frommen Gemeinschaft. Simon zog am Glockenstrang neben dem Eingangstor und vermied es, Étiennes Blick zu begegnen.

Das dünne Gebimmel der kleinen Schelle am anderen Ende des Seils lockte den Bruder Pförtner erst nach geraumer Zeit herbei. Sein weißes Ordenskleid wies ihn zweifelsfrei als Dominikaner aus.

Simon wandte sich an den fassungslosen Pater.

»Eure Ernennungsurkunde wird Euch bei Euren Brüdern ausweisen. Wir müssen Abschied voneinander nehmen. Der Himmel segne Eure Arbeit in Maillezais.«

»Abschied? Wartet! Es muss ein Scherz sein. Gegen diese Hütten ist unser bescheidenes Kloster in Strasbourg ein Palast.«

»Aber dort seid Ihr nicht der Abt.«
»Ihr spottet.«
»Nein, Bruder, Ihr täuscht Euch. Der Erzdiakon hat Euch in diese Stadt gesandt, weil er gewiss ist, dass Euer Ehrgeiz ausreicht, dieses bescheidene Kloster zu einer großen Abtei auszubauen. Habt Ihr den Auftrag Seiner Eminenz nicht verstanden?«
»Pellegrue sagte Poitiers. In der Nähe von Poitiers, aber das hier ist das Ende der Welt.«
»Es liegt an Euch, daraus einen zentralen Ort der Christenheit zu machen. Die Abtei von Poitiers hat es auch geschafft, in Kirchenkreisen einen hohen Rang einzunehmen. Selbst der Papst hat dort residiert und sich mit dem König getroffen.«
Der Pater sah Bruder Simon ungläubig an. War das seine Überzeugung? Er glaubte ihm kein Wort. Er begriff, dass Pellegrue ein böses Spiel mit ihm getrieben hatte. Sie waren beide in die Diaspora geschickt worden, nur mit dem Unterschied, dass dies für Bruder Simon in seinem Sinne war, während man ihn im Ungewissen gelassen hatte.
Resigniert trat er über die Schwelle. Simon sah ihm nach, bis das Tor zufiel, dann reihte er sich in die Gruppe der Zisterziensermönche ein, die ihren Weg fortsetzte.
In Gedanken sprach Simon Pellegrue für dessen geniale Entscheidung seine Anerkennung aus. Die unbedeutende Abtei und der abgelegene Ort erfüllten ihren Zweck. Violante war vor ihm sicher. Kein Dominikaner aus den Zentren der Macht würde sich hierher verirren. Pater Étienne war für die Außenwelt verschollen.
Die Erinnerung an Violante und die kurzen Stunden ihres gemeinsamen Glücks machten ihn stark für sein zukünftiges Leben. Wenn er nicht mit ihr zusammenleben konnte, lag ihm nichts an dem Ort seines Aufenthaltes. Sollten es ruhig die Sümpfe des Poitou sein.

## Mathieu von Andrieu

*Vienne, Stadtpfarrkirche Zur Lieben Frau,*
*13. Dezember 1311*

Warum hatte Violante ihn ausgerechnet hierher bestellt? Angestrengt suchend wanderten Mathieus Blicke durch das Dunkel der Kirche.

Er entdeckte sie neben einem Pfeiler auf einer Steinbank sitzend. Das Grau ihres Kleides verschmolz mit den Steinen der Mauer. Langsam ging er auf sie zu und setzte sich neben sie. Seine Stimme verriet Anspannung.

»Was ist geschehen? Habt Ihr Eure Pläne erneut geändert? Ich wünschte, Ihr würdet endlich Vernunft annehmen.«

Für den letzten Satz hätte er sich am liebsten auf die Zunge gebissen. Belehrung und Widerspruch erzeugten Gegenwehr bei ihr. Er musste das endlich begreifen.

Aber Violante nahm die Ermahnung ungewohnt friedfertig hin. Sie wendete langsam den Kopf und sah ihn an.

»Seigneur, ich bin froh, dass Eudora Euch erreicht hat, und möchte Euch ganz herzlich für Euer Kommen danken. Ich habe meine Pläne geändert, aber nicht aus eigenem Willen. Ich muss meine Pläne ändern. Ich will Euch keine Rätsel aufgeben. Ich erwarte von Eurem Bruder ein Kind.«

Violante schwieg. Sie gab Mathieu Zeit, die Mitteilung zu verarbeiten, ehe sie ihm ihre Bitte vortrug.

Mathieu hielt den Blick unverwandt auf die gefalteten Hände, die auf seinen Knien ruhten. Er nahm die Neuigkeit wortlos hin. Nach einer Weile brach Violante die Stille.

»Ich weiß nicht, wie Ihr darüber denkt, aber ich hoffe inständig, dass Ihr mich versteht und mir helft. Es war auch für mich nicht leicht. Nachdem ich jedoch den ersten Schrecken überwunden hatte, wurde ich von einem großen Glücksgefühl übermannt. Simons Kind wächst in mir heran. Es wurde in

übermenschlicher Liebe gezeugt. Es ist mein Wille, dass Simon in diesem Kind weiterlebt. Meine ganze Zukunft wird auf sein Wohl ausgerichtet sein, und deshalb werde ich mit Euch nach Andrieu kommen, denn ich möchte, dass dieses Kind unter Eurem Schutz heranwachsen kann. Werdet Ihr das zulassen?«
Mathieu ergriff ihre Hände, ohne sich um ihr Zurückweichen zu kümmern.
»Wie könnt Ihr das fragen? Es ist Simons Kind. Ihr wisst nicht, welche unerwartete Freude Ihr mir mit dieser Nachricht bereitet.«
»Freude?«
Er hörte Violante die Zweifel an.
»Freude«, bestätigte er eindringlich. »Mein Bruder bedeutet mir ebenso viel wie Euch. Seit er fort ist, fühle ich mich, als hätte ich einen Teil meiner selbst verloren. Ich habe erneut versagt, ihn zu beschützen.«
»Aber nein, was redet Ihr?« Sie lehnte sich nicht länger gegen ihn auf, sondern erwiderte den Druck seiner Hände. »Was hättet Ihr schon tun können?«
»Ich habe versagt«, beharrte er auf seinen Selbstvorwürfen. »Schon damals, als wir diesen verhängnisvollen Angriff auf die Burg Eures Vaters planten, hätte ich darauf bestehen sollen, dass er zu Hause bleibt. Er war zu jung, zu empfindsam, zu edelmütig. Das sinnlose Blutvergießen hat ihn in Panik versetzt und nach Fontenay in die Arme der Kirche getrieben. Ich hätte ihn davon abhalten müssen. Ich ahnte, dass ihn sein reiner Glaube früher oder später mit der Institution Kirche in Konflikt bringen würde.«
»Ihr könnt nicht alle Verantwortung der Welt auf Eure Schultern laden.«
Mathieu war sich nicht bewusst, dass er Violante mit seinem kräftigen Händedruck Schmerzen bereitete. Sie ertrug es schweigend, denn seine Stärke versprach ihr Schutz und Trost.
»Es gab nur zwei Menschen in meinem Leben, die mir alles be-

deuteten. Mein Vater und mein Bruder. Ich habe beide verloren. Mit diesem Kind bekommt mein Dasein vielleicht wieder einen Sinn. Es ist Simons Sohn!«

»Es könnte auch ein Mädchen sein.«

Er beachtete ihren Einwurf nicht. Er senkte die Stirn auf ihre verschränkten Hände, und es war ihm einerlei, dass Violante die Tränen spürte, die er sich verbot und dennoch weinte.

»Simons Kind«, wiederholte er erschüttert.

Er vermochte nicht zu sagen, wie lange sie beide reglos gesessen hatten. Jeder erfüllt von den Gedanken an Simon, der am anderen Ende des Königreiches nichts von all dem ahnte, das hier in Vienne geschah. Dann hob er plötzlich den Kopf.

»Ihr werdet mich heiraten.«

»Nein.«

Die Antwort erfolgte so schnell aufeinander, dass sie beide verstummten und sich ansahen.

Wieder war Mathieu in den gleichen Fehler verfallen. Es war falsch, eine Forderung zu stellen.

»Lasst dieses Ungeborene nicht unter den Folgen Eurer Entschlossenheit leiden«, mahnte er jetzt behutsam. »Es braucht einen Namen und einen Vater. Ebenso wie Ihr einen Gatten braucht, wenn es nicht das verächtliche Dasein eines Bastards führen soll.«

Sie wich seinem Blick aus, um ihm zu zeigen, dass sie all diese Gründe selbst schon überdacht hatte.

»Ich kann es nicht«, vernahm er ihre gepeinigte Stimme. »Es wäre ein Treuebruch. Ich liebe Simon. Ich darf sein Andenken nicht verraten ...«

Der nicht vollendete Satz bewies ihm, wie sehr sie mit sich selbst im Kampf lag, doch er zweifelte keinen einzigen Augenblick daran, dass sie am Ende das tun würde, was für das Kind am besten war.

»Eines weiß ich sicher, Simon würde unsere Heirat billigen. Hat er Euch nicht meiner Obhut anvertraut? Denkt Ihr, es

wäre in seinem Sinne, diesem Kind den Namen Andrieu zu verweigern?«
»Ihr quält mich!«
»Nichts liegt mir ferner. Ich werde Euch niemals bedrängen, aber Ihr müsst die Entscheidung treffen, und es eilt. Je weniger Zeit zwischen unserer Eheschließung und der Geburt liegt, umso glaubwürdiger wird es, dass ich der Vater des Kindes bin. Ein Bastard besitzt kein Recht. Denkt daran, Ihr schenkt vielleicht dem künftigen Erben von Andrieu das Leben.«
Sie vergrub das Gesicht in den Handflächen, und Mathieu berührte besänftigend ihren schmalen reglosen Rücken. Wie oft würde er sie noch trösten müssen, wenn sie um Simons Verlust weinte?
Würde dies künftig sein Leben sein? Violantes Trauer und Sehnsucht mit ansehen zu müssen, ohne sie lindern zu können? Nein, dies war nicht der Zeitpunkt für Eifersucht. Er musste einen klaren Kopf bewahren und Entscheidungen treffen.
»Schon morgen werden wir Vienne verlassen. Befehlt Eurer Kammerfrau zu packen und richtet Euch darauf ein, dass wir nach Sonnenaufgang aufbrechen. Wir werden auf dem Fluss bis Chalon reisen. Es dauert vielleicht ein wenig länger, aber es verkürzt die Zeit, die Ihr im Sattel verbringen müsst.«
Er spürte, wie sie sich aufrichtete.
»So schnell?«, hörte er sie verzagt fragen.
Er schüttelte den Kopf.
»Unser erstes Ziel ist St. Denis. Der König will das Christfest in der dortigen Benediktinerabtei verbringen. Er hat mich zum Bericht geladen, und ich benötige zudem sein Einverständnis, die Dienste bei ihm zu quittieren, um das Lehen von Andrieu übernehmen zu können.«
Violante erhob sich.
»Ich werde alles in die Wege leiten. Die Reise wird mir Zeit lassen, mich an den Gedanken einer Heirat mit Euch zu gewöhnen.«

## Dreiundzwanzigstes Kapitel

# Ziele

### Mathieu von Andrieu

*In der Kathedrale von Sens, 25. Dezember 1311*

Mathieu betrachtete das erstaunte Gesicht Violantes, die sich nach dem Segen des Erzbischofs von Sens erhoben hatte und langsam aus der Kathedrale schritt.

»Der Reichtum dieses Gotteshauses macht mich staunen«, flüsterte sie gedämpft, und ihre Kopfbewegung umfasste das dreischiffige Kircheninnere und seine verschwenderische Ausstattung. »So prächtig ist nicht einmal der große Dom von Notre-Dame in Paris geschmückt. Warum häuft die Kirche solchen Reichtum an?«

Wie kennzeichnend für die junge Frau, dass sie in diesem Augenblick über die Institution Kirche nachdachte, statt über ihre eigene Zukunft. Mathieu musste lächeln. Er bewunderte wieder einmal ihren kritischen Verstand.

»Es ist der Reichtum des Erzbistums Sens, zu dem auch Paris gehört, der Euch so blendet. Er dient dazu, die Bedeutung dieser Diözese zu unterstreichen.«

»Die Kirche sollte für die Menschen wichtig sein, weil sie Gottes Wort verbreitet und nicht weil sie weltliche Schätze ansammelt.«

»Da mögt Ihr Recht haben, aber ehrlicherweise muss ich zugeben, dass ich mir darüber bis vor kurzem keine besonderen Gedanken gemacht habe«, räumte Mathieu ein. »Meine Pflichten als Ritter hatten Vorrang.«
Er begleitete sie durch die Menschenmenge, die sich nach dem Hochamt hinaus in den eisigen Wintertag drängte.
»Wann reisen wir weiter?«, fragte sie ohne Übergang, während sie Seite an Seite in das Gasthaus zurückgingen, das sie beherbergte.
Eudora folgte ihnen stumm. Sie hatte sich ohne Protest in die Änderung der Pläne gefügt. Ihre runden Augen flogen nach allen Seiten und prüften Sens mit derselben Aufmerksamkeit wie alle anderen Städte, die sie auf ihrer Reise passiert hatten. Sie war noch immer von einer unglaublichen Wissbegier.
Mathieu genoss die Reise mit den beiden Frauen sehr. In ihm war in den vergangenen Tagen ein völlig neues Frauenbild gereift, hatte er doch auch das Urteil der Kirche über das weibliche Geschlecht kritiklos hingenommen. Vincent von Beauvais bezeichnete Frauen als »*Verwirrung des Mannes, ein unersättliches Biest, unablässige Angst, fortwährender Krieg, täglicher Ruin, ein Haus des Sturmes und ein Hindernis der Gottergebenheit*«.
Mathieu konnte ihm nicht länger zustimmen. Sicher, sie waren dem Manne untertan, und er fand vieles rätselhaft an ihnen, aber dennoch hatte er entdeckt, dass sie größere Stärke besaßen, als man ihnen zutraute.
»Wo seid Ihr mit Euren Gedanken?«, sagte Violante, weil sie keine Antwort bekam.
»Bei Euch«, entgegnete er wahrheitsgemäß.
Sie überging die Antwort, die er damit provozierte.
»Wir sollten morgen aufbrechen. Der König wird Euch sonst zürnen. Er hat Euch zum Weihnachtsfest in St. Denis erwartet.«
»Eine Reise im Winter hat ihre Tücken. Ich bin kein Eilkurier,

ich muss für mein Gefolge sorgen und nicht zuletzt für Euch und Eure Kammerfrau. Ich will nicht riskieren, dass Euer Kind in Gefahr gerät.«

»Verzeiht, aber meinetwegen solltet Ihr Euch nicht noch mehr in Schwierigkeiten bringen.«

»Sorgt Euch nicht um meinen Ruf beim König.«

Sie erreichten St. Denis einen Tag vor dem Fest der Heiligen Drei Könige. Es kostete Mathieu große Mühe, in dem von Menschen überfüllten Ort eine geeignete Unterkunft für Violante und Eudora zu finden. Sobald er sie in Sicherheit wusste, ließ er sich beim König melden.

Es befriedigte Seine Majestät zu hören, dass in Vienne alles so verlaufen war, wie er es gewünscht hatte.

Pellegrues Vorschlag, die Schuld der Templer durch eine weitere Kommission bestätigen zu lassen, entlockte ihm nur ein Schmunzeln.

»Eine von mir zusammengestellte Kommission wird der Schuldfrage schnell ein Ende machen. Es war gut, dass Ihr den Kontakt zu Pellegrue geknüpft habt. Ich bin mit Eurer Arbeit sehr zufrieden. Ihr verdient Belohnung. Habt Ihr einen Wunsch?«

Auf dieses Stichwort hatte Mathieu nur gewartet.

»Majestät, ich möchte mir eine Frau nehmen und auf Euer Angebot zurückkommen, mein Lehen selbst zu verwalten.«

»Woher dieser plötzliche Sinneswandel?«

»Vor zwei Jahren gabt Ihr mir den Befehl, die Frau, die unter meiner Obhut stand, nach Strasbourg in einen Beginenhof zu begleiten. Ich habe sie in Vienne wiedergetroffen und sie und ihre Kammerfrau nach St. Denis gebracht, um sie Eurer Majestät vorzustellen. Ihr habt mir schon damals den Vorschlag gemacht, sie zu heiraten.«

Für den letzten Satz klopfte sich Mathieu innerlich selbst auf die Schulter.

»Eure Diplomatie ist wahrlich beeindruckend«, durchschaute der König sein findiges Argument. »Stellt mir Eure Braut vor, damit ich meine Entscheidung treffen kann. Ich erwarte Euch morgen nach dem Dreikönigsmahl zur Audienz.«

Mathieu bedankte sich höflich für die Einladung und behielt ein flaues Gefühl. Hoffentlich befolgte Violante seine Ratschläge.

Die beiden Frauen erwarteten ihn ungeduldig in ihrem Quartier, als er endlich erschien. Nach den langen Tagen der Reise war es offensichtlich, dass sie sich in der Kammer des Gasthofs beengt und eingesperrt fühlten.

»Morgen haben wir die Audienz beim König«, berichtete er ohne lange Vorrede.

»Schon morgen?« Violante sprang von ihrem Stuhl auf.

»Beruhigt Euch und denkt daran, was ich Euch gesagt habe. Der König spricht nicht viel, aber er hört genau zu. Er wünscht keinen Widerspruch und kein Herumgerede. Wenn er Euch Fragen stellt, antwortet kurz und präzise. Wenn Ihr das nicht könnt, dann schweigt lieber. Er drückt sich knapp, manchmal sogar schroff aus, das ist seine Art, es hat nichts mit Eurer Person zu tun.«

»Warum will er mich sehen?«

»Er macht sich gern ein Bild von den Menschen, mit denen er zu tun hat. Immerhin gab er Euch den Schutzbrief für Strasbourg. Und außerdem benötigen wir für alles seine Zustimmung. Noch bin ich in seinen Diensten. Es ist mir auch versagt, ohne seine Erlaubnis eine Gemahlin zu nehmen.«

»Das habt Ihr mir so deutlich nie gesagt. Besteht die Möglichkeit, dass er sie, wie ich vielleicht, verweigert?«

Mathieu überging die Provokation.

»Ich denke nicht, aber wir sind auf sein Wohlwollen angewiesen.«

Die Flügel des königlichen Audienzzimmers öffneten sich. Mathieu war so erregt wie bei seinem ersten Empfang im Palast des Königs in Paris.
»Mathieu, Graf von Andrieu«, verkündete die Stimme des Zeremonienmeisters, während sie eintraten und die vorgeschriebene Reverenz vollzogen.
»Möge es Eurer Majestät gefallen, dass ich ihr Violante, die Dame von Courtenay, vorstelle.«
Dies war keine Arbeitsbesprechung, sondern eine offizielle Audienz. Es galt genaue Regeln zu befolgen, und sie verharrten beide schweigend, bis der König das Wort ergriff. Dennoch bemerkte Mathieu aus den Augenwinkeln die Andeutung eines kaum sichtbaren Lächelns in den Mundwinkeln Philipps des Schönen. Es gefiel ihm offensichtlich, den Ritter, der sich jahrelang allen Vermählungsplänen widersetzt hatte, in weiblicher Begleitung zu sehen.
»Erhebt Euch. Verratet Eurem König, Violante von Courtenay, was Euch bewogen hat, Eure Abgeschiedenheit unter den frommen Beginen aufzugeben? Es war doch Strasbourg, wenn ich mich recht entsinne?«
»Die Pläne des Papstes haben mich gezwungen dazu, Majestät. Er will den Beginenstand in Bälde aufheben.«
Mathieu zuckte zusammen. Die Antwort war zwar kurz und sachlich, aber von einer undiplomatischen Direktheit. Violante war einfach unverbesserlich.
Der König akzeptierte die deutliche Erklärung mit einem Nicken.
»Und was trieb Euch nach Vienne?«
»Der Versuch, diese Pläne vielleicht noch zu beeinflussen.«
Mathieu begann unter seinem eleganten Samtwams zu schwitzen. Sie hätte damenhaft die Lider senken müssen. Stattdessen sah sie dem König offen in die Augen.
»Ihr werdet mir nachsehen, dass mich dieser Umstand nicht betrübt.«

Zu seiner Erleichterung stellte Mathieu fest, dass sich das Gesicht Seiner Majestät bei dieser Antwort nicht verfinsterte. Offensichtlich erkannte er, dass Violantes Verhalten Unkenntnis und keine Provokation verriet. Er ging ohne weitere persönliche Fragen zum förmlicheren Teil der Audienz über.

»Mathieu von Andrieu, Ihr seid einer meiner besten Ritter, und ich lasse Euch ungern ziehen. Aber mir und meinem Sohn, dem Herzog, ist viel daran gelegen, in Burgund treue Gefolgsleute zu wissen. Die Krone braucht in den Bergen des Jura und am Doubs vertrauenswürdige Männer. Der Frieden mit Kaiser Heinrich ist nur gesichert, wenn unser Reich stark ist. Ihr seid in der Lage, eine gut geführte Streitmacht für uns aufzustellen, die uns in Eurer Heimat gegen das Deutsche Reich schützt.«

Er machte eine kurze Pause. »Und nun zu Eurem anderen Anliegen: Ihr habt meine Erlaubnis, die Dame von Courtenay zur Gemahlin zu nehmen. Seine Eminenz der Erzbischof kann Euch morgen bei der Messe trauen.«

Der König diktierte einem Schreiber die entsprechende Anweisung.

»Aber …«

Mathieu griff hastig nach Violantes Hand und drückte sie warnend. Sie verstummte, auch wenn es ihr schwer fiel.

Der König gab dem Zeremonienmeister mit einer Geste zu verstehen, dass die nächste Audienz beginnen konnte. Sie waren entlassen.

Mathieu führte Violante hinaus und machte ohne Umschweife seinem Zorn Luft.

»Wie großzügig von Seiner Majestät, mich aus seinen Diensten freizugeben und mich gleichzeitig voll für seine Interessen in Anspruch zu nehmen. Er zwingt mich, Soldaten auszubilden und seine Grenze zu schützen. Noch habe ich nicht einmal einen Überblick, wie es um die wirtschaftliche Lage von Andrieu steht. Die Ausrüstung einer Truppe ist teuer. Pferde,

Schwerter, Bögen, gepolsterte Waffenröcke verschlingen Unsummen. Viele Lehensgüter sind so verarmt, dass sie dieser Pflicht gar nicht mehr nachkommen können. Mittlerweile muss der König schon zusätzliche Söldnertruppen anheuern, um Frankreich verteidigen zu können. Er ist hoch verschuldet und hat einen großen Teil des Templerschatzes für diesen Zweck verwendet.«

Violante wurde von seinem Ausbruch völlig überrumpelt. Sie hatte Mathieu noch nie so wütend erlebt. Obwohl sie einfach über ihren Kopf hinweg vermählt werden sollte und ebenfalls höchst ärgerlich war, hielt sie ihre Vorwürfe noch zurück.

Erst außerhalb der Abtei fand sie den Mut, sich zu dem Heiratsbefehl zu äußern.

»Warum habt Ihr Euch des Königs bedient?«, warf sie ihm vor. »Konntet Ihr nicht warten, bis ich Euch meine eigene Entscheidung mitteile? Musstet Ihr Zwang ausüben?«

Er mied ihren vorwurfsvollen Blick. Ihm war klar gewesen, dass sie protestieren würde.

»Ich nahm an, Ihr könntet mit einem Befehl des Königs eher leben als mit einem eigenen Entschluss. Wenn Philipp der Schöne diese Ehe befiehlt, müsst Ihr gehorchen. Dann ist es kein Verrat an Simon, so wie Ihr es im Grunde Eures Herzens doch fürchtet.«

Violante schwieg beschämt. Jetzt galt es wohl nur noch, das Beste aus dem Unabänderlichen zu machen.

## Violante von Courtenay

*Paris, Kathedrale von St. Denis,*
*7. Januar 1312*

Strahlendes Licht fiel in das Gotteshaus. Noch nie hatte Violante einen Kirchenraum in solcher Helligkeit erlebt. Durch die Sonne entstand auf dem Steinboden eine bunte Spiegelung. Die Schönheit der Glasfenster, der Rosetten und der Mosaiken ließ die Kälte der Jahreszeit in Vergessenheit geraten. Mathieu ging mit festem Schritt an ihrer Seite.

Eine schlaflose Nacht lag hinter Violante, und sie misstraute ausgerechnet jetzt ihrer Stärke.

Viele Dinge waren ihr noch einmal durch den Kopf gegangen. Vor allem Mathieus Motive hatten sie beschäftigt. Schuldete sie ihm Dank dafür, dass er ihrem Kind den Makel des Bastards ersparte, oder entsprach diese Heirat auch seinem Wunsch? Wie würde das Leben in Andrieu sein?

Sie konnte es sich nicht vorstellen.

Die Stimme eines Priesters klang wie von weitem an ihr Ohr. Er hieß sie im Gotteshaus willkommen und bedeutete ihnen, auf den Stufen vor dem Allerheiligsten niederzuknien.

Der König, in Begleitung seiner Söhne und seines Hofstaats, hatte im Chorgestühl Platz genommen. Sie alle erwiesen ihnen die Ehre.

Bevor Mathieu sein Gelübde schwor, nahm er ihre Hand und streifte ihr einen goldenen Ring mit einem grünen Stein über den Finger.

»Mit diesem Ringe heirate ich dich. Mit diesem Golde ehre ich dich. Mit diesem Schatze beschenke ich dich«, hörte sie seine Stimme. »Ich, Mathieu, nehme dich, Violante, zu meiner Gemahlin und Gefährtin, in Freude und Schmerzen, in Gesundheit und Krankheit, jetzt und bis zum Tage meines Todes.«

Violante überlief ein Schauer. Hoffentlich würde ihre Stimme nicht versagen. Sie blickte Mathieu fest in die Augen und entdeckte darin so viel Güte, dass sie innerlich ganz ruhig wurde.
»Ich, Violante, nehme dich, Mathieu, zu meinem Gemahl und Gefährten, in Freude und Schmerzen, in Gesundheit und Krankheit, jetzt und bis zum Tage meines Todes.«
Die hoch aufragenden Pfeiler und Gewölbebögen der Kathedrale verschwammen vor ihren Augen. Sie spürte, wie der Priester ihre Hände vereinte, seine Stola darumschlang und den Segen sprach.
Es war geschehen! Es hatte nur weniger Worte bedurft. Mathieu war ihr Gemahl und sie Violante von Andrieu.
Draußen vor der Kirche wartete eine große Menschentraube auf das Erscheinen des Königs. Die Vivatrufe übertönten fast die unerwartet herzlichen Worte des Monarchen an das Brautpaar.
»Gottes Segen, Glück und eine reiche Schar starker Söhne«, fasste er seine guten Wünsche für die frisch Vermählten zusammen, ehe er Mathieu fragte: »Wann werdet Ihr nach Andrieu aufbrechen?«
»Wenn es Eure Majestät erlauben, schon morgen. Das Wetter scheint umzuschlagen und milder zu werden. Solche Tage sind selten im Januar und wie geschaffen für eine lange Reise.«
»Ich verliere Euch mit Bedauern, aber ich begreife Eure Eile. Gott behüte Euch und Eure schöne Gräfin, Mathieu von Andrieu.«
Der König nickte ihr noch einmal wohlwollend zu und stieg dann auf sein Pferd, das an der Hand eines Reitknechts auf ihn gewartet hatte. Die Menge zerstreute sich, sobald er verschwunden war, und Mathieu erreichte mit Violante und Eudora unbehindert das Gasthaus, wo auch für sie die Pferde bereitstanden.
In der Kammer blieb ihnen nur ein kurzer Augenblick der Ungestörtheit unter vier Augen. Er nutzte ihn, um Violante in den

Arm zu nehmen und sanft auf die Stirn zu küssen. Er ahnte, was sie fragen wollte.
»Ich werde es nie bereuen«, sagte er. »Und ich werde alles tun, damit auch du es nicht bereuen wirst. Ich will nur die Befugnis, dieses Kind und dich zu schützen. Alles Weitere stelle ich dir anheim. Ich fordere weder das Recht des Brautgemachs noch das gemeinsame Lager, wenn es das ist, was du fürchtest. Du bleibst auch weiterhin die Herrin deiner Gefühle und deiner Entschlüsse. Ich schwöre es dir, wie ich dir Schutz und Treue schwor.«
»Ich fürchte nichts. Ich vertraue Euch mein Leben und mein Kind an.«
»Dann lass uns nach Hause reiten.«
»Nach Hause.«
Dieses Wort hatte etwas Wunderbares. Es war so einfach und bedeutete doch so unendlich viel.

# Epilog

## Violante von Andrieu

*Burg von Andrieu, 11. April 1314*

Eudora hatte es innerhalb kürzester Zeit verstanden, sich in Andrieu Respekt zu verschaffen. Sie liebte ihre neue Stellung als Haushofmeisterin und versäumte nie, ihre damit verbundene Autorität zu unterstreichen.

Mabelle von Andrieu war vor Jahresfrist in das Kloster der Benediktinerinnen von Baume-les-Dames eingetreten, und niemand weinte ihr eine Träne nach. Die Witwe hatte die Heimkehr ihres Bruders höchst ungnädig hingenommen. Weder war sie damit einverstanden gewesen, dass er sich des betrügerischen Burgvogts entledigte, noch billigte sie die Tatsache, dass er ausgerechnet eine Courtenay zur Frau genommen hatte.

Die Geburt ihres Neffen, ganze sieben Monate nach der Eheschließung, hatte die kurzzeitige Hoffnung in ihr geweckt, das Kind möge schwach und kränklich sein. Durch den Tod ihres eigenen Sohnes war sie äußerst missgünstig geworden, und ihre Entscheidung, letztendlich den Schleier zu nehmen, hatte nicht nur Eudora erleichtert aufatmen lassen.

Die Geburt ihres Sohnes Simon hatte Violante reifer und weiblicher gemacht. Sie hatte endlich ihren Platz im Leben gefunden.

Mit großem Eifer verfolgte sie alles, was auf Andrieu und Courtenay geschah, und nichts blieb ihrer Umsichtigkeit verborgen. Den Kräutergarten hatte sie selbst angelegt, und jeder Kranke fand inzwischen den Weg zu ihr. Sie war die gute Seele des Lehens geworden, das unter Mabelle von Andrieu keine Seele besessen hatte.

Nun stand Ostern vor der Tür, und es bereitete ihr großes Vergnügen, dieses Fest vorzubereiten. Gerade war sie dabei, die Osterkerzen zu ziehen, als sie von einem Kinderkreischen abgelenkt wurde.

Ein Blick aus dem offenen Fenster der Werkstatt zeigte Mathieu, der auf Odysseus saß. Vor ihm auf dem Sattel ihr kleiner Sohn, die Fäuste fest in die Mähne des mächtigen Streitrosses vergraben.

»Was macht der Herr denn da?«, entsetzte sich Eudora. »Das ist doch viel zu gefährlich für den Kleinen.«

Violante schwieg. Ihre Blicke glitten von dem dunkelhaarigen Knaben zu seinem Vater. Jedes Mal erfüllte es sie mit großer Freude, wenn sie sah, welche Zuneigung beide miteinander verband.

Mathieu war eigentlich nur wirklich fröhlich und ausgelassen, wenn er sich mit Simon beschäftigte. Er tat alles, was dem Kleinen ein Lachen entlockte, und der dankte es ihm mit überschwänglicher Hinwendung. Immer öfter wünschte sich Violante, dass diese Fröhlichkeit von Mathieu auch manchmal ihr gelten würde.

Als könnte Eudora ihre Gedanken lesen, sagte sie auf einmal zu ihr: »Er ist einsam. Er hat nur ihn.«

Violante sah sie erstaunt an.

»Mathieu?«

»Ja. Du sorgst dich um jede Seele in diesem Lehen, vom Müller am Fluss bis hin zur Tochter des Köhlers im Wald, der du Arbeit am Webstuhl gegeben hast. Warum kümmert dich ausgerechnet sein Wohl so wenig?«

»Wie kannst du das sagen? Mir liegt sehr viel an ihm und seinem Wohlbefinden.«

»Ich glaube, dass du hinter deiner Arbeit dein schlechtes Gewissen verstecken willst. Selbst wenn du diese Burg in das perfekteste Gemeinwesen verwandelst, so änderst du nichts daran, dass du deine Pflichten als Ehefrau versäumst. Es kann dir nicht entgangen sein, dass er dich liebt.«

»Das ist …«

Violante errötete und brach ab, während Mathieu und das Kind in gemächlichem Trab näher kamen.

Sie hatte die Vorstellung, nach Simon wieder einen Mann zu lieben, weit von sich gewiesen.

Mathieus hingebungsvolle Liebe zu ihrem kleinen Sohn machte sie glücklich und zufrieden. In ihrem Leben hatte er nur einen Platz als Vater des kleinen Simon. Die Rolle des Mannes hatte sie ihm bislang verweigert. Im Laufe der Zeit war jedoch zwischen ihnen eine tiefe Verbundenheit entstanden. Eine Verbundenheit aus gemeinsamem Erleben, unvergleichbar mit der Leidenschaft, die sie in Simons Arme getrieben hatte.

Mathieu zog die Zügel vor ihnen an, und Simon quietschte begeistert beim Anblick seiner Mutter und Eudoras.

»Ich habe ihn seiner Amme entführt. Auf den Weiden am Fluss sind die jungen Lämmer geboren worden.«

Simon hüpfte in Violantes ausgestreckte Arme. Noch ganz in Gedanken küsste sie die weichen Locken des Knaben.

Mathieu erfasste sofort, dass in Violante etwas vorging. Mittlerweile kannte er sie so gut, dass er jede Veränderung bei ihr spürte.

»Ist etwas?«

»Nichts«, wehrte sie ab und ließ Simon zu Boden, hielt ihn jedoch an seinem Kinderhemdchen fest, damit er nicht zwischen die Hufe des Destriers geriet.

Mathieu sprang aus dem Sattel und reichte dem herbeigeeilten

Stallknecht die Zügel. »Du musst ihn nicht abreiben, er ist nur gemächlich gegangen«, wies er ihn an.
Eudora wollte Violante den kleinen Irrwisch abnehmen, aber sie schüttelte den Kopf.
»Lass mir den Knaben, ich gehe selbst mit ihm zur Amme.«
Mathieu sah ihr irritiert nach.
»Sie ist verstimmt. Worüber? Weil ich das Kind der Amme entführt habe?«
»Ich glaube, sie ist nur nachdenklich«, sagte Eudora.
Mathieu bedachte sie mit einem zweifelnden Blick und sah den beiden kopfschüttelnd nach.
Er machte sich auf den Weg in die große Halle der Burg. Jean Vernier kam ihm entgegen.
»Gut, dass du wieder zurück bist. Seit fast einer Stunde wartet ein Zisterziensermönch auf dich. Er bringt eine Botschaft von Simon.«
Mathieu erschrak, seit dem Abschied in Vienne hatte er nichts mehr von seinem Bruder gehört.
»Wo ist der Mönch?«
»Er wartet drinnen auf dich.«
Mathieu stürmte an Vernier vorbei in die Halle. Der Mönch erhob sich bei seinem Anblick und überreichte ihm ein grob versiegeltes Pergament, noch bevor sie ein Wort miteinander gewechselt hatten. Er strahlte so viel düstere Unnahbarkeit aus, dass Mathieu auf Fragen verzichtete und ihm lediglich seine Gastfreundschaft anbot. Der Zisterzienser lehnte dankend ab, da er bereits im Pfarrhaus von Andrieu Unterkunft gefunden hatte.

Als Violante am späten Nachmittag in die Burgkapelle kam, fand sie Mathieu reglos auf Knien vor dem Altar.
»Was ist geschehen?« Sie lief zu ihm.
Er deutete stumm auf den Brief, der neben ihm auf den Steinen lag. Violante hob ihn auf und begann zu lesen.

»Mein Bruder, ich will nicht gehen, ohne dir Lebewohl zu sagen. Wenn du dies liest, habe ich meinen Frieden in Gott gefunden. Unsere kleine Gemeinschaft in Maillezais ist mir ans Herz gewachsen, aber es fällt mir dennoch nicht schwer, sie zu verlassen. Ich bin müde, und das Fieber, das mich seit dem Sommer gepackt hat, macht mich jeden Tag schwächer. Meine letzten Gedanken gelten dir und Violante. Ich umarme euch und sende euch meine ganze Liebe.«

Sie konnte ein Schluchzen nicht unterdrücken.

Eine andere Hand hatte in unbeholfenen Buchstaben hinzugefügt: »Bruder Simon ist am Dreikönigsfest des Jahres 1314 zur zehnten Abendstunde, versehen mit den heiligen Sakramenten, zu unserem Herrn heimgekehrt. Er ruht in Frieden.«

»So hat er endlich seinen Frieden gefunden«, sagte sie leise. »Gönnen wir ihm die Erlösung. Er wollte es so.«

Mathieu hob den Kopf. Violante sah ihn mit demselben Schmerz an, den auch er empfand. Sie legte ihm tröstend eine Hand auf die Schultern.

»Ich habe alle Tränen um Simon bereits geweint, Mathieu. Wir haben einen großen Trost, wir haben seinen Sohn. Simon hat uns nicht verlassen. Sein Herz ist in Andrieu, und es schlägt im Körper seines Sohnes weiter.«

»Deine Worte geben mir Stärke.«

Mathieu erhob sich und verließ die kleine Kapelle.

Violante zögerte, ihm zu folgen. Sie faltete das Pergament und tat es in den Beutel an ihrem Gürtel, ehe sie das steinerne Kreuz herausfordernd ansah.

»Es ist genug, o Herr. Genug der Tränen und genug der Trauer. Du hast mir gezeigt, dass das Leben weitergeht. Ich will es annehmen.«

# Mathieu von Andrieu

*Burg von Andrieu, 15. April,*
*Osterfest des Jahres 1314*

Mathieu streckte die Beine aus, lehnte sich gegen die geschnitzte Rückenlehne des Stuhles und ergriff den silbernen Becher, den Violante ihm soeben voll Wein gegossen hatte. Erst jetzt fiel ihm auf, dass sie nicht das übliche Wollgewand trug, sondern eine der Seidenroben, die er ihr im Herbst aus Chalon mitgebracht hatte. Im hellen Grün des Stoffes schimmerten feine Silberfäden, und ein Gürtel aus miteinander verflochtenen Perlensträngen lag um ihre schmale Taille. Sie war schöner denn je.

Hastig trank er den Wein und mischte sich in die Debatte seiner Männer ein, die mit ihm an der großen Tafel saßen. Der Wortwechsel um Politik und Kirche wurde so heftig, dass er nicht einmal bemerkte, dass Violante sich, ohne ihm eine gute Nacht zu wünschen, zurückgezogen hatte.

Sie schlief mit dem Kind im großen Gemach des Burgherrn, während sich Mathieu sein Lager in der schmucklosen Kammer gerichtet hatte, die er als Knabe zusammen mit Simon bewohnt hatte. Es verlockte ihn nicht, dort hinaufzugehen, und so kam es häufig vor, dass er bis spät in den Abend hinein in der Halle sitzen blieb. Heute jedoch störte Eudora ihn in seiner Runde.

»Die Herrin wünscht Euch zu sprechen, Seigneur«, sagte sie leise.

»Jetzt noch?«

Er fragte sich, was Violante um diese Abendstunde von ihm wollte. Normalerweise kam sie in sein Arbeitskabinett, wenn sie etwas mit ihm zu besprechen hatte, das die neugierigen Ohren in der großen Halle von Andrieu nichts anging.

Er betrat das Gemach seit Simons Geburt zum ersten Mal, und

die heimelige Atmosphäre traf ihn völlig unvorbereitet. Goldenes Kerzenlicht, ein flackerndes Kaminfeuer und der Duft nach Rosenöl bestürmten seine Sinne.

Violante stand am Fenster und sah in die Nacht hinaus. Als sie sich umwandte und näher kam, bemerkte er, dass sie ein feines Hemd aus durchsichtigem Schleierstoff trug.
Suchend sah er sich um.
»Wo ist das Kind?«
»Er schläft bei seiner Amme.«
Mathieu sah, wie sie errötete. Erst jetzt erfasste er die Situation. Er hatte längst die Hoffnung verloren, Violante könnte den Weg in seine Arme finden.
»Dies ist das Gemach des Burgherrn und seiner Gemahlin, Mathieu«, sagte sie leise. »Meinst du nicht, dass es an der Zeit ist, dass auch du hier schläfst?«
Weshalb tat sie diesen Schritt? Ahnte sie, wie sehr er sich nach ihr sehnte und wie schwer ihm die zwei Jahre der freiwilligen Distanz gefallen waren?
Violante beendete seine Unsicherheit, indem sie sich auf die Zehenspitzen reckte und ihre Lippen auf die seinen legte. Sanft, aber unmissverständlich.
»Du hast mir die Freiheit eigener Entscheidungen geschenkt, Mathieu. Du bist unserem Sohn ein wunderbarer Vater und diesem Lehen ein gerechter und starker Herr. Nur ich war dir keine Gemahlin. Verzeih mir und lass uns in Zukunft wirklich Mann und Frau sein.«
»Aber … du liebst Simon …«
Mathieu schalt sich einen Narren. Wie konnte er ablehnen, was er sich in Wirklichkeit so verzweifelt wünschte? Was war mit ihm los?
»Diese Liebe wird immer in meinem Herzen sein, aber mir ist klar geworden, dass es nicht nur eine Liebe in meinem Leben gibt.«

Mathieu umfasste vorsichtig ihre Schultern, noch immer gewärtig, dass sie ihm Einhalt gebot. Unter dem seidigen Stoff spürte er ihre warme Haut, und er gebot der warnenden Stimme in seinem Kopf zu schweigen. Ungestüm zog er sie an sich.

»Wirst du mir wirklich erlauben, dich zu lieben?«

»Finde es heraus.«

Ihr strahlendes Lächeln erstickte alle seine Zweifel.

Was immer außerhalb dieser Mauern und dieses Lehens geschah, in dieser Nacht zählte es nicht.

# Anmerkung

## Beginen

Das Konzil von Vienne verurteilte die beginische Lebensform. Das Konzilsdekret »ad nostrum« bildet die Grundlage für die Beginenverfolgungen des 14. Jahrhunderts. Zwar wurden die Beschlüsse erst 1317 rechtswirksam, und ein großer Teil der frommen Frauen fand Aufnahme in Klöstern, aber mit jenen, die hartnäckig an ihrer Lebensweise festhielten, wurde in den folgenden Jahren – abhängig von der Haltung ihrer Landes- und Kirchenfürsten – kurzer Prozess gemacht. Sie wurden in großem Stil verfolgt, exkommuniziert und verbrannt. So kamen z. B. allein in Erfurt zwischen 1367 und 1369 zweihundert Beginen auf dem Scheiterhaufen um.

Die wenigen verbliebenen Beginenhäuser und -höfe verschwanden endgültig während der französischen Religionskriege und im Zuge der Reformation, nur in Holland und Belgien blieben vereinzelte Gemeinschaften bis in unsere Zeit erhalten.

Erst seit den letzten Jahrzehnten findet die Idee der Beginen neue Anhänger. Interessenten finden unter diesem Stichwort im Internet viele Kontakte und Informationen.

## Der Fluch des Grossmeisters der Templer

Jacques Molay, der letzte Großmeister des Templerordens, wurde am 18. März 1314 in Paris als rückfälliger Ketzer verbrannt. Historiker gehen davon aus, dass seine letzten Worte, König und Papst sollten sich binnen Jahresfrist mit ihm vor dem Gericht Gottes einfinden, nicht historisch belegt werden können. Tatsache ist jedoch, dass sowohl Philipp IV. wie Clemens V. ebenfalls 1314 eines gewaltsamen Todes starben.

## Papst Clemens V.

Der Papst überlebte den Großmeister der Templer nur um wenige Wochen. Er starb am 20. April, fünf Tage nach dem Osterfest, an Dysenterie (Ruhr).

## Philipp IV. »der Schöne«

Er kam am 29. November 1314 bei einem Jagdunfall ums Leben. Bei der Wildschweinhatz in Fontainebleau stürzte er so unglücklich von seinem Pferd, dass sich sein Fuß im Steigbügel verhakte. Der gereizte Keiler stürzte sich auf den hilflosen König und tötete ihn, ehe seine Begleiter eingreifen konnten.

## Guillaume von Nogaret, »Le Terrible«

Der Großsiegelbewahrer verlor durch den Aufstieg des neuen königlichen Finanzministers Enguerrand de Marigny zunehmend an Einfluss. Er starb am 11. April 1313, noch vor seinem König.

# Dank

An Barbara Kiesebrink für einfühlsames Lektorat, endlose Geduld und rettende Ideen.

Gabriele Marie Cristen

# Maria Theresia

## Zwischen Thron und Liebe

Als Maria Theresia im November 1780 stirbt, findet man in ihrem Nachlass eine erstaunliche Liste. Zu lesen ist, dass ihr glücklicher Ehestand mit dem Kaiser 29 Jahre gedauert habe – »macht also Monat' 335, Wochen 1540, Tage 10781, Stunden 258774«. Ihr Leben nach seinem Tod war fünfzehn Jahre lang von der Sehnsucht getragen, wieder mit ihm vereint zu sein …

Gabriele Marie Cristen zeichnet in ihrer Romanbiographie der großen Habsburgerin nicht nur ein pralles Gemälde der Zeit, sondern vor allem das sehr private Bild einer turbulenten Regentenfamilie. Sie lässt Maria Theresia wenige Tage vor ihrem Tod von den großen Ereignissen der zurückliegenden Jahrzehnte erzählen – von erster Verliebtheit, von 16 Kindern, vom Regieren, Verhandeln, Kriegführen und Reformieren. Und von einer arrangierten Ehe, die doch zum Glück ihres Lebens wurde.

Knaur Taschenbuch Verlag

Peter Prange

# Die Rebellin

Roman

London, 1851. Im Herzen der Hauptstadt entsteht ein gigantisches Bauwerk: der »Kristallpalast«. Hier soll das Fest der ersten Weltausstellung gefeiert werden. Emily Paxton, Tochter des Baumeisters, ist fasziniert von der Vision. Dann aber trifft sie Victor wieder, den Freund aus Kindertagen, und das Drama der Weltausstellung wird zum Drama ihrer Liebe. Denn Victor setzt alles daran, den Traum ihres Vaters zu zerstören... Victor stellt ihr Leben von Grund auf in Frage. Durch ihn erfährt Emily, dass die strahlende Metropole eine dunkle Kehrseite hat, und je tiefer sie in diese Unterwelt aus Armut und Not eindringt, desto deutlicher wird ihr bewusst: Um all die Wunder zu vollbringen, die ihre eigene Welt ausmachen, fordert der Fortschritt von den Menschen täglich grausame Opfer. Doch dann kommt der Tag, an dem Emily sich entscheiden muss: zwischen ihrem bewunderten Vater, der den kühnsten Traum des Jahrhunderts träumt, und ihrem Geliebten, der für eine neue Zukunft zu stehen scheint.

»Prange weiß, was Leser wünschen.«
*Hörzu*

Knaur Taschenbuch Verlag